06/2500

Über 40 Jahre
Heyne Science Fiction
& Fantasy
2500 Bände
Das Gesamt-Programm

SCIENCE FICTION

Herausgegeben
von Wolfgang Jeschke

Von **James Morrow** erschien in der Reihe
HEYNE SCIENCE FICTION & FANTASY:

Die eingeborene Tochter · 06/4924
Der Kontinent der Lügen · 06/4925
Die Stadt der Wahrheit · 06/5050
So muß die Welt enden · 06/5099
Das Gottesmahl · 06/6312

JAMES MORROW

Das Gottesmahl

Roman

Aus dem Englischen von
HORST PUKALLUS

Deutsche Erstausgabe

WILHELM HEYNE VERLAG
MÜNCHEN

HEYNE SCIENCE FICTION & FANTASY
Band 06/6312

Titel der amerikanischen Originalausgabe
TOWING JEHOVAH
Deutsche Übersetzung von Horst Pukallus
Das Umschlagbild ist von Jürgen Rogner

Umwelthinweis:
Dieses Buch wurde auf chlor- und
säurefreiem Papier gedruckt

Redaktion: Wolfgang Jeschke
Copyright © 1994 by James Morrow
Erstausgabe:
Harcourt Brace & Company, Orlando, Florida
Mit freundlicher Genehmigung des Autors
und Thomas Schlück, Literarische Agentur, Garbsen
(# 35029)
Copyright © 1999 der deutschen Ausgabe und der Übersetzung
by Wilhelm Heyne Verlag GmbH & Co. KG, München
http://www.heyne.de
Printed in Germany April 1999
Umschlaggestaltung: Nele Schütz Design, München
Technische Betreuung: M. Spinola
Satz: Schaber Satz- und Datentechnik, Wels
Druck und Bindung: Elsnerdruck, Berlin

ISBN 3-453-14903-3

*Zum Andenken
meines Schwiegervaters*
ALBERT L. PIERCE

DANKSAGUNG

Meinem Freund, dem Vollmatrosen Gigi Marino, einem ausgezeichneten Autor, der mich über alles informiert hat, was ich über Öltanker wissen mußte, schulde ich Dank einzigartigen Umfangs. Die mir vermittelten Einsichten des zuständigen Redakteurs John Radziewicz waren ebenso unschätzbar wichtig, und das gleiche gilt für die Unterstützung meiner Literaturagentin Merrilee Heifetz. Während ich an diesem Buch schrieb, habe ich engen Kontakt zu vielen Freunden und Bekannten gehalten, mir ihre Reaktion auf bestimmte Textabschnitte und ihre allgemeinen Ansichten über Theothanatologie zur Kenntnis geben lassen. Jede der nachstehend aufgeführten Personen weiß die genauen Gründe, warum ich ihr meinen Dank ausdrücke: Joe Adamson, Linda Barnes, Deborah Beale, Lynn Crosson, Shira Daemon, Sean Develin, Travis DeNicola, Daniel Dubner, Margaret Duda, Gregory Feeley, Justin Fielding, Robert Hatten. Michael Kandel, Glenn Morrow, Jean Morrow, Elisabeth Rose, Joe Schall, Peter Schneemann, D. Alexander Smith, Kathryn Smith, James Stevens-Arce sowie Judith van Herik. Und zum Schluß danke ich der Schriftstellerkonferenz in Sycamore Hill für Verbesserungsvorschläge zur Eucharistie.

Im Horizont des Unendlichen. – Wir haben das Land verlassen und sind zu Schiff gegangen! Wir haben die Brücke hinter uns – mehr noch, wir haben das Land hinter uns abgebrochen! Nun, Schifflein! Sieh dich vor! Neben dir liegt der Ozean: Es ist wahr, er brüllt nicht immer, und mitunter liegt er da wie Seide und Gold und Träumerei der Güte. Aber es kommen Stunden, wo du erkennen wirst, daß er unendlich ist und daß es nichts Furchtbareres gibt als Unendlichkeit. O des armen Vogels, der sich frei gefühlt hat und nun an die Wände dieses Käfigs stößt! Wehe, wenn das Land-Heimweh dich befällt, als ob dort mehr *Freiheit* gewesen wäre, – und es gibt kein ›Land‹ mehr!

FRIEDRICH NIETZSCHE
Die fröhliche Wissenschaft

Der Herr sprach aber: »Siehe ... Nehme ich dann meine Hand weg, so kannst du meine Rückseite schauen. Doch mein Angesicht darf man nicht schauen.«

Exodus (2 Moses 33, 21–23)

INHALT

ERSTER TEIL

Engel .... *Seite 13*
Priester .... *Seite 35*
Sturm .... *Seite 71*
Klagelied .... *Seite 98*

ZWEITER TEIL

Zähne .... *Seite 139*
Seuche .... *Seite 177*
Insel .... *Seite 221*
Hunger .... *Seite 262*
Mahl .... *Seite 306*

DRITTER TEIL

Eden .... *Seite 333*
Krieg .... *Seite 364*
Vater .... *Seite 417*
Kind .... *Seite 453*

ERSTER TEIL

ENGEL

Die unwandelbare Fremdartigkeit des Universums offenbarte sich Anthony van Horne an seinem fünfzigsten Geburtstag, an dem ihm ein verzweifelter Engel namens Rafael erschien, ein Wesen mit leuchtendweißen Schwingen und einem Heiligenschein, der immerzu blinkte wie ein Neonring, und dieser Engel ihm von künftigen Zeiten erzählte.

Diese unerwartete Begegnung fand auf der Insel namens Manhattan in *The Cloisters* statt, einer Ansammlung europäischer, in den Ursprungsländern abgetragener und hier Stein für Stein wiederaufgebauter Klöster und Kapellen aus dem 12. Jahrhundert (in diesem abenteuerlichen architektonischen Ensemble, das Kunsthistoriker zum Schaudern brachte, befand sich eine Dependance des Städtischen Kunstmuseums), und unter anderem sprach der Engel über eine zweite und dritte Insel, Sao Tomé und Kvitöi. Ehe er dem Engel Rafael begegnete, hatte Anthony van Horne natürlich angenommen, seine nahe Zukunft sähe genauso wie seine unmittelbare Vergangenheit aus, ein schändliches Ausgestoßenendasein im Schmutz und Ungeziefer einer Bruchbude an der Lower East Side. Offenbar hatte er sich gründlich geirrt.

In dem Jahr verliefen Anthonys Sonntage stets

gleich. Gegen Mittag ging er die U-Bahn hinab, fuhr mit einer Bahn nordwärts zur 190. Straße, spazierte durch den Fort Tyron Park, betrat das Museum, nachdem er sich ins Touristengewimmel gemischt hatte, und huschte hinter den Altar der Fuentadueña-Kapelle. Dort wartete er angehaltenen Atems und erduldete seine Migräne, bis sich die Menschenmenge zerstreut hatte.

Der erste Wachmann, ein ordinärer Jamaikaner mit Hinkebein, drehte immer getreulich seine Runden, aber normalerweise löste ihn um Mitternacht ein anderer Wächter ab, ein ausgezehrter Student der New Yorker Universität, der keine Rundgänge machte, sondern mit einem roten Nylon-Stadtrucksack voller Lehrbücher im Saal mit den Einhorn-Wandgehängen blieb. Dort hockte sich der Student auf den kalten Steinboden und vertiefte sich in Grays Anatomie-Lehrbuch, sagte sich endlos die lateinischen Bezeichnungen menschlicher Körperteile vor. »*Gluteus medius, gluteus medius, gluteus medius*«, leierte er dann ins feierliche Umfeld. »*Rectus femoris, rectus femoris, rectus femoris.*«

Auch um diese Mitternacht folgte Anthony ganz seiner Angewohnheit. Er schlich hinterm Fuentadueña-Altar hervor, schaute nach dem Studenten (der sich verbissen mit den Falten und Furchen der linken Hirnhälfte befaßte), strebte anschließend durch einen romanischen Säulengang zu dem Marmorspringbrunnen in der Mitte des Innenhofs im Saint-Michel-de Cuxa-Kloster. Sofort griffen seine Finger zu, öffneten Hose und Gürtel. Er streifte das weiße Jerseyhemd und das makellose Unterhemd, die frischgewaschene Twillhose und die unbefleckten Boxershorts ab. Schließlich stand er nackt in der schwülen Nacht, den Glanz eines orangeroten Monds auf der Haut, der wie ein riesiger Orbitalkürbis über den wolkenlosen Himmel wanderte.

»*Sulcus frontalis superior, sulcus frontalis superior, sulcus frontalis superior*«, psalmodierte der Student.

Seit Anthony den Golf von Mexiko mit zweihunderttausend Barrels Rohöl verunreinigt, die tiefblauen Fluten der Matagorda-Bucht in die Beschaffenheit und Farbe des Lakritzesafts verwandelt hatte, zog es ihn unwiderstehlich an diese Stätte. Es spielte keine Rolle, daß das Mittelalter-Kuriosum auf seine Weise so unecht war wie Walt Disneys Klischee einer amerikanischen Hauptstraße. Für Anthony van Hornes Empfinden wohnte in diesen Räumen authentische Heiligkeit; für den Ex-Kapitän der *Karpag Valparaíso* floß im Innenhof-Springbrunnen das Weihwasser der Vergebung.

Anthony suchte in der zur Seite gelegten Hose und holte die Plastikdose heraus, in der er die Seife aufbewahrte. Er hob den Deckel, entnahm den gummiartigen, weißlichen Klumpen, drückte ihn sich fest auf die Brust und beugte sich über den Brunnenrand. Im goldgelb erhellten Brunnenwasser sah er sein Spiegelbild – die gebrochene Nase, die hohe, durch Gischt geknitterte und durch Äquatorsonne verwitterte Stirn, die großen, müden, in Hautsäcke eingesunkenen Augen, den struppigen, grauen Bart, der sich über die hohlen Wangen breitete. Er seifte sich ein, ließ die Seife wie einen kleinen Rodelschlitten über Arme und Brustkorb rutschen, fing sie auf, bevor sie hinabfiel.

»*Sulcus praecentralis, sulcus praecentralis, sulcus praecentralis* ...«

Anthony van Horne, Prokurator und Hasardeur in einer Person, wusch sich mit Kernseife. In solchen Momenten fühlte er sich sauber, aber am nächsten Tag, wußte er, war das Öl wieder da. Es kehrte immer zurück. Denn welche Seife der Welt könnte all die schwarzen Liter Öl fortwaschen, die schier endlos aus dem geborstenen Rumpf der *Karpag Valparaíso* geströmt waren, welches Maß an Reinheit könnte diese Besudelung auslöschen?

In den Wintermonaten hatte Anthony jedesmal sein Sauna-Badetuch mitgenommen, doch gegenwärtig war es Juni – immerhin der erste Sommermonat –, und ein kurzes Jogging durch die musealen Räume genügte, um trocken zu werden. Also joggte er auch diesmal, lief durchs Pontaut-Domkapitel ... den Neun-Helden-Gobelin-Saal ... durch den Robert-Campin-Saal mit der trauten Verkündigungsszene: Der Engel Gabriel unterrichtete Maria über Gottes Willen, während sie in der bürgerlichen guten Stube saß, die der Künstler seinen Gönnern abgeguckt hatte, umgeben von den Symbolen ihrer Unschuld – einer weißen Kerze, frischgepflückten Lilien, einem glänzenden Kupferkessel.

Am Eingang der Langon-Kapelle kauerte unter einem Rundbogen, den mit Blüten- und Laubschnitzereien verzierte Oberschwellen stützten, ein hochgewachsener Mann mittleren Alters in weißem, weitem Gewand und weinte.

»Neiiin«, stöhnte er, sein gedämpftes, feuchtes Schluchzen hallte vom Kalkstein wider. »Neiiin...«

Wären nicht die Fittiche gewesen, hätte Anthony unterstellt, der Fremde wäre, genauso wie er, ein reuiger Sünder. Aber sie waren vorhanden, diese großen, leuchtenden Schwingen, ragten in all ihrer gefiederten Unwahrscheinlichkeit aus den Schulterblättern des Eindringlings.

»Neiiin...«

Der Leuchtende hob den Blick. Über seinem watteweißen Haar schwebte ein knallroter Heiligenschein und blinkte unaufhörlich: an-aus, an-aus, an-aus. Er hatte wunde, entzündete Augen, als wären sie ihm gerade erst eingepflanzt worden. Wie Perlen flüssigen Quecksilbers entrannen sich seinen Tränendrüsen runde, silberne Tröpfchen und flossen beiderseits einer ausgeprägten Hakennase abwärts, die dem Schnabel eines Tintenfischs ähnelte.

»Guten Abend«, grüßte der Fremde, rang krampfhaft um Atem. Der Mann legte die Hände auf die Wangen, und die Handflächen saugten die Tränen auf, ganz als ob man einen Tintenlöscher auf einen unendlich traurigen Brief drückte. »Guten Abend und herzlichen Glückwunsch zum Geburtstag, Anthony van Horne.«

»Sie *kennen* mich?«

»Unser Zusammentreffen ist nicht zufällig.« Der Mann hatte eine tiefe, feucht klingende Gluckerstimme, als spräche er unter Wasser. »Ihr Terminkalender ist dem Himmel geläufig... diese verstohlenen Besuche des Brunnens, die geheimen Waschungen...«

»Im Himmel?«

»Nennen Sie mich Rafael.« Der Fremde räusperte sich. »Rafael Azarias.« Seine Haut, so gelblich, daß ihre Farbschattierung an einen Goldton grenzte, schimmerte im Mondschein wie ein Messingsextant. Er roch nach sämtlichen saftigen Wundern, die Anthony auf seinen Fahrten je gekostet hatte: Papayas, Mangos, Guanabanas, Tamarinden, Guaven und Guineapfeffer. »Ich bin nämlich tatsächlich der berühmte Erzengel, der den Dämon Asmodeus bezwungen hat.«

Ein Geflügelter. Gewand, Heiligenschein, Göttlichkeitswahn: Wieder so ein typischer New Yorker Übergeschnappter, mutmaßte Anthony. Trotzdem leistete er keinen Widerstand, als der Engel zugriff, fünf eisige Finger um sein Handgelenk schlang, auch nicht, während er ihn zum Springbrunnen zurückführte.

»Sie halten mich für einen Betrüger?« fragte Rafael.

»Zumindest ist's mir durch den Kopf gegangen.«

»Dann schauen Sie mal her...«

Aus seinem linken Flügel rupfte der Engel eine Feder und warf sie in den Brunnen. Zu Anthonys Erstaunen zeigte sich im Wasser ein wohlvertrautes Gesicht in etwa der Art grober Tiefenschärfe, an die er sich von 3-d-Comic-Heften entsann.

»Ihr Vater ist ein überragender Seemann«, sagte der Engel. »Befände er sich nicht im Ruhestand, hätten wir statt Sie vielleicht ihn auserwählt.«

Es schauderte Anthony. Ja, er war es wirklich, der blendend gutaussehende Kapitän der *Amaoca Caracas*, der *Exxon Fairbanks* und eines Dutzends weiterer berühmter Tanker – die hoch emporgeschwungene Stirn, hohen Wangenknochen, klassische Römernase und die quasi schaumige Mähne perlgrauen Haars waren unverkennbar. Auf seiner Geburtsurkunde stand »John van Horne«, doch sobald er einundzwanzig wurde, hatte er den Vornamen zu Ehren seines geistigen Mentors Kolumbus in »Christoph« umgeändert.

»Ein überragender Seemann, ja«, pflichtete Anthony bei. Er schnippte einen Kieselstein in den Brunnen, verwandelte das Gesicht seines Vaters in eine Häufung konzentrischer Kreise. Träumte er? Hatte er eine Migräne-Halluzination? »Ein roher Mensch, aber ein überragender Seemann. Für was ausgewählt?«

»Für die wichtigste Seereise der Menschheitsgeschichte.«

Als der Wasserspiegel sich glättete, erschien ein zweites Gesicht: eine hagere, angespannte Falkenmiene überm weißen Kragen eines katholischen Priesters.

»Pater Thomas Ockham«, erklärte der Engel. »Er ist hier auf der Insel tätig. An der Physikalischen Fakultät der Fordham-Universität. Er unterrichtet dort Teilchenphysik und avantgardistische Kosmologie.«

»Und was hat er mit mir zu tun?«

»Gott, unser gemeinsamer Schöpfer, ist gestorben«, antwortete Rafael mit einer Stimme, in der Schmerz, Erschöpfung und Trauer mitklangen.

»Was?«

»Gott ist tot.«

Unwillkürlich wich Anthony einen Schritt zurück.

»Das ist doch verrückt.«

»Er ist gestorben und ins Meer gestürzt. Hören Sie gut zu, Anthony van Horne. Sie erhalten Ihr Schiff zurück.«

Der Supertanker war vier Fußballplätze lang, Eigentum der Karibischen Petroleum AG und Stolz der von ihr betriebenen Tankerflotte, und Anthony van Horne war der Kapitän. Eigentlich sollte es für die *Karpag Valparaíso* eine Routinefahrt werden, ein normaler Nachttransport von Port Lavaca, der Zapfstätte der Trans-Texas-Pipeline, durch den Golf und nach Norden zu den öldurstigen Küstenstädten. Die Flut stand hoch, der Himmel war klar, und Rodrigo López, der mexikanisch-amerikanische Hafenlotse, hatte das Schiff eben ohne einen Kratzer durch die Nueces-Meerenge geleitet.

»Eisberge schwimmen Ihnen heute nacht nicht in die Quere«, hatte López gescherzt, als er die wasserdichte Hose über die Jeans zog. »Aber achten Sie auf Drogenschmuggler, sie steuern ihre Kähne noch schlechter als Griechen.« Mit dem Zeigefinger deutete der Lotse auf einen verwaschenen Fleck auf dem Schirm des Zwölfmeilenradars. »Das könnte einer sein.«

Während López in seine Barkasse kletterte und in Richtung Port Lavaca tuckerte, setzte Anthonys Migräne ein. Er hatte schon schlimmere Anfälle erlitten – Migränezustände, bei denen er auf die Knie gesunken und die Welt in ein Buntglasscherben ähnliches Farbeninferno zerspellt war –, aber trotzdem, auch dieses Mal war es ein ziemlicher Hammer.

»Sie sehen nicht gut aus, Käpten.« Buzzy Longchamps, der permanent fröhliche Erste Offizier, kam auf die Brücke geschlurft, um seine Wache anzutreten. »Seekrank?« spaßte er mit einem unterdrückt prustenden Auflachen.

»Machen wir, daß wir hier wegkommen.« Anthony preßte Daumen und Mittelfinger gegen die Schläfen. »Volle Fahrt voraus.«

»Volle Fahrt voraus«, wiederholte Longchamps. Er schob beide Hebel nach vorn. »Volle Pulle«, sagte er und zündete sich eine Lucky Strike an.

»Volle Pulle«, stimmte Anthony zu. »Backbord zehn.«

»Backbord zehn«, bestätigte der Vollmatrose am Steuerrad.

»Recht so«, fügte Anthony hinzu.

»Recht so«, wiederholte der Vollmatrose.

Der Erste Offizier stapfte zum Radarschirm und tippte mit dem Finger auf das amorphe Echo. »Was ist das?«

»Wohl ein Schiff mit Holzrumpf, wahrscheinlich aus Barranquilla«, antwortete Anthony. »Also, ich bezweifle, daß es Kaffeebohnen geladen hat, verstehen Sie?«

Longchamps lachte, die Lucky Strike wippte zwischen seinen Lippen. »Stuart und ich schaffen's auch allein.« Der Erste Offizier trommelte mit den Fingern auf der Schulter des Vollmatrosen, als übertrüge er seine Worte in Morsezeichen. »Stimmt's, Stuart?«

»Na sicher«, beteuerte der Vollmatrose. »Ist doch klar.«

Anthonys Gehirn schien in Flammen zu stehen. Seine Augen fühlten sich an, als ob sie zerliefen. *Bei Bestehen eines navigatorischen oder meteorologischen Risikos müssen sich ständig zwei Offiziere auf der Brücke aufhalten.* So lautete einer der am wenigsten zweideutigen Sätze im *Karpag*-Bordhandbuch.

»Es sind nur noch zwei Meilen bis zum offenen

Meer«, erklärte der Erste Offizier. »Um fünfzehn Grad beigedreht, und wir sind aus 'm Schneider.«

Longchamps schnappte sich den tragbaren Sprechfunkapparat und gab Kate Rucker, der Vollmatrosin, die am Bug auf Ausguck stand, die Weisung durch, die Glubscher nach einem irregulären Frachter offenzuhalten.

»Aye-aye.«

»Sind Sie sicher, daß Sie alles im Griff haben?« fragte der Kapitän den Ersten Offizier.

»Ist 'n Kinderspiel.«

Und so verließ Anthony van Horne die Brücke das letzte Mal als Angestellter der Karibischen Petroleum AG.

Wie eine aufgescheuchte Wildente kam der Mahagonirumpf-Dampfer, bis an den Schandeckel voller Rohkokain beladen, mit dreißig Knoten Geschwindigkeit aus der Nacht gesaust. Ohne Positionslichter. Unbeleuchtetes Steuerhaus. Als Kate Rucker ihre Warnung ins Walkie-talkie schrie, war das Dampfschiff kaum noch eine Viertelmeile entfernt.

»Ruder hart steuerbord!« brüllte auf der Brücke Buzzy Longchamps, und der Steuermann gehorchte augenblicklich, brachte dadurch den Tanker auf direkten Kurs zum Bolivar-Riff.

Anthony van Horne, der ausgestreckt, überwältigt vom Schmerz, in seiner Koje lag, spürte ein Erbeben und Schlingern der *Valparaíso*. Sofort wälzte er sich hinaus und sprang auf die Füße, aber noch bevor er in den Flur gelangte, drang ihm der abstoßende Geruch ausgelaufenen Öls in die Nase. Er nahm den Aufzug zum Wetterdeck, rannte ins Freie und auf den langen, mittigen Laufsteg hoch über dem verschlungenen Gewirr der Rohre und Ventile. Überall wallten Dämpfe empor, umquollen als große, dichte Wolken die Ladepfosten und überborteten die Seiten des Schiffs wie

Gespenster auf der Flucht. Anthonys Augen füllten sich mit Tränen, es brannte ihm im Hals, seine Nasenhöhlen wurden wund und blutig.

»Heilige Scheiße!« schrie irgendwo eine Teerjacke.

Sobald Anthony mittschiffs die Treppe erreichte, klomm er hinunter, eilte übers Wetterdeck und beugte sich steuerbords übers Schanzkleid. Der Lichtkegel eines Suchscheinwerfers glitt über die Umgegend, die gesamte stinkige Sauerei, das schwarze Wasser, den aufgerissenen Rumpf, das zähe, dickflüssige Öl, das aus dem Leck floß. Später erfuhr Anthony, wie dicht sie in dieser Nacht vor dem Sinken gestanden hatten; erhielt er zur Kenntnis, daß das Bolivar-Riff den Rumpf der *Valparaíso* geradeso aufgeschlitzt hatte, wie ein Büchsenöffner den Deckel einer Dose Hundefutter für einen Spaniel aufschnitt. Zum Zeitpunkt des Unglücks gewahrte er nur das Öl und die Dämpfe – roch den Gestank – und erlebte die eigentümliche geistige Klarheit, die die Einsicht eines Menschen begleitet, daß er den schrecklichsten Augenblick seines Lebens durchmacht.

Aus der Warte der Karibischen Petroleum AG zählte es kaum, ob die *Valparaíso* in der bewußten Nacht gesunken war oder nicht gesunken. Ein Achtzig-Millionen-Kröten-Supertanker bedeutete einen Klimpergeldverlust im Vergleich zu den viereinhalb Milliarden Dollar, die die *Karpag* letzten Endes für Schadenersatzzahlungen und Anwaltskosten, zur Lobbyistenbestechung, an Abfindungen für texanische Garnelenfischer, für Umweltsäuberungsaktionen, die mehr Unheil als Nutzen bewirkten, sowie eine aggressive Werbekampagne zum Wiederaufpolieren des Firmenimages aufwenden mußte. Die brillant konzipierte Reihe »aufklärender« TV-Kurzfilmchen, die das Unternehmen bei Hollywoods Musikvideoproduzenten in Auftrag gab, überstieg das eingeplante Budget in groteskem Umfang, so eilig hatte es die *Karpag*, sie ohne Verzögerung auf Sendung zu bringen. »Außer wenn Sie lange genug und sehr aufmerksam hinschauen, merken Sie wahrscheinlich gar nicht, daß ihr Schönheitsfleck fehlt«, schwadronierte der Sprecher von TV-Spot Nr. 12 zu einem retuschierten Foto Marilyn Monroes. »Ähnlich verhält es sich, wenn Sie einen Blick auf die Karte der Küste von Texas werfen...«

Anthony van Horne umklammerte die Steuerbordreling, starrte aufs auslaufende Öl hinab und weinte. Hätte er erraten, was folgte, vielleicht hätte er einfach dort verharrt, gebannt vom Ausblick in die Zukunft: den sechshundertvierzig Kilometer geschwärzten Strands, zweitausend Morgen ausgerotteter Garnelenzucht, dem schonungslosen Sterben von viertausend Meeresschildkröten und Grindwalen, von sechzigtausend in texanisches Rohöl getauchten und für immer gestrandeten Blaureihern, rosaroten Löfflern, prächtigen Ibissen und schneeweißen Silberreihern. Aus Unkenntnis des Nachfolgenden stieg er jedoch hinauf ins Steuerhaus, wo er aus Buzzy Longchamps' Mund als erstes den Hinweis »Käpten, wir stecken da ein Stück weit in der Scheiße!« hörte.

Zehn Monate später sprach eine Anklagekammer Anthony aller Vorwürfe frei, die der Staat Texas gegen ihn erhoben hatte: Grobfahrlässigkeit, Inkompetenz, Abwesenheit von der Brücke. Damit fällte sie ein unglückseliges Urteil. Wenn nämlich nicht der Kapitän die Schuld trug, mußte jemand anderes schuld sein, jemand namens Karibische Petroleum AG: die *Karpag* mit ihren unterbemannten Schiffen, überarbeiteten Besatzungen, der hartnäckigen Weigerung, Doppelrumpftanker zu bauen, ihrem unsoliden Lecksicherungsplan (einem Vorgegaukel, das Richter Lucius Percy ›den beachtlichsten Beitrag zur maritimen Dichtung seit *Moby Dick*‹ nannte). Als das Rechtssystem Anthony freisprach, werkelten seine Vorgesetzten schon an ihrer Rache. Sie verhießen ihm, er würde nie mehr einen Supertanker kommandieren, und förderten das Eintreffen der Prophezeiung, indem sie die Küstenwache dazu überredeten, sein Kapitänspatent einzuziehen. Binnen eines Jahrs sank Anthonys Einkommen vom sechsstelligen Gehalt eines Schiffers auf die kargen Einkünfte der Randgruppe ab, die im New Yorker Hafen herumlungert und buchstäblich jede angebotene Arbeit verrichtet. Er löschte Ladung, bis Schwielen seine Hände bedeckten. Er vertäute Massengutfrachter und Ro/Ro-Schiffe. Er reparierte Takelage, verspleißte Belegleinen, strich Poller und reinigte Ballasttanks.

Und er duschte; duschte Hunderte von Malen. Am Morgen nach dem Unglück quartierte Anthony sich in Port Lavacas einzigem Holiday Inn ein und stand fast eine Stunde lang unter heißem Wasser, aber das Öl verschwand nicht. Im Anschluß ans Mittagessen versuchte er es noch einmal. Das Öl blieb an ihm haften. Bevor er ins Bett ging, nahm er noch eine Dusche. Eine unaufhörliche Ölflut, vierzig Millionen Liter, verstopften als Petroleum-Moussee seine Arterien, verdickten ihm das Blut. Während das fürchterliche Jahr 1991 ausklang, duschte Anthony van Horne an sieben Tagen in der Woche viermal täglich. Du hast die Brücke verlassen, raunte ihm eine Stimme ins Ohr, indem Wasser auf seinen Brustkasten prasselte. Du hast die Brücke verlassen...

...müssen sich ständig zwei Offiziere auf der Brücke aufhalten.

Du hast die Brücke verlassen...

»Sie haben die Brücke verlassen«, konstatierte der Engel, wischte sich die Tränen am seidenen Ärmel ab.

»Ja, ich habe die Brücke verlassen«, gestand Anthony.

»Ich beweine nicht, daß Sie die Brücke verlassen haben. Strände und Silberreiher sind für mich längst belanglos geworden.«

»Sie weinen, weil« – Anthony schluckte – »Gott tot ist.« Die Äußerung fühlte sich auf Anthonys Zunge äußerst befremdlich an, als wäre er plötzlich mit der Gabe begnadet worden, Tahitisch zu sprechen. »Wie kann Gott tot sein? Wie kann Gott einen Körper haben?«

»Wieso nicht?«

»Ist er nicht... immateriell?«

Rafael seufzte schwer, schwenkte den linken Fittich in die Richtung des Spätgotik-Saals und hob ab, flog auf die unsichere, trudelige Weise eines angeknickten Falters. Während Anthony ihm folgte, merkte er, daß das Geschöpf sich auflöste. Wie die Überbleibsel einer Kissenschlacht wehten Federn durch die Luft.

»Im wesentlichen *sind* Körper immateriell«, sagte Rafael im Dahingaukeln. »Jeder Physiker wird Ihnen das gleiche erklären. Eigentlich ist Materie ein reichlich nichtstoffliches Zeug. Quirlig. Quarkig. Im Grunde genommen ist wenig vorhanden. Fragen Sie Pater Ockham.«

Sanft sank der Engel inmitten der mittelalterlichen Schätze abwärts, faßte Anthonys Hand – wieder mit kalten Fingern, eisig wie ins Weddell-Meer gefallene Leinen – und führte ihn zu einem Altarbild ungeklärter Herkunft in der südöstlichen Ecke.

»Die Religion hat in letzter Zeit einen viel zu starken Hang zum Abstrakten entwickelt«, meinte Rafael. »Gott als Geistwesen, Lichtgestalt, Liebe... Hören Sie auf mit diesem platonischen Gequatsche. Gott ist eine leibhaftige Person, Anthony. Er hat Sie nach seinem Ebenbild geschaffen, siehe Genesis eins-sechsundzwanzig. Er hat eine Nase, vergleiche Genesis achtzwanzig. Ein Gesäß, beachten Sie Exodus dreiunddreißig-dreiundzwanzig. Manchmal hat er Scheiße an

den Hacken, schlagen Sie im fünften Buch Mose dreiundzwanzig-vierzehn nach.«
»Sind das nicht bloß ...?«
»Was denn?«
»Metaphern?«
»Alles ist ein Gleichnis, Anthony. Inzwischen wachsen seine Zehennägel, ein bei Leichen unabwendbares Phänomen.« Rafael zeigte auf das Altarbild, das der Beschilderung zufolge Christus und die Jungfrau Maria bei der Fürbitte vorm Himmelsthron darstellte, allerdings unerwähnt ließ, in wessen Namen die Fürsprache stattfand. »Die Alten Meister wußten noch, woran sie waren. Michelangelo Buonarroti macht sich daran, die Erschaffung Adams zu malen, und ein Jährchen später sieht man in der Sixtinischen Kapelle auch Gott – einen alten Mann mit Bart, völlig richtig. Oder denken Sie an Blake, wie gewissenhaft er das Buch Hiob illustriert und alles genau getroffen hat, auch den alten Gottvater. Oder schauen Sie sich den Beweis an, den Sie hier vor Augen haben ...« Und es stimmte, erkannte Anthony, auf dem Altarbild war Gott anwesend: ein rauschebärtiger Siebziger, gleichzeitig heiter und streng, liebevoll und grimmig.

Aber nein. Das war alles Irrsinn. Rafael Azarias war ein Betrüger, ein Schwindler, zweifelsfreier Fall für die Klapsmühle.

»Sie fallen auseinander«, stellte Anthony fest.

»Ich sterbe«, berichtigte ihn der Engel. Sein Heiligenschein, der zuvor so rot wie das *Texaco*-Logo erstrahlt war, blinkte jetzt in bläßlichem Rosa. Seine vorher glanzvollen Federn verbreiteten inzwischen nur noch fahlbleichen Schein, als bewohne eine Kolonie gealterter Leuchtkäfer das Gefieder. Winzige Gespinste scharlachroter Äderchen durchzogen seine Augen. »Die Himmlischen Heerscharen sterben samt und sonders. So gewaltig tief ist unsere Trauer.«

»Sie haben von meinem Schiff gesprochen.«

»Gottes Leichnam muß geborgen werden. Geborgen, abgeschleppt und eingeschreint. Von allen Schiffen auf Erden ist für diese Aufgabe ausschließlich die *Karpag Valparaíso* geeignet.«

»Die *Valparaíso* ist schwer beschädigt.«

»Sie ist in der vergangenen Woche wieder vom Stapel gelassen worden. Momentan ist sie oben in Connecticut, in der Nationalen Stahlwerft, und steht zur Erledigung der von Ihnen zu spezifizierenden Umbauten bereit.«

Anthony betrachtete seinen Unterarm, spannte und lockerte die Muskeln, so daß die auftätowierte Seejungfrau eine Reihe von Höckern und Falten bekam.

»Gottes Leichnam...«

»Ganz richtig«, sagte Rafael.

»Ich könnte mir vorstellen, daß er groß ist.«

»Von vorn bis hinten drei Komma zwo Kilometer.«

»Schwimmt er mit dem Gesicht nach oben?«

»Ja. Es fällt auf, daß er lächelt. *Rigor mortis,* vermuten wir, aber es kann auch sein, daß es ihm vor seinem Verscheiden beliebt hat, diesen Gesichtsausdruck anzunehmen.«

Anthony heftete den Blick auf das Altarbild, bemerkte die lebensspendende Milch, die aus der rechten Brust der Jungfrau floß. Drei Komma zwei Kilometer? Dunnerlüttchen, *drei Komma zwei Kilometer?* »Dann werden wir wohl morgen was in der *Times* darüber lesen, hm?«

»Das bezweifle ich«, erwiderte Rafael. »Um von Wettersatelliten geortet zu werden, hat der Leichnam zu hohe Dichte, und er gibt eben noch soviel Wärme ab, daß er auf dem Langstreckenradar einen komischen Fleck hinterläßt, der nach Nebel aussieht.« Dem Engel brachen neue Tränen hervor, während er Anthony ins Foyer geleitete. »Wir können unmöglich dulden, daß er verwest. Wir dürfen ihn nicht den Raubtieren und Würmern überlassen.«

»Gott hat keinen Körper. Gott *stirbt* nicht.«

»Doch, Gott hat einen Körper – und aus uns völlig schleierhaften Gründen ist dieser Körper jetzt gestorben.« Rafaels Tränen flossen unablässig, als drängen sie aus einem vergleichbar reichlichen Quell wie der Trans-Texas-Pipeline. »Befördern Sie ihn nach Norden. Lassen Sie ihn in der Arktis gefrieren. Bestatten Sie die Überreste.« Vom Schaltertisch des Eingangs nahm er eine Hochglanzbroschüre des Städtischen Kunstmuseums, deren Umschlag man Piero della Francescas *Auffindung und Prüfung des Heiligen Kreuzes* aufgedruckt hatte. »Bei der Svalbard-Inselgruppe befindet sich ein riesiger Eisberg, der dauerhaft mit dem oberen Küstenbereich der Insel Kvitöi verbunden ist. Dort treibt sich niemand herum. Wir haben den Eisberg schon ausgehöhlt, Einfahrt, Stollen, Gruft, alles ist da. Sie müssen ihn nur noch hineinbringen.« Der Engel zupfte eine Feder aus der linken Schwinge, hielt sie sich ans Auge und befeuchtete den Kiel mit einer silbernen Träne. Er drehte die Broschüre um und schrieb etwas auf die Rückseite. »Achtzig Grad sechs Minuten nördlicher Breite«, murmelte er vor sich hin. »Vierunddreißig Grad Länge ...«

»Sie reden mit dem Falschen, Mr. Azarias. Sie brauchen keinen Tanker-, sondern einen Schlepperkapitän.«

»Wir wünschen einen Tankerkapitän. Wir wollen Sie. Ihr neues Kapitänspatent ist schon mit der Post unterwegs. Es stammt von der brasilianischen Küstenwache.« Rafaels Feder flitzte übers Papier und beschrieb es mit so feurig-hellen Buchstaben, daß Anthony die Lider verkniff. Als würfe er ein Schreiben in den Briefkasten, schob der Engel dem Kapitän die Broschüre zwischen nackte Brust und Arm. »Sobald die Umbauten der *Valparaíso* fertig sind, schickt die *Karpag* sie auf eine Erprobungsfahrt nach New York.«

»Die *Karpag?* O nein, mit *den* Schweinehunden will ich nichts mehr zu tun haben.«

»Mit *denen* haben Sie natürlich nicht mehr zu tun. Die *Valparaíso* ist von einem auswärtigen Interessenten gechartert worden.«

»Ein anständiger Kapitän führt kein unregistriertes Schiff.«

»Sie fahren durchaus unter einer Flagge.«

»Welcher Flagge?«

»Der Fahne des Vatikans, unter Gottes Farben.« Ein Hustenanfall packte den Engel, Tränen und Federn stoben durch die schwüle Luft. »Er ist ungefähr bei den Null-null-Koordinaten in den Atlantik gestürzt, dort wo der Äquator an den Anfangsmeridian grenzt. Machen Sie sich dort an die Suche. Wahrscheinlich ist er abgetrieben, vielleicht mit dem Guinea-Strom nach Osten. Kann sein, Sie finden ihn bei Sao Tomé, aber Sie wissen ja, Gottes Wege sind unerforschlich.« Indem er fortwährend Federn verstreute, humpelte Rafael, Anthony dichtauf an den Fersen, aus dem Foyer zum Cuxa-Kloster. »Sie beziehen ein großzügiges Gehalt. Pater Ockham ist finanziell gut ausgestattet.«

»Otto Merrick könnte der richtige Mann für so einen Auftrag sein. Ich glaube, er fährt noch für *Atlantik-Richfield*.«

»Sie bekommen Ihr Schiff zurück«, fuhr der Engel ihn barsch an, stützte sich auf die Einfassung des Springbrunnens. Er atmete stoßweise und mit einem Röcheln, als hätte er zerlöcherte Lungen. »Ihr Schiff... und noch etwas...«

Der Engel – sein Heiligenschein knisterte und flakkerte, seine Tränen flossen – warf den zum Schreiben benutzten Federkiel ins Brunnenwasser. Eine Szene erschien, deren satte Rot- und trübe Grüntönung an die ersten Jahre des Farbfernsehens erinnerte: Um einen Eßtisch saßen fünf reglose Gestalten.

»Erkennen Sie's?«
»Ja...«
Erntedankfest 1998, vier Monate nach der Ölkatastrophe. Alle hatten sie sich in Vaters Wohnung in Paterson getroffen. Christoph van Horne nahm, habituell hochtrabend und elegant, gekleidet in einen Anzug aus weißer Schurwolle, den Platz am Kopfende des Tisches ein. Zu seiner Linken: die dritte Gattin, eine lautmäulige, klapperdürre, von Selbstmitleid zerfressene Frau namens Tiffany. Zur Rechten: Frank Kolby, sein bester Freund von der Lotsenvereinigung, ein phantasieloser Bostoner Schleimscheißer. Anthony saß auf dem Stuhl gegenüber seines Vaters, an einer Seite flankiert von seiner stämmigen Schwester Susan, die in New Orleans eine Fischzucht betrieb, auf der anderen Seite von seiner damaligen Freundin Lucy McDade, einer zierlich-kleinen, attraktiven Stewardess der *Exxon Bangor*. Jede Einzelheit stimmte, der Zigarillo im Mund des alten Seebärs, das Ronson-Feuerzeug in seiner Hand, die blaue Steingut-Soßenschüssel neben seinem Teller voller zermanschter Kartoffeln und tiefbraunem Fleisch.

Die Gestalten zuckten, fingen zu atmen und zu essen an. Anthony glotzte aufs Wassers und sah mit Entsetzen, was als nächstes bevorstand.

»Holla, da ist ja die *Valparaíso*«, sagte Christoph van Horne, ließ das Ronson-Feuerzeug in die Soße fallen. Er war von Wodka-Cocktails beduselt. Das Feuerzeug drehte sich in die Senkrechte – Feuerstein unten, Gasbehälter oben –, aber schwamm.

»Froggy, laß den Unfug«, ermahnte ihn Tiffany.

»Vati, laß das«, verlangte Susan.

Anthonys Vater fischte das Feuerzeug aus der Schüssel. Dicke, braune Soße rann ihm über die Finger, während er sein Schweizer Armeetaschenmesser zückte und das Plastikgehäuse einschnitt. Flüssiges Butangas troff auf die Leinentischdecke. »O je, die

Valparaíso hat ein Leck.« Er warf das Feuerzeug ein zweites Mal in die Soßenschüssel und lachte, sobald man das Butan in die Soße sickern sah. »Irgendwer muß sie aufs Bolivar-Riff gesteuert haben. Die armen Wasservögel...«

»Froggy, also *bitte*!«

»Die Grindwale hatten echt keine Chance«, meinte Frank Kolby, unterdrückte ein grobschlächtiges Lachen.

»Kann es sein, daß der Kapitän die Brücke verlassen hat?« fragte Christoph van Horne mit gespieltem Befremden.

»Wir haben dich alle verstanden«, stellte Susan klar.

Der Alte beugte sich zu Lucy McDade hinüber, als ob er Spielkarten austeilte. »Dein Seemannsfreund hat die Brücke verlassen. Ich wette, er hatte mal wieder Kopfweh, und – *schwupp* – weg war er, und darum sind jetzt die vielen Reiher und Löffler kaputt. Weißt du, was mit deinem Freund das Problem ist, meine entzückende Lucy? Er glaubt, gut geölt ist halb gebohnert.«

Tiffany verfiel ins Kichern.

Lucy wurde rot.

Kolby grinste hämisch.

Susan stand auf, um zu gehen.

»Du Lump«, knirschte Anthonys *Alter ego*.

»So ein Lump«, bekräftigte der echte Anthony.

»Möchte wer noch Soße?« fragte Christoph van Horne, hob die Schüssel vom Untersatz. »Was ist los, Leute, seid ihr etwa Memmen?«

»Ich bin keine Memme.« Frank Kolby nahm die Schüssel und goß sich verseuchte Soße über Putenfleisch und Kartoffeln.

»Das verzeihe ich dir nie«, schäumte Susan und rauschte zum Eßzimmer hinaus.

Frank Kolby stopfte sich Kartoffelklumpatsch in den Mund. »Schmeckt wie...«

Das Bild erstarrte.

Die Gestalten verflimmerten.

Nur die Feder trieb noch auf der Wasserfläche.

»Das war am schlimmsten an der ganzen Matagorda-Bucht-Katastrophe, stimmt's?« erkundigte sich Rafael, rieb an seinem Heiligenschein. »Schlimmer als die haßerfüllten Zuschriften der Umweltschützer und die Morddrohungen der Garnelenfischer... Was Ihr Vater Ihnen an dem Abend angetan hat, war am allerschlimmsten.«

»Ja, diese Erniedrigung...«

»Nein«, widersprach der Engel in spitzem Ton. »An der Erniedrigung lag es nicht. Es war die rücksichtslose Offenheit, die Sie so getroffen hat.«

»Wie bitte?«

»Vier Monate nach der Havarie der *Valparaíso* hat Ihnen endlich jemand die Wahrheit, die vom Bundesstaat Texas geleugnet worden ist, unverblümt ins Gesicht gesagt.«

»Welche Wahrheit?«

»Sie sind der Schuldige des Unheils, Anthony van Horne.«

»Ich hab's überhaupt nie abgestritten.«

»Sie sind der Schuldige«, bekräftigte Rafael, schlug eine Faust in den Handteller, als wäre er ein Richter, der den Hammer schwang. »Aber der Schuld folgt die Sühne. Wenigstens heißt es so.« Der Engel steckte die Finger unter die Federn des linken Flügels und kratzte sich. »Nach Beendigung des Auftrags besuchen Sie Ihren Vater.«

»Den alten Sausack?«

Der Engel nickte. »Ihren hochmütigen, launischen, unglücklichen Vater. Sie sagen ihm, daß Sie Ihre Aufgabe erfüllt haben. Und dann – das verspreche ich Ihnen – wird Ihnen Vergebung zuteil.«

»Auf *seine* Vergebung lege ich überhaupt keinen Wert.«

»*Seine* Vergebung ist die einzige«, erwiderte Rafael, »die für Sie zählt. Blut ist dicker als Öl, Kapitän. Sie haben sein Blut in den Adern.«

»Ich kann mir selbst vergeben«, widersprach Anthony trotzig.

»Damit haben Sie es doch längst versucht. Duschen nützt nichts, Kapitän. Auch der Cuxa-Springbrunnen hilft nicht. Nur Christoph van Horne kann Ihnen helfen. Sie werden von der Bürde der Gewissenslast niemals frei sein, das Öl wird nie von Ihnen weichen, bis dieser Mann Ihnen in die Augen sieht und sagt: ›Junge, du hast gute Arbeit geleistet. Du hast ihn in die Gruft gebettet.‹«

Anthony spürte plötzliche Kälte durchs Cuxa-Kloster wehen. Auf seinem nackten Körper bildete sich eine Gänsehaut, so daß sie dem mit Entenmuscheln bewachsenen Rumpf eines Tankers glich. Über den Brunnen gebeugt holte Anthony die Feder aus dem Wasser. Was wußte er über Gott? Vielleicht bestand Gott *tatsächlich* aus Fleisch und Blut – und allem übrigen –, vielleicht *konnte* er sterben. Anthonys Sonntagsschullehrer, Propagandisten eines derartig verschwommenen und allgemeinen Glaubens, daß es sich nicht einmal vorstellen ließ, es raffte sich irgend jemand auf, dagegen zu rebellieren (bei den Wilmingtoner Methodisten jedenfalls kannte man keine Aussteiger), hatten derlei Möglichkeiten nie erwähnt. Wer wollte entscheiden, ob Gott einen Körper hatte?

»Vater und ich haben uns seit Weihnachten nicht mehr gesprochen.« Anthony strich sich mit der feuchten, weichen Feder über die Lippen. »Als letztes habe ich gehört, daß er mit Tiffany nach Spanien gereist ist.«

»Dann können Sie ihn dort finden.«

Rafael torkelte vornüber, streckte Anthony die eisigen Hände entgegen und sackte dem Kapitän in die Arme. Der Engel war überraschend schwer und unerwartet fleischig. Wie seltsam war doch das Universum. Viel seltsamer, als Anthony es sich je ausgemalt hatte.

»Bestatten Sie ihn...«

Der Kapitän betrachtete den mit Sternen übersäten Nachthimmel. Er dachte an seinen Lieblingssextanten, ein Geschenk seiner Schwester zum Abgang von der New Yorker Marinehochschule, eine tadellose Kopie des wunderbaren Instruments, mit dem einst Nathaniel Bowditch die Weltkarte korrigiert und ergänzt hatte. Und zudem funktionierte das Gerät einwandfrei, filterte das Gleißen der Venus, fand den Polarstern im Handumdrehen, machte selbst bei Bewölkung den beringten Jupiter ausfindig. Nie war Anthony ohne den Sextanten zur See gefahren.

»Ich habe einen sehr schönen und akkuraten Sextanten«, sagte Anthony zu Rafael. »Man weiß nie, wann der Computer ausfällt«, fügte der Kapitän hinzu. »Man weiß nie, wann man sich bei der Steuerung an den Sternen orientieren muß«, betonte der Schiffer der *Valparaíso*; daraufhin lächelte der Engel und verhauchte seinen letzten Atemzug.

Der Mond glomm in einem unheimlichen Weiß, stand wie Gottes Totenschädel am Himmel, während Anthony kurz vor Morgengrauen Rafael Azarias' im Erstarren begriffenen Leichnam durch den Fort Tyron Park schleifte, ihn am Fluß über die Brüstung stemmte und kopfüber ins kalte, stinkige Wasser des Hudson warf.

PRIESTER

Thomas Wickliff Ockham, ein redlicher Mensch, ein Mann, der Gott liebte, Physik, Verstand, Hollywoodfilme und seine Brüder des Jesuitenordens schätzte, schlängelte sich unter der Siebten Avenue durch die dichtbesetzte U-Bahn, lenkte seinen Diplomatenkoffer achtsam durchs die Vielfalt der den Passanten gehörigen Oberkörper und Becken. Eine Stadtkarte am anderen Ende des Waggons zog ihn an, ein kompliziertes Geflecht bunter Linien, ähnlich der geäderten, blutigen Hand eines kubistischen Christus. Vor der Karte plante er den weiteren Weg. Aussteigen an der 42. Straße. Mit der Linie N zum Union Square. Zu Fuß die 14. Straße entlang. Kapitän Anthony van Horne von der Brasilianischen Handelsmarine finden, an Bord der SS *Karpag Valparaíso* gehen und einen unvorstellbaren Leichnam zur Ruhe betten.

Er setzte sich zwischen einen hutzligen, bärtigen Chinesen, der einen eingetopften Kaktus auf dem Schoß hielt, und eine attraktive, etwa dreißigjährige Schwarze in ausgebauchtem Umstandskleid. Der Jesuit Thomas Ockham empfand die New Yorker U-Bahn als Vorgeschmack aufs Reich Gottes: Afrikaner Schulter an Schulter mit Hispanolen, Asiaten neben Arabern, Christen neben Juden, die Schwangere neben (er dachte an sich) dem Zölibatären. Alle Grenzen aufgehoben. Jede Trennung beseitigt. Sämtliche Menschen Glieder einer Allumfassenden und Unsichtbaren Kirche, des Mystischen Leibes Christi; obwohl es, falls das Halbdutzend Glanzfotos in Thomas Ockhams Diplomatenkoffer die Wahrheit wiedergaben, kein Reich Gottes gab, keinen Mystischen Leib Christi, Gott tot war und mitsamt all Seinen verschiedenerlei Aspekten dahin.

In Italien war es anders gewesen. In Italien hatten alle Leute gleich ausgesehen.

Sie hatten alle wie Italiener ausgesehen...

Die Kirche steht vor einer ernsten Krise. So lautete der Anfang der rätselhaften Verlautbarung des Heiligen Stuhls, die im Postzimmer der Physikalischen Fakultät der Fordham University aus dem Faxgerät gekrochen war, eines offiziellen Sendschreibens des Vatikans. Aber welcher Art von Krise? Einer spirituellen? Politischen? Finanziellen? Darüber besagte die Mitteilung nichts. Offensichtlich mußte es eine schwere Krise sein, andernfalls hätte der Heilige Stuhl nicht darauf bestanden, daß Thomas Ockham seine Vorlesungen für die ganze Woche absagte (gerade als er die kosmologischen Beweise für die Existenz Gottes zu präsentieren gedachte) und um Mitternacht das Flugzeug nach Rom nahm.

Dort war er am *Aeroporto* in ein Taxi gestiegen und hatte den Fahrer beauftragt, ihn stracks zur Gesellschaft Jesu zu befördern. Als Jesuit in Italien zu sein, ohne in der Mutterkirche des Ordens die Heilige Kommunion zu empfangen, wäre das gleiche, als ob ein Physiker in der Schweiz auf einen Abstecher zum Patentamt verzichtete. Tatsächlich hatte auch Thomas Ockham anläßlich seines letzten Besuchs beim Conseil Européen pour la Recherche Nucléaire eine Pilgerreise von Genf nach Bern gemacht, um vor dem Rosenholz-

Schreibtisch aufs Knie zu sinken, an dem Einstein 1903 seine bahnbrechende Schrift *Zur Elektrodynamik bewegter Körper* verfaßt hatte, die göttlich inspiriertes Vermählung des Lichts mit der Materie, der Materie mit dem Raum, des Raums mit der Zeit.

Also hatte Thomas Ockham zunächst Blut und Leib des Herrn zu sich genommen und sich erst danach zu dem Treffen mit Kardinal Tullio di Luca im Hotel Ritz-Reggia begeben.

Aber Monsignore di Luca, im Vatikan Sekretär für Besondere Kirchliche Angelegenheiten, zeigte sich keineswegs mitteilsam. Phlegmatisch wie der Mond – auch ebenso pockennarbig im Gesicht und so trocken im Charakter – lud er Thomas Ockham ins elegante *ristorante* des Ritz-Reggia ein, und die Unterhaltung ging nie über die Veröffentlichungen des Paters hinaus, drehte sich vorwiegend um *Die Mechanik der Gnade*, seine revolutionäre Versöhnung der nachnewtonschen Physik mit der Eucharistie. Als Thomas Monsignore di Luca geradewegs in die Augen blickte und sich nach der »ernsten Krise« erkundigte, hatte ihm der Kardinal nur geantwortet, die Audienz beim Heiligen Vater fände morgen um Punkt neun Uhr statt.

Zwölf Stunden später schlenderte der ausnahmsweise ratlose Jesuit zum Hotel hinaus, überquerte den Damaskushof und meldete sich im von Sonnenschein durchdrungenen Vorzimmer des Papstpalasts bei einem *maestro di camera*, dessen Kopf ein Federhut zierte. Di Luca fand sich umgehend ein, sah im Morgenlicht genauso grau aus wie unter den Kronleuchtern des Hotels Ritz-Reggia; ihn begleitete, ein rotes Käppchen auf dem Kopf, ein kleiner, lebhafter Mann: Eugenio Orselli, der bekannte Staatssekretär des Vatikans. Seite an Seite betraten die Kleriker durch die Flügeltür das päpstliche Arbeitszimmer. Thomas Ockhams Schritt stockte flüchtig, kurz bewunderte er die

Schweizer Garden mit ihren glänzenden, stählernen Hellebarden. Rom hielt es richtig, überlegte er. Der Heilige Stuhl befand sich wirklich im Kriegszustand, mußte einen ewigen Kampf gegen alle führen, die dazu neigten, menschliche Wesen auf den Rang ehrgeiziger Affen zu erniedrigen, lediglich vom Glück begünstigter Eiweißklumpen, einzigartig schlauer, komplizierter Apparate.

Gekleidet in einen Hermelinmantel, behangen mit einem Kruzifix, schlurfte Papst Innozenz XIV. den Ankömmlingen entgegen, eine Hand, gehüllt in einen Handschuh, auf dem er Juwelenringe trug, nach vorn gestreckt, während er mit der anderen Hand die bienenkorbförmige Tiara stützte, die seinen Kopf krönte wie eine elektrische Trockenhaube, die die Frisur einer Vorstadtmatrone in Fasson brachte. Die Vorliebe des Alten zum Pomp hatte schon ab und zu, wußte Thomas Ockham, Grund zu Diskussionen geliefert, sowohl inner- wie auch außerhalb der Mauern des Vatikans, im allgemeinen jedoch beugte man sich der Auffassung, daß er als erster Nordamerikaner auf dem Stuhl Petri durchaus ebenfalls das Anrecht auf vollen Wichs genoß.

»Wir wollen offen sein«, sagte Innozenz XIV., der mit bürgerlichem Namen Jean-Jacques LeClerc hieß. Er hatte eine feiste, runde Miene von allerdings außerordentlicher Schönheit, wie ein von Donatello geschaffenes Mondgesicht. »Niemand sieht in Ihnen die beste Wahl für diesen Auftrag.«

Ein frankokanadischer Papst, nun ja, sann Thomas vor sich hin, als er, sobald er sich die Bifokalbrille zurechtgerückt hatte, dem Menschenfischer den Ring küßte. Davor war der Oberhirte Portugiese gewesen. Und davor Pole. Allmählich kam die Westliche Welt dahin, daß praktisch jeder Stellvertreter Christi werden konnte.

»Sie sind den Erzengeln zu intellektuell«, erklärte Monsignore di Luca. »Aber nachdem der Bischof von Prag abgelehnt hatte, konnten wir sie davon überzeugen, daß Sie für die Sache der Richtige sind.«

»Die Erzengel?« wiederholte Thomas, weil es ihn überraschte, daß ein päpstlicher Sekretär eine so ausgesprochen mittelalterliche Vorstellung hegte. War di Luca etwa Bibel-Fundamentalist? Ein Dummkopf? Wie viele Kamele gelangten eigentlich durchs Nadelöhr in den Vatikan?

»Rafael, Michael, Gabriel, Chamuel, Adabiel, Haniel und Zafiel«, zählte der schöne Papst sie allesamt auf.

»Oder hat die Fordham University diese höheren Wesenheiten verworfen?« Ein Ausdruck der Gehässigkeit huschte über de Lucas Gesicht.

»Wir alle, die wir die Unterwelt der Atomkerne erforschen«, gab Thomas zur Antwort, »merken bald, daß Engel nicht weniger plausibel als Elektronen sind.« Eine Regung des Bedauerns durchzitterte den Priester. Noch keine zwei Tage weilte er in Rom, und schon redete er daher, was man von ihm zu hören wünschte.

Der Heilige Vater lächelte breit, so daß sich in seinen dicken Backen Grübchen bildeten. »Sehr gut, Professor Ockham. Es sind tatsächlich Ihre wissenschaftlichen Spekulationen, die uns dazu bewogen haben, Sie herzubestellen. Wir haben nicht nur *Die Mechanik der Gnade* gelesen, sondern auch *Superstrings und Erlösung*.«

»Sie verfügen über einen starken Geist«, lobte Kardinal Orselli. »Sie haben bewiesen, daß Sie die Stellung gegen den Modernismus halten können.«

»Lassen Sie uns hinunterfahren«, sagte der Papst.

Gemeinsam fuhren die Geistlichen in den berühmten Mediensaal des Vatikans hinab, ein düsteres Gewölbe, das ausgestattet war mit Samtsesseln, digitalem

Ton und Geräten, die von Laserdiscs bis zu alten Laterna-Magica-Glasdias alles projizieren konnten, aber hauptsächlich, wie Orselli anmerkte, für Cecil B. De-Mille-Retrospektiven und spätabendliche Vorführungen von *Die Glocken von Sankt Marien* benutzt wurde. Während die Kleriker sich in die üppigen Sitzpolster sinken ließen, trat ein helläugiger, junger Mann ein, dem ein Stethoskop wie ein Sankt-Christophorus-Medaillon um den Hals baumelte; seinem weißen Kittel war der Name CARMINATI aufgestickt. Zusammen mit Dr. Carminati schleppte sich eine kränklich-schlotterige, um die fünfzigjährige Männergestalt herein, die außer sonstigen abwegigen Attributen (Heiligenschein, Harfe, leuchtendes Gewand) ein Paar aus den Schulterblättern gewachsener, prächtiger Fittiche aufwies. Dennoch spürte Thomas, daß etwas Todernstes in der Luft lag, das Cecil B. DeMille und Bing Crosby nicht ferner hätte sein können.

»Er ist jetzt seit zwei vollen Tagen bei uns.« Kardinal Orselli zeigte auf den Geflügelten und stieß einen gedämpften, gepreßten Seufzer aus. »Mit jeder Präsentation, die er uns gibt, überzeugt er uns mehr.«

»Freut mich, daß Sie da sind, Professor«, grüßte das Geschöpf mit schwächlicher, dermaßen kratziger Stimme, als ob sie von einer Schellack-Schallplatte ertönte. Das Wesen hatte eine erstaunlich weiße Haut, sie war heller als bei jedem normalen Weißen, sogar als bei einem Albino. Es schien aus Schnee zu bestehen. »Mir ist versichert worden, daß Sie nicht nur intelligent« – es erhob sich auf die Zehenspitzen –, »sondern auch fromm sind.« Als nächstes schlug der Geflügelte zu Thomas' höchster Verblüffung mit den Schwingen, schwang sich zwei Meter hoch empor und blieb schweben. »Die Zeit spielt eine bedeutende Rolle«, erklärte er, während er mit einer Unbeholfenheit durch den Mediensaal kreiste, die an die plumpen Hüpfer gemahnte, die einst Orville Wrights klapperiger Doppeldecker über Kitty Hawk vollführte.

»Guter Gott«, entfuhr es Thomas.

Der Geflügelte landete vor dem roten Proszenium-Vorhang. Auf den jungen Arzt gestützt, stellte die Kreatur die Harfe beiseite, tappte ans Redner- und Steuerpult, fummelte an den Schaltern. Der Vorhang teilte sich, der Saal wurde dunkel, und sofort schoß aus dem Vorführraum ein greller Lichtkegel auf die perlige Leinwand.

»Der *Corpus Dei*«, sagte das Geschöpf sachlich, als vor den Augen der Priester ein 35-mm-Farbdia aufleuchtete. »Gottes Leichnam.«

Thomas verkniff die Augen, aber das Bild – die Aufnahme eines großen, menschenähnlichen Objekts, das auf Meereswellen schwamm – blieb unscharf. »Was haben Sie gesagt?«

Das Geschöpf zeigte das nächste Dia: dasselbe Motiv, diesmal näher, aber gleich unscharf. »Gottes Leichnam«, wiederholte der Geflügelte.

»Können Sie das nicht schärfer einstellen?«

»Nein.« Die Kreatur hatte noch drei weitere unbefriedigende Bilder des schwimmenden Riesen parat. »Ich habe sie selbst geknipst. Mit einer Leica.«

»Er hat einen zusätzlichen Beweis«, bemerkte Kardinal Orselli. »Ein Elektrokardiogramm, das so flach wie eine Flunder ist.«

Als das letzte Dia hinausrutschte, überflutete die Projektorlampe die Leinwand wieder mit blendendgreller Helligkeit. »Ist das irgendwie ein Jux?« fragte Thomas.

Natürlich war es nur ein Ulk. In einer Zivilisation, in der jeder Umbruchredakteur routiniert Fotos von Bigfoot und UFO-Piloten fälschen konnte, brauchte es wahrlich mehr als ein paar Dias eines verwaschenen

Etwas, um der Vorstellung, die Thomas von Gott hatte, einem grundlegenden anthropomorphischen Wandel zu unterziehen.

Dessen ungeachtet zitterten ihm jetzt die Knie.

Und in seinen Handflächen sammelte sich Schweiß.

Er starrte den Teppich an, als wollte er sich durch den Anblick der dicken, schallschluckenden Fasern selbst hypnotisieren; doch als er aufschaute, blickte er in die Augen des geflügelten Wesens: goldene Augen, scheinbar voller elektrischer Fünkchen, ähnlich wie Van-de-Graaff-Generatoren verschleudern sie Lichtblitze in die Umgebung.

»Tot?« fragte Thomas.

»Tot.«

»Und die Todesursache?« flüsterte Thomas.

»Ein absolutes Rätsel. Wir haben keine Ahnung.«

»Sind Sie ... Rafael?«

»Rafael hält sich gegenwärtig in New York auf, um Anthony van Horne abzupassen ... Jawohl, *Kapitän* Anthony van Horne, den Mann, der die Matagorda-Bucht verseucht hat.«

Als der Engel wieder die Hauptbeleuchtung einschaltete, sah Thomas, daß er sich auflöste. Silbrige Haare fielen ihm büschelweise vom Schädel herab. Seine Schwingen verloren Federn wie ein morsches Dach Schindeln. »Und die anderen?«

»Adabiel und Haniel sind beide gestern verschieden«, erklärte der Engel, während er seine Harfe an sich nahm. »Tödliche Empathie. Chamuel verfällt rasch, Michael wird nicht mehr lang unter uns sein, Zafiel liegt aufs Letzte ...«

»Bleibt noch Gabriel.«

Der Engel zupfte die Harfe.

»Um es kurz zu machen, Pater Ockham«, sagte Kardinal Orselli, als hätte er inzwischen eine Menge erklärt, obwohl er in Wahrheit überhaupt nichts geklärt hatte, »wir wollen, daß Sie auf dem Schiff mitfahren. An Bord der *Karpag Valparaíso*.«

»Dem einzigen Supertanker, den der Vatikan je gechartert hat«, konstatierte der Heilige Vater. »Ein besudeltes Schiff, aber als einziges der Anforderung gewachsen. Oder wenigstens wird's so von diesem Engel behauptet.«

»Welcher Anforderung?« fragte Thomas.

»Der Bergung des *Corpus Dei*.« Gleißende Tränen rannen Gabriel über die rissigen Wangen. Lichter Schleim floß ihm aus den Nasenlöchern. »Um den Herrgott vor denen zu schützen« – ein knapper Blick des Engels streifte di Luca – »die seine Überreste für eigene Zwecke mißbräuchten. Um für eine würdige Bestattung zu sorgen.«

»Erreicht der Leichnam erst einmal arktische Gewässer«, erläuterte Orselli, »hört die Verwesung auf.«

»Eine Begräbnisstätte ist schon vorbereitet worden«, sagte Gabriel, spielte auf seinem Instrument ziemlich amateurhaft *Dies Irae*. »In einem Eisberg an der Insel Kvitöi.«

»Und *Sie* werden die ganze Zeit auf der Brücke sein«, meinte di Luca, legte Thomas die vom roten Handschuh umhüllte Rechte auf die Schulter. »Unser einziger Verbindungsmann, der sicherstellen kann, daß van Horne sich an den gewiesenen Weg hält. Der Mann ist nämlich kein Katholik. Er ist kaum als Christ einzustufen.«

»Sie stehen als Passagier auf der Liste, als nicht zur Besatzung gezählter Fahrgast«, teilte der Papst dem Pater mit. »In Wirklichkeit sind Sie aber der wichtigste Mann bei der ganzen Angelegenheit.«

»Ich lege Wert auf völlige Klarheit.« Gabriel richtete seine elektrischen Augen direkt auf Innozenz XIV. »Wir wünschen eine ehrbare Bestattung, sonst nichts. Kein Aufsehen, Eure Heiligkeit. Keine Milliarden-

Dollar-Totenfeier, keine unermeßlich teuren Denkmäler auf dem Grab. Und daß er uns ja nicht in Reliquien zerschnippelt wird.«

»Das ist mir vollauf verständlich«, antwortete der Papst.

»Da bin ich mir nicht so sicher.« Der Engel verzerrte die Miene und rang um Atem. »Sie führen eine zählebige Organisation, Eure Heiligkeit. Wir haben Sorge, daß Sie vielleicht nicht wissen, wann Schluß ist.«

»Sie können uns vertrauen«, beteuerte di Luca.

Indem Gabriel die linke Schwinge so weit spannte, wie es ihm möglich war, berührte er mit den Federn Thomas' Wange. »Ich beneide Sie, Professor. Im Gegensatz zu mir finden Sie noch genug Zeit, um aufzudecken, warum es soweit kommen mußte. Ich bin der Überzeugung, daß Sie bei vollem Einsatz Ihres Jesuitenintellekts, und wenn Sie bei Tag und Nacht daran grübeln, während die *Valparaíso* den Nordatlantik durchpflügt, auf eine Lösung des Problems stoßen.«

»Allein durch den Verstand?« fragte Thomas.

»Allein kraft des Verstands. Dafür kann ich praktisch garantieren. Lassen Sie sich Zeit bis zum Ende der Fahrt, und plötzlich wird Ihnen die Lösung des Rätsels...«

Ein scharfes, kehliges Ächzen. Dr. Carminati eilte zu dem Engel und öffnete ihm die Kleidung, drückte das Stethoskop auf seine milchweiße Brust. Mit einem Schnaufer hob Innozenz XIV. die Hand an die Lippen und saugte an den Fingerspitzen des Samthandschuhs.

Gabriel sackte in den nächsten Sitz, sein Heiligenschein wurde so dunkel, daß er einem Schokoladenplätzchen ähnelte.

»Verzeihen Sie, Eure Heiligkeit...« Der Arzt zog sich das Stethoskop aus den Ohren. »Aber es wäre besser, ihn ins Krankenhaus zurückzubringen.«

»Gehen Sie mit Gott«, stimmte der Papst zu, streckte

die Hand in die Höhe, drehte sie zur Seite und schlug ein Kreuz.

»Denken Sie dran«, sagte der Engel. »Kein Affentheater.«

Der Arzt schlang den Arm um Gabriels Schulter und geleitete ihn aus dem Saal wie ein pflichtgetreuer Sohn, der seinen Vater durch den Korridor einer Krebsstation führt.

Thomas' Blick haftete noch auf der leeren Bildfläche. Gottes Leichnam? Gott hatte einen Körper? Was waren die kosmologischen Implikationen dieser erstaunlichen Behauptung? War er wirklich dahin, oder hatte sein Geist lediglich eine äußere Hülle aufgegeben? (Gabriels Trauer legte den Schluß nahe, daß sich kein Anlaß zur Beschönigung der Situation fand.) Existierte der Himmel noch? (Da das Jenseits im wesentlichen aus der Gegenwart Gottes bestand, lautete die Antwort logischerweise »Nein«, aber sicherlich verlangte die Angelegenheit eine umfassendere Untersuchung.) Wie stand es um den Sohn und den Heiligen Geist? (Einmal angenommen, die katholische Theologie galt noch etwas – dann mußten diese Personen, weil die Dreieinigkeit *ipso facto* unteilbar war, jetzt auch verschieden sein; aber darüber zu entscheiden, mochte angemessenheitshalber wohl zur Sache einer Synode oder vielleicht sogar eines Vatikanischen Konzils werden.)

Er wandte sich an die beiden anderen Kleriker. »Ich sehe da einige Probleme.«

»Seit letzten Dienstag tagt eine geheime Kardinalsversammlung«, antwortete der Papst und nickte. »Das gesamte Kardinalskollegium hat sich die Nacht zum Tag gemacht. Es behandelt das ganze Fragenspektrum: Todesursache, Aussicht einer Auferstehung, die Zukunft der Kirche...«

»Wir wüßten gern, ob Sie den Auftrag annehmen,

Pater Ockham«, sagte di Luca. »Die *Valparaíso* wirft schon in fünf Tagen Anker.«

Thomas atmete tief durch, genoß diesen köstlichen Augenblick gründlicher Scheinheiligkeit. Unter alltäglichen Umständen neigte Rom heutzutage dazu, die Jesuiten als entbehrlich zu betrachten, als ein Mittelding zwischen Ärgernis und Bedrohung: Im Sommer 1773 zum Beispiel hatte Clemens XIV. den Orden sogar verboten und den Jesuitengeneral im Castel Sant Angelo eingekerkert. Aber wen holte der Vatikan jetzt, da der Lack ab war, aus der Versenkung? Die treuen, unerschütterlichen Soldaten Ignatius von Loyolas, niemand anderes.

»Darf ich sie behalten?« Thomas las eine verstreute Feder vom Fußboden auf.

»Von mir aus«, sagte Innozenz XIV.

Thomas' Blick ruckte zwischen dem Papst und der Feder hin und her. »Ein Punkt auf der Tagesordnung, die Sie erwähnt haben, verwirrt mich.«

»Sind Sie einverstanden?« fragte di Luca.

»Welcher Punkt?« wollte der Papst wissen.

Schwacher Glanz drang aus der Feder, als wäre sie eine aus dem Talg eines verirrten, verlorenen Lamms angefertigte Kerze. »Die Auferstehung.«

Auferstehung: Thomas' Gedanken kreisten um das Wort wie um eine Verheißung, während er am Union Square der Feuchtschwüle der U-Bahnstation entstieg und die 14. Straße hinabstrebte. Natürlich war alles hochgradig spekulativ; die Verfallsrate, die di Luca für das Zentralnervensystem des Höchsten Wesens festgelegt hatte (zehntausend Neuronen pro Minute), grenzte ans Willkürliche. Aber unterstellte man einmal, daß diese Annahme einigermaßen der Wahrheit entsprach, ließ sich daraus eine ermutigende Schlußfolgerung ableiten. Nach OMNIPATER 2000, dem Zentralcomputer des Vatikans, wäre er dann nicht vor dem 18. August hirntot, so daß theoretisch eine ausreichende Frist blieb, um ihn zur Arktis zu befördern; allerdings mußte man berücksichtigen, daß der Computer auf unzureichendes Datenmaterial hingewiesen, also seine Prognose quasi nur unter Protest getroffen hatte.

Die Juniluft lastete bedrückend auf Thomas' Fleisch, bildete einen stickigen Mantel purer Manhattan-Hitze. Schweiß machte sein Gesicht schlüpfrig, die Bifokalbrille rutschte ihm die Nase hinunter. Auf beiden Gehwegen packten Straßenhändler ihre eingeschweißten Musikkasetten, falschen Cartier-Uhren und spastischen Aufziehteddybären zusammen, luden sie in ihre Kombis. Aus Thomas' Sicht vereinte der Union Square die Exotik von Tausendundeine Nacht mit der fundamentalen Banalität des amerikanischen Kommerz, als wäre ein persischer Basar des Mittelalters ins zwanzigste Jahrhundert versetzt und von Woolworth aufgekauft worden. Die Händler und ihre Kunden trugen einheitlich gleichgültige Mienen zur Schau, starre Gesichter, die Reizüberflutung und Überdruß an der Welt widerspiegelten, typische Kennzeichen der großstädtischen Unterschicht. Thomas beneidete sie um ihre Unwissenheit. Welche Sorgen sie auch haben mochten, in welchen Abhängigkeiten sie standen, was für Schlappen sie erleiden mußten, wenigstens durften sie sich noch mit der Vorstellung trösten, ein lebendiger Gott wachte über ihren Planeten.

Thomas bog nach rechts in die Zweite Avenue ein, ging zwei Blocks weit südwärts, zog Gabriels Feder aus der Brusttasche und erstieg die Stufen einer verkommenen Mietskaserne aus braunem Sandstein. Halbmondförmige Schweißflecken näßten die Achselhöhlen seines schwarzen Hemds, klebten die Baumwolle auf die Haut. Er las die Namensschilder (Goldstein, Smith, Delgado, Spinelli, Chen: noch mehr New

Yorker Pluralismus, ein neuer Ausblick aufs Gottesreich), drückte schließlich die Klingeltaste neben dem Schildchen mit der Beschriftung *v. Horne 3. hint.*

Ein metallisches Summen tönte aus dem Türschloß. Thomas öffnete die Tür und erklomm drei nach Schimmel riechende Stiegen, bis er Auge in Auge mit einem großen, auf diffuse Weise gutaussehenden Bärtigen stand, der nur ein makellos weißes Badetuch um die Taille gewickelt hatte. Der Mann war von Kopf bis Fuß naß. Die Tätowierung einer Seejungfrau, die Rita Hayworth ähnelte, zierte seinen linken Oberarm.

»Als erstes müssen Sie mir erklären«, forderte Anthony van Horne, »daß ich wirklich nicht verrückt bin.«

»Wenn Sie verrückt wären, müßte ich es auch sein, und ebenso wär's der Heilige Stuhl.«

Van Horne verschwand in die Wohnung und kehrte mit einem Gegenstand zurück, der Thomas sowohl wegen der erschreckenden Vertrautheit wie auch eschatologischen Bedeutung innerlich aufwühlte. Wie Mitglieder eines Geheimbunds bei einem Erkennungsritual hielten sie jeder eine Feder empor, drehten sie in der schwülen Luft. Für einen kurzen Moment herrschte zwischen Anthony van Horne und Thomas Ockham, den einzigen nichtpsychotischen Menschen in New York, die je mit Engeln gesprochen hatten, ein stummes, inniges Einverständnis.

»Kommen Sie rein, Pater Ockham.«

»Nennen Sie mich Thomas.«

»Wollen Sie 'n Bier?«

»Sicher.« Bei van Horne sah es anders aus, als Thomas erwartet hatte. Die Behausung eines Kapitäns sollte nach seinem Empfinden ein dem Meer verbundenes Flair haben. Wo waren die Riesenmuscheln von Bora Bora, die Steinelefanten aus Sri Lanka, die Stammesmasken aus Mozambique? Sunkist-Packkisten als Stühle und eine große Kabeltrommel als Kaffeetisch paßten eher zu einem arbeitslosen Schauspieler oder einem hungerleidenden Bildhauer als zu einem beruflich erfolgreichen Seemann wie van Horne.

»Ist Ihnen 'n Old Milwaukee recht?« Im Krebsgang schob sich der Kapitän in die Küchenecke. »Besseres kann ich mir nicht leisten.«

»Klar.« Thomas setzte sich auf eine Frachtkiste. »Ihr Niederländer seid immer schon Handelsfahrer gewesen, nicht wahr? Sie mit Ihren *fluyschips*. Dieses Leben liegt Ihnen im Blut.«

»Ich halte nichts vom Blut«, sagte van Horne, entnahm dem Kühlschrank zwei beschlagene braune Flaschen Old Milwaukee.

»Aber Ihr Vater ... war doch auch schon Seemann, oder?«

Der Kapitän lachte. »Er war nie was anderes. Bestimmt kein Vater. Und auch kein richtiger Ehemann. Er vergeudete jeden Urlaub, indem er auf 'm Trampschiff im Südpazifik rumschipperte, weil er hoffte, auf 'ne noch unentdeckte Insel zu stoßen. Der arme Alte konnte sich nie damit abfinden, daß die Welt längst kartografiert ist, es keine *terra incognita* mehr gibt.« Van Horne kam ins Wohnzimmer zurückgeschlurft und reichte Thomas ein Old Milwaukee. »Manchmal hat er meine Schwester und mich mitgenommen. Aber meistens nicht.«

»Und Ihre Mutter? War sie auch eine Träumerin?«

»Meiner Mutter sind Schiffe zuwider gewesen. Sie war Bergsteigerin. Ich glaube, sie hatte den Drang, so hoch wie möglich übers Meer hinauszuklettern. Ein gefährliches Leben, viel gefahrvoller als die Handelsmarine. Als ich vierzehn war, ist sie am K zwo abgestürzt. Sie hat das Bewußtsein nicht mehr wiedererlangt.« Der Kapitän lockerte das Badetuch und kratzte sich am flachen, straffen Bauch. »Haben wir inzwischen eine Mannschaft beisammen?«

»Ach herrje, entschuldigen Sie.« Gleichzeitig als in Thomas Mitgefühl anschwoll, das stärkste Mitfühlen, das er je verspürt hatte, ereilte ihn eine sonderbare Anwandlung der Erleichterung. Anscheinend lebten sie in keinem kontingentierten Universum, sondern in einer Welt, die keiner ständigen Erneuerung durchs Göttliche bedurfte. Der Schöpfer war abgetreten, doch seine sämtlichen wesentlichen Erfindungen – Schwerkraft, Würde, Liebe, Moral, Mitleid – hatten offenbar unverändert Bestand.

»Unterrichten Sie mich über die Bemannung«, verlangte van Horne.

Thomas riß der Flasche Old Milwaukee den Kronkorken ab, hob den Flaschenhals an die Lippen und trank. »Heute morgen habe ich den von Ihnen gewünschten Schiffskoch angeheuert, Sam Sowieso...«

»Follingsbee. Über diese Ironie komme ich nie weg... Ein Smutje, der Meeresfrüchte verabscheut. Egal. Der Mann weiß genau, was der heutige Jantje essen will, und bringt alles zustande: Tacos, Hamburger aller Art, Grillhähnchen, Sauerbraten mit Rotkohl...«

»Buzzy Longchamps hat den Posten des Ersten Offiziers abgelehnt.«

»Weil er unter mir nicht mehr fahren mag?«

»Weil er nicht mehr auf der *Valparaíso* fahren möchte. Aberglauben.« Thomas stellte den Aktenkoffer auf die AT&T-Kabeltrommel, ließ die Verschlüsse aufschnappen und holte seine Jerusalemer Bibel heraus. »Ihr Ersatzmann hat zugesagt.«

»Rafferty? Ich bin mit ihm nie unterwegs gewesen, aber ich habe immer gehört, daß er von Bergungstätigkeit mehr als jeder andere im Gewerbe versteht...«

Die Stimme des Kapitäns verklang. Seine Augen nahmen einen entrückten Blick an. Während er einen tiefen Zug klammschwüler Luft einatmete, strich er mit dem Nagel des Zeigefingers über den Bauch der tätowierten Seejungfrau, als vollführte er einen Kaiserschnitt.

»Das Öl geht nicht weg«, sagte er tonlos.

»Was?«

»Das Öl der Matagorda-Bucht. Wenn ich schlafe, kommt ein Reiher in mein Schlafzimmer geflogen, dem schwarzes Öl von den Flügeln trieft. Er kreist über mir wie ein Geier über einem Kadaver und kreischt Verwünschungen. Manchmal ist es ein rosa Löffler oder ein Ibis. Wußten Sie, daß sich die Seekühe, als das Öl ihnen 's Gesicht verklebte, mit den Flossen die Augen gerieben haben, bis sie blind wurden?«

»Das ist ... schrecklich«, meinte Thomas.

»Stockblind.« Van Horne krümmte die Rechte zu einer Zange, preßte sich zwischen Daumen und Ringfinger die Stirn. Seine Linke hob die Flasche Old Milwaukee, er trank sie mit einem Zug halb leer. »Was ist mit 'm Zweiten Offizier?«

»Sie dürfen keinen Abscheu vor sich selbst haben, Anthony.«

»Einem Maschinisten?«

»Verabscheuen Sie, was Sie getan haben, aber nicht sich selbst.«

»Einem Bootsmann?«

Thomas klappte die Bibel auf und entnahm ihr den Satz Acht-mal-zehn-Hochglanzfotos, die die Druckerei des *L'Osservatore Romano* anhand von Gabriels Dias entwickelt hatte. »Diese Fragen werden morgen geklärt. Durch Erkundigung nach einem Offizier bei der Schiffer-, Marineoffiziers- und Dingsdavereinigung, nach einem Bootsmann drüben in Jersey City ...«

Der Kapitän entfernte sich ins Schlafzimmer; als er zwei Minuten später wiederkehrte, hatte er eine pinkrosa Bermudahose und ein *Arco*-T-Shirt angezogen. »Langer Lulatsch, hm?« meinte er, während er die Fotos betrachtete. »Über drei Kilometer, hat Rafael erzählt.« Er legte die Spanne zwischen Daumen und Zeigefinger an das Bild der Leiche. »Ungefähr die Größe der Ortsmitte von Wilkes-Barre. Klein für 'ne Stadt, groß für 'ne Person. Kennen Sie seine Wasserverdrängung?«

Thomas trank einen herzhaften Schluck Old Milwaukee. »Schwer zu sagen. Schätzungsweise an die sieben Millionen Tonnen.« Der Genuß kalten Biers bedeutete wahrscheinlich seine heikelste Annäherung an Sünde überhaupt; außer Bier gefährdeten die Eitelkeit, die er empfand, wenn er seinen Namen in der *Zeitschrift für experimentielle Physik* erwähnt sah, und das Opfer der unzüchtigen Erniedrigungen, das er nach dem gelegentlichen Erwerb des *Playboy* darbrachte, sein Seelenheil. »Kapitän, unter welchem Gesichtspunkt sehen Sie unsere Fahrt?«

»Hä?«

»Worin erblicken Sie den Zweck?«

Van Horne ließ sich ärschlings auf die aufgeplatzte Couch plumpsen. »Wir verschaffen Gott eine anständige Bestattung.«

»Hat Ihr Engel eine Wiederauferstehung angedeutet?«

»Nee.«

Thomas schloß die Augen, als stünde er davor, seinen Studenten ein besonders schwieriges oder bestürzendes Gedankengebäude zu vermitteln, etwa Chaotische Attraktoren oder die Vielewelten-Hypothese. »Die Katholische Kirche ist keine Institution, die leicht alle Hoffnung aufgibt. Ihre Einstellung ist die folgende: Obwohl Gottes Herz offenbar zu schlagen aufgehört hat, kann das Zentralnervensystem noch gesunde Zellen enthalten. Kurzum, der Heilige Vater ist dafür, es in dieser Krise mit der Kryonik zu versuchen. Wissen Sie, wovon ich spreche?«

»Wir sollen Gott auf Eis legen, ehe sein Gehirn stirbt.«

»Genau. Ich persönlich bin allerdings der Ansicht, daß der Papst viel zu optimistisch denkt.«

Ein unheimlicher, aber vollauf nachvollziehbarer Eifer befiel den Kapitän, die unausweichliche Versessenheit eines Menschen, dem sich die Chance bietet, das Universum zu retten. »Aber falls er *nicht* zu optimistisch ist«, sagte van Horne mit leicht zittriger Stimme, »wieviel Zeit…?«

»Nach den Berechnungen des Vatikan-Zentralcomputers OMNIPATER müssen wir den nördlichen Polarkreis vor dem achtzehnten August überqueren.«

Van Horne leerte seine Flasche Old Milkauwee. »Dunnerlüttchen, ich wünschte, wir hätten die *Valparaíso* schon verfügbar. Dann würde ich mit der Morgenflut auslaufen, mit oder ohne Besatzung.«

»Ihr Schiff ist gestern abend im New Yorker Hafen eingetroffen.«

Der Kapitän knallte die Bierflasche auf die Kabeltrommel. »Sie ist da? Warum haben Sie mir das nicht gleich erzählt?«

»Keine Ahnung. Verzeihen Sie.« Thomas sammelte die Fotos ein und steckte sie zurück in die Bibel. In Wahrheit wußte er den Grund zweifelsfrei. Es ging um Macht und Lenkung, um das Erfordernis, diesen seltsamen, vom vergossenen Öl verfolgten Mann davon zu überzeugen, daß nicht er, Anthony van Horne, das Sagen hatte, sondern die Heilige Mutter Kirche. »Pier achtundachtzig.«

Mit hastigen Bewegungen schob sich der Kapitän eine Spiegelbrille auf die Nase und eine Einheitsgrößen-*Exxon*-Schirmmütze auf den Kopf. »Entschuldigen Sie, Pater. Ich muß mir mein Schiff anschauen.«

»Es ist schon reichlich spät.«

»Sie brauchen nicht mitzukommen.«

»Doch, ich muß.«

»Wieso?«

»Weil die *Karpag Valparaíso* gegenwärtig der Zuständigkeit des Vatikans untersteht« – der Priester nahm die Bifokalbrille ab, rieb sich die Nase und schnitt eine strenge Miene – »und niemand, nicht einmal Sie, ohne meine Erlaubnis an Bord gehen darf.«

Im Verlaufe seines Lebens und seiner Seereisen hatte Anthony van Horne das Tadsch Mahal gesehen, das Parthenon, den Engel Rafael und seine Ex-Verlobte Janet Yost splitternackt, aber kein Anblick war für ihn je so schön wie der Blick auf die SS *Karpag Valparaíso* gewesen, die leicht und leer vor Pier 88 auf dem vom Mond beschienenen Wasser dümpelte. Bis zu genau diesem zauberhaften Moment hatte er nicht so recht glauben können, daß sein Auftrag Realität war; doch wirklich, da lag die *Valparaíso*, die launische alte Dame, dominierte das New Yorker Hafenbecken mit all der krassen Disproportionalität eines in eine Badewanne gezwängten Ruderboots.

Bei gewissen, jedoch seltenen Anlässen war Anthony zumute, als könnte er die Feindschaft verstehen, mit der manche Menschen Supertankern begegneten. Die Umrisse eines solchen Schiffs hatten keinen Sprung – keine Deckerhöhung –, keine sanftschwellende Verbreiterung des Rumpfs. Es fehlte ein Steven und ebenso ein überhängendes Heck, die sachten Winkel der Masten und Schornsteine, mit denen herkömmliche Frachter eine Hommage ans Zeitalter der Segelschiffe zum Ausdruck brachten. Mit seiner gewaltigen Tonnage und beträchtlichen Rumpfbreite schwamm ein Supertanker nicht auf den Wellen, er walzte sie nieder. Sie waren grobklotzige, gewaltige, ja monströse Schiffe – aber eben dadurch gaben sie in Anthonys Sicht etwas ganz besonderes ab: dank ihrer furchteinflößenden Majestät, ihrer bombastischen Großkotzigkeit, der Weise, wie sie rings um den Planeten verkehrten, als wären sie Yachten, mit denen man Luxus-Kreuzfahrten für Dinosaurier veranstaltete. Ein Supertanker war ein Phänomen, ein Siebtes Weltwunder einer industrialisierten Ära, eine dieselbetriebene Gottheit. Das Deck eines Supertankers zu beschreiten, bedeutete eine Erhöhung, es vergrößerte das Fleisch-und-Blut-Sein, gab das Empfinden ein, eine große, trotzige Geste zu verrichten, als ob man einen Präsidenten anpißte, eine eigene internationale Terroristenorganisation unterhielt oder in der Garage eine Wasserstoffbombe versteckte.

Anthony und Thomas setzten zur *Valparaíso* in einem Motorboot namens *Juan Fernández* über, gesteuert von einem Mitglied des Vatikan-Geheimdienstes, einem ungeschlachten-bärigen *sergente* mit unter die Achsel geschnalltem 45er Colt. Die Aufbauten strahlten nur so von Beleuchtung: Am heckwärtigen Ende des Wetterdecks war ein Deckshaus errichtet worden, durch das der Tanker in diesem Bereich wie ein schwimmendes Hotel aussah, und auf dessen sieben Stockwerken sich ein dichtes Gewirr aus Masten, Funkantennen, Radartrichtern, Marisat-Kuppeln, Heißleinen und Flaggen drängte. Zunächst war Anthony sich unsicher, welche der im Augenblick gehißten Flaggen ihn mehr störte – die Flagge mit dem Schlüssel-und-Tiara-Symbol des Vatikans oder die mit dem weltberühmten Stegosaurus-Logo der Karibischen Petroleum AG. Schließlich entschied er sich dafür, Marbles Rafferty die *Karpag*-Farben streichen zu lassen, sobald der Erste Offizier dazu die Gelegenheit fand.

Während das Motorboot ums Heck der *Valparaíso* brummte, grapschte Anthony nach der Jakobsleiter und klomm zum Deck hinauf, sofort gefolgt von Pater Ockham. Eines mußte er diesem herrschsüchtigen Priester lassen: Der Mann hatte Nerven. Ockham erkletterte die Jakobsleiter mit völliger Gelassenheit, eine

Hand am Diplomatenkoffer, eine an den Rungen, als müßte er jeden Tag Strickleitern benutzen.

Die auf dem Achterschiff nachgerüsteten Ankerwinden hoben sich schroff gegen die Silhouette Jersey Citys ab, zwei aufs Achterdeck geschraubte, motorisierte Spillen, die einem Paar übergroßer Musikwalzen glichen; aufgerollt hatte man keine üblichen Trossen, sondern schwere Ketten, deren Glieder so dick waren wie Schläuche. Am Ende jeder Kette lag ein enormer Warpanker, zwanzig Tonnen Eisen, ein Anker, um einen Wal zu fangen, einen Kontinent zu schleppen, den Mond zu vertäuen.

»Sie sehen hier ganz ausgefallene Vorrichtungen«, sagte Ockham, öffnete den Aktenkoffer und zog eine gerasterte, an ein Marmorpapier-Klemmbrett geklammerte, rosa Kontrolliste hervor. »Die Anker sind per Eisenbahn aus Kanada geliefert, die Motoren aus Deutschland und die Winden aus Belgien eingeflogen worden. Bei den Ketten haben die Japaner uns ein gutes Geschäft ermöglicht, nämlich USX um zehn Prozent unterboten.«

»Sie haben diese Sachen *ausgeschrieben*?«

»Eigentlich ist die Kirche kein reguläres Wirtschaftsunternehmen, Anthony, aber sie weiß, was der Dollar wert ist. Seien Sie unbesorgt, alles entspricht Ihren Anforderungen.«

Die beiden Männer betraten den Lift und fuhren drei Etagen weit ins Proviantdeck hinab. In der Bordküche war eine Schar Frauen in reger Geschäftigkeit. Fleißige, robuste, tüchtig aussehende Personen in Jeans und khakigelben Arbeitshemden wimmelten umher, füllten die diversen Tiefkühltruhen und Kühlschränke mit Eiscrem-Familienpackungen, Säcken voller gefrorener Koteletts, großen Rädern Käse, Schinkenlagen, Speckseiten, Rinderhälften, Milchcontainern und Salatöl in Zweihundertlitercontainern, die an Fässer texanischen

Rohöls erinnerten. Eine orangefarbener, allerdings rostfleckiger Toyota-Propangas-Gabelstapler rollte fauchend vorüber, hatte eine hoch mit Kisten frischer Eier beladene Palette auf den Forken.

»Zum Teufel, wer sind denn diese Leute?«

»Arbeitspferde des Vatikans«, erklärte Ockham.

»Für mich sehen sie wie Frauen aus.«

»Es sind Karmeliterinnen.«

»Was für 'n Zeug?«

»Nonnen des Karmeliterinnenordens.«

»Herrjesses ...«

In der Mitte der Bordküche stand in ganzer Stattlichkeit, eine weiße Schürze umgebunden, Sam Follingsbee, überwachte das Durcheinander wie ein Verkehrspolizist. Sobald er die Ankömmlinge sah, watschelte der Schiffskoch herbei und tippte an seine einem Sahneberg ähnliche Mütze.

»He, Sir, vielen Dank für die Empfehlung.« Follingsbee drückte seinem Kapitän die Hand. »Ich hatte nämlich wirklich *ehrliche* Sehnsucht nach diesem Schiff.« Er schwang den beeindruckenden Wanst zu dem Priester herum. »Pater Ockham, ja? Na, ich bin ja richtig gespannt ... Wie kommt's, daß wir auf 'ner lumpigen *Karpag*-Fahrt die Dienste all dieser hübschen Schwestern genießen, von Ihrer Beteiligung ganz zu schweigen?«

»Es wird keine *Karpag*-Fahrt«, erwiderte Ockham.

»Um was geht's denn sonst?«

»Wenn wir erst einmal auf See sind, wird sich alles in erheblichem Umfang klären.« Mit den knochigen Fingern trommelte der Geistliche auf die Kontrolliste. »Ich habe eine Frage an Sie. Am Freitag habe ich eintausend Hostien bestellt. Ein bißchen ähneln sie Spielchips ...«

Follingsbee lachte zurückhaltend. »Ich *weiß*, wie sie aussehen. Sie haben 'n ehemaligen Meßdiener vor sich.

Keine Bange, die Hostien sind alle in Kühltruhe sechs, sie könnten nicht besser aufgehoben sein. Feiern Sie während der Fahrt täglich die Messe, Pater?«

»Natürlich.«

»Ich bin dabei«, beteuerte Follingsbee, wich schrittweise ins geschäftige Gewühl zurück. »Vielleicht nicht *jeden* Tag. Aber sonntags bestimmt.« Sein Blick fiel auf eine Karmeliterin, die ein Rad Cheddarkäse übers Deck dahinholpern ließ wie ein Kind einen Reifen. »Heda, Schwester, rollen Sie das Ding nicht, verdammt noch mal, *tragen* Sie's!«

Der Gabelstapler hielt, und hinterm Lenkrad stieg eine rundliche, etwa fünfzigjährige Nonne hervor, ein Strang Räucherwürste baumelte ihr wie eine hawaiianischer Blumenkranz um den Hals. Anthony empfand ihre Gangart als auffällig lebhaft, sogar als Getänzel, falls man Nonnen Getänzel nachsagen durfte: Offenbar bewegte sie sich im Takt der nur ihr vorbehaltenen Musik, die ihr aus dem tragbaren, an ihre Hüfte gehakten Sony-Walkman in die Ohren drang. »Thomas!« Sie zerrte sich den Kopfhörer herunter. »Thomas Ockham!«

»Miriam, meine Liebe! Wie herrlich! Ich wußte nicht, daß man *dich* auch herangezogen hat.« Der Priester schlang die Arme um die Nonne und schmatzte ihr einen langen, feuchten Kuß auf die Wange. »Hast du meinen Brief erhalten?«

»Ja gewiß, Thomas. Darin steht das Merkwürdigste, was ich je gelesen habe. Trotzdem hatte ich irgendwie das Gefühl, daß es von vorn bis hinten alles wahr ist.«

»›Alles wahr‹«, wiederholte der Geistliche. »Rom, Gabriel, die Dias, das EKG...«

»Eine schlimme Sache.«

»Schlimmeres kann man sich gar nicht *vorstellen*.«

»*Deus absconditus*«, sagte die Nonne. »Glaubst du, es gibt noch Hoffnung?«

»Du kennst mich, ich bin ein ewiger Pessimist.«

Anthony strich sich mit der Hand den Bart. Ihn verwirrte der Wortwechsel zwischen Ockham und Schwester Miriam. Er kam ihm weniger wie das Gespräch eines Priesters und einer Nonne vor als wie die Unterhaltung zwischen einer Schauspielerin und einem Schauspieler, die sich zwanzig Jahre nach ihrer einvernehmlichen Scheidung, beide längst passé, vor Hollywood-Kulissen wiederbegegneten.

»Miriam, das ist Anthony van Horne, der hervorragendste lebende Seemann der Welt«, stellte der Geistliche Anthony der Nonne vor. »Wenigstens hatten die Engel von ihm eine so vorteilhafte Meinung.« Er wandte sich an den Kapitän. »Miriam und ich kennen uns schon lange. Neunzehnhunderteinundsiebzig haben wir Henry Kissinger mit Schweineblut beschmissen. Und bei den Jesuiten liest man heute noch eine Monografie, die wir anfangs der siebziger Jahre zusammen geschrieben haben, die *Einführung in die Theodie*.«

»Ich glaube, davon habe ich in der Zeitung gelesen«, sagte Anthony, obwohl er während eines Großteils dieses deprimierenden Zeitabschnitts als Dritter Offizier an Bord der *Arco Bangkok* gewesen war, die Napalm in den Golf von Thailand verfrachtete, und keinerlei Kenntnis über die heimatlichen Aspekte des Kriegs gehabt hatte. »Was ist Theodie?«

»Das ist ganz schwierig zu erklären.«

»Es klingt fast wie *Idiotie*.«

»In weiten Teilen ist es das gleiche.«

»Theodie bedeutet die Aussöhnung zwischen Gottes Gutsein und dem Bösen der Welt.« Schwester Miriam riß eine Räucherwurst ab und biß hinein. »Mein Abendessen«, erklärte sie, kaute bedächtig. »Kapitän, ich möchte mitfahren.«

»Wohin mitfahren?«

»Auf der bevorstehenden Reise.«

»Das ist keine gute Idee.«

»Ich halte es für eine glänzende Idee«, widersprach der Priester, zeigte auf die Würste. »Darf ich? Ich habe den ganzen Tag lang noch nichts gegessen.«

»Ein Passagier genügt«, meinte Anthony.

Miriam riß eine zweite Wurst ab und reichte sie Ockham.

»Ich will es einmal so ausdrücken.« Der Geistliche stieß Anthony mit dem Klemmbrett an. »Ich möchte mich keinesfalls aufspielen, aber es wäre kaum Mühe erforderlich, um Rom zu veranlassen, daß man sich nach einem anderen Kapitän umschaut«, erläuterte er, während er die Wurst verzehrte. »Der Heilige Vater war nie völlig von Ihnen angetan.«

Die ersten, beharrlichen Ansätze einer Migräne krochen durch Anthonys Hirn. »Na gut, Pater. Einverstanden.« Er rieb sich die Schläfen. »Aber die Arbeit wird ihr nicht gefallen. Nichts als Rostentfernung und Anstreichen.«

»Klingt grauenvoll«, gestand die Nonne. »Trotzdem, ich bin einverstanden.«

»Sehen wir uns morgen im Gottesdienst?« fragte Ockham, und gab Miriam die Hand. »In der Sankt-Patrick-Kirche. Schlag sechs Uhr, wie's in der Handelsmarine heißt.«

»Aber klar.«

Die Nonne setzte wieder den Kopfhörer auf und schwang sich zurück auf den Gabelstapler.

»Na gut, die Bordküche ist bestens gefüllt«, stellte Anthony fest, während er und Ockham sich dem Lift näherten. »Aber wie verhält's sich mit dem Rest? Was ist mit der Ausrüstung gegen Raubtiere?«

»Heute morgen sind sechs Kisten Dupont-Haiabschreckungsmittel verladen worden«, erklärte Ockham, den Blick auf die Kontrolliste geheftet. »Außerdem fünfzehn T-Zwoundsechzig-Raketenstartgeräte und zwanzig Toshiba-WP-Siebzehn-Sprengkopf-Harpunengewehre.«

»Und die Ersatzturbine?«

»Trifft morgen ein.«

Beide fuhren sie im Lift zur gelegenen Brücke in der siebten Etage. Dort wirkte alles unberührt, gänzlich unverändert, als hätte ein Marinegeschichteverein die *Valparaíso* als Besichtigungsobjekt für Touristen reserviert, als neuestes Ausstellungsstück im Museum maritimer Umweltkatastrophen. Selbst das Bushnell-Fernglas stak an seinem gewohnten Platz im Segeltuchbehälter neben dem Zwölfmeilenradar.

»Schottenversteifungsspanten?« fragte der Kapitän.

»Im Vorschiffladeraum gebunkert«, antwortete Ockham.

»Reserveschiffsschraube?«

»Schauen Sie hinunter, sie liegt auf Deck verzurrt.«

»Die Scheiße, die Sie eben mit dieser Drohung gegen mich abgezogen haben, hat mir gar nicht gepaßt.«

»Mir auch nicht, Anthony. Lassen Sie uns versuchen, Freunde zu sein, ja?«

Der Kapitän verzichtete auf eine Entgegnung, ergriff statt dessen das Steuerrad, umklammerte mit den Handflächen den kalten Stahl. Er lächelte. In seiner Vergangenheit lagen ein hundsgemeiner Vater, eine tote Mutter, eine gelöste Verlobung und vierzig Millionen Liter ausgelaufenen Öls. Seine Zukunft verhieß kaum mehr als Alter, chronische Migräne, zweckloses Duschen und eine von Verrücktheiten geprägte Seereise. Doch in diesem kurzen Moment, als er auf der Brücke seines umgebauten Supertankers stand und an die Reserveschiffsschraube dachte, fühlte Anthony van Horne sich glücklich.

Im erhitzten, kochendschwülen Ortszentrum von Jersey City schulterte eine sechsundzwanzigjährige Waise mit Namen Neil Weisinger seinen Seesack, quälte sich damit über sechs Treppenfluchten ins Dachgeschoß des Nimrod Buildings hinauf und betrat das New Yorker Heuerbüro. Oben saßen im staubigen Wartesaal schon über drei Dutzend Voll- und Leichtmatrosen, hockten nervös, die Habseligkeiten zwischen den Füßen, auf Klappstühlen, jeder erhoffte sich die Anheuerung auf dem einzigen Schiff, das in diesem Monat sollte, der SS *Argo Lykes*. Neil stöhnte. Soviel Konkurrenz... Sofort nach Beendigung der letzten Reise (einem Massengut-Transport mit der *Stella Lykes* durch den Panamakanal zur neuseeländischen Hafenstadt Auckland und zurück) hatte er erledigt, was alle Vollmatrosen nach dem Abheuern taten, er hatte unverzüglich die nächste Geschäftsstelle des Bundesseefahrtsamts aufgesucht, um Daten und Dauer der Fahrt korrekt in sein mit einem Paßfoto versehenen Seefahrtbuch stempeln lassen. Neun Monate und vierzehn Tage später sicherte es ihm gehörigen Vorrang, aber eine Erfolgsgarantie bot es nicht.

Neil klappte seine Brieftasche auf, zog das Seefahrtbuch heraus – das Foto gefiel ihm sehr, vor allem wegen der Weise, wie der harsche Glanz der Lampe seine schwarzen Augen zum Funkeln gebracht und seiner engelhaften Unschuldsmiene strenge Kantigkeit verliehen hatte – und warf es in einen unter einem Poster mit dem Text AMERIKANISCHE SCHIFFE ZUERST an die Wand geklebten Schuhkarton. Die Zähne zusammengebissen sah er sich die Seefahrtbücher der anderen Bewerber an. Schlechte Aussichten. Ein Rastafari war vierundzwanzig Tage länger als Neil an Land. Ein Glaubensbruder namens Daniel Rosenberg zehn. Eine Sino-Amerikanerin, An-mei Jong, siebzehn Tage länger. Scheiße.

Er nahm an einem offenen Fenster Platz, dessen Scheiben Jerseyer Siff trübte. Selbstverständlich konnte man nie wissen, was sich ergab. Ab und zu geschahen ja Wunder. Vielleicht lief ein Außenseiter-Tanker aus dem Arabischen Meer ein. Eventuell meldete der Hafenamtschef Bedarf an einem Ersatzmann für einen Hafenjob oder für eine Kurzfahrt auf dem Hudson, die niemand annehmen mochte, der nicht so pleite war wie Neil. Oder eine Crew neptunischer Methanatmer, deren Steuermann an einer Sauerstoffüberdosis krepiert war, landete auf dem Journal Square und heuerte ihn vom Fleck weg an.

»War's bei dir jemals knapp?« Eine leicht belegte Stimme voller Anspannung. Neil drehte sich um. Vor dem Fenster kauerte ein Seemann auf der Feuertreppe, ein muskulöser, sommersprossiger, junger Mann in rotem Polohemd und mit zerfranster, schwarzer Baskenmütze auf dem kastanienbraunen Schopf, und benutzte seinen Seesack als Kissen. »Ich meine, *richtig* knapp?«

»Bei mir nicht, nein. Aber in Philly hab ich mal 'n Vollmatrosen mit 'm dreihundertfünfundsechzig Tage alten Buch antanzen sehen.«

»Dem stand bestimmt der Schweiß auf der Stirn, was?«

»Wie 'nem Heizer. Als er das Angebot winken sah, hat er sich wahrhaftig in die Hose gepißt.«

»Er hat 'ne Heuer gekriegt?«

Neil nickte. »Zweieinhalb Minuten bevor sein Buch verfallen wäre.«

»Gott der Herr hat seine Hand über ihn gehalten.« Der sommersprossige Seemann zupfte unterm Polohemd ein dünnes Goldkettchen hervor, sah das angehängte Kreuz an wie in Lewis Carolls *Alice im Wunderland* das Weiße Kaninchen seine Taschenuhr.

Neil erschrak. Nicht daß er das erste Mal mit einem Jesus-Freak zu tun gehabt hätte. Im allgemeinen hatte er nichts gegen sie. Auf See schufteten sie meistens wie

Sklaven, säuberten Klos und raspelten Rost ab, ohne zu klagen, aber ihre Flausen raubten ihm die Ruhe. Ziemlich häufig kam das Gespräch auf die angeblich fragwürdige Verfassung von Neils unsterblicher Seele. An Bord der *Stella Lykes* hatte ein Siebenten-Tags-Adventist Neil in vollem Ernst geraten, er sollte sich umgehend zu Jesus bekennen, um sich ›den Ärger mit Armageddon‹ zu ersparen.

»Was machst du da draußen?«

»Hier ist's kühler«, antwortete der sommersprossige Seemann und wickelte ein Stück Bazooka-Kaugummi aus. Er besah sich den Comic, prustete und schob den kleinen, schamroten Rechteckstreifen in den Mund. »Komm raus.«

»Neil Weisinger.«

»Leo Zook.«

Neil kramte seine Bugs-Bunny-Plastik-Imbißdose aus dem Seesack und kraxelte zum Fenster hinaus. Er hatte Bugs Bunny immer bewundert. Bugs lebte gern als Einzelgänger. Ohne Freunde. Ohne Nachbarn. Schlau und einfallsreich, abgelehnt von seiner Umgebung. Bugs Bunny hatte entschieden etwas Jüdisches an sich.

»Ich habe im Schuhkarton drei Spitzenreiter gesehen, und Sie sind keiner von ihnen«, sagte Neil. Er hatte nicht den Eindruck, daß es auf der Feuertreppe kühler als im Wartesaal war, aber auf alle Fälle bot sich ein phantastischer Ausblick, man genoß von der Ortsmitte bis zur Freiheitsstatue freie Sicht. »Warum verdrückst du dich nicht lieber?«

»Der Herr hat mir offenbart, daß ich heute auf ein Schiff komme.« Aus einer Reißverschlußtasche seines Seesacks klaubte Zook eine zerfledderte Broschüre mit dem Titel *Beglückende Begegnungen mit Jesus Christus*, als deren Verfasser ein Hyman Lewkowitz auf dem Umschlag stand. »Vielleicht findest du daran auch Interesse«, fügte Zook hinzu, indem er Neil das Traktat aufdrängte. »Die Schrift stanmmt von einem Kantor, der das Heil erlangt hat.«

Neil klappte die Imbißdose auf, entnahm einen Apfel und kaute. Er verkniff sich eine hämische Bemerkung. Für sich besehen, war es eine tolle Sache, einen Gott zu haben. Ehe er begriff, daß er auf ein Schiff gehörte, hatte Neil zwei Jahre an der Jeschiwa-Universität zugebracht, jüdische Geschichte studiert und mit dem Gedanken gespielt, Rabbi zu werden. Aber Neils Gott war nicht der geduldige, zugängliche, unmittelbar ansprechbare Gott, dem offensichtlich Zook sein Leben weihte. Neil hatte einen durch die Seefahrt gefundenen Gott, das strahlende Rätsel, das irgendwo zwischen dem tiefsten mittelatlantischen Graben und jenseits des höchsten nautisch relevanten Sterns existierte, den Gott der Vieruhrwache.

»Tu dir 'n Gefallen, lies es durch«, legte Zook ihm nahe. »Man kann das Ewige Leben gar nicht eindringlich genug empfehlen.«

Momentan wäre Neil nahezu jede andere Gesellschaft angenehmer gewesen. Ein Lexikonvertreter. Ein Araber. Egal was sonst mit ihnen sein mochte, seine arabischen Kollegen versuchten ihn nie zu bekehren. Ärgstenfalls übersahen sie ihn; günstigstenfalls wurden sie seine Freunde, besonders wenn er ihnen half, trotz Kursänderungen des Schiffs beim Beten in Richtung Mekka zu bleiben. Eigens für diesen Zweck hatte Neil auf See immer einen Kompaß mit integrierter Magnetkorrektur dabei.

Träge glitt sein Blick von der Broschüre auf die Armbanduhr, die ihm sein Großvater zu Bar Mizwa geschenkt hatte. Ein Pottwal zierte das Zifferblatt; Harpunen bildeten die Zeiger, der lange Zeiger verwundete das Tier nur oberflächlich, die kurze Harpune traf es ins Herz. Guter Gott, es war 11 Uhr 55.

Er stieg zurück in den Wartesaal, gerade als die Dispatcherin, eine große, laute, birnenleibige Frau, die wie eine Fischhändlerin aussah, aus ihrem von Glaswänden umschlossenen Kabuff zum Vorschein kam und zum Anschlagbrett watschelte. »Es gibt was.« Sie entfernte zwei Reißzwecken aus ihrem Mund, als wären es lose Zähne, und heftete ein Heuerangebot an die Korktafel.

**** HOCHSEE-HEUERPLÄTZE ****

REEDEREI:	Gebr. Lykes
SCHIFF:	SS Argo Lykes
LIEGEPLATZ:	Pier 86
ABFAHRT:	Freitag 15 Uhr
ZIEL:	Südamerika (W.-Küste)
GESUCHT:	2 Vollmatrosen
DAUER:	120-Tage-Fahrt
ABGELÖST:	J. Pierce. G. Marino
GRUND:	Vertragsablauf

»So, Jungs«, rief die Dispatcherin, »wer will, wer darf?«

»Mehr als zehn Monate und zwei Wochen hat hier keiner vorzuweisen, stimmt's?« vergewisserte sich der Rastafari.

»Ich nehme die andere Heuer«, meldete sich Daniel Rosenberg.

Die Dispatcherin guckte auf die Uhr. »Wenn innerhalb der nächsten sechs Sekunden keine besseres Seefahrtbuch vorgelegt wird« – sie zwinkerte den zwei Glücklichen zu – »habt ihr gewonnen. Kommt mit, Jungs.«

Allmählich zerstreute sich die Ansammlung der Aufgesprungenen, vierzig enttäuschte Frauen und Männer schluften mürrisch zu ihren Sitzen zurück; acht Seeleute fanden sich mit der Niederlage ab, nahmen ihre Seefahrtbücher aus dem Schuhkarton und trollten sich. Nur die Träumer und Verzweifelten blieben.

»Der Herr wird uns helfen«, beteuerte Zook.

Neil ließ sich in den nächstbesten Klappsessel sinken. Warum gestand er es nicht einfach ein? Er machte schlichtweg keine Karriere, er war ein Versager. Sein Großvater hatte dem Meer irgendwie ein ehrbares, prächtiges Dasein abgerungen. Doch seine Zeit war längst vorüber. Das Gewerbe ging vor die Hunde. Heutzutage einem jungen Mann den Rat zu geben, in die Handelsflotte der Vereinigten Staaten einzutreten, bedeutete das gleiche, als empföhle man ihm, mit der Klampfe über Land zu tingeln.

Als Jungen hatte es Neil nie ermüdet, von Großvater Mosches Seeabenteuern zu hören, wundervollen Geschichten über Kämpfe gegen Piraten auf ecuadorianischen Flüssen, die Beförderung von Flußpferden für französische Tiergärten, Katz-und-Maus-Spielen mit Nazi-U-Booten im Nordatlantik; und darüber, wie er (was am meisten beeindruckte) gegen Ende seiner Laufbahn dabei geholfen hatte, mit der *Hatikwah*, einem der im geheimen durch die Alijah Bet gecharterten Trampschiffe, fünfzehnhundert jüdische Flüchtlinge durch die britische Blockade nach Palästina zu schmuggeln. Vier Jahrzehnte später hatte Erster Offizier Mosche Weisinger eines Tages einen Brief der israelischen Regierung geöffnet und darin eine Bronzemedaille mit dem erhaben gestanzten Konterfei David Ben-Gurions gefunden. Nach dem Tod Großvater Mosches hatte Neil die Medaille geerbt. Er hatte sie stets in der linken Hosentasche, und wenn er Stress litt, umklammerte er sie fest mit der Faust, verwendete sie als eine Art jüdischen Handschmeichlers.

Um Punkt 12 Uhr 30 betrat ein hochgewachsener, schlaksiger Mann in schwarzem Hemd mit römisch-katholischem Priesterkragen den Wartesaal des Heuerbüros und übergab der Dispatcherin ein Heuerangebot.

»Bitte hängen Sie das Papier sofort aus.«

Die Dispatcherin heftete das Blatt des Geistlichen direkt aufs Heuerangebot der *Argo Lykes*. »Hört her, Jungs«, rief sie, indem sie sich den wieder hoffnungsvollen Seeleuten zuwandte, »drüben an Pier achtundachtzig liegt 'n Tramptanker, und wie's aussieht, wird so gut wie alles gebraucht.«

**** HOCHSEE-HEUERPLÄTZE ****

REEDEREI:	Tanker-Reederei Karpag
SCHIFF:	SS Karpag Valparaíso
LIEGEPLATZ:	Pier 88
ABFAHRT:	Donnerstag 17 Uhr
ZIEL:	Svalbard-Inseln
GESUCHT:	18 Vollmatrosen
	12 Leichtmatrosen
	1 Bootsmann
	1 Pumpenmann
DAUER:	90-Tage-Fahrt
ABGELÖST:	Unbekannt
GRUND:	Entf.

Ein Gemurmel der Überraschung lief durch den Wartesaal. Augenblicklich wimmelte es von Gerüchten wie von Möwen, die sich auf angeschwemmtes Aas stürzten. Die *Valparaíso*, die verrufene *Valparaíso*, die verfluchte, verhexte, diskreditierte *Valparaíso*! War sie denn nicht an die Japaner verkauft und zu einem Giftmülltransporter umgebaut worden? Hatte man sie nicht bei einem *Tomahawk*-Marschflugkörpertest versenkt? Nicht verschrottet?

Offensichtlich nicht.

»Heißt das, wir sind alle angeheuert?« fragte ein Mann mit schwammiger Statur und schlechten Zähnen.

»Jawohl, Sie alle«, bestätigte der Priester. »Und

außerdem können Sie mit mehr Überstunden rechnen, als Sie bisher im ganzen Leben geleistet haben. Ich bin Pater Thomas Ockham vom Jesuitenorden. Wir fahren in den kommenden drei Monaten zusammen zur See. Wir sehen uns an Bord, Leute.« Zum Schluß vollführte der Geistliche, als hielte er die Handelsflotte der Vereinigten Staaten für ein Anhängsel der Kriegsmarine, unvermittelt eine zackige Kehrtwendung und stapfte aus dem Saal.

»Ich hab's doch gesagt, der Herrgott hilft uns«, betonte Zook, indem er sich einen Schweißschnurrbart von der Oberlippe leckte.

Gespenstisches Schweigen folgte, senkte sich auf den Staub, vermengte sich mit dem Zigarettenqualm. Der Herrgott hilft uns, sinnierte Neil. Entweder der Herrgott oder die Karibische Petroleum AG. Voraussichtlich schifften sie keine Juden nach Haifa und keine Flußpferde nach Le Havre, aber wenigstens hatte er nun eine Heuer.

»Gott hat mich noch nie im Stich gelassen«, bemerkte Zook.

Eine Heuer – und trotzdem hatte Neil kein gutes Gefühl.

»Auf Christus war noch immer Verlaß.«

Ein Schiff wie die *Valparaíso* sollte nicht mehr auslaufen, und falls es doch geschah, war es für einen gescheiten Vollmatrosen klüger, sich nach einem anderen Arbeitsplatz umzuschauen.

»Wißt ihr, Kollegen, für mich ist das reichlich unheimlich«, gab eine breitärschige Puertoricanerin in engem Eddie-Guerrero-Dead-T-Shirt zu. »Wieso stechen wir mit 'm *Pfaffen* in See?«

»Ja, beim Klabautermann, und warum auf 'm Schiff, das 'n geradeso beschissenen Ruf wie die *Titanic* hat?« ergänzte sie ein alter, ergrauter Muschelrücken, der *Ich liebe Brenda* in den Handrücken tätowiert hatte.

»Und ich erzähl euch noch was«, sagte der Schwammige. »Ich bin mal mit 'm Massengutfrachter vor den Svalbard-Inseln gewesen, und ich sag euch, dort gibt's keinen einzigen Tropfen Rohöl nicht. Was wollen wir denn an Bord nehmen, vielleicht Walroßpisse?«

»Mensch, es ist doch großartig, wieder 'n Heuervertrag in Aussicht zu haben«, meinte die gertenschlanke An-mei Jong mit gezwungener Begeisterung.

»Ach ja, klar«, sagte Brendas Liebhaber mit gekünstelter Freude.

Neil langte in die Hosentasche und preßte die Faust um Großvaters Ben-Gurion-Medaille. »Na los, heuern wir an«, ermunterte er sich und die anderen, obwohl er den nahezu übermächtigen Drang verspürte, hinauszulaufen und irgendeine arbeitslose Teerjacke ausfindig zu machen, die an der 11. Avenue die Docks abklapperte, und dem armen Schwein den Platz auf der *Valparaíso* abzutreten.

STURM

Den durchschnittlichen Kapitän griff es ans Herz, sein Schiff der Verantwortung eines Hafenlotsen zu überlassen, die Zumutung eines Gefühls der Verkehrtheit, nicht unähnlich den inneren Empfindungen eines Ehemanns, der in der Handtasche seiner Frau eine fremde Kondom-Marke entdeckt. Aber Anthony van Horne war kein durchschnittlicher Kapitän. Nicht die Hafenlotsen stellten die Regeln auf, sagte er sich, sondern der Nationale Verkehrssicherheitsausschuß. Darum hegte Anthony, während am Abend des planmäßigen Auslaufens ein alter, verbeulter Kutter der New Yorker Hafenbehörde von Pier 88 ablegte und wenig später, um 17 Uhr 35, längsseits der *Valparaíso* festmachte, durchaus den Willen zum Höflichsein.

Da jedoch erkannte er den Lotsen.

Frank Kolby. Der schmierige, kriecherische Frank Kolby, der Freund der Familie, der bei dem unseligen Erntedankfest-Abendessen zugegen gewesen war, bei dem Anthonys Vater die Havarie der *Valparaíso* in einer Soßenschüssel nachgespielt hatte.

»Hallo, Frank.«

»Hallo, Anthony«, antwortete der Lotse. »Ich habe gehört, daß du auf der Brücke stehst.« Die Aktentasche an der Hüfte, betrat Kolby das Steuerhaus, streifte den gelben Vinyl-Friesennerz und die dazugehörige, wasserdichte Hose ab. Darunter trug er einen marineblauen, dreiteiligen, gut gebügelten, todschicken Anzug, bei jemandem wie ihm geradezu eine Hochstapelei, durch die er wie ein überkandidelter Parkwächter wirkte. »Die alte *Valparaíso* ist wirklich gut wieder in Schuß gebracht worden, was?«

»Ich gehe davon aus, daß sie mindestens noch eine Fahrt durchsteht«, entgegnete Anthony und setzte die Spiegelbrille auf.

Die Hafenschlepper zeigten durch Tuten Bereitschaft an. Kolby warf die zusammengefaltete Plastikhose neben dem Kompaßgehäuse auf die Plastikjacke, postierte sich vor dem Manöverpult und nahm den Mitsubishi-Sprechfunkapparat zur Hand. »Anker lichten!«

Auf dem Vordeck drehten sich und knarrten die Spillen, verströmten Dampf, hoben die beiden schlammverkrusteten Anker vom Grund des Flusses empor. Anthony konnte auf dem Bugmonitor beobachten, daß Klumpen dunklen Matschs von den Ankerflunken rutschten wie Marmelade von einer Gabel und in den Hudson plumpsten. Für einen Augenblick dachte er, er sähe Rafael Azarias' Leiche um die Flunken geschlungen, aber erkannte gleich, es war lediglich ein engelförmiger Schlammbrocken.

»Abfieren!«

Anthony zog sich die belüftete *Exxon*-Schirmmütze auf die Stirn herunter, öffnete steuerbords die Tür und überquerte die offene Brückennock. Überall am Dock tummelten sich Hafenarbeiter in schäbigen Turnschuhen und löchrigen T-Shirts, wickelten Dacron-Leinen von Belegpollern, befreiten den Tanker aus der Vertäuung. Über der sinkenden Sonne kreisten Möwen, krächzten ihr endloses Mißfallen in die Welt hinaus. Aus allen Richtungen sammelte sich ein Halbdutzend

Schlepper, ihre Tyfons heulten wie verrückt, während ihre Crews den auf dem Wetterdeck der *Valparaíso* verteilten Vollmatrosen dicke, faserige Taue zuschleuderten.

Anthony atmete eine gehörige Nasevoll Hafenluft ein – die letzte Gelegenheit vorm Auslaufen, um dieses einmalige Gemisch aus den Gerüchen nach Bilgenwasser, moderndem Strandgut, Vogeldung und vergammelnden Algen auszukosten – und kehrte ins Steuerhaus um.

»Voraus langsame Fahrt«, befahl Kolby. »Zwanzig Umdrehungen.«

»Voraus langsame Fahrt.« Erster Offizier Marbles Rafferty, ein alter Muschelrücken, schob die beiden Hebel nach vorn. Er war ein trübseliger, hagerer, stets verkrampfter Schwarzer Anfang vierzig. Bei seinem Anblick mußte Anthony an einen langen Trompetenstek denken.

Behutsam und vorsichtig, als wären sie ein Schwarm sehender Thunfische, die einen blinden Wal heimgeleiteten, machten sich die Schlepper an die gleichermaßen kraftintensive und ballettöse Aufgabe, die *Valparaíso* den Fluß hinabzuziehen und in die New Yorker Oberbucht zu bugsieren.

»Steuerbord sechs«, sagte Kolby.

»Steuerbord sechs«, wiederholte das Besatzungsmitglied am Steuerruder, Karl Jaworski, ein schmerbäuchiger Seemann, der die Berufsbezeichnung *Vollmatrose* bis zum Exzeß auszufüllen trachtete. Den Blick auf den Ruderlageanzeiger gerichtet, versetzte Wozniak dem Steuerrad lethargisch einen Ruck.

»Voraus halbe Fahrt«, ordnete Kolby an.

»Voraus halbe Fahrt«, bestätigte Rafferty. Während der Erste Offizier die Hebel ein wenig weiter nach vorn schob, schwamm das Schiff reibungslos über dreihundert Pendler hinweg, die wegen des üblichen abendlichen Verkehrsstaus im Holland-Tunnel standen.

»Stimmt es, daß Vater und seine Frau in Spanien sind?« erkundigte Anthony sich beim Lotsen.

»Ja, in 'm Kaff namens Valladolid.«

»Nie gehört.«

»Christoph Kolumbus ist dort gestorben.«

Anthony verkniff sich ein Feixen. Ja natürlich. Wo sollte es den Alten am Lebensabend schon hinziehen, wenn nicht an den Ort, wo Christoph Kolumbus das Zeitliche gesegnet hatte?

»Kennst du zufällig seine Anschrift?«

Kolby holte einen Sanyo-Handcomputer aus der Tasche. Anthony entsann sich des letzten Erntedankfest-Abendessens: den Anblick, wie Kolby zerquetschte Kartoffel mit Geflügelsoße und Feuerzeugbenzin aß. »Ich habe seine Faxnummer. Willst du sie dir aufschreiben?«

Anthony nahm seine Ausgabe von *Navigation in der Praxis* vom Marisat-Computer. »Her damit«, sagte er und zog einen *Chevron*-Kugelschreiber aus dem Bordjackett.

Warum bloß identifizierte sich sein Vater, überlegte er, so halsstarrig mit Kolumbus? Hielt er sich für seine Reinkarnation? Falls ja, konnte in Christoph van Horne wohl kaum der enthusiastisch-visionäre Christoph Kolumbus reinkarniert worden sein, der die Neue Welt angesteuert hatte; vielmehr mußte es der senile, von Arthritis geplagte Kolumbus der späteren Reisen sein, der Kolumbus, der an seiner Heckreling ständig einen Galgen stehen gehabt hatte, um gewohnheitsmäßig Meuterer, Deserteure, Unzufriedene sowie alle, die öffentlich anzweifelten, daß er damals Indien erreicht hatte, umgehend aufknüpfen zu können.

»Null eins eins drei vier zwo acht...«

Während Kolby die Faxnummer herunterleierte,

schrieb Anthony sie auf eine Darstellung des Kleinen Wagens, füllte das Sternbild mit Ziffern.

»Schlepper los!« schnauzte der Lotse.

Während er das Welthandelszentrum näher rücken, seine beiden Hochbauten wie Poller in die Abenddämmerung aufragen sah, an denen ein unbeschreiblich gigantisches Schiff anlegen sollte, packte Anthony eine besorgniserregende Erkenntnis. Dieser siebzigjährige Lotse, ein Arschloch und Kumpel seines gefühllosen Eisschranks von Vater, hatte es unterdessen dahin gebracht, daß nur noch hundertachtzig Meter das Schiff davon trennten, auf die Untiefen zu laufen.

»Backbord zehn«, rief Anthony.

»Wollte ich gerade durchgeben«, maulte Kolby.

»Backbord zehn«, wiederholte der Steuermann.

»Voraus langsame Fahrt«, fügte Anthony hinzu.

»Das auch«, murrte Kolby.

»Voraus langsame Fahrt«, sagte Rafferty.

»Schlepper achtern los«, ertönte eine verzerrte Meldung des Bootsmanns aus dem Walkie-talkie.

»Du mußt ein bißchen besser aufpassen, Frank.« Anthony schmunzelte und zwinkerte dem Lotsen herablassend zu. »Wenn die *Valparaíso* geringe Fahrt macht, braucht sie ihre Zeit zum Manövrieren.«

»Schlepper voraus los«, meldete der Bootsmann.

»Recht so«, sagte Anthony.

»Recht so«, wiederholte der Steuermann.

»Anthony, wenn weiter du die Befehle erteilst«, knurrte Kolby, »muß ich der Küstenwache eine Beschwerde einreichen.«

»Und wenn *du* weiterhin die Befehle gibst, laufen wir gleich in die amerikanische Börse ein.«

»Ich und 'ne Kollision verursachen? Ich dachte, das wäre *deine* Spezialität.«

»Du kannst mich mal«, antwortete Anthony leise, aber mit aller Deutlichkeit.

Die Hafenschlepper drehten nach Norden ab, ließen eine Reihe schrillen, gepreßten Abschiedsgetutes ab und dampften wie eine Schar schwimmender Pfeifenorgeln den Hudson hinauf.

»Verständigen Sie den Pumpenraum«, sagte der Lotse, griff sich von der Manövrierkonsole das Sprechanlagenmikrofon und reichte es dem Ersten Offizier. »Es wird Zeit, daß wir Ballast lenzen.«

»Tun Sie's nicht, Mr. Rafferty«, befahl Anthony.

»Wir brauchen zum Steuern Wasserballast«, quengelte Kolby.

»Um Himmels willen, wirf doch mal 'n Blick aufs Echolot. Unsere Rumpfmuscheln können ja schon den Rüssel in den Grund stecken.«

»Für diesen Hafen bin *ich* zuständig. Ich weiß, wie tief er ist.«

»Nichts da, Frank. Keinen Ballast.«

Der Lotse lief vor Wut rot an. »Es hat den Anschein, Kapitän«, schäumte er, »daß ich auf dieser Brücke überflüssig bin.«

»Diesen Eindruck habe ich irgendwie auch.«

»Wo kaufen Sie Ihre Klamotten, Kolby?« erkundigte Rafferty sich ausdruckslos. »In so einem Anzug möchte ich gern begraben werden.«

»Leckt mich doch im Arsch«, entgegnete der Lotse. »Ihr könnt mich alle im Arsch lecken.«

Anthony entwand den Sprechfunkapparat Kolbys zittriger Klaue. »Steuerbord-Fallreep ausklappen«, wies Anthony den Bootsmann an. »Lotse geht in zehn Minuten von Bord.«

»Sobald die Küstenwache über dein Verhalten Bescheid weiß«, giftete Kolby, der vor Wut zitterte, während er wieder seine Regenschutzkleidung anzog, »vergeht keine Woche, bis du dein Kapitänspatent wieder los bist.«

»Du mußt deine Beschwerde in Portugiesisch vorlegen«, sagte Anthony, drängte den Lotsen aus dem Steuerhaus. »Mein Kapitänspatent ist aus Brasilien.«

»Brasilien?«

»Das liegt in Südamerika, Frank«, antwortete Anthony, schob den Lotsen aus dem Steuerhaus. »Dort gelangst *du* mit deinen Lotsenkünsten niemals hin.«

Zehn Minuten später befand sich der entrüstete Lotse auf dem Kutter der Hafenbehörde und entfernte sich von der *Valparaíso* mit dreißig Knoten Geschwindigkeit zurück nach Pier 88.

»Mr. Rafferty, wir müssen nun Wasserballast lenzen«, sagte Anthony, während das Schiff die Freiheitsstatue passierte, die nimmermüde ihr Lämplein emporreckte. »Halten Sie zweihunderttausend Liter für ausreichend?«

»Auf einen Spritzer mehr oder weniger kommt's nicht an.« Der Erste Offizier nahm das Sprechanlagenmikrofon, wählte den Pumpenraum an und benachrichtigte den Ersten Maschinisten. »Mr. O'Connor, wir wollen das Schiff in Trimmlage bringen.«

Von 18 Uhr 17 an pumpte die *Valparaíso* Wasser aus der New Yorker Oberbucht, saugte ihre Fluten in die Ballasttanks.

Um 18 Uhr 55 unterquerte das Schiff mit einem Meter zwanzig Abstand zur Unterseite der Brücke und knapp einem Meter Abstand zum Meeresboden die Verrazano-Brücke über die Meerenge zwischen Staten Island und Long Island.

Um 19 Uhr 15 erschien Anthonys Funkerin auf der Brücke: Lianne Bliss, eine kleine, drahtige Neohippie-Vegetarierin, die Ockham am Donnerstag bei der Interationalen Vereinigung der Schiffer, Marineoffiziere und Lotsen aufgetrieben hatte. Nach guter, alter Seeleutetradition trug sie den Spitznamen ›Öhrchen‹ –

»Jay Island ist am Apparat.« Für eine so kleine Person hatte sie eine erstaunlich kraftvoll tönende Stimme, als riefe sie vom Boden eines leeren Laderaums herauf. »Sie wollen den Zweck der Fahrt wissen.«

Den Kopf eingezogen, schlüpfte Anthony in die Funkbude und schaltete das Mikrofon des Funkgeräts auf *Ein*. »Rufe Küstenwachstelle Jay Island«, sagte er. »Jay Island, hören Sie mich?«

»Verstanden. Wir hören.«

Anthony wußte, daß Supertanker niemals Sao Tomé anliefen. Die Svalbard-Inselgruppe war für ein solches Schiff ein ähnlich widersinniges Fahrtziel. Deshalb galt es eine hundertprozentige Lüge aufzutischen, sonst wurden die Jungs in Weiß vielleicht mißtrauisch und behielten die *Valparaíso* während der Fahrt unter Observation. »Hier ist die *Karpag Valparaíso*«, gab Anthony durch, »mit Ballast unterwegs zum Bestimmungsort Lagos, Nigera, um zweihunderttausend Tonnen Rohöl zu fassen.«

»Verstanden, *Valparaíso*. Seien Sie auf der Hut vor Tropentief Nummer sechs, Hurrikan Beatrice, gegenwärtig von Cape Verde in Bewegung nach Westen.«

»Verstanden, Jay Island. Ende.«

Um 19 Uhr 44 kreuzte die *Valparaíso* die Trennlinie zwischen der New Yorker Unterbucht und dem Nordatlantischen Ozean.

Um 19 Uhr 52 kam Zweiter Offizier Spicer – Joe Spicer, genannt Langer, das einzige Besatzungsmitglied, dessen Körpergröße auf den Tanker abgestimmt zu sein schien – auf die Brücke und löste Marbles Rafferty ab.

»Nehmen Sie Kurs auf Sao Tomé«, gab Anthony ihm Anweisung. Aus der *Exxon*-Thermoskanne goß er sich schwarzen, starken Kaffee in den *Karpag*-Trinkbecher. »Ich möchte Donnerstag in einer Woche dort sein.«

»Ich habe die Küstenwache 'n Hurrikan erwähnen hören«, sagte Rafferty.

»Machen Sie sich keine Sorgen wegen des Scheißhurrikans. Wir fahren mit der *Karpag Valparaíso*, nicht auf dem Segelboot eines Proktologen. Wenn's regnet, schalten wir die Scheibenwischer ein.«

»Kann O'Conner uns durchgehend achtzehn Knoten gewährleisten?« fragte Spicer.

»Ich glaube, ja.«

»Dann sind wir am zehnten im Golf von Guinea.« Millimeterweise schob Spicer am Pult die Hebel nach vorn. »Voraus volle Kraft?«

Der Kapitän spähte in den Süden, sein Blick schweifte über die Reihen grauer, glasiger Schwellungen, die ewig veränderliche Landschaft der See. Jetzt nimmt es also seinen Anfang, dachte er, das große Wettrennen: Anthony van Horne gegen Hirntod, Verwesung und des Teufels Haie.

»Voraus volle Kraft.«

2. Juli
Breite: 37°7'N. Länge: 58°10'W. Kurs: 094. Geschwindigkeit: 18 Knoten. Seit New York zurückgelegte Entfernung: 810 Seemeilen. Schwache Brise, Windstärke 3 lt. Beaufort-Skala, weht übers Wetterdeck.

Ich hätte gern ein schönes Tagebuch gehabt, aber mir blieb keine Zeit mehr, um eine richtige Schreibwarenhandlung aufzusuchen, deshalb bin ich in den nächsten Drogeriemarkt geeilt und habe dies Ding hier gekauft. Auf dem Umschlag steht, daß es ein dreifach gelochtes *Offizielles Popeye-der-Seemann-Spiralnotizbuch* ist (Copyright 1959 by King Features Syndiacte). Nun ja, wenn ich dir ins hutzelige Gesicht schaue, Popeye, sehe ich, daß du ein Mann bist, dem ich trauen kann, und in dieser Hinsicht bin ich mir bei Pater Thomas Ockham und Papst Innozenz XIV. weniger sicher.

Am heutigen Tag des Jahres 1816, steht in meinem Handelsmarine-Taschenkalender, lief die französische Fregatte *Medusa* vor der westafrikanischen Küste auf

Grund. »Von den 147 Männern, die auf einem Floß von Bord gingen, wurde die Mehrzahl von den eigenen Kameraden ermordet und ins Meer geworfen oder kannibalisch verzehrt. Nur 15 Männer überlebten das Grauen.«

Na, ich denke mir, wir kommen besser zurecht. Für eine derartig in letzter Minute zusammengewürfelte Besatzung hat der Haufen eine anscheinend recht gelungene Zusammensetzung. Mein immer trübsinniger, aber beinahe hellsichtiger Erster Offizier, Rafferty, kann bei Tag und Nacht, bei Regen oder Sonnenschein die genaue Position nennen, sogar wenn der Marisat-Computer spinnt, und er ist eine besonders romantische Wahl für diese Fahrt – sein Urgroßvater war Sklave bei einer Familie von Bergungsschiffern der Florida Keys, den Seeleuten des 19. Jahrhunderts, die durch »John Wayne und Raymond Massey in *Piraten im Karbischen Meer* unsterblich gemacht worden sind« (so wörtlich Pater Ockham). Joe Spicer, der Lange, hat seinen eigenen Sextanten mitgebracht, bei einem Navigator stets ein gutes Zeichen. Und Dolores Haycox, die *zaftig* Dritte Offizierin, hat den von mir vorgenommenen Überraschungstest (mittels der Frage: »Wie lautet die Formel für die Errechnung der Entfernung von einer Steilküste anhand des Zeitabstands zwischen einem Nebelhornsignal und seinem Echo?«) glanzvoll bestanden.

Daß Follingsbee ein hervorragender Smutje ist, wußte ich ja schon, aber die Grillhähnchen heute abend ließen sich wahrhaftig nicht von Mutter Beimers Geheimrezept unterscheiden, sie schmeckten wirklich wie daheim und besonders knusprig. Seine Begabung zu solcher Gewissenhaftigkeit ist ein sonderbares Talent. Crock O'Connor aus Alabama, der Erste Maschinist, ist ein Typ von Seemannsgarnerzähler, der jedem auftischt, er sei der Erfinder des Kronenkorkens, hätte jedoch aufgrund der betrügerischen Machenschaften eines Patentanwalts sein Lebtag lang keinen roten Heller gekriegt. Er garantiert uns die gewünschten 18 Knoten, warum soll ich ihm also nicht den Gefallen tun, ihm zu glauben? Lou Chickering, sein Maschinenassistent, ist ein gutaussehender, blonder Schauspieler – unser Thomas Gottschalk der Meere – aus Philly, der früher vergeblich auf dem Broadway Erfolg zu erringen versucht hat und heutzutage nur noch in der Freizeit Laientheater im Pausenraum veranstaltet. Sein Spezialgebiet ist Shakespeare, und als er uns am vergangenen Abend aus *Der Sturm* Ariels ›Fünf Faden tief‹ vorsang, waren selbst die Analphabeten gerührt. Maschinist Bud Ramsey dagegen ist Pornosammler, Biersäufer und fanatischer Poker-Kartenklopfer. Ich finde, es ist erfreulich, wenn jemand sich zu seinen Lastern bekennt.

Und zur Unterstützung haben wir: 38 für die Arbeit dankbare Seeleute, 14 Frauen und 23 Männer, die auf sämtlichen Decks, der Kombüse sowie im Pumpen- und Maschinenraum schuften, Rost abkratzen, Anstrich erneuern und Scheiße schaufeln. Es ist amüsant, ihre Lebensläufe durchzublättern. Wir haben an Bord einen Landesliga-Mittelstürmer (Verein: Streitaxt Albany), einen Ex-Clown (Zirkus Gebr. Hunt), einen Ex-Sträfling (bewaffneter Raubüberfall), einen Punktschweißer, einen Automobilwerk-Fließbandarbeiter, eine Avon-Vertreterin, einen Armee-Unteroffizier, einen Hundeausbilder, einen chinesischen Mathematiklehrer (Oberstufe), einen Taxifahrer, drei *Wüstensturm*-Veteranen sowie einen waschechten Sioux-Indianer mit dem klangvollen Namen James Schreiender Falke.

Vor Kamerun hätte sich ein größerer Ölteppich ausgelaufenen Petroleums verklumpt und ein ›Geschwemmsel koagulierter Ölrückstände‹ gebildet – das ist die Darstellung, die ich jedem gebe, der nach dem

Zweck der Fahrt fragt. Als die *Karpag* merkte, erzähle ich den Leuten, daß der Vatikan von dem Desaster Wind bekommen hat, unterbreitete sie dem Papst einen Kompromißvorschlag: Haltet uns Greenpeace und die UNO vom Hals, und wir beseitigen die Verklumpung. Und zwar nicht einfach durch Versenken, sondern wir schleppen sie zur Küste, zerteilen sie und raffinieren sie zu kostenlosem Öl für die im Entwickeln begriffene afrikanische Industrie. Ausgezeichnete Idee, fand Rom, aber wir schicken zur Überwachung Pater Ockham mit.

Also, wir führen eine Geheimaktion durch, klar? sage ich. *Husch-husch* muß alles ablaufen, kapiert? Deshalb geben wir den Schiffen, denen wir begegnen, keine Signale, darum fahren wir ohne Positionslichter, darf niemand daheim anrufen.

»Na gut, aber wieso fahren wir so unheimlich *schnell*?« hat Crock O'Connor gefragt. »Wollen wir der erste Supertanker sein, der den Amerika-Pokal gewinnt?«

»Der Teer ist 'ne Gefahr für die Schiffahrt«, habe ich geantwortet. »Je eher er entfernt wird, um so besser.«

»Gestern abend habe ich mein Trinkglas auf dem Tisch stehen lassen.« O'Connor gab keine Ruhe. »Das Ding ist an die Tischkante gerutscht und hat ununterbrochen gesungen, bis es hinuntergefallen ist. Das Schiff ist ins Schwingen geraten, Kapitän. Es ist zu befürchten, daß sich im Rumpf Risse bilden.«

Und er hat recht. Man steuere einen leeren Supertanker mit 18 Knoten geradeaus, und es dauert nicht lange, bis er schlackert wie ein 57er Chevrolet.

Es gibt gewisse Kniffe, um ein Schiff in diesem Zustand durchzubringen, ohne zuviel Zeit zu verlieren. Ich wende jeden Trick an, den ich kenne: vorübergehende Geschwindigkeitsveränderung, leichter Kurswechsel, Abschalten der Maschinen für ein, zwei Minuten, Treibenlassen – alles was sich dazu eignet, um den Takt der Wellen, die gegen den Vordersteven rollen, zu stören. Bisher ging alles gut. Bis jetzt sind wir noch in einem Stück.

Letzte Nacht, Popeye, schwammen Meeresschildkröten zu Hunderten durch meine Träume, ihre Panzer schillerten vom texanischen Rohöl. Nach ihnen flogen die schneeweißen Silberreiher vorüber, schwarz wie Krähen, danach die Blaureiher, die Löffler und Ibisse...

Ich erwachte schweißnaß. Ich nahm eine Dusche, trank ein Glas warme Milch und las Akt I von *Der Sturm*: Prospero beschwört den Sturm herauf, so daß das königliche Schiff an die verzauberte Insel getrieben wird, und Miranda verliebt sich hoffnungslos in den gestrandeten Prinzen Ferdinand. Erst gegen 8 Uhr habe ich wieder Schlaf gefunden.

Der Drang zu beten war stark, aber Dr. Cassie Fowler, die mit vierundvierzig vernünftigere Dinge wußte, als an Gott zu glauben, hatte bislang widerstanden. *Auch Atheisten bewahren sich ihr Hintertürchen* – eine hinterfotzig raffinierte, scheinbar plausible, plakative Propagandabehauptung, lautete ihre Meinung. Aber sie war fest entschlossen, das Gegenteil zu beweisen.

Seit fünfzehn heißen Stunden schrecklichen Dursts harrte Cassie schon in ihrem aquatischen Hintertürchen aus, einem läppischen Gummiboot, das im Nordatlantik trieb, und die ganze Zeit hindurch war sie sich treu geblieben, hatte kein einziges Mal Gott um Beistand angewinselt. Cassie war eine Person mit Prinzipien, eine Menschin, die das erste Jahrzehnt ihres Erwachsenendaseins mit dem Verfassen antireligiöser, am Broadway unaufführbarer Bühnenstücke herumgebracht hatte (die Art von Satiren, die man ›bissig‹ nannte, war der Autor ein Mann, indessen als ›schrill‹ denunzierte, sobald eine Frau sie schrieb), eine Zeitgenossin, die sich, nachdem sie im dritten Lebensjahrzehnt überwiegend mit dem Erringen eines Doktortitels in Biologie beschäftigt gewesen war – »es besteht kein Grund«, hatte ihre Mutter ihr öfters eingeschärft, »weshalb eine Frau keine Gelehrte sein sollte« – von der New Yorker Universität abgekehrt und dem bescheidenen, borniert Städtischen College in Tarrytown den Vorzug gegeben hatte, einer Institution, deren Schüler sich ohne ihre Nachhilfe wohl schwerlich vorteilhafte Meinungen über den Feminismus oder die Evolution hätten bilden können, und wo es ihr freistand, ohne daß sie Genehmigungsanträge ausfüllen, die Resultate veröffentlichen oder um Ämter betteln mußte, mit Mäusen und Wanderratten zu experimentieren (wobei sie schon zu Anfang herausfand, daß das Männchen der *Rattus norvegicus*, erhielt es dazu Gelegenheit, den Jungen instinktiv genau soviel liebvolle, beschützerische Zuwendung gewährte wie das Weibchen, eine Entdeckung, die ohne weiteres, wurde sie verallgemeinert auf den *Homo sapiens* übertragen, gründlich die Unterstellung zunichte machte, nur Frauen könnten Kindern Haupternährerin sein).

Hätte Cassies Situation weniger verzweifelt ausgesehen, wäre sie komisch gewesen, komisch auf absurde Weise, als hätte Samuel Beckett sie sich ausgedacht. Sie ruderte das Schlauchboot mit einem Tischtennisschläger. Schöpfte hereingeschwapptes Wasser mit einem Elvis-Presley-Gedächtnisbierseidel. Hatte um ihren sonst nur mit einem Bikini bekleideten Körper ein Dolly-Buster-Badetuch geschlungen. »Hilfe«, keuchte sie ins Mikrofon des Funkgeräts, drehte erbittert an der Kurbel. »Bitte, wenn jemand ... auf Ostkurs ist ... Letzte bekannte Position zwo Grad nördlicher Breite, siebenunddreißig Grad nördlicher Länge ... Helfen Sie mir.« Keine Antwort. Kein Mucks. Geradesogut hätte sie beten können.

Weiter östlich, so wußte sie, lag am Äquator St. Paul's Rocks, eine winzige Vulkaninsel. Großartige Aussichten verhieß das Inselchen nicht – höchstens eine Gelegenheit, um neue Kräfte zu sammeln, und eine Abwechslung zum dauernden Wasserschöpfen –, doch gegenwärtig war ein sinnloses Ziel besser als gar kein Ausweg.

Eine authentische Wiederholung der historisch bedeutsamen Seereise Charles Darwins auf einem originalgetreuen Nachbau seines Schiffs: Was für ein toller Einfall für eine Kreuzfahrt, hatte sie gedacht, etwas wie ein Club-Méditerranée-Urlaub für Rationalisten. Während des gesamten Flugs nach London hatte sie sich ausgemalt, wie sie anschließend ihrer Bekanntschaft in der Philosophischen Liga für moderne Aufklärung e. V. Farbdias der auf den Galápagosinseln heimischen Finken und Eidechsen zeigte (es war ihre Absicht gewesen, fünfzig Filme zu belichten), Nachfahren der Tiere, aus deren Anatomie Darwin abgeleitet hatte, daß die Schöpfung nicht die Handschrift Gottes des Allmächtigen trug, sondern das Gepräge viel interessanterer Ursprünge aufwies. Am 12. Juni hatte dann die *Beagle II*, in den Kojen eine buntscheckige Schar von Biologielehrern, Hobby-Naturforschern und verzogenen, durch ihre genervten Eltern zwangsverschickter Schulaussteigern, den Hafen Charlestown (Cornwall) verlassen. Gemäß der durch die Maritim-Abenteuerreisen GmbH & Co. KG konzipierten Reiseplanung folgte die *Beagle II* genau Darwins Fahrtroute, ausgenommen die Kursänderung bei Joas Pessoa, damit sie den Panamakanal benutzen und die Reise um sieben Monate verkürzen konnte. Nach Besichtigung der Galápagosinseln hatte ein Jet sie von Guayaquil aus nach England zurückbefördern sollen.

Doch das Schiff gelangte nicht einmal bis zum Äquator. Hurrikan Beatrice beschränkte sich nicht darauf, die *Beagle II* zu versenken, vielmehr schmetterte er sie vom Bug bis zum Heck und vom Kiel bis zum Krähennest in Trümmer. Er zerlegte sie, als ob einer von Cassies Gymnasiasten einen Dornhai sezierte. Nach dem Untergang schwamm sie allein und benommen, an eine Spiere geklammert, das Dolly-Buster-Badetuch an sich gekrallt, in eisiger See und mußte vergrämt zur Kenntnis nehmen, daß die Maritim-Abenteuerreisen GmbH & Co. KG das Galápagos-Pauschalangebot unter $ 2500,– hielt, indem sie auf kostspieligen Firlefanz wie Rettungsboote, Rettungsflöße und Rettungsringe, Schwimmwesten und Ersatzbatterien fürs Kurzwellen-Funkgerät verzichtete. Es grenzte ans Wunderbare, daß es Cassie gelungen war, das Handkurbel-Funkgerät aus dem Treibgut zu fischen, das inzwischen automatisch aufgeblasene Schlauchboot der *Beagle II* zu erspähen und (noch immer im Besitz des Badetuchs) hineinzuklettern.

»Wenn jemand auf Ostkurs ist ... letzte bekannte Position zwo Grad nördlicher Breite, siebenunddreißig Grad westlicher Länge ... Wenn irgendwer mich hört, bitte Hilfe ...!«

Mit boshafter Unabwendbarkeit ging die Sonne auf, Cassies einäugige Widersacherin, ein schlimmerer Feind als jeder Hai. Das Badetuch schützte sie vor den Sonnenstrahlen, aber bald litt sie unerträglichen Durst. Die Versuchung, die Hand ins Wasser zu tauchen und einen Mundvoll zu schlürfen, war nahezu übermächtig stark. Als Biologin wußte sie natürlich genau, daß das blanker Wahnsinn wäre. Wer ein Glas Meerwasser trank, nahm außer zirka 10 cm^3 reines H$_2$O auch ein Quantum Salz auf, das die Bedürfnisse des Körpers weit überschritt. Durch Zuführung eines zweiten Glases erhielten die Nieren genügend H$_2$O, um das Salz aus dem ersten Glas zu verarbeiten, jedoch zuwenig, um das gleiche mit dem Salz aus dem zweiten Glas zu schaffen. Mit dem dritten Glas... Und so weiter, es war schlichtweg unmöglich, den Rückstand aufzuholen. Unausweichlich gebärdeten sich die Nieren diebisch und entzogen das benötigte Wasser anderem Gewebe. Der Körper trocknete aus, bekam Fieber, und das Endergebnis war der Tod.

»Helfen Sie mir«, stöhnte Cassie, leierte an der Kurbel des Funkgeräts wie eine Sünderin, die dazu verdammt worden war, in der Hölle eine unbegreifliche Gebetsmühle zu drehen. »Letzte bekannte Position zwo Grad nördlicher Breite, siebenunddreißig Grad westlicher Länge... Wasser... Ich brauche Wasser...« Ich werde Gott nicht anrufen, schwor sie sich. Ich werde nicht um Rettung flehen.

Ungefähr zur Mittagszeit kam St. Paul's Rocks in Sicht, eine maximal 500 m lange Aufreihung granitener Felsspitzen, insgesamt sechs, die am Äquator wie aquatische Stalagmiten aus dem Meer stachen, obenauf weißlich vom haufenweise abgelagerten Seevogelkot. Flüchtig schwelgte Cassie in der traurigen Poesie des Augenblicks. Am 12. Februar 1832 hatte hier die Original-*Beagle* geankert. Wenigstens bewege ich mich, tröstete sich Cassie, in Darwins Schatten. Zumindest folge ich bis zum Ende seinem Weg.

Sie erreichte St. Paul's Rocks in der Abenddämmerung, paddelte das Schlauchboot zur windgeschützten Seite des Inselchens. Das Funkgerät in der Hand, das Badetuch über die Schulter geworfen, erklomm sie, obwohl das zerklüftete Bimsgestein ihre die Handteller zerschabte und die Knie zerschrammte, die höchste Felsnadel. Sie hatte Halluzinationen: eine frostkalte Dose Cola Light, eine Karaffe Limonade mit Eis, eine eisgekühlte Dose Isostar. Am Gipfelpunkt richtete sie sich auf; das Dolly-Buster-Badetuch umwehte ihren Rücken wie ein Königinnenmantel. Die ganze beschissene kleine Insel gehörte ihr: Ihrer Königlichen Hoheit Cassie Fowler, Herrscherin über das Guano.

Schwarm um Schwarm schwangen sich Zugvögel herab, Kormorane hockten sich unverfroren auf Cassies Schulter, dreiste Baßtölpel zupften an ihren Haaren. Ungeachtet all des Grausens und Elends wünschte sie sich, ihre Schülerschaft könnte jetzt diese Vögel sehen; sie hätte nichts dagegen gehabt, eine Unterrichtsstunde über die Familie der *Sulidae* im allgemeinen und den Blaufußtölpel im besonderen einzuschieben. Der Blaufußtölpel war ein Vogel mit Grips. Während sein Verwandter, der Rotfußtölpel, die Eier in ein herkömmliches Nest unterhalb eines Baumwipfels legte, begnügte sich der Blaufußtölpel mit einer arbeitssparenden Nest*darstellung*, einer pfiffigen Abstraktion, indem er einen Kreis aus Kot auf den Untergrund schiß. Cassie mochte den Blaufußtölpel sehr, nicht nur wegen seiner Familienpolitik (die Männchen leisteten beim Brüten und bei der Brutpflege einen angemessenen Beitrag), sondern auch, weil er ein Tier war, das wußte, die Unterschiede zwischen Leben, Kunst und Scheiße galten weniger, als die Welt gemeinhin glaubte.

Auf allen Seiten der Insel vollzog sich der rücksichtslose darwinistische Lebensrhythmus: Krebse verzehrten Plankton, Baßtölpel verschlangen Krebse, große Fische fraßen kleine Fischchen, eine ewige Orgie des Tötens, Schmausens, Verdauens und Ausscheidens. Noch nie hatte Cassie sich so leibhaftig nah an der grausamen Wahrheit der Evolution gefühlt. Das hier ist die Natur, dachte sie, wirkliche Natur, rot die Kralle, weiß die Kacke, sämtlicher Sentimentalitäten und aller Verklärung entblößt, so rhapsodisch wie eine Frostbeule, so romantisch wie Fußpilz.

Mit letzter Kraft verscheuchte Cassie die Vögel, dann kauerte sie sich, als hätte sie vor, ihn zu erhöhen, auf den nächsten Dunghaufen. Ihre Zunge glich einem

Stein. Zum Weinen war ihr Körper längst zu ausgedörrt. Ich fange auf keinen Fall jetzt noch an, schwor sie, während sie über das weite, flache Meer ausblickte, gläubig zu werden.

Vielleicht jedoch stimmte es wirklich, daß sich auch Atheisten ihr Hintertürchen bewahrten. »Helft mir«, heulte Cassie, kurbelte am Schwengel des Funkgeräts. »O Gott, helft mir«, stöhnte die verhinderte Darwinistin. »*Beagle* ist ein blöder Name für 'n Schiff«, stöhnte sie. »Beagle sind Hunde, keine Schiffe... Hier spricht Cassie Fowler. Ich sitze auf Saint Paul's Rocks fest. O Gott, bitte helft mir...«

4. Juli
Heute feiert unsere schmucke Republik Geburtstag. Breite: 20°9'N. Länge: 37°15' W. Kurs: 170. Geschwindigkeit: 18 Knoten. Seit New York zurückgelegte Entfernung: 1106 Seemeilen.

Wüßte ich es nicht besser, würde ich sagen, Jehova selbst hätte den Hurrikan geschickt. Wir haben ihn nicht nur recht gut überstanden, zudem sind wir von ihm mit 40 Knoten 184 Seemeilen weit vorangeweht worden, so daß wir jetzt dem Zeitplan um fast einen Tag voraus sind.

Ein beladener Tanker hätte wahrscheinlich die Wogen durchpflügen können, aber wir mußten uns buchstäblich mit ihnen bewegen – volle Pulle in den Wellentälern, ganz langsam auf den Wellenkämmen, das übliche Vorgehen. Es entstand soviel Gischt, daß die Wogen sich ganz weiß verfärbten und das Meer aussah, als wäre es gestorben. Wir hatten einen fähigen Mann am Steuerrad – einen Burschen aus Jersey, Neil Weisinger der Name – und haben uns irgendwie hinein-, durch- und hinausgekämpft, allerdings ist eine Marisat-Kuppel aufgeplatzt, steuerbords ein Ladepfosten umgerissen, sind vier Rettungsboote über Bord gespült und dem Deckhaus fünfzehn Fenster eingedrückt worden. Außerdem gab es unter den Besatzungsmitglieder zwei Armbrüche und einen verstauchten Knöchel.

Auf einer normalen Fahrt ist es mir, wenn die Besatzung sich mit Alkohol abfüllt und randaliert, meistens möglich, sie einzuschüchtern, indem ich mit einer Leuchtpistole herumfuchtele und sie so wieder zur Vernunft bringe. Aber auf dieser Reise muß die Decksbesatzung, wenn alles planmäßig verläuft, von einem bestimmten Zeitpunkt an mit diesen verfluchten Anti-Raubtier-Waffen ausgerüstet werden. Deshalb bin ich nervös, Popeye. Ein betrunkener Janmaat und ein T-62-Raketenstartgerät sind eine höchst unerfreuliche Kombination.

Eigentlich ist Alkohol bei der amerikanischen Handelsflotte verboten, aber wen schert das schon? Selbstverständlich sind die Reedereien, die Küstenwache und der Nationale Verkehrssicherheitsausschuß in dieser Hinsicht einer Meinung. Aber natürlich sind wir kein trockenes Schiff. Nach bisherigen Erfahrungen beurteilt, schätze ich, daß wir trotz des Verbots ungefähr ein Dutzend Großflaschen Wein, 30 Kästen Bier und 50 Flaschen harter Getränke mitführen. Im Laufe der Jahre ist mir aufgefallen, daß Rum besonders beliebt ist. Piratenphantasien, glaube ich. Für mich habe ich vier 0,75-l-Flaschen Meskal im Kartenraum versteckt, direkt unter den Karten Madagaskars.

Bislang haben wir nur eine geringfügige Schlappe einstecken müssen. Vom Vatikan sollte uns die Auslese des Filmarchivs zugestellt werden, aber entweder sind die Rollen nie eingetroffen, oder die Karmeliterinnen haben sie einzuladen vergessen, und der einzige Film, den wir an Bord haben, ist eine 35-mm-Breitwandfassung von *Die Zehn Gebote*. Da befindet sich nun ein duftes Bordkino auf dem Schiff, und es kann nur ein

Film gezeigt werden. Es ist kein schlechter Streifen, aber ich vermute, daß wir lange vor der fünfzigsten Vorführung Tomaten an die Leinwand schmeißen.

Zum Ausgleich sind allerdings vier oder fünf Videogeräte und Dutzende Videokasetten mit Titeln wie *Das schärfste Luder von London* vorhanden. Auch der famose *Caligula* ist dabei. Aber mehr oder weniger läßt diese Auswahl rund die Hälfte der Männer und fast alle Frauen kalt.

»Wie kann man sich nur so eine *Scheiße* anschauen?« fragt Dolores Haycox bei jedem Mal.

»Es ist nicht so wie Sie denken«, sage ich, obwohl ich nicht genau weiß, *was* sie denkt.

»Ich glaube, ich beschwere mich bei der *Karpag*«, kündet Lianne Bliss regelmäßig an. »So eine Videosammlung läuft auf sexuelle Belästigung hinaus.«

»Vielleicht sollten Sie sich Pater Ockhams Videokamera leihen und Ihre eigenen, feministischen Pornos drehen«, schlage ich gelegentlich vor. »Rafferty und ich ziehen Sie aus.«

»Sie schnallen's einfach nicht, was?« meint Haycox.

Wenn ich Rafaels Feder aus meiner Seemannstruhe hole und betrachte, wird mir jedesmal klar, daß der Engel recht hatte. Mein Vater ist der einzige, der mir über die Maragorda-Bucht hinweghelfen kann – nur mein Vater, sonst niemand, kommt dafür in Frage. Man frage mich nicht warum: Es verhält sich eben so. Ich habe mir überlegt, daß wir die Rückfahrt über Spanien durchführen. Ich werfe in Cádiz Anker, gebe der Besatzung Landurlaub und nehme den Zug nach Valladolid.

Ich hab's geschafft, Vater, werde ich zu ihm sagen. Ich habe den Auftrag erfüllt.

Obwohl ihn von den Null-null-Koordinaten noch ein halber Ozean trennte, rang Pater Thomas Ockham dennoch bei Tag und Nacht mit der Frage, welche letztendliche Bedeutung dem *Corpus Dei* beigemessen werden mußte. Abgesehen von den Informationen, die Rom ausdrücklich zu haben wünschte – Kurs, Geschwindigkeit, Position, voraussichtliche Ankunft im Suchgebiet –, übermittelte er mit seinem täglichen Fax soviel an spekulativer Theologie, wie er den Kardinälen zumuten zu dürfen glaubte.

Beim ersten Eindruck, Eure Eminenz, schrieb er an di Luca, ist Gottes Tod eine himmelschreiende, deprimierende Angelegenheit. Aber entsinnen Sie sich an den geistigen Gewinn, den gewisse Denker der fünfziger und sechziger Jahre aus der Vorstellung von Gottes Tod erarbeitet haben? Insbesondere meine ich Roger Miltons *Post Mortem Dei* und Martin Bubers *Gottesfinsternis*. Gewiß, diese Männer hatten keinen echten Leichnam vorzuweisen (bis jetzt haben wir auch noch keinen). Trotzdem bin ich der Ansicht, daß wir, sobald wir wieder über unsere zeitweilige Verzweiflung hinausblicken, so manche Überraschung erleben. Auf gewisse Weise ist dieser Vorfall eine großartige Bestätigung alles Jüdisch-Christlichen (falls ich diesen albernen, oxymoronischen Begriff verwenden darf), ein Beweis dafür, daß wir die ganze Zeit hindurch wirklich einen Gott hatten. Nach meiner Überzeugung können aus einer fundierten Theothanatologie erstaunliche sprituelle Einsichten gewonnen werden.

Lieber Professor Ockham, antwortete di Luca, gegenwärtig interessieren wir uns nicht für Martin Buber oder andere atheistische Eierköpfe. Wir interessieren uns für Anthony van Horne. Haben wir den Richtigen erwählt, Pater? Vertraut die Besatzung ihm? War sein Entschluß klug, Hurrikan Beatrice zu durchqueren, oder voreilig?

Thomas beschwichtigte de Lucas Sorgen, so gut es ging: Unser Kapitän versteht sein Handwerk, nur befürchte ich manchmal, sein Eifer könnte die Sache gefährden. Er ist zu sehr auf den von OMNIPATER genannten Termin fixiert. Gestern sind wir in eine neue Zeitzone übergewechselt, und er hat die Uhr nur mit dem größten Widerwillen vorgestellt ...

Er tippte die Mitteilungen auf seiner Smith-Corona – derselben Maschine, auf der er *Die Mechanik der Gnade* geschrieben hatte – und brachte sie ins Steuerhaus.

Der Navigator hatte Wache. Auf den ersten Blick hatte Thomas in Joe Spicer den intelligentesten aller Offiziere der *Valparaíso* erkannt (van Horne nicht ausgenommen). Jedenfalls nahm er als einziger Bücher auf die Brücke mit, richtige Bücher, keine Romane über telekinetische Kinder oder Taschenbücher voller Katzen-Cartoons.

»Guten Tag, Mr. Spicer.«

»Hallo, Pater.« Der hochaufgeschossene Offizier drehte seinen Sitz um neunzig Grad und streckte Thomas ein Exemplar von Stephen Hawkings *Kurze Geschichte der Zeit* entgegen. »Haben Sie das gelesen?«

»Zweimal«, sagte Thomas, schaute beunruhigt den diensthabenden Seemann an, einen muskulösen Protestanten mit Namen Leo Zook. Am Vortag hatte er mit ihm einen kurzen, unbefriedigenden Wortwechsel über Charles Darwin gehabt; dabei hatte sich Zook gegen die Evolution geäußert, Thomas hingegen auf ihre grundsätzliche Glaubhaftigkeit verwiesen.

»Wenn ich diese Schrift richtig verstanden habe«, meinte Spicer, trommelte mit den Fingern auf dem Buch *Kurze Geschichte der Zeit,* »ist Gott heute Arbeitsloser.«

»Kann sein«, gab Thomas zur Antwort.

»Reden Sie keinen Stuß«, knurrte Zook.

»Feiern Sie heute die Messe?« wollte Spicer erfahren.

»Um fünfzehn Uhr«, sagte Thomas.

»Ich komme.«

Gut, dachte der Priester. Du kommst, Follingsbee

kommt, Schwester Miriam, Karl Jaworski und An-mei Jong. Sonst niemand. Die kleinste Gemeinde diesseits des Anfangsmeridians.

Als Thomas sich anschickte, die Funkstube zu betreten, prallte er beinahe mit Lianne Bliss zusammen. Wilden Blicks sprang sie zum Zweiten Offizier, drehte ihn mitsamt seinem Sitz, als wäre sie eine Friseuse, die ihrer Kundin den Spiegel hält.

»Joe, rufen Sie den Boss!«

»Weshalb?«

»SOS!«

Spicer ergriff das Mikrofon der Sprechanlage, und drei Minuten später stand Anthony van Horne auf der Brücke und hörte, daß sich angeblich eine Beatrice-Überlebende namens Cassie Fowler mit einem Schlauchboot auf St. Paul's Rocks gerettet hatte.

»Könnte eine Falle sein«, mutmaßte van Horne. »Sie haben hoffentlich nicht mit ihr gesprochen.«

»Eine Falle?« wiederholte Bliss.

»Sie haben die Funkstille nicht gebrochen, oder?«

»Nein. Natürlich hätte ich ihr gerne sofort Bescheid gegeben ...«

Van Horne stellte sich ans Zwölfmeilenradar und betrachtete mit geballter Aufmerksamkeit das Radarecho: allem Anschein nach einen Schwarm Tölpel. »Gehen Sie ans Gerät, Öhrchen«, befahl er. »Melden Sie sich als *Arco Fairbanks* mit Kurs auf die Südzone der Kanarischen Inseln. Nennen Sie allen, mit denen Sie Kontakt erhalten, Fowlers Koordinaten – dreißig Grad westlicher Breite, null Grad nördlicher Länge.«

»Darf ich sie verständigen, Sir?« fragte Bliss, indem sie Anstalten machte, in die Funkstube umzukehren.

Mit dem Zeigefinger strich van Horne um den Rand des Radarschirms, umkreiste mit der Hand den Vogelschwarm. »Sagen Sie ihr, es ist Hilfe unterwegs. Sonst nichts.«

»Ist es erforderlich zu lügen, Kapitän?« fragte Thomas.

»Jeder Befehl, den ich erteilte, ist erforderlich«, behauptete van Horne. »Andernfalls gäbe ich ihn gar nicht.«

Vierzig Minuten später kam Bliss wieder auf die Brücke und meldete den Stand der Dinge. Anscheinend war die *Valparaíso* im Umkreis von dreihundert Seemeilen rings um St. Paul's Rocks das einzige Schiff. Bliss hatte mit einem Dutzend Häfen zwischen Trinidad und Rio Funkverbindung gehabt, von doch von den wenigen Offizieren der Küstwache und Mitarbeitern des Roten Kreuzes, die ihren wüsten Mischmasch aus Englisch, Spanisch und Portugiesisch zu verstehen imstande gewesen waren, verfügte niemand über ein Flugzeug oder einen Hubschrauber mit genügend Tankkapazität, um über den halben Atlantik und zurück zu fliegen.

»Was hat Fowler gesagt, als Sie mit ihr gesprochen haben?« erkundigte sich Thomas.

»Sie wollte wissen, ob ich ein Engel bin«, lautete Bliss' Auskunft.

»Was haben Sie darauf geantwortet?«

Bliss warf van Horne einen bitterbösen Blick zu. »Daß ich keine Befugnis habe, ihr Erklärungen abzugeben.«

Spicer klatschte die *Kurze Geschichte der Zeit* auf den Kapitänssessel, eilte zum Manöverpult und schaltete die Automatiksteuerung ab. »Zwo-sieben-drei, ja?«

»Nein«, erwiderte van Horne. »Wir halten Kurs.«

»Wir halten?« vergewisserte sich Zook, die Hand am Steuerrad.

»Das ist doch wohl 'n Scherz«, vermutete Spicer.

»Ich kann keine vierundzwanzig Stunden vergeuden, Joe. Soviel Fahrtzeit haben wir durch Beatrice gewonnen. Von nun an bewahren wir wieder Funkstille.«

»Kann der schietige Teer nicht warten?«

»Nein, kann er nicht.«

Thomas' Backenzähne bissen aufs weiche, rosige Innenfleisch der Wangen. Noch nie hatte er sich einer so schwierigen Entscheidung gegenübergesehen. Führte der Kurs eines Christen nun westwärts, am Äquator entlang, oder ostwärts nach Sao Tomé? Wie viele Hirnzellen Gottes war ein Menschenleben wert? Eine Million? Tausend? Zwei? Seine Skepsis in bezug auf die von OMNIPATER gestellte Prognose erleichterte ihn den Entschluß nicht im geringsten. Selbst wenn sich nur eine göttliche Neurone retten ließ, mochte sie bedeutungsvoller als sämtliche Schiffbrüchigen seit Jonas sein.

»Kapitän van Horne«, sagte der Priester, »ich möchte, daß Sie wenden.«

Der Kapitän nahm das Brückenfernglas an sich und schnaufte verärgert: »Was?«

»Sie haben richtig gehört. Wenden Sie das Schiff. Wenden Sie die *Valparaíso* und nehmen Sie Kurs auf Saint Paul's Rocks.«

»Thomas, anscheinend haben Sie vergessen, wer Kommandant dieses Schiffs ist.«

»Und Sie übersehen anscheinend, wer bezahlt. Bilden Sie sich nicht ein, Sie seien nicht austauschbar, Kapitän van Horne. Wenn der Kardinal erfährt, daß Sie eine offensichtliche moralische Pflicht mißachten, wird er nicht zögern, einen neuen Kapitän einfliegen zu lassen.«

»Vielleicht sollten wir uns in meiner Kabine darüber unterhalten.«

»Vielleicht sollten wir das Schiff wenden.«

Van Horne hob das Fernglas an die Augen, drehte es um und musterte Thomas durchs verkehrte Ende, als er könnte er, indem er die Größte des Geistlichen verringerte, auch seine Autorität mindern.

»Mr. Spicer ...«
»Sir?«
»Ich befehle, daß Sie einen neuen Kurs errechnen.«
»Ziel, Sir?«
Van Horne schob das Fernglas in den Segeltuchbehälter. »Zu dem Haufen Vogelkot mitten im Atlantik.«
»Gut«, sagte Thomas, tatschte die Meerjungfrau auf dem Arm des Kapitäns. »Taten der Barmherzigkeit sind der einzige Nachruf, den Gott sich wünscht.«

KLAGELIED

Als Cassie Fowler erwachte, schockierte sie weniger die Entdeckung, daß ein Jenseits existierte, als die Erkenntnis, daß ausgerechnet sie ins Ewige Leben Eingang gefunden hatte. Ihr gesamtes Erwachsenendasein, in dem sie Jahr um Jahr Gott gelästert und die Aufklärung hochgejubelt hatte, erwies sich im Rückblick als vertan. Ihr war das Heil zugefallen, sie war erlöst worden, verewigt. Die Situation sprach sehr gegen sie, aber noch stärker gegen die Ewigkeit. Welches Himmelreich, das etwas auf sich hielt, gab sich mit einer dermaßen entschiedenen Leugnerin wie ihr ab?

Naturgemäß hatte es ein frommes Ambiente. An der Wand gegenüber hing blutbekleckert ein kleiner Keramik-Christus mit blauen Glotzern und kirschroten Lippen. Neben Cassies Kissen lauerte ein hochgewachsener, verhärmter, grobknochiger Pfaffe. Am Fußende des Betts lungerte ein Bärtiger, dessen miesepetrige Miene und runzlige Haut an sämtliche Propheten des Alten Testaments erinnerte, denen Cassie je zu mißtrauen gelernt hatte.

»Sie sehen schon viel besser aus.« Der Geistliche senkte die Hand auf ihre versengte Wange. »Leider ist kein Arzt an Bord, Miss Fowler, aber der Erste Offizier ist der Auffassung, daß Sie an nichts Schlimmerem als Erschöpfung, Wassermangel und einem schweren Sonnenbrand leiden. Wir haben Sie mit Noxzema eingerieben.«

Nach und nach, so wie sich im Mund eines Kinds Zuckerwatte auflöst, wich der Nebel aus Cassies Bewußtsein. *An Bord,* hatte er gesagt. Und: *Erster Offizier.*

»Bin ich auf einem Schiff?«

Der Priester deutete auf den Propheten. »Auf der *Valparaíso* unter dem Kommando Kapitän Anthony van Hornes. Nennen Sie mich Pater Thomas.«

Erinnerungen kamen. Maritim-Abenteuerreisen... *Beagle II*... Hurrikan Beatrice... St. Paul's Rocks... »Die berüchtigte *Valparaíso*? Die *Valparaíso*, die das Öl vergossen hat?«

»Die *Karpag Valparaíso*«, konstatierte der Kapitän trockenen Tons.

Der Geruch medizinischen Kampfers drang in Cassies Nase. Schmerz zuckte durch ihre Schultern und Oberschenkel: Die rote, in der fürchterlichen Äquatorsonne verbrannte Haut glühte unter der aufgetragenen Noxzema-Schicht. Guter Gott, sie lebte, sie hatte gesiegt, als Gewinnerin stand sie da, gegen alle Widrigkeiten hatte sie sich behauptet. »Wieso hab ich keinen Durst?«

»Wenn Sie nicht ununterbrochen vor sich hingebrabbelt haben, sind Sie damit beschäftigt gewesen, sich ungefähr fünf Liter Trinkwasser einzuverleiben«, erläuterte der Pfaffe.

Der Kapitän trat ins Licht, hielt Cassie eine helle, rundliche Mandarine entgegen. Er sah besser aus, als Cassie auf den ersten Blick bemerkt hatte, war jemand mit der zotteligen, angeknacksten Männlichkeit, die man bei im Abstieg begriffenen Schauspielern billiger Fernsehserien beobachten konnte.

»Hunger?« fragte er.

»Ich bin völlig ausgehungert.« Cassie schnappte sich die Mandarine, bohrte den Daumen in ihren Nordpol und schälte sie. »Habe ich wirklich gebrabbelt?«

»Eine Menge Zeugs«, antwortete van Horne.

»Worüber?«

»Das Tarrytowner College. Wanderratten. Daß Ihr Vater an Krebs gestorben ist. Und Oliver, nehme ich an, ist Ihr Freund.«

Halb erstaunt, halb verdrossen schnaubte Cassie. »Ja, stimmt.«

»Sie sind sich unsicher«, sagte der Kapitän, »ob Sie ihn heiraten sollen.«

»Wer ist schon jemals *sicher*?« entgegnete Cassie trotzig.

»Niemand, glaube ich.«

Cassie brach eine Viertelkugel der Mandarine ab und mampfte. Das Fruchtfleisch schmeckte süß und köstlich, nach Leben. Sie kostete das Wort, das selige Wort, regelrecht aus: Leben, Leben. »Ist das Ihre Kabine, Pater?« fragte sie, indem sie auf den Keramik-Jesus zeigte.

»Gewesen. Ich bin umgezogen.«

»Sie haben Ihren Lattenjupp vergessen.«

»Ich habe das Kruzifix mit voller Absicht an der Wand gelassen«, lautete Pater Thomas' dunkelsinnige Antwort.

»Entschuldigen Sie meine Unwissenheit«, sagte Cassie, »aber ist es üblich, daß auf Öltankern Priester mitfahren?«

»Wir sind auf keiner normalen Fahrt. Vielmehr ist sie vollkommen außerordentlicher Art. Eschatologischer Natur.«

»Sobald wir unseren Auftrag erledigt haben«, versprach der Kapitän, »bringen wir Sie in die Vereinigten Staaten heim.«

»Wie meinen Sie das?«

»Für die nächsten neun Wochen«, antwortete van Horne, »sind Sie an Bord unser Gast.«

Cassie runzelte die Stirn, aus Ärger und Verwirrung wurde ihr Körper starr. »Neun Wochen? Nein, das geht nicht, Leute, ich muß Ende August wieder mit dem Unterricht anfangen.«

»Tut mir leid.«

»Bestellen Sie mir einen Hubschrauber.« Ganz langsam, ähnlich wie ein heldenmütig zur Evolution entschlossener Fisch sich aufs Trockene geschleppt haben mag, erhob sich Cassie aus der Koje. Ob sie überhaupt bekleidet war, fragte sie sich erst, als ihre Füße den roten Plüschteppich berührten. »Haben Sie gehört?« Als sie an sich hinabschaute, sah sie, daß man ihren Bikini gegen einen lächerlichen, mit astrologischen Symbolen verzierten Seidenkimono ausgetauscht hatte. »Ich hätte gerne, daß Sie für mich 'n Hubschrauber des Internationalen Roten Kreuzes mieten, je schneller, desto besser.«

»Ich habe keine Erlaubnis«, entgegnete der Kapitän, »dem Internationalen Roten Kreuz unsere Position bekanntzugeben.«

»Meine Mutter wird verrückt«, sagte Cassie, die nicht wußte, ob sie einen Tonfall des Zorns oder der Verzweiflung anschlagen sollte. »Und Oliver auch. Bitte ...!«

»Wir gestatten Ihnen eine kurze Nachricht nach Hause.«

»Wo steht das Telefon?«

An van Hornes Stirn traten blaue Adern hervor. »Wir haben Ihnen kein *Telefon* zu bieten, Dr. Fowler. Die *Valaparaíso* ist kein Bauernhof, wo Sie reinlatschen und telefonieren dürfen, wenn Sie 'n Platten haben. Unsere gesamte Kommunikation wird über die Funkstube oben auf der Brücke abgewickelt.«

»Dann bringen Sie mich hin.« Ein altes, bei Cassie

verhaßtes Szenario: Das Patriarchat pochte auf seiner Macht. (»Ja, Gnädigste, wir werden's schon schaffen, Ihr Reduktionsgetriebe zu reparieren, falls Sie überhaupt wissen, was, zum Teufel, das ist.«) »Und zwar sofort«, fügte sie hinzu, taumelte vorwärts.

»Ich glaube, Sie sollten noch nicht durch die Gegend laufen«, wandte van Horne ein.

»Möchte jemand von Ihnen mir den Weg zur Brücke zeigen, oder muß ich ihn mir selber suchen?«

Der Sonnenbrand schmerzte gräßlich auf Cassies Rücken und im Nacken, während sie Pater Thomas aus der Kabine – einen protzigen Raum, getäfelt mit Eiche, ähnlich wie das Haus, in dem die Philosophische Liga für moderne Aufklärung e. V. sich jeden Dienstagabend traf – und danach durch einen Korridor glänzend polierten Mahagonis in die plötzliche Klaustrophobie einer Aufzugkabine folgte.

»Wer ist Runkleberg?« erkundigte sich der Pater.

»Über Runkleberg habe ich auch geplappert? Seit Jahren ist mir der Name nicht mehr durch den Kopf gegangen.«

»War er auch Ihr Freund?«

»Manny Runkleberg«, erklärte Cassie, »ist eine Figur in einem meiner Stücke.«

»Sie schreiben Theaterstücke?«

»Runkleberg ist mein Abraham des zwanzigsten Jahrhunderts«, sagte Cassie und nickte. »Eines Tages hört er Gottes Stimme von ihm fordern, daß er seinen Sohn opfern soll.«

»Und gehorcht er?«

»Seine Frau verhindert es.«

»Und wie?«

»Sie erschießt ihn.«

Pater Thomas verdrehte die Augen, eine Geste, die Cassie als Ablehnung des beschriebenen Plots auffaßte; doch natürlich konnte man von jemandem mit seinen

Ansichten kaum erwarten, daß er für die Demontage der Bibel durch eine Atheistin Verständnis aufbrachte.

Sie verließen den Lift und gingen durch einen zweiten mahagoniglänzenden Korridor.

»Biologie und Theater«, sagte der Geistliche. »Zwei Gewerbe, die man normalerweise nicht in einer Person vereint findet.«

»Pater, ich *kann* einfach nicht neun Wochen lang auf diesem Schiff bleiben.«

»Aber je länger ich darüber nachdenke, um so klarer wird mir, daß der Biologe und der Dramatiker viele Gemeinsamkeiten haben. Der Biologe sucht nach Gesetzmäßigkeiten, der Dramatiker nach den Mehrdeutigen.«

»Dem Mehrdeutigen? Nein, meine Stücke sind nun doch politischer. Die Kritiker bezeichnen sie als ›unfeines feministisches Gezeter‹. Worauf ich immer entgegne: Wenn ihr was Feines wollt, eßt Tofu.«

Die Funkstube war vollgestopft mit durch Koaxialkabel miteinander verbundenen Funk- und Faxgeräten, Tastaturen und Fernschreibern. Inmitten der Apparate saß eine junge, schlanke, sommersprossige Frau mit so rotem, seidigem Haar, daß es ihr von einem Orang-Utan hätte transplantiert worden sein können. Cassie lächelte, freute sich über die Blech-Buttons, die die Funkerin ans Batik-T-Shirt geheftet hatte: Ein Blitz fuhr in einen Kleiderbügel, aus dem Venusspiegel wuchs eine Faust, das Motto MÄNNER HABEN GEBÄRMUTTERNEID. Nur der Umhänger der Offizierin, ein in Bronze gefaßter Quarzkristall, machte Cassie stutzig, aber durch New-Age-Selbstbetrug verwässerter Feminismus war besser als gar nichts.

»Ihre Buttons gefallen mir.«

»Mein Kimono steht Ihnen gut«, antwortete die Funkoffizierin mit derartig tiefer Stimme, daß sie einer zweimal so großen Person hätte gehören können.

»Sie darf *ein* Telegramm absenden, Öhrchen«, informierte Pater Thomas die Frau, wich rückwärts aus der Funkstube. »Fünfundzwanzig Wörter an Ihre Mutter, mehr nicht. Ohne Erwähnung der *Valparaíso*.«

»Geht klar.« Die Frau hob Cassie die Hand entgegen; auf den Arm war Neptun mitsamt seinem Dreizack tätowiert. »Lianne Bliss, Sternbild Schützin. Ich werde ›Öhrchen‹ genannt, weil ich ja ständig mein Ohr an der Welt habe. Ich war diejenige, die Ihren SOS-Ruf aufgefangen hat.«

Die Biologin drückte Lianne Bliss die von der Äquatorhitze schweißige Hand. »Ich bin Cassie.«

»Ich weiß. Sie haben ja 'n beachtliches Abenteuer hinter sich, Cassie. Sie hatten die Karte mit dem Turm gezogen, aber das Schicksal hat das Ruder noch einmal herumgerissen.«

»Hä?«

»Ich rede in Tarot-Deutungen.«

»Von so etwas halte ich überhaupt nichts.«

»Und von Oliver auch nicht, was?«

»Huch!«

»Auf einem Supertanker gibt's keine Geheimnisse, Liebchen. Je früher Sie sich damit abfinden, um so vorteilhafter ist's für Sie. Na schön, der Junge hat 'n anständiges Bankkonto, aber ich bin der Meinung, Sie sollten ihm den Laufpaß geben. Ich habe den Eindruck, er ist 'n Jammerlappen.«

»Und was wissen Sie *noch* über mich?«

»Außer Oliver gibt es offenbar einen gewissen Runkleberg in Ihrem Leben«, stellte Lianne fest. »Und einen Alexander.«

»Alexander ist eine Ratte.«

»Das sind die meisten Männer.«

»Nein, er ist eine *echte* Ratte. Der Hauptmitwirkende meiner Forschungen.« Cassie streckte einen Zeigefinger und tippte eine imaginäre Telegrafentaste. »Darf ich nun, da Sie meine sämtlichen Geheimnisse kennen, nach Ihren fragen? Ist Ihnen Ihre Arbeit zuwider?«

»Im Gegenteil. Ich habe das Ohr am ganzen Scheißplaneten.« Die Funkerin kratzte sich die Neptun-Tätowierung. »Bei klarer Nacht kann ich direkt aus Wien 'n Mozart-Konzert und das Hochamt aus Rom empfangen, den CB-Funk von Neonazis aus Berlin belauschen oder mir dieses unglaublich verschärfte Fortsetzungshörspiel aus Frankreich anhören. Es ist möglich, alles nach unten in die Besatzungsquartiere zu übertragen, aber wissen Sie, was die Leute *wirklich* hören möchten? Baseball aus den Vereinigten Staaten. Verschwendeter Aufwand. Wenn ich noch ein einziges Rote-Socken-Spiel mithöre, muß ich kotzen.« Als nächstes legte Lianne Bliss, bis zu den Ohren vom Satellitenzeitalter-Trara umgeben, einen schlichten Bleistift an die Lippen und leckte an der Graphitspitze. »Also, was schicken wir der Western Union?«

Cassie schloß die Lider, stellte sich bildlich ihre Mutter vor: Rebecca Fowler aus Hollis (New Hampshire), ein frohsinniges Kraftbündel von Unitarier-Pastorin, deren Skeptizismus so weit reichte, daß er sogar ihre eigene Gemeinde erschreckte. MUTTER *STOP* BEAGLE II IM HURRIKAN GESUNKEN *STOP* BIN EINZIGE ÜBERLEBENDE *STOP* BITTE RICHTE OLIVER AUS... Ihre Gedanken schweiften ab. *Auftrag,* hatte van Horne gesagt. Er führte ein Schiff mit einem besonderen *Auftrag* – und der Art und Weise zufolge, wie Pater Thomas daherredete, mußte dieser Auftrag geradezu missionarischen Charakter haben und die bedeutsamste Pfaffenchose sein, seit Saulus aus Taurus einen epileptischen Anfall hatte und als Bekehrung mißverstand. »Ich vermute, Sie sind auf keiner regulären Fahrt?«

Lianne fummelte an dem GEBÄRMUTTERNEID-Button. »Es ist 'n regelrechtes *Geheim*unternehmen, Cassie. Vor Gabun ist durch ausgelaufenes Öl 'n riesenhafter Teerklumpen entstanden, und wir sollen ihn schleunigst beseitigen, ehe die *Karpag* in den Medien zusammengeschissen wird. Offenbar ist's so, daß die Heilige Mutter Kirche zu schweigen versprochen hat, wenn die *Karpag* den Teer verarbeitet und das Öl Wohltätigkeitszwecken zuleitet. Ich persönlich bin der Ansicht, die Sache stinkt zum Himmel, aber 's wäre ja nicht das erste Mal, daß der Vatikan mit dem Teufel schachert.«

»Ich bin ordentliches Mitglied des New Yorker eingetragenen Vereins Philosophische Liga für moderne Aufklärung«, antwortete Cassie mit vielsagendem Nikken, als verstünde es sich von selbst, daß ein ordentliches Mitglied des New Yorker eingetragenen Vereins Philosophische Liga für moderne Aufklärung e. V. über die Verworfenheit der Päpste keiner Belehrung bedurfte. »Eine kleine, aber wichtige Organisation. Ein wahres Bollwerk gegen...« Sie wies auf Liannes Umhänger. »Aber unsere Meinung über diese Dinger würden Sie sicher verstimmen.«

»Über kleine Titten?«

»Magische Kristalle.«

»Ich bin dadurch meinen Herpes losgeworden.«

»Das bezweifle ich.«

»Sehen Sie eine einleuchtendere Ursache?«

»Den Placebo-Effekt.«

»Glauben Sie denn an überhaupt *irgend* etwas, Cassie?«

»An Desillusionierung.«

»Sie sollten mehr Zeit auf Schiffen zubringen. Wenn Sie sich ganz vorn an den Bug stellen, das Meer rauscht und sich über Ihrem Kopf das gesamte Scheißuniversum ausbreitet... Ja, dann *wissen* Sie einfach, daß es oben irgendein ewiges Wesen geben muß.«

»Einen alten Rauschebart?«

»Liebchen, in meinen zehn Jahren auf See ist mir

eines einsichtig geworden. Es ist ratsam, den lieben Gott nie mit dem Kapitän zu verwechseln.«

12. Juli
Vor zwei Tagen sind wir an unseren Zielkoordinaten angelangt: 0 Grad 0 Minuten nördlicher Breite, 0 Grad 0 Minuten östlicher Länge. Weit und breit ist nichts gesichtet worden, und genau das hätte ich mir denken sollen, Rafael hatte ja erwähnt, daß der Leichnam treibt. Trotzdem war es irgendwie meine Hoffnung, glaube ich, daß wir hier etwas finden.

Unser Suchkurs besteht aus einer Spirale, die wir aus geraden Linien und rechten Winkeln ziehen: hin und zurück, hinauf und hinab. Und währenddessen nähern wir uns allmählich Afrika. Wir knüpfen ein Netz auf dem Meer, Popeye. Mit großen Maschen. Aber wir sind ja auch hinter einem großen Fang her.

Diese Biologin haßt mich, ich merke es. Ohne Zweifel ist sie eine von *denen*, die Bäume anbeten, Bäche verehren und Frösche küssen. Solche Menschen rieche ich von weitem. für sie gehört ein Umweltverschmutzer gerädert und geviertelt. Aber eines muß ich ihr lassen, sie ist eine faszinierende Frau, so wie die gute, alte Lorelei auf meinem Arm an den richtigen Stellen rund, und sie hat eines dieser länglichen Pferdegesichter, die mal komisch, mal schön aussehen. Ich habe beschlossen, ihr Arbeit zuzuteilen, Rostabkratzen und Streichen, und gelegentlich soll sie auch mal den Lokus schrubben. Auf der *Karpag Valparaíso* gibt es keine Freifahrten.

O'Connor sorgt immer noch dafür, daß wir 18 Knoten machen, und das heißt, daß wir den Äquator vor Mitternacht noch zweimal kreuzen. Wir sind wie die Nähnadel eines Chirurgen, Popeye, wir flicken der Erde den dicken Bauch zu.

Beim Abendessen habe ich den Dauerbefehl erteilt,

mich sofort zu verständigen, bei Tag oder Nacht, wenn etwas Ungewöhnliches gesichtet wird. »So eine Aufregung«, bemerkte O'Connor dazu mit mehr als einer Andeutung des Argwohns in der Stimme, »bloß wegen eines elenden Klumpens Teer.«

Wir sind kein glückliches Schiff, Popeye. Inzwischen ist bei der Besatzung Überdruß zu beobachten. Sie hat es satt, im Kreis zu dampfen, sich *Die Zehn Gebote* anzugucken und zu fragen, was ich ihnen verschweige.

Bei jeder Überquerung des Äquators wirft Marbles Rafferty einen Penny ins Meer.

»Damit wir Glück haben«, sagt er jedesmal.

»Wir können's gebrauchen«, antworte ich darauf.

»Kapitän, da ist was Merkwürdiges...«

Anthony erkannte die Stimme des Navigators, die aus der Sprechanlage knisterte; seine Stimme und noch etwas – genau die Mischung aus Ungläubigkeit und Furcht im Ton, mit der Erster Offizier Buzzy Longchamps an dem Abend, als die *Valparaíso* aufs Bolivar-Riff lief, die Situation zusammengefaßt hatte: *Käpten, wir stecken da ein Stück weit in der Scheiße!*

Er wälzte sich zur an die Wand montierten Sprechanlage, zerrte die Decke beiseite, kämpfte sich aus der Benommenheit des Schlafs empor, drückte die Taste. »Was Merkwürdiges?« nuschelte er.

»Tut mir leid, Sie zu wecken«, sagte Joe Spicer, »aber wir haben was im Radar.«

Anthony stieg aus der Koje, klaubte sich ein winzigkleines Körnchen aus dem Augenwinkel, rollte es zwischen Daumen und Zeigefinger, linste nach den Schuhen umher. Ansonsten war er voll bekleidet, hatte sogar die blaue Vinyl-Windjacke an und die *Godzilla*-Baseballmütze auf. Seit Erreichen der Null-null-Koordinaten hatte er alles Unwesentliche aus seinem Leben gestrichen, er schlief in den Klamotten, ließ den Bart wachsen, lieferte die Zähne der Gefährdung durch Belag aus. Seit zweiundsiebzig Stunden beherrschte ausschließlich die Suche sein Dasein.

Er nahm den *Exxon*-Trinkbecher, schob die knotigen Füße in die Tennisschuhe und lief, ohne vorher die Senkel zuzuschnüren, zum Lift.

Weicher Lichterglanz erfüllte die Brücke: Radarschirme, Konsolenbeleuchtung, Marisat-Terminal, Borduhr. Es war 2 Uhr 47. Spicer stand, das Gesicht in grüne Helligkeit getaucht, übers Zwölfmeilenradar gebeugt.

»Sir, ich habe fast sämtliche Pressekonferenzen George Bushs gesehen, so gut wie alle Folgen von *Akte X* und die Laserdisc-Fassung von *Die Sadisten des Sexten Reiches*, die ich mir von meinem Bruder leihen mußte, aber ich schwöre Ihnen« – er deutete auf das Radarecho –, »das ist das Absonderlichste, was mir 'ne Kathodenstrahlröhre je gezeigt hat.«

»Vielleicht eine Nebelbank?«

»Bei fünfzig Seemeilen Abstand hat's noch so gewirkt, aber jetzt nicht mehr. Das Ding hat Masse.«

»Oder Sao Tomé?«

»Ich habe unsere Position dreimal überprüft. Sao Tomé liegt fünfzehn Meilen weiter östlich. Es kann auch nicht der Teerklumpen sein. Dafür ist's viel zu groß.«

»Dann ist's nicht der Teer.« Anthonys Handflächen wurden feucht. An seinem Rückgrat schien ein Einsiedlerkrebs entlangzukrabbeln. »Recht so«, wies er den Vollmatrosen am Steuerrad an, den stämmigen Sioux-Indianer namens James Schreiender Falke.

»Recht so.«

Anthony senkte die müden Augen auf den Monitor. Auf dem Bildschirm gab es ein langes, unregelmäßig geformtes Objekt zu sehen, folgenschwer wie ein Schatten auf einem Röntgenbild. Verschwommen, unbestimmt; und doch wußte er genau, wessen elektronisch wiedergegebenes Bild er sah.

»Tja, was ist es denn nun?« fragte Spicer.

»Sie würden mir sowieso nicht glauben.« Anthony packte die Hebel am Pult und verringerte die Umdrehungszahl beider Schrauben auf 90 rpm. Er hatte sein Schiff nicht oberhalb der empfohlenen Fahrtgeschwindigkeit quer durch den Hurrikan Beatrice gejagt, um danach mit der vorgesehenen Fracht zu kollidieren und sie zu versenken. »Ich übernehme die restliche Wache für Sie, Joe. Gönnen Sie sich 'n bißchen Schlaf.«

Der Zweite Offizier blickte dem Kapitän in die Augen. Zwischen den beiden Männern fand ein stummer Gedankenaustausch statt, eine stille Verständigung. Als das letzte Mal ein Offizier vorzeitig die Brücke der *Valparaíso* verließ, hatten sich vierzig Millionen Liter Öl in den Golf von Mexiko ergossen. »Danke, Kapitän«, sagte Spicer, während er sich zu Anthony ans Manöverpult gesellte, »aber ich bleibe lieber hier.«

»Wie ist Follingsbees Kaffee heute nacht?« erkundigte Anthony sich beim Steuermann. »Stark genug?«

»Damit könnten Sie 'n Ladepfosten ausreißen, Sir«, versicherte James Schreiender Falke.

»Stecken wir noch ein wenig zurück, Joe. Achtzig Umdrehungen.«

»Aye, Sir, achtzig.«

Anthony füllte sich schwarzen Kaffee aus der *Exxon*-Thermoskanne in den *Karpag*-Trinkbecher. »Null-sieben-fünf Steuerbord«, befahl er, den Blick aufs Radar gerichtet.

»Null-sieben-fünf Steuerbord«, wiederholte Schreiender Falke.

»Barometer fällt«, meldete Spicer, der es beobachtete. »Jetziger Stand neun-neun-sechs.«

Anthony zog das Brückenfernglas aus dem Behälter,

setzte es an die Augen und spähte durch die schmutzige, gischtbespritzte Frontscheibe des Steuerhauses an den Horizont. Kein Wunder, daß das Barometer fiel. Blitze zuckten, sausten vom Himmel wie verbogene Fallreeps herab, erhellten hunderttausend weiße Wellenkämme. Am Nordhimmel hingen dicke, graue Wolken wie zirrhotische Leber.

»Fünfundsechzig Umdrehungen.«

»Fünfundsechzig.«

Anthony trank schwarzen Kaffee. Das Getränk war wundervoll warm, allerdings nicht heiß genug, um seine Magengegend zu entkrampfen. »Mr. Spicer«, ordnete er an, indem er die Tür zur Steuerbord-Brückennock öffnete, »rufen Sie bitte Pater Ockham in seiner Kabine an.« Stürmischer Wind stob herein, fegte Anthony Tropfen ins Gesicht, zauste seine Bartspitzen. »Er soll schleunigst raufkommen.«

»Es ist drei Uhr morgens, Sir.«

»Er will bestimmt um keinen Preis versäumen, was nun bevorsteht«, rief Anthony, verließ das Steuerhaus.

»Barometer fällt weiter!« schrie der Zweite Offizier ihm nach. »Neun-acht-sieben.«

Kaum trat Anthony in die turbulente Nacht hinaus, gewahrte er den Geruch, der über die Brückennock wehte. Einen durchdringenden, verheißungsträchtigen, seltsam süßen Geruch, schwerlich der Gestank des Todes, eher ein Duft der Transformation: als verrottete Laub in nassen Gossen, schrumpften Kürbislaternen auf vorstädtischen Schwellen, würden Bananen in ihren ledrig-schwarzen Schalen weich. »Sechzig Umdrehungen, Joe!« brüllte Anthony zur offenen Tür hinein.

»Sechzig, Sir.«

Dann hörte er die mannigfaltigen, düsteren Laute, eine Art von Kanon vielstimmigen Stöhnens, das durchs Brummen der Motoren und das Rauschen des

Atlantiks drang. Anthony hob das Fernglas an die Augen. Ein langer, greller Dreizack aus Eektrizität schoß ins Wasser herab. Noch zehn Minuten, schätzte Anthony, auf keinen Fall mehr als fünfzehn Minuten, und sie gelangten in Sichtweite des georteten Objekts.

»Was für Laute...?« meinte Pater Ockham, der beim Verlassen des Steuerhauses seinen schwarzen Vinyl-Regenmantel zuknöpfte.

»Sonderbar, was?« Anthony schlürfte schwarzen Kaffee.

»So traurig.«

»Was nach Ihrer Auffassung...?«

»Ein Klagelied.«

»Hä?«

»Klagelied.«

Gerade als Ockham das Wort wiederholte, enthüllten die Blitze, daß er recht hatte. O ja, ein *Klagelied*. Im plötzlichen Aufflammen sah Anthony die Klagenden auf dem Brodeln der See treiben und schaukeln, durch den aufgewühlten Himmel schwärmen. Herden durch Gottes Tod seiner beraubter Narwale steuerbords, Rudel hinterbliebener Lamantinen backbords, über ihnen Scharen verwaister Kormorane. Blitz: Und noch mehr Tierarten ringsum, Silbermöwen, Riesenraubmöwen, Sturm- und Eissturmvögel, Papagei- und Sturmtaucher, Blauhaie, Weiß- und Finnwale, Ringel- und Bandrobben... Getümmel über Gewimmel, und alle diese Tiere, deren so manche viele tausend Kilometer fern der Heimat und des Reviers weilten, erhoben die Stimmen zu urtümlichem Trauergesang, einer Verschmelzung sämtlicher maritimen Lungen und aquatischen Kehlköpfe, die Gott je auf Erden geschaffen hatte.

»Null-neun-sieben Backbord!«

»Null-neun-sieben Backbord.«

»Fünfundfünfzig Umdrehungen!«

»Fünfundfünfzig Umdrehungen.«

Wundersamerweise behielt jede Tierstimme in dem allgemeinen Klagelied ihren ureigenen Klang. Anthony faßte die Reling, schloß die Lider und lauschte voller tief erstaunter Faszination den gepfiffenen Elegien der spitznasigen Delphine, den kehligen Oratorien der Seelöwen, dem heiser-krächzigen Gejammer einer Tausendschaft Fregattvögel...

»Dieser Geruch«, sagte der Priester, »ist ziemlich...«

»Fruchtig?«

»Fruchtig. Genau. Die Verwesung hat noch nicht eingesetzt.«

Anthony schlug die Augen auf. »Joe, vierzig Umdrehungen!«

»Vierzig, Sir.«

Blitz: Ein enormes Etwas in Sicht, Richtung null-eins-fünf.

Blitz: Derselbe Anblick, eine Reihe hoher, abgerundener Umrisse, alle ragten gen Himmel empor.

»Haben Sie das gesehen?«

»Ja, habe ich«, antwortete der Geistliche.

»Und 'ne Ahnung, was es ist?«

Ockham zitterte vor sich hin, holte die Sony-Handicam-Videokamera aus der Tasche des Regenmantels. »Ich glaube, es sind die Zehen.«

»Die was?«

»Zehen. Ich habe soeben eine kleine Wette verloren. Schwester Miriam war sich sicher, daß er auf dem Rücken schwimmt...« Ockhams Stimme erstickte. »Dagegen dachte ich...«

»Auf dem Rücken«, wiederholte Anthony. »Fühlen Sie sich unwohl, Thomas?«

Der Priester bemühte sich, den Blick durch den Sucher der Kamera zu richten, aber er bebte zu heftig. Regen und Tränen rannen ihm in gleichen Mengen übers Gesicht. »Ja.«

»Das tut mir leid.«

»Ich werde schon damit fertig.« Beim zweiten Versuch gelang es Ockham, die Handicam gleichmäßig ruhig zu halten und ein paar Meter Videoband zu drehen. »Es ist seltsam, als erstes die Zehen zu erblicken. Das Wort hat auf meinem Forschungsgebiet eine spezielle Bedeutung, ZEH: Zentristische Einheitliche Holistik.«

»Einheitliche ...?«

»Das ist es, was wir katholischen Kosmologen anstreben. Zur Zeit kennen wir Gleichungen, die sich auf mikrokosmischer Ebene bewähren, aber nichts, das auch die Schwerkraft einbezieht. Ach, es ist ja so schrecklich.«

»Keine ZEH zu haben?«

»Keinen Himmlischen Vater mehr zu haben.«

»Steuerbord sechs!«

»Steuerbord sechs.«

Eine weitere himmlische Explosion. Ja, es gab, befand Anthony, keinen Zweifel: Zehn blasse, schrundige, von *rigor mortis* starre Zehen erhoben sich an den finstern Himmel wie Zwiebeltürme einer osteuropäischen Stadt.

»Voraus ganz langsame Fahrt!«

»Voraus ganz langsame Fahrt.«

»Wie kann ich Ihnen helfen?« erkundigte sich Anthony.

»Einfach indem Sie versuchen, Verständnis zu haben.« Der Priester steckte die Handicam zurück in den Regenmantel und setzte die Bifokalbrille ab. »Mich zu verstehen.« Er wischte die Gläser am Ärmel ab. »Es wenigstens versuchen«, stöhnte Ockham, bemühte sich den stürmischen Wind, das Meer, die wilde, zerrissene Melodie der Wogen zu übertönen.

Neil Weisinger arbeitete auf dem Vorschiff, schliff Rost von einem Ladebaumpfosten, als aus der Lautsprecheranlage eine Stimme ertönte, die nicht nur den Lärm der Schleifmaschine durchdrang, sondern auch die Gummistöpsel in seinen Ohren. »Achtung-allgemeine-Durchsage-an-die-Besatzung!« schrie Erster Offizier Marbles Rafferty; das Rumoren des Schleifmaschinenmotors zerhackte seine Sätze in die einzelnen Wörter. »Gesamte-Besatzung-um-sechzehn-Uhrfünfzehn-in-Offiziersmesse-auf-Deck-fünf-antreten...« Neil schaltete die Schleifmaschine aus, zog die Stöpsel aus den Ohren. »Alles klar, Leute?« fragte der Erste Offizier.

In alten Zeiten, überlegte Neil, hatten Handelsschiffe Ruderklaven an Bord, Diebe und Mörder, die bis zum Tod an die Ruderbänke gekettet blieben. Heutzutage hatten sie Vollmatrosen: Dussel und Trottel, die sich mit den Schleifmaschinen krummplackerten. Schleifen und streichen, schleifen und streichen, man mußte nichts als schleifen und streichen. Sogar auf einer derartig ungewöhnlichen wie dieser Reise – einer Fahrt, die zu einer großen, irgendwie schwammigen Insel geführt hatte, die jetzt, unermüdlich umkreist von Unmengen an Walen und Vögeln, die jaulten und plärrten, steuerbords lag – wurde man nicht mit dem Schleifen verschont, nicht vom Anstreichen entlastet.

»Ich wiederhole: Gesamte Besatzung um sechzehn Uhr fünfzehn in der Offiziersmesse auf Deck fünf antreten!«

Sechzehn Uhr fünfzehn: Scheiße, kurz nach Ende seiner Schicht. Neil hatte die Absicht gehabt, die Pause in seiner Kabine zu verbringen, einen *Star Trek*-Schmöker zu lesen und ein an Bord geschmuggeltes Budweiser zu schlappen.

Er tauchte die Drahtbürste in die Flasche mit dem Entroster und schrubbte den Ladebaumpfosten ein. Sätze gingen ihm durch den Kopf, pompöse Klöpse aus *Die Zehn Gebote*. »So soll man es schreiben, so soll es geschehen.« – »Für unsere Frauen ist Schönheit und Anmut ein Fluch.« – »Das Volk ist von Durst geplagt worden! Es ist von Fröschen geplagt worden, von Mücken, von Fliegen, von Blattern, von Beulen! Was sollen sie jetzt noch ertragen?« Die *Valparaíso* war mit nur einem Film im Schrank zum Hafen ausgelaufen, aber zumindest war es ein guter Streifen. Neil hatte ihn sich schon viermal angeguckt.

Sich zu säubern, beanspruchte zwanzig Minuten. Nicht einmal Ohrstöpsel, Schutzbrille, Mundschutz, Mütze und Overall hatten ihn vor dem Rost bewahrt, er haftete wie rote Schuppen in seinem Haar, bedeckte seine Brust wie ein metallisches Ekzem. Doch selbst wenn es nicht soviel Mühe kostete, bereitete das Duschen Neil kaum jemals Spaß. »Deine Großtante Esther«, hatte sein Vater ihm erzählt, während er noch in einem Alter war, in dem man leicht beeindruckt werden konnte, »ist in der Dusche gestorben.«

Auf Deck 5 war er noch nie gewesen. Vollmatrosen des 20. Jahrhunderts wurden ungefähr so häufig in die Offiziersmesse eines Schiffs gebeten, wie man im 14. Jahrhundert Juden in die Alhambra eingeladen haben mochte. Eine Mahagonibar, Kristalleuchter, Teakholztäfelung, silberne Kaffeedosen, orientalische Teppiche. Das also war das schäbige kleine Geheimnis der Schiffsführung: Man brachte die Wache gemeinsam mit dem Pöbel herum, spiegelte vor, auch nur gewöhnlicher Janmaat zu sein, aber danach zog man sich zum Cocktail ins Waldorf-Astoria zurück. Soweit Neil sah, waren alle anwesend, die sich an Bord befanden (Offiziere, Besatzung, der Priester, auch die Schiffbrüchige, Cassie Fowler, die inzwischen weit erholter als an dem Tag aussah, an dem man sie von St. Paul's Rocks geborgen hatte), mit der Ausnahme Lou Chickerings, der wahrscheinlich im Maschinenleitstand saß, und des langen Joe Spicer, der zweifellos auf der

Brücke dafür sorgte, daß sie nicht auf die Insel fuhren. In seiner blauen Gala-Kapitänsuniform stand van Horne hochaufgerichtet an den zierlichen Pingpong-Tisch gelehnt und patschte nervös ein Paddel gegen seinen Oberschenkel, während er zu den versammelten Seeleuten sprach.

»...gab noch nie einen solchen Leichnam zu sehen«, erklärte der Kapitän. »Keine so große und keine so wichtige Leiche.«

Dolores Haycox, die Dritte Offizierin, stieß einen Pfiff der Verblüffung aus. »Einen Leichnam, Sir? Es ist 'ne Leiche, sagen Sie?«

»Genau. So, und was für eine Leiche? Was glauben Sie?«

»Ein Wal?« spekulierte Charlie Horrocks, der zwergenhafte Pumpenmann.

»Dermaßen riesig kann doch gar kein Wal sein, oder?« hielt van Horne ihm entgegen.

»Eigentlich nicht«, räumte Horrocks ein.

»Ein Dinosaurier?« meinte Maschinistin Isabel Bostwick, eine großgewachsene, amazonenhafte Frau mit vorstehenden Zähnen und einer durch eine Säge verursachten Narbe.

»Sie denken alle im falschen Maßstab.«

»Ein Alien aus dem Weltall?« mutmaßte Eddie Wheatstone, der Bootsmann, ein leutseliger Säufer mit derartig durch Akne entstelltem Gesicht, daß es einer zerlöcherten Zielscheibe glich.

»Nein, ein Alien aus dem Weltall ist auch knapp daneben... Aber unser Freund Pater Thomas hat für uns eine Theorie.«

Gemächlichen Schritts, mit beträchtlicher Würde, beschrieb der Priester einen weiten Kreis, umrundete die Bordversammlung wie ein Schäferhund die Herde. »Wer von Ihnen«, fragte er, »glaubt an Gott?«

Gemurmel der Überraschung erfüllte die Offiziersmesse, hallte vom Teakholz wider. Leo Zooks Hand schoß nach oben. Cassie Fowler brach in Gekicher aus.

»Kommt drauf an«, sagte Lianne Bliss, »was Sie mit Gott meinen.«

»Analysieren Sie nicht, antworten Sie nur.«

Eines nach dem anderen hoben die meisten Besatzungsmitglieder die Hand – Finger zuckten, Arme schwankten –, bis die Offiziersmesse einem Anemonengarten ähnelte. Auch Neil streckte die Flosse hoch. Und wieso nicht? Hatte nicht auch er sein strahlendes Höchstes Wesen, seinen Gott der Vieruhrwache? Er zählte lediglich ein Halbdutzend Atheisten: Fowler, Wheatstone, Bostwick, einen korpulenten Jantje namens Stubby Barnes, eine dunkelhäutige italienische Putzkraft mit Namen Carlo Rossi sowie Ralph Mungo, den alten Knaben mit der *Ich-liebe-Brenda*-Tätowierung, der Neil schon im Wartesaal des Heuerbüros aufgefallen war; und von ihnen wirkte nur Fowler, als wäre sie ihrer Sache wirklich sicher, sie ging sogar so weit, beide Hände in die Taschen der Khaki-Shorts zu stecken.

»Ich glaube an Gott den Allmächtigen Vater«, deklamierte Leo Zook, »den Schöpfer des Himmels und der Erde, und an Seinen Sohn Jesus Christus, unseren Herrn ...«

Der Geistliche räusperte sich, sein Adamsapfel hüpfte gegen den Priesterkragen. »Lassen Sie die Hand oben, wenn Sie glauben, Gott sei dem Wesen nach ein Geist, ein unsichtbarer, körperloser Geist.«

Niemand senkte die Hand.

»Gut. Nun halten Sie die Hand oben, wenn Sie letzten Endes der Ansicht sind, unser Schöpfer ist im großen und ganzen mit einer Person menschlicher Art zu vergleichen.« Der Priester nahm einen Pingpongball aus dem Fach und zerdrückte ihn in der Faust. »Eine mächtige, gewaltige, riesige Person, jemand mit Haut und Knochen ...«

Langsam und unsicher, etwa wie Saugpumpen, die sich herabneigten, um Rohöl zu trinken, sank die Mehrzahl der Arme nach unten, Neils Arm ebenfalls. *Beides* konnte Gott seiner Ansicht nach nicht sein. Er wunderte sich über die drei Seeleute, deren Arme in der Höhe blieben.

»Na, jetzt reden Sie aber doch über *Christus*«, warf Leo Zook ein, dessen Hand flatterte wie ein verstörter Kolibri.

»Nein«, erwiderte der Geistliche. »Ich spreche nicht über Christus.«

Neils Magen schien sich abzulösen und nach unten zu sacken. Er griff in die Jeans, packte die Ben-Gurion-Medaille seines Vaters, umklammerte sie fest. »Moment mal, Sir. Wollen Sie behaupten...?« Er schluckte und wiederholte den Satzanfang. »Wollen Sie behaupten...?«

»Jawohl«, antwortete Pater Thomas mit trübseligem Ernst. »Genau das will ich damit sagen.«

Daraufhin warf der Priester den eingequetschten Pingpongball empor, fing ihn auf und erzählte die widersinnigste und deprimierendste Geschichte, die Neil je zu Ohren gekommen war, eine Darstellung, zu deren zahlreichen Absurditäten nicht nur ein toter Gott und weinende Engel, sondern auch verwirrte Kardinäle, trauernde Narwale, ein hellsichtiger Computer und ein ausgehöhlter Eisberg an einer Insel mit dem Namen Kvitöi gehörten.

Kaum war Pater Thomas verstummt, deutete Dolores Haycox wütend mit dem Zeigefinger auf van Horne. »Ich dachte, Sie hätten angegeben«, wimmerte sie, »es ginge um Teer.«

»Wir haben eine Unwahrheit vorgeschoben«, gestand der Kapitän.

Inmitten der Versammelten meldete sich Crock O'Connor, der rotgesichtige Erste Maschinist, zu Wort. »Ich möchte etwas sagen«, erklärte er, putzte sich an seinem Harley-Davidson-T-Shirt die öligen Pranken ab. »Ich möchte sagen, daß ich während meiner ganzen dreißig Jahre auf See noch nie einen solchen ausgemachten, abgefeimten Schwachsinn gehört habe.«

»Kann sein, Sir.« Die Stimme des Paters blieb ruhig und gemessen. »Aber wie erklären Sie dann den Beweis, der an unserer Steuerbordseite im Meer treibt?«

»Ein Blendwerk Satans«, zeterte Zook augenblicklich. »Unser Glaube wird auf die Probe gestellt.«

»Oder der Regierung ist ein biologisches Experiment voll in die Hose gegangen«, mutmaßte Ralph Mungo.

»Ein UFO aus Fleisch«, rief James Schreiender Falke.

»Es ist das Ungeheuer von Loch Ness«, sagte Karl Jaworski.

»Ich wette, das Ding ist bloß aus Gummi«, unterstellte Steven Longyear, der afroamerikanische Bordbäcker.

»Ja klar«, stimmte ihm Jimmy Pindar zu, ein drahtiger, kleiner Normali mit Goldohrring und Irokesenfrisur. »Aus Gummi, Glasfasern und Füllung ...«

»Vielleicht eine Gottheit«, hatte Maschinist Bud Ramsey den Verdacht, ein wieseläugiger Mann, der im Pausenraum der Besatzung andauernd zum Pokerspielen anstiftete, »aber bestimmt nicht Gott selbst.«

In der Offiziersmesse breitete sich ein Schweigen aus, das schwer war wie ein Schleppanker, drückend wie Nordseenebel.

Zögernd schauten sich die Seeleute der *Valparaíso* mit gequälten Blicken an.

Gottes Leichnam. Ach du lieber Himmel.

»Aber ist er wirklich *tot*?« fragte Horrocks mit hoher, nahezu kastratenhafter Stimme. »Ganz und gar ...?«

»Der Vatikan-Zentralcomputer OMNIPATER hat eine

gewisse Anzahl überlebender Neuronen prognostiziert«, erwiderte Pater Thomas, »aber ich gehe davon aus, daß unzureichende Daten zugrundelagen. Allerdings steht natürlich jedem das Recht zu, sich persönlich Hoffnungen zu machen.«

»*Wieso* ist er gestorben?« wollte Wheatstone erfahren. »Das ist ja unbegreiflich.«

»Zum gegenwärtigen Zeitpunkt ist das Geheimnis, warum unser Schöpfer verstorben ist, ebenso undurchschaubar wie das Rätsel seiner Herkunft. Gabriel hat mich dazu gedrängt, über das Problem nachzudenken. Er vertrat die Auffassung, am Ende der Fahrt müßten wir die Lösung gefunden haben.«

Was sich anschloß, war eine Art von offener theologischer Aussprache – wohl das einzige Mal, vermutete Neil, daß fast die gesamte Besatzung eines Supertankers sich in eine Diskussion über ein anderes Thema als Oberliga-Baseballspiele vertiefte. Die Zeit fürs Abendessen kam und verging. Der Mond stieg ans Firmament. Beinahe wurde die Crew schizoid, zu einer Gruppe von Jekyll-und-Hyde-Gestalten, deren Anfälle von Weltschmerz mit erneutem Leugnen wechselten: ein CIA-Komplott, eine aufgeblasene Puppe, ein Filmrequisit, das letzte Aufbäumen des Kommunismus; dann wieder Weltschmerz und weitere Versuche zu leugnen (Fassade für etwas in Wahrheit völlig Unfaßbares, der vom Meeresgrund wiederaufgetauchte Koloß von Rhodos, eine spektakuläre Greenpeace-Aktion, ein Trick der *Karpag*, um die Aufmerksamkeit der Öffentlichkeit von ihrer neuesten Umweltschädigung abzulenken).

Die eigene Reaktion verdutzte Neil. Traurig war er nicht: Warum hätte er Trauer empfinden sollen? Das Ableben dieses einen Gottes war wie der Verlust eines Verwandten, den man kaum kannte, etwa des nebulösen Onkels Ezra, der nie mehr aufgekreuzt war, nachdem er ihm zum Bar-Mizwa-Fest einen Fünfzig-Dollar-Schein überreicht hatte. Neil verspürte ein Gefühl der Befreiung. Er hatte nie viel vom ernsten, bärtigen Gott Abrahams gehalten, sich auf paradoxe Weise aber stets an die Gebote derselben Gottheit gebunden gefühlt. Aber jetzt hatte Jahwe nicht mehr überall seine Augen. Die Gebote hatten keine Gültigkeit mehr ...

»Wir haben nun alle eine richtig harte Nuß zu knacken, über die wir noch verdammt lange nachdenken können, stimmt's?« meinte van Horne, während er die Länge des Pingpong-Tischs auf- und abschritt. »Darum werden für die nächsten vierundzwanzig Stunden alle Routinearbeiten aus dem Dienstplan gestrichen. Kein Rostentfernen, kein Gepinsel, Leute, und Ihnen entgeht kein einziger Penny an Heuer.« Sicherlich war es nie zuvor in der Geschichte der Seefahrt der Fall gewesen, dachte sich Neil, daß eine solche Bekanntgabe einer Schiffsbesatzung keinen einzigen Jubelruf entlockte. »Bis zwoundzwanzig Uhr stehen Ihnen Pater Thomas und Schwester Miriam Ihnen in ihren Kabinen zur persönlichen seelsorgerischen Beratung zur Verfügung. Und morgen ... Ja, morgen packen wir dann an, was von uns erwartet wird, klar?« Der Kapitän verschränkte die Arme auf den Messingknöpfen seines Jacketts. »Also, wie sieht's aus? Sind wir Handelsseeleute von echtem Schrot und Korn? Befördern wir die Fracht ans Ziel? Können Sie mir darauf mit einem lauten, deutlichen ›Aye‹ antworten?«

Zögerlich rief ungefähr ein Drittel der Versammelten, unter ihnen Neil, ein gepreßtes »Aye«.

»Bringen wir unsere Fracht in den hohen Norden?« fragte van Horne. »Ich will ein herzhaftes ›Aye‹ hören!«

Diesmal stimmte über die Hälfte der Versammelten zu. »Aye.«

»Wollen wir unseren Schöpfer in seiner fernen arktischen Grabstätte beisetzen?«

»Aye«, riefen nun fast alle Anwesenden.

Ein schrilles, feuchtes Geheul erscholl, gurgelte wie Erbrochenes aus Leo Zooks Mund. Der Protestant sank auf die Knie, rang aus Furcht und Elend die Hände, schlotterte am ganzen Leibe. Für Neil sah er wie jemand aus, der soeben den grauenvoll wachen Moment unmittelbar nach dem Harakiri durchlebte – wie ein Mensch, dessen Blick gerade auf die eigenen, dampfenden Eingeweide fiel.

Pater Thomas eilte zu ihm, half dem erschütterten Vollmatrosen beim Aufstehen und führte ihn aus der Offiziersmesse. Es machte Eindruck auf Neil, wieviel Mitleid der Priester zeigte; trotzdem ahnte er, daß derlei Gesten in Zukunft nicht hinreichten, um zu gewährleisten, daß sie diese Fahrt unbeschadet überstanden. Hinter Gottes Tod, glaubte Neil, wartete ein finsteres Land der Gewalt. Sie fuhren einer Bestimmung entgegen, die eine Supertankerbesatzung ausschließlich auf eigene Gefahr ansteuern konnte.

»Gesamte Besatzung wegtreten!«

Christus feixte. Da war sich Cassie völlig sicher. Wenn sie Pater Thomas' Kruzifix genauer betrachtete, erkannte sie auf dem Gesicht des Gekreuzigten einen Ausdruck satter Genugtuung. Und wieso auch nicht? Jesus hatte die ganze Zeit hindurch recht gehabt, oder nicht? Die Welt war wirklich durch einen anthropomorphen Vater gestaltet worden.

Cassie stapfte auf dem roten Teppich im Kreis umher, einen Trampelpfad des Mißmuts in den roten Plüsch.

Vater, nicht Mutter: Das war der Stachel. In grundlegender Hinsicht hatten die Patriarchen, von denen die Bibel zusammengestoppelt worden war, intuitiv die Wahrheit erkannt. Ihr Geschlecht hatte die Welt von Anfang an beherrscht. Frauen waren nur ein Abklatsch des Prototyps.

Im Kreis, immerzu im Kreis...

Natürlich hätte sie für den allen Beteiligten draußen sichtbaren Sachverhalt zu gern eine andere Erklärung parat gehabt. Gewiß wäre sie freudig erleichtert gewesen, hätte sich eine der paranoiden Phantastereien der Besatzung – CIA-Komplott, Koloß von Rhodos, irgend so ein Humbug – als zutreffend nachweisen lassen. Doch Cassie konnte ihre instinktiven Gefühle nicht mißachten: Sobald Pater Thomas den Fund beim Namen nannte, hatte sie unheimliche situative Anzeichen vorliegenden Wahrheitsgehalts empfunden. Aber selbst *wenn* es ein Schwindel wäre, überlegte Cassie, die zahllosen Schwachköpfe und Nichtswisser der Welt würden ihn (falls sie davon erfuhren) dennoch glauben und feiern, so wie sie ungeachtet aller Widerlegungen an das Turiner Grabtuch, die Halluzinationen der Heiligen Bernadette und tausenderlei sonstige Idiotien glaubten und sie feierten. Deshalb drohte van Hornes Fracht, ob Wirklichkeit oder Gaunerei, so gewiß ein neues Zeitalter mittelalterlicher Geistesverdunklung einzuläuten (falls die Welt davon erfuhr), wie das Projekt Manhattan die Ära der Atomwaffen eingeleitet hatte.

Schön, Gott war tot, ein Schritt in die richtige Richtung. Doch diese Tatsache allein, so lautete Cassies Überzeugung, hatte zwar in bezug auf Leute wie Pater Thomas, Schwester Miriam und Leo Zook zweifelsfrei ihre Bedeutung, räumte jedoch die Gefahr keineswegs aus. Ein Leichnam verkörperte eine allzu leicht wegzuerklärende Sache. Das Christentum trieb es so ja schon seit zweitausend Jahren. Die Phallokraten und Frauenfeinde würden anführen, das unantastbare Wesen Gottes, sein unendlich weiser Verstand und ewiger Geist seien noch so putzmunter wie eh und je.

Nachgerade unvermeidlich entsann sich Cassie einer ihrer Lieblingsszenen in *Runkleberg*, ihrer feministischen Nacherzählung des Abraham-Mythos – den Moment, in dem Runklebergs Ehefrau Heide sich das eigene Menustrationsblut auf den Händen verrieb. »Irgendwie werde ich verhindern«, schwört Heidi, »daß es soweit kommt, ganz gleich, was es mir abverlangt.«

Mit grimmiger Bedächtigkeit nahm Cassie Pater Thomas' Kruzifix von der Wand, legte es auf die Koje und ergriff den in die Eichenholztäfelung gehämmerten Nagel, zog ihn heraus.

Die Zähne zusammengebissen, bohrte sie sich den kleinen Nagel in den Daumen.

»Au ...«

Als sie den Nagel aus dem Daumen entfernte, quoll ein großer, roter Tropfen hervor. Sie ging ins Bad, stellte sich vor den Spiegel und bemalte sich: linke Wange, linker Oberkiefer, Kinn, rechter Oberkiefer, rechte Wange. In Abständen pausierte sie, um frisches Blut aus dem Einstich zu pressen. Ein dicker, verschmierter Strich umgab Cassie Fowlers Gesicht, während die Gerinnung einsetzte, als trüge sie eine Maske ihrer selbst.

Irgendwie beabsichtigte sie, gleich mit welchen Mitteln, egal was es ihr abforderte, den Gott des westlichen Patriarchats auf den Grund des Meeres zu schikken.

Dann sprach Jesus zu seinen Jüngern: »Wenn einer mir nachfolgen will, so verleugne er sich selbst, nehme sein Kreuz auf sich und folge mir nach.«

Amen, dachte Thomas Ockham, während er, gezwängt in die enge Gummihülle des Taucheranzugs, in die Fluten des Golfs von Guinea stieg. Nur bestand in diesem Fall das Kreuz aus einem über neun Meter langen Warpanker, und der ungekennzeichnete Weg zwischen dem Steuerruder der *Valparaíso* und Gott gab die Via Dolorosa ab. Er wußte, daß nun kein Simon von Cyrene erschien, um ihnen die Last zu erleichtern, keine Veronika, um ihnen den Schweiß von der Stirn zu tupfen. Das Dutzend Taucher des Teams A hatte sich gleichmäßig längs des Warpankers verteilt: Marbles Rafferty am Ankerkreuz, Charlie Horrocks an der linken, Thomas an der rechten Flunke, James Schreiender Falke und Eddie Wheatstone hielten den Ankerschaft gepackt; der Rest stemmte Ankerstock, Befestigungsring und die ersten fünf Kettenglieder. Fast sechzig Meter entfernt hielt Joe Spicers Team B, das den zweiten Warpanker schleppte, wahrscheinlich mit ihnen Schritt, doch ein dichter Schleier aus Luftblasen und aufgewirbeltem Schlick verwehrte es Thomas, sich davon zu überzeugen.

Fünfzehn Jahre lang war er nicht unter Wasser gewesen, nicht mehr seit er Pater William McClory (Notre Dame) bei dem hirnrissigen Versuch unterstützt hatte, die Theorie der natürlichen Auswahl zu widerlegen. McClory hatte die These aufgestellt gehabt, je tiefer man in den Ozean hinabdrang, um so regelmäßiger begegnete man Trilobiten, Nautiloiden, Pleospongen sowie anderen angeblich ausgestorbenen Organismen, und das wäre der Beweis dafür, daß die Schöpfung eine zyklische, ewige Angelegenheit sei, sich nicht dank der Wechselfälle der Anpassung fortentwickelte, sondern durch das Walten des Allmächtigen Gottes. Zwar war die Expedition hinsichtlich ihrer Zielsetzung gänzlich gescheitert (außer da und dort einem Coelacanthen gab es in den Tiefen der Meere keine lebenden Fossilien), doch immerhin hatte Thomas dabei das Schwimmtaucher-Diplom des Internationalen Tauchsportverbands und hinlängliche Befähigungen und Erfahrungen erworben, um noch zwei Jahrzehnte später der Prüfung durch Rafferty glanzvoll standzuhalten und bei der Beförderung des Warpankers an wichtiger Stelle mitwirken zu dürfen.

Die Arme hochgestreckt, die Handflächen nach oben gekehrt, paddelte die Zwölfergruppe mit den Schwimmflossen, beförderte den Anker durchs Wasser wie Mohawk-Indianer ein großes Kriegskanu übers Land. Schließlich kam der gewaltige Kopf in Sicht; er hatte Ähnlichkeit mit einem ausgedehnten Unterwasserplateau. Thomas hob das Handgelenk ans Gesicht, beäugte den Tiefenmesser. Siebzehn Meter, genau richtig. Sie hatten die Schwimmkörper gerade so weit aufgepumpt, daß sie ein Gegengewicht zum Anker bildeten, jedoch nicht so stark, daß sie oberhalb ihres Ziels geschwommen wären, des Trommelfells. Bewohner der Umgebung schwebten vorüber, ein Riesenbarsch, ein erbsengrüner Sägefisch, eine Schule Quakfische, jede Kreatur trauerte entweder stumm oder klagte in Tönen unterhalb der menschlichen Wahrnehmungsschwelle; Thomas hörte nämlich nichts als das Rasseln des eigenen Atems und gelegentlich, wenn ein Sauerstofftank gegen den Anker stieß, ein Dröhnen.

Auf ein Zeichen Raffertys hinlangte jedes Gruppenmitglied an sich hinab und knipste den an den Werkzeuggürtel geschnallten Scheinwerfer an. Grellweiße Lichtkegel wanderten über das linke Ohr, erleuchteten die Falten und Furchen, warfen dunkle, runde Schatten auf die Umrisse der als »Darwinscher Höcker« bekannten Eigentümlichkeit des Ohrs. Es schauderte Thomas. Im Fall eines Menschen galten die Darwinschen Höcker als anschauliches Beweisstück für die Evolutionstheorie: das sichtbare Erbe eines spitzohrigen Ahnen. Aber welchen Sinn sollten, um Himmels willen, derartige Knörpelchen bei Gott selbst haben?

Zügig, aber mit höchster Vorsicht, schwamm die

Gruppe in die Ohrmuschel und den äußeren Gehörgang. Von oben hingen Stalaktiten aus Ohrenschmalz herab. Leben hatte sich an den Innenwänden angesiedelt, Korallenkolonien, Tanggestrüpp, eine Rekordernte an Seegurken. Thomas' linke Schwimmflosse streifte einen Stachelhäuter, einen fünfarmigen *Asterias rubens*, der wie ein verirrter Stern von Bethlehem durch die Ohrhöhle trieb.

Crock O'Connors Maschinenraumcrew hatte gute Vorarbeit geleistet, mit den Picken einen großen, unregelmäßigen Schlitz ins Trommelfell gehackt und mit wasserdichten Motorsägen erweitert. Während das Dutzend Seeleute ihre Last in die Vorkammer der Eustachischen Röhre bugsierten, die dicke Kette nachschleifte, überwältigte schrankenlose Ehrfurcht Thomas. Gottes Ohr – das Hörorgan, mit dem er sich selbst verkünden gehört hatte: »Es werde Licht«, dasselbe Organ, durch das die ersten Schwingungen des Urknalls Sein Gehirn erreicht hatten.

Rafferty gab einen zweiten Wink, und die Taucher wedelten kräftig mit den Schwimmflossen, erzeugten wahre Tornados von Luftblasen und Gestrudel abgestorbener Zellen. Zentimeter um Zentimeter erhob sich der Anker, bewegte sich an den Zilien vorüber, die die Innenseite des Trommelfells säumten, und verharrte an den großen, feinen Mittelohrknochen. Malleus, Incus, Stapes, zählte Thomas sie sich auf, als das Scheinwerferlicht das umfangreiche Dreiergebilde erhellte: Hammer, Amboß, Steigbügel.

Noch ein Zeichen Raffertys. Team A handelte mit zusammengefaßten Kräften, hakte die rechte Ankerflunke um den langgeschwungenen, festen Incus-Knochen, kettete Gott an die *Valparaíso*.

Und nun: der Augenblick der Wahrheit. Rafferty stieß sich ab, entfernte sich vom Warpanker wie ein Astronaut in der Nullschwerkraft, gab den übrigen

Teammitgliedern durch eine Geste zu verstehen, daß sie das gleiche tun sollten. Wie alle anderen suchte auch Thomas Abstand. Der Anker schaukelte am Steigbügelknochen, der große Ankerring baumelte hin und her wie das Pendel einer riesenhaften Standuhr, doch die Bänder hielten, der Knochen brach nicht. Die zwölf Männer applaudierten dem Erfolg, schlugen die Neopren-Handschuhe zu lautlosem Beifall zusammen.

Thomas salutierte vor dem Ersten Offizier. Rafferty erwiderte den Seemannsgruß. Froh über das Gelingen, kehrte der Priester voller Stolz in den äußeren Gehörgang um, orientierte sich an der Ankerkette, und wie Theseus dem dadurch berühmt gewordenen Faden Ariadnes folgte er ihrem Verlauf mit unfehlbarer Sicherheit zum Schiff zurück.

Erst jetzt, während Anthony van Horne an der Steuerbordseite des Schiffs stand, der Wind heulte, die See brauste, am Heck der gigantische Leichnam dümpelte, erst jetzt zog er in Betracht, daß das Schleppverfahren sich womöglich gar nicht durchführen ließ. Die Fracht war geradezu titanisch, viel kolossaler, als er sie sich ausgemalt hatte. Einmal angenommen, die Anker hielten, die Ketten blieben heil, die Kessel explodierten nicht, die Ankerwinden wurden nicht losgerissen und stürzten nicht ins Meer – selbst unter der Voraussetzung, daß kein Malheur dieser Art geschah, mochte es sein, daß das bloße Schleppgewicht die *Valparaíso* überforderte.

Er hob das Walkie-talkie an die Lippen, schaltete es per Tastendruck auf die Frequenz des Maschinenleitstands um.

»Hier van Horne. Haben wir Dampf im Maschinenraum?«

»Genug um 'n Schwein zu dünsten«, antwortete Crock O'Connor.

»Wir probieren's mal mit zwohundertfünfzig Umdrehungen. Können wir das hinbiegen, ohne daß uns 'n Rohr platzt?«

»Um das rauszufinden, gibt's nur einen Weg«, meinte der Erste Maschinist.

Anthony drehte sich dem Steuerhaus zu, winkte dem Steuermann und zeigte Marbles Rafferty den nach oben gereckten Daumen. Bisher hatte der Erste Offizier sich an der Manöverkonsole hervorragend bewährt, den Leichnam immer genau achtern und in 600 Metern Abstand gehalten, die *Valparaíso* der Vier-Knoten-Abdriftgeschwindigkeit ihrer Fracht vorzüglich angepaßt. (Zu dumm, daß Operation Jehova eine Geheimaktion war, denn das war genau die Art von besonderer Leistung, die Rafferty den begehrten Titel des ›Meisters der Vereinigten Staaten im Dampf- und Motorgroßschiff-Hochseeverkehr‹ hätte eintragen können.) Auch der Bursche am Steuer verstand sein Gewerbe: Neil Weisinger, derselbe Vollmatrose, der während des Hurrikans Beatrice am Steuerrad Dienst getan hatte. Aber selbst mit zwei Genies auf der Brücke konnte das Abschleppen dieser ganz besonderen Fracht sich als das heikelste Manöver in Anthonys gesamter Laufbahn herausstellen.

Der Kapitän kehrte sich dem Heck zu und betrachtete die beiden Ankerwinden: zwei immense Walzen mit sechs Metern Durchmesser, Baßtrommeln ähnlich, um damit den Takt der Sphärenmusik zu schlagen. Eine Drittelmeile achtern hinter dem Schiff ragte die erkaltete Schädeldecke der Fracht aus dem Meer, der langhaarige, weiße Schopf, dessen jedes Haar so dick war wie ein Transatlantikkabel, glitzerte im Morgensonnenschein.

Die Klagegemeinde hatte sich vollständig zerstreut. Vielleicht war ihre Pflicht inzwischen erfüllt – ›*schivah* zu schwimmen‹, wie Neil Weisinger es amüsant ausgedrückt hatte – doch erachtete Anthony es als wahrscheinlich, daß das Schiff sie vertrieben hatte. Irgendwie konnte Anthony sich nicht des Gefühls erwehren, daß all die traurigen Geschöpfe seine Vorgeschichte lückenlos kannten, über die Ölkatastrophe und das, was ihren Schwestern und Brüdern dadurch zugefügt worden war, genau Bescheid wußten. Sie mochten sich mit der *Karpag Valparaíso* nicht in ein und demselben Meer aufhalten.

Er hob das Bushnell-Fernglas an die Augen und stellte es scharf. Das Wasser war erstaunlich klar, er konnte sogar unterm Meeresspiegel Seine Ohren erkennen, aus deren Innerem die Ankerketten hervortraten wie silberner Eiter. Vor vierundzwanzig Stunden war Rafferty mit einem Erkundungstrupp auf dem Motorboot *Juan Fernández* hinübergefahren. Nachdem die Gruppe die stille Bucht zwischen leeseitigem Oberarm und der benachbarten Brust angesteuert hatte, war es ihm gelungen, indem sie Achselhaare als Poller benutzten, einen aufblasbaren Landungssteg zu befestigen und von da aus die hohe Fleischklippe zu ersteigen. Während sie den Brustkorb überquerten, das Sternum umrundeten, hatten der Erste Offizier und seine Begleiter beim besten Willen nichts gehört, was nach Herzschlag klang. Anthony hatte es auch nicht erwartet gehabt. Dennoch blieb er verhalten optimistisch: Herzstillstand war nicht das gleiche wie Hirntod. Wer konnte ausschließen, daß unter dem viereinhalb Meter dicken Schädelknochen noch ein paar Neuronen feuerten?

Der Kapitän wechselte die Funkfrequenz und wandte sich an die Leute an den Winden. »Auf dem Achterdeck alles klar?«

Die Maschinenassistenten nahmen die Walkie-talkies von den Gürteln. »Klar bei Backbordspill«, meldete Lou Chickering in seinem Schauspielerbariton.

»Klar bei Steuerbordspill«, gab Bud Ramsey durch.
»Stopper auf«, befahl Anthony.
Beide Maschinisten befolgten die Anweisung.
»Backbordstopper auf.«
»Steuerbordstopper auf.«
»Kettennuß belegen«, lautete der nächste Befehl des Kapitäns.
»Backbordkettennuß belegt.«
»Steuerbordkettennuß belegt.«
»Bremsen auf.«
»Backbordbremse auf.«
»Steuerbordbremse auf.«
Anthony hob den Unterarm ans Gesicht und verpaßte der guten Lorelei einen Schmatz. »Also los, Jungs, hieven wir Ihn ein.«
»Backbordspillmotor an«, sagte Chickering.
»Steuerbordspillmotor an«, rief auch Ramsey.
Schwarzer Rauch quoll empor, die Kettennüsse drehten sich, wanden die dicken Stahlketten auf; eines nach dem anderen kamen die großen Kettenglieder aus der See zum Vorschein, versprühten Schaum, verspritzten Gischt. Sie rasselten durch die Seitenklüsen, knirschten um die Kettennüsse und entschwanden wie ins Ziel geschwuppte Flipperkugeln in die Kettenkästen.
»Ich brauche Längenangaben, meine Herren. Lassen Sie mal was hören.«
»Achtzehnhundert Meter Backbordkette«, ertönte Chickerings Stimme aus dem Sprechfunkapparat.
»Achtzehnhundert Meter Steuerbordkette«, meldete Ramsey.
»Rafferty, Fahrt aufnehmen! Vierzig Umdrehungen, wenn ich bitten darf.«
»Aye, vierzig.«
»Dreizehnhundert Meter Backbordkette.«
»Dreizehnhundert Meter Steuerbordkette.«

Anthony und der Erste Offizier hatten die ganze Nacht hindurch über Raffertys *Bergungshandbuch der US-Marine* geschwitzt. Mit so klotzigem Schleppgut wäre die *Valparaíso* bei einem Abstand von über eintausend Metern nicht zu steuern. Aber bei kurzem Abstand, jede Kettenlänge unter 900 Metern, drohten gleichfalls Schwierigkeiten: Falls das Schiff aus irgendeinem Grund plötzlich verlangsamte – wegen Wellenbruchs oder Kesselschadens –, müßte das Schleppgut infolge des eigenen Schwungs das Heck rammen.

»Fünfzig Umdrehungen!« ordnete Anthony an.

»Fünfzig«, bestätigte Rafferty den Befehl.

»Geschwindigkeit?«

»Sechs Knoten.«

»Recht so, Weisinger«, sagte Anthony zum Steuermann.

»Recht so«, wiederholte der Vollmatrose.

Unablässig knarrten die Ketten durch die Seitenklüsen und um die Kettennüsse herein, senkten sich in die geräumigen Kettenkästen wie Kobras, die sich, nachdem sie einen lieben, langen Tag zur Flöte getanzt hatten, in ihre Weidenkörbe verkrochen.

»Neunhundert Meter Backbordkette.«

»Neunhundert Meter Steuerbordkette.«

»Geschwindigkeit?«

»Sieben Knoten.«

»Bremsen fest!« schrie Anthony ins Walkie-talkie.

»Backbordbremse fest.«

»Steuerbordbremse fest.«

»Sechzig Umdrehungen!«

»Sechzig.«

Beide Winden stockten sofort, sie kreischten und qualmten, spien hellorangerote Funkengarben.

»Kettennuß weg!«

»Backbordkettennuß weg.«

»Steuerbordkettennuß weg.«

»Stopper zu!«

»Backbordstopper zu.«

»Steuerbordstopper zu.«

Irgend etwas stimmte nicht. Die Geschwindigkeit des Leichnams hatte sich verdoppelt, betrug wenigstens acht Knoten. Flüchtig befürchtete Anthony, irgendein übernatürlicher Impuls könnte ins göttliche Nervensystem gefahren und es galvanisiert haben, doch die wahre Erklärung, mutmaßte er, mußte wohl im plötzlichen Zusammenwirken des Guinea-Stroms und des Südostpassats gesehen werden. Er senkte das Fernglas. Der *Corpus Dei* sauste mit bedrohlicher Wuchtigkeit unaufhaltsam heran, Gischt umbrodelte die Schädeldecke, während er wie ein urzeitlicher Torpedo auf den Tanker zuschoß.

Das vernünftigste Vorgehen lag auf der Hand: Kettennüsse belegen, Kette geben, hart Steuerbord beidrehen, voraus volle Kraft.

Aber Anthony war nicht auserwählt worden, um auf Nummer sicher zu gehen. Er hatte den Auftrag erhalten, Gott in den Norden zu schaffen, und obwohl ihm die Aussicht, möglicherweise bei der zweiten Kollision der *Valparaíso* binnen zweier Jahre mitzumischen, keineswegs behagte, versteifte er sich auf die Einstellung, daß das Abschleppverfahren entweder gelang oder nicht. »Rafferty, achtzig Umdrehungen!«

»Achtzig?«

»Achtzig!«

»Achtzig«, bestätigte der Erste Offizier.

»Geschwindigkeit?«

»Neun Knoten.«

Neun Knoten. Gut. Auf alle Fälle schneller als achtern die Leiche. Anthony beobachtete die Kettenstränge. Kein Erschlaffen. Sie hingen nicht durch, und das Schiff dampfte ab! »Steuermann, Backbord zehn!« Nochmals setzte der Kapitän das Fernglas an die

Augen, lachte in den Wind, betrachtete Seine großflächige Stirn, die im Sonnenschein schimmerte. »Kurs drei-fünf-null!«

»Drei-fünf-null«, wiederholte Weisinger.

Anthony kehrte sich bugwärts um. »Voraus volle Fahrt!« schrie er Rafferty zu, und schon befanden sie sich auf dem Weg; waren unterwegs wie ein grandioses Wasserski-Gespann, als ob in einer Irrenhaus-Theateraufführung de Sades Held Achilles den Leichnam Hektors um die Mauern Trojas schleifte, in einem surrealistischen Werbefilm für den Amerikanischen Pfadfinderdachverband ein engelsgesichtiges Knäblein seinen verletzten Bruder auf dem Rücken trug (Er ist nicht schwer, Vater, er ist mein Schöpfer) – sie waren unterwegs und schleppten Jehowa *gen Norden*.

ZWEITER

TEIL

ZÄHNE

Während die *Valparaíso* mit ihrem überschweren Schleppgut durch den Golf von Guinea kreuzte, erkannte Cassie Fowler, daß ihr Wunsch, die Fracht zu vernichten, auf kompliziertere Motive zurückging, als sie ursprünglich geglaubt hatte. Gewiß, der Leichnam drohte die Macht des Patriarchats zu stärken. Ja, seine bloße Existenz bedeutete für die Aufklärung einen furchtbaren Schlag. Doch sie hatte noch einen anderen, persönlicheren Beweggrund. Falls ihr teurer Oliver tatsächlich eine so überzeugende Leistung vollbrachte, es ihm gelang, sein Gehirn und seinen Reichtum erfolgreich zu Gottes endgültiger Beseitigung einzusetzen, stünde er in ihren Augen als Größe gleich hinter Charles Darwin da. Vielleicht willigte sie nach all den Jahren sogar in seinen seit langem unbeantworteten Heiratsantrag ein.

Am 13. Juli um 9 Uhr betrat Cassie die Funkbude und unterbreitete ihr Anliegen ›Öhrchen‹ Lianne Bliss. Sie müßten Oliver insgeheim ein Fax schicken. Es wäre unverzüglich totale Sabotage erforderlich, die Zukunft des Feminismus davon abhängig.

Nicht etwa, daß sie Oliver nicht so geliebt hätte, wie er war: ein netter Kerl, kompromißloser Atheist und wahrscheinlich der philosophischste Vorsitzende, den die Philosophische Liga für moderne Aufklärung e. V. je gehabt hatte; gleichzeitig jedoch – so empfand es Cassie – war er geradeso ein Außenseiter wie sie eine Außenseiterin, gestrandet an den Küsten der eigenen, grundsätzlichen Nutzlosigkeit, nicht nur ein Sonntagsmaler, sondern seinem gesamten Wesen nach eine Sonntagsexistenz. Wie könnte eine derartige Null sich optimaler ein Selbstwertgefühl erringen als durch die Rettung der westlichen Zivilisation vor dem Rückfall in eine frauenfeindliche Theokratie?

»Die Zukunft des Feminismus?« staunte Lianne, befingerte nervös ihren Kristallumhänger. »Im Ernst?«

»Es ist mir todernst«, versicherte Cassie.

»Echt? Tja, aber außer Pater Thomas darf niemand mit der Außenwelt Verbindung herstellen. Befehl des Kapitäns.«

»Lianne, dieser elende Leichnam ist *haargenau* das, worauf das Patriarchat die ganze Zeit gewartet hat – der Beweis dafür, daß die Welt von dem chauvinistischen Tyrannen des Alten Testaments erschaffen worden ist.«

»Na schön, mal angenommen, wir *schicken* 'n Fax, würden Ihre ach so skeptischen Freunde Ihnen denn glauben?«

»Selbstverständlich nicht, schließlich sind sie ja Skeptiker. Sie müßten Luftaufnahmen machen, die Bilder auswerten, die Angelegenheit diskutieren ...«

»Ich darf nicht, Liebchen. Für so was kann ich aus der Handelsflotte geschmissen werden.«

»Es geht um die Zukunft des Feminismus, Lianne ...«

»Ich sag's doch, es ist ausgeschlossen.«

Am folgenden Morgen versuchte Cassie es noch einmal.

»Nach Jahrhundert um Jahrhundert phallokratischer Unterdrückung setzen die Frauen sich allmählich durch, und nun – *zack!* – mit einem Schlag kommt's dahin, daß wir wieder ganz von vorn anfangen müssen.«

»Übertreiben Sie nicht 'n bißchen? Wir sollen ihn *bestatten*, nicht in 'm Glassarg ausstellen.«

»Ja, aber wie will man verhindern, daß in ein, zwei Jahren zufällig irgendwer über das Grab stolpert und aller Welt davon erzählt?«

»Pater Thomas hat mit einem Engel gesprochen«, entgegnete Lianne mit merklicher Abweisung. »Offenbar steht eine kosmische Notwendigkeit hinter dieser Fahrt.«

»Hinter dem Feminismus steht auch eine kosmische Notwendigkeit.«

»Wir sollten dem Kosmos lieber nicht ins Zeug pfuschen, Liebchen. Da bin ich voll dagegen.«

Im Laufe des übrigen Tags ging Cassie der Funkerin absichtlich aus dem Weg. Sie hatte ihr deutlich genug erläutert, wie sich die Sache verhielt, auf die unheilvollen politischen Folgen eines *Corpus Dei* klar hingewiesen. Jetzt mußte sie ihre Argumente wirken lassen.

Diese Seefahrt unterschied sich erheblich von der vorherigen Reise. Auf der *Beagle II* war sie regelmäßig von den Füßen gestoßen und aus der Koje geworfen worden, hatte sie unter Übelkeit gelitten: Dort hatte frau die hohe See zu spüren bekommen. An Bord der *Valparaíso* hingegen fühlte man sich weniger wie auf einem Schiff als wie auf einer großen, am Meeresboden verankerten Stahlinsel. Um die Bewegung wahrzunehmen, mußte man in den vorderen Ausguck steigen, einer Art stählerner Kanzel, die übers Wasser hinausragte, und zuschauen, wie die Bugplatten sich durch die Wellen stemmten.

Am Abend des 14. Juli stand Cassie wieder am Bug, trank Kaffee, genoß den Sonnenuntergang – ein atemberaubendes Naturschauspiel, für das der diensthabende Vollmatrose, Karl Jaworksi mit der faßartigen

Statur, anscheinend keinerlei Sinn aufbrachte – und stellte sich die androgynen Wunderwesen vor, die sich vielleicht drei oder vier Kilometer tief unter ihren Füßen tummelten. *Hippocampus guttulatus* zum Beispiel, das Seepferdchen, dessen Männchen die Eier in speziellen Bruttaschen behütete; und Barsche, die allesamt als Weibchen ins Leben eingingen, deren Hälfte jedoch die Bestimmung hatte, nach dem Auswachsen das Geschlecht zu wechseln; und der entzückend subversive Seehase, ein Fisch, bei dem nur die Väter einen Mutterinstinkt entfalteten (sie versorgten während der Brutzeit den Laich mit Sauerstoff und bewachten anschließend die Jungfischlein). An der rechten Seite breitete sich hinterm Horizont das weite, schwüle Niger-Delta aus. Linkerhand lag, gleichfalls hinter der Krümmung des Planeten verborgen, die Insel Ascension. Nachgerade erstickende Hitze herrschte, tauchte Cassie in ein äquatoriales Schweißbad, so daß sie beschloß, das nicht uninteressante kleine Bordkino der *Valparaíso* aufzusuchen. Zwar hatte sie *Die Zehn Gebote* schon einige Male gesehen – zuletzt auf Olivers Jubiläums-Sammler-Laserdisc – und rechnete nicht damit, daß die Dramaturgie dieses Pfaffenfetzens bei ihr einen tieferen Eindruck hinterließ, doch im Moment war Klimatisierung ihr wichtiger als Katharsis.

Mit dem Lift fuhr sie nach Deck 3 hinunter, öffnete die Tür des Kinos und strebte in die wundervoll kühle Luft.

Es mochte bei jemandem wie ihr sonderbar sein, aber zufällig hegte Cassie für *Die Zehn Gebote* ein eigentümliches Faible. Ohne den Film hätte sie nie ihr bösestes Stück geschrieben, *Gott ohne Tränen* (ein prophetischer Titel, wie sie mittlerweile ersah), einen grimmig-bitter satirischen Einakter über die vielfältigen Verfälschungen, die Cecil B. DeMille und Konsorten am 2. bis 5. Buch Moses (Exodus, Leviticus, Numeri und Deuteronomium) verbrochen hatten, als sie sie fürs Kintopp ausschlachteten. Besonders streng war sie dabei mit DeMilles Weigerung ins Gericht gegangen, das moralisch Abstoßende der gegen Ägypten gerichteten zehn Plagen zu berücksichtigen, seiner Ablehnung, die Ungerechtigkeiten aufzuzeigen, die den Israeliten, während sie durch die Wüste wanderten, ihr Gönnergott zumutete (der alle niederschmetterte, denen Kanaan nicht gefiel, diejenigen mit Feuer vom Himmel verbrannte, die bei Chorma Beschwerden zu äußern wagten, jenen mit Schlangen auf die Pelle rückte, die hinterm Berg Hor murrten, und die mit einer Seuche bestrafte, die ihm den Baal Peor vorzogen), und erst recht mit der skandalösen Auslassung der Mordrede, die Moses nach der Unterwerfung der Midianiter seinen Heerführern hielt: »Wie? Ihr habt alle Weiber am Leben gelassen? Gerade sie sind es ja, die die Israeliten auf Beliams Rat zum Abfall vom Herrn um Peors willen verführt haben, so daß die Heimsuchung über die Gemeinde des Herrn kam. So tötet nun von den Kindern alle Knaben und von den Frauen jene, die schon mit einem Manne verkehrt haben! Aber alle Mädchen, die noch mit keinem Manne verkehrt haben, lasset für euch am Leben!« Im Doppel mit *Runkleberg* war *Gott ohne Tränen* zwei Wochen lang in der Freien Poetenbühne auf der 42. Straße gelaufen, ein Programm, das eine tobsüchtige, entstellende Besprechung im *Newsday*, einen Verriß in der *Village Voice* sowie in der *Times* einen vernichtenden Gastkommentar von Kardinal Terence Cooke persönlich zum Resultat hatte.

Was auch ihre künstlerischen Schwächen sein mochten, DeMilles Hommage an Gottes Allmacht erkannte zumindest das begrenzte Fassungsvermögen der menschlichen Harnblase an. Der Film hatte eine Pause.

Nach einer Stunde und vierzig Minuten, als Moses seine Audienz beim brennenden Dornbusch hatte, kam allmählich Harndrang auf. Cassie entschied sich zum Durchhalten. An den genauen Moment, an dem die Notdurft entstand, konnte sie sich nicht entsinnen, aber sie merkte, es war soweit. Außerdem fand sie eine Art perversen Vergnügens an dem Film. Nach und nach verstärkte sich der Druck. Langsam neigte Cassie dazu, die Vorstellung doch *in medias res* zu verlassen – Moses machte sich soeben auf den Rückweg nach Ägypten, um sein Volk zu befreien –, da schwoll die Musik an, das Bild verflimmerte, der Vorhang schloß sich.

Zwei Frauen waren schneller als Cassie, vor der einzigen Damentoilette warteten schon die mandeläugige Juanita Torres und die astmathische An-mei Jong. Sie stand dabei und durchdachte ihre Theorie, daß das Patriarchat seinen Ursprung großenteils in der Urinierflexibilität hatte, der beneidenswerten männlichen Fähigkeit, überall zu pinkeln, da hörte sie eine bekannte, dunkle Stimme.

»Möchten Sie auch was?« fragte Lianne, hielt ihr eine halbleere Tüte Popcorn entgegen. »Ist vegetarisch, ohne Butter.«

Cassie nahm sich eine Handvoll. »Haben Sie den Film auch früher schon mal gesehen?«

»Wir sind in den sechziger Jahren mit der Sonntagsschule reingegangen, an irgendeinem kirchlichen Festtag. ›Für unsere Frauen ist Schönheit und Anmut ein Fluch‹, bah. Hätte ich nicht Follingsbees Popcorn, würde ich gehen.«

Ein Fortschritt, dachte Cassie. Liannes Abwehrhaltung wurde schwächer. »Achten Sie darauf, was im zweiten Teil mit Königin Nefretiri geschieht.«

»Mir gefällt *nichts* von allem, was in dem Streifen mit den Frauen angestellt wird.«

»Ja, aber sehen Sie sich besonders gut an, was mit Nefretiri passiert, was DeMille und das Patriarchat mit ihr machen. Immer wenn der Pharao irgendwelche fiesen Taten verübt, den Israeliten mit den Streitwagen nachjagt und so weiter, wird er von Nefretiri angestiftet. Ewig die gleiche Geschichte, die Schuld wird den Frauen zugeschoben, stimmt's? Das Patriarchat schläft nie, Lianne.«

»Ich darf Ihrem Freund kein Fax schicken.«

»Ist mir klar.«

»Dafür kann mir die FCC-Lizenz entzogen werden.«

»Sicher.«

»Ich *kann* keins schicken.«

»Natürlich nicht.« Aus reiner Schmacht schaufelte Cassie sich noch eine gehörige Portion von Follingsbees Popcorn aus der Tüte. »Schauen Sie sich an, wie Nefretiri dargestellt wird.«

16. Juli
Breite: 2°6'N. Länge: 10°4'W. Kurs: 272. Geschwindigkeit: 9 Knoten im Südostpassat, 3 Knoten bei Gegenwind, 6 Knoten im Durchschnitt. Langsam, viel zu langsam. Bei dieser Geschwindigkeit erreichen wir den Nordpolarkreis erst am 25. August, eine volle Woche später als geplant.

Es gibt noch eine schlechte Neuigkeit. Die Raubtiere und Aasfresser haben Witterung aufgenommen, und mit einer Durchschnittsgeschwindigkeit von 6 Knoten können wir ihnen nicht entgehen. Im Verlauf jeder Wache töten wir ein Dutzend Haie und fast ebenso viele liberische Seeschlangen und kamerunische Geier, aber es kommen immer mehr. Wenn ich mich eines Tages hinsetze, um die offizielle Reisebeschreibung dieser Fahrt zu verfassen, nenne ich diese blutigen Tage »Die Schlacht im Guinea-Strom.«

»Warum haben sie vor ihrem Schöpfer nicht den

gleichen Respekt wie vergangene Woche die Tümmler und Rundschwanz-Seekühe?« fragte ich Ockham.

»Respekt?«

»Er hat sie doch *geschaffen*, nicht wahr? Ohne ihn gäbe es sie gar nicht.«

»Es ist sehr wohl denkbar«, sagte Ockham, »daß sie ihm *durch* dieses gemeinsame Mahl ihre Achtung erweisen.«

Das ganze Achterdeck knarrt, die Winden knirschen, die Ketten rattern. Es klingt, als führen wir auf einem Gespensterschiff. Gott verhüte, daß ein Kettenglied reißt. Einmal habe ich erlebt, als ich Dritter Offizier auf der *Arco Bangkok* war, wie eine Trosse zersprang, während wir Napalm in den Golf von Thailand verschifften, übers Achterdeck peitschte und den Bootsmann entzweischnitt. Das arme Schwein lebte noch drei Minuten lang. »Was machen wir eigentlich in Vietnam?« lautete sein letztes Wort.

Heute morgen habe ich meinem Vater ein Fax zukommen lassen. Ich habe ihm mitgeteilt, daß ich wieder Kapitän der *Valparaíso* und im Auftrag Papst Innozenz XIV. unterwegs bin. »Wenn du einverstanden bist«, habe ich geschrieben, »schaue ich auf der Rückfahrt mal in Valladolid rein.«

Die Silberreiher hassen mich, Popeye. Die Meeresschildkröten schreien nach meinem Blut.

Um ein Vorbild zu geben, setzte ich mindestens einmal täglich zu Gott über, schnappe mir ein Raketenstartgerät oder ein Harpunengewehr und beteilige mich an der Bekämpfung der Raubtiere. Dadurch wird die Moral der Besatzung gestärkt. Es ist eine gefährliche und anstrengende Tätigkeit, aber die Leute bewältigen sie recht gut. Ich glaube, sie betrachten unser Schleppgut als etwas, für das zu kämpfen sich lohnt, vergleichbar mit Ehre oder der amerikanischen Fahne.

Jeden Abend, etwa von 18 Uhr an, trinkt Cassie Fowler im Bugausguck Kaffee. Schon dreimal habe ich so getan, als ob ich ihr dort zufällig über den Weg laufe. Ich habe den Eindruck, daß sie mir gegenüber allmählich ein wenig aufgeschlossener wird.

In welche unerkundeten Gefilde hat deine Leidenschaft zu Olivia dich geführt, Popeye? Hast du dir je ausgemalt, mit ihr auf dem Höhepunkts eines Monsuns, wenn warmer Regen eure nackten Leiber glitschig macht, auf dem Vordeck zu liegen und wild zu bumsen? Haben eure Schöpfer je so eine Szene, vielleicht einmal allein um des Nervenkitzels willen, für euch ersonnen?

Wenn die Besatzung glaubt, ich merke nichts, räubert sie auch am *Corpus Dei* herum, schneidet und kratzt winzige Mengen von Haaren, Pickeln, Warzen und Leberflecken ab, um sie mit Trinkwasser zu einer Art von Paste zu vermischen.

»Wofür soll das gut sein?« fragte ich Ockham.

»Für alles«, hat er geantwortet, »was sie sich davon versprechen.«

An-mei Jong, erzählte mir der Pater, verputzt das Zeug löffelweise, weil sie sich davon eine Erleichterung ihres Asthmas erhofft. Karl Jaworksi reibt es auf seine arthritischen Gelenke. Ralph Mungo schmiert es auf eine alte Wunde aus dem Koreakrieg, mit der er immer wieder Maläsen hat. Juanita Torres benutzt es gegen Menustrationskrämpfe.

»Und hilft's?« fragte ich Ockham.

»Sie behaupten, ja. Dergleichen ist schließlich weitgehend subjektiv. Cassie Fowler bezeichnet es als Placebo-Effekt. Die Besatzung nennt's Göttlichen Wunderschmand.«

Wenn ich mir die Stirn mit Göttlichem Wunderschmand salbe, Popeye, geht dann meine Migräne weg?

»Hai am Steuerbordknie! Wiederhole: Hai am Steuerbordknie!«

Neil Weisinger schwang sich aus seiner Mulde göttlichen Fleischs, stützte den WP17-Sprengkopf-Harpunengewehr in ein Kniegrübchen und drückte an seinem Matsushita-Sprechfunkapparat die Sendetaste. Die Hitze war schier unerträglich, es schien, als drohte der Guinea-Strom zu kochen. Hätte er sich nicht Nacken und Schultern mit Göttlichem Wunderschmand eingerieben, wären sie bestimmt längst blasig geworden. »Kurs?« erkundigte er sich per Funk bei Bootsmann Eddie Wheatstone, der zur Zeit auf Ausguck stand.

»Null-null-zwo.«

Auf seinen ungefähr einem Dutzend Reisen als Handelsschiffseemann hatte Neil schon mancherlei widerwärtige Pflichten verrichten müssen, aber keine hatte er als so widerlich wie die jetzige Raubtierbekämpfung empfunden. Latrinensäubern bedeutete eine Erniedrigung, Ballasttanks zu reinigen war ekelig, das Rostabschleifen unsäglich langweilig, doch wenigstens drohte bei diesen Betätigungen keine unmittelbare Gefahr für Leib und Leben. Bereits zweimal war er mit dem Lift zur Kabine des Ersten Offiziers hinaufgefahren, fest zum Einreichen einer formellen Beschwerde entschlossen gewesen; beide Male hatte ihn jedoch im letzten Augenblick der Mumm verlassen.

Er hakte das Matsushita-Funkgerät an den Werkzeuggürtel, direkt neben den WP17-Sender, hob das Fernglas und spähte ostwärts. Vom gegenwärtigen Standort aus konnte er Eddie nicht erkennen – die Entfernung war zu groß, zuviel Dunstschwaden wallten zwischen ihnen –, aber er wußte, der Bootsmann war auf seinem Posten an der Leeseite der Steuerbordzehen und beobachtete die von Gottes halb unter den Wasserspiegel gesunkenen Beinen gebildete, böig-unruhige Bucht.

Erneut drückte Neil die Sendetaste. »Richtung?«

»Null-vier-sechs. Er ist zwölf Meter lang, Neil. Ich habe noch nie derartig viele Zähne in einem einzigen Maul gesehen.«

Neil hob das Harpunengewehr aus dem Kniegrübchen und eilte das rund fünfzig Meter breite, runzlige, schwammige Ufer zwischen Seinem Knie und dem Ozean hinab. Nässe wehte empor, ein hoher, gischtiger Schleier aus Feuchtigkeit, der immerzu zusammensank und von neuem entstand, während die übergroße Kniescheibe durch den Atlantik glitt. *Operation Jehova* nannte der Kapitän inzwischen das Schleppunternehmen. Er war sich offenbar nicht darüber im klaren, daß der Name *Jehova* für einen Juden wie Neil eine gewisse Anstößigkeit enthielt, weil es das geheimnisträchtige und unaussprechliche YHWH mit weltlichen Selbstlauten beschmutzte.

Neils Blick schweifte über die Wogen, die vorüberschäumten. Eddie hatte recht: Es war ein gut und gerne zwölf Meter langer Hammerhai, der am Leichnam längsschwamm, als wäre er ein großer, organischer Tischlerhammer, eigens gezüchtet, um Gottes Sarg zuzunageln. Neil hob das WP17 an die Schulter, drückte das Auge ans Zielfernrohr und nahm das Walkie-talkie vom Gürtel.

»Geschwindigkeit?«

»Zwölf Knoten.«

»Wir müssen das nicht tun«, meinte Neil zum Bootsmann. »Ich gehe jede Wette ein, daß es gegen die Gewerkschaftssatzung verstößt. Es kann gar nicht sein, daß wir dazu verpflichtet sind. Entfernung?«

»Vierzehn Meter.«

Wie komisch, überlegte Neil versonnen, daß jedes Raubtier sich auf ein besonderes kulinarisches Gebiet verlegte. Aus der Höhe kamen die kamerunischen Geier, schwirrten herab wie aus der Art geschlagene

Engel, beanspruchten für sich die Augen und Tränensäcke. Von unten schlichen sich die liberischen Seeschlangen an und atzten sich rücksichtslos am prallen Gesäßfleisch. Der Meeresspiegel gehörte den Haien – tückischen Makrelenhaien, biestigen Blauhaien, freßgierigen Hammerhaien –, die an den weichen, bärtigen Wangen knabberten, die zarten Häutchen zwischen den Fingern herausrupften. Und tatsächlich, im gleichen Moment, als Neil den Hammerhai im Visier hatte, vollzog das Tier eine ruckartige Seitenwendung und schwamm westwärts, vollauf und gänzlich skrupellos dazu entschlossen, die Hand zu beißen, die es erschaffen hatte.

Er verfolgte den Hai im Zielfernrohr, nahm den Knorpelhöcker am Schädel des Fischs ins Fadenkreuz, schlang den Finger um den Abzugshebel. Er drückte ab. Mit dumpfem Knall schoß die Harpune aus der Mündung. Sie rauschte über die Wellen, traf das überraschte Tier in die Stirn und bohrte sich ins Gehirn.

Tief atmete Neil feuchte afrikanische Luft ein. Armes Vieh, so etwas hatte es nicht verdient, schließlich hatte es keine Sünde begangen. Selbst als der Hai eine Sechziggraddrehung vollführte und schnurstracks auf das Knie zuhielt, verspürte Vollmatrose Neil Weisinger nichts als Mitleid.

»Zünden, Kumpel!«

»Verstanden, Eddie.«

»Los doch!«

Der Hai ziepte vor Schmerz, spuckte Blut, aber warf sich an den Fleischstrand, tobte wie tollwütig, daß Neil halb erwartete, dem Fisch wüchsen Beine, um auf ihn zuzukriechen. Er preßte das Harpunengewehr ans Netzhemd, langte zum an den Gürtel gehängten Sender hinab und kippte die Taste.

»Hau ab!« schrie Eddie. »Um Himmels willen, hau ab!«

Neil wirbelte herum, rannte über den wabbeligen Untergrund. Sekunden später hörte er den Sprengkopf explodieren, das scheußliche Wumsen des TNT, als es lebendes Gewebe zerfetzte und frisches Blut verdampfte. Er schaute sich um. Die Detonation erzeugte eine rote, spritzig-nasse Druckwelle, eine hellrote Fontäne erfüllte den Himmel mit dicklichen Klumpen Hirn.

»Alles klar, Kumpel? Du hast doch nichts abgekriegt, oder?«

Während Neil die Kniescheibe erklomm, hagelten die Brocken herunter, ein klebriger Regen aus Haigedanken, sämtliche toten Hoffnungen und zerstobenen Träume des Hammerhais, besudelte Vollmatrose Neil Weisingers Hemd und Jeans.

»Ich schwör's, ich gehe drüben geradewegs zu Rafferty!« heulte er. »Ich halte ihm das Harpunengewehr unter die Nase und sage ihm, das ich für so einen Scheiß nicht angemustert habe.«

»In fünfunddreißig Minuten ist unsere Schicht vorbei.«

»Wenn Rafferty mich von dieser Drecksarbeit nicht entbindet, harpuniere ich *ihn*! Ohne Scheiß! *Peng*, genau zwischen die Augen!«

»Warte ab, bis du geduscht hast, dann bist du wieder besser drauf.«

Und das wirklich Bemerkenswerte daran war, das Seltsame, Erstaunliche, ja Erschreckende, so erkannte Neil, der sich von einer Verzückung neuer Freiheit durchpulst fühlte, daß er es *wahrhaftig* ernst meinte.

»Gott ist futsch, Eddie. Hast du das noch nicht gerafft? Kein Gott, keine Gebote ... Gottes Auge wacht nicht mehr.«

»Denk an Follingsbees paniertes McNuggets-Hähnchenklein. Mann, ich geb dir 'ne Pulle Budweiser ab.«

Neil lehnte das Harpunengewehr an ein ausnehmend dickes Körperhaar des *Corpus Dei,* beugte sich über den Lauf, befeuchtete die von der Sonnenglut aufgesprungenen Lippen und küßte das heiße, singende Metall.

»Gottes Auge wacht nicht mehr ...«

Oliver Shostak erachtete es als vollkommen angebracht, daß die Philosophische Liga für moderne Aufklärung e. V. sich lediglich an eine annähernde, äußerst lockere Auslegung von Alfred E. Neumanns *Wie leite ich einen Verein? Hundert Regeln für Ordnung im Club!* hielt, denn weder Regeln noch Ordnung ließen sich mit dem *raison d'être* der Organisation überhaupt vereinbaren. Viele Leute hatten dafür keinerlei Verständnis. Man erwähne in Gegenwart einer durchschnittlichen New-Age-Matschbirne nur das Wort ›Rationalist‹, und mir nichts, dir nichts erweckte man bei dem- oder derjenigen unappetitliche Assoziationen: die Vorstellung mieser, auf Gängelei versessener Spielverderber, auf Ordnung fixierter Nervensägen oder im Grunde genommen stockdummer Ultrasuperlogiker, die ausschließlich an der Oberfläche der Dinge kratzten und das Wesen des Kosmischen übersahen. Pah ... Ein Rationalist konnte ebensogut Ehrfurcht empfinden wie ein Schamane. Aber es mußte durch qualifizierte Eigenschaften begründete Ehrfurcht sein, glaubte Oliver, Ehrfurcht ohne Illusionen – die Art von Ehrfurcht, die ihn befiel, wenn er die Ausdehnung des Universums zu begreifen versuchte, sich die Unwahrscheinlichkeit der eigenen Geburt ausmalte, oder wenn er so etwas wie das Fax der SS *Karpag Valparaíso* las, das er in der Westentasche hatte.

»Fangen wir an«, sagte er, winkte der bildhübschen, jungen Studentin der Juilliard-Musikhochschule ab, die am anderen Ende des Raums auf dem Cembalo spielte. Sie hob die Hände von den Tasten; die Musik,

Mozarts verschlungene Fantasia in D-moll, verstummte mitten im Takt. Natürlich benutzte er keinen Hammer. Ebenso fehlte ein Tisch, man führte kein Protokoll, und es gab keine Tagesordnung. Die achtzehn Vereinsmitglieder saßen, nachgerade eingesunken im Luxus weicher Récamier-Tagesliegen und üppig mit Samt gepolsterter Diwane, in zwanglosem Kreis.

Den Raum hatte Oliver persönlich eingerichtet. Er konnte es sich leisten. Er konnte sich alles erlauben. Dank des nahezu gleichzeitigen Aufkommens des Feminismus, sexueller Freizügigkeit sowie mehrerer durch Geschlechtsverkehr übertragbarer Krankheiten herrschte auf der Welt ein beispielloser Verbrauch an Latex-Kondomen, und in den achtziger Jahren war die glanzvolle Entwicklung seines Vaters, das Supersensitiv-Kondom Standarte, zum Marktführer aufgestiegen. Vom Ende des Jahrzehnts an waren erstaunliche Geldmengen auf die Konten der Familie geflossen, eine unablässig anschwellende Flut des Gewinns. Manchmal hatte Oliver den Eindruck, sein Vater hätte eine Umsatzbeteiligung an den Geschlechtsakten selbst.

»Barclay hat das Wort«, sagte er, trank ein Schlückchen Brandy.

Cassies Fax war leicht zu entschlüsseln gewesen. Sie hatte es in Häresie verfaßt, dem Zahlenchiffre, den sie sich in der zehnten Klasse ausgedacht hatten, um die Aufzeichnungen ihres damaligen Geheimbunds zu tarnen, des Freidenker-Clubs. (Außer Cassie und Oliver hatte dieser Bund nur zwei weitere Mitglieder gehabt, die einsamen, höchst unbeliebten Maldonado-Zwillinge, ein überaus schlichtmütiges Paar Zeitgenossen.) *Das ist keine Verarschung. Schaut es Euch selber an. In unserem Schlepp befindet sich wirklich und wahrhaftig...*

Als der Stellvertretende Vorsitzende der Philosophischen Liga aufstand, schenkten die Vereinsmitglieder ihm sofort volle Aufmerksamkeit, nicht nur, um sich sein Referat anzuhören, sondern auch, um sich am Anblick dieser weithin bekannten Persönlichkeit sattzufreuen. In den letzten Jahren hatten die Vereinigten Staaten von Amerika wenigstens eines geschafft, nämlich einen hauptberuflichen Entlarver hervorzubringen – ein Gegengewicht zu den zwanzigtausend Astrologen, fünftausend Urschrei-Therapeuten und Dutzenden von Graphomanen, die routiniert Bestseller über UFO-Entführungen sowie das Runen-Alphabet zusammenschmierten –, und dieser Entlarver war Barclay Cabot. Der blendend aussehende Cabot genoß Medienpräsenz. Er zog die Kameras regelrecht auf sich. In sämtlichen großen Talkshows war er schon aufgetreten und hatte aufgedeckt, wie Scharlatane, ohne tatsächlich zu derlei imstande zu sein, Löffelbiegen und Gedankenlesen vortäuschten.

Als erstes schilderte er die entstandene Krisensituation. Vor zwei Wochen hatte die texanische Legislativen sich dafür entschieden, sämtliche Hochschulen des Bundeslandes von allen Texten zu säubern, die dem sogenannten ›Wissenschaftlichen Kreationismus‹ kein ›gleiches Recht‹ neben der Selektionstheorie einräumten. Nicht daß die Philosophische Liga für moderne Aufklärung das Ergebnis des Endkampfs zwischen der Gott-Hypothese und Darwin bezweifelt hätte. Die Fossilien schrien ihre evolutionäre Entstehung geradezu heraus; die Chromosomen pochten auf ihre Abstammung; die Felsen verkündeten ihr Steinalter. Vielmehr befürchtete die Philosophische Liga, daß Amerikas Schulbuchverleger es der Einfachheit halber vorzogen, sich vor einem Konflikt zu drücken und das gleiche Bild der Memmenhaftigkeit wie in den vierziger und fünfziger Jahren zu bieten, indem sie überhaupt jede Erwähnung der menschlichen Abkunft ausließen. Aber unterdessen würde jeden Sonntag unwidersprochen der Kreationismus propagiert.

In verschwörerischem Ton unterbreitete Barclay Cabot den von seinem Komitee erarbeiteten Plan. Im Schutze der Nacht sollte ein Grüppchen Vereinsmitglieder, eine Art von atheistischer Kommandotruppe, über den ausgedehnten Rasen der Zentralen Baptisten-Kirche in Dallas robben – »das Pentagon des Christentums« nannte Cabot sie –, ein Kellerfenster aufstemmen und in die Kirche eindringen, dort ins Kirchenschiff schleichen und sich im Gestühl verteilen; dann die Swingline-Heftmaschinen zücken und in jede der ausgelegten Bibeln zwischen Inhaltsverzeichnis und Genesis säuberlich eine dreißigseitige Zusammenfassung von *Über die Entstehung der Arten* heften.

Gleiches Recht für Darwin.

Was für ein kühnes Szenario, dachte Oliver, so kühn wie damals, als sie auf der Bostoner Festwiese eine Erscheinung der Jungfrau Maria inszeniert, so verwegen auch wie ein anderes Mal, als sie in Salt Lake City eine Anti-Abtreibungsdemonstration desavouiert hatten, indem sie auf der anderen Straßenseite die verschrieene Rockgruppe *Fick vorm Frühstück* ›Die stärkste Droge ist unser Jesus‹ singen ließen.

»Wer ist für die konzipierte Gegenaktion …?«

Ein siebzehnfaches *Ich* hallte durch den Westsaal der Montesquieu-Halle.

»Wer ist dagegen …?«

Erwartungsgemäß stand die streitsüchtige Archivarin der Philosophischen Liga auf, Sylvia Endicott. »Nein«, sagte sie, knurrte das Wörtchen mehr als sie es sprach. »Nein und nochmals nein.« Sylvia Endicott: das älteste lebende Schlachtroß des Skeptizismus, die Frau, die in ihrer rebellischen Jugend erfolglos eine Kampagne zur Entfernung des Mottos WIR VERTRAUEN AUF GOTT von den Münzen der Nation betrieben und einen genauso vergeblichen Kampf darum geführt hatte, in Kansas City an der Straßenecke, wo der Allmächtige von Sinclair Lewis ungeahndet aufgefordert worden war, ihn niederzustrecken, eine Gedenktafel anzubringen. »Ihr kennt meine Meinung zum Wissenschaftlichen Kreationismus – o Ausbund des Oxymorons! Ihr wißt, was ich von den Baptisten in Dallas halte. Aber mal im Ernst, Leute, diese angebliche ›Gegenaktion‹ ist ja bloß eine *Posse*. Wir sind doch kein Dick-und-Doof-Club, herrje, wir sind die Erben von François-Marie Arouet de Voltaire.«

»Die Mehrheit ist dafür«, entgegnete Oliver. Er hatte wenig übrig für Sylvia Endicott, die geschwollenes Zeug wie *O Ausbund des Oxymorons* daherredete, sobald sie etwas von sich geben durfte.

»Wann überwinden wir endlich den Dilettantismus und machen Nägel mit Köpfen?« krittelte Sylvia Endicott. »Ich kann mich noch an eine Zeit erinnern, da hätte unsere Vereinigung die texanische Legislative wegen faktischer Zensurausübung verklagt.«

»Möchtest du einen Antrag stellen?«

»Nein, ich will, daß wir Rückgrat zeigen.«

»Steht noch irgend etwas an?«

»Rückgrat, Leute, Rückgrat.«

»Steht noch irgend etwas an?« fragte Oliver ein zweites Mal.

Schweigen. Auch Sylvia Endicott hielt den Mund: Die personifizierte Krönung des gesunden Menschenverstands sank zurück in den Sessel. Im Kamin knisterte munter das Feuer. Überall in der Stadt glühte noch die Hitze des Julitags nach, doch in Montesquieu Hall sorgte eine ausgeklügelt aufeinander abgestimmte Nutzanwendung von Isolation und Klimatisierung für die einwandfreie Simulation einer kalten Februarnacht. Auch eine Idee Olivers. Er zahlte die Kosten. Extravaganz? Ja, aber wozu reich sein, wenn man sich nicht gelegentlich diesen oder jenen spleenigen Wunsch erfüllte?

»*Ich* habe noch etwas Neues«, sagte Oliver, griff in die Tasche der Seidenweste und holte die in jeder Hinsicht frappierende Mitteilung heraus. »Ein Fax von Cassie Fowler, die sich momentan an Bord des Supertankers *Karpag Valparaíso* aufhält. Ihr könnt hier auf dem Briefkopf das *Karpag*-Logo sehen.« Oliver deutete auf den weltbekannten Stegosaurus. »Also war das Telegramm, das letzte Woche bei ihrer Mutter eingegangen ist, offenbar echt, und Cassandra ist am Leben. Das ist die gute Neuigkeit.«

»Und was ist die schlechte Neuigkeit?« erkundigte sich die anmutige, juwelenäugige Pamela Harcourt, das geistige Licht hinter dem Periodikum *Der skeptische Beobachter*, der schmalen Verlustgeschäft-Hauspostille der Philosophischen Liga (1042 Abonnenten).

»Da gibt es zwei Möglichkeiten.« Oliver hob den Zeigefinger. »Entweder hat Cassandra einen psychotischen Anfall erlitten« – er streckte den Mittelfinger –, »oder die *Valparaíso* hat wirklich Gottes Leiche im Schlepp.«

»*Was* im Schlepp?« Taylor Scott, ein dünner, junger Mann, dessen Vorliebe für das seriöse Lebensgefühl der Philosophischen Liga so weit reichte, daß er konservative Herrenmäntel und Manschettenknöpfe trug, klappte sein silbernes Zigarettenetui auf.

»Gottes Leiche. Anscheinend ist sie ziemlich groß.«

Tayler nahm eine türkische Zigarette und steckte sie sich zwischen die Lippen. »Jetzt verstehe ich gar nichts mehr.«

»Drei Komma zwo Kilometer lang, heißt's hier. Die nackte Leiche eines männlichen Weißen.«

»Hä?«

»Der *Corpus Dei*. Könnte ich mich noch deutlicher ausdrücken?«

»Was für ein Unsinn«, bemerkte Scott.

»So ein Quatsch«, sagte Barclay Cabot.

»Cassandra war klar«, äußerte Oliver, »daß wir so darüber denken.«

»Das will ich doch wohl hoffen«, sagte Pamela Harcourt. »Oliver, mein Lieber, um was geht's eigentlich?«

»Ich *weiß nicht*, um was es geht.« Das Brandy-Glas in der Hand, stand Oliver auf, trat aus dem Kreis der Rationalisten und schlenderte um die Außenseite. Unter normalen Umständen war der Westsaal Montesquieu Halls sein Lieblingsort auf Erden, eine der Gemütsberuhigung förderliche Kombination aus Mittelpfostenfenstern, Stofftapete an den Wänden, französischen *redouté* Blumendrucken aus dem 18. Jahrhundert sowie seinen selbstgemalten Original-Ölgemälden, die berühmte Freidenker bei typischen Aktivitäten abbildeten: Thomas Paine, der sein Werk *Das Zeitalter der Vernunft* durch ein Kirchenfenster schleudert, Baron d'Holbach, wie er Papst Leo XII. ausbuht, sowie Bertrand Russell und David Hume beim Schachspiel mit Krippenfiguren. (Vor zwei Wochen hatte er die Bildergalerie um ein Selbstporträt ergänzt, eine Handlung, die vielleicht anmaßend gewirkt hätte, wären auf dem Gemälde nicht die schonungslos naturgetreue Wiedergabe seines fliehenden Kinns und der unförmigen Nase zu sehen gewesen.) Heute jedoch spendete ihm das heimelige Ambiente keinen Trost. Das Haus schien düster und klamm zu sein, von den Horden der Unwissenheit belagert zu werden. »Der Tanker ist mit etwas Ähnlichem wie einem Bestattungsauftrag betraut«, erklärte er. »In der Arktis ist ein Grab vorbereitet. Engel sollen gesehen worden sein. Hört mal, ich gebe zu, das klingt alles völlig verrückt, aber Cassandra fordert uns auf, uns vom vorhandenen Beweis selbst zu überzeugen.«

»*Beweis?*« wiederholte Pamela Harcourt. »Wie kann da ein *Beweis* existieren?«

»Sie schlägt vor, daß wir nach Senegal fliegen, einen

Hubschrauber mieten und uns das Schleppgut der *Valparaíso* anschauen.«

»Menschenskind, Mann, warum, warum nur verschwendest du mit so etwas unsere Zeit?« Winston Hawke, ein stets erregter, nervöser Mann von kleinem Wuchs, für den der Niedergang des Sowjetkommunismus lediglich ein Zwischenspiel vor der nächsten, wahren Revolution abgab, sprang aus dem Sessel hoch. »Die Baptisten greifen nach der Macht«, rief er, »die Idioten marschieren, die Blöden stehen vor den Toren, und *du* erzählst uns hier so einen Scheiß über 'n Supertanker und Gottes Leiche!«

»Ich stelle einen Antrag«, sagte Oliver. »Ich beantrage, daß wir bis morgen abend eine Abordnung nach Dakar schicken.«

»Das kann doch wohl unmöglich dein Ernst sein«, antwortete Rainsford Fitch, ein eulenhafter Programmierer, der die Nächte krummen Rückens an seinem MacIntosh SE-30 zubrachte, um komplizierte mathematische Widerlegungen der Existenz Gottes auszuarbeiten. »Ich kann's einfach nicht glauben.«

»Ich kann es selber kaum glauben«, gestand Oliver. »Möchte jemand meinen Antrag trotzdem befürworten?«

Die Kassiererin der Philosophischen Liga, Meredith Lodge, eine Matrone von Steuerbeamtin, deren lebenslanger Ehrgeiz darauf abzielte, den Mormonen endlich einen Steuerbescheid zuzustellen, schlug ihre Kladde auf. »Wollen wir wirklich für so was Geld verplempern?«

»Ich zahle alles aus meiner Tasche.« Oliver leerte das Brandy-Glas. »Flugkarten, Hubschraubermiete...«

»Dürfte ich denn erfahren«, fragte Barclay Cabot, der sich jede Mühe sparte, um sein spöttisches Schmunzeln zu verhehlen, »ob der verblichene Jehova seinen Geschöpfen irgend etwas vererbt hat?«

»Meine Frage lautete: Wer unterstützt meinen Antrag?«

»Ach, ja *natürlich*«, spaßte Cabot, »wir haben schließlich alle schon von Gottes Willen gehört.« Beifälliges Lachen tönte durch den Saal. »Ich hoffe, er hat mir was Hübsches vermacht. Den Colorado, oder eventuell 'n Planetchen im Andromedanebel, oder vielleicht ...«

»Ich unterstütze den Antrag«, unterbrach ihn Pamela Harcourt und lächelte entschlossen. »Und da ich gerade dabei bin, ich melde mich freiwillig an die Spitze der Abordnung. Also, was haben wir schon zu verlieren, Leute? Wovor müßten wir uns fürchten? Uns ist doch allen vollkommen klar, daß die *Valparaíso* Gott *nicht* im Schlepptau hat.«

Gott sei Dank, daß es Vierradantrieb gibt, dachte Thomas Ockham, während er den Wrangler-Jeep in den ersten Gang schaltete und die furchige, schwabbelige Steigung der Stirnwölbung hinauflenkte. Jedes gewöhnliche Auto, sein Honda Civic beispielsweise, hinge längst an einer Pustel fest oder hätte sich in einer Hautfalte festgefahren. Er konnte sich leicht eine glimmerige Reklame-Laufschrift an einer vergammelten evangelischen Kirche in Memphis vorstellen: HEUTIGES PREDIGTTHEMA: ES BRAUCHT EINEN VIERRADANTRIEB, UM GOTT DEN HERRN WIRKLICH KENNENZULERNEN.

Als er die Hand vom Schalthebel hob, streifte er zufällig Schwester Miriams linken Oberschenkel.

Ursprünglich hatte sie ihn nicht begleiten mögen. »Ich bin noch gar nicht darauf vorbereitet, ihn *so* zu sehen«, hatte sie eingewandt, war allerdings von Thomas darauf hingewiesen worden, daß sie sich, wenn sie die Trauer jemals verwinden wollten, zunächst unmittelbar mit dem Leichnam konfrontieren mußten, mitsamt Pickeln, Muttermalen, Warzen, Poren und allem Drumherum. »Das ist nun einmal die Logik des

Offenseins gegenüber der Wahrheit«, hatte er ihr versichert.

Infolge Gegenwinds schwamm der Leichnam am folgenden Morgen tiefer im Wasser, so tief immerhin, daß die auf dem Oberkörper postierten Wachen über Sprechfunk von Brandung sprachen, die gegen die Brustwarzen schwallte, und einem Tidebecken, das im Nabel strudelte. Deshalb konnte der Wrangler nicht die ganze Körperlänge befahren: das Kinn hinab, über den Adamsapfel, über Brustkorb und Bauch. An sich um so besser. Achtundvierzig Stunden zuvor hatte Thomas die volle Länge abgefahren und auf dem Unterleib kurz gehalten, um einen Blick auf die große, geäderte Walze zu werfen, die zwischen den Beinen trieb (ein wahrhaft erschütternder Anblick, der Hodensack wellte sich wie die Gaszelle eines unausdenklichen Luftschiffs), und ihm widerstrebte es, ihn sich und Miriam gemeinsam zuzumuten. Der Grund war nicht allein, daß inzwischen die Haie abscheuliche Entstellungen angerichtet, wie eine Bande sadistischer *mohel* die Vorhaut weggefressen hatten. Gottes Penis nahm selbst in gutem Zustand einen erstrangigen Platz auf der Liste der Dinge ein, die ein Priester und eine Nonne sich nicht gemeinsam anschauen konnten.

Er überquerte die Stirn in Richtung des steilen Gefälles in die vom Wind durchfegte Senke der Nasenwurzel, der die große Nase entsprang.

Sachlich besehen, hatten Seine Hoden eigentlich gar keinen Sinn; sie könnten sogar dazu ausgenutzt werden, um die Echtheit des Leichnams in Zweifel zu ziehen. Doch solche Einwände, meinte Thomas, stanken nach Hybris. Falls der Schöpfer einst daran Interesse verspürt haben sollte (egal aus welchen Beweggründen), sich nach dem Bild seiner Geschöpfe umzugestalten, brauchte er nur zu sagen: »Es werde ein Penis«, und schon hatte er einen Penis gehabt. Tatsächlich empfand Thomas das Geschlechtsteil, je länger er darüber nachdachte, als immer unentbehrlicher. Ein Gott ohne Penis wäre ein *unvollkommener* Gott, ein Gott, dem eine bestimmte Möglichkeit verwehrt blieb, und so ein Gott war streng genommen kein richtiger Gott. In gewisser Weise war es sehr edelmütig von ihm, sich mit diesem umstrittensten aller Körperteile ausgestattet zu haben. Unweigerlich fiel Thomas der wunderschöne 1. Korintherbrief Paulus' ein: »...und die wir als die weniger wertvollen Glieder des Leibes ansehen, die umgeben wir mit besonderer Aufmerksamkeit, und die nicht ehrbaren an uns erfahren besonders ehrbare Beachtung...«

Der Wrangler rollte wieder aufwärts, mit 12 km/h die Nase hinauf. Miriam schob eine Musikkasette in den Recorder, merkte unverzüglich, daß sie sie verkehrt herum hineingesteckt hatte, berichtigte den Irrtum. Sofort erscholl Richard Strauß' theatralische Overtüre zu *Also sprach Zarathustra* aus den Lautsprechern, durch Stanley Kubriks großartig eschatologischen Film *2001: Odyssee im Weltraum,* den sie und Thomas vor vierundzwanzig Jahren im Rahmen eines Treffens angeguckt hatten, das man im weltlichen Dasein als Rendezvous bezeichnete, popularisierte Fanfarenstöße.

Während die Genitalien auf den Priester eine wahre Faszination ausübten, erregten die Eigenschaften, die er am Schleppgut der *Valparaíso* vermißte, immerhin seine Verwunderung. Zum Beispiel fand sich unter den Fingernägeln kein Schmutz, keine vom Schöpfungsakt übriger Lehm – ebenfalls ein Vorwand, um den Leichnam als Fälschung abzuqualifizieren, obschon auch die Reinigungskraft des Meeres als ebenso glaubhafte Begründung angeführt werden konnte. Die Hände hatten keine Kreuzigungsmale. Offenbar ein Fall göttlicher Selbstheilung, schlußfolgerte Thomas, obgleich ein

Unitarier diese Tatsache durchaus berechtigt zum Anlaß nehmen könnte, gegen das altüberlieferte christliche Postulat der Göttlichen Dreieinigkeit zu polemisieren. Die Haut wies keinerlei Sengspuren auf, wie sie normalerweise aus einem Sturz durch die Erdatmosphäre hätten resultieren müssen; es hatte den Anschein, als wäre der Leichnam nicht in buchstäblichem Sinn ›ins Meer gestürzt‹, sondern in den Wellen materialisiert – oder vielleicht war er während des Herabstiegs noch *am Leben* gewesen, hatte sich willentlich vor der Reibungshitze geschützt und sich erst auf den Fluten des Golfs von Guinea dem Tod überlassen.

»Es ist paradox, nicht wahr?« meinte Miriam, als sie die Nasenspitze erreichten.

»Was denn?«

»Daß das Faktum Gott uns den Glauben an Gott nimmt.«

Thomas schaltete den Motor ab, drehte dann jedoch den Zündschlüssel wieder ein winziges Stückchen vorwärts, damit die Kassette weiterspielte. »Die platte Faktizität seiner sterblichen Überreste ist reichlich deprimierend, das gebe ich zu. Aber es ist wichtig, hinter dem Körperlichen das Mysterium zu sehen. Was ist Fleisch überhaupt? Was ist Materie? Wissen wir es? Wir wissen es nicht. Das tote Fleisch Gottes ist in gewisser Beziehung geradeso heilig wie sein Leib in Gestalt der Hostie.«

»Kann sein«, sagte Miriam mit ruhiger Stimme. »Es könnte sein«, schränkte sie ohne hörbare Gefühlsregung ein. »Sicher. Klar. Aber ich möchte meinen Glauben zurückhaben, Tom. Ich würde lieber wieder meine guten, alten religiösen Empfindungen genießen dürfen.«

Thomas zog die Handbremse an, mit der anderen Hand drückte er seiner alten Freundin voller Mitgefühl die Schulter. »Ich bin der Ansicht, wir könnten versuchen, an einen Gott zu glauben, dessen Identität aus etwas anderem als diesem Leichnam besteht... An einen Gott jenseits Gottes. Leider hat Gabriel uns diese Möglichkeit nicht gewährt. Dieser Engel war ein guter Katholik. Er wußte über die letztendliche Unteilbarkeit von Körper und Geist Bescheid.«

Der Priester stieg aus dem Fahrzeug und legte die Handfläche auf die heiße Motorhaube. Ein Wrangler-Motor, ein *Homo sapiens sapiens*, das Höchste Wesen – in keinem Fall konnte die Seele der Sache vom Gegenstand als solchem abstrahiert werden. So wie einst Einstein die grundsätzliche Äquivalenz von Materie und Energie nachgewiesen hatte, lehrte Thomas' Kirche die grundlegende Äquivalenz von Sein und Wesen. Nirgends sprang ein Geist aus dem Kasten.

Der Priester holte die Handicam-Kamera aus dem rückwärtigen Teil des Wagens und wandte sich dem großen, glasigen See zu, als den sich das linke Auge ihres Schleppguts präsentierte. Beide Pupillen waren von sinnlichem Kornblumenblau, der kräftigen Farbschattierung sauerstofflosen Bluts. (Und Gott sprach: »Laßt mich Wikingeraugen haben.«) Er schaltete die Kamera ein. Allmählich erschien das Motiv im Sucher: Ein ängstlicher Matrose stand am uferartigen Rand der wäßrigen Hornhaut auf Posten, beobachtete den Himmel, das Raketenstartgerät schußbereit, nach kamerunischen Geiern. Dahinter erstreckte sich ausgedehnt Sein breites, starres Lächeln, jeder sichtbare Zahn schimmerte im Sonnenschein wie ein Gletscher.

Zähne, Augen, Hände, Keimdrüsen – es gab soviel zum Nachdenken, und dennoch schweiften Thomas' Erwägungen ständig zu den im Moment der Sicht entzogenen Körperteilen ab. Kräuselte sich das Haar im Uhrzeigersinn, wie beim Menschen? Hatte Gott Schwielen an den Händen? Erlaubte die Verfassung der Backenzähne auf eine bestimmte Ernährungsweise zu schließen? (In Anbetracht der verbreiteten Beliebtheit der Tieropfer im Alten Testament mußte es als unwahrscheinlich gelten, daß er Vegetarier gewesen war.) War irgend etwas auffällig an seiner Kehrseite, die in Exodus 33,23 so rätselhafte Erwähnung fand?

»Und dann ist ja die Frage nach dem Warum noch völlig offen«, rief Miriam durch die Klänge von *Also sprach Zarathustra*. »Hast du 'ne Theorie, Tom?«

Thomas betätigte die Handicam, bannte Gottes blinde Augen und das starrkrampfhafte Lächeln auf Videoband. »Ich habe vor, heute abend meine Gedanken zu ordnen und Rom darüber zu informieren. Vom Gefühl her bin ich der Ansicht, es war ein empathischer Tod. Er ist am furchtbaren Ablauf des zwanzigsten Jahrhunderts gestorben.«

Zum Zeichen der Zustimmung nickte Miriam. »Wir haben ihn in der neueren Geschichte hundert Millionen Mal getötet, nicht wahr? Und uns nicht einmal die Mühe gemacht, die Leichen zu verstecken.«

Was für einen scharfen, verständigen Geist sie hat, dachte Thomas. »›Nicht einmal die Mühe, die Leichen zu verstecken‹«, wiederholte er. »Hättest du etwas dagegen, wenn ich dich in meinem Fax an Kardinal di Luca zitiere?«

»Im Gegenteil, ich würde mich geschmeichelt fühlen«, antwortete die Nonne und lächelte erregend. Sie hatte ebenso makellose Zähne wie Gott; das bedeutete eigentlich keine Überraschung, da sich die Besitzlosigkeit der Karmeliterinnen zwanglos mit Adrettheit paarte: Armut mit Zahn-Vorsorgeplan.

Miriam schwang sich vom Beifahrersitz, umrundete die teerige Oberfläche eines Mitessers und stellte sich selbstbewußt an Thomas' Seite. Ihre Kluft, mußte er sich eingestehen – Schutzhelm, Arbeitshose aus grobem Kattun, mit Knöpfen eng geschlossene Safarijacke –, verursachte ihm einen gewissen Sinnenkitzel.

Während seiner gesamten Jugend hatte Thomas die verwaschene Vorstellung gehabt, es gäbe, höbe man einer Nonne die Kutte, darunter nichts zu sehen. Wie falsch er damit doch gelegen hatte. Der Kattunstoff klebte ihr an Hüften, Schenkeln und Waden, zeichnete ihre Umrisse so deutlich ab wie in *Der Unsichtbare* das Schneetreiben die Gestalt des im Sterben liegenden Claude Rains.

»Der tolle Mensch sprang mitten unter sie und durchbohrte sie mit seinen Blicken«, rezitierte Miriam einen bekannten Abschnitt aus *Die fröhliche Wissenschaft*. »›Wohin ist Gott?‹« rief er. »›Ich will es euch sagen! Wir haben ihn getötet – ihr und ich! Wir alle sind seine Mörder!‹«

»›Aber wie haben wir dies gemacht?‹« setzte Thomas die Passage fort. Anscheinend führte heute an Nietzsche kein Weg vorbei: *Zarathustra* von der Musikkassette, *Die fröhliche Wissenschaft* im Mund. »›Wie vermochten wir das Meer auszutrinken?‹« Er schaltete die Handicam ab. »›Wer gab uns den Schwamm, um den ganzen Horizont wegzuwischen?‹«

Gemeinsam kehrten sie zum Wrangler um, fuhren die Neigung der westlichen Nasenseite hinab und suchten mit dem Fahrzeug einen Weg durch die Behaarung der linken Wange. Die Bartspitzen waren zu einer Art von Fischernetz geworden, einer ausgedehnten, natürlich gewachsenen Reuse, auf die die viel auf Seereise unterwegs gewesenen Apostel vielleicht neidisch gewesen wären: Beachtliche Mengen von Barschen, Schweins- und Schwertfischen hatten sich darin verfangen. Der Wrangler holperte und schlingerte, hielt aber die Fahrtrichtung, pflügte sich ostwärts in den Oberlippenbart.

Vor ihnen klaffte ein doppelter Höhleneingang, das Paar weiter, tiefer Stollen, durch das ihr Schleppgut einst geatmet und geniest hatte.

»Um angesichts dermaßen vieler Fragen ehrlich zu sein« – Miriam blickte in die feuchten Höhlungen –, »ich erfahre schon mehr, als mir lieb ist.«

»Ja, so ist es«, sagte Thomas und verzog das Gesicht. Schleimtümpel, Findlinge aus getrocknetem Rotz, Nasenhaar mit dem Durchmesser von Obelisken: Das war nicht der Herr der Heerscharen, mit dem sie aufgewachsen waren. »Aber wir können nicht fort. Unsere Aufgabe ist noch unerfüllt.« Kraftvoll drehte er das Lenkrad, schaltete den Wrangler in den Rückwärtsgang und bugsierte ihn mit der Heckstoßstange an die hohe Steilwand zwischen Oberlippe und linker Nasenöffnung. Er beugte sich aus dem Seitenfenster und putzte vom Meer heraufgewehte Gischt vom Rückspiegel, einem an rostigen Aluminiumstangen montierten Rundspiegel in der Größe eines Untertellers. »Ich führe einen zusätzlichen Test durch«, erklärte er.

»Hoffnung besteht immer, nehme ich an.«

»Immer«, bekräftigte Thomas halblaut, allerdings ohne sonderliche Überzeugung.

Zusammen beobachteten sie den Spiegel, betrachteten ihn mit der gleichen optimistischen Unverzagtheit, wie der Prophet Daniel das *Mene mene tekel upharsin* an der Mauer erscheinen gesehen haben mochte. Die minimalste Trübung hätte ihre Hoffnung befriedigt; das leiseste Beschlagen, die geringfügigste Andeutung eines Dunsts.

Nichts. Wie zum Hohn blieb die Glasfläche klar, geradezu widerwärtig rein. Gott war, sagte der Spiegel, wirklich tot.

Miriam nahm Thomas' Hand, preßte sie dermaßen fest zwischen ihren Handtellern, daß sich das Blut in seinen Fingerkuppen staute. »Und dann stehen wir nun natürlich vor der schwierigsten aller Fragen.«

»Welcher?«

»Wenn er jetzt tot ist, tatsächlich tot, kein Gericht mehr hält, keine Bestrafung vorbereitet, und wir es *genau wissen*« – die Nonne schmunzelte Thomas schüchtern zu – »wieso sollten wir uns noch scheuen zu sündigen?«

26. Juli
Breite: 25°8'N. Länge: 20°30'O. Kurs: 358. Geschwindigkeit: Lumpige 6 Knoten. Wir umschiffen die große Ausbuchtung Nordwestafrikas, befinden uns in Gegenrichtung zu dem Kurs, den Herzog Heinrich der Seefahrer, Infant Portugals, ab 1455 von Portugal aus bei seinen überaus mutigen Seereisen fuhr. Falls mein Alter in seinem Vorleben Christoph Kolumbus war, bin ich vielleicht Heinrich der Seefahrer gewesen. Als der Herzog umnachtet verstorben war, entkleideten Freunde seine Leiche und stellten fest, daß er ein härenes Hemd trug.

Der Plan, den ich ersonnen habe, ist von umwerfend naheliegender Natur. Spitzt du die Ohren, Popeye? Erst lasse ich den Ballast der *Valparaíso* ab. Den ganzen Ballast, die 60 000 t, die wir im New Yorker Hafen aufgenommen, und auch die 15 000 t, die wir bisher zum Ausgleich des verbrauchten Treibstoffs nachgepumpt haben. Und dann – das ist der geniale Teil der Idee – ersetzen wir alles durch Sein Blut.

Denk dir nur, eine einfache, gewöhnliche Pumpaktion, und wir haben das Schleppgewicht um 15 % reduziert. Nach Crock O'Connors Berechnungen können wir danach beide Maschinen gleichmäßig mit 85 rpm, eventuell sogar 90 rpm laufen lassen.

Wie erwartet hatte Pater Ockham allerdings Einwände.

»Nach Ablassen des Ballasts wären wir weitgehend dem Driftverhalten des *Corpus Dei* ausgeliefert«, gab er, ganz Physikprofessor, zu bedenken. »Kommt starker Wind auf, könnten wir leicht um hundert Seemeilen vom Kurs abgetrieben werden.«

»Wir führen es wie eine Transfusion durch«, erläuterte ich mein Vorhaben. »Während das Wasser aus den Ballasttanks fließt, strömt das Blut in die Frachträume. Dadurch bleiben wir ständig in der Trimmung.«

»Sie meinen, Sie wollen das flüssige Wesen unseres Schöpfers in Ihre schmutzigen Ladungstanks füllen?«

Ich beschloß, mich mit der Antwort an die Wahrheit zu halten, obwohl ich absah, was nachfolgen mußte. »Nun ja, Thomas, so könnte man es ausdrücken.«

»Da müssen wir erst in Rom anfragen.«

»Nein, ach was.«

»Doch, unbedingt.«

Keine Stunde verstrich, bis Rom uns seinen Willen mitteilte.

Die Synode hat einen Beschluß gefaßt, benachrichtigte uns ein gewisser Kardinal Tullio di Luca. *Unter gar keinen Umständen darf Sein Blut durch weltliches Öl verunreinigt werden. Sie müssen die Ladungstanks vor dem Umpumpen gründlich sauberputzen.*

»Sie *putzen*?« stöhnte ich. »Das dauert zwei Tage.«

»Dann fangen wir am besten sofort an«, sagte der Pater, der gleichzeitig lächelte und unfroh dreinschaute.

Essen Sie mehr Joghurt, hatte Neil Weisingers Arzt ihm nach Abwägen der Krämpfe, des Durchfalls und der allgemeinen Flauheit geraten, die kurz nach Neils zwanzigstem Geburtstag hartnäckig seinen Magen plagten. Joghurt, hatte Dr. Cinsavich erklärt, erhöhte die Anzahl der acidophilen Bakterien und verbesserten dadurch die Verdauung. Bis zu der Stunde, als er das erfuhr, war sich Neil überhaupt nicht darüber im klaren gewesen, daß es in seinem Bauch von Bakterien wimmelte, geschweige denn, daß die Viecher eine nützliche Funktion ausübten. Also versuchte er es mit vermehrtem Joghurt-Verzehr, und obwohl diese Methode ihm nicht half (in Wahrheit litt er nämlich an Milcheiweißunverträglichkeit, einem Übel, dem er schließlich durch Verzicht auf Molkereiprodukte abhalf), blieb dank der erhaltenen Informationen doch ein hoher Respekt vor seinem inneren Ökosystem zurück.

Noch vier Jahre nach seinem Besuch bei Dr. Cinsavich konnte sich Neil, während er an Bord der SS *Karpag Valparaíso* in Zentraltank Nr. II hinabstieg, lebhaft mit dem mikrobischen Proletariat identifizieren, das sich in ihm tummelte. Sie war Mikrobentätigkeit, diese unschöne, stinkige Arbeit, das Innere des Schiffs zu säubern, für den Empfang von Gottes Blut vorzubereiten. Obwohl die Waschanlage ausgezeichnete Vorarbeit geleistet, die größten Teerreste aufgelöst und fortgespült hatte, blieb hinsichtlich einer endgültigen Reinigung noch viel zu tun, zähe Brocken asphaltischer Rückstände klebten wie riesige Klumpen ausgespuckten Kaugummis an Leitern und Laufstegen. Neben sich Leo Zook, kletterte er Sprosse um Sprosse allmählich bis unter die Klüsenrohre und die Höchstlademarke hinunter, bis unter die Höhe des Meeresspiegels: immer, immer tiefer in den Rumpf hinab. Beim Hinuntersteigen kratzten sie mit Schabern den Unrat ab und füllten ihn in den großen Stahlmülleimer, der zwischen ihnen an einer Kette baumelte. Wenn der Eimer voll war, sagten sie über Sprechfunk Eddie Wheatstone auf dem Wetterdeck Bescheid, und er hievte den Behälter hinauf.

Großvater Mosche hätte zweifellos selbst in dieser Plackerei Befriedigung gefunden. Der Alte hatte Rohöl ernsthaft geschätzt. »Öl ist ein flüssiges Fossil«, hatte er einmal seinen zehnjährigen Enkel belehrt, während sie in Baltimore auf der Hafenmole standen und einen Supertanker am Horizont vorübergleiten sahen. »Erinnerungen an das Perm, Botschaften aus der Kreidezeit, alles zerquetscht, erhitzt und versaftet, genau wie Marmelade. Das Schiff ist ein Kübel voller Erdgeschichte, Neil. Es hat verflüssigte Dinosaurier geladen.«

Mit Zook allein zu sein, verschlimmerte die Sache um so mehr. In den letzten Tagen hatte die Frömmigkeit des Protestanten eine wirklich widerliche Tendenz angenommen, war zu unverhohlenem Antisemitismus abgesunken. Gewiß, sein Gemüt war völlig verstört, er litt Seelenqualen, sein Weltbild hing schief. Aber das konnte keine Entschuldigung sein.

»Bitte, du mußt mich richtig verstehen, ich glaube nicht, daß *du persönlich* irgendwie für das Schreckliche, das passiert ist, verantwortlich bist«, faselte Zook, dem Schweiß unterm Schutzhelm hervorlief und übers sommersprossige Gesicht rann.

»Das ist sehr gütig von dir«, frotzelte Neil. In dem gewaltigen Hohlraum hallte seine Stimme enorm, erzeugte Echos von Echos von Echos.

»Würde ich mit dem Finger auf andere Leute zeigen, was an sich gar nicht meine Art ist, aber würde ich's tun, könnte ich nur eines sagen: ›Ihr habt Gott schon mal umgebracht, also seid ihr's vielleicht *diesmal* auch gewesen.‹«

»Leo, ich habe keine Lust, mir solchen Scheißdreck anzuhören.«

»Ich meine nicht dich persönlich.«

»O doch, du meinst mich.«

»Ich spreche über Juden im allgemeinen.«

Während der ersten Stunde im Tank hatte ihnen die Mittagssonne den Abwärtsweg erhellt, strahlend-goldgelbe Lichtschwaden waren durchs offene Luk herabgefallen; fünfzehn Meter tiefer jedoch mußten sie die auf die Schutzhelme genieteten Batterielampen anknipsen. Die Lichtkegel reichten knapp über drei Meter weit, dann zerstreuten sie sich im Dunkeln, wurden von der Finsternis verschlungen. Schleim sickerte in Neils Rachen; er rotzte und spie aus. Als Unterwasserbergmann mußte er hier schuften, so war es. Warum blieb er nur ein derartiger Pechvogel? Weshalb mußte er ein dermaßen niedriges Leben führen?

Schließlich gelangten sie auf den Boden. Eine reihenweise Anordnung hoher Stahltrennwände ging vom Binnenkiel aus, unterteilte den Tank in zwanzig stockfinstere Kompartimente, jedes so groß wie eine Doppelgarage. Neil hakte den Eimer von der Kette und atmete tief ein. So weit, so gut: kein Geruch nach Kohlenwasserstoff. Er nahm das Walkie-talkie vom Werkzeuggürtel.

»Hörst du uns, Bootsmann?« funkte er Eddie an.

»Bestens. Wie ist die Luft da unten?«

»Unbedenklich, glaube ich, aber halt dich trotzdem auf 'm Sprung, um uns hochzuhieven, klar?«

»Verstanden.«

Den Mülleimer in der Hand machte sich Neil an die Inspektion, kroch durch die in die Schotts geschnittenen, sechzig Zentimeter durchmessenden Auslässe, Zook dicht hinter sich, von einem ins andere Kompartiment. 1 war sauber. In 2 gab es kein einziges Fleckchen. In 3 hätte man vom Boden essen, in 4 Getränke von den Wänden lecken können. Kompartiment 5 erwies sich als am saubersten, weil sich dort die Waschanlage befand, eine über sechs Meter hohe, kegelförmige Apparatur aus Schläuchen und Düsen. Schließlich fanden sie in Kompartiment 6 etwas Entfernungsbedürftiges, ein erhärtetes Klümpchen Öl, das an einem Haltegriff pappte. Sie streiften es in den Eimer und setzten die Schmutzsuche fort.

Das Unglück nahm seinen Lauf, als Neil Kompartiment 7 betrat. Zuerst gewahrte er nur den Mief, den grauenvollen Gestank einer geplatzten Gasblase, der ihm in die Nase drang. Dann kribbelte es in seinen Fingerspitzen, und er sah Erscheinungen vor Augen: silbrige Feuerräder, rote Mandalas, Kometen. Sein Magen schien sich abzulösen und nach unten zu sacken.

»Gas!« schrie er in den Sprechfunkapparat. Mit Sicherheit hatte die unselige Blase monatelang hier gelauert, das Gas im Gefängnis der eigenen Haut gewartet, und jetzt war sie durch Neils Schritte geplatzt, die Bestie frei. »Gas!«

»Herr Jesus!« gellte Zooks Stimme.

»Gas!« heulte Neil ein drittes Mal. »Eddie, wir haben hier unten Gas!« Er schaute nach oben. Das Luk, sechzig Meter hoch über ihren Köpfen, schien zu driften, gleißte in der verpesteten Luft wie ein Vollmond. »Laß die Atemschutzgeräte runter, Eddie! Kompartiment sieben.«

»Barmherziger Jesus!«

»Gas! Kompartiment sieben. Gas!«

»Herrgott noch mal!«

»Ruhe bewahren, Jungs!« knisterte Eddies Stimme aus dem Walkie-talkie. »Die Sauerstoffmasken kommen.«

Beiden Seeleuten trieften die Augen, die Tränendrüsen verfielen in wahre Krämpfe, salziges Naß lief ihnen über die Wangen. Neil bekam eine Gänsehaut, in seinen Gliedmaßen breitete sich Taubheit aus. Ihm juckte die Zunge.

»Schnell!«

Zook legte den Daumen an die Handfläche, streckte nacheinander die übrigen Finger. Eins... zwei... drei... vier.

Vier Minuten. Man lernte es schon während der Seemannsausbildung. Ein Matrose, der auf dem Grund eines Tanks in Gasdunst geriet, hatte noch vier Minuten zu leben.

»Sie kommen«, röchelte der Protestant, als ob er an den Wörtern erstickte.

»Die Sauerstoffgeräte, ja«, stimmte Neil zu, griff unsicher in die Seitentasche des Overalls. Es schien, als hätten seine Hände inzwischen ein eigenes Leben, sie schlotterten wie epileptische Krebse.

»Nein, die Reiter«, keuchte Zook, der noch immer die vier Finger emporhielt.

»Reiter?«

»Die vier Reiter der Apokalypse. Seuchen, Hunger, Krieg und Tod.«

Gerade als Neil die Ben-Gurion-Medaille aus der Tasche zerrte, schoß ihm halbverdautes Hähnchenklein die Speiseröhre herauf. Er übergab sich in den Mülleimer. Was war das bloß für ein Schiff? Die *Karpag Valparaíso*? Ach was. Die *Argo Lykes*? I wo. Etwa das Trampschiff, mit dem Erster Offizier Mosche Weisinger fünfzehnhundert Juden nach Palästina befördert hatte? Nein, es war überhaupt kein Frachter. Sondern etwas anderes. Ein schwimmendes Konzentrationslager. Ein Birkenau mit Steuerruder. Neil war in eine unterseeische Gaskammer gesperrt worden, und der Kommandant ließ Zyklon B einströmen.

»Tod«, wiederholte er, als ihm die Ben-Gurion-Medaille entfiel. Das Bronzescheibchen prallte vom Eimerrand ab und klirrte auf den Stahlboden. »Tod durch Zyklon B.«

»Hä?« ächzte Kommandant Zook.

Neils Hirn, so schien es, hatte sich in die Luft erhoben, schwebte außerhalb des Schädels, gaukelte am Oberende der Wirbelsäule wie aufgeblasene Sülze. »Ich weiß, was Sie vorhaben, Kommandant. ›Treibt die Häftlinge in die Dusche! Füllt das Zyklon B ein!‹«

Wie Spinnen an Silberfäden sauste vom Wetterdeck ein Paar Atemschutzgeräte herab. Hellorange glänzten die Sauerstoffbehälter im Lichtkegel aus Neils Helmlampe. Wild wackelten die schwarzen Masken und blauen Schläuche, verschlangen sich umeinander. Neil sprang vor, krümmte die gefühllosen Finger und enthedderte das Gummigewirr.

»Zyklon *was*?« fragte Zook.

Neil bekam eine birnenförmige Atemmaske in die Hände. In rasender Hast schlang er die Gummigurte um den Kopf. Er tastete nach dem Ventil, umklammerte es, drehte das Handgelenk. Es klemmte. Er versuchte es noch einmal. Es klemmte. Ein drittes Mal. Es bewegte sich. Einen Zentimeter. Zwei. Luft! Neil schloß die Lider, atmete gierig, saugte durch Mund, Nase, Poren köstlichen Sauerstoff ein. Luft, herrlicher Sauerstoff, der wie eine unsichtbare Breipackung seinem Gehirn das Gift entzog.

Er schlug die Augen auf. Kommandant Zook hockte auf dem Fußboden, seine Haut war weiß wie ein Champignon, mit gespitzten Lippen ächzte er vor sich hin. Mit einer Hand preßte er sich die Atemmaske aufs Gesicht. Die andere Hand umkrallte das Ventil auf der Sauerstoffflasche, als wollte eine Riesenzecke Blut abzapfen.

»Hilf mir ...«

Neil brauchte mehrere Sekunden, bis er Zooks Situation begriff. Der Nazi war gänzlich erstarrt, gelähmt durch eine entsetzliche Verbindung aus Hirnbeeinträchtigung und Furcht.

»Seuchen«, sagte Neil. Er humpelte er zu Zook, schleifte den Sauerstoffbehälter nach.

»Bi-bitte ...«

Ein Gefühl des Freiseins durchjagte ihn wie die plötzliche Wirkung von Kokain. YHWH wachte nicht mehr. Keine Augen beobachteten Neil. Er durfte tun, was ihm paßte. Er konnte dem Kommandanten das Ventil öffnen – oder den Sauerstoffschlauch entzweischneiden. Ihm Sauerstoff aus dem funktionierenden

Atemschutzgerät zuführen – oder ihm ins Gesicht spucken. Alle durfte er tun. Oder nichts.

»Hunger«, krächzte Neil.

Das Stöhnen des Kommandanten verstummte. Sein Kinn erschlaffte. Seine Augen wurden stumpf und milchig, als wären sie aus Quartz.

»Krieg«, raunte Neil dem Leichnam Leo Zooks ins Gesicht.

Er klaubte sein Schweizer Armeemesser aus der Brusttasche, drückte den Daumennagel in die Kerbe der Speerspitzenklinge, klappte sie heraus. Fest umklammerte er den roten Messergriff, stach zu; die Schneide zertrennte das Gummi so mühelos, als wäre es Seife. Er lachte laut, schwelgte in seiner Freiheit, brachte dem Sauerstoffschlauch des Nazis einen langen, gezackten Einschnitt bei.

»Tod.«

Neil kauerte neben dem Erstickten, trank wundervollen Sauerstoff und lauschte dem gedämpften, gleichmäßigen Hufschlag, mit dem sich die Reiter der Apokalypse entfernten.

SEUCHE

Zu erfahren, daß die als Illusion erachtete Gottheit des Judäo-Christentums tatsächlich einmal Himmel und Erde beherrscht, die Realität gelenkt und die Bibel diktiert hatte, bedeutete für Oliver Shostak die schlimmste Erfahrung seines Lebens. Auf der Stufenleiter seiner Enttäuschungen übertraf es bei weitem den schon mit fünf Jahren gezogenen Schluß, daß es sich beim Weihnachtsmann um krassesten Schwindel handelte, die mit siebzehn Jahren gemachte Entdeckung, daß sein Vater heimlich das Mädchen fickte, das die Weimaraner-Vorstehhunde der Familie Gassi führte, und sogar die ihm am zweiunddreißigsten Geburtstag, als er die Kuratorin der Galerie Castelli in SoHo gebeten hatte, die Glanzstücke seiner abstrakt-expressionistischen Periode auszustellen, widerfahrene Zurückweisung. (»Der große Nachteil dieser Bilder ist«, hatte die bockige alte Krähe erklärt, »daß sie nichts taugen.«) Aber die bitteren Früchte der gerade durch Pamela Harcourts vorgenommenen Exkursion ließen sich nicht leugnen: ein Dutzend Farbfotos einer riesigen, auf den Fluten ausgestreckten Männergestalt mit grinsendem Gesicht, den ein Supertanker an den Ohren nordwärts durch den atlantischen Ozean zerrte. Die Vergrößerungen, 30×40 Zentimeter, hingen jetzt wie

Ahnenporträts im Westsaal Montesquieu Halls – und auf gewisse Weise waren sie wirklich Porträts eines Ahnen.

»Unsere Taten der vergangenen Tage sind, wenn ich's mal so mythologisch formulieren darf, herkulischer Natur gewesen«, begann er seinen Bericht, ehe sich sein hageres Gesicht zu einem Gähnen verzog. »Zu unserer Erkundungsreise gehörten Zwischenstops in Asien, Europa, Nahost...«

Oliver konzentrierte sich auf die Vergrößerungen. Sie kotzten ihn buchstäblich an. Keine Feministin, die man zwang, ein Linda-Lovelace-Filmfestival durchzustehen, hätte stärkeren Widerwillen empfinden können. Dennoch weigerte er sich, eine Niederlage einzugestehen. Vielmehr hatte er nach Erhalt von Pamela Harcourts unerfreulicher Nachricht aus Dakar umgehend Maßnahmen veranlaßt und ein *Ad-hoc*-Komitee unter Barclay Cabots Leitung auf Blitz-Weltreise geschickt.

Winston Hawke verschlang ein Petitis fours und wischte sich die Hand am Trotzki-T-Shirt ab. »Nach achtundvierzig Stunden unermüdlicher Anstrengungen muß unsere Abordnung leider ein ernüchterndes Ergebnis präsentieren.«

Barclay Cabot stand auf und zog ein Notizblatt aus der Tasche seiner Strickjacke. »Wir sind als Vertreter einer fremden Regierung vorstellig geworden, die verhindern möchte, daß ihre Finanzmittel in die falschen Hände fallen...«

»Des eigenen Volks beispielsweise«, unterbrach ihn Winston Hawke.

»... und haben erfahren, daß man heutzutage nahezu jede beliebige Massenvernichtungstechnik beliebig erwerben kann. Im einzelnen« – Cabot heftete den Blick auf das Notizblatt – »war das französische Verteidigungsministerum ohne weiteres dazu bereit, uns ein mit achtzehn aus dem Bug verschießbaren Torpedos bewaffnetes Kriegsmarine-Unterseeboot der *Robespierre*-Klasse zu vermieten. Vom iranischen Außenministerium haben wir ein Angebot über fünfunddreißig Millionen Liter aus Vietnam übriggebliebenen Napalms erhalten, das der Iran neunzehnhundertsechsundsiebzig vom amerikanischen Geheimdienst CIA erworben hat, dazu zehn F-Fünfzehn-*Eagle*-Kampfflugzeuge als geeignete Waffenträger. Von der argentinischen Marine ist uns ein Zweimonatsleasing des Schlachtschiffs *Evita Perón* angeboten worden, und bei sofortigem Abschluß des Pachtvertrags hätten wir als Bonus sechzigtausend Schuß Munition bekommen. Und schließlich hätte uns die Volksrepublik China, wäre die Bezugsquelle unsererseits geheimgehalten worden, gegen eine ›Pauschale‹ eine taktische Atomwaffe mitsamt einem Trägersystem unserer Wahl überlassen.«

»Diese sämtlichen Angebote sind jedoch in dem Moment zurückgezogen worden, als klar wurde, daß wir in Wahrheit keine fremde Regierung vertreten.« Hawke suchte sich ein zweites Petits fours aus. »Es sei unmoralisch, hieß es, und hätte eine destabilisierende Wirkung, derartige Waffentechnik Privatleuten zur Verfügung zu stellen.«

»Eine gegenteilige Meinung hatte ausschließlich eine Privatvereinigung, nämlich der Amerikanische Bundesverband der Waffenbesitzer«, sagte Cabot. »Aber was er uns verkaufen wollte – vier M-Einhundertzehn-Haubitzen und sieben funkgelenkte TOW-Raketen –, ist für unsere Zwecke nutzlos.«

Oliver gab ein leises Stöhnen von sich. Er hatte sich ermutigendere Neuigkeiten erhofft, nicht nur, weil er Cassandra, deren Fax eindeutig einen nur zwischen den Zeilen lesbaren Text enthielt – *Bewähre dich*, forderte sie ihn unausgesprochen auf, *beweise mir, daß du ein wirklich fähiger Mann bist!* –, zu beeindrucken wünschte, sondern auch, weil er dem Menschengeschlecht tatsächlich ein weiteres Jahrtausend theistischer Ignoranz und geistlosen Aberglaubens zu ersparen beabsichtigte.

»Also sind wir angeschmiert?« fragte Pamela Harcourt.

»Einen Hoffnungsstrahl gibt's noch«, versicherte Hawke, während er das kleine Törtchen verzehrte. »Heute nachmittag hatten wir ein Gespräch mit ...«

Der Marxist verstummte mitten im Satz, und zwar aus Erschrecken über Sylvia Endicotts plötzliches Aufspringen, einem so ruckartigen Aufschießen aus dem Empire-Polstersessel, als wären unversehens dessen Stahlfedern durch den Bezug hervorgestochen. »Habe ich eigentlich irgend etwas überhört?« erkundigte sich die alte Dame mit gedämpftem Zischeln. »Habe ich bei einer wichtigen Versammlung gefehlt? War ich zur Zeit einer Sondersitzung verreist? Wann haben wir denn diese Sabotageplanung überhaupt beschlossen?«

»Formell ist darüber nicht abgestimmt worden«, konzedierte Oliver. »Aber der einhellige Wunsch nach einer solchen Maßnahme war ja wohl nicht zu übersehen.«

»*Mein* Wunsch geht nicht dahin.«

»Und was schlägst du statt dessen vor, Sylvia?« knurrte Pamela Harcourt. »Dazusitzen und nichts zu tun?«

»Von einem Mausoleum auf den Svalbard-Inseln kann man auf keinen Fall einen endgültigen Verbleib erwarten«, sekundierte Meredith Lodge hastig. »Meine Güte, es wäre geradeso unsicher wie die Cheops-Pyramide.«

»Entsorgung ist die einzige Lösung«, rief Rainsford Fitch.

Mit zutiefst düsterer Miene schlurfte Sylvia Endicott zur am Kamin aufgestellten Büste Charles Darwins.

»Unterstellen wir einmal für den Moment, daß die *Valparaíso* wirklich im Schlepp hat, was Cassie Fowler behauptet«, meinte sie. »Sollten wir dann nicht gemeinsam den Mut oder wenigstens den schlichten Anstand aufbringen zu gestehen, daß wir uns all die Jahre lang *geirrt* haben?«

»Geirrt?« wiederholte Rainsford Fitch.

»Jawohl, *geirrt*.«

»Das ist eine ziemlich weitgehende Formulierung«, wandte Barclay Cabot ein.

»Wahrscheinlich ist es an der Zeit, unsere Vereinssatzung zu überarbeiten«, gab Taylor Scott zu, paffte an einer türkischen Lulle, »aber wir sollten das Kind nicht mit dem Bad ausschütten. Die theistische Welt war ein Alptraum, Sylvia. Hast du die Hexenverfolgungen der Renaissance vergessen?«

»Aber wir verhalten uns *unehrlich*.«

»Den Prozeß gegen Galilei? Das Massaker an den Inkas?«

»Ich habe nichts davon vergessen, aber ebensowenig lasse ich die wissenschaftliche Neugier außer acht, die als das *Sine qua non* unserer Vereinigung gilt.« Sylvia Endicott zog sich den Wollschal enger um die Schultern, ihren hauptsächlichen Schutz gegen den künstlichen Winter, der in den Mauern Montesquieu Halls klirrte. »Wir sollten den Leichnam *untersuchen* und nicht unter den Teppich kehren.«

»Betrachten wir den Fall mal unter anderem Gesichtspunkt«, entgegnete Winston Hawke. »Sicher, irgendeine Art ungewöhnlich großen Wesens wird gegenwärtig zur Arktis geschleppt, und von uns aus soll es ruhig der Schöpfer sein, der die Sterne an den Himmel gehängt, die Erde geschaffen und aus Erde Adam gemacht hat. Aber beweist das, daß es *Gott* ist? Der

Ewige und Allmächtige? Das Alpha und Omega? In erster Linie ist es *tot*, herrje. Was soll das für ein ›Höchstes Wesen‹ sein, das es so weit kommen läßt, daß es irgendwann mausetot auf dem Meer treibt?«

»Das kann nur ein falsches ›Höchstes Wesen‹ sein«, schlußfolgerte Fitch.

»Ganz genau«, bekräftigte Hawke. »Eine Fälschung. Betrug, Schwindel. Natürlich besteht das Problem darin, daß Logik auf die leichtgläubigen Massen keinen Eindruck macht. Ein Relikt dieser Sorte dient ihr bloß zur Untermauerung ihres Glaubens. Ergo muß dieser Nichtgott-Gott im Interesse der Allgemeinheit und im Namen des gesunden Menschenverstands aus der Welt verschwinden.«

»Winston, ich bin tief betroffen.« Die Arme verschränkt, richtete Sylvia Endicott ihren durchdringenden Blick streng auf den Marxisten. »Du redest vom gesundem Menschenverstand? ›Im Namen des gesunden Menschenverstands‹, sagst du? Man kann in deiner Einstellung keinerlei *Verstand* erkennen. Das ist atheistischer Fundamentalismus.«

»Wir wollen hier doch keine Wortklauberei betreiben.«

Sylvia Endicott zerrte sich den Schal herunter, hinkte in den Flur und riß die Haustür auf. »Liebe Vereinsfreundinnen und -freunde, ihr laßt mir keine Wahl!« zeterte sie, während die Julihitze ins eisige Haus schwallte. »Die Ehre gestattet mir nur einen gangbaren Weg – ich muß aus der Philosophischen Liga für moderne Aufklärung austreten.«

»Reg dich ab, Sylvia«, riet Pamela Harcourt.

Die alte Dame trat hinaus in den feuchtschwülen Abend. »Habt ihr mich verstanden, ihr intellektuellen Pharisäer?« keifte sie über die Schulter. »Ich erkläre meinen Austritt. Unwiderruflich.«

Olivers Magen krampfte sich zusammen. Ihm wurde

die Kehle trocken. Gottverdammt noch mal, in gewisser Hinsicht war Sylvias Argument durchaus stichhaltig.

»Erinnere dich an die Plünderung Jerusalems!« schrie Winston Hawke ihr nach, als die Haustür zuknallte.

»Und die Belagerung Belfasts!« brüllte Rainsford Fitch.

»Das Gemetzel an den Hugenotten!« heulte Meredith Lodge.

Ein Argument – aber *mehr* hatte sie *nicht* vorzuweisen, befand Oliver. Ein rein akademisches Argument, und unterdessen war die Kacke am Dampfen.

»Laßt uns mal Näheres über den erwähnten Hoffnungsstrahl hören«, verlangte Pamela Harcourt.

Barclay Cabot schlenderte zum Kamin, wärmte sich am Züngeln der Flammen die Hände. »Wahrscheinlich habt ihr noch nie von Pembroke und Flumes Zweiter-Weltkrieg-Militärdrama-Gruppe gehört, aber der Name entspricht im großen und ganzen ihrem Hobby. Die Gründer sind zwei ehrgeizige junge Veranstalter, die eingemottete B-Siebzehn-Bomber, Kriegsschiffe und ähnliches aufkaufen, hungerleidende Schauspieler, arbeitslose Matrosen und pensionierte Kampfflieger anwerben, um irgendwo auf der Welt die bedeutendsten Schlachten zwischen Achse und Alliierten nachzuspielen.«

»Vergangenen Sommer haben Pembroke und Flume in der Wüste Arizonas – als Ersatz für Tunesien – Rommels Afrikafeldzug neuinszeniert«, erzählte Winston Hawke, indem er sich zu Cabot an den Kamin gesellte. »Im Winter davor war's in den Catskill-Bergen die Ardennenoffensive. Dieses Jahr ist zufällig der fünfzigste Jahrestag der Schlacht von Midway, darum ist ein Hollywood-Kulissenfabrikant mit der kompletten Rekonstruktion des Stützpunkts Martha's Vineyard aus Styropor und Sperrholz beauftragt worden. Am ersten

August sollen Dutzende alter japanischer Kampfflugzeuge von dreiviertelgroßen Glasfaser-Nachbauten der Flugzeugträger *Akagi, Soryu, Hiryu* und *Kaga* starten und den Stützpunkt zu Klump bomben. Am nächsten Tag ist vorgesehen, daß eine Staffel Sturzkampfbomber von dem alten amerikanischen Flugzeugträger *Enterprise* aufsteigt, dem Prunkstück in Pembrokes und Flumes' Sammlung, und alle vier japanischen Trägerschiffe versenkt.«

»Es ist insofern ein bißchen Pfusch dabei«, ergänzte Barclay Cabot ihn, »als in Wahrheit auch die Flugzeugträger *Yorktown* und *Hornet* Maschinen gegen die Japaner eingesetzt haben, aber Pembroke und Flume arbeiten auf der Grundlage eines Budgets. Allerdings verwenden sie scharfe Bomben. Das Publikum bekommt fürs Geld wirklich was zu sehen.«

»Brot und Spiele«, konstatierte Winston Hawke grinsend. »Nur im spätkapitalistischen Amerika, hm?«

»Der für uns maßgebliche Faktor ist, daß Pembroke und Flume nach der Midway-Reinszensierung in nächster Zeit keine Veranstaltungen planen«, stellte Cabot fest. »Deshalb dürften sie liebend gern einen Auftrag von uns annehmen.«

»Was für einen Auftrag?« fragte Meredith Lodge.

»Für eine zweite Wiederholung mit neuer Munition. Wir sind weitgehend sicher, daß ihre Sturzkampfbomber und Torpedoflugzeuge zusammen genug TNT aufbieten können, um Kapitän van Hornes Schleppgut zu versenken.«

Ein köstlicher Kitzel durchrieselte Oliver, während er sich von seiner Méridienne-Tagesliege erhob und den Aubusson-Teppich in die Richtung der Darwin-Büste überquerte. An dieser Midway-Version hatte er Gefallen. Sie gefiel ihm sogar sehr. »Was würden sie uns berechnen?«

»Wir haben beim Mittagessen ein paar grobe Zahlen

durchgekaut«, antwortete Winston Hawke, schaute auf eine zerknitterte Ansichtskarte. »Gehälter, Verpflegung, Benzin, Bomben, Anwaltskosten, Versicherungsbeiträge ...«

»Unterm Strich, meine ich.«

»Einen Moment ...« Hawkes Zeigefinger huschte über die Tasten seines Taschenrechners. »Sechzehnmillionenzweihundertzwanzigtausendsiebenhundertundfünfzig Dollar.«

»Meinst du, wir können den Preis auf fünfzehn Millionen runterhandeln?« fragte Oliver, fuhr mit dem Daumen über Darwins Marmorstirn, seine strenge Miene. Nicht daß die monetäre Differenz für ihn einen Unterschied bedeutet hätte. Wenn seine Schwester ihre Knete dafür vergeudete, Abraham-Lincoln-Memorabilien zu sammeln und sein Bruder den Zaster damit verschwendete, abstruse biografische Filme über Baseballstars zu drehen, brauchte er sich erst recht nicht zu scheuen, ein so förderungswürdiges Projekt zu finanzieren.

»Ich glaube, da bestehen gute Aussichten«, beteuerte Winston Hawke. »Ich will sagen, diese Scherzkekse *brauchen* die Flocken. Schließlich haben sie seit ihrer Pearl-Harbor-Reinszenierung nichts mehr am Arsch.«

28. Juli
Mitternacht. Breite: 38°6'N. Länge: 22°12'W. Kurs: 015. Geschwindigkeit: 6 Knoten. Windstärke 6 nach der Beaufort-Skala. Wir überqueren das Kap-Verde-Becken in nördlicher Richtung, die Kanarischen Inseln liegen steuerbords, die Azoren voraus, und der Kleine Bär steht direkt über uns.

Heute nachmittag haben wir mit einer Aneinanderkopplung mehrerer Saugpumpen – ›die größten Spritzennadel der Welt‹ nannte Crock O'Connor sie – die rechte Halsschlagader anzustechen versucht. Heraus kam eine Pleite. Drei Meter unter der Oberhaut ist der *Corpus Dei* hart wie Eisen. Es wäre leichter, mit einer Banane einen Fußball zum Platzen zu bringen.

Vorausgesetzt daß es zwischenzeitlich keine Meuterei gibt, nehmen wir morgen einen zweiten Versuch vor.

Du glaubst, ich spaße, was die Meuterei betrifft, Popeye? O nein.

An Bord der *Karpag Valparaíso* ereignen sich allerlei Seltsamkeiten. Jedesmal wenn Bud Ramsey eine Runde Poker veranstaltet, betrügt ein Mitspieler, und das Kartenspiel entartet zur blutigen Schlägerei. An den Schotts tauchen schneller Graffitti auf, als ich ihre Entfernung per Sandstrahlgebläse anordnen kann: JESUS WAR EIN EGOWIXER und Schlimmeres. (Ich bin kein allzu frommer Mensch, aber solchen Dreck dulde ich auf meinem Schiff nicht.) Dauernd rauchen die Matrosen in der Nachbarschaft der Ladungstanks und verstoßen damit gegen das oberste Sicherheitsgebot eines Öltankers.

Marbles Rafferty hat mir mitgeteilt, es vergeht keine Stunde, ohne daß jemand an seine Tür klopft und einen Diebstahl meldet. Brieftaschen, Kameras, Radios, Messer.

Unserem Bootsmann mußte ich ins Gesicht sagen, daß er entweder das Saufen einschränkt oder ich ihn in Eisen legen lasse. Und was macht der Idiot heute früh? Knallt sich die Rübe zu und demoliert im Pausenraum den Flipperautomaten, so daß ich mich gezwungen sah, ihn im Bau zu bunkern.

Vollmatrose Karl Jaworski hat darauf bestanden, er hätte Isabel Bostwick ›nur einen kameradschaftlichen Gutenachtkuß gegeben‹. Danach habe ich mir die Darstellung der Frau angehört, einer Angehörigen der Putzkolonne, und sie hat mir ihre Prellungen und Platzwunden gezeigt. Später haben sich zwei weitere

Frauen über Jaworski beschwert und ähnliche Mißhandlungsspuren vorgewiesen. Ich habe ihn in die Zelle neben Wheatstone gesperrt.

Bis vor 48 Stunden war auf einem Schiff, das unter meinem Kommando steht, noch nie jemand ums Leben gekommen.

Aber diesmal: Vollmatrose Leo Zook. Der arme Hund hat beim Reinigen von Zentraltank Nr. II eine tödliche Dosis Kohlenwasserstoffgas eingeatmet. Das eigentlich erschreckende ist allerdings folgendes: An seinem Atemschutzgerät ist der Schlauch zerschnitten worden, und als Rafferty unten im Tank nach dem rechten sah, hockte Zooks Kollege Neil Weisinger – der mutige junge Bursche, der sich während des Hurrikans Beatrice am Steuerrad so glänzend bewährt hat – neben der Leiche und hatte ein Schweizer Armeemesser in der Hand.

Wenn ich Weisinger durch die Zellentür frage, was passiert ist, lacht er nur.

»Der Leichnam übt seine Wirkung aus«, erklärt Ockham die Situation. »Nicht der Leichnam *per se*, sondern der *Gedanke* daran – er ist unser Widersacher, der Ursprung dieser Unordnung. In allen bisherigen Zeiten« – so der Pater – »hat jeder, ob Gläubiger, Nichtgläubiger, konfuser Agnostiker, auf gewisser Ebene gespürt, daß Gott auf ihn ein Auge hat, und dies Empfinden hat ihn zur Mäßigung angehalten. Aber nun bricht eine völlig neue Ära an.«

»Eine völlig neue Ära?« Da war ich erst einmal baß erstaunt.

»Wir leben jetzt Anno Postdomini Eins«, gab er zur Antwort.

Der Gedanke an den Leichnam. Anno Postdomini Eins. Bisweilen glaube ich, Ockham täuscht sich, dann wieder neige ich zu der Auffassung, daß er völlig recht hat. Die Lage gefällt mir überhaupt nicht. Das Treiben der Besatzung verursacht mir echte Bauchschmerzen, zumal wir Seine Halsschlagader noch nicht angezapft haben und es ringsum nur so von Haien wimmelt. Aber welche Alternativen bieten sich mir? Ich habe die Befürchtung, wir sind zu einem Seuchenschiff geworden, Popeye, daß die Fracht sich mit Sporen und Keimen in uns festgesetzt hat, und ich bin mir nicht mehr sicher, wer eigentlich wen im Schlepp hat.

Tiefe Reue bewegte Thomas Ockhams Gemüt, während er, bekleidet mit seiner Levi-Strauss-Jeans und dem FermiLab-Sweatshirt, die schmale Leiter zum Bordgefängnis der *Valparaíso* hinabstieg. So hätte er, sah er ein, sein Leben stets führen sollen – ohne Priesterkragen, unter den Verworfenen und Eingekerkerten, als Freund der Ausgestoßenen dieser Welt. Jesus hatte keine Zeit mit Spintisieren über Superstrings oder eine ohnehin niemals ergrübelbare Vereinigungstheorie verplempert. Der Herr war hingegangen, wo man ihn benötigte.

Noch unter dem Pumpen-, selbst unter dem Maschinenraum befanden sich die Gefängniszellen in einem dämmerig-düsteren Steuerbordgang, den Unmengen eingeschlauchter Kabel und von Schwitzwasser feuchter Rohre durchzogen. Thomas mußte in geduckter Haltung vorwärtsstappen. Zu sehen waren die drei Gefangenen nicht, sie schmachteten hinter aus alten Kesselwandungen verschraubten Stahltüren. Langsam, stockenden Schritts tappte der Geistliche an der Reihe Zellen vorüber, am Vandalen Wheatstone und am Lüstling Jaworksi, blieb vor der Zelle des Falls stehen, den er als am beunruhigendsten empfand: Vollmatrose Neil Weisinger.

Vierundzwanzig Stunden zuvor hatte Thomas abermals mit Rom Verbindung aufgenommen. »Geht unsere zeitweilige ethische Zerrüttung nach Ihrer Ansicht auf eine durch den göttlichen Verwesungsprozeß erzeugte, meßbare Emanation zurück«, hatte der letzte Satz seines Fax gelautet, »oder auf einen durch Theothanatopsis, d.h., den Gedanken an den Leichnam, hervorgerufenen subjektiven psychischen Effekt?«

Darauf hatte Kardinal Tullio di Luca lediglich die Gegenfrage gestellt: »Wieviel Fahrtzeit wird nach Ihrer Schätzung durch diese Entwicklung verloren?«

Vor der Zelle saß Joe Spicer der Lange, eine Signalpistole bedrohlich um die Schulter geschnallt, auf dem Schoß das *Playboy*-Klappbild entfaltet, auf einem Alu-Stuhl.

»Hallo, Joe. Ich möchte Weisinger besuchen.«

Spicers Brauen schwuppten verdrießlich nach oben. »Warum?«

»Weil er zweifellos eine gequälte Seele ist.«

»Ach wo, er ist so gut drauf wie 'n Fisch im Wasser.« Der Zweite Offizier schob einen Dietrich aus angelaufenem Messing ins Schloß, drehte ihn so ruckartig wie ein Rennfahrer den Zündschlüssel. »Hören Sie zu. Wenn der Lümmel Ihnen irgendwie blöd kommt« – er tatschte die Leuchtpistole – »rufen Sie, und ich stecke ihm die Frisur in Brand.«

»Ich sehe Sie gar nicht mehr in der Messe.«

»Damit ist's wie mit dem Ficken, Pater. Man muß dazu in Stimmung sein.«

Als Thomas die Zelle betrat, verschlug ihm der pestilenzartige Gestank nach Schweiß, Urin und chemisch behandelten Fäkalien regelrecht den Atem. Weisinger lag, nackt bis zur Hüfte, in der Koje, starrte zur Zellendecke hinauf wie ein Opfer vorzeitiger Beerdigung, das über den Sargdeckel nachdachte.

»Hallo, Neil.«

Der junge Mann wälzte sich herum. Seine Augen waren stumpfmatt und grau wie ausgebrannte Glühbirnen. »Was wolln Sie?«

»Mit Ihnen sprechen.«

»Worüber?«

»Über das, was in Zentraltank zwo geschehen ist.«

»Haben Sie Zigaretten?« erkundigte sich Weisinger.

»Ich wußte nicht«, sagte Thomas, »daß Sie Raucher sind.«

»Ich bin keiner. Haben Sie welche?«

»Nein.«

»Ich könnte mir doch mal 'ne Zigarette gönnen. Immerhin ist ein Judenhasser abgeschrammt.«

»Zook hat Juden gehaßt?«

»Er dachte, wir hätten Jesus getötet. Gott. Einen von denen. Welcher Tag ist heute eigentlich? Hier unten geht einem jedes Zeitgefühl flöten.«

»Es ist Donnerstag, der neunundzwanzigste Juli. Mittag. Haben Sie ihn getötet?«

»Gott? Nicht doch. Zook? Ich hätt's gerne getan.« Weisinger stieg aus der Koje und taumelte zum Schott, kniete sich neben seinen Wasservorrat, einen verbeulten Kupferkessel voller Flüssigkeit von der Farbe bayerischen Schwarzbiers. »Haben Sie schon mal einen Augenblick völliger, purer Klarheit erlebt, Pater Thomas? Je mit 'm Schweizer Armeemesser in der Hand vor einem Erstickenden gestanden? Da gibt's plötzlich nicht die kleinste Trübung mehr in Ihrem Gehirn.«

»Sie haben Zooks Sauerstoffschlauch aufgeschnitten?«

»Natürlich hab ich seinen Schlauch kaputtgeschnitten.« Der junge Seemann spritzte sich Händevoll schmutzigen Wassers auf die wachsbleiche Brust. »Aber vielleicht war er schon tot. Haben Sie auch *daran* gedacht?«

»War er's?« fragte Thomas.

»Und wenn, was soll's?«

»Das wäre ein großer Unterschied.«

»Jetzt nicht mehr. Es ist vorbei mit der Beaufsichtigung, Tommy, alter Junge. Kein Auge wacht mehr über uns. Die Gesetzestafeln sind dahin, *zisch-zisch*, wie Alka-Seltzer-Tabletten in 'm Glas Wasser. Seien Sie ehrlich, merken *Sie's* nicht auch? Träumen Sie nicht von Ihrer Freundin Miriam und ihren Weltklassetitten?«

»Ich möchte keineswegs so tun, als hätte sich hier in letzter Zeit nicht alles etwas verwirrend gestaltet.« Thomas biß die Zähne dermaßen gewaltsam zusammen, daß es in seinem rechten Mittelohr kribbelte. Tatsächlich dachte er seit kurzem äußerst intensiv über Schwester Miriam nach, auch die von Weisinger näher bezeichneten Eigenheiten. Er hatte ihnen, Gott stehe ihm bei, sogar Namen gegeben: Wendy und Wanda. »Ich bestreite nicht, daß die Vorstellung, Gottes Leichnam wird von uns übers Meer geschleppt, eine Gefahr für das Schiff verkörpert. Ich räume vollständig ein, daß Anno Postdomini Eins angebrochen ist.«

»*Zisch, sprüh*, und schon darf ich jeden Gedanken haben, der mir paßt. Ich kann mir ausmalen, ich nehme 'ne Black-und-Decker-Bohrmaschine und drille Tanta Sarah die Augen raus. Ich bin frei, Tommy.«

»Sie sind im Bordgefängnis.«

Weisinger schöpfte mit einem *Karpag*-Kaffeebecher Brühe aus dem Kupferkessel, hob ihn an die Lippen und trank. »Wollen Sie wissen, warum ich Ihnen Bammel einflöße?«

»Sie jagen mir keine Angst ein.« In Wahrheit entsetzte der junge Matrose Thomas bis ins Mark.

»Ihnen wird bange, weil Sie feststellen, wenn Sie mich angucken, daß *jeder* an Bord der *Valparaíso* die gleiche Freiheit wie ich finden kann. Joe Spicer da vor der Tür könnte auf einmal genauso wie ich denken. Rafferty könnte drauf stoßen. Sind Sie sicher, daß Sie keine Zigarette haben?«

»Tut mir leid.« Thomas wich seitwärts zur Tür zurück, aber verharrte dort, gebannt von den Stahlschrauben; sie wirkten krankhaft und abartig, ähnelten Beulen auf dem Rücken eines leprösen Roboters. Vielleicht war er doch nicht für diese Art des Wirkens geschaffen. Unter Umständen hielt er sich lieber an die Quantenmechanik und seine Meditationen über Gottes Todesursache. »Hilft es Ihnen«, fragte er und blickte Weisinger in die Augen, »sich mit mir zu unterhalten?«

»Auch O'Connor kann auf solche Gedanken kommen.«

»Hilft es Ihnen?«

»Oder Haycox.«

»Wenn Sie das Bedürfnis haben, sich mit mir auszusprechen, beauftragen Sie Spicer, mich zu holen.«

»Und Kapitän van Horne.«

»Ich möchte Ihnen wirklich von Herzen gerne behilflich sein«, beteuerte der Priester und floh blindlings aus der Zelle.

»Sogar Sie können die Freiheit entdecken, Tommy«, rief ihm der junge Vollmatrose nach. »Sogar Sie.«

Als die übelriechende Taxi-Rostlaube am Haus 625 West 42. Straße vorfuhr, erkannte Oliver, daß sie nur einen Häuserblock vom Horizont-Autorentheater entfernt waren, dem Schauspieltheater, wo *Runkleberg*, sein persönliches Lieblingsstück unter Cassies Bühnenstücken, im Doppelpack mit dem von ihm am wenigstens geschätzten ihrer Werke, *Gott ohne Tränen*, Premiere gehabt hatte. Herrje, was für ein attraktives Genie war sie! Für sie täte er alles. Für Cassandra würde er eine Bank ausrauben, auf glühenden Kohlen gehen, Gott zur Hölle bombardieren.

Vom Gehsteig aus betrachtet wirkte das New Yorker Büro von Pembroke & Flumes Zweiter-Weltkrieg-Militärdrama-Gruppe wie jede andere Manhattaner Fassade, ließ sich von einem Dutzend ähnlicher Bauten auf der zivilisierten Seite der 8. Avenue, der Asphalt-

Demarkationslinie, über die die Sex- und Peepshows noch nicht hinausgedrungen waren, nicht unterscheiden. In dem Moment jedoch, als die drei Atheisten eintraten, vollzog sich eine sonderbare Wandlung. Während Oliver ins dunkle Foyer trat, den Diplomatenkoffer an der Seite schwang, wurde ihm zumute, als würde er in die Vergangenheit versetzt, in die Privatgemächer eines Eisanbahn-Magnaten des 19. Jahrhunderts. Ein persischer Teppich dämpfte seine Schritte. Vor ihm an der Wand ragte in vergoldetem Rahmen ein mannshoher Spiegel empor, flankiert von erleuchteten, geradewegs aus dem Zeitalter der Gaslaternen überkommenen Kristallglaskugeln. Eine klotzige Standuhr schlug die Stunde – 16 Uhr – und dröhnte so laut, als wollte sie andeuten, ihr wahrer Zweck wäre nicht das Anzeigen der Zeit, sondern die Berufung, die Menschen zur Geruhsamkeit und zum Genießen des Daseins zu ermahnen.

Eine hochgewachsene, schwanenhalsige Frau in himmelblauem, an den Schultern ausgeprägt gepolstertem Kostüm und mit Mary-Astor-Filzhut empfing sie, und obwohl sie offensichtlich zu jung war, um Pembrokes oder Flumes Mutter zu sein, behandelte sie die Atheisten weniger als Kunden, sondern wie eine Schar Jungs aus der Nachbarschaft, die herübergekommen waren, um mit ihren Kindern zu spielen. »Ich bin Eleanor«, sagte sie, führte die Besucher in ein kleines, getäfeltes, erfreulicherweise klimatisiertes Büro. Plakate schmückten die Wände. PEMBROKE & FLUME PRÄSENTIEREN: ARDENNENOFFENSIVE. (Beide T hatten das Aussehen von Panzerkanonenrohren.) PEMBROKE & FLUME PRÄSENTIEREN: ANGRIFF AUF TOBRUK. (Der Schriftzug war in die Zinnen einer Hafenfestungsmauer eingefügt.) PEMBROKE & FLUME PRÄSENTIEREN: SCHLACHT UM IWO JIMA. (Mit Blut in den Sand einer Düne geschrieben.) »Ich wette, Sie hätten gerne etwas Kaltes zu trinken, liebe Leute.« Eleanor stakste zu einem Kühlschrank aus den frühen vierziger Jahren und enthüllte, indem sie die Tür aufschwang, ein Sortiment geradezu klassischer Etiketten: Ruppert, Rheingold, Ballantine, Pabst Blue Ribbon. »Neues Bier in alten Flaschen«, erklärte sie. »Ist alles Budweiser aus der Bodega gleich um die Ecke.«

»Ich nehm 'n Rheingold«, sagte Oliver.

»Für mich 'n Pabst«, bat Barclay Cabot.

»Ach, immer diese spätkapitalistischen Pseudoalternativen«, stöhnte Winston Hawke. »Geben Sie mir 'n Ballantine.«

»Mr. Pembroke und Mr. Flume sind hinten im Salon und hören sich ihre Lieblingssendung an.« Eleanor entnahm dem Kühlschrank Flaschen des gewünschten Biers und entfernte die Kronkorken mit einem handbemalten Jimmy-Durante-Flaschenöffner. »Zweite Tür links.«

Als Oliver das genannte Zimmer betrat – ein dunkler, behaglicher, mit Pin-up-Fotos Esther Williams' und Betty Grables verzierter Raum –, tönte ihm gedämpft eine hohe Männerstimme entgegen: »... wo sie entdeckten, daß Dr. Seybold den kosmotomischen Energetisator vervollkommnet hat. Hören Sie nun, wie Jack und Billy das abgelegene Château erkunden, das man unter dem Namen Schloß Teufelsstein kennt.«

Zwei blasse junge Männer saßen an den entgegengesetzten Enden eines grünen Samtsofas, hatten jeder eine Flasche Ruppert in der Hand und die Köpfe über ein Chippendale-Kaffeetischchen geneigt, auf dem ein altes Röhrenrundfunkgerät stand, dessen Ton jedoch offenbar von einem ihm angeschlossenen Kasettenrecorder kam. Beim Anblick der Besucher klopfte der eine Mann sich eine Zigarette aus einer vergilbten Chesterfield-Packung, während der andere aufsprang, sich höflich verbeugte und Barclay Cabot die Hand schüttelte.

»Heiliger Bimbam, Jack«, erklang die Stimme eines Halbwüchsigen aus dem Radio. »Kannst du dir vorstellen, daß irgendein fremdes Land über soviel kostenlosen Strom verfügt? Dann wären wir plötzlich unter den armen Nationen.«

Barclay Cabot erledigte das Bekanntmachen. Da der Doppelname ›Pembroke & Flume‹ an Filmkomikerpaare erinnerte, zu deren Markenzeichen stets der äußerliche Kontrast zwischen den Beteiligten zählte – Abbott und Costello, Dick und Doof –, stutzte Oliver angesichts der Ähnlichkeit der zwei Militärdrama-Veranstalter. Sie hätten Brüder sein können, sogar eineiige Zwillinge, ein Eindruck, den noch die Tatsache verstärkte, daß sie die gleichen rotschwarzgestreiften, taillierten Sakko-Anzüge an den Bohnenstangengestalten trugen. Sie hatten Giacometti-Körper, befand der Künstler in Oliver. Beide zeichneten sich durch blaue Augen, Goldzähne und blonde, pomadisierte Haare aus, und nur dank erhöhter Konzentration gelang es ihm nach einer Weile, Sidney Pembroke am offenen Lächeln und Albert Flume am tieferen Ernst und der irgendwie leicht grimmigen Miene zu erkennen.

»Wie ich sehe, hat Eleanor Ihnen schon was zu trinken angeboten«, stellte Pembroke fest, holte die Kassette aus dem Recorder. »Gut, gut.«

»Was haben Sie sich da angehört?« fragte Winston Hawke.

»Jack Armstrong, Vorbild der Jugend.«

»Ist mir noch nie zu Ohren gekommen.«

»Wirklich nicht?« meinte Flume mit einer Mischung aus Unglauben und Geringschätzung. »Kaum zu fassen.«

Im nächsten Moment schlangen die beiden Firmeninhaber sich gegenseitig die Arme um die Schultern und sangen:

>»Laßt, Jungs, Dynamo Hudsons Fahne wehn,
Daß alle sehen, wie wir stehn!
Landauf und landab kursiert die Kunde:
Hudson schafft's zur nächsten Runde!«

»Natürlich gibt's bessere Hörspielfortsetzungsserien«, gestand Flume zu, zündete sich die Zigarette mit einem versilberten Zippo an. »Zum Beispiel *Die Grüne Hornisse*: ›Die Grüne Hornisse nimmt es mit dem härtesten Gegner auf – den Feinden Amerikas, die nach unserer Vernichtung trachten.‹«

»Und *Gangsterjäger*, aber das ist nur etwas für jemanden mit starken Nerven«, ergänzte Pembroke.

Flume tat einen tiefen Lungenzug an der Chesterfield und wandte sich direkt an Oliver. »Ihr Verein möchte also unsere Dienste in Anspruch nehmen?«

»Mir ist ein Entgelt von zirka fünfzehn Millionen genannt worden.«

»Tatsächlich?« fragte Flume, ohne die Zahl zu bestätigen. Offenbar war er in der Geschäftspartnerschaft mit Pembroke die maßgebliche Person.

»Könnten Sie uns etwas mehr über den Zweck mitteilen?« Pembroke zeigte großes Interesse. »Wir haben noch gar keine klare Vorstellung von der Angelegenheit.«

Oliver stockte schier das Blut. Nun kam der Moment, in dem es überzeugend zu begründen galt, weshalb die Beseitigung eines 17 Millionen t schweren Leichnams, der kein Eigentum eines Anwesenden war, ein unbedingt erforderliches Vorgehen sein sollte. Er klappte den Aktenkoffer auf, entnahm ein 8×10-cm-Farbfoto und legte es aufs Radio.

»Wie Sie wissen«, begann er, »haben die Japaner

schon immer wegen ihrer geringen Körpergröße Minderwertigkeitsgefühle gehabt.«

»Die Japsen?« Flume wirkte perplex. »Ja klar.«

So weit, so gut. »Gemäß der freudschen Deutung des Zweiten Weltkriegs hatten sie den Drang, sich zum Ausgleich für ihre biologische Unfähigkeit, nach oben zu wachsen, horizontal auszudehnen. Als Kenner speziell dieses Weltkriegs ist Ihnen diese These ja zweifellos geläufig.«

»O ja«, versicherte Pembroke ungeachtet des Umstands, daß Oliver die These erst am letzten Dienstag eigens für die heutigen Verhandlungen erfunden hatte.

»Tja, meine Herren, und jetzt stehen wir vor der traurigen Wahrheit, daß anfangs des Jahres ein japanisches Wissenschaftlerteam in Schottland eine Methode zum vertikalen Anwachsen entwickelt hat. Durch Anwendung der allerneuesten gentechnischen Erkenntnisse ist es ihnen gelungen, den Asiaten der Zukunft zu züchten, die titanische humanoide Kreatur, die Sie auf diesem Foto sehen. Verstehen Sie jetzt, um was es geht?«

»Klingt wie ein abgelehntes *Grüne-Hornisse*-Manuskript«, sagte Flume und wickelte die goldene Kette seiner Taschenuhr um den Zeigefinger.

»Sie nennen es Projekt Golem«, behauptete Barclay Cabot.

»Meistens sind Golems jüdischen Ursprungs«, erläuterte Winston Hawke. »Dieser Golem ist japanischer Herkunft.«

»Von Japanern in *Schottland*?« fragte Pembroke.

»Bekanntlich lauern die Japaner überall«, belehrte ihn Flume.

»Bislang haben sie's nicht hingekriegt, ihrem Golem Leben einzuhauchen«, sagte Hawke, »aber *falls* es je dazu kommt... Na, Sie können sich selbst denken, welche Gefahr eine solche Megaspezies für die Umwelt wäre, gar nicht zu reden vom freien Welthandel.«

»Da würde sogar Jack Armstrong in die Hose machen«, meinte Barclay Cabot.

»Zum Glück bietet uns die kommende Woche eine hervorragende Gelegenheit, um Projekt Golem noch frühzeitig genug zu vereiteln«, tröstete Oliver die beiden Militärdrama-Veranstalter. »Seit der Sommer angefangen hat und es so heiß ist, suchen die Wissenschaftler nach einer Möglichkeit, um den Prototyp einzufrieren, ehe er verwest. Am vergangenen Donnerstag haben sie ihn an dem Supertanker *Valparaíso* vertäuen lassen, und er wird gegenwärtig zum Nordpol geschleppt.«

»*Valparaíso* ist kein japanischer Name«, beanstandete Pembroke.

»›Rockefeller-Zentrum‹ ebensowenig«, rief Winston Hawke in Erinnerung.

»Ich weiß nicht, wieso Privatfirmen sich mit dieser Geschichte abgeben müssen«, wandte Flumes ein. »Die Vereinigten Staaten von Amerika können sich mit der größten Kriegsmarine der Welt brüsten. Sie haben viel mehr Schiffe als Sidney und ich.«

»Ja, aber man kann die Kriegsmarine nur einsetzen, wenn vorher der Kongreß zustimmt«, sagte Cabot.

»Und die CIA?«

»Tüchtiger Haufen«, erklärte Oliver, »bloß nicht mehr rechtzeitig mobilisierbar.«

»Es ist eindeutig ein Fall, in dem für betroffene Geschäftsleute wie unsereins Handlungsbedarf besteht«, postulierte Winston Hawke. »Kapital muß sich selbst seiner Haut wehren, nicht wahr?«

»Ich neige wirklich nicht zum Mystizismus«, beteuerte Cabot, »aber ich habe das Gefühl, es ist keine Zufall, daß Ihr Flugzeugträger den Namen *Enterprise* trägt.«

Oliver trank einen herzhaften Schluck Bier. »Also, was halten Sie davon?«

Pembroke warf seinem Geschäftspartner einen gequälten Blick zu. »Was halten wir davon, Albert?«

Flume schnippte die Zigarettenasche in einen Aschenbecher in der Form des Fliegenden Elefanten Jumbo. »Wir halten die Sache für ziemlich bedenklich.«

»Bedenklich?« erwiderte Oliver, während er das Rheingold-Etikett von der Bierflasche pellte.

»Für oberfaul wie Schimmelkäse.«

»So?«

»Wir sind der Meinung, daß das Gebilde da, das Sie aus dem Weg geräumt haben wollen, vielleicht 'n Japsen-Golem ist, vielleicht aber nicht.« Flume zog an der Zigarette und paffte einen Rauchring. »Gleichzeitig sind wir allerdings auch der Meinung, daß Geld nicht stinkt. Sie haben fünfzehn Millionen erwähnt. Das ist eine taugliche Verhandlungsbasis. Ein verdammt gutes Angebot.«

»Unseres Erachtens ist es *mehr*«, brummte Oliver. »Es ist ein vorzüglicher Preis.«

»Stimmt. Nur verhält es sich so...«

»Na schön. Sechzehn.«

»Es verhält sich so, daß Sie von uns kein normales Militärdrama verlangen. Auf gewisse Weise muten Sie uns den Ernstfall zu.« Diesmal blies Flume zwei Rauchringe, den einen innerhalb des anderen. »Krieg hat die Tendenz, den Etat zu sprengen.«

»Eventuell reicht ein Luftangriff nicht aus, um das Ziel zu vernichten«, erklärte Pembroke. »Dann müßten die Flugzeuge zur *Enterprise* umkehren und wiederbewaffnet werden.«

»Letztes Angebot«, sagte Oliver. »Unsere Obergrenze. Hören Sie zu? Siebzehn Millionen Dollar. Für das Sümmchen könnten Sie auf der Rückseite des

Monds die Schlacht in der Korallensee als Musical inszenieren und zehn Jahre lang laufen lassen.«

Wären die beiden Firmeninhaber Hunde gewesen, glaubte Oliver, hätten sie jetzt die Ohren gespitzt.

»Overlord«, schnaufte Flume in leisem, nachgerade ehrfürchtigem Tonfall.

»Was?« fragte Oliver.

»Operation Overlord. Ist für uns 'n altes Traumprojekt.«

»Sie wissen schon«, raunte Pembroke mit ähnlicher Ehrfurcht. »Die Landung in der Normandie.«

»D-Day«, sagte Flume. »Das soll heißen, wenn die siebzehn Millionen Dollar Ihr Ernst sind, wahrhaftig Ihr Ernst, und die Sache keinen Haken hat, könnte mit etwas Glück – nämlich wenn die Aktion 'n Spaziergang wird, sie sich mit einem Luftangriff erledigen läßt ... Tja, also, dann kann's sein, es bleibt genug für eine D-Day-Reinszenierung übrig. Die komplette Invasion, einleitende Bombardierungen, amphibische Landungen, den Vormarsch durch Frankreich. Eine riskante Investition, ich geb's zu, aber ich wage vorherzusagen, daß sie Gewinn abwirft, oder, Sidney?«

»Genug, um dann Stalingrad zu finanzieren, schätze ich«, stimmte Pembroke zu.

»Oder Arnheim, hm?« schlug Flume vor. »Vierzigtausend alliierte Fallschirmspringer fallen vom Himmel wie Hagelschlag.«

»Oder vielleicht sogar Hiroshima«, spekulierte Pembroke.

»Kommt nicht in Frage«, entgegnete Flume mit entschiedenem Nachdruck.

»Nicht?«

»Nein.«

»Wegen Geschmacklosigkeit?«

»Es wäre abscheulich geschmacklos.«

»Ach, der Zweite Weltkrieg«, seufzte Pembroke. »So etwas werden wir kein zweites Mal erleben.«

»Eines will ich noch klarstellen«, sagte Oliver. »Es reicht nicht, den Golem zu beschädigen. Er muß spurlos verschwinden.«

»Der Korea-Krieg hat mit 'm faulen Kompromiß geendet«, klagte Pembroke.

»Wir erwarten, daß Sie die Schleppketten kappen«, fügte Oliver seiner Forderung hinzu, »und das Ungetüm geradewegs im Grönländischen Becken versenken.«

»Vietnam hatte satt Potential«, überlegte Flume laut, »aber durch die Hippies ist alles verbockt worden.«

»Operation Wüstensturm wollen wir gar nicht erst *erwähnen*«, stöhnte Pembroke.

»Das lief bestenfalls auf 'n mieses Computerspiel hinaus«, bekräftigte Flume.

»Es sah wie 'ne lumpige Nachmittagsfernsehserie aus«, jammerte Pembroke.

»Haben Sie verstanden, was ich meine?« fragte Oliver. »Das Frachtgut der *Valparaíso* muß völlig von der Erdoberfläche verschwinden.«

»Kein Problem«, versprach Flume. »Allerdings halten wir uns hier an den Brauch der amerikanischen Kriegsmarine, ja? Kein Artikel vor einem Schiffsnamen. Also *Valparaíso*, nicht ›die‹ *Valparaíso*. *Enterprise*, nicht ›die‹ *Enterprise*. Kapiert?«

Über das Foto gebeugt, tippte Pembroke mit dem Zeigefinger auf die Brust des Toten. »Weshalb feixt er so?«

»Wenn Sie dermaßen groß wären«, gab Barclay Cabot zur Antwort, »sähen Sie auch allen Anlaß zum Feixen.«

»Besteht irgendein Grund zu der Befürchtung, daß der Angriff auf Gegenwehr trifft?« wollte Flume wissen. »Als das Marineflieger-Geschwader Sechs *Akagi* versenkte, hatte McClusky es mit allerhand Widrigkeiten zu tun, Jägern, Flugabwehr, Begleitschiffen. *Valparaíso* hat keine Bofors-Flak an Bord, oder?«

»Natürlich nicht«, antwortete Winston Hawke.

»Keinen Zerstörer-Geleitschutz?«

»Nichts dergleichen.«

»Ach«, machte Pembroke; es klang nach gelinder Enttäuschung. »Ich finde, wir sollten TBD-Eins-*Devastator*-Torpedoflugzeuge einsetzen, oder was meinst du, Albert?«

»Einerseits wären sie gegen ein Ziel dieser Art bestimmt am effektivsten«, pflichtete Flume bei und nickte. »Andererseits...« Plötzlich packte Andacht den Militärdrama-Veranstalter, er schloß die Augen.

»Andererseits...?« hakte Winston Hawke nach.

»Andererseits waren es in Wirklichkeit SBD-Zwo-*Dauntless*-Sturzkampfbomber, die *Akagi* versenkten.«

»Das heißt«, sagte Pembroke, »*Devastator*-Torpedoflugzeuge wären zwar effektiver...«

»Aber *Dauntless*-Sturzkampfbomber historisch korrekter«, beendete Flume den Satz.

»Ich befürworte *Devastator*-Torpedoflugzeuge«, sagte Oliver.

»Auf alle Fälle eine schwierige Entscheidung. Sollen wir sie dem Admiral überlassen, Sidney?«

»Gute Idee.«

Flume drückte die Zigarette im Jumbo-Aschenbecher aus. »Selbstverständlich muß der Luftangriff quasi aus dem Dunkeln erfolgen. Wenn *Enterprise* sich rund zweihundert Kilometer westlich des Ziels hält, merken die Japsen höchstwahrscheinlich nicht, woher die Flugzeuge gekommen sind.«

»Daß Japan auf Albert und mich sauer wird, ist nämlich das letzte, was wir uns wünschen«, stellte Pembroke klar. »Wir brauchen für die Guadalcanal-Reinszenierung die volle Mitwirkung der Japsen.«

»Schauen Sie am Donnerstag bei Shields, McLaughlin, Babcock und Kaminsky vorbei, dann überreichen sie Ihnen einen Vertragsrohentwurf für Ihre Anwälte«, sagte Flume. »Voraussichtlich dauert die Ausarbeitung aller Einzelheiten zwei Wochen – Zahlungsplan, Leistungsrahmenvereinbarung und Bürgschaften, Verantwortlichkeitsklauseln...«

»Sie meinen«, fragte Oliver eifrig, »wir sind uns einig?«

»Siebzehn Millionen?« meinte Flume und hob die Flasche Ruppert.

»Siebzehn Millionen«, verhieß Oliver, schwang die Flasche Rheingold empor.

Die beiden Bierflaschenantiquitäten stießen aneinander, klirrten in der schwülen Luft Manhattans.

»Wissen Sie, was wir nun machen sollten?« sagte Pembroke. »Ich habe das Gefühl, wir müßten auf die Knie sinken und beten.«

Eine seidenweiche Brise wehte um den Bug der *Valparaíso*, während Cassie die Leiter hinabstieg und sich, so wie Julia ihren Balkon betrat, zu Vollmatrose Ralph Mungo im vorderen Ausguck gesellte. Die kühle Luft umschmeichelte ihre Haut. Allmählich verdunstete der Schweiß auf Cassies Gesicht. Gegen Morgen sollten sie – Gott sei Dank – den 33. Breitengrad überqueren, und von da an lag die grausige nordafrikanische Sommerhitze endlich hinter ihnen.

Mungo schmauchte eine Marlboro und blickte aufs Meer hinaus. Wächsern schwebte der Mond tief am Horizont, stand starr am sternenübersäten Himmel wie eine erleuchtete Melonenscheibe. Cassie stellte die mit Kaffee gefüllte Klappdeckel-Thermoskanne ans Schanzkleid, langte in die Tasche ihrer Shorts und holte das verschlüsselte Fax heraus, das Lianne Bliss am Nachmittag in der Funkstube für sie empfangen hatte.

Olivers Liebesbriefe mit ihren rührseligen Gedichtchen und pornografischen Bildlein hatten Cassie eigentlich nie richtig angesprochen, doch diese Faxnachricht wühlte sie zutiefst auf. Beim Entschlüsseln durchlebte sie eine Art authentisch-historischen Augenblicks, eine Variante des ehrfürchtigen Staunens, das Darwin, Galilei und eine Handvoll anderer Menschen empfunden haben mußten, als sie erkannten, daß sie den Lauf der Geistesgeschichte nachhaltig veränderten. Gewiß, die konkreten Angaben stufte sie als weniger erbaulich ein; trotz ihrer Liebe zum Theater behagte es ihr nicht, das intellektuelle Schicksal der Menschheit in die Hände eines Unternehmens zu legen, das sich Pembroke & Flumes Zweiter-Weltkrieg-Militärdrama-Gruppe nannte. (Diese Bezeichnung klang nicht nach Rettern des säkulären Humanismus; sie hörte sich nach Irren an.) Was Cassie jedoch so tief bewegte, war Olivers Klugheit; die Tatsache, daß er den Leichnam ganz logisch als Bedrohung einschätzte und unverzüglich Maßnahmen veranlaßt hatte. Sein Beharren auf Geheimhaltung betrachtete sie als besonders scharfsinnig. Intuitiv hatte er erkannt, daß der Vatikan, falls er von einem bevorstehenden Angriff Wind bekam, entweder den Transport umleitete oder ihn unter so starken Schutz stellte, daß die Militärdrama-Gruppe dagegen nicht anstinken konnte. »Dieses Fax bleibt meine einzige Mitteilung«, hatte er am Schluß geschrieben.

> Luftangriff erfolgt bei 68°11'N, 2°35'W,
> 200 km östl. v. Startplatz Jan-Mayen-Insel.
> Im Rahmen einer Midway-Reinszenierung
> zertrennen Flieger die Schleppketten,
> bombardieren das Ziel und schicken das
> bewußte Ärgernis auf den Grund des
> Grönländischen Beckens...

Über die Reling gelehnt unterzog Cassie das Fax dem gleichen Vernichtungsverfahren wie der bösartig negativen Besprechung, die die *Village Voice* zu ihrem Theaterstück über Jephtah gedruckt hatte, den ›Helden‹ im Buch der Richter, der die eigene Tochter umbrachte, um ein Gott gegebenes Gelübde einzuhalten. »Echte Satire verhält sich zu infantiler Häme wie ein Kanonenschlag zu einer Knallerbse, ein Unterschied, den die junge Autorin namens Cassie Fowler offenbar nicht kennt...«

Guter, alter Oliver. Er hatte immer zu ihr gehalten, o ja, schon in der Zeit, als sie noch eine unbeliebte Stückeschreiberin war und er ein linker, verkannter Maler, der schweinisch finstere Stadtlandschaften auf die Leinwand bannte, während er der Auszahlung des für ihn zurück- und angelegten Vermögens harrte. Wenn sie deprimiert im Keller eines Kneipentheaters auf der Broome Street oder des Avenue-D-Pfandhauses, einigen dieser versifften Kakerlakenbrutstätten, die den Nerv aufbrachten, sich Broadway-Nebenbühnen zu nennen (eine Straße weiter, und sie wäre in Queens gewesen) gesessen und sich eine verheerende Probe von *Runkleberg* oder *Gott ohne Tränen* angesehen hatte, war oft auf einmal Oliver erschienen, selbst drei Uhr morgens, reichte ihr schwarzen Kaffee und Muffins, beteuerte ihr, sie sei der Jonathan Swift der Lower East Side.

Kaum hatte Cassie die Papierschnitzel in den Portugalstrom geworfen, da kam Anthony van Horne höchstpersönlich, gekleidet in seine Nautiv-Rettungstechnik-Windjacke und John-Deere-Schirmmütze, in den Ausguck. Unversehens befielen Cassie Gewissensbisse. Der Mann hatte ihr das Leben gerettet, und sie zettelte eine Verschwörung an, um seine Pflichterfüllung zu sabotieren.

»Sie haben Glück, Matrose«, wandte van Horne sich

an Ralph Mungo. »Ich übernehme Ihre Wache.« Am rechten Auge hatte der alte Vollmatrose eine große, blaurote, mit Göttlichem Wunderschmand beschmierte Prellung. »Einverstanden?«

»Aye-aye, Sir.« Mungo grinste, salutierte, schnippte den Zigarettenstummel über Bord und kraxelte die Leiter hinauf.

»Betreiben Sie Sterngucken?« fragte der Kapitän Cassie.

»So etwas ähnliches.« Cassie setzte die Thermoskanne an die Lippen und trank einen großen Schluck schwarzen Kaffees. Sie begegnete ihm jetzt hier zum fünftenmal. Daher vermutete sie, daß er die Gelegenheit suchte – eine schmeichelhafte Vorstellung, aber daß ihr Gegenspieler für sie eine Schwäche entwikkelte, war das letzte, worauf sie momentan Wert legte. »Ich habe beschlossen, die Sternbilder umzubenennen.« Sie deutete an den Nachthimmel. »Meinen Sie nicht auch, daß es an der Zeit für eine gänzlich amerikanische Mythologie ist? Schauen Sie, das da ist der Mythos der Kleinfamilie. Dort der Mythos Gleichheit. Daneben sehen Sie Friede, Freude, Eierkuchen.«

»Sie haben was gegen unser Schleppgut, stimmt's?«

Cassie nickte. »Darum halte ich mich so gerne hier vorn auf, so weit weg von dem Kadaver, wie's geht, ohne ins Wasser zu fallen. Und wie steht's mit Ihnen? Haben Sie nichts gegen ihn?«

»Ich habe ihn nie gekannt.« Der Kapitän gähnte; der Reflex griff um sich, dehnte sich auf Gesicht und Schultern aus. »Ich weiß nur, daß es mir bestens bekommt, wieder auf See zu sein.«

»Sie sind übermüdet, Sir.«

»Wir haben uns bemüht, sein Blut in die Tanks zu pumpen – zu dem Zweck, die Geschwindigkeit zu erhöhen –, nur läßt der Hals sich nicht anstechen.« Er gähnte ein zweites Mal und ebenso kräftig. »Aber am schlimmsten ist ... ich weiß nicht recht, wie ich's nennen soll, Cassie. Die *Anarchie*. Ist ihnen das Bläuchen des Vollmatrosen aufgefallen? Stammt von 'ner Schlägerei. Die vergangene Woche war voller Prügeleien und Vergewaltigungsversuche, und vielleicht ist sogar ein Mord passiert. Ich mußte drei Männer ins Loch stecken.«

Ein sonderbares Gefühlsgemisch aus Besorgnis und Ärger durchkroch Cassie. »Ein Mord? Na so was ... Wen hat's erwischt?«

»Einen Seemann mit Namen Zook. Er ist in 'm Ladungstank gasvergiftet worden. Ockham ist der Ansicht, wir stünden unterm Bann des Leichnams. Nicht der Leiche selbst, sondern ihrer geistigen Auswirkungen. Nachdem Gott von der Bildfläche verschwunden ist, haben die Menschen ihren hauptsächlichen Antrieb zu moralischem Betragen verloren. Sie können nicht der Versuchung widerstehen, das Sündigen zu erproben.«

Wie sie es immer tat, wenn sie intellektuell unhaltbare Argumente hörte, schob Cassie die linke Hand in die Tasche und kniff sich in die Innenseite des Oberschenkels, um sich zur Mäßigung zu ermahnen. »Können nicht widerstehen? Nun machen Sie aber mal 'n Punkt, Anthony. Das ist doch bloß ein *Alibi*. Raffiniert ausgedacht, aber nichts als ein Alibi. Ihre Seeleute ... Wenn Sie meine Meinung erfahren möchten, sie benutzen den Kadaver lediglich als Vorwand für ihre Vergehen. Gottes Tod bietet ihnen eine *bequeme Ausrede*.«

»Ich bin der Auffassung, daß die Gründe tiefer liegen.« Anthony van Horne langte in die Windjacke und zückte ein Blatt beigen, mit schwarzer Schrift besudelten Papiers, und für einen Augenblick befürchtete Cassie, er hätte die Absicht, sie mit einer Abschrift von Olivers Fax zu konfrontieren und zur Rede zu stellen. »Tun Sie mir einen Gefallen, Doktor. Lesen Sie diesen Brief. Er ist von meinem Vater.«

Das Schreiben war mit der Hand auf Briefpapier der *Exxon*-Reederei geschrieben worden. Cassie empfand die enge, nachlässig hingeworfene Schrift als merkwürdig feminin.

> *Lieber Anthony,*
> *Deine Idee, mich zu besuchen, halte ich*
> *für nicht so gut. Gäste machen Tiffany*
> *schnell nervös, und wahrscheinlich willst*
> *Du wieder ewig auf alten Streitigkeiten*
> *herumhacken, wie der Geschichte ...*

»Ich habe den Eindruck, es ist ein sehr persönlicher Brief.«

»Lesen Sie ihn trotzdem.«

> *... mit dem Papagei. Ob Du es glaubst oder*
> *nicht, zu meiner Vorstellung von einem*
> *erholsamen Ruhestand gehört keineswegs,*
> *daß mein Ältester angetanzt kommt und*
> *mich anschreit.*
> *Du solltest keinesfalls denken, ich*
> *wäre über Deinen Brief nicht freudig*
> *überrascht gewesen. Du bist ein tüchtiger*
> *Seemann, mein Sohn. Leicht konfus, aber*
> *fähig. Du hast es verdient, daß Du wieder*
> *das Kommando über die* Valparaíso *hast.*
> *Allerdings ist mir unklar, wozu der*
> *Vatikan einen Supertanker braucht.*
> *Transportierst Du Weihwasser, oder was?*
> *Alles Gute*
> *Vater*

»Na, was halten Sie davon?«

»Wer ist Tiffany?«

»Meine Stiefmutter. Schauderhafte alte Dschunke. Was will er mir mit diesem Brief sagen?«

Ein demütigendes Gefühl der Beschränktheit beschlich Cassie. Bisher waren die schwersten Bürden, die sie im Leben zu tragen gehabt hatte, nur gehässige Kritiken in der *Village Voice* und dumpfbackigen Schülern in ihren Klassen gewesen, hingegen nichts, was sich nur im entferntesten mit einem abweisenden Vater, unanstechbaren Riesenhals oder einer in Verbrechen und Laster abgesunkenen Supertankercrew hätte vergleichen lassen. »Ich bin keine Psychologin... Aber wenn er Ihnen vorwirft, Sie würden wegen ›alter Streitigkeiten‹ schmollen, sagt er damit vielleicht in Wirklichkeit, er hegt gegen Sie Groll.«

»*Natürlich* hat er 'n Groll gegen mich. Ich habe in der Matagorda-Bucht seine Ehre befleckt. Den Namen der Familie durch ein Ölbad gezogen.«

»Was ist das für eine ›Geschichte mit dem Papagei‹?«

Anthony schnaubte, verzog das Gesicht und setzte die Spiegelbrille auf.

»Zu meinem zehnten Geburtstag hatte Vater mir aus Guatemala einen roten Ara mitgebracht.«

»Art *Psittaciformes*. Familie *Psittacidae*.«

»Ja. Schöner Vogel. Er konnte Spanisch sprechen, Sätze wie ›Vaya con Dios‹ und ›¿Qué pasa?‹ Ich habe versucht, ihm ›Die Lappen hoch, wir wollen sailen‹ beizubringen, aber es hat nicht geklappt. Weil es ein Weibchen war, bekam es von mir den Namen Dolly. Und was stellt Vater vier Monate später an? Auf einmal ist er der Ansicht, Dolly kostet uns zuviel an Futter und Arztrechnungen, außerdem ist sie laut und schmutzt, also fährt er mit mir und dem Vogel zu einer Tierhandlung und sagt an der Ladentheke: ›Falls irgendwer daherkommt und will das elende Vieh kaufen, machen wir halbe-halbe.‹«

»Wie gemein.«

»Er hat immer 'n Hang zu so was gehabt. Als ich

dann elf war, hatte ich als größten Weihnachtswunsch ein Revell-Plastikmodell der USS *Constitution*, Maßstab eins zu zweiundvierzig, zweihundertdreißig Teile, echtes Tuch für die Segel. Gut, Vater kauft mir den Bausatz, aber erlaubt mir nicht, ihn zusammenzubauen. Er behauptet, dabei käme Murks heraus.«

»Statt dessen hat er selber ihn gebaut?«

»Ja genau, aber dann folgte das Tollste. Er beauftragte 'n Glasbläser in Wilmington damit, das Schiff in 'n großen, grünen Glasbottich zu hüllen. Damit ich's nicht anfassen kann, ja? Ich kann nicht mit der *Constitution* spielen, sie nicht mal in die Hand nehmen. Sie ist eigentlich nicht mein Schiff.« Anthony nahm das Fax wieder an sich, knüllte es zusammen und stopfte das Knäuel in die Jackentasche. »Das Problem ist, ich *brauche* den Sauhund.«

»Nein, ach was.«

»Er ist der einzige, der mich vom Öl reinwaschen kann.«

»Vom Öl der Matagorda-Bucht?«

»Jawohl. Ich werde nicht davon frei sein, bevor Vater mich anblickt und zu mir sagt: ›Junge, du hast gute Arbeit geleistet. Du hast Ihn in Seine Gruft gebettet.‹«

»Ach, hören Sie auf.«

»Ich weiß es geradewegs von Rafael.«

»Es ist mir egal, von wem Sie's haben.« Eine völlig widersinnige Theorie, stellte Cassie bei sich fest, während sie den Rest des Kaffees trank. »Auf alle Fälle ist es purer Blödsinn.« Der Wind kühlte ab, sie spürte ihn eisig auf den Wangen, kalt an den Fingern. Sie zog an Lianne Bliss' Friesennerz den Reißverschluß bis zum Anschlag hoch. »Ich muß mir von Follingsbee heißen Kakau besorgen.«

Der Kapitän hob den Kopf. Verkleinerte Sternbilder glommen auf beiden Flächen seiner Spiegelbrille. »Im Traum sehe ich Vögel fliegen.«

»Vögel? Papageien, meinen Sie?«

»Blaureiher, Löffler, Ibisse... sie triefen von Öl. Ich dusche, aber es nutzt nichts. Nur mein Vater kann... Verstehen Sie?«

»Nein, überhaupt nicht. Aber selbst falls 's verständlich *wäre*... Was würde, wenn Ihr Vater in dieser Art von Freisprechung auch nur eine Art von Geschenk sieht? Wenn er Ihr Gewissen reinspricht und später, schwupp, auch *das* zurücknimmt?«

»So was täte er nicht.«

»Der Mann, der Ihnen dieses Fax geschickt hat« – Cassie wies auf die Ausbeulung in van Hornes Jacke – »ist kein vertrauenswürdiger Mensch.« Sie erkletterte die Leiter, suchte weniger vor der plötzlichen Kühle das Weite als vor diesem wirrköpfigen, furchteinflößenden, seltsam verlockenden Mann, einem Kapitän, der von ölverschmutzten Reihern träumte. »Wissen Sie was, Sir? Wenn wir wieder in New York sind, schenke ich Ihnen einen roten Ara.«

»Das wäre ja 'n starkes Stück, Doktor.«

»Und soll ich Ihnen noch was sagen?« Auf der obersten Sprosse verhielt Cassie. »Es ist nicht verboten, Ihr Schleppgut zu hassen. Vielmehr ist es ohne weiteres erlaubt und angebracht, es zu verabscheuen.«

3. August
Am heutigen Tag im Jahres 1924, steht in meinem Handelsmarine-Taschenkalender, »verstarb in Bishopsbourne, England, Joseph Conrad, Autor von *Lord Jim*, *Taifun* und anderer Klassiker des Seeabenteuers.«

Als erstes die gute Neuigkeit. Aus Gründen, die sie selbst wohl am besten kennen, haben die Raubtiere das Handtuch geworfen. Was die Geier und Seeschlangen betrifft, lautet meine Vermutung, daß wir uns inzwischen zu weit von ihren heimatlichen Gefilden entfernt haben. Und was die Haie angeht – wer kann schon beurteilen, was sich in ihren alten, urtümlichen Gehirnen abspielt?

Heute morgen habe ich Rafferty sämtliche Raubtierbekämpfungsmittel einsammeln, die Raktengeschosse und die Harpunen entnehmen und die leeren Waffen im Bugfrachtraum bunkern lassen. Wir haben an dem Krempel keinen Bedarf mehr, und in der gegenwärtigen, anarchistischen Atmosphäre kann ich mir leicht vorstellen, daß dieser oder jener Matrose ein Harpunengewehr oder ein Raketenstartgerät zu Mordzwecken mißbraucht.

Noch einmal ist versucht worden, die rechte Halsschlagader anzuzapfen, und es ist uns wieder mißlungen, aber das ist nicht als die eigentliche schlechte Neuigkeit zu betrachten.

Mit den Keilereien und Diebstählen nimmt es kein Ende, aber auch das ist nicht die wirklich schlechte Neuigkeit.

Die wahre schlechte Neuigkeit ist das Wetter.

Über den Daumen gepeilt müssen wir uns rund 50 Seemeilen südlich der Azoren befinden. Sicher zu sein ist schwierig, weil die Marisat-Signale uns nicht mehr erreichen, und in jeder Richtung kann man höchstens 20 m weit sehen. In normalem Nebel finde ich mich zurecht, aber was uns hier umgibt, ist etwas anderes, eine dermaßen dicke Erbsensuppe, daß beide Radaranlagen sie nicht durchdringen können. Die Sextanten sind völlig nutzlos.

Vor einer Stunde habe ich Pater Ockham unsere Optionen dargelegt. Entweder brechen wir die Funkstille und fragen bei der portugiesischen Küstenwache an, wo wir eigentlich stecken, oder wir reduzieren die Geschwindigkeit aufs Schneckentempo, damit wir keine Azoreninsel rammen.

»Auf vier Knoten oder so, meinen Sie?«
»Eher auf drei Knoten.«

»Bei der Geschwindigkeit ist der Termin nicht einzuhalten«, konstatierte der Pater.

»Ganz genau.«

»Dann sterben seine Neuronen.«

»Ja, falls noch welche übrig sind.«

»Was wäre Ihnen lieber?« wünschte Ockham von mir zu erfahren.

»Rafael hat keine Neuronen erwähnt«, habe ich geantwortet.

»Gabriel auch nicht. Sie möchten also verlangsamen?«

»Nein, ich möchte sein Hirn retten.«

»Ich auch, Anthony. Ich auch.«

Um 13 Uhr 55 haben wir die Funkstille gebrochen. Ich glaube, insgeheim ahnten wir, daß es ein Flop wird. Der verfluchte Nebel verschluckt alles, was wir zu senden imstande sind: Kurzwellen, CB-Funk, Fax-Übertragungen.

Es muß sein, Popeye. Ich gebe Befehl, auf 10 rpm runterzuschalten. Trotz großzügiger Anwendung Göttlichen Wunderschmands leide ich momentan unter dem grauenhaftesten Migräneanfall meines Lebens. Es scheint, als ob mein Gehirn Zelle um Zelle abstirbt, zeitgleich mit *seinem* Hirn kaputtgehen soll.

Wieder erklang Musik von Strauß, diesmal *Salome*, hundert Opernstimmen erfüllten das Innere des Wrangler-Jeeps, während Thomas ihn in die morastige Vertiefung des Nabels steuerte. Diese Strecke war gefährlich, führte über immer schmalere, von Nebel umwallte Serpentinen abwärts, doch der Wrangler hielt die Spur, beförderte den Jesuiten und die Karmeliterin durchs omphalogische Terrain wie ein Reitesel Touristen durch den Grand Cañon.

Diese Fahrt, müßte er auf Befragen gestehen, war ein Akt der Verzweiflung, ein allerletzter Versuch, diesen fragwürdigen Riesenleichnam zu diskreditieren, denn nur durch eine Entmythologisierung des Leichnams als solchem konnte man hoffen, seine geistigen Auswirkungen zu neutralisieren und so – vielleicht – der Gewaltseuche Einhalt zu gebieten, die an Bord der *Valparaíso* wütete. Auf den ersten Blick allerdings vermittelte der Nabel des Schleppguts keinen größeren teleologischen Sinn als die Brustwarzen (»Es werde mir ein Bauchnabel«); dennoch hatte besonders diese körperliche Eigenschaft dank ihres eindeutigen Hinweischarakters auf eine vorherige Generation Thomas zu für ihn untypischem Optimismus bewogen. Sprach ein Nabel nicht für einen Schöpfer des Schöpfers? Legte er nicht einen Gott vor Gott nahe?

Innerhalb weniger Minuten erreichten sie die Sohle, einen halben Morgen mit Korallengewächsen bewucherten und mit Algenschwaden garnierten Fleischs. Hier und da sah man eine tote Krabbe. Thomas drehte den Zündschlüssel, schaltete den Motor und gleichzeitig *Salome* ab. Er atmete tief ein. Der Nebel füllte seine Lungen wie Dunst, der von einem Sumpf des Mesozoikums emporwallte. Mit einer Gebärde, die den Geistlichen unwillkürlich perplex machte, beugte sich Schwester Miriam vor und drehte den Zündschlüssel aggressiv in Gegenrichtung, so daß *Salome* von neuem erscholl.

Thomas öffnete den Sicherheitsgurt, stieg aus dem Wagen und watete durch den flachen, salzigen Tümpel. Er kniete sich hin und betastete mit den Händen die Oberhaut, suchte nach irgendeinem Anzeichen dafür, daß an dieser Stelle einmal, einem Mammutbaum ähnlich, eine Nabelschnur gewesen war – dem Beweis für einen Proto-Gott, einen Prä-Schöpfer, dem Hinweis auf eine unausdenkliche Nachgeburt, die irgendwo in der Milchstraße wie eine interstellarer Staubwolke schwebte.

Nichts. Null. Nicht die kleinste Unregelmäßigkeit.

Genau das hatte er befürchtet. Aber so leicht gab er nicht auf, fortgesetzt befühlte er die Hautfläche, als erprobte er eine eschatologische Variante der Herzmassage.

»Haben wir Glück?«

Bis zu dieser Sekunde hatte Thomas nicht gemerkt, daß Miriam neben ihm stand.

Und daß sie nackt war, hatte er ebensowenig wahrgenommen.

Was ihn am Anblick ihrer Nacktheit erstaunte, war die Fülle der sichtbaren Einzelheiten, ihre wunderbare Vielseitigkeit: die blauen Adern, die ihre Brüste wie Spinnennetze durchästelten, die drahtige Krause des Schamhaars, die Zyklopenäugigkeit des Nabels, das Tampon-Kördelchen, das wie eine Zündschnur zwischen ihren Beinen hing. Ihre Gänsehaut, die Poren, Sommersprossen, Muttermale und Schwielen. Das war kein Arbeitspferd. Sie war eine Frau.

Also hatte Weisinger die Lage richtig beurteilt. Jeder, auch Miriam, konnte in Gottes Bugwelle Freiheit finden. »Leider nicht«, antwortete Thomas voller Nervosität, hob die Hände aus dem Naß. Ein lautes *Gluck* entrang sich seiner Kehle. »Ich fi-finde nichts.«

»In Wirklichkeit treiben wir natürlich nichts anderes als Gnostizismus«, sagte Miriam, holte gleichfalls ergiebig Luft. Ihre Kleidung – Montur, Khaki-Arbeitshemd, Unterwäsche, alles – lag ihr, schon mit Feuchtigkeit durchtränkt, vor den Füßen. Während sie unsicher näher trat, ähnelte sie Botticellis aus der Muschel geborener Venus, einer menschengleichen, ewig begehrenswerten Delikatesse.

»Stimmt.« Rundum rann Thomas Schweiß am Hals hinab. Er zerrte sich den feuchten Kragen auf. »Wir hoffen«, fügte er hinzu, während er das schwarze

Hemd aufknöpfte, »da-daß unsere F-Fracht sich als der Weltenschöpfer entpuppt.«

»Wir hoffen, daß sie gar nicht Gott ist.«

»Gnostizismus ist Ketzerei«, stellte der Priester fest, während er die Jeans abstreifte. »Nein, schlimmer als Ketzerei, er *erniedrigt* uns. Er reduziert uns auf unterdrückte Geister, die in bösem Fleisch gefangensitzen.«

Aus den Lautsprechern des Wrangler-Jeeps dröhnte wildes Trommeln.

»Der Tanz der Sieben Schleier«, erklärte Miriam nervös, schwenkte die Hüften. Wendy und Wanda gerieten ins Schaukeln, schwangen in geradezu hypnotischen Halbkreisen von einer zur anderen Seite. »Als nächstes sind die Trompeten und Posaunen dran, danach wird daraus ein Walzer. Hast du je schon nackt in Gottes Nabel Walzer getanzt, Tom?«

Der Priester zog Hemd und Hosen aus. »Noch nie.«

Trompeten schmetterten, Posaunen gellten, eine einzelne Tuba hallte. Zuerst schaute Thomas, der nichts mehr als die Bifokal-Brille anhatte, nur zu. Er malte sich aus, Herodes Antipas zu sein, Zeuge des beispiellos sinnlichen Tanzes, den er sich in einer Anwandlung der Pädophilie von seiner Stieftochter im heiratsfähigen Alter Salome erbeten hatte, ohne zu ahnen, daß der Preis aus dem Haupt Johannes' des Täufers bestehen sollte. Und Miriams Bewegungen liefen tatsächlich sinnlich ab – keineswegs lüstern, nicht lasziv, sondern wirklich sinnlich, vergleichbar mit dem Hohelied Salomos oder Batsebas Waschung; oder mit der Weise, wie Magdalena dem Herrn die Füße wusch.

Schließlich ergriff er die Hand seiner alten Freundin und umschlang mit dem anderen Arm ihre zarte, dralle Taille. Gemeinsam tanzten sie im Kreis, anfangs unbeholfen, wahrscheinlich sogar komisch anzusehen, doch bald bemächtigte sich ein verborgenes Engramm Thomas' Motorik, ein latentes Gespür für Rhythmus und Form, und er führte Miriam auf dem gummiähnlichen Untergrund mit kühnen, schwungvollen Schritten. Überall ringsum waberte der befremdliche Nebel, dichte Dunstschleier umschmiegten ihre sich im Tanz drehenden Leiber mit behaglicher Wärme. Etwas regte sich in Thomas' eingemotteten Lenden. Aber er bekam keine Erektion. Ihn befiel keine Lust. Darüber war er froh. Dieser Tanz hatte eine tiefere Bedeutung als die Kraft der Hoden, größere Tragweite als Lüsternheit, ging zurück auf eine vorzeitlich-uralte, mit den Schwämmen und Amöben geteilte präsexuelle Existenz.

»Niemand sieht uns«, bemerkte Miriam.

Ihre Körper preßten sich fest aneinander, glichen zwei zum Gebet geschlossenen Händen. »Wir sind allein«, bekräftigte Thomas. Wie wahr, wie jämmerlich wahr: Sie lebten als Waisen im Jahre Anno Postdomini Eins, jenseits von Gut und Böse. Es verhielt sich, als ob sie am eigenen Leib einen boshaften Scherz erlebten. *Was bügelt der Priester über die Tonne? Die Nonne.* Er fühlte sich besudelt, verdorben, verdammt und zur gleichen Zeit ekstatisch.

Ein Zittern massierte ihnen die nackten Füße.

»Das Jüngste Gericht ist aufgelöst«, rief Miriam.

Ein zweites Zittern, doppelt so stark wie das erste.

»Die Armesünderbank ist von Holzwürmern gefressen worden«, jubelte Thomas.

Nun erschütterte ein furchtbares Beben den Nabel.

Sie fuhren auseinander, breiteten im Ringen ums Gleichgewicht die Arme aus. Verwirrung durchschoß Thomas. Auferstehung? War ihr Tanz dermaßen sündig gewesen, daß er Gott aus dem Koma weckte?

»Was ist denn jetzt los?« keuchte Miriam.

Ein Taifun? Eine Flutwelle? »Keine Ahnung. Aber mein Eindruck ist, wir halten uns im Moment am falschen Ort auf.«

Hastig zogen sie sich an, allerdings nur unvollständig. Flüchtig verharrte Thomas, um bei Schwester Miriam eine noch nie gesehene Handlung zu beobachten, die sonderbare, yogaähnliche Haltung zu betrachten, in der Frauen den BH anlegten. Das Fleisch unter ihren Füßen wabbelte wie Schweinssülze. Detonationen durchdrangen die Luft. Gischt sprühte in die Höhlung herab. Es hatte den Anschein, als wäre der gesamte *Corpus Dei* ins Schlottern geraten, von einem posthumen epileptischen Anfall gepackt worden.

Schuhe und Socken in den Händen, rannten sie zum Wrangler, stiegen ein und rasten, nachdem sie *Salome* abgeschaltet hatten, die Serpentinen empor.

»Irgendein Mahlstrom?« fragte Miriam.

»Möglicherweise.«

»Oder eine Wasserhose?«

»Kann sein.«

Thomas gab Vollgas, lenkte den Wrangler ungeachtet der Sichtbehinderung durch den Nebel über die Bauchwölbung und das Zwerchfell ostwärts. Das Fahrzeug schleuderte, als er bremste. Die *Juan Fernández*, das Motorboot, lag noch, dem Himmel sei Dank, an der Gummilandungsbrücke festgemacht, die Rafferty kurz vor Beginn der Transportaktion steuerbords in der Achselhöhle vertäut hatte. Thomas und Miriam ließen den Wrangler stehen, kletterten die Jakobsleiter hinunter, krochen auf Händen und Füßen über den Landungssteg, der heftig wippte, und sprangen ins Motorboot.

»Wie fühlst du dich?« erkundigte sich Thomas und setzte sich ans Steuer.

»Schuldig.« Miriam holte die Taue ein. »Wir haben gesündigt, nicht wahr? Weil wir uns einer dem anderen nackt gezeigt haben.«

»Wir haben gesündigt«, pflichtete Thomas ihr bei, indem er den Zündschlüssel drehte. »Du bist schön, Miriam.«

»Du auch.«

Er wendete die *Juan Fernández*, brachte den Motor auf Hochtouren und steuerte das Motorboot über die unter den Wasserspiegel gesunkenen Armbeuge hinweg. Längs der Wange herrschte wüster Seegang, der das Steuern erschwerte, und es dauerte fast fünfzehn Minuten, bis sie aufs offene Meer gelangten. Gerade voraus schwamm der Supertanker, die Aufbauten vom Nebel umschleiert, der Rumpf ruckte und zuckte, als hätte er mit der See Geschlechtsverkehr.

»Und wie fühlt Schuld sich an?« fragte Thomas, lenkte das Motorboot auf einen Kurs an der steuerbordseitigen Schleppkette entlang.

»Mies«, gab Miriam zur Antwort.

»Mies«, stimmte Thomas zu.

»Allerdings fühlt Schuld sich längst nicht so mies an«, schränkte Miriam nach kurzem Überlegen ein, »wie sich Tanzen schön anfühlt.«

In diesem Moment erhob sich die *Valparaíso* – entgegen jeder Logik, der Schwerkraft zuwider, Newtons Physik zum Hohn – aus dem Ozean. Während er die Ellbogen gegen das Steuerrad stemmte, riß Thomas sich die beschlagene Bifokal-Brille herunter und wischte die Gläser am Ärmel trocken. Dann drückte er sie sich wieder auf die Nase. Ja, es geschah wahrhaftig, der Supertanker bewegte sich himmelwärts, gewaltige Schwälle von Seewasser rauschten von Rumpf und Kiel herab. Thomas entfuhr ein Stöhnen. Was für geheimnisvolle Kräfte rangen im neuen, normenlosen Universum um Freiwerdung? Was hatte Gottes Tod angerichtet?

Dann erblickte er des Rätsels Lösung. Eine Insel. Eine etwa zehn Kilometer langer Inselrücken aus zerklüfteten Buchten und rötlichen Klippen tauchte aus dem Golf von Cádiz auf wie ein Wal und hob das Tankschiff aus dem Atlantik. Das Aufsteigen der Landmasse erzeugte hohe Wellen, die Gischt verspritzten und Treibgut verstreuten, während sie südwärts rollten und gegen die göttliche Schädeldecke brandeten.

»Ach du Schande«, ächzte Miriam. »O Scheiße, ach du Scheiße...«

Plötzlich tönte ein *Krack* über den Portugalstrom, ein Bersten, das nach dem Aufplatzen der Schale eines gigantischen Eies klang – in Gottes Ohr, begriff Thomas sofort, waren die Knochen zerknackt –, ein Geräusch, das noch nie zuvor ein Mensch vernommen hatte.

Als das Heraufschwellen der neuentstandenen Insel endlich endete – mit den Folgen, daß die *Valparaíso* gestrandet war, der *Corpus Dei* abtrieb und von nun an sämtliche Seekarten des Golfs von Cádiz als veraltet gelten mußten –, faßte Miriam die knochige, zittrig gewordene Hand des Geistlichen. »Herrjesses, Tom, wir haben Ihn *verloren.*«

»Wir haben Ihn verloren«, wiederholte Thomas.

»Erst haben wir ihn gefunden, und jetzt haben wir ihn verloren. Was bedeutet das? Liegt es an unserem Versagen?«

»*Unserem* Versagen? Das glaube ich kaum.«

»Aber wir haben uns versündigt«, sagte die Nonne.

»Aber nicht in *dem* Maße«, erwiderte Thomas und deutete auf die unvorhergeahnte insulare Landmasse.

Dann sank der Jesuit Thomas Wickliff Ockham, seines Gottes und der Selbstachtung verlustig gegangen, vornüber aufs Steuerrad und brach in Tränen aus.

INSEL

Anthony konnte nicht zu lachen aufhören. Seit er zum New Yorker Hafen hinausgedampft war, erkannte er jetzt, hatte das Universum nach einem besonders ausgeklügelten, grausamen Spaß gesucht, den es sich mit ihm zu leisten gedachte, und endlich diese Idee verfallen. Schiebe eine blödsinnige kleine Insel aus dem Golf von Cádiz. Laß van Hornes Schiff auflaufen. Klau ihm das Schleppgut.
Einfach zum Totlachen.
Auf der Brücke drängten sich etliche Leute. Sobald feststand, daß die *Valparaíso* auf Grund gelaufen war, hatte es beinahe jeden oberhalb des Vollmatrosenrangs instinktiv zum Kapitän getrieben, um von ihm, obwohl er genauso ratlos war wie die Besatzung, eine Erklärung für das nachgerade irre Erscheinen dieser Insel zu fordern. Jetzt drängten sich alle um die Steuerpulte und Radarschirme – Offiziere, Maschinisten, Smutje, Pumpenmann –, veranstalteten ein Durcheinander wie eine Versammlung von Zeugen Jehovas, die das unmittelbare Bevorstehen des Weltuntergangs erwartete. Anthony spürte ihre Feindschaft. Er bemerkte ihren Widerwillen. Er wußte, was sie dachten. Nie wieder, schwor sich jeder dieser Seeleute. Nie wieder fahre ich mit Anthony van Horne.
»Ich nehme an, ich kann die Maschinen abschal-

ten«, sagte Dolores Haycox, die diensthabende Offizierin, beugte sich über die Hebel.

Bis zu diesem Augenblick war Anthony nicht bewußt gewesen, daß sich die Schiffsschrauben noch sinnlos in der Luft drehten. »Na klar, abschalten«, befahl er lachend.

»Das Steuerrad festzuhalten, dürfte wohl auch überflüssig sein, was?« fragte James Schreiender Falke, der heute als Steuermann eingesetzte Vollmatrose.

»Sehr richtig«, antwortete der Kapitän kichernd.

»Was finden Sie eigentlich so beschissen lustig?« fragte Bud Ramsey.

»Sie verstünden's doch nicht.«

»Versuchen Sie's mal.«

»Das Universum.«

»Hä?«

Während er am eigenen Gelächter fast erstickte, packte Anthony das Mikrofon der Sprechanlage. »Achtung, alles herhören! Alles herhören! Wie Sie selbst sehen, Leute, stecken wir da ein Stück weit in der Scheiße!« Seine elektronisch verstärkte Stimme bollerte übers Wetterdeck und verklang in den im Nebel nur undeutlich sichtbaren Dünen ringsum. »Freizukommen dauert mindestens drei, vielleicht vier Tage, danach suchen wir den Leichnam, nehmen ihn wieder in Schlepp« – es kostete ihn Mühe, der eigenen Ankündigung Glauben zu schenken – »und setzen die Fahrt fort.«

Das vordringliche Problem war, wie er wußte, nicht das Freibekommen der *Valparaíso*, sondern das Erfordernis, einfach erst einmal von Bord zu klettern und den Schaden zu besichtigen. Vorerst waren sie nämlich in ihrem Schiff Gefangene, so wie das Plastikmodell der USS *Constitution*, das sein Vater in den Glasbehälter hatte einschließen lassen, von allem abgeschnitten. Auf allen Seiten fiel der Rumpf des gestrandeten Tankers senkrecht auf nassen Sand ab, und keine Gangway oder Jakobsleiter konnte den Höhenunterschied überwinden.

»He, hat einer von euch schon mal so was gehört?« lamentierte Charlie Horrocks. »Da kommt mir nichts, dir nichts 'ne Insel zum Vorschein. Hat jemand *so was* schon mal gehört?«

»Ich nicht«, bekannte Bud Ramsey.

»So was gab's noch nie«, behauptete Joe Spicer der Lange. »Selbst auf einer so unheimlichen Fahrt, wie wir sie gerade machen, hat's etwas derartiges überhaupt noch niemals gegeben.«

»Kann sein, Pater Thomas weiß 'ne Erklärung«, meinte Lianne Bliss. »Er ist doch 'n Genie, oder nicht? Wo ist Pater Thomas?«

»Wenn auf dieser Fahrt noch mehr Schiet passiert«, sagte Sam Follingsbee, »raste ich aus.«

»Glauben Sie *wirklich*, wir kommen je wieder frei?« fragte Crock O'Connor, rieb sich das alte Brandmal, das er infolge einer Verbrühung durch Dampf an der Stirn hatte.

Gute Frage, dachte Anthony. »Selbstverständlich.« Mit dem Zeigefinger schabte er an der Spitze seiner gebrochenen Nase. »Der Glaube versetzt Berge, und die Handelsflotte der Vereinigten Staaten ist auch dazu imstande.«

»Wollen Sie meine Ansicht hören?« fragte Marbles Rafferty. »Unsere einzige Hoffnung ist, daß die verfluchte Drecksinsel so plötzlich wie's aufgetaucht ist, mit 'm gewaltig lauten *Wuuusch*, ins Meer zurücksinkt.«

»So?« meinte Dolores Haycox. »Na, darauf würde ich mich lieber *nicht* verlassen. Wenn Sie mich fragen, 's sieht aus, als ob sie bleibt, und wir bleiben auch hier, in 'm eigenen Privatparadies.«

»Privatparadies«, wiederholte Anthony. »Tja, dann

haben wir ja das Recht, ihr einen Namen zu geben.« Er klammerte die Hand um Schreiender Falkes fleischigen Oberarm. »Der nächste Eintrag ins Logbuch lautet: ›*Valparaíso* um sechzehn Uhr fünfundvierzig auf Van-Horne-Insel gestrandet.‹«

»Wie bescheiden von Ihnen«, kommentierte Rafferty.

»Ich benenne sie nicht nach *mir*. Mein Vater hat sein Leben lang eine unentdeckte Insel zu finden versucht. Er ist ein Riesenarschloch, mein hochverehrter Alter, aber er hat seine Insel verdient.«

Anthony juckte die Stirn. Er zog die Engelsfeder aus der Brusttasche des Bordjacketts und kratzte sich mit dem Federkiel. *Ketten*, dachte er. Ja. Ketten. Die Schleppketten waren viel zu dick, doch eine Ankerkette bot sich ohne weiteres zum Klettern an. Er schaltete die Gegensprechanlage ein, verband sich mit dem Maschinenleitstand und wies Lou Chickering an, jemanden mit dem Befehl zum Bug zu schicken, den Backbord-Warpanker abzulassen.

»Crock hat gesagt, wir liegen fest und auf 'm Trockenen«, wandte Chickering ein. »Auf 'n Atoll gelaufen, stimmt's?«

»So ähnlich.«

»Haben Sie Sorge, wir könnten abgetrieben werden, Sir?«

»Tun Sie mir den Gefallen und lassen Sie den Scheißanker werfen, Mr. Chickering.«

Rafferty steckte sich eine Pall Mall zwischen die Lippen. »Wenn Sie einverstanden sind, Kapitän, möchte ich gerne mit einem Erkundungstrupp von Bord gehen.«

Logischerweise war das der nächste erforderliche Schritt; allerdings war Anthony sich darüber im klaren, daß er selbst der erste Mensch sein mußte, der die nach seinem Vater benannte Insel betrat und Bestandsaufnahme machte. »Danke, Mr. Rafferty, aber diese Aufgabe behalte ich mir allein vor. Es geht um etwas Persönliches. Erwarten Sie meine Rückkehr am späten Abend.«

»Kurs beibehalten?« fragte der Erste Offizier mit ausdrucksloser Miene.

»Kurs beibehalten«, bestätigte Anthony, ohne mit der Wimper zu zucken.

Im Lift fuhr er nach Deck 3 hinab, suchte erst seine Kabine und anschließend die Bordküche auf, um für die Erschließung der Van-Horne-Insel einiges an Ausstattung einzupacken: Lebensmittel, Trinkwasser, Kompaß, Stablampe, eine Flasche Monte-Alban-Meskal mitsamt eingelegtem Oaxacan-Wurm. Anschließend ging er hinunter aufs Wetterdeck, strampelte auf O'Connors Mountainbike über den Laufsteg bugwärts, betrat das Vorschiff und krauchte in die feuchte, tangige Enge des Klüsenrohrs.

An der Ankerkette hinabzusteigen, erwies sich als auf gefahrvolle Weise schwierig und sehr unangenehm – die Kettenglieder waren glitschig, und das rauhe Metall schürfte die Hände auf –, doch eine Viertelstunde später stand Anthony auf dem weichen Grund der Insel.

Das schilferig-körnige, weinrote Gemenge, aus dem die Dünen der Umgebung bestanden, sah mehr nach Rost als wie der zuckerbraune Sand aus, den man gewöhnlich längs des 35. Breitengrads vorfand. Der Anblick der Insel nervte Anthony. Sie glich weniger einer Insel des Golfs von Cádiz als einem aus der Kruste eines einzigartig leblosen, toten Planeten gebrochenen Meteor.

Die *Valparaíso* hatte beträchtliche, häßliche Schäden davongetragen. Ihr Steuerruder war in der Unterhälfte um ungefähr zehn Grad geknickt. Den Kiel hatte es dermaßen zerkerbt, daß er einem Sägemesser ähnelte.

An der Backbordseite hatte sich die Schraubenwelle gelockert, und die Schiffsschraube selbst stand aufrecht zwischen Dünen, erinnerte an die Flügel einer abgesunkenen Windmühle. Ohne Zweifel schwere Beschädigungen, nicht so ernst jedoch, daß es einem erfahrenen Skipper unmöglich gewesen wäre, ihre Auswirkungen durch ein paar schiffsführerische Kunstgriffe und schlaue Manöver auszugleichen. Hauptsächlich kam es auf den Rumpf an, gewissermaßen das einzige unentbehrliche Organ eines Schiffs. Anthony betrachtete die mit Entenmuscheln überwucherten Rumpfplatten; strich mit den Fingern über den Stahl, und ebenso mit der Engelsfeder. Wie eine alte Operationsnarbe verlief steuerbords eine fast sechzig Meter lange, unregelmäßige Schweißnaht, eine Anthony verhaßte Mahnung an die Kollision mit dem Bolivar-Riff, aber die Schweißnaht hinterließ einen intakten Eindruck; tatsächlich war allem Anschein nach der gesamte Rumpf unversehrt geblieben. Einmal angenommen, sie schafften es, den Tanker freizuschaufeln, durfte nahezu mit Sicherheit erwartet werden, daß er schwamm.

Anthony trat um etliche Schritte zurück. Ähnlich wie einst die Arche auf dem Berg Ararat ruhte der Tanker auf einer Erhebung aus Sand, Schlamm, Korallen, Gestein und Muscheln. Lasch hing an der Heißleine die Flagge des Vatikans. Vom Heck baumelten schlaff die Schleppketten auf die Dünen herab und entschwanden im Meer. Anthony setzte die Spiegelbrille auf; sein Blick suchte die Bucht in der Hoffnung ab, die Fracht könnte wundersamerweise in die Untiefen geschwemmt worden sein, doch er erspähte nichts außer schroffen Felsen und Gewölk wattegleicher Nebelbänke.

Er kramte den Kompaß aus dem Rucksack, orientierte sich und wandte sich nach Norden.

Je weiter Anthony wanderte, um so offensichtlicher wurde, daß die Van-Horne-Insel unter einer ausgedehnten unterseeischen Müllkippe gelegen hatte. Beim Emporsteigen vom Meeresboden hatte sie den Abfall eines halben Erdteils ans Tageslicht gebracht. Sie gab Italiens Mülltonne ab, Englands Abfalleimer, Deutschlands Senkgrube, Frankreichs Pissoir.

Eine Hand auf Nase und Mund gepreßt, eilte Anthony an einem hohen Stapel chemischer Rückstände vorbei, Hunderten von Zweihundertfünfzigliterfässern, aufgetürmt zu einer Art postindustrieller Aztekenpyramide. Anderthalb Kilometer dahinter lagen die Wracks von über tausend Autos. Die ausgeschlachteten Karosserien hatten Ähnlichkeit mit Skeletten, die die Auffahrt zu einem Schlachthaus säumten. Danach entdeckte er Haushaltsgeräte: Rührmaschinen, Toaster, Gefrierschränke, Mikrowellenherde, Radios, Geschirrspüler – und obwohl offenbar alles willkürlich entsorgt worden war, fügte es sich insgesamt dennoch zu einem seltsam einheitlichen Umfeld zusammen, der Kulisse für eine posttheistische Comedy-Sendung, in der eine vergreiste, debile Donna Reed (allein in der Küche) ausheckte, wie sie ihre Familie vergiften könnte.

Die Abenddämmerung stellte sich ein, nahm der Insel die Wärme und färbte den roten Sand schwarz. Anthony schloß den Reißverschluß der Baseballjacke, entnahm dem Rucksack die Flasche Monte Alban und trank, ehe er weiterstapfte, einen langen, brennendheißen Zug.

Eine Stunde später traf er auf die Götter.

Vier Gottheiten, um genau zu sein: vier über fünf Meter hoher Granitbildnisse, eines an jeder Ecke eines verschlickten Fliesenpflaster-Platzes. Ein Keuchen drang von Anthonys Lippen. Es mußte als merkwürdig genug bewertet werden, daß die Van-Horne-Insel überhaupt existierte, und als noch unwahrscheinlicher gelten, daß einmal Menschen sie bewohnt hatten – vielleicht im hiesigen Atlantik die Entsprechung des freudlosen Stamms, der einst auf den Osterinseln hauste. An der Nordecke stand das gemeißelte Abbild eines rundlichen Trinkers, der einen Weinschlauch hoch über den weit offenen Mund hob und sich einen Strahl des Getränks in den Rachen schüttete. Im Osten befand sich ein Schlemmer mit Hamsterbacken und einem Wanst in der Größe einer Abrißkugel, versuchte einen ganzen, lebenden Eber zu verschlingen. Südlicherseits mampfte ein glotzäugiger Opiumesser einen Strauß Mohnblumen. Im westlichen Winkel schickte ein Pucker, der eine so kolossale Erektion hatte, daß er auf einer Wippe zu hocken schien, sich an, ein Walroßweibchen zu penetrieren. Auf dem Weg von einer zur nächsten Statue hatte Anthony andauernd das Empfinden, in die Vergangenheit verschlagen worden zu sein, in eine Zeit, als man Todsünden noch regelrecht zelebrierte – nein, eigentlich nicht, es hatte mehr den Anschein, als wären Sünden damals noch unbekannt gewesen, hätte man schlicht und einfach den Neigungen nachgegeben, wie und wann man sie verspürte, ohne sich sonderlich den Kopf über die Einstellung zu zermartern, die irgendein hypothetisches Höchstes Wesen von solchem Benehmen haben mochte. Die Götter der Van-Horne-Insel erließen keine Gebote, verhängten keine Strafen und erheischten keine Verehrung.

Irgendwann knipste Anthony, während sich die Nacht über das Pantheon senkte, die Stablampe an. In der Mitte des Platzes stützten steinerne Löwenpfoten eine enorme Marmortafel. Der Kapitän lenkte den Lichtkegel über die Oberfläche des Altars. Blutrinnen. Matsch. Zermalmte Austernschalen. Gräten eines Barschs.

Dahinter gab es auf einer freistehenden Mauer

eine Reihe schauriger Unterweisungsdarstellungen zu sehen. Sie waren, begriff Anthony, eine Art von Gebrauchsanweisung für den Altar, zeigten die günstigste Lage des Opfers, den vorteilhaftesten Winkel zum Ansetzen des Dolchs und die richtige Methode, um aus einem menschlichen Unterleib die Innereien zu entfernen.

Dem Fries zufolge mußten die Götter der Insel Liebhaber der Eingeweide sein. Nachdem man sie ihrem schlüpfrigen Sitz entnommen hatte, waren Zwölffinger-, Dünn- und Dickdarm offenbar in Tongefäße gefüllt worden, die man dann mit dem noch dampfenden Inhalt zu den Standbildern brachte. Eine gezackt-sternförmige Scherbe einer solchen Terrine lag zu Anthonys Füßen. In einem Gefühlsgemisch aus Furcht und Ekel stampfte er mit dem Fuß auf das Bruchstück, als zerträte er eine Küchenschabe. Auch im Laufe der bisherigen Fahrt hatte zu ihrem Schleppgut, dem *Corpus Dei* mit dem süßsauren Lächeln, dem Oberrichter mit seinem ewigen Grinsen, wenig Zuneigung entwickelt, auf einmal jedoch kam es ihm durchaus so vor, als wäre der jüdisch-christliche Monotheismus ein Fortschritt gewesen.

Müdigkeit schlich sich in die Knochen des Kapitäns. Er zückte den Monte Alban und genehmigte sich einen zweiten tüchtigen Zug aus der Flasche, dann fegte er den Unrat von der Altarplatte und erstieg sie. Ein weiterer Schluck. Er streckte sich aus, legte sich auf den Rücken. Noch einen Schluck. Anno Postdomini Eins durfte endlich jeder nach Herzenslust saufen.

Anthony gähnte. Ihm sanken die Lider herab. Lemuria, Mu, Vineta, Thule, Atlantis: Als Handelsseemann hatte man schon von einem Dutzend im Meer versunkener Reiche schwafeln hören. Ausschließlich nach der Position der *Valparaíso* beurteilt – nördlich von Madeira, östlich der Azoren, nahe der Säulen des Herkules –, kam am wahrscheinlichsten Atlantis in Frage, aber er wußte schon jetzt, daß bloße Geografie nicht hinreichte, um ihn zur Umbenennung der nach seinem Vater getauften Insel zu veranlassen.

Er schrak durch einen Zuruf aus dem Schlaf – ein kraftvoll-lautes »Anthony!« – und dachte im ersten Augenblick, der Zecher, der Gourmant, der Opiumesser oder der Tierfreund wäre zum Leben erwacht und riefe ihn. Sonnenschein umschmeichelte den Tempel mit weichem Licht, heiße Strahlen stachen durch den Nebel herab. Der Kapitän öffnete die Baseballjacke.

»Anthony! Anthony!«

Als er sich vom Altar schwang, merkte er, daß er Ockhams Predigerstimme hörte. »Pater!«

In FermiLab-Sweatshirt und Panamahut stand der Priester im Schatten des Soderers und schnaufte. Er wirkte benommen, geradezu betäubt, genau wie es jemandem seiner Profession wohl ergehen mußte, sobald er sich mit den konkreten Einzelheiten der Zoophilie konfrontiert sah.

»Wir sind auf dem *Corpus Dei* gewesen, als in den Ohren die Knochen brachen«, erzählte Ockham. »Das gerauenhafteste Geräusch, das ich je gehört habe. Ein Paukenschlag der Apokalypse. Irgendwie haben wir's noch bis auf die *Juan Fernández* geschafft.«

»Freut mich, Sie zu sehen, Thomas«, sagte Anthony, berührte den Arm des Geistlichen mit der leeren Monte-Alban-Flasche. Wenn die Crew sich in Dekadenz suhlte und sich vom Meeresgrund steinerne Götter erhoben, war es gut, jemanden bei sich zu heben, der die Bergpredigt auswendig kannte. »Alles geht in die Binsen, aber da sind Sie, der Rettungsanker.«

»Gestern habe ich nackt in Gottes Nabel getanzt.«

Anthony schauderte zusammen und schluckte. »So?«

»Mit Schwester Miriam.« Der Priester packte das Sweatshirt am Kragenbund und zog sich die verschwitzte Baumwolle über den Kopf vom Oberkörper. »War aber bloß ein Ausrutscher. Unterm Bann des Leichnams. Jetzt habe ich mich wieder voll in der Hand. Ganz bestimmt.«

»Pater, was spielt sich hier eigentlich ab? Ich kann's nicht fassen, daß da auf einmal diese Insel auftaucht.«

»Miriam und ich haben das Problem beim Abendessen diskutiert.«

»Und ist Ihnen dazu was eingefallen?«

»Ja, aber es ist eine ziemlich bizarre Erklärung. Möchten Sie sie hören? Ich vermute, Sie halten sich hinsichtlich der sogenannten Chaos-Theorie nicht auf dem laufenden...?«

»Nee.«

»Jedenfalls ist einer ihrer Schlüsselbegriffe der ›Chaotische Attraktor‹, das Phänomen, das offenbar Turbulenzen und anderen scheinbar zufälligen Vorgängen zugrundeliegt. Vielleicht hat die *Valparaíso*, während sie mit der Fracht nach Norden fuhr, eine gänzlich einzigartige Turbulenzenvariante verursacht und dadurch der Leichnam – ich betone, das ist nur eine Vermutung – zu einem Chaotischen Attraktor geworden ist. Der springende Punkt ist folgendes: Naturgemäß könnte die alte, heidnische Ordnung durch einen Attraktor dieser Art ganz besonders stark energetisiert worden sein. Verstehen Sie? Als der *Corpus Dei* über die untergegangene Heidenwelt hinwegschwamm, wurde sie infolge ihres immanenten Drangs nach Reetablierung heraufgezogen. Können Sie meinen Darlegungen folgen?«

»Soll das heißen, Gottes Leichnam hätte wie ein Magnet gewirkt?«

»Genau. Er hat sich als metaphysischer Magnet ausgewirkt, unnatürlichen Nebel vom Himmel herab- und eine heidnische Zivilisation vom Meeresgrund heraufgeholt.«

»Und warum ist so was noch nicht im Golf von Guinea passiert?«

»Wahrscheinlich liegt im Golf von Guinea keine versunkene Heidenkultur auf dem Meeresboden.«

»Soviel ich weiß, soll hier irgendwo Atlantis abgesoffen sein.«

»Im Gegensatz zu Platon bin ich der ziemlich festen Überzeugung, daß es Atlantis nie gegeben hat.«

»Dann bleiben wir bei der Bezeichnung Van-Horne-Insel.«

Sie schlenderten zum Standbild des Gourmants. Versonnen besah sich Anthony den eigentümlichen, gegensätzlichen Ausdruck verzückten Entsetzens, den man dem unglücklichen Eber ins Gesicht gemeißelt hatte. Chaos-Theorie. Chaotische Attraktoren. Metaphysischer Magnet. Du lieber Himmel...

»Wir lassen nicht zu, daß diese Insel uns die Tour vermasselt, was, Pater?« meinte der Kapitän. »Mag sein, daß das Schiff gestrandet und das Schleppgut weggetrieben ist, aber wir nehmen die Herausforderung an. Die Besatzung gräbt uns einen Kanal.«

»Nein«, widersprach Ockham. »Das glaube ich kaum.« Er sprach in bleiern-unheilvollem Ton. »Sie haben die Brocken hingeschmissen, Anthony.«

»Wer hat die Brocken hingeschmissen?«

»Die Besatzung.«

»*Was?*«

»Ungefähr um Mitternacht. Die Leute haben Wheatstone, Jaworski und Weisinger aus dem Bordknast befreit, einen Kran errichtet und allerlei Sachen von Bord geladen, Kücheninventar, Videogeräte, auch einiges schweres Material, einen Großteil der Vorräte...«

»Ich traue meinen Ohren nicht.«

»...ein Dutzend geschmuggelter Kisten harter Getränke und rund zweihundert Sechserpack Bier.«

»Und dann?«

»Dann sind sie damit abgehauen. Sie sind fort, Anthony.«

»*Fort?*« Dem Kapitän kündete sich in den warmen, blutreichen Falten des Großhirns Migräne an. »Wohin denn?«

»Ich habe beobachtet, daß sie durch die Dünen nach Norden gegangen sind.«

»Auch die Offiziere? Die Maschinisten?«

»Spicer, Haycox und Ramsey sind dabei.«

»Wer ist geblieben?«

»Schwester Miriam natürlich, außerdem Rafferty, O'Connor, die Schiffbrüchige, die Funkerin...«

»Cassie ist da? Gut.«

»Vermutlich zeigt sie uns auf diese Weise ihren Dank.«

»Wer noch?«

»Chickering und Follingsbee. Einschließlich mir haben Sie acht Personen auf dem Schiff.«

»Meuterei«, sagte Anthony; das Wort schmeckt seinem Mund wie Kot.

»Eher Desertation.«

»Nein, Meuterei!« Anthony packte die Meskal-Flasche am Hals und zerschlug sie am linken Knie des Völlers, so daß der eingelegte Oaxacan-Wurm in die Luft emporflog. Halunken. Denen wollte er es zeigen. Das Erste Gebot der Seefahrt zu brechen war etwas völlig anderes, als mit allerlei Faxen gegen die Gesetze der Landratten zu verstoßen. Gegen euren Kapitän lehnt ihr euch auf? Genausogut könntet ihr Säure trinken, mit dem Laser auf einen Spiegel schießen oder dem Teufel einen ungedeckten Scheck ausstellen. »Was glauben sie mit solchem Scheiß denn erreichen zu können?«

»Schwer zu sagen.«

»Wir spüren sie auf, Thomas.«

»Eine Absicht hat Spicer erwähnt.«

»Wir knöpfen sie uns vor und knüpfen sie an den Ladebäumen auf. Kein Meuterer soll der Gerechtigkeit entgehen. Welche Absicht?«

»Er hat gesagt, ihre Gefangenen sollten, ich zitiere, ›die Strafe bekommen, die sie verdienen.‹«

Als Cassie erfuhr, daß Joe Spicer der Lange, Dolores Haycox, Bud Ramsey sowie der überwiegende Teil der Besatzung den Koller gekriegt, den Tanker geplündert und sich auf die Insel verzogen hatten, befiel eine Wut sie, wie sie sie nicht mehr verspürt hatte, seit ihr Stück über Jephtah in der *Village Voice* als »die Art von Theaterereignis« diffamiert worden war, »das Humor auf der Bühne in Verruf bringt.« Ohne Besatzung bestand keine Aussicht, das Schiff flottzumachen; ohne Schiff gab es keine Möglichkeit zur Suche nach dem Kadaver und Fortsetzung der Schlepptätigkeit; ohne Wiederaufnahme des Transports blieb es Olivers Söldnern verwehrt, das Ziel zu finden und zu versenken. Unterdessen trieb das Ding im Golf von Cádiz, wo es jederzeit irgendein Depp entdecken konnte. Vielleicht *war* es schon von irgendeinem Idioten gefunden *worden*. Cassie hielt es nicht für ausgeschlossen, daß gegenwärtig eine Horde texanischer Fundamentalisten den *Corpus Dei* zur Galveston-Bucht schleppte, um ihn zur Prunk- und Hauptattraktion eines christlichen Themenparks zu erheben.

Was sie am meisten erbitterte, war die Schwachköpfigkeit der Meuterer, die Hirnlosigkeit, daß sie Gottes Tod für nichts Gescheiteres ausnutzen, als ihn zur Rechtfertigung ihres kurzsichtigen anarchistischen Abenteuers zu mißbrauchen.

»Er dient ihnen bloß als *Vorwand*«, beschwerte sie sich bei Pater Thomas und Schwester Miriam. »Sehen diese Leute das nicht *selbst*?«

»Vermutlich *können* sie's sehen«, antwortete der Priester. »Aber die neue Freiheit schmeckt ihnen, das wird's sein, oder? Sie müssen sie einfach auskosten, und natürlich bis zum äußersten.«

»Das ist die Logik Iwan Karamosows, nicht wahr?« fragte Miriam. »Wenn es keinen Gott gibt, ist alles erlaubt.«

Der Geistliche furchte die Stirn. »Da fällt einem zwangsläufig auch Schopenhauer ein. Ohne ein Höchstes Wesen wird das Dasein öde und sinnlos. Ich hoffe, statt dessen hatte Kant recht... Ich hoffe, die Menschen haben irgendein angeborenes ethisches Gespür. Mir ist, als könnte ich mich erinnern, daß er mit regelrechter Schwärmerei etwas vom ›bestirnten Himmel über mir, und das moralische Gesetz in mir‹ geschrieben hat.«

»Ja, in der *Kritik der praktischen Vernunft*«, bestätigte Miriam. »Ich bin völlig deiner Meinung, Tom. Die Deserteure, wir alle, wir müssen Kants Glaubenssprung nachvollziehen – seinen Sprung *aus* dem Glauben, sollte ich wohl sagen. Wir müssen auf unser kongenitales Gewissen zurückgreifen. Sonst sind wir erledigt.«

Thomas und Miriam, stellte Cassie bei sich fest, genossen ein gemeinsames Einverständnis und eine gegenseitige Zuneigung – man konnte es sogar ein leidenschaftliches Verhältnis nennen –, um die viele Ehepaare sie beneidet hätten. »Diesen Sprung habe ich schon vor Jahren gemacht«, merkte Cassie an. »Man braucht sich nur einmal den zweiten Teil von *Die Zehn Gebote* offenen Auges anzuschauen, und es wird klar, daß Gott und Güte unvereinbar sind.«

»Nun je, so weit würde ich nicht gehen«, sagte Miriam.

»Ich sehr wohl«, entgegnete Cassie spitz.

»Das dachte ich mir«, meinte Pater Thomas trocken.

»Kant war doch kein *Atheist*«, erklärte die Nonne und fletschte die prachtvollen Zähne zu einem grimmigen Lächeln.

Im weiteren Verlauf des Tages dachte Cassie – es war praktisch unvermeidlich – immer wieder an *Gott ohne Tränen*, ihre einen Akt umfassende Demontage des Monumentalfilms *Die Zehn Gebote*. Gott verstand nichts von Güte, das Gute wußte nichts von Gott – alles war dermaßen offensichtlich, daß jeder überall geradezu mit der Nase daran stieß, und trotzdem waren drei Viertel der Leute auf diesem Schiff dem Bann des Leichnams verfallen. Zum Verrücktwerden.

In der Nacht trug ein Traum sie von der Insel fort, über den Atlantik zurück nach New York City, wo sie im Horizont-Autorentheater in der ersten Reihe saß und der Premiere von *Gott ohne Tränen* beiwohnte. Auf der Bühne beleuchtete ein Spot den Moses, der am Toten Meer zu Füßen einer Sanddüne kauerte und Fragen eines nicht sichtbaren Interviewers beantwortete, der alles über ›die geheimnisumwitterte ungekürzte Fassung des DeMillschen Filmmeisterwerks‹ zu wissen wünschte.

Das Publikum umfaßte ausschließlich Offiziere und Besatzung der *Valparaíso*. Links neben Cassie saß Joe Spicer und tätschelte ein Schoßtier, das abwechselnd wie eine Wanderratte und wie eine Winkerkrabbe aussah. An ihrer rechten Seite: Dolores Haycox, die systematisch Knoten in eine liberische Seeschlange machte. Hinter ihr: Bud Ramsey, der ein Dacrontau wie eine Zigarre rauchte.

Moses ersteigt die Kuppe der Düne und betatscht die Gesetzestafeln, die wie Mickey-Maus-Ohren aus dem Sand ragen.
INTERVIEWER: Ist es wahr, daß DeMilles ursprüngliche Fassung eine Länge von sieben Stunden hatte?
MOSES: Hm-hmm. Die Verleiher bestanden darauf, daß er sie auf vier Stunden zusammenschneidet. *(Hält Fäustevoll Filmstreifen in die Höhe.)* Während der vergangenen zehn Jahre ist es mir gelungen, Teile und

Ausschnitte fast jeder herausgekürzten Szene aufzutreiben.

INTERVIEWER: Zum Beispiel?

MOSES: Die Plagen in Ägypten. In der veröffentlichen Version kommen in Blut verwandeltes Wasser, Hagel und Finsternis vor, aber die wirklich interessanten Heimsuchungen sind weggelassen worden.

Das Scheinwerferlicht fällt auf zwei ältere ägyptische Arbeiterinnen, Baketamon und Nellifer, von Beruf Töpferinnen. Sie holen Lehm vom Ufer des Nils.

INTERVIEWER: Erzählt mir von den Fröschen.

BAKETAMON: Wir wußten nicht, ob wir weinen oder lachen sollten.

NELLIFER: Wenn man die Schublade mit der Unterwäsche aufzog, *flupp*, da hüpfte einem gleich so ein kleines Scheißvieh ins Gesicht.

BAKETAMON: Es soll keiner behaupten, Gott hätte keinen Humor.

INTERVIEWER: Welche Plage war am schlimmsten?

BAKETAMON: Die Beulenpest, würde ich sagen.

NELLIFER: Was, die Beulen, das ist doch wohl 'n Witz?! Die Heuschrecken waren viel schlimmer als die Beulenpest.

BAKETAMON: Die Mücken waren auch reichlich fies.

NELLIFER: Und die Fliegen.

BAKETAMON: Und erst die Viehseuche.

NELLIFER: Und der Tod der Erstgeborenen. Das war für viele Leute *ganz* schlimm.

BAKETAMON: Nellifer und ich sind aber davon verschont geblieben.

NELLIFER: Wir hatten Glück. Unsere Erstgeborenen waren schon tot.

BAKETAMON: Meinen hat der Hagel getötet.

NELLIFER: Ist er erfroren?

BAKETAMON: Erschlagen worden.

NELLIFER: Meiner hatte seit dem ersten Lebensmonat

chronischen Durchfall gehabt, und als das Wasser sich in Blut verwandelte, starb er an Dehydrierung.

BAKETAMON: Nellifer, du bringst ja alles durcheinander. Als das Wasser zu Blut wurde, ist dein *Zweit*geborener verstorben. Dein *Erstgeborener* ist während der Finsternis umgekommen, weil er versehentlich Terpentin getrunken hat.

NELLIFER: Nein, mein *Zweit*geborener ist erheblich später gestorben, er ist ertrunken, als das Rote Meer sich wieder schloß. Mein *Dritt*geborener hat Terpentin getrunken. Eine Mutter vergißt so etwas doch nicht.

INTERVIEWER: Man sollte meinen, ihr wärt wegen der Plagen viel verbitterter.

NELLIFER: Anfangs dachten wir ja, die Plagen seien ungerecht. Aber schließlich haben wir unsere innere Schlechtigkeit und eingefleischte Bosheit eingesehen.

BAKETAMON: Es gibt im gesamten Universum nur einen Guten, und das ist Jehova, Gott der Herr.

INTERVIEWER: Ihr habt euch zum Monotheismus bekehrt?

BAKETAMON *(nickt)*: Wir lieben Gott den Herrn von ganzem Herzen.

NELLIFER: Aus tiefster Seele.

BAKETAMON: Mit aller Kraft.

NELLIFER: Außerdem weiß man nie, was ihm als nächstes einfällt, um uns zu piesacken.

BAKETAMON: Vielleicht schickt er Feuerameisen.

NELLIFER: Oder Mörderbienen.

BAKETAMON: Oder Hirnhautentzündung.

NELLIFER: Schließlich habe ich noch zwei Söhne.

BAKETAMON: Und ich eine Tochter.

NELLIFER: Der Herr gibt...

BAKETAMON: ...und der Herr nimmt.

NELLIFER: Gepriesen sei der Name des Herrn.

Cassie schaute sich im Publikum um. Über Joe Spicer, Dolores Haycox und Bud Ramsey schwebten und gleißten Strahlenkränze puren Intellekts, erhellten ihre Gesichter mit dem heiligen Glanz des Skeptizismus. Sie spürte, daß die Erleuchtung unmittelbar bevorstand. Im weiteren Laufe von *Gott ohne Tränen* mußten die Deserteure der *Valparaíso* unabwendbar den verhängnisvollen Irrtum erkennen, auf den sie ihre Rebellion stützten, und ihn verwerfen.

Das Scheinwerferlicht fällt wieder auf die Sanddüne und Moses.
INTERVIEWER: Als du auf dem Berg Sinai gewesen bist, hat Jehova dir wesentlich mehr als die Zehn Gebote aufs Auge gedrückt, oder?
MOSES: Und DeMille hat alles verfilmt, sämtliche sechshundertzwölf Gesetze, aber es ist alles der Schere zum Opfer gefallen.
Im Bühnenhintergrund senkt sich eine Leinwand herab, auf die ein Ausschnitt des Films Die Zehn Gebote *projiziert wird. Zügig schreibt Gottes Zeigefinger die Gebote in den Stein des Sinai. Sobald das letzte Gebot niedergeschrieben ist – DU SOLLST NICHT –, bleibt das Bild stehen.*
GOTT *(Off-Stimme)*: Und nun zu den Feinheiten. *(Paukenschlag)* Wenn du in den Krieg ziehst gegen deinen Feind, und der Herr gibt ihn in deine Gewalt, so daß du Gefangene machst, und du erblickst unter den Gefangenen eine schöne Frau, entbrennst in Liebe zu ihr und willst sie zum Weibe nehmen, so führe sie hinein in dein Haus...
INTERVIEWER: Daß DeMille das gebracht hat, finde ich bewundernswert. Fünftes Buch Moses, einundzwanzig-zehn bis -zwölf, nicht wahr?
MOSES: Du hast recht, Marty. Er war ein viel mutigerer Regisseur, als seine Kritiker sich vorstellen.

GOTT *(Off-Stimme)*: Wenn bei einer Rauferei zweier Stammesbrüder das Weib des einen herzukommt, um ihrem Manne zu helfen wider den andern, der ihn schlägt, und wenn sie ihre Hand ausstreckt und jenen an seinen Schamteilen ergreift, dann haue ihr die Hand ab ohne jegliche Nachsicht.
INTERVIEWER: ›Schamteile?‹ *Das* Wort hat DeMille benutzt?
MOSES: Fünftes Buch Moses, fünfundzwanzig-elf bis -zwölf.
GOTT *(Off-Stimme)*: Hat jemand einen störrischen und widerspenstigen Sohn, der seines Vaters und seiner Mutter Mahnungen nicht befolgen will und ihnen auch nach der Züchtigung nicht gehorcht, dann sollen ihn seine Eltern ergreifen und ihn vor die Stadtältesten zum Gerichtstor seines Ortes bringen ... Dann sollen alle Männer seiner Heimatstadt ihn zu Tode steinigen.
MOSES: Fünftes Buch Moses, einundzwanzig-achtzehn, -neunzehn und -einundzwanzig.
INTERVIEWER: Und da habe ich immer geglaubt, DeMille wäre Kontroversen abgeneigt gewesen.
MOSES: Eigentlich war er ein Medienmogul mit Mumm, Marty.
INTERVIEWER: Diese verfluchten Kino-Ketten.
MOSES *(nickt)*: Sie bilden sich ein, ihnen gehörte die Welt.

Joe Spicer sprang auf und setzte die Winkerkrabbe beiseite. »Kollegen«, rief er, »uns ist ein ernster epistomologischer Fehler unterlaufen.«

»Schopenhauer war nur ein Korinthenkacker«, erregte sich Dolores Haycox, ließ die liberische Seeschlange zu Boden fallen. »Der Sinn des Lebens kommt nicht von Gott. Das Leben hat in sich selbst seinen Sinn.«

»Kapitän, Sie müssen uns verzeihen«, bat Bud Ramsey.

In diesem Moment wachte Cassie auf.

6. August

Ockham hat nicht übertrieben. Die Lumpen haben unsere Vorratskammern so gut wie leergeplündert. Bis es uns gelingt, eine Gruppe zum Fischefangen zu schicken, müssen wir essen, was ihnen entfallen ist oder sie sowieso nicht haben wollten.

Ich gehe ein, Popeye. Von der Migräne flimmert es mir ständig vor Augen, und immerzu beschäftige ich mich mit Phantasien, was ich mit den Meuterern mache, wenn ich sie erwische. Ich stelle mir vor, wie ich Ramsey kielhole und die Rumpfmuscheln der *Valparaíso* ihm die Haut abschrammen, als ob ein Schiffsjunge Kartoffeln schält. Ich male mir aus, wie ich Haycox in ordentliche, kleine Würfel schneide und sie als Häppchen für die Haie in den Golf von Cádiz werfe. Und Joe Spicer? Spicer binde ich auf die Butterworthanlage und peitsche ihn aus, bis die Sonne auf seine Wirbelsäule scheint.

Willkommen in Anno Postdomini Eins, Popeye.

Um 13 Uhr 20 hat Sam Follingsbee mir eine Lebensmittelliste vorgelegt: 1 Bananenstaude, 2 Dtzd. Würstchen, 3 Pfd. Schweinskopfsülze, 5 Laib Brot, 4 Stck. Velveta-Käse ... Erspare mir den Rest, Popeye, es ist zu niederschmetternd. Ich habe den Smutje angewiesen, einen Rationierungsplan auszuarbeiten, irgendein Zuteilungsverfahren, um zu gewährleisten, daß wir während des restlichen Monats handlungsfähig bleiben.

»Und danach?« hat er gefragt.

»Dann beten wir«, war meine Antwort.

Zwar sind die Meuterer in den Vorschiff-Stauraum eingebrochen und haben sämtliche Anti-Raubtier-Waffen mitgenommen, haben aber vergessen, sich das wichtigste Zubehör aus dem Deckhaus-Spind zu besorgen, und daher fehlen ihnen für die Raketenstartgeräte die Geschosse und für die WP17-Harpunengewehre die Harpunen. In bezug auf ernsthafte Bewaffnung sind daher beide Seiten weitgehend machtlos. Ärgerlicherweise haben die Schweinehunde allerdings in der Offiziersmesse zwei Paradesäbel von der Wand geholt sowie sechs oder sieben Signalpistolen und eine Handvoll Sprengkapseln erbeutet.

Also sitzen wir nur herum und warten. Und schmoren vor uns hin.

Öhrchen bemüht sich pausenlos um Verbindung zur Außenwelt. Ohne Erfolg. Eine Strandung, Nahrungsmittelknappheit und eventuell sogar eine Meuterei kann ich verwinden, aber dieser andauernde Nebel treibt mich in den Irrsinn.

Um 14 Uhr 30 haben Schwester Miriam und Pater Ockham ihre Rucksäcke gepackt und sind in nördlicher Richtung durch die Dünen gezogen, um die Drecksäcke zu suchen. »Wir gehen von der Annahme aus, daß Immanuel Kant recht hatte«, erklärte der Pater. »In der Seele jedes Menschen schlummert ein natürliches moralisches Gesetz, der Kategorische Imperativ.«

»Wenn wir das den Deserteuren einsichtig machen können«, meinte Schwester Miriam, »kommen sie unter Umständen zur Besinnung.«

Weißt du was, Popeye? Ich glaube, die beiden rennen in den Tod.

Sie fanden die Deserteure durch ihr Gelächter: des Johlens primitiver Heiterkeit und Geschrei posttheistischer Belustigung, die der Wind ihnen über den noch klammen Sand entgegenwehte. Thomas' Herz schlug schneller, als gälte es das kleine Kruzifix zu schütteln, das er unterm Sweatshirt auf der Brust trug.

Geradewegs voraus dampfte eine Reihe hoher, feuchter Dünen in der Sonne. Seite an Seite erklommen Jesuit und Karmeliterin die Erhebungen, pausierten auf halber Strecke für ein Momentchen, um aus den Feldflaschen zu trinken und sich den Schweiß von der Stirn zu tupfen.

»Egal wie tief sie gesunken sind, wir müssen ihnen mit Liebe begegnen«, bekräftigte Schwester Miriam nochmals.

»Ja, schließlich sind wir ja selbst ganz unten gewesen, stimmt's?« antwortete Thomas. »Wir wissen aus eigener Erfahrung, welches Unheil der Einfluß der *Corpus Dei* anrichten kann.« Sobald er den Gipfel der Düne erreichte, hob er van Hornes Fernglas an die Augen. Sofort erbleichte er, wurde schockiert von einem so erstaunlichen Anblick, daß er durchaus mit Miriams Schleiertanz konkurrieren konnte. »Guter Gott ...!«

Auf dem Grund einer Senke lag ein marmornes Amphitheater, dessen Fassade zahlreiche Rundbogennischen aufwies, in denen drei Meter hohe Statuen nackter Gestalten mit Stier-, Geier- und Krokodilsköpfen standen; die Skulptur eines Hermaphroditen, der sich fröhlich einem einzigartig gewandten Selbstbefriedigungsakt hingab, bewachte den Zugang. Gegenwärtig hielten sich in dem für mehrere Tausend Zuschauer konzipierten Bauwerk lediglich zweiunddreißig Leute auf; ausnahmslos stopften die Deserteure sich mit vom Schiff geraubten Delikatessen voll, während sie der lebhaft-munteren Darbietung zusahen, die sich in der Arena abspielte.

In der Mitte der steinigen Veranstaltungsfläche schlingerte der Toyota-Gabelstapler der *Valparaíso* wild im Kreis, die stählernen Forken bedrohten einen schreckerfüllten, nur mit schwarzer Badehose und Tennisschuhen bekleideten Seemann. Unvermeidlich erinnerte Thomas sich daran, als er den Gabelstapler das letzte Mal im Einsatz gesehen hatte, nämlich als Miriam darauf eine Palette mit Kisten voller frischer Eier zur Bordküche beförderte. Jetzt schien es, als wäre wie die Crew auch der Gabelstapler, befallen von einer technischen Analogie der Sünde, in Lasterhaftigkeit abgesunken.

Thomas stellte das Fernglas schärfer. Der Seemann, den der Gabelstapler durch die Arena hetzte, war Eddie Wheatstone, der trunksüchtige Bootsmann, der auf Befehl van Hornes eingesperrt worden war, weil er den Flipperautomaten demoliert hatte. Schweiß schimmerte auf dem Gesicht des Bootsmanns. Seine Augen waren in einem Maße hervorgequollen, als müßten sie jeden Moment bersten. Thomas schwenkte das Fernglas und drehte noch einmal am Rändelrad. An der Lenkung des Gabelstaplers saß, am Leib Khaki-Shorts und ein Michael-Jackson-T-Shirt, in einer Hand eine Dose Tuborg, Joe Spicer – der früher so feingeistige Joe Spicer, bislang vielleicht zivilisiertester Offizier der Handelsflotte, der Mann, der vormals mit Büchern auf die Brücke kam, war offensichtlich völlig dem fatalen Bann des *Corpus Dei* erlegen. Schwenk, Fokussierung. In der Nähe mehrerer Fallgitter kauerte in kurzer Unterhose und indianischen Mokassins der schmerbäuchige Karl Jaworski, der notorische Lustmolch des Schiffs. Neil Weisinger, dessen Blöße nichts als Sportsuspensorium verhüllte, lag eingerollt wie ein Katatoniker an der Mauer der Nordseite.

Zwischen Spicers und Wheatstones Chancen bestand ein empörendes Mißverhältnis. Zwar hatte der Bootsmann eine Waffe – seine Rechte umklammerte einen Patentanker der *Juan Fernández* –, doch wie und wohin er auch auswich, der Gabelstapler blieb ihm auf den Fersen, die Forken stachen durch die diesige Luft wie die Stoßzähne eines wütenden Elefanten. Mit jeder

Sekunde ermüdete Wheatstone mehr, der Priester konnte ihm praktisch ansehen, wie die Milchsäure, Nebenprodukt der aussichtslosen Anstrengungen seiner Muskeln, sämtlichen Zucker zu verbrennen, dem armen Kerl das Blut vergiftete.

»Es ist grauenvoller, als wir dachten«, sagte Thomas, gab das Fernglas seiner alten Freundin. »Sie sind zu den Heidengöttern übergelaufen.«

Miriam beobachtete das Geschehen durchs Fernglas und schauderte zusammen. »Ist das die Zukunft, Tom? Lynchjustiz, öffentliche Hinrichtungen? Erblicken wir hier die Fratze der posttheistischen Ära?«

»Wir müssen Zuversicht haben«, mahnte Thomas, nahm von Miriam das Fernglas entgegen.

Es glich einem Wunder, aber plötzlich ergriff Wheatstone die Initiative. Ein viehischer Aufschrei brach sich von seinen Lippen Bahn – ein Gellen, wie Thomas es aus der Kehle eines Menschen zuletzt während eines Exorzismus gehört hatte –, der Bootsmann schwang den Anker über dem Kopf, hatte anscheinend vor, damit einen Reifen des Gabelstaplers aufzustechen. Er ließ das Tau los. Der Anker wirbelte auf das Fahrzeug zu, prallte gegen die rechte Forke und klatschte in den Schlick. Die Neoheiden spendeten Applaus, würdigten die mutige, wenngleich nutzlose Geste des Aufbäumens.

Schon Sekunden später feuerten sie Spicer zur Vergeltung an.

»Mach ihn alle, Joe!«
»Fahr die Ratte platt!«
»Vorwärts!«
»Drauf!«
»Na los doch!«

Spicer lachte wie ein Irrer, zog ein Frachtnetz aus dem Heckraum des Gabelstaplers und warf es zielsicher über den entsetzten Bootsmann. Wheatstone stolperte und stürzte vornüber. Je heftiger er sich wand, um so unentrinnbarer verstrickte er sich, doch erst als er über den Boden rutschte – die schartigen Fliesen zerfetzten ihm den Leib, die Stirn schrammte durch den Schlamm und hinterließ eine Furche wie ein Pflug –, bemerkte Thomas das Dacrontau, das die Heckstoßstange des Gabelstaplers mit dem Netz verband.

»Thomas, er bringt den Mann um.«

Unbarmherzig schleifte Spicer sein Opfer pausenlos im Kreis, als führte er eine groteske Parodie des Schleppauftrags der *Valparaíso* vor. Wheatstone brüllte gräßlich, er trat um sich und fuchtelte, während Spicer ihn zu Tode schindete, seine flüssigen Körperbestandteile rannen durch die Maschen, als wäre er eine Tomate, die auf dem Boden einer Einkaufstüte zerquetscht wurde.

Als ersichtlich war, daß Wheatstone ausgelitten hatte, rannten zwei stämmige Leichtmatrosen in die Arena, zerschnitten das Tau und zerrten den eingenetzten Leichnam des Bootsmanns zu den Fallgittern.

Die Neoheiden sprangen auf und jubelten.

»Klasse, Joe!«

»Noch mal so!«

»Klasse, Joe!«

»Noch mal so!«

Priester und Nonne hasteten in die Senke hinab, wimmerten vor sich hin, der lehmige Sand klebte ihnen an den Stiefeln. Gemeinsam durchquerten sie das Hauptor und drangen in die Finsternis unter den Sitzreihen vor, ein Labyrinth versandeter, algiger Stollen, in denen die von der *Valparaíso* weggeschleppte Beute – Raketenstartgeräte, Kühlschränke, Feldkisten, Dieselgeneratoren, Videospielgeräte – wie angeschwemmtes Treibgut verstreut lag. Voraus glomm Tageslicht auf einer Rampe. Sie eilten ins Freie.

Ein Weinrinnsal floß die Marmorstufen herab; unter den Sitzen moderten verlorengegangene Würstchen; abgenagte Pizzakrusten und halbverzehrte Äpfel verrotteten in der Hitze. Während jetzt Karl Jaworski in die Arena lief – buchstäblich um sein Leben –, schnauften Thomas und Miriam die Stufen eines Dutzends Ränge hinauf, blieben außer Atem zwischen Charlie Horrocks, der das Gesicht in ein großes Stück Wassermelone hineinfraß, und Bud Ramsey stehen, der an einer Flasche Budweiser nuckelte. Es dauerte mehrere Sekunden, bis Thomas merkte, daß unmittelbar vor ihm Dolores Haycox und James Schreiender Falke auf der Sitzbank tatkräftigen Geschlechtsverkehr vollzogen.

»Hallo, Pater Thomas«, grüßte Ramsey. Bierschaum sickerte ihm übers Kinn. »Tachchen, Schwester.«

»Tolle Fête, was?« fragte Horrocks und hob die Miene aus der Wassermelone.

Haycox und Schreiender Falke stöhnten beide laut, rammelten sich einem Orgasmus entgegen, dessen starke Intensität sie sich in der vorherigen, theistischen Epoche wahrscheinlich höchstens hätten erträumen können.

Zur Linken Horrocks saßen Karl Jaworskis drei Opfer beisammen – die derbe Isabel Bostwick, die gertenschlanke An-mei Jong, die exotische Juanita Torres –, warfen Spicer Kußhände zu. Bostwick naschte Türkischen Honig. Jong soff Champagner aus der Flasche. Juanita Torres, nur in Unterhöschen und BH gekleidet, schüttelte ein Paar Pompons, gebastelt aus zwei Schraubenziehern, um die sie die Hälften ihres zertrennten Miró-T-Shirts gewickelt hatte.

Trotz der scheußlichen Raserei in der Arena, ungeachtet der widerwärtigen Tatsache, daß Spicer irgendwie Jaworksi schon gegen die Südmauer gedrängt hatte und jetzt direkt auf ihn zuraste, konnte Thomas nicht dem Eindruck widerstehen, daß in dem Amphitheater in Wirklichkeit nur eine Art Barthsches *Nichtiges* herrschte: Wo zuvor Gottes Gnade waltete, gab es lediglich noch ein ontologisches Nichts, dessen blinde Anziehungskraft alle Güte und Milde verschlang wie ein Schwarzes Loch das Licht. Jaworski sackte auf die Knie. Spicer senkte entsprechend die Forken. Bostwick, Jong und Torres fuhren gleichzeitig von den Plätzen zu einer Bekundung purer Begeisterung hoch. »Kaltmachen!« schrien sie, sangen es fast im Choral.

Thomas sah ab, was bevorstand. Dennoch flehte er aus alter Gewohnheit zu Gott, es zu verhindern.

»Kaltmachen!«

»Kaltmachen!«

Während die Lippen des Priesters noch an dem Stoßgebet formulierten, rammte die linke Gabelstaplerforke Jaworskis Körpermitte, pfählte den Unterleib so glatt, wie sich Longinus' Lanze in die Brust des Gekreuzigten gebohrt haben mochte.

»Rodeo!« kreischte Jong, als Jaworski aufgespießt emporschwebte.

»Nein!« heulte Thomas. »Nein! Nicht!«

»Regen Sie sich ab, Mann«, forderte Ramsey. »Seien Sie kein Frosch.«

Spicer setzte das Fahrzeug zurück. Jaworksi hing auf der Forke, schrie vor Schmerz, zappelte wie ein auf eine Nadel gepfriemter Käfer.

»Nein ...!« jammerte Schwester Miriam.

»Jawohl!« erscholl schrill Torres' Stimme.

»Masseltoff!« johlte Bostwick.

Falten angestrengter Konzentration an der Stirn, bediente Spicer die Kontrollen, ließ die Forken bis zum unteren Anschlag fallen und wieder steigen, schwang anschließend, nachdem er den Dreh herausgefunden hatte, Jaworksi immerzu auf und nieder. Jaworksi umklammerte die klatschnasse Stahlstange, tränkte bei seinen tapferen, aber zwecklosen Bemühungen, sich zu befreien, die Hände im eigenen Blut.

»Spicer, Spicer ist unser Mann!« jubilierte Boswick. »Keiner kann's, wenn er's nicht kann!«

Bei Thomas machte sich Brechreiz bemerkbar, rumorte in seinem Magen und brannte in der Speiseröhre, während dieselben Leichtmatrosen, die vorhin Wheatstone weggeschafft hatten, Jaworskis Leichnam von der Forke zogen und achtlos in den Schmutz warfen. Inzwischen weinte Miriam. Sie ergriff Thomas' Hand, drückte den Daumennagel so tief in seinen Handteller, daß Blut herausdrang. Mittels purer Willenskraft bändigte Thomas seine Übelkeit.

»Vorwärts, Joe, noch mal so!« krakeelte Torres, wirbelte mit den Pompons. »Vorwärts, Joe, noch mal so! Vorwärts, Joe, noch mal so!«

Den Anker in der Faust, schlurfte Neil Weisinger zur Mitte der Arena. Spicer schaltete den Gabelstapler in einen tieferen Gang und rollte auf ihn zu.

»Hören Sie auf!« schrie Miriam. Es klang, mußte Thomas sich eingestehen, mehr nach einer Erzieherin, die einen Kindergarten zur Ordnung ruft, als wie die Stimme der Vernunft, die den Geist Immanuel Kants beschwört. »Hören Sie sofort auf!«

Spicer schleuderte das Netz.

Aber daneben.

Der junge Matrose wich zurück, die nackten Füße patschten durch den Schlamm, der Anker schwang an seiner Seite. Schwarze Abgase schossen aus dem Auspuff des Gabelstaplers, während das Fahrzeug ihm mit zehn, fünfzehn, dann zwanzig Kilometern pro Stunde folgte. Spicer ließ die Forken in Weisingers Bauchhöhe einrasten.

»Dran und drauf!«

»Dran und drauf!«

Der junge Seemann blieb stehen, wandte sich um, wartete.

»Bring ihn um!«

»Bring ihn um!«

Und mit einem Mal wirbelte der Anker durch die Luft, flog geradewegs auf den Fahrersitz zu.

»Drauf!«

»Drauf!«

Spicer reagierte instinktiv, riß das Lenkrad herum – handelte nach dem gleichen, kläglich sinnlosen Impuls, mutmaßte Thomas, der einen Soldaten mitten im Kugelhagel dazu bewog, den Arm zu heben, als könnte er damit die Geschosse abwehren.

»Mach ihn kalt!«

»Mach ihn kalt!«

Der Anker fiel zwischen die Beine des Zweiten Offiziers. Er jaulte auf vor Schmerz, ließ vom Lenkrad ab und faßte sich in den Schritt.

»Drauf!«

»Drauf!«

Mit einer Geschwindigkeit von fast fünfzig Kilometer pro Stunde prallte der Gabelstapler gegen die Mauer, die gewaltstarke Kollision wuchtete Spicer vom Fahrersitz in die Luft, so daß er sich überschlug. Der Hundertfünfzehnkilomann landete auf den Füßen, hörbar zerkrachten seine Oberschenkel. Auf die eigenen Knochen gespießt, brach er zusammen, zuckte im Sand.

»Weisinger, Weisinger ist unser Mann! Keiner kann's, wenn er's nicht kann!«

Der junge Mann vergeudete keine Zeit. Er zog den Anker vom Fahrersitz des Gabelstaplers, lief quer durch die Arena, beugte sich über Spicer. Sein Blick suchte die Zuschauer. Zuerst dachte Thomas, er wollte nur den Moment des Triumphs genießen – wo, wann und unter welchen anderen Umständen durfte sich ein Vollmatrose schon Beifallstoben erhoffen? –, aber plötzlich erkannte der Geistliche, daß Weisinger nach einem Zeichen ausschaute.

In gespenstisch gleichzeitiger Gebärde streckten sich zweiunddreißig Hände mit aufwärtsgerichteten Daumen nach vorn.

Mit ähnlich unheimlicher Abgestimmtheit drehten sich die zweiunddreißig Handgelenke.

Kehrten die Daumen abwärts.

»Neil, nicht«, rief Thomas, indem er aufsprang. »Ich bin's, Neil, Pater Thomas.«

»Tun Sie's nicht!« schrie Miriam.

Doch Weisinger erledigte, was der Mob verlangte, nämlich Spicer, drosch erbarmungslos mit dem Anker auf ihn ein, als hätte er vor, sich unwiderruflich an ihm zu vertäuen.

Ein hünenhafter, barbrüstiger Matrose, der widerlich süßlichen Whiskey-Geruch verströmte, wandte sich an Thomas. Schwarzer Bart, unreine Haut, ein Gesicht, das der Visage des Völlers am anderen Ende der Insel ähnelte. Thomas erinnerte sich: ein Seemann mit Namen Stubby Barnes. Zweimal war der Mann bei ihm im Gottesdienst gewesen. »He, Pater, Sie unterlassen mal besser das Stören. Sie auch, Schwester.« Die Rechte des Matrosen hielt eine leere Flasche Cutty Sark. »Ich möchte nicht irgendwie respektlos sein, aber das ist unsere Party.«

»Nein, *Sie* sollten diese Scheußlichkeiten unterlassen!« schnauzte Thomas ihn an.

»Das haben Sie nicht zu mir gesagt.« Stubby Barnes hob die Flasche hoch über den Kopf.

»Nein, *Sie* sollten sich zusammenreißen!«

»Wir können tun, was wir wollen, Mann«, beharrte Barnes verstockt, schwang die Flasche und ließ sie auf Thomas zufliegen.

»Hören Sie auf Ihr angeborenes Gewissen!«

Die Flasche traf Thomas genau, ein Pfund Glas schmetterte gegen seine Schläfe. Er spürte noch, daß ihm warmes Blut übers Gesicht rann, ihn auf den Wangen kitzelte, dann fühlte er gar nichts mehr.

7. August

Es wird immer schlimmer. Gestern um 9 Uhr 15 kamen Pater Ockham und Schwester Miriam an Bord zurückgewankt, der Pater blutete aus einer schlimmen Kopfwunde. Was sie zu erzählen hatten, brachte mich echt aus dem Häuschen. Die Meuterer haben Wheatstone und Jaworski bei einer Art von Arenakampf hingerichtet. Joe Spicer ist auch tot, weil Vollmatrose Weisinger bei der Gelegenheit den Spieß umgedreht hat.

Wenn man mich fragt, Spicer ist es recht geschehen.

Hast du schon mal Meskal probiert, Popeye? Baut mindestens so gut auf wie Spinat, das darfst du mir glauben, und betäubt den Kummer. Aus irgendeinem Grund haben die Lumpenhunde meinen Vorrat übersehen. Ich habe den Viechern in den drei noch vorhandenen Pullen Namen gegeben: Kaspar, Melchior und Balthasar – die Drei Weisen Würmer.

Natürlich sollte ich lieber nicht trinken. Mein Vater ist wahrscheinlich ein Alki, irgendwann hatten wir mal eine übermäßig dem Wein zugeneigte Tante in der Familie, die das eigene Haus abgefackelt hat, und zudem einen dem Rum verfallenen Verwandten, der den Briefträger erschoß, weil er einen Stütze-Scheck mit dem falschen Betrag ablieferte. Aber was soll's denn noch, wir leben Anno Postdomini Eins, oder nicht? In dem Zeitalter, das alles erlaubt.

Wir haben eine Frist von noch genau zehn Tagen, um den *Corpus Dei* in die Arktis zu befördern.

Gestern abend habe ich die erste der drei restlichen

Flaschen geleert, und wie die *Valparaíso* geriet Kaspar aufs Trockene. Danach habe ich ein bißchen durchgedreht, eine brennende Marlboro in meiner Handfläche ausgedrückt und ausgiebig gekotzt, und ich bin die Ankerkette hinuntergeturnt und habe mich im Sand gewälzt. Als ich neben dem Kiel aufwachte, war ich nüchtern, aber reichlich benommen, und hatte eine Alu-Suppenkelle im Arm.

Aufgelesen worden bin ich schließlich von Cassie. Was für einen elenden Anblick ich mit Rost im Bart und den mit Meskal durchtränkten Klamotten geboten haben muß. Sie hat mir dabei geholfen, die Kette hinaufzugelangen, mich in die Bordküche geführt und mir Aspirin und Kaffee verabreicht.

»Ich habe das Schiff nicht auf die Insel laufen lassen«, erklärte ich, als hätte sie etwas derartiges behauptet.

»Ganz im Gegenteil, die Insel hat Sie gerammt.«

»Finden Sie mich abstoßend, Doktor? Rundheraus ekelhaft? Stinke ich wie ein Gulli?«

»Nein, aber Sie sollten den Bart abrasieren.«

»Ich überleg's mir.«

»Ich bin seit jeher gegen Bärte.«

»So?«

»Es ist, als ob man 'ne Schuhbürste küßt.«

Beim Gedanken ans Küssen schwiegen wir für ein Momentchen. Das Schweigen fiel uns beiden auf.

»Ich glaube, ich werde verrückt«, habe ich schließlich gesagt. »Ich wollte uns mit 'ner Suppenkelle freischaufeln.«

»Das ist nicht verrückt.«

»Nicht?«

»Verrückt wäre es gewesen, 'n Teelöffel zu nehmen.«

Danach ließ sie mich, indem sie kokett den Kopf zur Seite neigte – oder jedenfalls empfand ich es als kokett –, mit meinem Kater allein.

Als Thomas das leere Amphitheater betrat, erzeugte die Hitze des Spätnachmittags Luftspiegelungen, die überm blutigen Sand waberten und flimmerten. Der Gabelstapler stand verlassen in der südöstlichen Ecke, die rechte Forke war sauber, an der linken Forke klebte noch Karl Jaworskis Blut.

Sowohl van Horne wie auch Miriam waren über Thomas' Absicht, die Meuterer ein zweites Mal aufzusuchen, entsetzt gewesen – »Lieber Himmel, Tom«, hatte die Nonne gerufen, »diesmal ermorden sie *dich*!« –, sein Pflichtbewußtsein jedoch schrieb ihm nicht nur vor, die Toten zu bestatten, sondern auch ein weiteres Mal zu versuchen, den Abgeirrten dahin zu verhelfen, daß sie in ihrem Innern Kants moralisches Gesetz entdeckten.

Wie ein Conquistador, der in der Neuen Welt das Banner Spaniens aufpflanzte, stieß er den Spaten in den Lehm. Zehn Meter entfernt ruhte Jaworskis durchbohrter Leichnam im Schatten des Hermaphroditen-Standbilds und faulte. Dahinter lagen – noch im Netz – die Überbleibsel Eddie Wheatstones quer auf der entstellten Leiche Joe Spicers. Seit ihrer Exekution waren kaum vierundzwanzig Stunden verstrichen, aber die Verwesung war schon in vollem Gang, belästigte die Nase des Geistlichen mit aufdringlichem Geruch.

Thomas leckte sich den Schweiß von der Lippe, packte den Spaten und machte sich ans Werk. Der Sand, obwohl schwer, ließ sich leicht wie frischgefallener Schnee aufwerfen, so daß die Arbeit keine unzumutbare Mühe erforderte – sie verlangte so wenig Anstrengung, dachte sich Thomas, daß das Freibuddeln der *Valparaíso*, falls sich auf der Van-Horne-Insel je wieder die Vernunft durchsetzte, einfacher als vermutet sein mochte. Eine Stunde später klaffte in der Mitte der Arena ein Dreiergrab.

Thomas bettete die Toten hinein, betete für ihre Seelen und schaufelte das Grab zu.

Den Spuren zu folgen, die die Deserteure beim Weggang aus dem Amphitheater hinterlassen hatten, stellte ihn vor kein Problem. Zigarettenstummel, Bierdosenringe, Weinflaschenkorken, Erdnuß-, Apfelsinen- und Bananenschalen wiesen die Richtung, in die sie gewandert waren, und unvermeidlich fühlte sich Thomas an Hänsel und Gretel erinnert, die Kieselsteine ausgestreut hatten, um zu ihrem Pantoffelhelden von Vater und der bösen Stiefmutter heimfinden zu können. Anscheinend war selbst ein gestörtes Familienleben besser als gar keine Familie.

Die Verfolgung führte den Pater durch für die Insel typisches Terrain, nämlich durch Dünen und vorüber an zahllosen vergammelten Haushaltsgeräten, Unmengen an fortgeworfenen Zweihundertfünfzigliterfässern sowie Bergen von Autoreifen, verklumpt wie Haufen riesiger, verkohlter *beygel*, dieses jüdischen Gebäcks; dann stand er plötzlich vor der Mauer.

Sie war hoch, maß vom Fundament bis zu den Zinnen achtzehn Meter, und aus reinem Marmor, jeder Quader weiß wie Gebein, erbaut worden. Das Tor wies spinnenhafte Buchstaben auf, die vergessenen Phoneme einer längst ausgestorbenen Sprache. Thomas schritt hindurch.

In der Stadt lärmte Musik: die Klänge von Elektrogitarren und ultramodernen Synthesizern. Für Thomas hörte sie sich allerdings weniger wie Musik an, sondern eher wie die Art von Sirenentönen, mit denen eventuell eine Stadt ihre Bürger vor anfliegenden Atomraketen warnte. Überall bedeckte Morast den Boden, zäh und braun hingen Brocken des Meeresgrunds an Simsen, tränten von Balkonen. Die vom allgegenwärtigen Nebel umschleierten Tempel, Läden und Häuser befanden sich in schlechtem Zustand, das

Gewicht der Fluten im Golf von Cádiz hatte die Dächer eingedrückt, die Fassaden waren von Unterwasserströmungen abgeschmirgelt worden. Aber trugen ausschließlich natürliche Vorgänge die Verantwortung für die Zerstörung, oder hatte Gott auch hier seine Hand im Spiel gehabt? War dies eine der Städte der Verworfenheit, die persönlich auszulöschen der Allmächtige sich einst entschlossen hatte, eine Schwester Babylons, eine Cousine Gomorras?

Umringt von kannelierten Säulen, ragte ein ausgedehntes öffentliches Gebäude vor dem Geistlichen in die Höhe, die bronzenen Flügel des Portals waren verziert mit Flachreliefdarstellungen der vier obersten Inselgötter. Thomas erstieg die Freitreppe, betrat das gewölbte Foyer und strebte durch den mit einem Schlickteppich ausgelegten Korridor, der sich dahinter erstreckte. Die inzwischen lauter hörbare Musik überreizte sein Gehirn. Während er die Räume beiderseits des Korridors passierte, war ihm zumute, als streifte er durch eines der klassischen Museen, durch die überkandidelte Eltern gern ihre Sprößlinge lotsten, obgleich sich die Exponate ausschließlich für Erwachsene eigneten. Einer der Räume war einmal, ließ sich aus den Mosaiken ableiten, eine Opiumhöhle gewesen; eine Kammer, geschmückt mit erotischer Fresken – vorsintflutlichen surrogatären Illusionsbildungshilfen –, wohl ein Masturbantentreffpunkt; ferner gab es Räume für Päderasten, für Zoophile, für Nekrophile und Inzestuöse, auch Zimmer für Sadomasochisten. Obsession reihte sich in diesem Museum der Widernatürlichkeiten an Obsession, Perversion an Perversion.

Der Korridor verlief um eine Ecke und mündete in einen gepflasterten, mit luftigen Arkaden gesäumten Innenhof, in dem sich, überwiegend splitternackt, die Deserteure der *Valparaíso* tummelten. Was für ein erstaunliches Spektrum an Hauttönen, dachte Thomas:

alle nur möglichen Elfenbein-, Rosa-, Bronze-, Safran-, Braun-, Flachshell-, Schwarzbraun-, Kakao-, Rotbraun-, Ocker-, Dunkelbraun- und Ahornzuckerschattierungen. Es sah aus, als betrachtete er ein Vorratsglas voller verschiedenartigster Nüsse oder würfe einen Blick in einen Kasten Buntstifte. Viele Seeleute hatten sich bemalt, mit dem Saft zerquetschter Beeren gewellte Pfeile und eingerollte Schlangen auf den Körper geschmiert, die Brühe rann ihnen wie blauroter Schweiß an den Gliedmaßen hinab. Von Mauer zu Mauer tobte ein kaum entwirrbares Durcheinander aus Fête, Bacchanal, Orgie, Keilerei und Disco-Veranstaltung, in dem etliche Beteiligten alle fünf Möglichkeiten – Saufen, Fressen, Unzucht, Prügeln, Tanzen – gleichzeitig wahrnahmen. Marijuanaqualm vermischte sich mit dem Nebel. Partyleuchten durchstrahlten den Dunst. Längs der südlichen Arkade duellierten sich Ralph Mungo und James Schreiender Falke mit den von der Wand der Offiziersmesse entwendeten Paradesäbeln, und nur ein paar Meter von ihnen entfernt bildeten acht Männer einen Kreis, in dem einer im anderen stak, ein Karussell der Pedicatio. Zerbeulte Bierbüchsen und leere Getränkeflaschen übersäten den Boden. Aberdutzende benutzter Kondome lagen wie eine Plattwürmer-Invasion herum – eine Tatsache, aus der Thomas ein gewisses Maß an Hoffnung schöpfte: Wenn die Feiernden noch hinlänglich bei Verstand waren, um wegen Schwangerschaft und AIDS besorgt zu sein, dann vielleicht auch einsichtig genug, um Gedanken über den Kategorischen Imperativ anzustellen. Arme wiegten sich, Hüften schwenkten, Brüste schaukelten, Schwengel wippten – die sybaritische Aerobic des Anno Postdomini Eins.

»Na heda, Tommy...!« Neil Weisinger schwankte auf Thomas zu, im Mund einen unangezündeten Sargnagel, rupfte unterwegs genüßlich ein Brathähnchen entzwei. »*Sie* hab ich hier«, lallte er trunken, »ja nich erwartet.«

»Diese Musik ...«

»Das is die schwedische Bänd Verbrannte Erde. Die Scheibe heeßt *Chemotherapie*. Se sollten se mal auf der Biehne erleben, da machen se Eingweideschau.«

Als Mittelpunkt des Innenhofs stand eine vor Zeiten blankpoliert gewesene Festtafel aus Obsidian; jetzt hatte man darauf nicht nur vier enorme Schinken und zwei Rinderhälften bereitgelegt, sondern zudem einen Diesel-Stromgenerator, einen CD-Spieler und einen RCA-Colortrak-5000-Videoprojektor plaziert, der unzüchtige Bilder auf ein weißes Bettlaken strahlte, das wie ein Gespenst am nördlichen Säulengang hing. Thomas hatte Bob Gucciones berüchtigten Film *Caligula* nie gesehen, mutmaßte jedoch, daß es dieses Machwerk sein mußte. Die Kamera fuhr übers Hauptdeck einer römischen Trireme, auf der sich so gut wie jeder der sexuellen Ausschweifung hingab.

»Mächtig was los hier, hä?« fragte Weisinger, fuchtelte mit einer Hälfte des Brathähnchens vor Thomas' Gesicht. Die Luft roch nach Sperma, Tabak, Alkohol, Erbrochenem und Haschisch. »Wolln Se was essen?«

»Nein.«

»Essen Se doch was.«

»Ich habe nein gesagt.«

Der junge Seemann hielt ihm eine Flasche Löwenbräu vor die Augen. »Bier?«

»Neil, ich habe Ihnen am Dienstag in dem Amphitheater zuschauen müssen.«

»Ich hab's Spicer echt gegehm, was? Ihn erwischt wie 'n wackrer goische Cowboy 'n Schtier.«

»Eine unmoralische Handlung, Neil. Sagen Sie mir, ob Sie es einsehen.«

»Man könnt meinen, das is 'ne ganz normale Löwenbräu-Flasch«, sagte Weisinger, »aber in Wahrheit isses was viel, viel Tolleres. Wurd gestern angeschpült. Mit 'ner Nachricht drin. Frahn Se, welche Nachricht.«

»Neil ...«

»Los, frahn Se.«

»Welcher Nachricht?«

»›Du solls Götter nach Lust und Laun hahm‹, stund drauf. ›Du solls begehrn deins Nächsten Weib.‹ Sinn Se sicher, daß Se kein Bier wolln?«

»Ja.«

»›Du solls dein Nachbar in'n Arsch ficken.‹«

Wohin Thomas auch blickte, verschwendete man in beträchtlichem Umfang Lebensmittel. Auf Treibholz-Feuern standen große Kessel, in denen unbeachtet ganze Räder von Cheddar, Münster-Käse und Schweizer Käse zu unverdaulichem Brei zerschmolzen. Fünf Maschinisten und fünf Leute der Decksbesatzung bewarfen sich gegenseitig mit rohen Eiern und hatten dafür anscheinend den gesamten Eiervorrat der *Valparaíso* zur Verfügung. Charlie Horrocks, Isabel Bostwick, Bud Ramsey und Juanita Torres rissen die Deckel von vakuumverpackten Konserven und übergossen sich fröhlich mit Muschelsuppe, Gemüseeintopf, Bohnen, Schokoladenpudding und Karamelsoße. Sie leckten sich wechselseitig ab wie Katzenmütter, die ihren Jungen putzten, und die Reste rannen an ihren Leibern hinab, versickerten zwischen den Steinplatten.

Thomas bahnte sich durchs Gewimmel der Gestalten einen Weg zu der Festtafel. Sein Blick fiel auf das Metallschild am Elektrogenerator: 7500 W 120/140 V GLEICHSTROM VIERTAKTMOTOR WASSERKÜHLUNG 1800 UMDR. 13,2 PS – das einzige Exponat in diesem Museum, das von rationalem Diskurs zeugte. Die Musik, als stürben Kreissägen an Krebs. Er schaltete den CD-Spieler aus.

»Was soll denn *das*?« zeterte Dolores Haycox.

»Anmachen!« blökte Stubby Barnes.

»Sie müssen mir unbedingt zuhören!« Thomas beugte sich über den Colortrak-5000, der momentan Malcolm McDowell auf die provisorische Leinwand projizierte, während er einem von Zuckungen geschüttelten Mann die eingefettete Faust in den Anus preßte, und drückte auf die AUS-Taste.

»Laß den Film weiterlaufen!«
»Mach die Musik an!«
»Beschissener Blödian!«
»So hört doch auf mich!« schrie Thomas.
»Wir wollen Verbrannte Erde hören!«
»Wir möchten *Caligula* sehen!«
»Verbrannte Erde!«
»*Caligula!*«

»Ihr mißbraucht den *Corpus Dei* bloß als Vorwand«, rief der Priester. »Schopenhauer hat sich getäuscht. Eine Welt ohne Gott ist keineswegs *ipso facto* eine Welt ohne Sinn.«

Die Nahrungsmittel hagelten aus allen Himmelsrichtungen auf ihn herab – Trommelfeuer aus gekochten Kartoffeln, Salven von Baguette-Scheibchen und Pampelmusen-Kanonaden brachen über ihn herein. Eine dicke, rauhe Kokosnuß streifte Thomas' linke Wange. Ein Granatapfel traf seine linke Schulter. Eier und Tomaten platzten auf seinem Brustkasten.

»Es gibt immer noch Kants moralisches Gesetz!«

Irgend jemand sorgte dafür, daß *Caligula* wieder anlief. Dank der Zungenfertigkeit einer römischen Senatorengattin verspritzte ein großer, erigierter Penis, der nicht dem Senator gehörte, milchiges Ejakulat wie ein Vulkan Lava. Thomas rieb sich die Augen. Der Anblick des Organs und seines Samenspritzens wollte nicht von ihm weichen, begleitete ihn im Geist wie ein Blitzlicht-Nachbild, während er die Flucht aus dem Museum der Widernatürlichkeiten ergriff.

»Immanuel Kant, wo bist du?« beklagte sich der

vom Verzweifeln bedrohte Priester, beeilte sich durch die Straßen der Stadt davon. Er langte unters Fermi-Lab-T-Shirt und umklammerte sein Kruzifix so gewaltsam, als beabsichtigte er Christus und Kreuz zu einem einzigen Gegenstand zusammenzuquetschen. »Immanuel, Immanuel, warum hast du uns verlassen?«

HUNGER

Durchs beschlagene Fenster der zweimotorigen Cessna sah die Jan-Mayen-Insel in Oliver Shostaks Augen wie eines seiner absoluten Lieblingsdinge aus, nämlich wie der weiße französische Spitzenbüstenhalter, den er Cassie zum dreißigsten Geburtstag geschenkt hatte. Den BH-Körbchen entsprachen zwei annähernd gleiche Landmassen, die untere und die obere Jan-Mayen-Insel, gebirgige Gegenden, deren Verbindung aus einer natürlichen Granitbrücke bestand. Oliver nahm das Fernglas und lenkte den Blick an der Küste der oberen Jan-Mayen-Insel entlang, bis er den Eylandt-Fjord erspähte, eine derart wüst zerklüftete Bucht, daß sie an die Folgen einer mißlungenen Zahnextraktion erinnerte.

»Da ist es«, rief Oliver ins Motorengebrumm. »Da ist Point Luck.« Er verwendete den Namen, auf dem Pembroke & Flume für die Bucht beharrt hatten.

»Wo?« fragten Barclay Cabot und Winston Hawke gleichzeitig.

»Dort hinten im Osten.«

»Nein, das ist der Eylandt-Fjord«, berichtigte der Cessna-Pilot, ein vom Wetter gezeichneter Trondheimer namens Oswald Jorsalafar.

Nein, dachte Oliver, Point Luck, im Pazifik der geheiligte Winkel nordwestlich Midways, wo im Juni 1942 drei amerikanische Flugzeugträger im Hinterhalt gelegen hatten, um die kaiserliche japanische Marine zu dezimieren.

Er schwenkte das Fernglas hin und her. Von der *Enterprise* gab es nichts zu sehen, doch das überraschte ihn nicht. Nur im Rahmen des günstigsten durch Pembroke & Flume erarbeiteten Szenarios hätte die Überfahrt von Cape Cod ins arktische Meer schon geschafft werden können. Höchstwahrscheinlich schwamm der Flugzeugträger noch südlich von Grönland.

Das einzige Flugfeld der Jan-Mayen-Insel lag am Ostrand der einzigen Siedlung, einen wissenschaftlichen Forschungsstation, die größenwahnsinnigerweise den Namen Ibsen City trug. Als die Cessna landete, verursachte der Propellerwind einen wahren Tornado aus Schnee, Eis, Vulkanasche und leeren Frydenlund-Bierflaschen. Oliver bezahlte Jorsalafar, fügte einen großzügigen Bonus hinzu und machte sich mit dem Medienstar und dem Marxisten auf den kalten Weg nach Westen.

Im fahlen Licht der Mitternachtssonne offenbarte sich Ibsen City als Ansammlung rostiger Nissenhütten und verkommener Holzhäuser, alle auf einer Kiesschicht errichtet, damit sie nicht im trügerischen Dauerfrostboden einsanken. Sobald Oliver, Cabot und Hawke das Zentrum erreicht hatten, strebten sie zum Hedda-Gabler-Hotel, eine mit Zwischenstockwerken konstruierte Absteige, die man einem Lokal aufgesetzt hatte, das sich in einem ehemaligen Flugzeughangar aus zerfressenem Aluminium befand. Im Fenster der Gaststätte blinkte, ein Leuchtzeichen inmitten der Tundra, ein Neontext: ZUM RUSSISCHEN BÄREN.

Der Inhaber dieser Kaschemme, Wladimir Panschin, ein Exilrusse mit dem derben, bodenständigen Aussehen eines breughelschen Bauern, glaubte den Atheisten die Behauptung nicht, snobistische Jet-Setter auf der Suche nach entlegenen, aufregenden Orten zu sein, von denen die Reisebüros nichts ahnten. (»Wer Ihnen eingeredet hat, die Jan-Mayen-Insel wäre aufregend«, sagte Panschin, »dem geht wohl schon vom Zähneputzen einer ab.«) Doch letzten Endes blieb sein Argwohn belanglos. Es stellte ihn mehr als zufrieden, den Atheisten ein Zimmer zu vermieten sowie ihnen ein halbes Pfund Gouda (fünf US-Dollar), fünf Liter Rentiermilch (sechs Dollar) und ein Dutzend Stücke Karibu-Dörrfleisch (je ein Dollar) zu verkaufen, die sie für den am nächsten Tag geplanten Ausflug brauchten.

Am Abend schlief Oliver schlecht ein – Winston Hawkes zyklonisches Schnarchen und die Mühsal, überteures Schneehuhn-Ragout verdauen zu müssen, beeinträchtigten sein Einschlafvermögen – und wurde am folgenden Morgen erst dank des stärksten im Hotel Gabler erhältlichen Kaffees richtig wach. Um 8 Uhr morgens Ortszeit verließen die Atheisten die Siedlung und wanderten hinaus in die unwegsame Tundra.

Nach einer Stunde Marsch legten sie eine Essenspause ein, veranstalteten auf dem schmalen Felsgrat, der den Weg zur Oberinsel wies, ein Picknick. Der Käse war schimmelig, die Milch sauer, das Dörrfleisch hart und zäh. Unwillkürlich ging Oliver das Bild durch den Kopf, wie Anthony van Hornes Fracht diese Landenge schuf: Titanische Hände senkten sich vom Himmel herab, quetschten die Insel in der Mitte ein. Die Vorstellung verstörte und deprimierte Oliver. Was täten wohl, fragte er sich, die Forscher in Ibsen City, erführen sie, daß ihre ausgefeilten Theorien hinsichtlich der Erdentstehung und Plattentektonik als im Prinzip haltlos gelten konnten? Wie mochten sie reagieren, müßten sie sich damit abfinden, daß ausgerechnet göttliches Schöpfertum die *wahre* Lösung aller geomorphen Rätsel konstituierte?

Beim Hinüberwechseln zur Oberinsel folgten die drei Männer einem mit Bimsstein bedeckten Höhenzug durch die Vorhügel der Carolus-Berge; diesen Abschnitt der Wanderung hatte aufgrund außergewöhnlich farbenprächtiger Nordlicht-Phänomene einen gewissen Unterhaltungswert. Hätte Oliver seine Malerausstattung dabei gehabt, wäre er in Versuchung geraten, die Leuchterscheinungen zu malen, sich bemüht, die durchsichtigen Schleier, ätherischen Strudel und das unheimliche, rötliche Geflacker mit Pinsel und Farben auf einer Leinwand festzuhalten.

Zu guter Letzt erstreckte sich vor ihnen der Eylandt-Fjord, eine glatte Fläche stahlblauen Wassers, auf dem in unregelmäßiger Verteilung Riesenbrocken von Packeis trieben. Oliver hatte lediglich eine Befürchtung, nämlich daß sich die *Enterprise* verspätete und sie in der Tundra kampieren mußten; infolgedessen besserte sich seine Stimmung erheblich, sobald er sie, vier PBY-Flugboote am Heck vertäut, im Fjord vor Anker liegen sah. Allerdings währte die Freude nur kurz. Der Flugzeugträger wirkte klein, alt und wenig eindrucksvoll. Er *war* klein, Oliver wußte es: halb so groß wie die *Valparaíso*, zwanzigmal kleiner als Gott. Die fünf Dutzend Kampfflugzeuge, die auf dem Flugdeck aufgereiht standen, erweckten nicht den Eindruck, der Aufgabe auch nur im mindesten gewachsen zu sein.

Barclay Cabot bediente den tragbaren Optiktelegrafen, blinkte elektrisches Licht über den Fjord: G-O-T-T-H-E-I-T, die Tarnbezeichnung für ihre Aktion.

Die *Enterprise* morste die Antwort: W-I-R-K-O-M-M-E-N.

Die Atheisten kraxelten die Klippe hinab, bewältigten einen gefährlichen Abstieg über schlüpfriges Moosgewucher, schartiges Bimsgestein und durch tückisches Dornengestrüpp, das ihnen die Eskimostiefel aufriß und die Fußknöchel blutigkratzte. Sie erreichten das Ufer zur gleichen Zeit wie die Barkasse des Flugzeugträgers, ein hölzernes Innenbord-Motorboot mit Segeltuchdach überm Steuerrad und einer Flagge, die – historisch korrekt – lediglich achtundvierzig Sterne aufwies. Auf dem Bug hockte in einer Memphis-Belle-Bomberjacke Sidney Pembroke und winkte mit der von einem Fäustling umhüllten Hand.

»Willkommen in Point Luck.« Kondensierter Atem quoll aus Pembrokes Mund. Obwohl die arktische Luft ihm die Wangen rötete, sah er unverändert blutarm aus. »Hüpft an Bord, Männer!«

»Auf der *Enterprise* gibt's massig brühheiße Campbell-Tomatensuppe«, rief hinterm Steuerrad der ähnlich anämische Albert Flume. »Mmm-mmm, lecker.« Er hatte seinen Sakko-Anzug gegen Partisanen-Look ausgewechselt: blauer Rollkragenpullover, schwarzer Speckdeckel, Lammfellweste, ganz wie Anthony Quinn in *Die Kanonen von Navarone.*

Flume legte einen Kalbsleder-Artilleristenhandschuh um und schaltete den Motor in den Leerlauf. Neben ihm stand ein Mann mit Wanst und kantigem Kinn, verkörperte in der schlichten Khaki-Uniform der US-Kriegsflotte regelrecht ideal den Typus des amerikanischen Offiziers, der gerade mit einer Hand des Zweiten Weltkrieg gewann. Admiralssterne zierten seine Schultern.

Oliver watete ins flache Ufergewässer, zuckte zusammen, als das eisige Naß durch die Risse der Eskimostiefeln drang, und klomm, unmittelbar gefolgt von Barclay Cabot und Winston Hawke, übers Heckwerk in die Barkasse. Der Marineoffizier kam, eine kalte Bruyèrepfeife zwischen den Lippen, unterm Segeltuchdach hervor und empfing sie mit einem Schmunzeln.

»Sie sind Mr. Shostak, nehme ich an«, begrüßte der Admiral sie, nervte Oliver mit einem überaus energischen Händedruck. »Spruance mein Name, Raymond

Spruance. Mein Leben lang habe ich die Gummimarke Ihres Vaters benutzt. Menschenskind, diese AIDS-Seuche muß wohl für Ihren Familienbetrieb einen richtigen Boom zur Folge gehabt haben, was? Ansonsten ist das ja 'ne Gegebenheit, die nichts Gutes bringt.«

Oliver verzog das Gesicht. »Das sind meine Freunde«, stellte er seine Begleiter vor. »Barclay Cabot, Winston Hawke.«

»Ist mir ein großes Vergnügen, Leute.«

»Wie heißen Sie wirklich?« erkundigte sich Hawke, wobei er sich mühsam ein Feixen verkniff.

»Ist doch egal, Mr. Hawke. Für die kommenden zwei Wochen bin ich Admiral Raymond A. Spruance, Konteradmiral der US-Marine, und mit der taktischen Durchführung der Operation betraut.«

»Ergänzend zur strategischen Seite?« fragte Oliver. Allmählich durchschaute er, in welchen Bahnen diese Sorte von Idioten dachte.

»Haargenau. Die Strategie ist Sache von Admiral Nimitz in Pearl Harbor.«

»Und wo steckt Nimitz in Wahrheit?«

»In New York«, teilte Flume ihm mit.

»*Ihm* zahlen wir doch nichts, oder?« wollte Oliver wissen.

»Natürlich bezahlen wir ihn.« Flume schaltete den Motor in den Gang und steuerte die Barkasse vom Ufer fort.

»Warum bezahlen wir ihn, obwohl er nichts leistet?«

»Er *tut* etwas fürs Geld.«

»Und was?«

»Raymond hat's eben gesagt, er befaßt sich mit der Strategie.«

»Aber die Strategie *kennen* wir doch schon längst.«

»Hört zu, Jungs«, brummte der Spruance-Darsteller, nahm ruckartig die Pfeife aus dem Mund, »könnte ich nicht in der Vorstellung agieren, daß der alte Haudegen Nimitz in Pearl Harbor sitzt und unsere Strategie plant, hätte ich keinen Mumm, um die Sache hier durchzuziehen.«

»Er sitzt aber doch *gar nicht* in Pearl Harbor«, erwiderte Oliver. »Er ist in New York.«

»Wenn Sie's wünschen, schicken wir ihn nach Pearl Harbor«, versicherte Flume, »es würde aber 'n paar Kröten kosten.«

Oliver biß die Zähne zusammen und hielt den Mund.

»Wissen Sie, ich hatte von der Maxime des wehrhaften Kapitals keinen blassen Schimmer, bis mir Sidney und Albert davon erzählt haben« – verstohlen-verschwörerisch zwinkerte Spruance den Atheisten zu –, »aber ich muß gestehen, ich find's beeindruckend.«

»Manche Leute denken, wir hätten nicht alle auf 'm Ladestreifen«, sagte Windston Hawke, »aber das kann uns nicht davon abschrecken, unsere patriotische Pflicht zu tun.«

»Na, also *mich* brauchen Sie nicht zu überzeugen«, antwortete Spruance. »Ich vertrete schon seit *Jahren* den Standpunkt, daß die Japsen heute eine größere Gefahr für Amerika als zwoundvierzig sind.«

Während Flume die Barkasse durch den Fjord lenkte, schwang sich Pembroke vom Bug ins Boot, wischte einen Klecks Eiderentenkot von der Bomberjacke und wandte sich an Hawke.

»Und wie gefällt Ihnen Kampfverband Sechzehn?« fragte Pembroke, deutete in die Richtung der *Enterprise*.

»Ich sehe nur ein Schiff«, konstatierte Winston Hawke.

»Naja, für *uns* ist es ein Kampfverband«, entgegnete Pembroke in einem Tonfall, als fühlte er sich gekränkt. »Kampfverband Sechzehn. Wir haben *Enterprise*, die Barkasse, vier PBY-Flugboote...«

»Stimmt.«

»Das kann man doch als Kampfverband einstufen, oder nicht?«

»Darauf können Sie wetten.«

»Hat in Martha's Vineyard alles zufriedenstellend geklappt?« erkundigte sich Barclay Cabot.

»Es lief einfach toff«, erwiderte Pembroke. »Wir waren völlig ausverkauft.«

»Wir haben auf Vatis Kabinenkreuzer alles mitangesehen«, erzählte Flume. »Praktisch auf Logenplätzen.«

»Albert hatte für die köstlichste Verpflegung gesorgt.«

»Alles schmeckt besser, wenn ringsherum die Schlacht von Midway tobt.«

»Kartoffelsalat schmeckt leckerer. Schokoladenkuchen schmeckt auch besser.«

»Nur ist *Soryu* – fast hätte man's sich denken können – nicht gesunken«, sagte Flume, während er die Barkasse vorsichtig am Flugzeugträger längsseits brachte.

»So, nicht?« vergewisserte sich Oliver.

»Ja, der Kahn hat's sogar verkraftet, daß McClusky ein Ei direkt in den hinteren Schornstein legte«, erklärte Spruance. »Ach, machen Sie sich keine Sorgen, mein Sohn. Wir schmeißen auf den Golem fünfzigmal mehr TNT als auf *Soryu*.« Sportlich sprang der Admiral von der Barkasse aufs Fallreep. »Wir verwenden die wirksamsten Torpedos und Sprengbomben, die die Flotte überhaupt zu bieten hat. Reguläres, modernes Kriegsmaterial.«

Oliver stieg aus und folgte Spruance die wacklige Fallreepstreppe hinauf; der Aufweg führte direkt an einem offenen Hangar vorbei. Ein Mechaniker mittleren Alters im Feldwebelrang lehnte gebückt auf dem Rumpf einer TBD-1-*Devastator* und fummelte am Motor.

»Nach unserer Schätzung«, rief Oliver durch das verhaltene Kirschen, das vom Packeis ausging, »trifft die *Valparaíso* erst in fünf, sechs Tagen im Polarmeer ein.«

»Gut, wir schicken aber trotzdem sicherheitshalber umgehend Patrouillen aus«, meinte Spruance. »Auf die PBY ist Verlaß. Das sind moderne Fernaufklärer.«

»Besteht die Gefahr, die *Valparaíso* zu verpassen?«

Spruance blickte Oliver in die Augen. Der arktische Wind zauste die apfelschimmelgrauen Haare des Konteradmirals. »Die PBY ist das hervorragendste Aufklärungsflugzeug ihrer Zeit, Mr. Shostak. Haben Sie verstanden? Der herausragendste Aufklärer seiner Zeit.«

»Welcher Zeit?«

»Neunzehnhundertzweiundvierzig.«

»Aber wir haben jetzt neunzehnhundert*neunundneunzig*.«

»Das ist eine Frage der Einstellung. Außerdem haben wir auf der *Enterprise*-Brücke nagelneue Radargeräte.«

»Modernes Radar?« Inzwischen verspürte Oliver neuen Optimismus. Die *Devastator* war eine wirklich furchteinflößende Maschine. Sie strahlte eine Art technischen Hochmuts aus, die Verachtung des Metalls für das Fleisch.

»Modernes Radar«, bestätigte der Raymond-Spruance-Darsteller, indem er zum Nachdruck den Daumen nach oben reckte. »Alles von Panasonic.«

Ein leises, anhaltendes Knurren. Scharfer Schmerz tief in den Eingeweiden. Hunger? fragte sich Neil Weisinger, indem er schlagartig ins Bewußtsein zurückkehrte. Ja, so lautete die Bezeichnung: *Hunger*.

Der junge Vollmatrose befreite sich aus dem Knäuel der Gestalten, die rings um ihn schliefen und schnarchten, warf einen Blick auf seine digitale Armbanduhr. 10. August. Dienstag. 9 Uhr. Verdammt noch mal, er hatte zwei volle Tage durchgeschlafen. Ihm juckten die Augen. Durch seine Blase gingen Zuckungen. Langsam tappte er durch den Müll – Tuborg-Dosen und Bollinger-Champagnerflaschen, Geflügelknochen und Eierschalen, heißen CDs und Porno-Videokassetten –, durchquerte splitternackt die südliche Arkade und pinkelte ausgiebig an ein reizvolles bukolisches Fresko, das eine Herde Widder bei der Mehrfachvergewaltigung einer dickärschigen Schäferin darstellte.

»Total fetzige Fête«, krächzte Charlie Horrocks und gesellte sich zu Neil ans provisorische Pissoir.

»*Die* Schaffe der Saison«, brummelte Neil. Mensch, wie herrlich war es doch, Heide zu sein. Alle Entscheidungen fielen so leicht. Wodka, Rum oder Bier? Schnut, Arsch oder Möse?

»Mir ist, als hätte wer mit meinem Kopp Fußball gespielt«, sagte der Pumpenmann.

»Und mir, als hätte jemand mit meinen Klöten Billard gespielt«, antwortete Neil. Offensichtlich war die Orgie vorbei, aber ob aus dem Grund, daß auch Heiden irgendwann der Ausschweifungen müde wurden, oder weil die Party gewissermaßen keinen Brennstoff (kein Bier im Faß, keine Suppe im Kessel, kein Brot im Korb, keinen Samen in den Hoden) mehr hatte, durchschaute der Vollmatrose vorerst nicht. »Was gibt's zum Frühstück?«

»Keine Ahnung.«

Unter der Westarkade knurrte ein dicker, hohler Bauch. Ein zweiter Magen stimmte in das Gerumpel ein. Gleich darauf schloß sich ein drittes Verdauungsorgan an. Ein wahrer Choral des Magengrummelns tönte durch die Ruine, als wäre sie ein Gebäude mit kaputten Abflußrohren. Während Neil benommen zur Festtafel wankte, merkte er plötzlich, wie verkrustet er war, was für eine Vielfalt von getrockneten Substanzen auf seiner Haut klebte, ihm die Haare verfilzte. Er fühlte sich wie ein Auswuchs der Insel, eine Abfallverklumpung.

»Ich könnte 'ne Kuh auffressen«, gestand Juanita Torres und streifte sich ein Damenhemd aus Seide über.

»Eine Herde Kühe«, meinte Ralph Mungo. »Eine ganze *Generation* von Kühen.«

Doch auf der Van-Horne-Insel gab es keine Rinder.

»Tja, es sieht so aus, als stünden wir vor einem Problem«, sagte Dolores Haycox, jetzt Ranghöchste der Abtrünnigen, seit Joe Spicer mit einem Patentanker aufgeschlitzt worden war; sie sprach merklich unsicher, als wüßte sie nicht, ob sie das Kommando übernehmen oder lieber darauf verzichten sollte. Falls sie sich dazu entschloß, überlegte Neil, empfahl es sich für sie, ein paar Klamotten anzuziehen. »Ich glaube«, nuschelte die Dritte Offizierin, »wir müssen ... äh ... Ja, ich glaube nämlich, wir müssen uns darüber mal ausführlich unterhalten.«

Eine Trinkwasserfrage, darin waren sich alle einig, stellte sich nicht: Dank des allgegenwärtigen Dauernebels schlug sich in den diversen Zisternen und den Gossen der Stadt ständig literweise Nässe nieder. Anders stand es um feste Nahrung. Selbst bei strenger Rationierung waren wahrscheinlich nicht genügend Lebensmittel übrig, um den Hunger länger als für einen Tag zu stillen.

»Herrje«, stöhnte Mungo, »ich komme mir ... völlig *bescheuert* vor.«

»Wir waren echt doof, doof, doof«, gab Torres ihm recht.

»Blöd wie Ochsen«, sagte Ramsey.

»Wenn wir nur Vergangenes bejammern«, wandte Haycox ein, und schlang einen verschlissenen Segeltuchseesack um die Taille, »werden wir bloß verrückt.«

Ramsey regte an, unverzüglich die Insel rundum zu

erkunden. Trotz der ersichtlichen Leblosigkeit, spekulierte er, könnten sich angeschwemmte Krustentiere oder eine eßbare Sorte Riementang finden lassen. Allerdings hatten die Orgiasten längste zu viele Quadratkilometer toten Schlicks und öden Sands gesehen, als daß sie für seine Idee empfänglich gewesen wären.

Horrocks schlug vor, zur *Valparaíso* zu gehen und einen Teil der Vorräte zu erbitten, die sie beim Plündern des Schiffs übersehen haben mochten. Der Vorschlag klang verheißungsvoll, bis James Schreiender Falke darauf hinwies, daß die Anbordgebliebenen, falls tatsächlich Vorratsreste existierten, wenig Anlaß hatten, ihnen davon großmütig etwas abzugeben.

Ausschließlich Haycox verstand realistische Hoffnung zu bieten. Sie sollten, war ihr Einfall, aus der Festtafel ein Floß bauen und darauf ein paar Leute nach Osten schicken. Sobald sie die Zivilisation erreichten – höchstwahrscheinlich Portugal, obwohl Marokko näher lag –, konnten sie die Behörden aufsuchen und die Entsendung eines Schiffs zur Rettung der Gestrandeten in die Wege leiten. Erwies das Floß sich als für eine solche Fahrt ungeeignet, blieb die Alternative, mit unterwegs gefangenen Fischen zur Van-Horne-Insel umzukehren.

Auf Haycox' Geheiß kleideten die Renegaten sich an und verbrachten den Morgen mit Resteverwertung. Sie schnitten Fett von Schinkenknochen, pickten matschiges Fruchtfleisch aus Aprikosenkonserven, schabten Bröckchen Ei aus Schalenstücken, klaubten Ravioliklümpchen aus Büchsen und kratzten Pizzakrümel von den Pflastersteinen. Nachdem die Seeleute den gesamten Veranstaltungsplatz abgesucht hatten, folgten sie dem zuvor ins Amphitheater genommenen Weg – dem Pfad ihrer Verschwendung –, lasen jede Apfelsinen- und Bananenschale auf, als wären sie unbezahlbare Köstlichkeiten.

Beim Betreten der Arena verdutzte es Neil im ersten Moment, nirgendwo Wheatstones, Jaworskis und Spicers Leichen zu sehen, bemerkte dann jedoch in der Mitte einen Schlammhügel, ein Anzeichen dafür, daß irgend jemand – wahrscheinlich Pater Thomas – sie bestattet hatte. Aus dem Grab drang ein dermaßen ekelerregender Gestank, daß er augenblicklich jede Erwägung verscheuchte, vielleicht ließe sich der drohende Ernährungsnotstand durch den Verzehr der verewigten Bordkameraden aufschieben.

Um 15 Uhr 30 trafen sich die Heiden in der Stadt wieder und schauten sich die Ausbeute des Tages an. Insgesamt wog sie fünfzehn Kilo. Haycox trennte sie in zwei gleich große Haufen, von dem sie einen sofort in einen Seesack packte – als Köder für den Fischfang, erklärte sie – und den zweiten umgehend verteilte. Gierig nahm Neil seinen Anteil entgegen, ein von Türkischem Honig und geschmolzenem Cheddarkäse zusammengehaltenes Durcheinander aus Apfelgehäusen, Wurstzipfeln und kalifornischen Trauben. Sobald er sich in den Schatten der Festtafel gehockt hatte, zündete er eine Marlboro an und paffte vor sich hin.

Er betrachtete seine Mahlzeit. Ein scharfes Stöhnen drang aus seiner Kehle. Das war kein Essen. Ein Hohn auf jede Nahrung war es, die grausame Vorspiegelung eines Gerichts, die ihn quälte wie Eltern die Stimme ihres toten Kinds.

Mit vier großen Bissen verschlang er die Ration.

»Ich habe Arbeit für dich.«

Neil hob den Blick. Neben ihm stand, die stämmige Gestalt jetzt in einen beigen *Exxon*-Overall gehüllt, Dolores Haycox.

»Wir brauchen Schwimmer für das Floß«, sagte sie und reichte Neil mehrere batteriebetriebene Heimwerkermaschinen. »Vier Stück.«

»Aye-aye.«

»Nimm Mungo, Jong und Schreiender Falke mit. Sucht Zweihundertfünfzigliterfässer zusammen. Gut erhaltene Tonnen. Leert sie aus.«

Neil zog an der Marlboro. »Verstanden.«

»Wir kommen bestimmt noch aus diesem Schlamassel raus, Weisinger.«

»Klarer Fall, Kaptänin Haycox.«

Nach einem halbstündigen Marsch durch eine morastige, mit Sprühdosen und Wegwerfwindeln übersäte Ebene gelangten Neil und seine drei Kollegen zur nächstgelegenen Chemiedeponie, einem schwärzlich-zähflüssigen Sumpf, in dem Dutzende von 250-l-Fässern wie Ananas in Weingelee schwammen. Die Mehrzahl der Behälter war undicht und leckte, aber nach einer Weile entdeckte Mungo mehrere Tonnen, die die Entsorger – entweder sicherheitshalber oder um ihr Gewissen zu beruhigen – offenbar mit einem Schutzüberzug gegen Salzwasser umschlossen hatten. Die Seeleute schalteten die Heimwerkermaschinen ein und gingen an die Arbeit, schliffen mit der radikalen Vorsicht von Neurochirurgen, die im Gehirn die Stirnlappen durchtrennen, den Rost von den Verschlüssen: Jeder Verschluß mußte gelockert werden, durfte dabei jedoch keinen Schaden erleiden.

Während Neil an seinem Faß die Verschlußkappe freilegte, erschienen ihm vor Augen zwei beunruhigende Bilder.

Leo Zook beim Ersticken.

Joe Spicer beim Verbluten.

Neil bot sämtliche inneren Heidenkräfte auf, alle Macht des Anno Postdomini Eins, und verdrängte den zudringlichen Anblick aus seinem Geist.

Er öffnete die Tonne, kippte sie auf die Seite und sah voller schauriger Faszination etwas herausfließen, das schwarzem Schleim ähnelte und wie brennender Schwefel roch. Danach schraubte er das Faß wieder fest zu. Binnen weniger Minuten leerten auch Mungo, Jong und Schreiender Falke ihr jeweiliges Faß: ein plötzlicher Schwall stinkiger, gelber Brühe, ein gleichmäßiger Strahl fauligen, braunen Sirups, ein langsames Hervorsickern ätzend-scharfer, bläulicher Jauche.

Wie Sisyphus seinen Stein wälzte Neil, gefolgt von den Leidensgefährten, das Faß durch die Morastebene, und gegen Sonnenuntergang hatten sie alle vier zu Schwimmern bestimmten Tonnen wohlbehalten in die Stadt befördert.

Am frühen Morgen standen die Deserteure auf, schleppten die Festtafel an den Strand und banden die Schwimmer mit vom nächsten Autofriedhof besorgten Draht und Treibriemen darunter an. Um 8 Uhr war das auf den Namen *Füllhorn* getaufte Fahrzeug bereit, um in See zu stechen. Kapitänin Haycox stellte sich an den Bug, direkt neben die Trinkwasserflaschen. Schreiender Falke, zum Ersten Offizier ernannt, faßte das Steuerruder. Ramsey und Horrocks kauerten sich mittschiffs hin, zwei Überbrückungskabel, deren Klammern sie zu Angelhaken zurechtgebogen hatten, resolut in den Fäusten. Mungo und Jong packten verrostete Datsun-Stoßstangen, die als Ruder dienten.

Neil stand am Ufer und beobachtete, wie das *Füllhorn* sich durch die Brecher in die dunklen Fluten rings um die Insel hinauskämpfte. Als das Floß im Nebel verschwand, wandte er sich ab und schloß sich der kleinen Kolonne an, die ernst den Rückweg zur Stadt antrat.

Im Laufe der nachfolgenden zwei Tage blieben Neil und die übrigen Seeleute innerhalb der Mauern, lungerten auf dem schlickigen Veranstaltungsplatz herum, als wären sie Londoner des 14. Jahrhunderts, die dem Schwarzen Tod ins Angesicht blickten. Sie verständigten sich in Knurrlauten. Sie träumten von Essen. Nicht nur von den aquatischen Delikatessen, die ihnen Kapitänin Haycox' Exkursion verhieß (Hummersuppe, Gemischte Fischpfanne, Schwertfisch-Pastetchen), keinen schlichten Imitationen gängiger gutbürgerlicher Gerichte, die sie aus Follingsbees Kombüse kannten, sondern auch beliebter, altüberlieferter Seemannskost: Schiffszwieback, Dänischer Fischsalat, Labskaus. Der Nebel wallte dichter. Stoßgebete raunten gen Himmel. Tränen flossen. Neil vermutete, daß jedem der Seeleute die gleichen Gedanken wie ihm durch den Kopf kreisten. Ja, es konnte dahin kommen, daß Haycox und ihre Begleiter sich mittels Fischfang fröhlich bis nach Portugal durchfutterten und anschließend die Mühe sparten, für die Rettung ihrer gestrandeten Kollegen zu sorgen, aber das wäre Verrat geradezu kosmischen Maßstabs. Hungernde hatten ihre Ehre, der Vollmatrose spürte es. Ein beispielloses Band der Gemeinsamkeit umschlang alle, die ernsthaft überlegten, ob sie die eigenen Zehen abschneiden und das rohe Fleisch von den Knöchelchen nagen sollten.

»Ihr kotzt mich an«, nörgelte Isabel Bostwick. »Alle kotzt ihr mich an. Ihr seid ... ihr seid eben *Männer*, allesamt bloß Abschaum. Es ist nur ein sehr kleiner Schritt von der freiwilligen Teilnahme an einer Orgie zur Vergewaltigung, das hab ich auf dieser Fahrt herausgefunden, ein *ganz* kleiner Schritt.«

»Ich wüßte nicht«, entgegnete Stubby Barnes, »daß du während der *Party* auf Feinheiten geachtet hättest.«

»Ich hoffe bloß«, murmelte Juanita Torres, »ich bin nicht schwanger.«

»Euer gesamtes Gequassel«, sagte Neil, »ist doch nichts als Kraftverschwendung.«

Am Morgen des dritten Tags kam die kleine *Füllhorn*-Besatzung auf den Veranstaltungsplatz getorkelt. Ihre Gesichter hatten ein schlaffes, eingefallenes Aussehen, als wären sie auf im Schrumpfen begriffene Luftballons gemalt. Sie brachten eine in zweierlei Hinsicht schlechte Neuigkeit. Nicht nur umringte eine unüberwindliche Barriere aus Strudeln und Wasserhosen die Van-Horne-Insel, zudem fehlte es in ihren Buchten geradeso an Fisch wie in den staubigen Meeren des Mondes.

»Wir haben nur unseren angemessenen Anteil gegessen«, beteuerte Haycox, als sie den Sack mit den Ködern auf den Steinfliesen absetzte.

Nacheinander schlurften die zurückgebliebenen Seeleute zu dem Behälter, steckten eine Hand hinein und holte sich eine vertretbare Ration heraus. Neils Portion umfaßte einen halben MARS-Riegel, an dem elf Sultaninen klebten, einen Batzen Leberkäse und fünf Stücke Russisches Brot, die Buchstaben K, T, A, S und E. Ihm fiel auf, daß die Buchstaben in anderer Anordnung das Wort STEAK ergaben.

17. August
Kurs: Kein Kurs. Geschwindigkeit: 0 Knoten.

Schlapp, apathisch und randvoll mit Schiß sind die Meuterer vor 24 Std. angekrochen gekommen, aus dem Nebel herbeigewankt wie ›ein Haufen Komparsen in *Die Nacht der lebenden Toten*‹ (so Pater Ockham). Im ganzen Leben habe ich noch keine Ansammlung dermaßen verlotterter Seeleute gesehen. Allen voran Dolores Haycox, ihre falsche Kapitänin, legten sie die Waffen nieder – Raketenstartgeräte, Harpunengewehre. Signalpistolen, Sprengstoff, Paradesäbel – und scharten sich im Schatten des Schiffsrumpfs zusammen.

Ockham betrachtete ihre Ankunft als keine Überraschung. Schon nach seiner Rückkehr aus der versunkenen Stadt hatte er mir erzählt, sie leisteten sich ein derartig ausuferndes Bacchanal, daß ihre Vorräte am 9. August erschöpft sein müßten. Ausgegangen von der Annahme, daß der Pater sich nicht verschätzt hat, sind die Meuterer nach Verzehr des letzten Krümels noch eine Woche lang verstockt geblieben.

Beeindruckend.

Kaum sah ich sie, habe ich befohlen, den Anker zu heben, und die Saubande ausgesperrt. Die Situation gleicht einer verrückterweise umgekehrten Belagerung – die eingeschlossenen Verteidiger haben zu essen, wogegen das Heer der Belagerer hungert. Ich bin kein grausamer Schinder. Kein Kapitän Bligh. Aber wenn ich die letzten Nahrungsreserven nicht Rafferty und meinen weiteren Getreuen vorbehalte, haben sie bald keine Kraft mehr für die Erkundungsfahrten mit unserem Motorboot, der *Juan Fernández*, die zur Zeit unsere letzte, einzige Hoffnung verkörpern. Bisher fanden alle Fahrten 5 km vom Ufer entfernt vor sechs, sieben Meter hohen Schwellungen ozeanischer Turbulenzen, die kein so kleines Wasserfahrzeug durchqueren kann, ein Ende. Allerdings sind wir uns sicher, innerhalb der schiffbaren Zone Fisch fangen zu können.

Am gestrigen Abend habe ich Follingsbee angewiesen, nochmals Inventur zu machen und dieses Mal alles zu berücksichtigen, was sich bei großzügigster Auslegung als Nahrungsmittel einstufen läßt.

Wir haben zur Verfügung:

- 3 Pfd. Cornichons
- 2 Pfd. Sultan-Saladin-Sultaninen
- 3 Tuben Colgate-Zahnpasta
- 2 Laib Lupinenbrot
- 1 gr. Dose Bunuelle-Schnittbohnen
- 1 Glas Thomy-Mayonnaise
- 1 Topf Göttlicher Wunderschmand
- 4 Anstaltsfl. Wick-Hustensaft
- 1 Pfd. Popcorn (Vom Bordkino-Fußboden!)
- 2 Dosen Campbell-Tomatensuppe
- 6 Mohrrüben

1 Kopf Broccoli
  6 Deutschländer-Würstchen (Am besten nehmen wir die meisten als Köder.)
607 Hostien
311 Miesmuscheln (Abgeschabt von Ruder und Rumpf – zum Glück, bevor die Meuterer aufgekreuzt sind.)
 76 Entenmuscheln (dto.)
  1 Banane
  1 Scheibe Du-darfst-Käse (Heben wir für Notfälle auf.)

Sam hat unsere Rationen für die kommende Woche festgelegt. Bist du neugierig, Popeye, und möchtest das Menü an Bord des Luxus-Traumschiffs *Valparaíso* kennenlernen? Frühstück: 10 Cornichons, 150 g Tomatensuppe. Mittagessen: 7 Schnittbohnen, 2 Hostien. Abendmahlzeit: 2 Miesmuscheln, 50 g Brot, 8 Sultaninen. Der Kapitän erhält dann und wann zusätzlich ein Gläschen Meskal.

Heute morgen ist mit heftigen Regenschauern ein Sturm der Windstärke 12 über die Van-Horne-Insel hinweggefegt. Habe ich mir davon versprochen, die geballte Naturgewalt könnte hinreichen, um uns vom Land zu schwemmen? Natürlich. Habe ich mir erhofft, der Wind würde den Nebel fortwehen? Ich bin auch nur Mensch, Popeye.

Die Meuterer haben beschlossen, sich vor künftigem Schlechtwetter zu schützen. Ihre Behausungen sind lachhafte, schiefe Bruchbuden, zusammengestoppelt aus Toyota-Wagentüren und Volvo-Kühlerhauben, sie wölben sich aus dem Sand empor wie stählerne Iglus.

»Bitte gebt uns was zu essen«, jammert der gegenwärtige Sprecher der Meuterer, ein Janmaat namens Barnes, der nur eine Badehose in grellem Pinkrosa trägt. Vor der Lebensmittelverknappung ist er anscheinend ein richtiger Fettsack gewesen. Erschlaffte Haut hängt an seinem Oberkörper wie zerlaufenes Wachs an einer Kerze.

»Wir können nichts entbehren«, rufe ich ihm jedesmal zu.

»Aber ich hab doch 'n Leben zu verlieren«, winselte der Kerl einmal. »Ich hab schon manches Gute getan. Haschisch geschmuggelt, in Borneo für die Wilden gespendet, vier Jungs gezeugt, mehrmals das Pfarreipicknick organisiert ... So elend zu verrecken, hab ich nicht verdient, Kapitän van Horne.«

Morgen ist der von OMNIPATER bestimmte Termin, an dem wir den *Corpus Dei* in den Polarkreis hätten befördern müssen. Ich sehe es geradezu vor mir, Popeye, wie sein Hirn zerfällt, Neuronen mit einem plötzlichen, kurzen Aufblitzen vergehen, als ob auf einer Pressekonferenz der Apokalypse fünf Milliarden Glühbirnen gleichzeitig durchbrennen.

An den ersten drei Tagen an Bord der *Enterprise* war es Olivers bevorzugter Zeitvertreib gewesen, im vorderen Ausguck zu stehen und Skizzen der vier PBY-Flugboote anzufertigen, wenn sie zu ihrem täglichen Aufklärungsflug starteten. Auf den flachen Rumpfunterseiten rauschten die Flugzeuge auf den Fluten vorwärts, suchten sich einen Weg durchs Packeis, klappten plötzlich die Schwimmausleger ein und schwingen sich behäbig zum Aufstieg in die Luft empor, mühten sich wie ein Schwarm arthritischer Reiher, der aus einem Moor hochflog, hinauf in die Lüfte.

Am Ende der Woche hatten die PBY insgesamt dreiundsiebzig Fernaufklärungsflüge durchgeführt, ohne etwas zu sichten, das wie ein Supertanker mit einem Golem im Schlepp ausgesehen hätte.

»Glaubst du, ein Hurrikan könnte sie vom Kurs abgebracht haben?« fragte Winston Hawke.

»Woher, zum Teufel, soll ich das wissen?« entgegnete Oliver.

»Wenn der Leichnam verwest, kann es sein, er saugt Meerwasser auf«, meinte Barclay Cabot. »Ein paar tausend Tonnen zusätzliches Gewicht, und van Hornes Geschwindigkeit wird halbiert.«

»Vielleicht liegt technisches Versagen vor«, überlegte Hawke. »Handelsschiffe werden so gebaut, daß sie irgendwann zu Bruch gehen. So läuft's nun mal im Kapitalismus.«

Für Olivers Begriffe erklärte keine dieser Mutmaßungen die erhebliche Verspätung der *Valparaíso* auf hinlänglich Weise. Am Morgen des 22. August suchte er den Ray-Spruance-Darsteller in seiner Kabine auf und erkundigte sich, ob die *Enterprise* ein Faxgerät verfügbar hätte.

»*Enterprise*, nicht ›die *Enterprise*‹«, berichtigte ihn der ›Admiral‹, der auf dem Mundstück der Bruyérepfeife kaute. »Klar haben wir 'n Faxgerät, ein Mitsubishi Siebentausend.«

»Ich möchte unserer Agentin auf dem Supertanker eine Nachricht schicken.«

»Seit wann haben wir eine Agentin auf dem Tanker?«

»Das ist eine lange Geschichte. Es ist meine Freundin Cassie Fowler. Offenbar ist irgend was schiefgegangen.«

»Zum jetzigen Zeitpunkt, Mr. Shostak, wäre jede Funkverbindung zur *Valparaíso* ein schwerer Fehler. Absolute Funkstille war bei Midway eine der entscheidenden Voraussetzungen für den Sieg der Amerikaner.«

»Auf Midway gebe ich überhaupt nichts. Ich mache mir Sorgen um meine Freundin.«

»Wenn Ihnen Midway einerlei ist, sind Sie hier auf dem falschen Schiff.«

»Heiliger Strohsack, müssen Sie und Ihre Freunde denn *andauernd* in der Vergangenheit leben?«

Sichtlich verstimmt schnitt der Admiral eine böse Miene. Er saugte am Rotzkocher. »Ja, mein Freund«, antwortet er schließlich, »wir *müssen* ständig in der Vergangenheit leben, und wenn Sie einen Funken Verstand hätten, täten Sie's genauso halten.« Mit blitzenden Blicken ging Spruance in der Kabine auf und ab wie ein Wolf im Käfig, auf und ab, hin und her. »Ist Ihnen überhaupt bekannt, daß es mal eine Zeit gab, in der das Dasein in den Vereinigten Staaten noch einen Sinn hatte? Eine Zeit, als man sich das Norman-Rockwell-Gemälde eines GI, der für Muttern Kartoffeln schält, mit Ehrfurcht anschauen konnte, ohne ausgelacht zu werden? Eine Zeit, als die Maiskuchen in Brooklyn noch schmeckten, wie's sich gehört, keine Bimbos in unseren Städten alles zerballerten und jeder Schultag mit einem Gebet anfing? All das ist vorbei, Shostak. Herrje noch mal, vor dem eigenen Essen fürchten sich die Leute heutzutage. In den vierziger Jahren hat kein Mensch so'n Scheiß Joghurt, Müsli oder Bachblüten gegessen.«

»Wissen Sie was, Admiral? Wenn Sie mir nicht gestatten, mit Cassie Fowler Verbindung aufzunehmen, muß ich in Erwägung ziehen, eine andere Söldnertruppe zu mieten.«

»Verarschen Sie mich nicht. Ich mag Sie, Freundchen, aber ich werde ungern verarscht.«

»Es ist mein Ernst, Spruance, oder wie Sie heißen, verdammt noch mal«, schnauzte Oliver, entdeckte bei sich mit Vergnügen zusätzliche Reserven der Impertinenz. »Solang ich bezahle, tanzen Sie nach meiner Pfeife.«

Oliver brauchte eine Stunde, um ein Fax zu formulieren, mit dem sich der Admiral einverstanden erklärte. Die Nachricht mußte die Frage nach der Position der *Valparaíso* enthalten, gleichzeitig jedoch so schwammig sein, daß in dem Fall, wenn sie – wie Spruance es nannte – ›in feindliche Hände‹ fiel und der Feind den Code knackte (der Text war mit Häresie verschlüsselt), niemand den Rückschluß zog, irgendwer könnte die Fracht des Tankers zum Ziel einer Attacke erwählt haben. »Liebe Cassandra, Du bist in meinem Herzen die Wertvollste«, schrieb Oliver, »aber in welcher Kammer du zur Zeit wohnst, kann ich nicht sagen.«

Um 11 Uhr 15 schob der Funkoffizier der *Enterprise*, ein spargeldürrer Latino namens Henry Ramírez, Olivers Fax in den Mitsubishi 7000. Schon um 11 Uhr 16 erschien auf dem angeschlossenen Computerbildschirm eine Mitteilung.

ÜBERTRAGUNG ABGEBROCHEN – ATMOSPHÄRISCHE STÖRUNGEN AM BESTIMMUNGSORT.

»Schlechtes Wetter?« erkundigte sich der Spruance-Darsteller.

»Heute liegen aus dem gesamten Nordatlantik keinerlei Sturmmeldungen vor«, erklärte Ramírez.

Eine Stunde später versuchte der Funkoffizier es noch einmal. ÜBERTRAGUNG ABGEBROCHEN – ATMOSPHÄRISCHE STÖRUNGEN AM BESTIMMUNGSORT. Wieder eine Stunde danach machte er den dritten Versuch. ÜBERTRAGUNG ABGEBROCHEN – ATMOSPHÄRISCHE STÖRUNGEN AM BESTIMMUNGSORT.

Doch in Wahrheit, glaubte Oliver, handelte es sich um keine »atmosphärischen Störungen«; es war etwas viel Schlimmeres. Die Rückkehr des Mittelalters war es, was da um die Erdkugel kroch, überall verbreitete es erneut seine tintenschwarze Unwissenheit, wie vormals das Öl aus dem geborstenen Rumpf der *Valparaíso* strömte, und es gab nichts, überhaupt nichts, das ein gewöhnlicher, lediglich reicher Atheist tun konnte, um dagegen einzuschreiten.

Cassie stützte sich aufs Kompaßgehäuse, umklammerte es mit der Verzweiflung einer Säuferin, die sich an einem Laternenpfahl Halt verschafft. Sie hatte keine Vorstellung mehr davon, wie sich das Leben mit klarem Kopf gestaltete, erinnerte sich nicht mehr daran, wie sich müheloses Bewegen, Atmen und Denken angefühlt hatte. Eine Hand auf den gequälten Bauch gepreßt, starrte sie auf den Monitor des Zwölfmeilenradars. Nebel, immer nur Nebel, als stammten die Bilder von einem ausschließlich Anomalien und Existenzangst vorbehaltenen Schwachsinnigen-TV-Sender, dem Migräne-Kanal.

Plötzlich stand Pater Thomas neben ihr, streckte ihr eine halboffene Hand entgegen. Im Handteller lag ein Häufchen Cornichons, zweifellos ein Teil seiner Ration. Cassie wunderte sich nicht über seinen Großmut. Am Vortag hatte sie beobachtet, daß er sich zu einer ebenso mildtätigen wie verbotenen Handlung über die Steuerbordreling lehnte und den armen Schweinen, die unten in ihren Behausungen vor sich hinstöhnten, eine Anzahl Entenmuscheln hinabwarf.

»Ich hab's nicht verdient.«

»Essen Sie«, forderte der Priester sie auf.

»Ich gehöre nicht mal an Bord des Schiffs.«

»Essen Sie«, wiederholte der Geistliche.

Cassie aß. »Sie sind ein guter Mensch, Pater.«

Sie hob den Blick vom Zwölfmeilenradar, übers Fünfmeilenradar und das Marisat-Computerterminal, lenkte ihn an den Strand. Soeben entstiegen Marbles Rafferty und Lou Chickering dem Motorboot *Juan Fernández*, kehrten von einer weiteren, offensichtlich wieder völlig ergebnislosen Fangfahrt zurück. Sie sprangen in die Brecher und wateten, die Schleppangeln hinter sich herschleifend, an Land.

»Nicht mal 'n alten Fahrradschlauch haben sie rausgefischt«, seufzte Sam Follingsbee, ließ sich aufs

Manöverpult sacken. »Schade, ich weiß 'n unglaublich tolles Rezept für vulkanisierten Gummi in Meerrettichsoße.«

»Halt die Klappe«, krächzte Crock O'Connor.

»Hätten sie wenigstens ein, zwei Stiefel gefunden... Ihr müßtet mal mein *cuir tartare* probieren.«

»Halt's Maul, sag ich!«

Cassie nahm Joe Spicers Ausgabe der *Kurzen Geschichte der Zeit* vom Marisat-Computer und steckte es vorn unter den von Lou Chickering geliehenen Rindsledergürtel. Als geschähe ein Wunder, schien das Buch ihre Magenbeschwerden zu lindern. Sie humpelte zur Funkstube.

Pflichtgetreu saß Lianne Bliss auf ihrem Posten, das Kurzwellenfunk-Mikrofon in der schweißigen Faust. »...die SS *Karpag Valparaíso*«, murmelte sie, »siebenunddreißig Grad fünfzehn Minuten nördlicher...«

»Empfängst du irgendwas?«

Die Funkoffizierin zog den Kopfhörer vom Schopf. Lianne Bliss hatte eingesunkene Wangen und blutunterlaufene Augen; sie glich einer alten Fotografie ihrer selbst, einem Daguerreotyp oder Mezzotinto, so grau, fahl und runzlig war sie geworden. »Manchmal höre ich was... Bruchstücke von Sportsendungen aus den Vereinigten Staaten oder Wetterberichte aus Europa... Aber ich komme zu niemandem durch. Pech für die Decksbesatzung, daß sie nicht da ist. Es gibt nämlich 'ne große Neuigkeit. Die Yankees haben in der Tabelle die Führung übernommen.« Bliss setzt den Kopfhörer wieder auf und beugte sich ans Mikrofon. »Siebenunddreißig Grad, fünfzehn Minuten nördlicher Breite und sechzehn Grad, siebenundvierzig Minuten westlicher Länge.« Sie nahm den Kopfhörer ein zweites Mal ab. »Am schlimmsten ist das Gejammer, nicht wahr? Bedauernswerte Bande... Wir haben wenigstens unsere Hostien.«

»Und die Muscheln.«

»Muscheln mag ich ungern. Ich eß sie, aber sie schmecken mir nicht.«

»Kann ich verstehen.« Cassie strich mit dem Handrücken über die Meeresgöttin auf Lianne Bliss' Oberarm. »Als ich das letzte Mal in so einer Klemme gesteckt habe ...«

»Auf Saint Paul's Rocks?«

»Genau. Da hab ich mich blamabel benommen, Lianne. Ich hab um Rettung gebetet.«

»Ist doch nicht so tragisch, Liebchen. Ich hätte an deiner Stelle das gleiche getan.«

»Auch Atheisten bewahren sich ihr Hintertürchen, behaupten die Leute, und es ist wahr, es ist verdammt *wahr*.« Cassie schluckte, genoß den Nachgeschmack des Cornichons. »Nein ... nein, ich bin zu streng mit mir selbst. Diese Redensart ist gar kein Argument gegen den Atheismus, sondern gegen Hintertürchen.«

»Das ist die richtige Einstellung.«

Eine Woge kalten Graus schwemmte durch Cassies Geist. »Lianne, ich muß dir was sagen.«

»Ja, was denn?«

»Ich glaube, ich falle in Ohnmacht.«

Die Funkoffizierin stand vom Stuhl auf; sie bewegte den Mund, aber Cassie hörte kein Wort.

»Hilfe ...«, lallte Cassie.

Die Woge schwoll, rumste gegen Cassies Schädeldecke. Langsam sank sie nach unten, sackte durch den Fußboden der Funkstube ... durchs Deckhaus ... durch das Wetterdeck ... den Rumpf ... die Insel ... ins Meer.

In den grünen Abgrund.

Hinab ins tiefe Schweigen.

»Das ist für Sie.«

Die Stimme klang dunkel; noch dunkler als Lianne Bliss' Stimme.

»Das ist für Sie«, wiederholte Anthony van Horne,

reichte Cassie eine Scheibe abgestandenen amerikanischen Käse mit schrumpeligen Ecken, in dessen Mitte ein Fleck grünen Schimmels wucherte.

Cassie blinzelte. »War ich ... besinnungslos?«

»Ja.«

»Lang?«

»Etwa eine Stunde.« Von Anthony van Hornes T-Shirt grinste der *Exxon*-Tiger herab. »Sam und ich haben beschlossen, daß die Notration an die Person fällt, die als erste das Bewußtsein verliert. Viel ist's nicht, Doktor, aber es ist für Sie.«

Cassie klappte die Käsescheibe zweimal zusammen und schob sich den unregelmäßigen kleinen Stapel in den Mund, schlang ihn gierig hinunter. »Da-Danke ...«

Sie stemmte sich von der Koje hoch. Van Hornes Kabine hatte die doppelte Größe ihrer Unterkunft, war jedoch dermaßen mit Inventar vollgestopft, daß sie eng wirkte. Überall sah man Bücher und Zeitschriften verstreut; auf dem Sekretär stand ein kompletter *Pelican*-Skakespeare in einem Band, auf dem Waschbecken lag ein Stoß Marine-Wetterlogbücher, auf dem Tischchen ein *Karpag*-Handbuch, eine Ausgabe Penthouse-Girls auf dem Fußboden. Außerdem befand sich auf dem Tisch ein Spiral-Notizbuch, dessen Umschlag ein Airbrush-Porträt Popeye des Seemanns zeigte.

»Bestimmt möchten Sie 'n Schluck, was?« fragte Anthony van Horne, hielt eine halbleere Flasche Monte Alban hoch. MEZKAL CON GUSANO, stand auf dem Etikett. Meskal mit Wurm. Ohne eine Antwort abzuwarten, goß der Kapitän von dem Getränk in zwei *Arco*-Keramikbecher.

»Biologin zu sein, ist gegenwärtig die Hölle. Ich weiß einfach zuviel.« Die Magenbeschwerden setzten wieder ein, und Cassie preßte die Hand auf das vor den Bauch geschnallte Exemplar der *Kurzen Geschichte der Zeit*. »Zuerst ist unser Fett weggeschmolzen, jetzt ist das Eiweiß dran. Ich kann praktisch spüren, wie sich die Muskeln zersetzen, rissig werden, dahinschwinden. Der Stickstoff geht ins Blut über, in die Nieren...«

Gemächlich trank der Kapitän einen Schluck Meskal. »Riecht mein Urin deshalb nach Ammoniak?«

Cassie nickte.

»Mein Atem stinkt auch«, sagte van Horne, gab ihr einen *Arco*-Becher.

»Ketosis. Früher, als die Menschen noch Gott zuliebe fasteten, nannte man's den ›Ruch der Heiligkeit‹.«

»Wie lange dürft's noch dauern, bis wir...?«

»Das ist bei jedem individuell verschieden. Große Kerle wie Follingsbee können voraussichtlich noch einen Monat lang am Leben bleiben. Rafferty und Lianne... vielleicht vier oder fünf Tage.«

Der Kapitän trank den Meskal aus. »Und dabei fing diese Fahrt so gut an. Menschenskind, ich dachte sogar im Ernst, wie könnten sein Gehirn retten. Inzwischen wird's im Eimer sein. Was meinen Sie?«

»Höchstwahrscheinlich.«

Anthony van Horne nahm am Tisch Platz, füllte neuen Meskal in sein Trinkgefäß und kramte aus einem Gewirr von Navigationskarten und Styropor-Kaffeebechern einen Messingsextanten hervor. »Soll ich Ihnen mal was sagen, Doktor? Ich bin gerade beschwipst genug, um Ihnen zu gestehen, daß ich Sie für eine unglaublich attraktive und ganz wunderbare Frau halte.«

Die Bemerkung erzeugte bei Cassie ein sonderbares Gefühlsgemisch aus Freude und Beunruhigung. Soeben hatte sich die Tür zum Chaos geöffnet, und sie mußte sie schleunigst zuschlagen. »Natürlich fühle ich mich geschmeichelt«, antwortete sie, trank einen tüchtigen Schluck Monte Alban. »Aber wir sollten nicht übersehen, daß ich praktisch verlobt bin.«

»Ich bin auch mal praktisch verlobt gewesen.«
»So?«
»Ja, mit Janet Yost, sie war Stewardess bei der *Chevron*-Reederei.« Der Kapitän betrachtete Cassie durch den Sextanten; seine Lippen verzogen sich zu einem lüsternen Grinsen, als würde durch das Instrument irgendwie Cassies Bluse durchsichtig. »Wir sind fast zwei Jahre lang zusammen gefahren, nach Alaska und zurück. Ein-, zweimal haben wir übers Heiraten geredet. Was mich betraf, hab ich in ihr meine Verlobte gesehen. Dann ist sie schwanger geworden.«
»Von Ihnen?«
»Hm-hmm.«
»Und ...?«
»Da hab ich 'n Rückzieher gemacht. Ein Kind ist keine Grundlage für eine Ehe.«
»Haben Sie sie auf eine Abtreibung angesprochen?«
»Nicht ausdrücklich, aber ich ließ keinen Zweifel daran, wie ich dazu stand. Als Vater bin ich ungeeignet, Cassie. Berücksichtigen Sie nur mal, wen ich als Vater zum Vorbild habe. Es wäre das gleiche, wollte 'n Chirurg bei Jack the Ripper studieren.«
»Vielleicht hätten Sie sich ... informieren können, oder? Ein bißchen Anleitung holen.«
»Ich hab's ja *versucht*, Doktor. Ich habe mich mit Seeleuten unterhalten, die Eltern waren, bin in die Stadt zu Woolworth gegangen und hab mir 'n Klein Realo gekauft, Sie wissen schon, so eine lebensechte Säuglingspuppe, ich hatte vor, sie daheim übungshalber auf dem Arm rumzutragen ... Mir war's echt peinlich, das Ding zu kaufen, das kann ich Ihnen sagen, mir war zumute, als ob ich mir irgendein Gerät im Sex-Shop besorge. Na, und nicht zu vergessen, daß ich der Vincent-Klinik Besuche abgestattet hab, um mir Neugeborene anzugucken und nachzuschauen, was für Wesen sie eigentlich sind. Ist Ihnen überhaupt bekannt, wie leicht

es ist, sich in 'ne Kinderstation zu schleichen? Man muß nur wie 'n netter Onkel auftreten, sonst nichts. Aber nichts von dem ganzen Getue hat was geändert. Bis heute werde ich von Kindern bloß abgeschreckt.«

»Ich bin mir sicher, Sie könnten's schaffen, diese Abwehrhaltung zu überwinden. Alexander ist's gelungen.«

»Wem?«

»Einer männlichen Wanderratte. Ich habe sie mit dem eigenen Nachwuchs zusammenleben lassen, und daraufhin hat sie die Aufzucht übernommen. Seepferdchen sind auch gute Väter. Und Mondfische. Hat Janet eine Abtreibung veranlaßt?«

»War nicht nötig. Mutter Natur hat eingegriffen. Und mir nichts, dir nichts war auch unsere Beziehung kaputt. Das war 'ne schreckliche Zeit, wir hatten nur noch gräßlichen Zoff. Einmal hat sie 'n Sextanten nach mir geworfen, dadurch ist mir die Nase gebrochen worden. Danach sind wir immer auf verschiedenen Schiffen gefahren. Vielleicht sind wir schon des Nachts aneinander vorübergedampft. Drei volle Jahre lang hatte ich nichts von ihr gehört, aber nachdem die *Valparaíso* aufs Bolivar-Riff gelaufen war, hat sie mir geschrieben, sie wüßte, es sei nicht meine Schuld.«

»War's denn Ihre Schuld?«

»Ich hatte die Brücke verlassen.«

Cassie biß die Zähne zusammen und drückte die *Kurze Geschichte der Zeit* mit beiden Händen in die Magengrube. »Ob wir hier je an Nahrung gelangen?«

»Na klar, Doktor. Ich garantier es Ihnen. Geht's Ihnen nicht gut?«

»Mir ist schwummrig. Ich hab Magenkrämpfe. Käse ist wohl keiner mehr da?«

»Nein, tut mir leid.«

Cassie streckte sich auf dem Teppich aus. Ihr Hirn hatte sich in einen Schwamm verwandelt, einen mit

Monte Alban vollgesogenen *Polymastia mamilliaris*. Zwischen ihrer Psyche und der Welt, die im All, einem Hintergrund von Glitzersternchen, wie eine Partykugel schwebte, war ein Meskal-Dunstschleier heraufgezogen. Ein knallroter Ara flog quer über die Sternbilder – ein Vogel genau der Art, die sie van Horne bei der Heimkehr nach New York zu kaufen versprochen hatte – und zerfiel plötzlich, Feder um Feder segelte herab, bis nur das gerupfte, atmende, grobporige Fleisch noch übrig war, ganz zart und leicht verdaulich.

Minuten vertickten. Cassie döste ein, wachte auf, nickte nochmals ein ...

»Lieg ich im Sterben?« fragte sie.

Mittlerweile saß Anthony van Horne neben ihr, den Rücken an den Tisch gelehnt, hatte die nackten, verschwitzten Arme um sie geschlungen. Die tätowierte Seejungfrau sah hungersüchtig aus. Langsam öffnete er die Hand: Quer auf der Lebenslinie lagen drei Gegenstände, die dicken, kurzen Salzstangen ähnelten.

»Sie sterben nicht«, erwiderte er. »Ich lasse niemanden sterben.«

»Salzstangen?«

»Eingelegte Meskal-Würmer. Kaspar, Melchior und Baltasar.«

»Wü-Würmer?«

»Reines Fleisch«, beteuerte der Kapitän, hob ihr bedächtig Kaspar – oder Melchior, oder vielleicht war es Balthasar – an die Lippen. Das Tier hatte einen haarigen, segmentierten Körper: kein echter Wurm, erkannte Cassie, sondern die Larve irgendeines mexikanischen Falters. »Frisch aus Oaxaca«, fügte van Horne hinzu.

»Ja ... Ja. Gut.«

Sachte schob er ihr Kaspar in den Mund. Cassie saugte, griff auf den ältesten aller Überlebensreflexe zurück, lutschte an den Fingern des Kapitäns, feuchtete die Larva ein. Zufriedenheit strahlte aus seiner Miene, eine Erfüllung, die man sonst nur Müttern beim Stillen ansah. Nicht übel für einen Mann, dachte Cassie, den angesichts der Schwangerschaft seiner Freundin die Panik gepackt hatte. Sie mahlte mit den Kiefern. Kaspar zerfiel. Er hatte einen herben, scharfen Medizingeschmack, ein Gemisch aus purem Meskal und *Lepidoptera*-Eingeweiden.

»Wiederholen Sie mal, was Sie vorhin gesagt haben«, bat Cassie. »Über mich... Wie haben Sie's ausgedrückt? Ich sei ›eine wundervolle, attraktive...‹«

Er fütterte sie mit Melchior. »Eine unglaublich attraktive...«

»Ja.« Sie verzehrte die Larve. »Genau das meine ich.«

Nun war Balthasar an der Reihe. »Ich halte Sie für eine unglaublich attraktive und ganz wunderbare Frau«, gestand Anthony van Horn ihr zum zweitenmal am selben Tag.

Während Cassie kaute, überkam sie ein leichtes Gefühl des Wohlbehagens, zwar nur flüchtig, aber real. Kölner Weizenmehl, Du-darfst-Käse, Oaxaca-Würmer. Sie leckte sich die Lippen und dämmerte in Schlummer hinüber. Es gab es keinen Glauben an Bord der *Karpag Valparaíso*, ebensowenig Hoffnung, für den Moment jedoch zumindest Güte.

Was auch der Grund für die Verspätung der noch immer nicht in den arktischen Gewässern angelangten *Valparaíso* sein mochte, Oliver konnte schwerlich übersehen, daß die Zweiter-Weltkrieg-Militärdrama-Gruppe aus der Verzögerung erheblichen Gewinn schlug. Infolge des Vertrags, den die Philosophische Liga für moderne Aufklärung e.V. mit Pembroke & Flume abgeschlossen hatte, erhielt jeder Seemann, Pilot und Bordfunker für jeden Diensttag an Bord des Flugzeugträgers »volle Kriegszustandsbezüge.« Nicht daß die Männer es nicht verdient gehabt hätten. Ihre Befehlshabenden scheuchten sie rund um die Uhr umher, als wäre wirklich ein Krieg in Gang. Trotzdem verspürte Oliver einen gewissen Mißmut. Sein Geld, hatte er das Empfinden, übte die gleiche Wirkung wie Cassies üppiger Busen aus. Während ihrer gesamten Hochschulzeit hatte sie nie genau gewußt, warum man sie dauernd um Rendezvous ansprach – oder vielmehr, sie *ahnte* es, und war deswegen verdrossen gewesen. Ein Mensch sollte danach beurteilt werden, lautete Olivers Standpunkt, was er anderen an Mitmenschlichkeit bieten konnte, nicht nach dem, was er hatte.

Der untersetzte, freundliche Mann, der Oberstleutnant Wade McClusky verkörperte, den Kommandeur des Marineflieger-Geschwaders 6, ließ beide Staffeln täglich zwei Übungseinsätze fliegen, bei denen sie die Eisberge des Tromsø-Fjords mit Holzbomben und Styropor-Torpedos angriffen. Zur gleichen Zeit sorgte der Mann, der den Kapitän des Flugzeugträgers spielte, ein stämmiger Ire mit Lenkstangen-Schnauzbart, unerbittlich dafür, daß seine Untergebenen das Flugdeck vollständig schnee- und eisfrei hielten, selbst wenn die Bordflugzeuge keine Übungsflüge durchführten. Für Kapitän George Murrays schwergeprüfte Matrosen gestaltete sich der Dienst an Bord der *Enterprise* wie das Leben in einer in der Hölle angesiedelten Vorstadt, wo die Zufahrt zum Haus 180 m lang war und sogar mitten im Sommer Schnee geschaufelt werden mußte.

Eine Stunde nach Beendigung des neunzigsten PBY-Erkundungsflugs, dem es abermals mißlungen war, die *Valparaíso* zu sichten, wurde Oliver von Pembroke und Flume in ihre Kabine gebeten. Im Zweiten Weltkrieg hatte diese geräumige Bleibe als Offiziersmesse fungiert, aber die Militärdrama-Veranstalter hatten sie in eine Zweibettunterkunft umbauen lassen, deren Interieur im Gemeinschaftszimmer gewisse Anleihen beim spätviktorianischen Repräsentationsbedürfnis machte.

»Die Mannschaft wird zappelig«, sagte Albert Flume zur Eröffnung des Gesprächs, während er Oliver zu einem Plüschdiwan führte, der an das Möbelstück auf Delacroix' Gemälde *Odaliske* erinnerte.

»Unsere Piloten und Bordfunker drehen fast durch.« Sidney Pemproke wickelte die Neuauflage eines Baby-Ruth-Schokoriegels ungefähr des Jahres 1944 aus dem Papier. »Wenn nicht bald etwas geschieht, das ihre Moral hebt, kommen sie uns mit Heimflugswünschen.«

»Zur Vorbeugung möchten wir den Jungs Landurlaub gewähren.«

»Bei vollen Kriegszustandsbezügen.«

Oliver schnitt eine grimmige Miene und ballte die Faust. »Landurlaub? Wo? In Oslo?«

Flume schüttelte den Kopf. »Dort können wir sie nicht hinbringen. Die PBY sind mit Fernaufklärungsflügen beschäftigt, und wir können keine Privatflieger chartern, ohne Aufmerksamkeit zu erregen.«

»Gestern haben wir 'ne Stippvisite in Ibsen City gemacht«, sagte Pembroke. »Alles in allem eine öde Pampa, aber im Russischen Bären zeichnen sich bestimmte Möglichkeiten ab.«

Oliver furchte die Stirn. »Das ist doch bloß 'n alter Flugzeugschuppen.«

»Wir wollen Ihnen umumwunden folgenden Vorschlag unterbreiten«, nuschelte Pembroke, während er fröhlich den Schokoriegel verputzte. »Unter der Voraussetzung, daß Sie die Kosten übernehmen, würden Albert und ich den Russischen Bären in ein klassisches, typisches USO-Etablissement verwandeln. Sie wissen schon, ein Heim fern der Heimat, eine Anlaufstelle, wo die Jungs umsonst 'n Sandwich futtern dürfen, mit netten Mädels tanzen und Kate Smith ›Gott segne Amerika‹ singen hören können.«

»Wenn's um Unterhaltung für Ihre Leute geht«, entgegnete Oliver, »kann ich Ihnen Barclay Cabot empfehlen, er legt 'ne ganz hervorragende Zaubervorstellung hin. Letztes Jahr ist er in der *Tonight*-Show aufgetreten und hat Wunderheiler entlarvt.«

»Wunderheiler entlarvt?« Flume schwang die Kühlschranktür auf, holte eine Flasche Rheingold heraus und öffnete sie. »Was ist er denn für einer, etwa 'n Atheist?«

»I wo, nicht im entferntesten.«

»Wir möchten Ihrem Freund seine Begabung keineswegs absprechen«, sagte Pembroke, »nur schwebt uns mehr etwas im Stil Jimmy Durantes, Al Jolsons, der Andrew Sisters oder Bing Crosbys vor ...«

»Irre ich mich, oder sind diese Leute tot?«

»Ja, aber es bedeutet überhaupt kein Problem, passable Doubles aufzutreiben.«

»Außerdem fliegen wir eine Reihe hübscher, junger Frauen ein, die den Laden schmeißen«, verhieß Flume. »Solche vom Typ Nettes-Mädchen-von-nebenan, die Zigaretten anbieten, zum Tanzen da sind und vielleicht ein, zwei heimliche Küßchen erlauben.«

»Natürlich keine Bimbo-Weiber«, stellte Pembroke klar. »Normale, ehrgeizige, junge Schauspielerinnen, die sehen, daß man im Leben mehr erreichen kann als Jobs in Oben-ohne-Bars und Teilnahme an Wet-T-Shirt-Wettbewerben.«

»Momentan ist es in Manhattan drei Uhr morgens«, sagte Flume, »aber wenn wir uns ungefähr um die Mittagszeit ans Telefon klemmen, erreichen wir die einschlägigen Talentagenturen.«

»Sind Sie tatsächlich der Ansicht, der durchschnittliche New Yorker Schauspieler läßt daraufhin sausen, was er gerade treibt, und nimmt das nächste Flugzeug nach Oslo?« fragte Oliver.

»O ja.«

»Wieso?«

»Weil die Gelegenheit, gegen Honorar auf irgendeiner obskuren Insel im Polarmeer als Bing Crosby aufzutreten«, erläuterte Flume, nachdem er einen langen Zug Rheingold geschluckt hatte, »für den durchschnittlichen New Yorker Schauspieler das beste Angebot ist, das ihm seit Jahren jemand unterbreitet hat.«

27. *August*

In meiner Eintragung am 14. Juli habe ich beschrieben, Popeye, was ich beim ersten Anblick unseres Schleppguts hörte, sah und empfand. Was das Maß der Erregung betrifft, war es damals gar kein Vergleich zum Erlebnis der zweiten Epiphanie.

Um 9 Uhr stand ich am Steuerhaus und beobachtete durchs Fernglas die Meuterer, die apathisch zwischen ihren Elendsbuden herumlagen. Bis zu diesem Augenblick war mir nicht klar gewesen, welchen Unterschied selbst unsere kargen Rationen bedeuten. Wir sind uns wenigstens noch zu rühren fähig.

Etwas ähnliches wie Aasgeruch wehte über die Brückennock. Dann drang mir ein gedämpftes, dumpfes Getrommel ans Ohr. Ich drehte mich in Richtung Küste.

Und da sah ich in der Ferne das gloriose Kliff seiner Nase wie den Berg Sinai emporragen. Meine Migräne verflog. Mein Kreislauf geriet in Fahrt. Fortgesetzt erklang das Trommeln weiter: das regelmäßige *Wummbumm* der Brandungswellen, die in die Achselhöhlen des *Corpus Dei* rollte.

Ob diese erstaunliche Wende letzten Endes auf launische Winde, ungewöhnliche Strömungen, die Chaos-

Theorie oder eine posthume Form göttlichen Eingreifens zurückgeht, kann ich nun wirklich nicht sagen.

Ich weiß nur, er ist wieder da.

Nach beträchtlicher Gewissenserforschung und dem Niederringen starken seelischen Kummers fällte Pater Thomas Ockham den Entschluß, den Anfang am Brustkorb zu machen. Aufgrund der Ausdehnung des Brustkastens konstituierten Einschnitte in diesen Teil des *Corpus Dei* eine geringere Entstellung als eine vergleichbare Verstümmelung an Stirn oder Wangen. Dennoch befand er sich dabei in keiner Verfassung inneren Friedens. Funktionale Ethik hatte ihm stets Anlaß zu Bedenken gegeben. Wäre die *Valparaíso* nicht von der Außenwelt abgeschnitten gewesen, hätte Thomas erst einmal Rom angefaxt und sich beim Kardinal nach der offiziellen Haltung des Vatikans zur Deophagie erkundigt.

Der Kapitän und seine acht Getreuen setzten mit dem Motorboot *Juan Fernández* über, tuckerten steuerbords an den Rippen entlang und legten am aufblasbaren Landungssteg an. Bepackt mit verschiedenerlei Ruck- und Seesäcken erkletterten sie mühsam die Jakobsleiter und machten sich, van Horne an der Spitze, auf den anstrengenden Weg über das Schlüssel- und südwärts übers Brustbein. Wie übergroße Gefängnisschlüssel baumelten Töpfe und Pfannen an den Gürteln des Trüppchens, klapperten den Kontrapunkt zum donnergleichen Brandungsdröhnen aus den Achselhöhlen des *Corpus Dei*.

Endlich erreichten sie den Rand des Brustwarzenhofs, eine rötliche, gummigleiche Fläche, aus deren Mitte die hohe Säule der Brustwarze aufragte. Thomas blieb stehen und zog den Panamahut ab. Er bat seine Gemeinde, Platz zu nehmen. Alle taten es, auch van Horne; allerdings bewahrte der Kapitän Abstand, hielt sich abseits im Schatten eines Muttermals.

Thomas öffnete den Rucksack und packte die geweihten Altargegenstände aus: Kerzenleuchter, Meßkelch, Ziborium, Silbertablett und Antependium (letzteres war der Stolz seiner Sammlung, reine Seide und bedruckt mit den Kreuzwegstationen). Die Gemeinde erwartete das Sakrament gierig, aber voller Respekt – ausgenommen van Horne und Cassie Fowler, die beide hochgradig verstimmt wirkten. Acht Kommunikanten, dachte Thomas mit sinnigem Lächeln. Mehr als je auf der *Valparaíso* seine Messe besucht hatten, sowohl vor wie auch nach Bekanntwerden Seines Todes an Bord des Supertankers.

Schwester Miriam langte in ihren Seesack und brachte den Altar zum Vorschein: einen Funktionale-Ethik-Altar, mußte Thomas gestehen, denn in Wirklichkeit war es ein Camping-Propangaskocher. Während Miriam die Aluminiumbeine auseinanderklappte und den Kocher auf die weiche Oberhaut des *Corpus Dei* stellte, breitete Thomas das Antependium aus und schützte es, indem er die Kerzenleuchter an den Ecken verteilte, gegen den Wind.

»Kann er nicht schneller machen?« murrte Fowler.

»Er tut sein Bestes«, fuhr Miriam sie an.

Sam Follingsbee reichte der Nonne ein elektrisches Tranchiermesser, Crock O'Conner eine der wasserdichten Motorsägen, die benutzt worden waren, um in Gottes Ohren die Trommelfelle aufzuschneiden, und sie gab die Werkzeuge an Thomas weiter. Im Interesse der Zeitabkürzung beschloß er, die sonst üblichen Vorbereitungsriten zu überspringen – die Beweihräucherung und Händewaschung, das *Orate Fratres*, die Präfation – und gleich zur Dekonsekration überzugehen. Da jedoch sah er sich eigentlich vor einer Schwierigkeit. Der überlieferte Meßritus kannte keinerlei umgekehrte Transsubstantiation, keine Verwandlung des Gottesleibs ins tägliche Brot. Vielleicht genügte es, lautete seine Überlegung, schlichtweg eine umgedrehte Fassung des beim letzten Abendmahl gefallenen, berühmten Jesusworts zu sprechen: *Accipite et manducate ex hoc omnes, hoc est enim corpus meum.* »Nehmet hin und esset alle davon, das ist mein Leib.« Na klar, dachte er. Sicher doch. Warum nicht?

Thomas kauerte sich nieder. Er riß an der Starterschnur. Sofort sprang die Motorsäge an, surrte wie eine Hornisse in einem Horrorfilm. Aus dem Motorgehäuse stoben schwarze Rauchwölkchen. Mit unterdrücktem Stöhnen senkte der Priester die Säge, faßte sie fester und zerschlitzte seinem Schöpfer die Haut.

Ruckartig hob er die Säge hoch.

»Was ist los?« keuchte Miriam.

Es war ganz einfach falsch. Wie sollte so etwas recht sein können? »Lieber verhungern«, sagte Thomas leise.

»Tom, du *mußt* es tun.«

»Nein.«

»*Tom.*«

Er senkte die Säge ein zweites Mal auf die Haut. Die Sägezähne fraßen sich hinein, versprühten einen Strahl rosiger Körperflüssigkeit.

Thomas zog die Säge heraus.

»Beeilen Sie sich«, japste Lou Chickering.

»Bitte«, stöhnte Marbles Rafferty.

Thomas führte die qualmende Maschine erneut in die Wunde ein. Langsam und widerwillig nahm er einen waagerechten Einschnitt vor. Anschließend sägte er in rechtem Winkel dazu einen zweiten Schnitt in die Oberhaut; danach einen dritten und vierten Einschnitt. Er schälte ein viereckiges Stück Epidermis ab, bohrte die Säge bis ans Motorgehäuse ins Gewebe und schickte sich an, endlich richtiges Fleisch herauszuschneiden.

»*Pleni sunt caeli et terra gloria tua*«, rezitierte Miriam während der Vorbereitung des Altars. Himmel und

Erde sind erfüllt von deiner Herrlichkeit. Sie klaubte ein Streichholz aus einer Schachtel Säkerhets Tändstickor, entzündete es, legte die Hand um das kostbare Flämmchen und nahm die rechte Kochstelle in Betrieb. »*Hosanna in excelsis!*« Hosanna in der Höhe! In stummer Übereinkunft, fiel Thomas auf, hatten sie sich für ein ziemlich feierliches Zeremoniell entschieden: Eucharistie alten Stils, mitsamt Latein und allem Drumherum.

Der Nebel zischte, als das Glas aufflammte. Miriam ergriff Follingsbees original westfälische Schmiedeeisen-Bratpfanne (36 cm Durchmesser) und setzte sie auf die Flamme.

»*Meum corpus enim est hoc*«, murmelte Thomas, profanisierte das Gewebe, während er es schon zerschlitzte und zerschnitt, »*omnes hoc ex manducate et accipite.*« Sobald träge eingedicktes, magentarotes Blut hervorquoll, eilte Miriam mit dem Meßkelch herbei, kniete sich hin und fing es in dem Gefäß auf. »*Omnes eo ex bibite et accipite*«, fügte der Geistliche hinzu, entzog dem Blut die Heiligkeit. Beharrlich sägte er drauflos und löste zu guter Letzt einen eineinhalb Kilo schweren Streifen Fleisch heraus.

Es mußte sein. Es gab keine andere Möglichkeit. Wenn er es nicht tat, erledigte es van Horne.

Er schaltete die Motorsäge ab, trug das Fleisch zum Altar und legte es in die handgeschmiedete Bratpfanne. Es brutzelte, ihm entflossen rosige Säfte. Ein herrlicher Duft stieg aus der Pfanne, das köstliche Aroma angebratener Göttlichkeit, und Thomas lief das Wasser im Mund zusammen.

»Endlich«, kommentierte Cassie Fowler mißmutig. »Na *endlich*.«

»Geduld«, knurrte Miriam.

»Christus auf Krücken...«

Sechzig Sekunden vergingen. Thomas packte den

Bratenwender und drehte das Filet um. Es kam auf den richtigen Augenblick an: Das Fleisch mußte lange genug erhitzt werden, um die pathogenen Stoffe abzutöten, hingegen nicht so lange, daß die Hitze das wertvolle Eiweiß zerstörte, nach dem ihre hungrigen Mägen schrien.

»Was denn nun noch?« schnob van Horne.

»Das Brechen des Brotes«, informierte ihn Miriam.

»Scheißen Sie drauf«, verlangte er.

»Eher scheißen wir auf Sie«, erwiderte die Nonne.

Thomas schob den Bratenwender unters Fleisch und legte es aufs Silbertablett. Er holte tief Luft, schaltete das Elektro-Tranchiermesser ein und teilte das große Fleischstück in neun gleiche Portionen, jede vom Umfang einer Kokosmakrone. »*Haec commixtio*«, sagte er, trennte von seinem Anteil ein winziges Fetzchen ab, »*corporis et sanguinis Dei*« – er schlug mit dem Stückchen das Kreuzeszeichen überm Kelch und ließ es hineinfallen – »*fiat accipientibus nobis.*« Diese geheiligte Mischung von Leib und Blut unseres Herrn Jesus Christus gereiche uns bei ihrem Empfange zum ewigen Leben. »Amen.«

»Ziehen Sie's doch nicht derart hin«, schnaufte Fowler.

»Das ist Sadismus«, klagte van Horne.

»Wenn's Ihnen nicht gefällt«, riet Miriam, »treten Sie doch 'ner anderen Kirche bei.«

Thomas klemmte seine Portion zwischen Daumen und Zeigefinger – in der Handfläche fühlte er klebrige Wärme – und hob sie an die Lippen. Er öffnete den Mund. »*Perceptio corporis tui, Domine, quod ego indignus sumere praesumo, non mihi proveniat in condemnationem...*« Der Genuß deines Leibes, Herr Jesus Christus, den ich Unwürdiger zu empfangen wage, gereiche mir nicht zum Gericht und zur Verdammnis... Er schlug die Zähne in den Braten. Gemächlich kaute er und schluckte. Der Geschmack verdutzte ihn. Erwartet hatte er eine unverkennbar hochwertige Hautgout-Qualität – wie Lammrücken vielleicht, oder zartestes Kalb –, doch statt dessen wurde er an Follingsbees Art des Hamburgers erinnert.

Da jedoch ging dem Priester ein Licht auf: Ja, natürlich, dachte er einsichtig. Gott war der Gott jedes Menschen gewesen. Er hatte unter den Fastfood-Menschenmassen geweilt, den vielen übergewichtigen Müttern, die Thomas ständig in der Bronxdale Avenue bei McDonald's sah, wo sie ihre feisten Sprößlinge mit ölig-knusprigem McNuggets-Hähnchenklein und fettigen Pommes abfütterten.

»*Corpus tuum, Domine, quod sumpsit, adhaereat visceribus meis...*«, sagte Thomas. Dein Leib, Herr, den ich empfangen habe, gereiche mir durch deine Güte zum Schutz für Leib und Seele... Plötzlich verspürte er in seinem Innern ein nachgerade elektrisches Schwellen, doch ob die Ursache beim Fleisch selbst lag oder in der bloßen ideellen Vorstellung des Fleischs gesehen werden mußte, konnte er nicht beurteilen. »Amen.«

Eine unüberschaubare Vielfalt an Empfindungen kitzelten Thomas' Zunge, während er, das Silbertablett in den Händen, zu Follingsbee trat. Unter den Hamburger-Geschmackseigenschaften machte sich die Spur einer Geschmacksrichtung bemerkbar, die eine gewisse Ähnlichkeit mit Rinderschmorbraten aufwies, und darunter wiederum verbarg sich eine Andeutung von Bœuf Stroganoff.

»Pater, mir ist dabei überhaupt nicht wohl zumute«, bekannte der pummelige Smutje.

»Mir ist klar, daß Sie es besser zubereitet hätten. Erzählen Sie der Gewerkschaft einfach nichts.«

Follingsbee zog den Kopf ein. »Ich habe Ihnen mal erzählt, daß ich Meßdiener gewesen bin, entsinnen Sie sich noch?«

»Es ist völlig unbedenklich, Sam.«

»Ehrenwort? Mir kommt's irgendwie wie Sünde vor.«

»Ehrenwort.«

»Es spricht nichts dagegen? Sind Sie ganz sicher?«

»Machen Sie den Mund auf.«

Der Koch gehorchte.

»*Corpus Dei custodiat corpus tuum*...«, sagte Thomas, indem er Follingsbee die ihm zustehende Portion in den Mund steckte. Der Leib unseres Herrn Jesus Christus bewahre meine Seele zum ewigen Leben... »Essen Sie langsam«, empfahl er, »sonst wird Ihnen schlecht.«

Während Follingsbee kaute, schritt Thomas die Reihe der Kommunikanten ab – Rafferty, O'Connor, Chickering, Bliss, Fowler, van Horne, Schwester Miriam – und legte jedem/jeder die Portion auf die herausgestreckte Zunge. »*Corpus Dei custodiat corpus tuum*«, wiederholte er bei jedem Mal. »Nicht zu hastig essen«, setzte er jedesmal leise hinzu.

Die Kommunikationsteilnehmer kauten und schluckten.

»*Domine, non sum dignus*...«, sagte Miriam, leckte sich die Lippen. Herr, ich bin nicht würdig...

»*Domine, non sum dignus*...« Follingsbee empfing sein Heil mit geschlossenen Lidern.

»*Domine... non... sum... dignus*...«, stöhnte die Funkoffizierin, der es vor Widerwillen gruselte. Für eine entschiedene Vegetarierin wie Lianne Bliss bedeutete diese Art der Rettung vor dem Hungertod offenbar eine gräßliche Prüfung.

»*Domine, non sum dignus*...«, ertönte es im Chor von Raffertys, O'Connors und Chickerings Lippen. Nur Fowler und van Horne blieben stumm.

»*Dominus vobiscum*«, rief Thomas den Versammelten zu, betrat den Brustwarzenhof.

Unter Anleitung durch den Kapitän zückten seine

Getreuen ihre Macheten, Dolche und Schweizer Militär-Messer und gingen ans Werk, erweiterten systematisch die anfängliche Auskerbung, schnitten zusätzliche Filets für ihre hungernden Kollegen und Kolleginnen in der Elendssiedlung heraus, und innerhalb einer Stunde hatten sie dem *Corpus Dei* genügend Fleisch entnommen, um jeden Topf und jede Pfanne zu füllen.

»Er riecht – sozusagen – gut abgehangen«, konstatierte van Horne, kniff mit zwei Fingern, während er sich auf dem Brustwarzenhof zu Thomas gesellte, die Nasenflügel zusammen.

»Wenn nicht sogar faulig«, antwortete der Priester, der zuschaute, wie Miriam einen blutigen Fleischbrokken ins Ziborium stopfte.

»Im Moment glaube ich wahrscheinlich wohl stärker an Gott, als es je der Fall war, solang er lebte.« Der Kapitän nahm die Hand vom Gesicht, blähte die Nasenflügel. »Ein eindrucksvolles Wunder, oder was meinen Sie?«

»Ich weiß nicht, was es ist.« Thomas fächelte sich mit dem Panamahut Luft zu und wandte sich nach den Anwesenden um.

»Entweder ein Wunder, oder er ist in den Kanaren-Strom geraten, in die Trift des Nord-Golfstroms getrieben worden...«

»*Ite...*«, verkündete Thomas mit lauter, klarer Stimme.

»...und auf diese Weise zu uns zurückgekehrt.«

»...*missa est.*«

»Was sagen Sie, Pater? Ein Wunder oder die Golfstrom-Trift?«

»Ich glaube«, gab der verwirrte, gesättigte Geistliche erschöpft zur Antwort, »es ist alles ein und dasselbe.«

MAHL

Wilder Applaus und Jubel der Begeisterung empfing Bob Hope, als er in zu weitem, grünem Kampfanzug und mit weißer Golfmütze, total komisch, die Bühne der Taverne Zum Nordlicht betrat. Ein Spot beleuchtete seine berühmte, ausdrucksvolle Nase, betonte ihre beliebten Konturen.

»Ich bin sicher, ihr habt hier 'ne tolle Zeit auf der Jan-Mayen-Insel«, leitete der Komiker den Auftritt ein, winkte dem Publikum zu: einhundertzweiunddreißig Marinefliegern (Piloten und Bordfunkern) – die meisten trugen schokoladenbraune Bomberjacken mit schwarzem Pelzkragen – sowie zweihundertundzehn Seeleuten mit weißen Matrosenmützen und blauen Halstüchern. »Ihr wißt ja alle, was die Jan-Mayen-Insel ist.« Er schnippte gegen das Mikrofon und verursachte ein verstärktes *Tock*. »Shangri-La mit Eiswürfeln.«

Johlen des Beifalls. Fröhliches Röhren.

Oliver saß allein da; er lachte nicht. Statt dessen trank er das zweite Frydenlund-Bier des Abends aus, rülpste und ließ sich tiefer in den Sessel sinken. Inzwischen hegte er die feste Überzeugung, daß eine furchtbare Tragödie Cassandra und die *Valparaíso* ereilt haben mußte, ein Taifun, ein Meereswirbel, ein Tsunami; oder vielleicht verbarg sich dahinter menschliches Einwirken, denn gewiß gab es noch andere Institutionen als die Philosophische Liga für moderne Aufklärung e. V., die Gottes Kadaver aus der Welt geschafft haben wollten, solche Organisationen, die nicht zögerten, ein oder zwei Supertanker zu versenken.

Albert Flume und sein Kompagnon näherten sich Olivers Tisch. »Dürfen wir uns zu Ihnen setzen?«

»Sicherlich.«

»Noch 'n Bier?« fragte Sidney Pembroke, indem er auf die beiden leeren Flaschen deutete.

»Klar, warum nicht?«

»Vergangene Nacht habe ich mich zu den Jungs in die Quartiere geschlichen«, sagte Bob Hope. Die Hände in den Taschen, beugte er sich ans Mikrofon. »Sie wissen ja, was Soldatenunterkünfte sind. Zweitausend Feldbetten mit Trennwänden aus Pin-ups.«

Hopes famosester alter Heuler, aber die Piloten, Bordfunker und Matrosen fielen fast vom Stuhl.

»Wir haben gute Arbeit geleistet, Albert«, meinte Pembroke.

»Eindeutig eine unserer besseren Inszenierungen«, stimmte Flume zu. »He, Schwarm meiner Träume«, rief er einer hübschen, honigblonden Serviererin zu, die mit betontem Hüftschwung ein Tablett mit Schinken-Sandwiches durchs Lokal trug. »Bring unserem Freund Oliver noch 'n Frydenlund.«

Tatsächlich war der Stolz der zwei Veranstalter völlig gerechtfertigt. Binnen nur drei Tagen war es ihnen gelungen, den Russischen Bären in ein USO-Clublokal der vierziger Jahre umzuwandeln. Abgesehen vom Vorhandenseins unzeitgemäßen Biers wirkte die Taverne Zum Nordlicht durchweg authentisch, sogar bis hin zu den Tütenlautspechern an den Tragbalken, dem NUR-FÜR-ANGEHÖRIGE-DER-US-STREITKRÄFTE-Schild am Eingang sowie den FEIND-HÖRT-MIT- und NIMITZ-

KENNT-KEINE-LIMITS-Plakaten an den Wänden. Anfangs hatte Wladimir Panschin sich gegen den Umbau gesträubt, weil er annahm, daß seine Stammkunden sauer wären, doch schließlich hatte er sich ausrechnen können, daß für jeden Forscher Ibsen Citys, der ausblieb, mindestens zwei Mitglieder der Militärdrama-Gruppe aufkreuzten.

Die Umgestaltung des Lokals hatte Oliver beinahe 85 000 Dollar gekostet, von denen ein Großteil für die aus Trondheim eingeflogenen Tischler und Elektriker aufzuwenden gewesen waren, aber dies Sümmchen mußte als läppisch im Vergleich zu dem Betrag gelten, um den Pembroke & Flume sein Bankkonto beim Zusammensuchen der erforderlichen Talente erleichtert hatten. Das New Yorker Büro der Agentur Premiere hatte zwei Dutzend Naivendarstellerinnen und Revuetänzerinnen geschickt, die allesamt keinerlei Scheu kannten, Cocktailschürzen umzubinden und mit Schizophrenen mittleren Alters zu flirten, die Zweiter Weltkrieg spielten. Durch die Agentur William Morris waren Sonny Orbach und die Harmonikanten vermittelt worden, sechzehn Musiker, die zwar ausnahmslos über siebzig Lenze zählten, jedoch ohne weiteres, hatten sie sich erst einmal reichlich mit Frydenlund abgefüllt, als vollwertige Reinkarnation von Glenn Millers Luftwaffen-Orchesters herhalten konnten. Die größte Leistung der Veranstalter bestand allerdings darin, die erstaunlich begabten und nur selten abkömmlichen Gebrüder Kowitzky aufgespürt und als Mitwirkende gewonnen zu haben: Myron, Arnold und Jake Kowitzky, die sich Erstes Klassisches Nostalgie-Trio nannten – drei Imitatoren, die meistens in den überwiegend von jüdischer Klientel besuchten Sommer-Urlauberhotels der Catskill-Berge auftraten und deren Repertoire über Verkörperungen Bob Hopes, Al Jolsons und sonstiger naheliegender Künstler hinausging und sich auf das eher seltene Tätigkeitsfeld der Damendarstellung erstreckte. Myron gab eine erstklassige Kate Smith ab, Arnold eine glaubhafte Marlene Dietrich, Jake eine passable Ethel Merman und eine geradezu unheimlich lebensechte Frances Langford. Wenn die Gebrüder Kowitzky in dreistimmigem Falsett gepreßten Gesang hervorträllerten, hätte man schwören können, die Andrew Sisters ›Don't Sit Under the Apple Tree‹ (with Anyone Else but Me) singen zu hören.

Oliver guckte auf die Armbanduhr. 17 Uhr. Verflucht noch mal. Oberstleutnant Wade McCluskys Darsteller hätte sich schon vor über einer Stunde zurückmelden müssen.

»Wißt ihr, ich habe endlich eingesehen«, sagte Hope, »daß General Tojo von uns beiden der größere Komiker ist. Ich finde ihn einfach zum Schießen.«

Nach eigenen Angaben war Wade McClusky ein Flugbeobachter der Spitzenklasse. Schon im Leutnantsrang war er als jemand im Gespräch gewesen, der aus 5 km Höhe ein getarntes Flugzeugwerk erkennen konnte. Oliver war jedoch nicht gegenwärtig, ob diese Eigenschaft den echten McClusky ausgezeichnet hatte, der heutige McClusky-Darsteller über diese Begabung verfügte oder ob der McClusky-Darsteller sie dem echten McClusky andichtete. Auf alle Fälle hatte der beherzte Kommandeur des Marineflieger-Geschwaders 6 vor zehn Stunden persönlich die Leitung der Aufklärungsflüge übernommen und war an Bord des PBY-Flugboots mit der Tarnbezeichnung Erdbeere 8 zum Erkundungsflug aufgestiegen. Sein Engagement hatte bei Oliver hoffnungsfrohe Erwartungen geweckt. Warum also war McClusky noch nicht wieder da? Hatte man die *Valparaíso* etwa doch mit Bofors-Flak ausgerüstet? Hatte van Horne Erdbeere 8 vom Himmel geholt?

Hope winkte die bildschöne, kurvenreiche Dorothy

Lamour – Myron Kowitzky im Abendkleid sowie mit Perücke, Schminke und Latexbusen – zu sich auf die Bühne. Lamour schwebte regelrecht durchs Lokal, begleitet von zahlreichen Pfiffen der Anerkennung, lächelte nach allen Seiten und verteilte Kußhände.

»Jungs, ich möchte euch zeigen, wofür ihr eigentlich kämpft.« Noch ein beliebter, alter Heuler Hopes. »Gestern waren Crosby und ich...«

»Achtung, Achtung, alle Mann herhören!« Eine atemlose Stimme dröhnte aus den Lautsprechern, rauschte und zischte wie Coca-Cola auf Eis. »Hier spricht Admiral Spruance an Bord des Flugzeugträgers *Enterprise*. Ich habe eine prachtvolle Neuigkeit für euch, Männer. Vor knapp vier Stunden sind vom Flugzeugträger *Hornet* sechzehn Luftflotte-siebzehn-B-fünfundzwanzig-Bomber unter dem Kommando von Oberstleutnant James H. Doolittle gestartet und haben in Tokio das Industrie- und Hafenviertel mit über fünfzig Spreng- und Brandbomben belegt!«

Geheul der Begeisterung und stürmischer Applaus hallten durch die Taverne Zum Nordlicht.

»Der Umfang des angerichteten Schadens ist unbekannt«, fügte der Spruance-Darsteller hinzu, »aber Präsident Roosevelt stuft Oberstleutnant Doolittles Angriff als ›schweren Schlag gegen die feindliche Moral‹ ein.«

Die Militärdrama-Teilnehmer trampelten mit den Füßen. Zwar verwirrt, aber des Spaßes halber gerne zum Mitmachen bereit, stellten die Serviererinnen die Sandwichtabletts ab und klatschten Beifall.

»Das war's, Männer.«

Während der Tumult verebbte, schwenkte der Scheinwerferstrahl in die Nordostecke des Lokals, wo im gleichen Moment Sonny Orbach und die Harmonikanten in fescher Abendkleidung mit einer beschwingten Version von Glenn Millers ›Pistol Packin' Mama‹

einsetzten. Sofort sprangen die Gäste der Taverne Zum Nordlicht auf und tanzten Jitterbug – Soldaten mit Soldaten, Matrosen mit Kellnerinnen, und ein unerhört vom Glück begünstigter Heckschütze durfte sogar mit Dorothy Lamour tanzen.

Am Nachbartisch legte sich eine kesse, rothaarige Serviererin, um sich ihr Geld zu verdienen, besonders ins Zeug, teilte sich mit einem vierschrötigen Seemann Anfang vierzig eine Cola.

»... darf ja nicht fragen, wohin du ausläufst«, sagte die Kellnerin gerade, als die Unterhaltung Olivers Aufmerksamkeit anzog.

»Ganz genau«, bestätigte der Matrose. »Die Japsen haben ihre Spione überall.«

»Aber ich *darf* dich fragen, woher du kommst.«

»Aus Georgia, Mädel. Einem kleinen Ort namens Fosendorf.«

»Wirklich?«

»Naja, eigentlich bin ich aus Newark.«

»Mensch, wen aus Georgia hab ich noch nie kennengelernt.« Die Serviererin klimperte mit den Wimpern. »Hast du 'n Mädchen, Seemann?«

»Na klar, Kindchen.«

»Hast du zufällig 'n Bild dabei?«

»Natürlich, meine Süße.« Mit schlichtmütigem Grinsen zückte der Matrose die Brieftasche aus der weiten Hose, entnahm ihr ein kleines Foto und reichte es der Kellnerin. »Sie heißt Mindy Sue.«

»Sie sieht richtig knackig aus, Seemann. Bläst sie dir einen?«

»Was bitte?«

Um 18 Uhr 15 erscholl über der Taverne Zum Nordlicht das unverwechselbare Brummen der Pratt-&-Whitney-Motoren eines PBY-Flugboots und brachte auf den Tischen die Frydenlund-Flaschen zum Klirren. Ein köstliches Gefühl der Vorfreude durchströmte Oliver. Bestimmt kehrte Wade McClusky zurück, steuerte mit Erdbeere 8 den nächsten Fjord an. Bestimmt war die *Valparaíso* gesichtet worden.

Nach ›Pistol Packin' Mama‹ spielte Glenn Miller ›Chattanooga Choo-Choo‹, anschließend strahlte der Scheinwerfer wieder die Bühne an, und die Andrew Sisters sangen ›The Boogie-Woogie Bugle Boy of Company B.‹ Als nächster trat Bing Crosby auf und gurrte ›Pack Up Your Troubles in Your Old Kit Bag‹, und danach eilte Hope an die Seite seines Kumpels. Die beiden trugen, indem sie hin- und herschunkelten, ihre berühmt gewordene Fassung von ›Mairzy Doats‹ vor.

»Da gerade davon die Rede ist«, meinte Flume, während Hope und Crosby auf der Bühne Frances Langford begrüßten, »wußten Sie, daß unsere U-Boote auf Feindfahrt immer Kübel voller Pferdedärme mitführten?«

Oliver blieb unsicher, ob er richtig gehört hatte. »Kübel voller...?«

»Pferdedärme. Manchmal auch Schafsgedärm. Wenn die Nazis Wasserbomben schmissen, ließ der U-Boot-Kommandant die Därme an die Oberfläche steigen, und der Feind dachte, er hätte 'n Treffer erzielt.«

»Was für ein bemerkenswerter Krieg das doch damals noch war«, seufzte Pembroke in höchster Bewunderung.

»*I'm in the mood for love...*«, sang Frances Langford.

»Dann bist du hier richtig, Schätzchen«, lärmte ein dummgeiler Matrose.

»*...simply because you're near me...*«

Die Eingangstür schwang auf, und ein kleiner Sturmwind fegte durch die Taverne Zum Nordlicht. Blau vor Kälte, stapfte der knorrige Darsteller Wade McCluskys herein und strebte auf Olivers Tisch zu. Eiskristalle glitzerten auf seiner Fliegerjacke. Auf den

Schultern hatte er Schnee, als litte er an überaus schwerem Schuppenbefall.

»Jesses, bin ich *froh*, daß Sie da sind!« schrie Oliver, schlug dem Geschwaderkommandanten auf den Rükken. »Glück gehabt?«

Frances Langford lächelte, teilte Kußhände aus und stimmte das Lied an, das zu ihrem Markenzeichen geworden war, ihrer Erkennungsmelodie: »Embracable You.«

»Lassen Sie mir erst mal 'n Momentchen Verschnaufpause, um mich zu setzen.« McClusky zog ein Päckchen Wrigley's Spearmint aus der Fliegerjacke und schob sich einen Streifen Kaugummi wie ein Arzt in den Mund, der mit einem Holtspatel die Zunge niederdrückt. »He, Schatzi«, rief er der rothaarigen Serviererin zu, die noch immer mit dem stämmigen Matrosen Cola trank. »Schaff uns mal 'n Frydenlund ran!«

»*Embrace me, my sweet embraceable you*«, sang Frances Langford über ihren Umarmenswerten. »*Embrace me, my irreplaceable you...*«

»Zu diesem Lied gibt es eine ganz zauberhafte Anekdote«, sagte Pembroke. »Miss Langford besuchte ein Feldlazarett in der afrikanischen Wüste. Vorher in der Woche hatte eine große Panzerschlacht stattgefunden, und ein paar Jungs waren ziemlich schwer verletzt worden.«

»Da hat Hope vorgeschlagen, daß sie ihnen was vorsingt«, ergänzte Flume seinen Kompagnon, »und natürlich sang sie ›Embraceable You‹. Und als ihr Blick aufs nächststehende Bett fiel... Also, Sie werden im Leben nicht glauben, was sie da gesehen hat.«

»Haben Sie die *Valparaíso* entdeckt?« erkundigte sich Oliver. »Ist der Golem gesichtet worden?«

»Ich habe rein gar nichts gesichtet«, antwortete McClusky, indem er von der Kellnerin das Bier entgegennahm.

»Sie sah einen Soldaten ohne Arme«, sagte Pembroke. »Beide waren sie ihm zu Stümpfen weggebrannt. Ist das nicht eine rührende Geschichte?«

Am Spätnachmittag blies der Wind Rostkrumen von den Dünen herauf, schleuderte sie übers Steuerbord-Schanzkleid und verstreute sie wie Schrotkörner übers Wetterdeck. Anthony setzte die Sonnenbrille auf und spähte durch den Sandsturm, beobachtete die Kolonne, die sich dem Schiff näherte. Sein gefüllter Magen schnurrte zufrieden. Wie Sargträger, die ein kleines, aber auf emotionale Weise schwerlastiges Erdmöbel trugen – eines Kinds, eines Schoßtiers oder eines geschätzten Zwergs –, brachten Pater Ockham und Schwester Miriam über den Laufsteg eine Aluminiumkiste zu ihm. Sie stiegen damit aufs Wetterdeck herunter, stellten den Behälter zu Anthonys Füßen ab und klappten den Deckel hoch.

Gewickelt in Wachspapier, füllten in Reih und Glied aufgestapelte, belegte Brötchen, insgesamt sechzig, die Kiste. Anthony schloß die Lider und schnupperte den deftigen Duft. Kaum eine Stunde nach der umgekehrten Eucharistie hatte Follingsbee den entscheidenden Durchbruch erzielt, als er herausfand, daß die Oberhaut des *Corpus Dei* zu einem Brei zerstoßen werden konnte, die alle Vorzüge guten Brotteigs aufwies. Während Rafferty und Chickering die Pasteten brieten, hatte Follingsbee die Brötchen gebacken. Von Anthonys Warte garantierte die Tatsache, daß er der Besatzung nicht lediglich irgend etwas Eßbares, sondern einen – wenn auch vereinfachten – Querschnitt ihrer gewohnten Lieblingsspeisen zu bieten hatte, die Beendigung der Meuterei.

Der Kapitän beugte sich über die Reling. Heute fungierte als Sprecher der Bruchbudenbewohner ein älterer Mann mit einem Gesicht wie ein Kabeljau; er hatte den Oberkörper nackt und nur eine schwarze Radlerhose am Leib. Reglos kauerte er inmitten des dichten Nebels im Stieben der Rostflocken, die Arme emporgereckt zu einer flehentlichen Gebärde, am verschrumpelten Brustkorb hoben sich die Rippen wie die Resonatoren eines Marimbaphons ab.

»Wie heißen Sie?« rief Anthony zu dem Hungernden hinab.

»Mungo, Sir.« Der Janmaat rappelte sich auf und torkelte rückwärts, sackte rücklings gegen die abgebrochene Schiffsschraube des Tankers, so daß er einem auf ein riesiges Kleeblatt gebundenen Kobold ähnelte. »Vollmatrose Ralph Mungo.«

»Rufen Sie Ihre Kollegen zusammen, Mungo. Sagen Sie ihnen, sie sollen pronto hier antreten.«

»Aye-aye.«

»Richten Sie ihnen etwas aus.«

»Ja was'n?«

»›Kapitän van Horne ist das Brot des Lebens.‹ Verstanden?«

»Aye.«

»Wir wollen doch nicht über die Stränge schlagen«, meinte Ockham, legte spürbar die Hand auf Anthonys Schulter.

»Wiederholen Sie«, befahl Anthony dem Matrosen.

»Kapitän van Horne ist das Brot des Lebens.« Mungo stieß sich von der verwaisten Schiffsschraube ab. Er rang nach Atem, taumelte fort. »Kapitän van Horne ist das Brot ...«

Zwanzig Minuten später kamen die Meuterer durch die von Nebelschwaden umwallten Dünen angehumpelt und -gekrochen, und bald darauf hatte die gesamte Bande sich um die Schiffsschraube geschart. Die schöne Sinnbildhaftigkeit der Situation bereitete Anthony diebische Freude. Oben stand er, Kapitän Anthony van Horne, Herr und Meister der *Valparaíso*, in

315

blauer Dienstuniform und betreßter Dienstmütze. Unten wälzten sich niedrigstes Meuterergesindel im Matsch. Ihm lag nichts daran, diese Elenden zu quälen. Er verfolgte keinerlei Absicht, ihren Willen zu brechen oder ihre Seelen zu vereinnahmen. Aber er vertrat die Ansicht, daß jetzt der geeignete Zeitpunkt war, um diese Verräter ein für allemal zur Räson zu bringen, der Moment, um ihnen jeden Gedanken an den *Corpus Dei* auszutreiben und gewissermaßen im tiefsten, finstersten Loch gleich nach dem Marianen-Graben zu versenken.

Anthony hob ein Päckchen aus der Alu-Kiste. »Hier geht's wie in jeder Suppenküche zu, Leute. Erst die Predigt, dann das Essen.« Er räusperte sich. »Als es schon spät geworden war, traten seine Jünger zu ihm und sagten: ›Die Gegend ist abgelegen, und es ist schon spät. Entlasse sie, damit sie in die umliegenden Höfe und Dörfer gehen und sich etwas kaufen zum Essen.‹« Anthony hatte im Laufe der ersten Nachtmittagswache, zwischen 12 und 16 Uhr, eifrig in Ockhams Jerusalemer Bibel geblättert und sich über die großen Vorbilder informiert: das Manna vom Himmel, das Wasser aus dem Fels, die beiden Brotvermehrungen. »Er aber antwortete ihnen: ›Gebt ihnen zu essen!‹ Da sagten sie zu ihm: ›Sollen wir hingehen und für zweihundert Denare Brot kaufen und ihnen zu essen geben?‹ Er aber sprach zu ihnen: ›Wie viele Brote habt ihr? Geht hin und seht nach!‹ Sie stellten es fest und sagten: ›Fünf und zwei Fische.‹«

Ockham riß sich den Panamahut vom Kopf und umfaßte mit harter Faust Anthonys Handgelenk. »Unterlassen Sie den Quatsch, ja?«

Bisher hatte Follingsbee vier verschiedene Variationen zustandegebracht. Der Smutje selbst hatte eine ausgesprochene Vorliebe für den schlichten Ersatz-

Hamburger, während Rafferty die Ersatz-Fischfrikadelle (deren Meeresfrüchtegeschmack dem Brustwarzenhofgewebe entstammte) für unübertrefflich hielt, und Chickering mochte das mit Käse (dessen Kulturen waren aus göttlichem Lymphdrüsen gezüchtet worden) überbackene Ersatz-Hacksteak am liebsten; nur das panierte Ersatz-Hähnchenklein à la McNuggets schmeckte niemandem so recht.

Anthony ließ sich nicht beirren. »Er aber nahm die fünf Brote und die zwei Fische, blickte zum Himmel auf, sprach den Segen und reichte sie den Jüngern zum Austeilen an sie...« Er warf das Brötchen über Bord. »Und alle aßen und wurden satt...«

In hohem Bogen flog das Fischfrikadellenbrötchen zwischen die Meuterer. Vollmatrose Weisinger streckte die Arme und fing es. Ungläubig entfaltete er das Wachspapier und betrachtete die milde Gabe. Er betastete das Brötchen und roch an der Frikadelle. In parallelen Rinnsalen liefen ihm Tränen der Dankbarkeit über die Wangen. Er zerknüllte das Papier zu einer Kugel, warf sie beiseite, hob das Brötchen an den Mund und strich mit den Lippen über die krosse, saftige Köstlichkeit.

»Essen Sie«, befahl Anthony.

Weisinger drückte einen Zeigefinger unter die Nase, hakte den anderen Zeigefinger an die unteren Schneidezähne und stemmte sich den Mund auf; dann schob er eine Ecke der Fischfrikadelle hinein und biß ein großes Stück ab. Er schluckte. Schlang. Sofort befiel ihn ein krampfhaftes Zittern. Ein Würgen, das klang, als ob ein Schiffsrumpf über Grund schrammte, drang aus seiner Kehle. Sekunden später erbrach er den Bissen, bekleckerte sich den Schoß mit einem Gemisch aus bernsteingelbem Fett und meergrüner Galle.

»Kauen Sie gefälligst!« brüllte Anthony ihm zu. »Sie

sitzen nicht in 'ner Hafenkaschemme und fressen Heringsstipp. *Kauen* Sie!«

Weisinger versuchte es mit einem bescheideneren Bröckchen ein zweites Mal. Bedächtig langsam mahlten seine Kiefer. »Schmeckt *gut*!« japste der Vollmatrose. »Mann, das schmeckt ja dermaßen *gut*...«

»Natürlich schmeckt es gut«, schnauzte Anthony.

»Alles Gute kommt von Gott«, rief Schwester Miriam.

Anthony entnahm der Alu-Kiste ein mit Käse überbackenes Hacksteak. »Wer ist euer Kapitän?« schrie er in den Wind.

»Sie sind es«, krächzte Dolores Haycox.

»Sie sind's«, bekräftigte Charlie Horrocks.

»Sie«, pflichteten Ralph Mungo, Bud Ramsey, James Schreiender Falke, Stubby Barnes, Juanita Torres, Isabel Bostwick, An-mei Jong und ein Dutzend weiterer Besatzungsmitglieder ihnen unverzüglich bei.

Anthony ließ den Arm mit dem Hacksteak-Brötchen über die Reling baumeln. »Wer ist das Brot des Lebens?«

»Sie sind das Brot des Lebens«, gellten die Stimmen mehrerer Meuterer im Chor.

Er winkte mit dem eingepackten Brötchen. »Wer kann euch die gegen dieses Schiff begangenen Sünden vergeben?«

»Sie!«

Schwester Miriam vollführte einen Seitwärtssprung, entwand Anthony das Hacksteakbrötchen und warf es in die Luft. Haycox stürmte los wie ein Rugbyspieler und raffte das Päckchen an sich, riß augenblicklich das Wachspapier ab.

»Dazu hatten Sie kein Recht«, herrschte Anthony die Nonne an. »Sie sind nur Passagierin, Herrgott noch mal.«

»Ich bin nur Passagierin«, stimmte sie zu. »Herrgott noch mal«, wiederholte sie, verzog dabei die Unterlippe.

Ockham wühlte in der Kiste, holte vier Hamburger und vier Kästchen Hähnchenklein à la McNugget heraus. »Jeder von Ihnen erhält zwei«, teilte er den Meuterern mit, schleuderte die abgepackte Nahrung über die Reling. »Essen Sie langsam!«

»*Ganz* langsam«, mahnte Miriam, indem sie sechs Fischfrikadellenbrötchen hinabwarf.

Es hagelte Gottesgaben vom Himmel. Zur Hälfte wurden sie aus der Luft gegrapscht, die andere Hälfte plumpste in den Sand. Nicht allein die Geordnetheit, die die Meuterer beim Aufsammeln der hingefallenen Portionen an den Tag legten, beeindruckte Anthony, sondern auch der Umstand, daß niemand mehr als den gerechten Anteil an sich brachte.

»Jetzt haben sie vor mir Furcht«, stellte er fest.

»Sind Sie darauf stolz?« fragte Ockham.

»Ja. Nein. Ich will mein Schiff zurück, Thomas.«

»Und wie ist es, wenn man gefürchtet wird? Steigt's Ihnen zu Kopf?«

»Aber sicher.«

»Und was folgt nun nach?«

»Also, ich will ehrlich sein. Natürlich empfinde ich die Versuchung, mir die Füße küssen zu lassen. Ich bin der Verlockung ausgesetzt, mich zu ihrem Gott aufzuschwingen.« Anthony musterte Ockham. »Hätten *Sie* meine Macht«, sagte der Kapitän in einem Ton, der von Sarkasmus troff, »würden Sie sie selbstverständlich ausschließlich zum Guten gebrauchen.«

»Wenn ich Ihre Macht hätte«, erwiderte der Geistliche und klappte die Alu-Kiste zu, »würde ich versuchen, sie überhaupt nicht zu gebrauchen.«

28. August

Allesamt habe ich sie gerettet, Popeye, deshalb bin momentan ich ihr Gott. Aber natürlich beten sie nicht mich an, sondern frohlocken beim Gedanken an das mit Käse überbackene Hacksteak. Egal. Auf alle Fälle tun sie, was ich sage.

Ständig haben sie fürchterlichen Durst und lassen trotzdem nicht beim Buddeln nach. Unbarmherzig brennt die Sonne herab, ihre Hitze glüht durch den Nebel, versengt ihnen Rücken und Schultern, doch sie schuften unentwegt, machen nur lange genug Pause, um ihre Mahlzeit zu verputzen oder ihrer Haut eine neue Schutzschicht Göttlichen Wunderschmands aufzutragen.

»Diesen Menschen ist der kategorische Imperativ offenbar geworden«, hat mir Ockham erklärt.

»Sie haben gemerkt, was ein voller Bauch wert ist«, lautete meine Entgegnung.

Ich bin ihr Gott, und Schwester Miriam ist ihre Wohltäterin. Mit Wasserbehältern geht sie von einem zum anderen Mitglied des Arbeitstrupps. Unweigerlich erinnert sie an Debra Paget, die in *Die Zehn Gebote* die Ziegeleien besuchte und den hebräischen Sklaven Wasser ausschenkte.

Cassie mag ja Zynikerin und Eierkopf sein, trägt jedoch wacker das ihre dazu bei, daß wir demnächst von der Insel verschwinden können, sie verteilt gemeinsam mit Miriam Wasser, und gelegentlich hilft sie auch beim Graben. Ich schaue müßig zu. Bis zu meinem letzten Atemzug werde ich nie den Anblick dieser schönen, schwarzhaarigen Frau in gekürzter Jeans und Harley-Davidson-T-Shirt vergessen, wie sie die *Karpag Valparaíso* freischaufelt.

Als wir dazu übergingen, uns vom *Corpus Dei* zu ernähren, haben wir alle unterstellt, dadurch irgendwie verändert zu werden. Ist es so gekommen? Schwer zu sagen. Etwas wirklich Erstaunliches konnte ich bisher nicht bei uns beobachten, keinen auffälligen Fortschritt bei jemandes Lesegeschwindigkeit oder Knotenknüpffähigkeit. Zwar sind unsere Ausscheidungen bemerkenswert hell und fest geworden – als ob wir Seife schissen –, aber das kann man kaum als Wunder bezeichnen. (Öhrchen hat erwähnt, daß durch makrobiotische Lebensmittel das gleiche Phänomen auftritt.) Gewiß, die Decksbesatzung arbeitet geradezu unermüdlich, entwickelt regelrecht phänomenale Arbeitswut, bloß ist Cassie der Auffassung, daran sei nichts Übernatürliches. »Das Fleisch wirkt auf uns wie Dumbos Zauberfeder«, ist ihre Meinung, »es ermöglicht es uns, auf unsere eigenen, lediglich unbewußten Kräfte zurückzugreifen.«

Weil Spicer und Wheatstone tot sind, mußten die Zuständigkeiten umverteilt werden. Dolores Haycox erweckt einen gänzlich rehabilitierten Eindruck, also haben wir sie zur Zweiten Offizierin und James Schreiender Falke zum Dritten Offizier befördert. Ralph Mungo ist der neue Bootsmann. Ich neige dazu, Weisinger wieder ins Loch zu sperren, dagegen vertritt Ockham die Überzeugung, daß Zook tot war, ehe der Junge den Atemschlauch durchgeschnitten hat, und außerdem benötigen wir zur Zeit jedes Paar Hände, das zupacken kann.

Während Raffertys Untergebene die Sandberge abtragen, reparieren O'Connor und seine Mitarbeiter die Schäden, glätten den Kiel durchs Anschweißen von Altmetallplatten und begradigen mit Vorschlaghämmern die Backbord-Antriebswelle. Wie sich gezeigt hat, ist in der verlorenen Schiffsschraube ein über zwei Meter langer Riß entstanden. Die Reserveschiffsschraube hingegen ist intakt, so daß wir sie anbringen.

Heute vormittag sind Rafferty und Ockham zum Erkundungstauchen von Bord gewesen. Herausgefunden haben sie Ermutigendes. Wie befürchtet, ist in beiden Ohren der Amboß gebrochen, der Pater ist jedoch der Ansicht, daß sich der Steigbügel gleichfalls zum verläßlichen Befestigen einer Kette eignet.

Gut, ich gebe es zu: Wahrscheinlich ist das Gehirn inzwischen weich geworden. Aber ich tröste mich mit der Haltung, daß dies Resultat letzten Endes belanglos ist. Die Engel wünschen eine angemessene Bestattung, sonst nichts. Ausschließlich eine anständige Beisetzung.

Im Verlauf der vergangenen vierundzwanzig Stunden ist Sam Follingsbee endlich über das Niveau der McDonald's-Gastronomie hinausgewachsen und hat verblüffend kreative Methoden zur vielfältigsten kulinarischen Zubereitung der *Corpus-Dei*-Filets ersonnen. Es verdrießt ihn, daß während der Hungerzeit so viele Gewürze und Zutaten verschleudert worden sind, aber er ist ein Meister der Improvisation. Beispielsweise hat der hiesige Sand einen ausgesprochen pfefferähnlichen Beigeschmack. Weitere Möglichkeiten der Verfeinerung bietet der *Corpus Dei* selbst: Warzenschnitze ersetzen uns die Pilze, von Muttermalen geschabtes Gewebe geben die Knoblauchzehen ab, Tränenkanalscheiben dienen als Zwiebeln. Am erstaunlichsten an allem ist allerdings, daß unser Küchenchef jetzt, indem er einen Trinkwasserzubereiter und einen Mikrowellenherd zu einer Anlage kombiniert, die eine schnelle Fermentierung bewirkt, aus Gottes Blut ein Getränk destillieren kann, das wie hochklassiger Burgunder schmeckt.

Die Namen, die Sam seinen Gerichten verleiht – Bourguignon Dieu, Domine Gumbo, Padre Stroganoff, God-de-Vader-Soep –, vermitteln nicht einmal den entferntesten Eindruck von ihrer Nahrhaftigkeit und Köstlichkeit. Nie zuvor, Popeye, hat die Zunge eines Menschen derartige Herrlichkeiten geschmeckt:

Bourguignon Dieu

REZEPT FÜR 35 PERSONEN

10 kg Fleischwürfel
42 geschnittene Zwiebeln
14 Tassen Burgunder

7 Tassen Fleischbrühe
1,5 kg geschnittene Pilze
7 Knoblauchzehen

Fleisch für 4 Std. in Wein und Brühe einlegen. Fleisch herausnehmen und Marinade beiseitestellen. Zwiebeln in 3 schweren Kasserollen gleichzeitig anbraten, herausnehmen und beiseitestellen. Fleisch in denselben Kasserollen bis zur Bräunung anbraten. Marinade beigeben, die Kasserollen mit dem Deckel schließen und den Inhalt 2 Std. lang bei mäßiger Temperatur zum Köcheln bringen. Zwiebeln zurück in die Kasserollen geben, Pilze und Knoblauchzehen hinzufügen und das Gericht in zugedeckelten Kasserollen noch 1 Std. lang bei niedriger Temperatur köcheln lassen.

Trotz allem ist der arme Smutje mit unserer Ernährung unzufrieden. Er versucht es mit allem, was ihm in den Sinn kommt, gewinnt aus dem Wasser des Golfs von Cádiz Selen, Jod und andere Mineralien, die er dann den Gerichten beimischt, aber es genügt ihm nicht. »Im wesentlichen besteht das Essen nur aus Fett und Eiweiß«, hat er mir erläutert. »Aber Menschen, die sich von einer Hungerphase erholen, brauchen Vitamin C, Sir. Sie müssen Vitamin A haben, den ganzen Vitamin-B-Komplex, Kalzium, Kalium...«

»Vielleicht können wir«, schlug ich vor, »die Leber verwerten.«

»Daran habe ich auch schon gedacht. Um sie zu erreichen, müßten wir uns allerdings durch sechzig Meter des zähsten Fleischs auf dem ganzen Planeten schneiden, und das dauert wenigstens drei Wochen.«

Seit 1903 hat es auf keinem amerikanischen Handelsschiff mehr einen Ausbruch von Skorbut gegeben, Popeye, doch an dieser erfreulichen Tatsache könnte sich nun etwas ändern.

Als endlich wieder zum Essen gerufen wurde – mit einem gedämpften Signal aus dem Nebelhorn der *Valparaíso*, das nach der Schofar klang, die das Rosch Haschanah ankündet –, besah sich Neil Weisinger seine Hände mit langem, aufmerksamem Blick. Er kannte sie kaum wieder. Blasen bedeckten die Handteller wie Nester kleiner, roter Eier. An den Ansätzen der Finger hatte er weiße Schwielen.

Er stieß den Spaten in den nassen Sand, nahm seine Bugs-Bunny-Imbißdose und hockte sich hin. Ihm schmerzte der Rücken. Muskelkater glühte in seinen Armen. Ringsum öffneten schweißgebadete Angehörige der Decksbesatzung ihre verschiedenerlei Freßbehältnisse mit Hähnchenklein à la McNugget, Hacksteaks und Fischfrikadellen, futterten sie mit schweinischer Gier. Sie waren auf sich stolz. Anlaß dazu gab es durchaus. Innerhalb von nur viereinhalb Tagen hatten sie einen Dreihunderttausendtonnenberg Sand umgeschichtet und den größten Öltanker der Welt wieder in die Höhe des Meeresspiegels abgesenkt.

Neil schaute hinüber zur Bucht. Die im Sinken begriffene Sonne glitzerte steuerbords im Auge des Schleppguts. Nebelschwaden umschleierten den Archipel der Zehen. Träge wälzte die Flut heran, brandete gegen den Rumpf der *Valparaíso*, umschäumte den Kiel. Er malte sich den Mond als eine Art von gütiger Mutter aus, die sachte die gewellte Decke der Wogen über den Südstrand der Insel breitete, und schwelgte fortgesetzt in dieser zärtlichen Vorstellung, während er aufstand und mit der Imbißdose verwegen einen kurzen Marsch fort vom Schiff antrat.

Der Vollmatrose steckte eine Hand in die Hosentasche und strich mit dem Finger über den geriffelten Rand der Ben-Gurion-Medaille seines Großvaters. Er wußte, daß ihn jeden Moment der Mut verlassen mochte. Falls ihm die Nerven versagten, kehrte er um und floh mit seinen Kollegen von dieser verwunschenen Insel. Aber er ging immer weiter, durch die rostbraunen Dünen, vorbei an den 250-l-Fässern, verrosteten Volvos und morschen Goodyear-Reifen, folgte dem Verlauf der nebeligen Küste.

Voraus ragte auf einem sandigen Hügelchen ein für die Mittelmeerländer typischer Feigenbaum empor, und sobald Neil die von Früchten schweren Äste sah, beschloß er, sich noch mehr Mühe zu ersparen. Da hatte er ihn, seinen brennenden Dornbusch, den Ort, wo er zuletzt dem unbegreiflichen Wesen YHWH begegnen konnte, die Stätte, an der er endlich den Gott der Vieruhrwache schauen durfte. Er erstieg die Erhebung und fuhr mit der Hand über den Baumstamm. Der Stamm war kalt, rauh und hart: Stein. Neils Fingerkuppen betasteten die übrigen Teile, Zweige, Rinde, Blätter, Früchte: alles Stein. Wie Lots Frau zu Salz war dieser Baum zu Stein erstarrt. Einerlei. Das Gewächs erfüllte seinen Zweck.

»Wirklich staunenswert«, bemerkte eine Männerstimme.

Ruckartig wandte sich Neil um. Neben ihm stand Pater Thomas, gekleidet in eine schwarze Jeans und eine gelbbraune Lederjacke; unterm Panamahut rann ihm Schweiß hervor.

»Was ist wohl mit der Pflanze vor sich gegangen?« fragte Neil.

»Im Golf von Cádiz ist das Wasser stark mineralhaltig. Deshalb kann Follingsbee unser Essen so gut würzen. Ich vermute, daß die Pflanzenfasern durch die Mineralien versteinert sind.«

Neil pellte sich das Netzhemd vom Oberkörper,

tupfte sich die Stirn ab und spähte in den Süden. Der Mond wirkte sein hydraulisches Wunder, schwemmte Flut in die Bucht und hob den Tanker Zentimeter um Zentimeter aus dem Sand. »Können Sie was für sich behalten, Pater? Wenn die *Valparaíso* heute abend abdampft, stehe ich noch an diesem Feigenbaum.«

»Sie kommen nicht mit?« Pater Thomas furchte die Stirn, so daß seine buschigen Brauen sich näher rückten.

»Ein Christ würd's vielleicht 'n Akt der Zerknirschung nennen.«

»Leo Zook war tot, bevor Sie das Messer gezogen haben«, versicherte der Geistliche. »Und was Joe Spicer betrifft... Also, das war ja doch wohl Selbstverteidigung, stimmt's?«

»Mir geht ein Bild nicht aus dem Kopf, Pater, ein Anblick, den ich immer wieder vor Augen sehe. Ich bin im Zentraltank Nummer zwo, und um Zook zu retten, muß ich nur den Arm heben und an seinem Atemgerät das Ventil aufdrehen, sonst nichts.« Neil schlang die Arme um den unvergänglich gewordenen Baumstamm. »Könnte ich nur an diesen Zeitpunkt zurückkehren und es *tun*...«

»Ihr Hirn war durch Kohlenwasserstoffgas beeinträchtigt. Es hat Ihr Urteilsvermögen vermindert.«

»Vielleicht.«

»Sie sind nicht mehr zu klarem Denken imstande gewesen.«

»Ein Mensch ist ums Leben gekommen.«

»Wenn Sie auf der Insel bleiben, kommen *Sie* auch ums Leben.«

Neil pflückte eine steinerne Feige. »Kann sein. Oder vielleicht nicht.«

»Natürlich kostet Sie's das Leben. Das Zeug da können Sie nicht essen, und den *Corpus Dei* nehmen wir mit.«

»Glauben Sie, daß unsere Fracht wirklich Gott ist?«

»Schwierige Frage. Wir sollten sie auf dem Schiff diskutieren.«

»Solang ich mich zurückerinnere, hat meine Tante Sarah mir immer vorgehalten, ich säße in mir selbst gefangen... ›Als wärst du Neil der Einsiedler, so schleifst du dauernd deine Privathöhle mit dir herum‹, hieß es. Und nun werde ich tatsächlich Einsiedler, ein Hermit wie...«

»Nicht doch.«

»...wie Rabbi Schimon.«

»Wer?«

»Schimon bar Yochai. Gegen Ende des zweiten Jahrhunderts kroch Rabbi Schimon in ein Erdloch, und was glauben Sie, was ihm zum Schluß passiert ist?«

»Er ist verhungert.«

»Er fand Anteil am unbegreiflichen Wesen des Schöpfers. Ihm begegnete *En Sof*.«

»Sie meinen, er hat Gott geschaut?«

»Er hat Gott geschaut. Den wahren, namen- und gestaltlosen Gott, den Gott der Vieruhrwache, nicht diesen King Kong da.«

»Es kann ohne weiteres sein, daß diese verrückte Insel plötzlich ins Meer zurücksinkt.« Pater Thomas lüftete den Panamahut und glättete sich mit ausgetrockneter Hand das Haar. »Das Chaos ist eben... chaotisch. Dann ertrinken Sie wie eine Ratte.«

Neils Finger streichelten die versteinerte Baumrinde. »Wenn Gott mir verzeiht, wird er mich retten.«

»Ein derartiges Verhalten ist... Neil, es ist *verantwortungslos*. Daheim gibt es Menschen, denen Sie etwas bedeuten.«

»Meine Eltern sind tot.«

»Und was ist mit Ihren Freunden? Ihren Verwandten?«

»Freunde hab ich keine. Meine Tanten mögen mich

nicht leiden. Meinen Großvater habe ich bewundert, aber er ist vor... Wann? Vor sechs Jahren ist er gestorben.«

Der Priester pflückte gleichfalls eine Steinfeige. Er warf sie in die Luft, fing sie auf, warf sie ein zweites Mal in die Höhe, fing sie wieder auf. »Ich will offen zu Ihnen sein«, sagte er nach einem Weilchen. »Ihr *En Sof*... Ich würde es auch gerne kennenlernen. Ehrlich.« Er setzte den Hut zurück auf den Kopf, zog den Rand bis zu den Augenbrauen herab. »Manchmal neige ich zu der Auffassung, daß unsere Kirche sich einen verhängnisvollen Fehler geleistet hat, als sie Gott Menschengestalt beimaß. Ich liebe Christus aus aufrichtigem Herzen, aber man kann sich zu leicht eine Vorstellung von ihm machen.«

»Dann habe ich also Ihren Segen?«

»Meinen Segen nicht, nein. Aber...«

»Aber was?«

»Wenn Ihr Gewissen es von Ihnen verlangt...«

Seufzend streckte Pater Thomas den rechten Arm aus. Neil schlug ein. Die beiden Männer verklammerten ihre zerschrammten Finger; preßten die strapazierten Handteller zusammen.

»Leben Sie wohl, Vollmatrose Weisinger. Viel Glück und alles Gute.«

Neil setzte sich unter den unzerstörbaren Baum. »Gott mit Ihnen, Pater Thomas.«

Der Priester drehte sich um und ging die Anhöhe hinunter, hielt auf die Wogen zu, die an den Strand rauschten.

Zwei Stunden später saß Neil noch auf demselben Fleck. Der Abendwind kühlte ihm das Gesicht. Wie Kerzen, die hinter reifbeschlagenen Fenstern brannten, glommen Sterne durch den Nebel. Mondschein strahlte herab, leuchtete auf den Brechern, verwandelte die Dünen in Berge funkelnder Edelsteine.

Die Imbißdose in der Hand kletterte Neil auf den Baum, erklomm ihn Ast um Ast, als ob er sich den Großmast hinaufschwänge. Gerade als er sich in eine Astgabel schmiegte, sprangen beiden Maschinen der *Valparaíso* an, ihr Fauchen und Stampfen hallte über die Van-Horne-Insel, und wenige Minuten darauf lief der Supertanker zur Bucht hinaus. Die Schleppketten strafften sich, ihre Glieder schabten aneinander wie die Weisheitszähne eines gewaltigen, an Schlaflosigkeit leidenden Drachen. Mit voller Kraft fuhr das Schiff ab. Panik packte den Vollmatrosen. Bis jetzt war es nicht zu spät. Er konnte noch einen Rückzieher machen, ans Ufer rennen und zum Tanker hinüberschreien, auf ihn zu warten. Wenn es unbedingt sein mußte, konnte er ihm sogar nachzuschwimmen versuchen.

Krämpfe befielen seine Magenmuskulatur. Verdauungssäfte gurgelten in seinem Bauch. Er holte die Ben-Gurion-Medaille heraus, rieb mit dem Daumen übers Profil des Politikers. So, und schon fühlte er sich wohler, ja, ja sicher. Jeden Tag, jede Stunde war zu erwarten, daß sich der Baum erwärmte, immer stärker erwärmte, erhitzte, ihm Rauch entquoll, Flammen herausschossen.

Aber ohne daß er verbrannte.

Neil Weisinger öffnete die Bugs-Bunny-Imbißdose, entnahm ihr das mit Käse überbackene Hacksteak und verzehrte es ganz, ganz langsam.

DRITTER TEIL

EDEN

Am 2. September um 9 Uhr 45 verließ die *Karpag Valparaíso* das Meeresgebiet der Nebelbänke. Angesichts der kraftstrotzend-lebenssprühenden Blendendklarheit der Welt – des Schimmerns der nordatlantischen See, des azurblauen Strahlens der Himmelswölbung, der leuchtendweißen Federn vorüberfliegender Wolken – weinte Pater Ockham vor Freude. So mußte dem blinden Bettler zumute gewesen sein, als er, nachdem Christus »Dein Glaube hat dir geholfen« gesprochen hatte, mit einem Mal zu sehen vermochte.

Um 10 Uhr 55 sprang Lianne Bliss' Faxgerät an und gab eine Mitteilung aus, die wohl, wie Thomas mutmaßte, die neueste einer ganzen Reihe hysterischer Beschwerden aus Rom war und die sich von den vorherigen Faxen nur durch den Vorzug unterschied, den Empfänger erreicht zu haben. Der Vatikan wollte wissen, weshalb Ockham die Kommunikation eingestellt hätte, wo sich das Schiff und in welchem Zustand sich der *Corpus Dei* befände. Angebrachte Fragen, berechtigte Fragen; dennoch zögerte Thomas mit der Beantwortung. Obwohl man das plötzliche Auftauchen einer untergegangenen Heidenzivilisation als ein Ereignis einstufen mußte, das er schwerlich hatte vorhersehen oder hätte verhindern können, war ihm vorausschauend klar, daß Rom trotzdem einen Weg aushecken würde, um an allem ihm die Schuld zuzuschieben – am Entstehen der Van-Horne-Insel, der untragbaren Terminüberschreitung, dem Modern des Schleppguts.

Zunächst war weder Thomas noch irgend jemand anderes an Bord darauf aufmerksam geworden, in wie beträchtlichem Maß mittlerweile Verfall den Leichnam zersetzte. Bei dieser Ahnungslosigkeit blieb es bis zum 4. September, an dem der Tanker den 42. Breitengrad überquerte. Dort nämlich drehte sich der Wind. Der Gestank übertraf jeden herkömmlichen Verwesungsgeruch. Nachdem er sich in die Nasen und Stirnhöhlen aller Betroffenen gefressen hatte, griffen die Ausdünstungen die restlichen Sinne an, entpreßten den Augen der Seeleute Tränen, brannten auf der Zunge, kribbelten auf der Haut. Einige Mitglieder der Decksbesatzung behaupteten sogar, sie gewahrten das fürchterliche Odeur mit den *Ohren*, könnten es wie die Stimmen der Sirenen, die einst Odysseus' Mannschaft ins Verderben zu locken gedachten, übers Meer schallen hören. Von da an mußten die Abordnungen, die mit dem Motorboot *Juan Fernández* zum *Corpus Dei* hinüberfuhren, um aus der üppigen Fäulnis noch eßbares Fleisch zu schneiden, bei ihrer Tätigkeit Atemgeräte anlegen und aus Sauerstoffflaschen atmen.

Ironischerweise bedeutete das Erweichen des Fleischs, daß van Horne endlich mit den Pumpen eine Schlagader anzapfen konnte, eine Maßnahme, jetzt nur noch auf eine klägliche Geste hinauslief, aber Thomas verstand vollauf, wieso der Kapitän das Bedürfnis verspürte, sie durchzuführen. Am 5. September leiteten Charlie Horrocks und seine Pumpenraum-Mitarbeiter die Großtransfusion ein. Zwar hatten sie noch nie während der Fahrt Ladung an Bord gepumpt, schafften es jedoch, in weniger als sechs Stunden rund 320 000 l Salzwasser aus den Ballasttanks ins Meer abzulassen und unterdessen die gleiche Menge Blut in die Frachttanks der *Valparaíso* zu füllen.

Und der beabsichtigte Zweck wurde erreicht. Unverzüglich steigerte sich die Geschwindigkeit des Schiffs auf gleichmäßige 9 Knoten, so daß es nun um ein Drittel schneller fuhr als während der gesamten Zeit seit Beginn des Schleppvorgangs.

Verläßlich hielten die Offiziere ihre Wachen ein. Gewissenhaft schliff die Decksbesatzung Rost ab und bepinselte die gesäuberten Stellen mit Farbe. Pflichttreu besorgte das Küchenpersonal Nachschub an *Corpus-Dei*-Filets. Aber erst als die Seeleute nach und nach wieder mit der gewohnten Bärbeißigkeit an die Erledigung ihrer Aufgaben gingen, von neuem Alltagsnörgeleien und haarsträubendes Geschimpfe die Kajütstreppen der *Valparaíso* herauftönten, wuchs Thomas' Zuversicht, daß allmählich Normalität auf das Schiff zurückkehrte.

»Es ist vorbei«, sagte er zu Schwester Miriam. »Endlich ist es ausgestanden. Gott sei Dank für Immanuel Kant.«

»Gott sei Dank für Gott«, antwortete sie patzig, biß in ein mit Käse überbackenes Hacksteak.

Als grau und bedeckt der Tag der Arbeit herandämmerte (für Bürger der Vereinigten Staaten der erste Montag im September), sah der Geistliche ein, daß er nicht mehr vor sich selbst leugnen und Rom nicht weiterhin verschweigen konnte, wie erbärmlich Operation Jehova dem Zeitplan nachhinkte. Inzwischen verbreitete das Schleppgut einen derartig verheerenden Gestank, daß er sich – halb sogar im Ernst – fragte, ob dies Anzeichen des Fehlschlags schon ostwärts übers Meer und bis zu den Toren des Vatikans geweht worden sein mochte. Er schickte ein ehrliches Fax mit Erwährung aller Einzelheiten ab. Sie befänden sich zweitausend Seemeilen vom Polarkreis entfernt. Das Schiff wäre auf einer kartografisch unerfaßten Insel (37°N, 16°W) des Golfs von Cádiz gestrandet und hätte sechsundzwanzig Tage lang auf einem Rostberg festgelegen. In dieser Zeitspanne wäre nicht nur der unterm Eindruck des *Corpus Dei* aufgekommene ethische Relativismus in völliges Chaos gemündet, sondern müßten ohne Zweifel auch körperliche Zersetzung und neurale Desorganisation den *Corpus* befallen haben. Seitdem hätten zwar Kants kategorischer Imperativ die Wiederherstellung der Ordnung gewährleistet und die auf Veranlassung des Kapitäns vorgenommene Transfusion die Geschwindigkeit erheblich erhöht, aber diese günstige Wende könnte den durch die Verzögerung auf der Insel entstandenen Schaden nicht mehr wettmachen. Nur in bezug auf die Hungersnot unterwarf sich der Pater einer Selbstzensur und verschwieg die Ursache der Rettung. Er hatte das Gefühl, daß Papst Innozenz XIV. noch nicht reif war für Sam Follingsbees Bourguignon-Dieu-Rezept.

Die Synode brauchte lediglich einen Tag, um die schlechte Nachricht zur Kenntnis zu nehmen, darüber zu debattieren und weiteres zu beschließen. Am 8. September traf um 13 Uhr 15 di Lucas Bescheid ein.

> *Lieber Professor Ockham,*
> *es fällt uns schwer, auf Ihre Benachrichtigung zu antworten. Kapitän van Horne hat versagt, Sie haben versagt, Operation Jehova ist gescheitert. Der Heilige Vater ist absolut untröstlich. Nach Aussagen von* OMNIPATER 2000 *ist inzwischen nicht allein Gottes Geist erloschen, auch ist sein Fleisch und Blut dem Verwesungsprozeß anheimgefallen. Wird nichts dagegen unternommen, dürfte der Zerfall, bis das Einfrieren in die Wege geleitet werden kann, so fortgeschrit-*

ten sein, daß die von uns gewünschte Bewahrung des Corpus Dei *einer Blasphemie gleichkäme.*

Darum haben wir entschieden, dem Corpus Dei *eine Präparationsflüssigkeit einzuführen, ein Verfahren, das nach Einschätzung* OMNIPATERS 2000 *reibungslos abwickelbar ist, weil Kapitän van Horne schon 18% des Bluts abgepumpt hat.*

Zu diesem Zweck hat der Vatikan einen zweiten Supertanker gechartert, die SS Karpag Maracaibo, ihn im Hafen Palermo Formaldehyd bunkern lassen und durchs Mittelmeer auf Westkurs befohlen. Schiffsführung und Besatzung haben offiziell den Auftrag, ein Requisit eines geplanten Films unbeschreiblich pornografischen Inhalts zu beschlagnahmen, um die Produktion des Machwerks zu verhindern. Wir müssen nicht erst bei Ihrem Freund Immanuel Kant nachschlagen, um uns über die sittliche Fragwürdigkeit einer solchen Vortäuschung im klaren zu sein, doch haben wir das Empfinden, daß die wahre Identität des Corpus Dei *längst zu vielen Personen bekannt ist.*

Erteilen Sie nach Fax-Erhalt Kapitän van Horne Weisung zur Umkehr und Wiederanlaufen der Insel, der er seinen Namen gegeben hat, damit sich die Valparaíso *dort mit der* Maracaibo *treffen kann. Ich werde selbst an Bord der* Maracaibo *sein, um die Formaldehyd-Injektion und die anschließende Verbringung des* Corpus Dei *an die letzte Ruhestätte persönlich zu überwachen.*

Gott zum Gruß
Msgr. di Luca
(Sekretär für Besondere Kirchl. Angelegenheiten)

Abgesehen von der rüden, nur durch Ignoranz erklärlichen Schuldzuweisung im ersten Absatz rief die Mitteilung bei Thomas durchaus Freude hervor. Wunder über Wunder: Anscheinend sollte ihm eine zweite

Gelegenheit gewährt werden, um Neil Weisinger seine selbstmörderische Selbstbestrafung auszureden, eine Sache, die ihn seit der Abfahrt von der Van-Horne-Insel ständig belastete. Ebenso erleichterte ihn die Aussicht, die ganze üble (zumal übelriechende), unlautere Operation Jehova in di Lucas Verantwortung abschieben zu können. Im Moment wünschte sich Thomas nichts sehnlicher, als heimkehren zu dürfen, es sich wieder an der Fordham-Universität in seinem muffigen Büro behaglich zu machen (wie sehr es ihm doch fehlte, wie arg er die Miniatur des Foucaultschen Pendels vermißte, die gerahmten Fraktalfotos, die Thomas-von-Aquin-Büste) und mit den Chaos-Theorie-Seminaren des nächsten Semesters anzufangen.

»Das ist doch wohl 'n Witz«, sagte van Horne, sobald er di Lucas Fax gelesen hatte.

»Meines Erachtens nicht«, entgegnete Thomas.

»Ist Ihnen klar, was der Mann verlangt?« Van Horne nahm Rafaels Feder vom Tisch und wedelte damit in der vom Gottesmief verpesteten Luft. »Er fordert, daß ich das Kommando abtrete.«

»Ja. Tut mir leid.«

»Und wie's aussieht, tritt er *Sie* auch in den Arsch.«

»Was mich angeht, mir soll's recht sein. Ich habe mich nie um diese Aufgabe gerissen.«

Van Horne setzte sich an den Schreibtisch, öffnete ein Fach, brachte einen Korkenzieher, zwei Styropor-Becher und eine Flasche Burgunder zum Vorschein. »Zu dumm, daß Sie di Luca übers Ballastablassen informiert haben. Nun kann er diesen Faktor bei seinen Berechnungen berücksichtigen, wenn er die Verfolgung aufnimmt.« Der Kapitän bohrte den Korkenzieher mit der gleichen Kompetenz in den Flaschenkorken, wie er die Probleme der Herausforderung gelöst hatte, die Halsschlagader des *Corpus Dei* anzuzapfen.

»Zum Glück haben wir 'n beachtlichen Vorsprung.« Van Horne zerrte den Korken heraus und schenkte großzügig Château de Dieu in die Becher. »Hier, Thomas... Hilft gegen den Geruch.«

»Muß ich aus Ihren Andeutungen die Schlußfolgerung ziehen, daß Sie die Absicht haben, di Lucas Anweisungen zu mißachten?«

»Von Einbalsamierung haben unsere Engel kein Wörtchen erwähnt.«

»Genausowenig über Chaotische Attraktoren, umgekehrte Eucharistie oder die Verwendung von Blut als Ballast für die *Valparaíso*. Die Fahrt ist eben voller Überraschungen verlaufen, Kapitän, aber jetzt haben wir Befehl zum Umkehren.«

»Obwohl wir dann voraussichtlich niemals feststellen können, woran Gott gestorben ist? Gabriel hat ja gesagt, Sie müßten ›vollen Einsatz‹ zeigen, wissen Sie's noch?«

»Es interessiert mich nicht mehr, wieso er gestorben ist.«

»O doch, es interessiert Sie sehr wohl.«

»Ich möchte schlicht und einfach nach Hause.«

»Alles in allem verhält's sich so: Ich traue Ihren Freunden in Rom nicht« – van Horn riß di Lucas Fax fein säuberlich entzwei – »und habe den Verdacht, daß Sie ihnen geradesowenig trauen. Trinken Sie den Wein.«

Thomas zuckte zusammen, hob den Becher an die Lippen und trank. Kühle durchstrudelte ihn von Kopf bis Fuß. Er fühlte sich, als widerführe ihm das Schicksal, das Poe dem Protagonisten in *Grube und Pendel* zugedacht hatte, aber als ob die Durchtrennung in diesem Fall an der Längsachse erfolgte. Erst nach dem dritten Zug bezwang die Hälfte Thomas', die der Heiligen Mutter Kirche hörig war, die andere Hälfte, die zum gleichen Verdacht wie der Kapitän neigte.

»Ist Ihnen bekannt«, fragte Thomas, »daß Vollmatrose Weisinger auf der Insel geblieben ist?«

»Rafferty hat's mir erzählt.«

»Der junge Mann glaubt, ihm stünde ein großes religiöses Erlebnis bevor.«

»Er wird 'n großes Verhungernserlebnis haben.«

»Genau meine Meinung.«

»Wir machen nicht kehrt«, beharrte van Horne auf seinem Entschluß.

»Wenn die Kardinäle erfahren, daß Sie ihnen untreu geworden sind, dürften sie unberechenbar sein, das ist Ihnen doch klar, oder? Dann stellen sie Gott weiß was an. Vielleicht hetzen sie Ihnen die italienische Luftwaffe mit Cruise Missiles auf Sie.«

Van Horne leerte den Becher Burgunder. »Wie kommen Sie auf die Idee, die Kardinäle könnten davon erfahren?«

»Sie haben Ihre, ich habe meine Verantwortung.«

»Mann Gottes, Thomas, muß ich Ihnen etwa den Zutritt zur Funkbude verbieten?«

»Dazu haben Sie kein Recht.«

»Ich will lieber gleich Nägel mit Köpfen machen. Von nun an ist Ihnen das Betreten der Funkbude untersagt, klar? Der gesamten Brücke, Donnerkiel noch mal. Wenn ich Sie dabei erwische, daß Sie di Luca bloß 'n Wetterbericht schicken, sperre ich Sie in den Knast und schmeiß den Schlüssel über Bord.«

In Thomas' Magengegend bildete sich ein eisiger Knoten. »Anthony, ich muß Ihnen ein deutliches Wort sagen. Ich gestehe, daß ich in meinem ganzen Leben noch keinen Feind gekannt habe, aber heute sind Sie zu meinem Leidwesen mein Feind geworden.« Er verzog das Gesicht. »Als Christ muß ich selbstverständlich versuchen, Sie trotzdem zu lieben.«

Van Horne rammte den Zeigefinger durch den Boden seines Styropor-Bechers. »Und ich muß *Ihnen* etwas sagen.« Er zeigte dem Priester ein undeutbares Grinsen. »Als die Kardinäle Sie für ihre Absichten eingespannt haben, sind Sie an einen besseren Mann gelangt, als sie verdienen.«

9. September
Breite: 60°15'N. Länge: 8°5'O. Kurs: 021. Geschwindigkeit: 9 Knoten. Wassertemperatur: 10°. Lufttemperatur: 12° (Tendenz: Fallend).

Gott sei Dank für die Westwinde, die von Grönland herblasen wie Zieten aus dem Busch und den Gestank fortwehen. Popeye, ich kann wieder atmen!

Obwohl meine Entscheidung, Ockham zum Schweigen zu zwingen und den *Corpus Dei* zu kidnappen, mitten im greulichsten Bukett der Leichenfäulnis getroffen wurde, bin ich mir sicher, richtig gehandelt zu haben. Geht man davon aus, daß wir die 9 Knoten beibehalten können, haben wir die Fracht an den Bestimmungsort geliefert und sind auf der Rückfahrt nach Manhattan, bevor di Luca überhaupt den Polarkeis erreicht. Anschließend kann sich der Mann, wenn er es unbedingt will, von mir aus als Präparator betätigen.

Gestern hat Sam Follingsbee mir die Pistole auf die Brust gesetzt: Entweder müßten wir für die Crew Vitamine besorgen oder die Offiziersmesse zum Krankenrevier umbauen. Also habe ich den Kurs gewechselt – widerwillig, wie du dir denken kannst, Popeye –, und um 13 Uhr 15 lag die *Valparaíso* nur 2 Seemeilen von Galway Harbor und seinen weltberühmten Gemüsehandlungen entfernt.

»Möchten Sie hier von Bord gehen?« habe ich Cassie gefragt, allerdings inbrünstig gehofft, daß sie den Vorschlag ablehnt. »Wahrscheinlich könnten Sie noch vor Einbruch der Nacht auf dem Flughafen Shannon 'n Flieger kriegen.«

»Nein«, antwortete sie ohne zu zögern.

»Aber sind Ihre Vorgesetzten dann nicht verärgert?«

»Diese Seereise ist das interessanteste, was mir bisher im Leben passiert ist«, hat sie gesagt, meine Hand gefaßt und sie lüstern gedrückt (oder zumindest fühlte es sich so an). »Ich muß unbedingt bis zum Schluß dabei sein.«

Der Küchenchef hat den Besorgungslandgang persönlich übernommen. Um 13 Uhr 45 ist er, die Taschen voller Einkaufslisten und American-Express-Reiseschecks, mit Willie Pindar, seinem Konditor, an Bord des Motorboots *Juan Fernández* zur Küste abgefahren.

Ein paar Minuten, nachdem Sam abgelegt hatte, näherte sich ein Glasfaserrumpf-Kutter mit goldener Harfe auf der Seite, tuckerte um unsere Schleppketten wie ein Irischer Wolfshund, der am Hintern eines Artgenossen schnuppert. Der Skipper schaltete seine Flüstertüte ein und forderte eine offizielle Unterredung, und ich sah keine andere Wahl. Da der Vatikan uns schon mit der *Maracaibo* nachstellte, dachte ich mir, daß ich nicht auch noch den Rest des militant-fanatischen Christentums gegen mich aufbringen dürfte.

Kapitän Donal Gallogherm von der Irisch-Republikanischen Küstenwache erwies sich als einer dieser rotbackigen Kleiderschränke alten Schrot und Korns, die Pat O'Brien in Filmen spielte. Er kam mit seinem fidelen Stellvertreter, einem gewissen Ted Mulcanny, auf die Brücke, und da haben die beiden mir doch wahrhaftig echtes Heimweh verursacht – nicht nach dem wirklichen New York City, sondern dem New York City der Hollywood-Schinken, dem New York der im Herzen gutmütigen irischen Streifenpolizisten, die auf den Ärschen der Gossenlümmel dafür sorgten, daß die Gummiknüppel geschmeidig blieben. Und im Grunde genommen waren diese beiden Schießbudenfiguren genau das: ein Paar irischer Polizisten, die zwischen

Slyne Head und der Shannon-Bucht durch ihr nasses Revier patrouillierten.

»Schindet echt Eindruck, der Kahn, den Sie haben«, sagte Gallogherm, stapfte im Steuerhaus umher, als wäre er der Reeder. »Hat den ganzen Radarschirm ausgefüllt.«

»Wir sind 'n bißchen vom Kurs abgekommen«, hat Dolores Haycox, die Diensthabende, ihm geantwortet. »Der blöde Marisat-Computer stürzt laufend ab.«

»Das ist aber 'ne komische fremde Flagge, die sie da führen«, sagte Gallogherm als nächstes.

»Bestimmt haben Sie sie schon mal gesehen«, war darauf meine Erwiderung.

»So? Also, wissen Sie, was Mr. Mulcanny und ich glauben? Für uns schaut's danach aus, daß es mit Ihrem Trampschiff eine größere Unregelmäßigkeit auf sich hat, darum müssen wir Sie bitten, uns Ihre amtliche Rohölbeförderungssondergenehmigung vorzulegen.«

»Die *was*?« entfuhr es mir, und in dem Moment habe ich mir gewünscht, ich hätte den Kutter gerammt, solange dazu noch die Gelegenheit bestand. »Na, nun hört sich aber...«

»Sie haben *keine* amtliche Rohölbeförderungssondergenehmigung? Diese Erlaubnis ist unentbehrlich, wenn Sie einen beladenen Supertanker durch irische Hoheitsgewässer steuern wollen.«

»Wir haben nur Ballast geladen«, behauptete Dolores Haycox.

»Das können Sie Ihrer Großmutter erzählen, Sie kleine Nixe. Ihr Schiff ist voll bis zur Höchstlademarke, und wenn Sie nicht schleunigst eine amtliche Rohölbeförderungssondergenehmigung vorzeigen, sind wir dazu gezwungen, Sie in Galway auf Reede festzuhalten.«

Da habe ich mich schnell eingemischt. »Sagen Sie,

Kapitän, haben Sie nicht zufällig so eine ›amtliche Rohölbeförderungssondergenehmigung‹ auf Ihrem Kutter?«

»Sicher bin ich mir nicht. Weißt du's, Ted?«

»Erst heute früh hatte ich per Zufall so ein Formular auf dem Tisch liegen.«

»Ist es erhältlich?« habe ich mich erkundigt.

Gallogherm entblößte die Mehrzahl seiner Zähne. »Tja also, wenn Sie mich so fragen ...«

»Dolores«, sagte ich, »ich glaube, in unserem Safe haben wir einen Stapel ... Wie heißen die Dinger? Einen Stapel American-Express-Reiseschecks.«

»Die Gebühr beträgt achthundert US-Dollar«, teilte mir Gallogherm mit.

»Die Gebühr beläuft sich auf sechshundert US-Dollar«, berichtigte ich ihn.

»Sagten Sie *sieben*hundert?«

»Nein, sechshundert.«

»Oder sechshundertundfünfzig?«

»Ich sage sechshundert.«

»Ach so«, brummte Gallogherm. »Dann wäre da noch« – er faßte sich an die Nase – »die Sache mit dem Müll gehörigen Umfangs und auffälliger Geruchsausdünstung zu regeln, den Sie im Schlepp haben.«

»Riecht wie ein Engländer«, lautete Mulcannys Kommentar.

Ich wußte genau, wie ich sie foppen konnte. »Tatsächlich handelt es sich nicht um Müll, Kapitän, sondern um den in Verwesung übergegangenen Leichnam Gottes des Allmächtigen.«

»Den was?« fragte Mulcanny.

»Ihr Humor ist skandalös«, gab mir Gallogherm eher amüsiert als verdrossen zur Antwort.

»Des katholischen oder des protestantischen Gottes?« hakte Mulcanny nach.

»Ted, alter Junge, hast du kein Verständnis für 'n

ausgeklinkten Scherz?« Verschwörerisch zwinkerte Gallogherm mir zu. »Tja, da haben wir wohl einen ehrgeizigen Kapitän vor uns, der seinen Supertanker für die freiberufliche Müllentsorgung umgemodelt hat, was? Und wo, wenn ich fragen darf, möchte unser ehrgeiziger Mülltankerkapitän das Zeug denn loswerden?«

»Im hohen Norden. Svalbard.«

»Dafür muß allerdings zusätzlich«, erklärte Gallogherm, während Dolores Haycox zurückkehrte, »eine amtliche Sondermüllbeförderungsausnahmegenehmigung vorgelegt werden.«

»Übertreiben Sie nicht, Kapitän.«

»Normalerweise erheben wir für eine amtliche Sondermüllbeförderungsausnahmegenehmigung eine Gebühr von sechshundert US-Dollar, aber diese Woche gewähren wir Rabatt, so daß sie Sie nur fünfhundert kostet.«

»Nein, diese Woche kosten sie nur vierhundert. Und wenn Sie zwei Piraten mir noch weiter auf den Sack gehen, garantiere ich Ihnen, daß man Ihre fragwürdigen Praktiken in Kürze auf der Titelseite der *Irish Times* nachlesen kann.«

»Maßen Sie sich über mich kein Urteil an, Kapitän. Sie haben keine Ahnung, was mir in meinem Leben schon alles begegnet ist. Irland war lang eine Nation im Kriegszustand. Sie haben keinen blassen Schimmer, was ich schon mitansehen mußte.«

Grimmig trug ich Reiseschecks in Höhe von $ 1000,– ins Nachweisverzeichnis ein und unterschrieb sie. »Da haben Sie Ihre Scheißgebüren«, sagte ich, als ich Gallogherm mit der Handsalbe schmierte.

»Es freut mich, daß alle amtlichen Formalitäten so leicht mit Ihnen geregelt werden konnten.«

»Und nun verpissen Sie sich von meinem Schiff.«

Um 16 Uhr trafen Follingsbee und Pindar mit Gemüse und Obst ein. Berechnet man mit, was Gallogherms abgezockt hat, mußten wir für eine Orange ungefähr $ 1,25 zahlen, und die übrigen Sachen kamen uns ähnlich teuer. Aber wenigstens hat das Zeug hohe Qualität, Popeye – saftige Rüben, knackiger Salat, feste irische Kartoffeln. Und um den Spinat würdest du uns beneiden.

Jetzt ist es Mitternacht. Bewegte, schimmernde See. Hoch über und der Große Bär. Voraus liegen, kaum 80 Seemeilen, also praktisch nur einen Taubenschiß entfernt, die Färöer-Inseln, und dahinter erwartet uns bis Svalbard nur noch freies Meer. Eben rief Rafferty an und meldete, der Bugscheinwerfer hätte »einen Eisberg erfaßt, der wie das Paramount-Logo aussieht.«

Mit Blut als Ballast dampfen wir volle Pulle in die kalte Norwegische See, und ich fühle mich wieder als Herr der Lage und des Schiffs.

Den Bierkrug in der Hand, schlurfte Myron Kowitzky zum Piano, pflanzte sich auf den Hocker, rückte seine Jimmy-Durante-Nase zurecht und griff in die Tasten. Er kratzte sich nochmals am Zinken, erhob die herbe Stimme und sang zur Melodie von ›John Brown's Body‹ ein selbstgedichtetes Soldatenlied.

> *»Wir flogen die Scheißbomber tief*
> *über der Scheißsee,*
> *Als Scheißwetter gab es Regen,*
> *Hagel nur und Schnee.*
> *Mal Süd zeigte der Scheißkompaß,*
> *und mal wies er Nord,*
> *Trotzdem schafften wir die Landung*
> *im Scheiß-Firth-of-Forth.«*

Durante unterbrach Gesang und Spiel, schenkte dem Publikum ein breites, leicht dämliches Grinsen.

Unbehaglich zappelten die Männer der *Enterprise* auf ihren Plätzen. Niemand applaudierte. Oliver zog den Kopf ein. Unerschrocken schlappte Durante einen Zug Frydenlund und stimmte den Refrain an.

> *»Marineflieger, das sind Kerle!*
> *Marineflieger, das sind Kerle!*
> *Marineflieger, das sind Kerle!*
> *Sie schafften sogar die Landung*
> *im Scheiß-Firth-of-Forth.«*

»Gute Nacht, Mrs. Calabash, da wo Sie sind«, rief Durante und stand vom Hocker auf. Mit diesem rätselhaften Satz hatte Jimmy Durante in den vierziger und fünfziger Jahren seine Auftritte beendet, aber erst 1966 verraten, daß er sich damit jedesmal von seiner ersten, 1943 verstorbenen Frau verabschiedete.

In der Taverne Zum Nordlicht waren schwere Zeiten angebrochen. Nachgerade zu Tode gelangweilt und der Kälte überdrüssig, motzte Das Erste Klassische Nostalgie-Trio mittlerweile das Programm mit repertoirefremdem, derbem Liedgut auf, das ungeachtet der historischen Authentizität von Jimmy Durante, Bing Crosby oder den Andrew Sisters nie in der Öffentlichkeit gesungen worden wäre. Die Serviererinnen waren es leid, Schwächen für die Piloten und Seeleute vorzuspiegeln, und die Männer verdroß es, daß die Kellnerinnen nichts mehr für sie übrig hatten. Sonny Orbach und die Harmonikanten hatten sich gänzlich aus der Affäre gezogen, sie waren abgereist, um bei einem Bar-Mizwa-Fest in Connecticut als Glenn Miller Band aufzutreten, eine angeblich schon vor langem eingegangene Verpflichtung, von deren Erfüllung sie auch Olivers Angebot, das Honorar zu verdoppeln, nicht zurückhalten konnte. Die Hobbysoldaten, die noch Lust zum Tanzen verspürten, mußten mit Myron Kowitzkys unzulänglicher Klavierspielfähigkeit oder Sidney Pembrokes Victrola-Grammophon, das Albert Flumes Original-78er-Schellackaufnahmen Tommy Dorseys, Benny Goodmans und des echten Glenn Millers hervorkratzte, zufrieden sein.

Oliver mußte es sich eingestehen: Sein großer Feldzug stand am Rande des Zusammenbruchs. Nur durch dreiwöchiges Herumsitzen und Nichtstun hatten Pembroke & Flume genügend Einnahmen erzielt, um eine erstklassige D-Day-Inszenierung zu veranstalten, und obschon die Vorstellung, einen Japsen-Golem zu versenken, sie nach wie vor durchaus verlockte, drehten sich ihre Überlegungen inzwischen doch weit stärker ums Heimkehren und die Möglichkeit, einen einigermaßen tauglichen Abklatsch der Normandie ausfindig zu machen. Und selbst wenn es Oliver *gelang*, alle Beteiligten irgendwie dahin zu überreden, daß sie in Point Luck blieben, bis ein PBY-Fernaufklärer endlich die *Valparaíso* sichtete, mußte befürchtet werden, daß Konteradmiral Spruance wegen des scheußlichen arktischen Wetters keinen Einsatzbefehl erteilte. Bei den Übungsflügen klemmten Landeklappen und Fahrwerke. Benzinleitungen verstopften. Das Flugdeck überfror schneller, als Kapitän Murrays Männer es enteisen konnten: Es glich einer zusammenhängenden Eisfläche, die so groß war wie der Spiegel des Hubble-Teleskops.

Oliver verbrachte diese trübseligen Tage an der Theke, kritzelte beiläufig auf seinem Skizzenblock herum und versuchte sich Gründe auszudenken, aus denen es vertretbar sein könnte, auf die Vernichtung des *Corpus Dei* zu verzichten.

»Freunde, ich hab 'ne Frage an euch«, meinte er, während er eine Karikatur Myron Kowitzkys um die letzten Feinheiten ergänzte. »Ist unsere Aktion ... wirklich gerechtfertigt?«

»Was soll das denn heißen?« fragte Barclay Cabot zurück und mischte geschickt einen Packen Spielkarten.

»Vielleicht sollten wir gar nichts gegen den Leichnam unternehmen«, sagte Oliver. »Vielleicht ist es klüger, ihn der Welt zu zeigen, so wie Sylvia Endicott es an dem Abend für richtig gehalten hat, als sie aus der Liga ausgetreten ist.« Mitsamt dem Barhocker drehte er sich Winston Hawke zu. »Es könnte ja denkbar sein, daß eine offene Präsentation die wahre Revolution auslöst, oder nicht? Wenn erst mal alle Menschen wissen, daß der Herrgott das Handtuch geschmissen hat, pfeifen sie auf die Kirchen und machen sich daran, das Arbeiterparadies zu errichten.«

»Du verstehst nicht viel vom Marxismus, was?« Winston Hawke legte zwei Dutzend Frydenlund-Kronkorken zum Hammer-und-Sichel-Symbol zusammen. »Leichnam oder kein Leichnam, solange die Massen die Religion durch nichts Besseres ersetzen können, lassen sie davon nicht die Finger. Aber sobald die soziale Gerechtigkeit triumphiert, verfliegt der Gottesmythos« – er schnippte mit den Fingern – »wie ein Furz im Winde.«

»Ach, hör auf.« Auf wundersame Weise bewirkte Cabot, daß aus dem Kartenstapel die Pik-Königin hervorschwuppte. »Religion wird's immer geben, Winston.«

»Was veranlaßt dich zu dieser Auffassung?«

Angetrunken schwankte Al Jolson auf die Bühne.

»Ich sage bloß ein Wort«, antwortete Barclay Cabot. »Tod. Religion bietet eine Lösung des Problems, soziale Gerechtigkeit nicht.« Er wandte sich Oliver zu und ließ dem Freund den Herz-Buben in den Schoß segeln. »Aber das ist in dieser Angelegenheit eigentlich belanglos, hä? Es ist mir zuwider, so unverblümt daherzureden, Oliver, nur halte ich's leider inzwischen für ziemlich wahrscheinlich, daß das Schiff mitsamt Cassie gesunken ist.«

Oliver zuckte zusammen. Jolson sang *a cappella*.

>»*O wie gern seh ich Shirley pissen!*
>*Sie pinkelt in so hohem Bogen:*
>*Den Strahl wollte niemals ich missen.*
>*Siehst keine Fut im Dampf der Wogen!*«

In diesem Augenblick dröhnte die von Statik verzerrte Stimme des Ray-Spruance-Darstellers aus den Lautsprechern. »Achtung, alle Mann hergehört! Hier spricht der Admiral. Umwerfende Neuigkeiten, Jungs! Erste Meldungen aus der Korallensee besagen, daß Kampfverband Siebzehn die japanischen Flugzeugträger *Shoho* und *Shokaku* schwer beschädigt und damit die Einnahme Port Moresbys durch den Feind vereitelt hat.«

Ein einziger Matrose klatschte Beifall. »Wie dufte«, bemerkte ein einzelner Pilot lakonisch.

»Er läßt da was aus«, meinte der Wade-McClusky-Darsteller, indem er zu den drei Atheisten an der Theke trat. »Es ist ihm wohl peinlich zu erwähnen, daß wir in diesem Seegefecht *Lexington* verloren haben.«

»Ja, Sie haben völlig recht«, bestätigte Winston Hawke. »Das war im Zweiten Weltkrieg der erste amerikanische Flugzeugträgerverlust.«

»Achtung!« krakeelte Spruance. »Achtung! Alle Männer des Kampfverbands Sechzehn melden sich unverzüglich an Bord! Das ist keine Übung. Sämtliches Personal der Marine-Kampfbomberstaffel Sechs und der Marine-Torpedobomberstaffel Sechs hat sich unverzüglich an Bord zu melden.« Unversehens schlug Spruance einen Ton jovialer Geselligkeit an. »Vorhin hat Erdbeere Zehn den Feind gesichtet, Jungs. Der Japsen-Golem schwimmt jetzt in arktischen Gewässern, und nun können wir uns den Rübezahl vorknöpfen.«

»He, Genossen...« Winston Hawke quietschte vor Freude. »Habt ihr das gehört?«

»Also packen wir's doch noch«, jubilierte Barclay Cabot. »Wir schleifen dem Unverstand die Eier.«

Oliver drückte den Skizzenblock an die Brust, küßte Myron Kowitzkys Karikatur. Die *Valparaíso* war unterwegs! Cassandra lebte! Er konnte sich lebhaft vorstellen, wie sie auf der Brückennock stand und den Himmel nach den versprochenen Bomberstaffeln absuchte. Ich eile, Liebling, dachte er. Bald ist Oliver da und rettet deine Weltanschauung.

McClusky ging zu Pembrokes Victrola-Grammophon, nahm den großen Trichterlautsprecher ab und hielt ihn sich wie eine Flüstertüte an den Mund. »Also, Jungs, ihr habt die Durchsage des Admirals gehört. Schwingen wir uns in die Lüfte und zeigen den Japsen, daß sie kein Recht haben, in unsere naturgegebene Wirtschaftsordnung hineinzupfuschen!«

Jetzt brach sie an, die bittersüße Stunde des Abschieds, der jeder dieser Männer mit überlegener Geduld entgegengeblickt hatte, stand der Moment bevor, in der er zu seiner Lieblingsservierin gehen und ihr *au revoir* sagen mußte. Der Matrose neben Oliver verkniff sich halb Krokodilstränen, halb Tränen wahren Kummers, ergriff die Hand seiner Lieblingskellnerin – eines pausbäckigen Mädels mit Pferdeschwanz und Sommersprossen – und schwor feierlich, ihr jeden Tag zu schreiben. Die Serviererin wiederum gab alles, was Olivers Geld wert war, und beteuerte dem Seemann, die kurze Bekanntschaft ewig im Herzen zu bewahren. Überall in der Taverne Zum Nordlicht wurden gefühlvoll Telefonnummern, flüchtige Küsse und allerlei Andenken ausgetauscht (die Mädchen schenkten Broschen und Haarlocken, die Soldaten Krawattennadeln und Fliegerabzeichen). Selbst Arnold Kowitzky geriet in die passende Stimmung, trippelte zum Mikrofon, nahm eine Marlene-Dietrich-Pose ein und sang ›Lili Marlene‹.

Die Soldaten schlotterten und weinten, so sehr brachte die schiere, hypnotische Schönheit des Augenblicks sie außer Fassung: das Lied, der Abschied, der Ruf zu den Waffen.

Ein blonder Flieger mit Wangen wie rote Äpfel, auf dessen Namensschild BEESON stand, wandte sich, indem er die Hand hob, an McClusky.

»Ja, Leutnant Beeson?«

»Oberstleutnant McClusky, Sir, haben wir noch Zeit für einen letzten Foxtrott?«

»Tut mir leid, Kamerad, aber das Vaterland hat an uns Bedarf. Vorwärts, Männer, jeder an seinen Platz!«

14. September
Breite: 66°50'N. Länge: 2°45'W. Kurs: 044. Geschwindigkeit: 7 Knoten. Wassertemperatur: −5°. Lufttemperatur: −9° (Tendenz: Fallend).

Um 7 Uhr 45 ereigneten sich zwei höchst bemerkenswerte Dinge: Die *Valparaíso* ist in den Polarkreis gelangt, und ich habe mir den Bart abrasiert. Letzteres war eine umständliche Verrichtung. Ich mußte mir von Follingsbee eine Geflügelschere leihen, und danach habe ich ein halbes Dutzend von Ockhams Wegwerf-Naßrasierern aufgebraucht.

Eis umhüllt unser Schleppgut, eine glatte Kruste umgibt es vom Scheitel bis zur Sohle, ähnlich wie Pelle eine Wurst. Wenn wir Kvitöi erreichen, dürfte das Fleisch fest wie Marmor sein.

»Da sehen Sie's«, habe ich zu Ockham gesagt, »die Verwesung ist zum Stillstand gekommen, wie es von unseren Engeln angekündigt worden ist. Wir brauchen das Scheißformaldehyd des Vatikans nicht.«

Der Pater befand sich auf dem Achterdeck und schaute Horrocks Bilgenkrebsen und einigen anderen Besatzungsmitgliedern zu, die auf dem Zwerchfell des *Corpus Dei* umhersausten. Schlittschuhfahren ist zum liebsten Zeitvertreib der Crew geworden und übertrifft an Beliebtheit sogar Pokerspielen und Tischtennis. Die Leute verwenden improvisierte, selbstgebastelte Schlittschuhe – zusammengesetzt aus Wanderstiefeln und Fleischermessern –, aber das Schuhzeug bewährt sich gut. Zu zusätzlichem Schutz gegen die Kälte reiben sie sich Hände, Füße und Gesicht mit Göttlichem Wunderschmand ein.

Ocksam sah mir in die Augen und lächelte, war offenbar darüber froh, daß ich die Initiative ergriff, um uns wieder Gespräche zu ermöglichen. »Man sollte mit Rom Verbindung aufnehmen und durchgeben, daß der Zustand des *Corpus Dei* sich endlich stabilisiert hat«, empfahl er, gerade als Bud Ramsey senkrecht auf den Arsch plumpste. »Bestimmt ist es Ihnen lieber, wenn di Luca mit der *Maracaibo* keine Verfolgungsjagd auf uns macht.«

Ich konnte gegen die Logik des Manns nichts einwenden und erlaubte ihm sogar, den Text abzufassen. (Allerdings in seiner Kabine. Eher schneide ich mir ein Bein ab, bevor ich Ockham wieder auf die Brücke lasse.) Um 15 Uhr 30 faxte Öhrchen die erfreuliche Neuigkeit nach Rom, und um 15 Uhr 38 ging ein zweites Fax ab, diesmal ins sonnige Spanien. Die zweite Mitteilung war nur ein Dutzend Wörter lang. »Ob du willst oder nicht«, benachrichtigte ich meinen Vater, »ich besuche dich nächsten Monat in Valladolid.«

Wir nähern uns dem guten Ende des Abenteuers, Popeye.

Nach dem heutigen Abendessen, dem besten Padre Stroganoff, das Follingsbee bisher zubereitet hat, bat mich der Smutje, mir doch einmal ›die Resultate eines wissenschaftlichen Experiments‹ anzusehen, an dem er seit dem Aufenthalt an der irischen Küste gearbeitet hätte. Er führte mich hinaus – unser Wetterdeck hat sich in eine Märchenlandschaft verwandelt, Eis hängt in ausgedehnten Kristallgebilden an den Laufstegen, Frost glitzert auf den Rohren und Ventilen – und in Ballasttank Nummer 4 hinab, erzählte unterwegs die ganze Zeit von den Vorzügen des Grünzeug-Eigenanbaus. Wir waren keine zwanzig Schritte weit ins Schiffsinnere vorgedrungen, da bebten mir vor Entzücken die Nasenflügel. Mein Gott, was für wundervolle Düfte ich da rochen habe: vollkommene Reife, Popeye, pure Fruchtigkeit. Ich knipste die Taschenlampe an.

Auf dem Grund des Tanks erstreckte sich ein farbenprächtiger Garten, dessen Erzeugnisse über die wildesten Phantasien Hieronymus Boschs hinausgewuchert waren, das Obst und Gemüse glänzte dermaßen prall, als schriee es geradezu danach, geerntet zu werden. Im Düstern wuchsen knorrige Bäume, Äpfel in der Größe von Volleybällen beugten ihre Äste. Aus dem Boden sproß Spargel, der einer besonders seltsamen Kaktusart ähnelte. Längs des Binnenkiels gedieh Broccoli, jeder Stengel so dick und groß wie bei einer Mimose. Weinranken garnierten die Leitern, die bläulich-dunklen Trauben ballten sich zu Reben, als sähen wir Godzillas Lymphknoten vor uns.

»Sam, Sie sind ein Genie.«

Der Küchenchef hob die Sahneberg-Mütze und verbeugte sich bescheiden. »Sämtliche Samen stammten von den Sachen, die wir in Galway gekauft haben. Die Erde ist 'ne Mischung aus Hautgewebe und Körperflüssigkeit. Mich verblüfft am meisten, wie *schnell* alles wächst, obwohl die Temperatur unterm Gefrierpunkt liegt, und ohne einen einzigen Sonnenstrahl. Man streut 'n Apfelsinenkern aus, und nach bloß zehn Stunden, *zack*, da steht das Bäumchen.«

»Also gebührt das halbe Verdienst...«
»Mehr als das halbe. Er ergibt großartigen Kompost, Sir.«
Wenn diese Fahrt vorbei ist, Popeye, wird mir auf jeden Fall eins fehlen, nämlich das Essen.

Cassies von Bud Ramsey geliehener Parka hatte ein Futter aus Gänsedaunen der A-Klasse; die von Juanita Torres erhaltenen Socken bestanden aus reiner Baumwolle; in den von Schwester Miriam geborgten Handschuhe befand sich echtes Kaninchenfellfutter. Dennoch drang die Kälte zu ihrem Körper durch, fraß sich wie eine unersättliche arktische Motte durch alle Schutzschichten. Das Außenthermometer der Steuerbord-Brückennock stand auf −22°, und dabei blieb die Kälte des Winds noch unberücksichtigt.

Sie setzte das Fernglas an die Augen, stellte es scharf und betrachtete die mit Glitzerreif überzogene Nase. Dahinter flimmerte ein endloser Strom aufgeladener Sonnenwindpartikel, zahllose Elektronen und Neutronen schwirrten ins Magnetfeld der Erde und kollidierten mit verdünnten atmosphärischen Gasen. Die Aurora, die dabei entstand, erfüllte den gesamten Nordhimmel: ein leuchtend-blau-grünes Banner, das in unheimlicher Lautlosigkeit überm Rollen der Wogen und dem stumm dahintreibenden Packeis wallte.

Was sie an Anthony van Horne am stärksten bewunderte, die Tatsache, die ihm in ihrem Gemüt längst zu ständiger Präsenz verhalf – der Grund, weshalb sie *ständig* an ihn dachte –, war seine Versessenheit. Endlich einmal hatte sie jemanden kennengelernt, der genauso unbeugsam war wie sie. Frau beachte nur die Schlaglichter dieser Ozean-Odyssee: Anthony erlegt mittels Rakete einen Tigerhai; erstickt eine Meuterei durch abgepackten Imbiß; bringt seine Besatzung dahin, einen Berg abzutragen. So wie Cassie vor nichts zurückschräke, um Gott zu vernichten, scheute der Kapitän absolut nichts, um wenigstens seine Überreste zu retten. Zwischen ihnen beiden hatte sich stillschweigend ein sonderbares, wahrhaft inniges, beinahe erotisches Band geflochten.

Natürlich stellte sich die Frage, ob mit Olivers bewundernswürdig ersonnenem Eingreifen noch gerechnet werden durfte. Der Verstand legte die Schlußfolgerung nahe, daß die schwachen Beziehungen der Philosophischen Liga für moderne Aufklärung e. V. zur Zweiter-Weltkrieg-Militärdrama-Gruppe während des langen Festsitzens der *Valparaíso* auf der Van-Horne-Insel eingeschlafen sein mußten. Aber Cassie kannte Oliver. Sie wußte darüber Bescheid, welche schrankenlose, aufopferungsvolle, beharrliche Ergebenheit er ihr entgegenbrachte. Je länger sie nachsann, um so mehr vertiefte sich ihre Überzeugung, daß er eine Möglichkeit gefunden hatte, um das zeitweilige Bündnis funktionstüchtig zu halten. Jeden Tag, jede Stunde konnte nun das Zeitalter der Vernunft dem *Corpus Dei* mit Waffengewalt einheizen.

Zu Cassies Verwunderung war es im Kartenraum der *Valparaíso* kaum wärmer als auf der Brückennock. Als sie eintrat, wehte eine große Wolke ihres Atems über den Resopal-Kartentisch, auf dem eine Karte Sardiniens lag, schwebte wie die Rauchfahne eines Vulkans, allerdings nur flüchtig, über der Hauptstadt Cagliari. Zum Glück hatte irgendwer daran gedacht, Ersatz für die defekten Heizkörper zu besorgen und einen Privileg-Ölofen aufgestellt. Sie machte ihn an und besah sich anschließend der Reihe nach die breiten, flachen Schubladen, bis auf einer Lade ein Schildchen mit dem Hinweis POLARMEER entdeckte. Sie zog sie heraus. Die Schublade enthielt über einhundert nördliche Regionen eisreicher Gewässer – Grönlands Scoresbysund, den norwegischen Vestfjord, Svalbards Hinlopenstreten, Rußlands Ostsibirische See –, und erst nachdem sie den Stapel halb durchgeblättert hatte, fand sie eine Karte, die sowohl den Polarkreis wie auch die Jan-Mayen-Insel umfaßte.

Luftangriff erfolgt bei 68°11'N, 2°35'W, hatte in Olivers Fax gestanden, *200 km östl. v. Startplatz...*

Auf dem Resopal-Tisch breitete Cassie die Karte aus. Sie strotzte nur so von aufgedruckten Informationen: Tiefenangaben, Ankerplätze, Wracks, unterseeische Klippen – das geografische Pendant einer anatomischen Beschreibung, war Cassies Empfinden, die Bloßlegung der verborgenen Eigenheiten Mutter Erdes. Sie suchte sich einen Kugelschreiber und nahm auf einem herumliegenden Bogen *Karpag*-Briefpapier ein paar Berechnungen vor. Weil er vor Eisbergen auf der Hut sein mußte, hatte van Horne vor kurzem die Geschwindigkeit von 9 auf 7 Knoten verringert. Sieben mal vierundzwanzig: Einhundertachtundsechzig Seemeilen legten sie täglich zurück. Cassie stellte den Zirkel am Zentimetermaß so ein, daß der Abstand zwischen den Spitzen zehn Seemeilen betrug, und führte den Zirkel von der Position der *Valparaíso* – 67° nördlicher Breite, 4° westlicher Länge – zu dem von Oliver genannten Punkt. Ergebnis: lediglich noch 280 Seemeilen. Falls ihr Optimismus sie nicht trog, lag der Angriff keine vierundzwanzig Stunden mehr in der Zukunft.

»Suchen Sie die Nordwestpassage?«

Sie hatte Anthony van Horne nicht hereinkommen gehört, aber er war da, bekleidet mit einem grünen Rollkragenpullover und einer ausgefransten, orangefarbenen Strickmütze. Es fuhr Cassie regelrecht in die Glieder, daß er sich rasiert hatte. Glatt glänzte sein Kinn im hellen Neonlicht, das Kinngrübchen lachte sie an.

»Ich befasse mich damit bloß aus Heimweh«, antwortete Cassie, stach den Zirkel in die Nordsee. »Bis

Kvitöi sind's nur noch rund vier Tage, hab ich errechnet.« Mit den Händen rieb sie sich die Arme. »Wenn der blöde Ofen doch mehr Wärme abgäbe ...«

Anthony zog die Mütze vom Kopf. »Es gibt Abhilfe.«

»Gegen Heimweh?«

»Gegen das Frieren.«

Er spreizte die Arme, als öffneten sich die Türflügel einer besonders freundlich-gemütlichen Kneipe, und Cassie umarmte ihn, schmiegte sich mit nervösem Auflachen an seine wollige Brust. Er rieb ihr den Rükken, sein Handteller beschrieb langsam zwischen ihre Schulterblättern spürbare Spiralen. »Sie haben sich rasiert.«

»Hm-hmm. Wird Ihnen schon wärmer?«

»Können Sie 'n Geheimnis für sich behalten?«

»Soll ab und zu schon geklappt haben.«

»Der Vatikan hat uns neue Order geschickt. Wir sollen umdrehen und nach Süden fahren.«

»Süden?« Panik durchjagte Cassie. Sie klammerte sich fester an van Horne.

»Wir sollen uns im Golf von Cádiz mit der SS *Karpag Maracaibo* treffen. Sie hat Formaldehyd in den Frachttanks.«

»Aber die Engel wollten doch«, rief Cassie in Erinnerung, »daß er *eingefroren* wird, nicht einbalsamiert.«

»Genau darum bleiben wir auf Kurs.«

»Ach ...« Cassie lockerte sich, frohlockte bei sich, schlug im Geist Purzelbäume. *Bleiben auf Kurs.* Wunderbar, richtig so, geradewegs auf Kurs in den Rachen der Aufklärung.

Van Horne küßte sie mit zarter Sachtheit auf die Wange: gab ihr einen brüderlichen, keinen erotischen Kuß. Danach ihre Stirn und die Augen; auf das Kinn, aufs Ohr, noch einmal auf die Wange. Ihre Lippen berührten sich. Sie wich zurück.

»Das ist keine gute Idee.«

»Doch«, widersprach van Horne, »ich finde sie gut.«

»Ja, eigentlich schon«, stimmte sie zu.

Und plötzlich lagen sie sich wieder in den Armen, drückten sich. verklammerten sich voller Leidenschaft. Begierig küßten sie sich mit weit offenen Mündern, als wollten sie sich gegenseitig verschlingen. Cassie schloß die Lider, schwelgte in der Feuchtigkeit seiner Zunge: Sie glich einer eigenständigen Lebensform, dem Exemplar einer erstaunlich sinnlichen Gattung Aal.

»Also, man kann den Ofen stärker erhitzen«, sagte der Kapitän, indem er sich von ihr löste.

»Erhitzen ...«, wiederholte Cassie, hielt den Atem an.

Van Horne kauerte sich vor den Ofen und erhöhte die Brennstoffzufuhr, bis die Flamme mit voller Kraft rot loderte, wie eine Art von Zimmernordlicht waberte. Er öffnete die Schublade mit der Beschriftung INDISCHER OZEAN, zerrte eine große, eingeschweißte Karte heraus und breitete sie wie eine Picknickdecke auf dem Fußboden aus. »Madagaskar ist dafür am besten geeignet«, behauptete er, zwinkerte Cassie zu. Allmählich erwärmte sich der Kartenraum auf geradezu wollüstige Weise.

»Irrtum«, erwiderte Cassie neckisch, streifte den Parka ab. Sie durchsuchte die Schublade mit der Aufschrift Sulu-See und nahm eine Karte der Philippinen heraus. »Palawan ist viel geiler.« Sie ließ die Karte los, und sie segelte zu Boden, als landete ein Fliegender Teppich im Bagdad des 13. Jahrhunderts.

»O nein, Doktor.« Van Horne wühlte in der Schublade mit dem Schild FRANZ.-POLYNESIEN und entfernte daraus die Karte des Tuamotu-Archipels. »Ich bin für Puka-Puka.«

»Wir nehmen die hier.« Cassie kicherte, ihr Puls raste, während sie eine Karte die Mallorca-Karte aus der BALEAREN-Schublade holte.

»Nein, lieber Java.«
»Sulawesi.«
»Sumatra.«
»Neu-Guinea.«

Sie schlossen die Tür ab, schalteten die Deckenbeleuchtung aus und legten sich auf das Sammelsurium verstreuter Gestade. Cassie entblößte den Hals; van Hornes Lippen tasteten an ihrer Kehle entlang, bedeckten sie mit Küssen. Sie stöhnten beide gedämpft vor sich hin, während sie sich und einander auszogen, dabei durch die warmen Gewässer des Guatemala-Grabens zu den Cayman-Inseln wälzten. Die Leselampe warf schroffe Schatten auf Anthonys van Hornes haarige Beine und affenartige Brust. Als sie in der Bahia de Alculdi lagen, reizte sie seinen Vordersteven mit dem Mund, stachelte ihn zu voller Stärke auf, bis er der Galionsfigur einer großen Patriarchenfregatte ähnelte.

Sie schwammen nordwärts, gelangten in die kühle, unruhige See der Straße von Mozambique zwischen Afrika und Madagaskar, und da klaubte der Kapitän das Shostak-Supersensitiv-Kondom aus der Brieftasche und stülpte es über seinen Mast. Cassie schlang die Beine um sein Kreuz und lotste den gummierten Kolben ins Ziel. Lächelnden Gesichts durchpflügte er ihre salzigen Fluten: Anthony van Horne, ein Schiff mit höherer Bestimmung. Cassie atmete tief ein. Der Kapitän verströmte ein bemerkenswertes Odeur, eine Verschmelzung von Moschus- und Salzgeruch, gewürzt mit den Düften all des Speckigen und Talgigen, das Gott und die Natur auf den Sieben Meeren geschaffen hatten. So hätten die Galápagos-Inseln gerochen, glaubte Cassie, wäre sie dort eingetroffen.

Als van Hornes Orgasmus erfolgte, waren sie aus der Straße von Mindoro zu den leuchtenden, dunstigen Stränden der chinesischen Insel Hainan vorgedrungen.

»Ich glaube, ich habe 'n bißchen 'n schlechtes Gewissen«, bekannte er, während er sich aus ihr zurückzog.

»Wegen Oliver?«

Er nickte. »Weil ich beim Bumsen mit seiner Freundin 'n Kondom seiner Firma benutze ...«

»Pater Thomas wäre auf dich stolz.«

»Wegen des Bumsens?«

»Wegen der Gewissensbisse. Du hast ein Kantsches Bewußtsein.«

»Ich könnte nicht sagen, daß ich darunter *leide*«, erklärte Anthony eilig, schob Zeige- und Mittelfinger in Cassies Schatulle. »Es ist nicht das gleiche, als ob man fürs Erblinden von Seekühen verantwortlich ist. Fast finde ich daran Spaß.«

»Scheiß auf die Matagorda-Bucht«, empfahl Cassie leise und genoß seine Handarbeit. Der Privileg-Ölofen bullerte und knisterte. Cassie fühlte sich, als flösse sie über von allem zähflüssigen Köstlichkeiten des Planeten, Schokoladensoße und zerlaufener Butter, geschmolzenem Käse und Ahornsirup, Pfirsischjoghurt und Aprikosenlikör. »Scheiß auf Gewissensbisse, scheiß auf Oliver, scheiß auf Immanuel Kant.« Ihr war zumute, als wäre sie eine wundersame, organische Glocke – nicht mehr lang, und sie kam zum Klingen, o ja, beinahe so bald wie dieser begabte, zu ihrer Rille so aufmerksame Buttenmasseur ...

»Scheißen wir drauf«, beschloß Anthony.

Cassie erlebte ihren Orgasmus im Golf von Thailand.

Er dauerte über eine Minute lang.

Als Anthony das Kondom abzog, floß Samen aus dem kleinen Beutel, ergänzte die Pfütze aus Schweiß und sonstigen Körperflüssigkeiten, die sich in Richtung auf die Küste Hainans ausbreitete. »An der chinesischen Spielart ist mir jedesmal aufgefallen«, meinte er, deutete dabei auf die Karten-Flutwelle und grinste,

»daß man eine Stunde später auf Wiederholung Lust hat.«

»Eine Stunde? So lange?«

»Na schön, fünfundzwanzig Minuten.« Der Kapitän legte die Hand um Cassies linke Brust, wog sie wie eine Hausfrau, die eine Pampelmuse prüft. »Möchtest du den Schlüssel zum Verständnis meines Vaters kennen?«

»Eigentlich nicht.«

»Er hat einen Sparren in bezug auf Christoph Kolumbus.«

»Lassen wir deinen Vater doch einfach aus dem Spiel, ja?«

Behutsam drückte Anthony die Drüse. »So sähe die Welt aus, hat Kolumbus geglaubt.«

»Wie meine linke Brust?«

»Wie irgendeine linke Brust. Mit den Jahren war klar geworden, daß er die Welt nicht im entferntesten umsegelt hatte – sie war offenbar viermal größer als angenommen –, aber Kolumbus wollte unbedingt glauben, den Orient erreicht zu haben. Frag mich bloß nicht nach dem Grund. Er hatte eben das Bedürfnis. Und ehe sich jemand versah, zauberte er die verrückte Theorie aus dem Hut, in Wirklichkeit hätte die Weltkugel die Form einer Frauenbrust. Aus seiner Sicht *war* er also sehr wohl um die Erde gefahren, allerdings im Bereich der Zitze« – Anthonys Finger umkreiste Cassies Brustwarze, kitzelte sie –, »wogegen man nach seiner Ansicht den Umfang viel weiter südlich gemessen hatte.« Seine Finger glitten abwärts. »Folglich hat mein Vater letzten Endes einen Irren zum Vorbild.«

»Meine Güte, Anthony, er kann doch nicht ausschließlich schlechte Eigenschaften haben. Niemand ist *nur* schlecht, nicht einmal Gott.«

Der Kapitän zuckte die Achseln. »Er hat mir meinen Beruf beigebracht. Mir den Weg aufs Meer gewiesen.«

Ein spöttisches Auflachen drang über seine Lippen. »Von ihm ist mir das Meer geschenkt worden, und ich hab's als Jauchegrube mißbraucht.«

Unversehens verkrampfte sich Cassie. Ein Teil ihrer selbst, der vernunftwidrige Teil, spürte den Wunsch, diesen von Verzweiflung zermürbten Seemann noch in ihrem Leben zu haben, lange nachdem die *Valparaíso* das nächste Mal in den Hafen eingelaufen war; sie konnte sich durchaus vorstellen, daß sie gemeinsam einen Frachter privat charterten und zu den Galápagos-Inseln fuhren. Der andere, vernünftige Teil ihres Ichs jedoch wußte, daß Anthony van Horne, auch wenn er das Trauma der Matagorda-Bucht irgendwann einmal verwand, und jede Frau, die sich mit ihm einließ, eines Tages in der gleichen öligen Patsche steckten, in der er gegenwärtig unterzugehen drohte.

Während der nächsten fünfzehn Minuten schürte der Kapitän Cassies Lust mit der Zunge; sie hatte keine Ähnlichkeit mit einem Aal, eher einer feuchten, fleischigen Bürste, die den Schlot ihres Körpers fegte. Ich dulde nicht, daß sich dadurch etwas ändert, schwor sie sich, als Anthony ein zweites Supersensitiv-Kondom der Marke Shostak hervorholte und über den sich straffenden Schaft abrollte. Selbst wenn ich mich in ihn verliebe, lautete ihr Vorsatz, bekämpfe ich weiter seine Fracht, während sie den frisch Bestrumpften in die Luke dirigierte.

KRIEG

»*In Asterdam ein Mädchen war, verstand ihr Fach ganz wunderbar*«, sang Albert Flume, während er Oliver, Barclay Cabot und Winston Hawke in den Personenaufzug der *Enterprise* führte.

»*Ich traf sie zu Beginn der Nacht und hab sie in den Park gebracht*«, trällerte Sidney Pembroke und drückte den Knopf mit dem Hinweis HANGARDECK.

»*Ich griff an ihren Busen fest, da sprang der Wind von Süd nach West*...«, grölte Flume.

»*Sie schwor mir Treue noch und noch*«, setzte Pembroke den Text fort, »*mein Beutel kriegte bald ein Loch.*«

»Ist das ein Chanson?« fragte Barclay Cabot. Die wackelige Aufzugkabine senkte sich hinab in den Rumpf des Flugzeugträgers.

»Ein Shanty«, gab Pembroke zur Antwort. »Ein Seemannslied. Herrjesses, wie ich die vierziger Jahre vermisse...!«

»*Drei Wochen ging's, dann war es aus, ich fuhr blitzblank aufs Meer hinaus*...«

»*Kap Horn sah mich aufs Schiff gepreßt, mein Krempel lag im Leihhaus fest*...«

»In den vierziger Jahren«, bemerkte Cabot, »haben Sie doch noch gar nicht gelebt.«

»Stimmt. Komisch, ich vermisse sie trotzdem.«

Im vorderen Hangardeck war es erstaunlich heiß, ein Sachverhalt, der sich offenkundig durch die sieben Kerosinöfen erklärte, die mittschiffs an den Schotts wummerten und grummelten. Unverzüglich bildete sich auf Olivers Stirn Schweiß, rann herab und brannte ihm in den Augen. Spontan erleichterte er sich um Kleidungsstücke, streifte den Karakorum-Parka, den Kaschmirschal, die Rindslederhandschuhe und die Marine-Wollmütze ab.

»Taktik ist ja so wichtig.« Pembroke zog die Memphis-Belle-Bomberjacke aus und deutete mit nacktem Arm in die Weite des Hangars.

»Ganz genau.« Flume entledigte sich seines blauen Troyers. »Strategie bleibt die Seele des Krieges, aber man soll den Einfluß der Taktik nie unterschätzen.«

Von Wand zu Wand war der Hangar voll belegt, Flugzeug stand neben Flugzeug, die Tragflächen hochgeklappt, als wären sie geschlagene Infanteristen, die die Hände hoben. Wartungspersonal in Shorts und T-Shirts ging emsig seinen Aufgaben nach, pumpte Reifen auf, tauschte Instrumentenbords aus, steckte die Köpfe in Motoren. Ein paar Meter entfernt rollten zwei Matrosen mit nervösen Mienen die Stahlflügeltüren des Munitionsbunkers beiseite, hoben vorsichtig eine 250-kg-Bombe an und luden sie auf einen Handkarren.

»Traditionellerweise stehen auf amerikanischen Flugzeugträgern die Maschinen auf dem Flugdeck«, sagte Pembroke.

»Wogegen die Japsen seit jeher die Gewohnheit haben«, erläuterte Flume, »sie auf dem Hangardeck zu parken.«

»Indem er wider die Konvention beide Staffeln unter Deck verlegt hat, ist es Konteradmiral Spruance gelungen, sämtliche Höhen- und Seitenruder und die Benzinleitungen abzutauen.«

»Morgen früh werden alle Motoren hier unten angeworfen. Stellen Sie sich das nur mal vor, Anwerfen der Motoren schon auf dem Hangardeck – was für eine geniale Taktik!«

Die Bombenlader schoben den Sprengkörper durch den Hangar und befestigten sie mit einer Vorsicht, als ob sie ein Neugeborenes in den Mutterleib retournierten, an der Aufhängung einer SBD-2 *Dauntless*.

»Sagen Sie«, erkundigte sich Flume, »möchten *Sie* eigentlich auch mitkommen?«

»Mitkommen?« wiederholte Oliver baff.

»In die Schlacht. Oberleutnant Reid ist dazu bereit, uns in Erdbeere Elf hinzufliegen.«

»So was ist nicht mein Fall«, gestand Barclay Cabot.

»Ach, Sie *müssen* sich das einfach angucken«, meinte Pembroke.

»Marx hat sich aus Schlachtengetümmel nichts gemacht«, versicherte Winston Hawke. »Mir liegt da auch nicht viel dran.«

»Und Sie, Mr. Shostak?«

Der Präsident der Philosophischen Liga für moderne Aufklärung e. V. holte das mit seinem Monogramm geschmückte Leinentaschentuch hervor und wischte sich den Schweiß von der Stirn. Mit etwas gutem Willen hätte er es sicherlich geschafft, sich ein derartiges Vorhaben auszureden, indem er sich ausmalte, Erdbeere 11 könnte einen Eisberg rammen oder von einer verirrten Sprengbombe getroffen werden. Aber die Wahrheit lief letzthin doch auf folgendes hinaus: Er wünschte sich die Möglichkeit, Cassandra zu erzählen, daß er dabei gewesen war, an Ort und Stelle, Augenzeuge, als die Leiche aller Leichen im Grönländischen Becken absoff.

»Im Leben würde ich mir das nicht entgehen lassen.«

Am folgenden Morgen um 6 Uhr drängten sich Spruances Piloten und Bordfunker im verqualmten, stickigen Lagebesprechungssaal des Flugzeugträgers.

Oliver fühlte sich auf Anhieb an die episkopalkirchlichen Gottesdienste erinnert, in die ihn seine Eltern daheim in Bala Cynwyd, Pennsylvania, regelmäßig mitgeschleppt hatten: Es herrschten das gleiche bedeutungsschwere Schweigen, eine gleichartige unruhige Andacht, die gleiche Stimmung der Menschen, die sich darauf vorbereiteten, sich Angelegenheiten über Leben und Tod verklickern zu lassen. Alle einhundertzweiunddreißig Militärdrama-Aktivisten saßen in starrer Aufmerksamkeit da, die Fallschirmpacken auf dem Schoß, als wären es Gesangbücher.

Den Rücken gerade wie ein Ladestock, die Backen vor Erregung gebläht, steckte der Spruance-Darsteller die Bruyèrepfeife in den Mund, erstieg das Rednerpult und ruckte an einer Zugschnur, so daß sich eine aus der Vogelperspektive handgezeichnete Abbildung des Gottesleichnams entfaltete (visualisiert mit asiatisch-geheimnisvollem Schmunzeln). »Das ist unser Angriffsziel, Männer – der hinterhältige fernöstliche Golem, Tarnname ›Akagi‹.« Man hatte den *Corpus Dei* mit gespreizten Gliedmaßen gemalt, einer Haltung, die man von da Vincis berühmter, für die Proportionslehre gzeichneter Männergestalt kannte. »Admiral Nimitz' Strategie sieht eine Abfolge zusammengefaßter Luftangriffe gegen zwei verschiedene Ziele vor.« Konteradmiral Spruanca nahm einen Zeigestock aus der Kreideschale und stach damit auf den Adamsapfel der Gestalt. »Torpedobomberstaffel Sechs konzentriert die Anstrengungen auf Ziel A, nämlich diese Zone da, den Bereich zwischen dem zweiten und dritten Halswirbel, in dem es einen Riß zu verursachen gilt, der von der Oberhaut bis in die Kehle reicht. Wenn unsere Berechnungen stimmen, dringt dann Wasser in ›Akagi‹ ein und fließt in größeren Mengen durch die Luftröhre in die Lungen. Gleichzeitig belegt Marine-Kampfbomberstaffel Sechs die Magengegend mit Bomben, um die hier sichtbare Vertiefung – Ziel B, den Nabel – planmäßig zu erweitern, bis die Bauchhöhle aufplatzt.« Indem er den Zeigestock wie eine Reitpeitsche unter den Arm klemmte, wandte sich Spruance an den Geschwaderkommandeur. »Wir greifen in wechselweisen Wellen an. Oberstleutnant McClusky, Sie teilen für diesen Zweck jede Staffel in zwei Pulks auf. Während der eine Pulk sich über dem zugewiesenen Ziel befindet, wird der andere hier bei Mutter Gans betankt und aufmunitioniert. Hat jemand Fragen?«

Leutnant Lance Sharp, ein schmerbäuchiger, angekahlter Mann mit einem undeutlichen Querstreifen bräunlichen Schnurrbarts auf der Oberlippe, streckte die Hand empor. »Mit welcher Art der Gegenwehr haben wir zu rechnen?«

»Das PBY-Flugboot hat völlige Abwesenheit von Jagdschutz und Flakartillerie sowohl auf der *Valparaíso* wie auch dem Golem selbst gemeldet. Wir wollen aber nicht vergessen, wer dieses Ungetüm ausgebrütet hat. Ich gehe davon aus, daß der Feind zur Abwehr Jäger einsetzt, schätzungsweise zwischen zwanzig und dreißig *Zero*-Jagdflugzeuge.«

Major E. E. Lindsey, ein steif-verkrampfter Virginier, der verblüffende Ähnlichkeit mit Richard Widmark hatte, ergriff als nächster das Wort. »Ist wirklich mit feindlichem Jagdschutz zu rechnen?«

»So etwas gehört zur grundlegenden Taktik, um Angriffe auf Flugzeugträger zurückzuschlagen, Mister.«

»Aber haben wir *tatsächlich* gegnerische Jäger zu erwarten, Sir?«

»Am vierten Juno neunzehnhundertzwoundvierzig haben die Japsen höllisch was an Jagdschutz aufgeboten, oder nicht?« Spruance kaute auf dem Glimmholz. »Zum Donnerwetter noch mal, nein«, fügte er dann mehr als nur geringfügig verärgert hinzu, »natürlich in Wirklichkeit *nicht*.«

»Ich habe bezüglich des Angriffs eine Frage zum Vorgehen, Admiral«, rief Wade McClusky. »Sollen wir im Sturz- oder im Tiefflug angreifen?«

»An Ihrer Stelle würde ich in Anbetracht der Unerfahrenheit Ihrer Piloten den Tiefflug vorziehen.«

»Meine Piloten sind nicht unerfahren, Sir. Sie sind sehr wohl zum Sturzflug imstande.«

»Neunzehnhundertzwoundvierzig waren sie unerfahren.« Spruance hielt den Zeigestock schräg über den Brustkorb. »Und achten Sie darauf, von Osten anzufliegen. Auf diese Weise werden die Flakbedienungen von der Sonne geblendet.«

»*Welche* Flakbedienungen?« fragte Lindsey verdutzt.

»Die japanischen Flakbedienungen«, antwortete Spruance.

»Wir sind in der Arktis, Sir«, sagte McClusky. »Hier geht die Sonne nicht im Osten auf, sondern im Süden.«

Im ersten Moment wirkte Spruance verwirrt, ehe sich auf seiner Miene ein Lächeln ausbreitete, das dem Schmunzeln Akagis keineswegs nachstand. »Na, dann machen wir uns diese Eigentümlichkeit zuutze. Fliegen Sie von Süden an und zerbomben Sie den Feind im Sturzflug.«

»Meinten Sie vorhin nicht, Sir«, hakte McClusky ein, »daß wir das Ziel im Tiefflug bombardieren sollen?«

»Sind Ihre Jungs zum Sturzflug unfähig?«

»Neunzehnhundertzwoundvierzig konnten sie's nicht, Sir. Heute haben sie den Sturzflug voll drauf.«

»Ich glaube, wir sollten das Bombardement im Sturzflug vornehmen, was, Hauptmann?«

»Ich bin dafür, Sir«, gab McCluskys zur Antwort.

Spruance bohrte Akagi den Stock in die rechte Seite. »Also los, Jungs, nichts wie auf und abgeschwirrt. Zeigen wir den schlitzäugigen Schweinehunden, wie man Krieg führt!«

Um 7 Uhr 20 begleitete der gutaussehende Darsteller

Oberleutnant Jack Reids den stämmigen Schauspieler, der Leutnant Charles Eaton mimte, sowie Oliver, Pembroke und Flume auf die Barkasse und setzte mit ihnen zu Erdbeere 11 über. Reid nahm im Pilotensitz Platz. Eaton spielte den Copiloten. Sobald sich Pembroke und Flume in die MG-Kuppeln gehockt hatten, tauschten sie die Parkas gegen gleichartig malvenfarbene Schutzwesten aus, hängten sich Kopfhörer um, öffneten einen Aluminium-Kühlbehälter und packten die Grundausstattung eines Picknicks aus: ein kariertes Tischtuch, Papierservietten, Plastikgabeln, flaschenweise Rheingold und mit Happen aus der Kombüse der *Enterprise* gefüllte Tupperware-Dosen. Innerhalb weniger Minuten befand sich das PBY-Wasserflugzeug in der Luft, klomm der verwaschenen Mitternachtssonne entgegen. Das Fernglas in der Hand, kroch Oliver durch die freien Abteilungen, entschied sich zuletzt für den Platz des Bordmechanikers, ein enges Kabuff voller Rost und abgeblätterter Farbe. (Eigentlich waren Flume und Pembroke zu bedauern, überlegte er, niemals konnten sie die vierziger Jahre wirklich erleben, nur ihre vom Verfall angenagten Überbleibsel kennenlernen.) Allerdings bot das große Fenster einen hervorragenden Ausblick auf das Meer und den Himmel. Außerdem saß er hier in Hörweite der Veranstalter.

»Schauen Sie mal, Kapitän Murray dreht *Enterprise* in den Wind«, rief Pembroke ihm zu, während der Flugzeugträger langsam auf Ostkurs ging.

»Vor dem Start eine übliche Maßnahme«, erklärte Flume. »Bei so kurzer Startbahn möchten die Jungs natürlich möglichst kräftigen Wind unter den Tragflächen haben.«

Oberleutnant Reid brachte das PBY-Flugboot auf eine Höhe von 600 Metern und flog danach in ruhiger Fluglage einen weiten Bogen, ermöglichte den Passagieren einen klaren Überblick des Flugdecks. Eine Räummannschaft in grünen Anoraks wimmelte umher, zerhackte mit Picken das Eis und warf die Trümmer mit Kohlenschaufeln über Bord. In gelbe Monturen gehüllte Feuerwehrleute erledigten den Rest, verspritzte aus ihren Schläuchen Ströme flüssigen Enteisungsmittels auf die Startbahn.

»Da geht's los mit Torpedobomberstaffel Sechs«, konstatierte Pembroke, als aus Aufzugschächten zwei *Devastator*-Maschinen mit aufgeklappten Tragflächen zum Vorschein kamen.

Ein Quartett in Blau gekleideter Angehöriger des Bodenpersonals rannte zur vorderen *Devastator* mit der Kennzeichnung 6-T-9, achtete darauf, nicht vom Propellerwind von Bord geweht zu werden, entfernte die Hemmschuhe von den Rädern und klappte die Tragflächen herab; anschließend drehte der Pilot die Maschine um 180° und rollte mittschiffs zum Startplatz. Sobald der Signalgeber mit der Kelle winkte, vollzog der Pilot eine zweite Drehung, brachte den Motor auf Höchsttouren und sauste, wobei Enteisungsmittel von den Rädern sprühte, die Startbahn entlang. Halb befürchtete Oliver, daß das Flugzeug ins Meer stürzte, aber ein gottgefügtes Naturgesetz half mit – Bernouilli-Effekt hieß es, glaubte er – und beförderte 6-T-9 über den Bug hinaus und hoch empor über die Wogen.

»Die *Devastator*-Torpedoflieger brauchen vor den Kampfbombern einen Vorsprung«, sagte Pembroke, während als nächstes 6-T-11 dem schon gestarteten Kameraden in die Lüfte folgte. Beide Flieger umkreisten den Flugzeugträger, warteten auf die übrigen Maschinen. »Eine lahme Mühle, so 'ne *Devastator*. Die Kisten waren schon veraltet, als die ersten Exemplare das Werk verlassen haben.«

Ein Atemstoß des Erschreckens entfuhr Olivers

Kehle, so daß sich das Fenster des Bordmechanikers beschlug. »Ach, veraltet?«

»Na, aber Anlaß zur Sorge gibt's keinen«, behauptete Pembroke.

»Der Golem ist schon so gut wie versenkt«, beteuerte Flume.

»Und sollte alles schiefgehen, bleibt uns immer noch Ersatzplan Neunundzwanzig-Siebenundsechzig.«

»Haargenau. Ersatzplan Neunundzwanzig-Siebenundsechzig.«

»Was sieht Ersatzplan Neunundzwanzig-Siebenundsechzig denn vor?« fragte Oliver.

»Wenn's soweit ist, werden Sie's erleben.«

»Wird Ihnen bestimmt gefallen.«

Paarweise gelangten die *Devastator*-Torpedoflieger auf das Flugdeck, rollten in Position, drehten und starteten. Um 8 Uhr 15 waren die zur ersten Angriffswelle gehörigen Maschinen vollzählig in der Luft, fünfzehn Flugzeuge, die sich in drei Ketten aufteilten. Eine Stimmung mitreißender Unabwendbarkeit wurde spürbar, das Gefühl, den Rubikon überschritten und hinter sich sämtliche Brücken verbrannt zu haben; etwas ähnliches war Oliver nicht mehr widerfahren, seit er und Sally Morgenthau sich 1970 nach einem Grateful-Dead-Konzert gegenseitig von der Jungfräulichkeit befreit hatten. Mein Gott, hatte er damals gedacht, mein Gott, es passiert wirklich und wahrhaftig.

»Geben Sie Gas, Leutnant«, schnauzte Flume in sein Bordfunkmikrofon. »Wir wollen zu dem Tänzchen nicht zu spät eintreffen.«

Der Jack-Reid-Darsteller drehte den Steuerknüppel um 30° und jagte die Motoren auf volle Kraft hoch. Oliver, dessen Puls raste (Es passiert, es passiert wirklich und wahrhaftig!), setzte den Kopfhörer auf. Pembroke blätterte in einer *Stars-and-Stripes*-Ausgabe des Zweiten Weltkriegs. Flume öffnete eine Tupperware-Dose und genehmigte sich ein Sandwich mit Büchsenfleisch und Zwiebeln. Der Darsteller Leutnant Eatons pfiff ›Embraceable You‹ über den Bordfunk. Erdbeere 11 brummte mit 450 km/h – in Höhe der Sonne, schien es – über eine Kette klotziger Eisberge hinweg, schloß sich auf dem Flug über die Norwegische See Major Lindseys tapferer Staffel an.

Während seiner bisher kurzen, aber arbeitsreichen Laufbahn als Vollmatrose hatte Neil Weisinger schon alle erdenklichen Handelsschiffstypen gesteuert, von Lakers – Binnenfrachtkähnen auf dem St.-Lorenz-Seeweg der Großen Seen – bis zu Kühlschiffen, von Massengut- bis zu Ro/Ro-Schiffen, aber noch nie am Steuerrad eines so absonderlichen Wasserfahrzeugs wie der SS *Karpag Maracaibo* gestanden.

»Null-zwo-null steuerbord«, befahl Mick Katsakos, der diensthabende Offizier, ein schwärzlicher Kreter in weißer Glockenhose, ölfleckigem Parka und griechischer Fischermütze.

»Null-zwo-null Steuerbord«, bestätigte Neil den Befehl, stemmte sich gegen das Steuerrad.

Gehört hatte er natürlich schon von solchen Golf-Tankern, die im Persischen Golf verkehrten und deren Ausrüstung daher Rücksicht auf die politische Situation des Nahen Ostens nahm. Ein bis zur Freibordmarke beladener Golf-Tanker beförderte nur halb soviel Fracht wie ein normaler Supertanker, verdrängte jedoch ein Drittel mehr Wasser. Ein einziger Blick auf die Umrisse der *Maracaibo* genügte, um dies Mißverhältnis zu erklären. Auf dem Vordeck standen drei Phalanx-20-mm-Flugabwehrgeschütze; am Heck sechs zwölfrohrige Meroka-Salvengeschütze; am Schanzkleid hingen fünfzig Westland-Lynx-Wasserbomben Typ 5. Was Raketen betraf, hatte die *Maracaibo* das sonst weniger leicht erreichbare Ideal des Multikulturalismus insofern verwirklicht, als ihre Ausstattung folgendes umfaßte: Crotale- und Aspide-Raketen aus Frankreich und Italien, Sea Darts aus Großbritannien, Homing Hawks aus Israel. Seit die Karpag ihre Frachterflotte um ein Dutzend Golf-Tanker erweitert hatte, waren ihre Aktien um elf Punkte gestiegen.

»Recht so«, sagte Katsakos.

»Recht so«, wiederholte Neil.

Eine verflucht haarige Sache war sie, diese Aufgabe, mit hoher Fahrt zwischen den Eisbergen und -schollen der Norwegischen See hindurchzumanövrieren. Trotz seines Rangs als Zweiter Offizier hinterließ Katsakos nicht den Eindruck eines allzu gewitzten oder erfahrenen Seemanns (am Vortag hatte er das Schiff um gut und gerne 28 km vom Kurs abgebracht, ehe er den Fehler bemerkte), und Neil hatte zu ihm hinsichtlich der Führung des Tankers wenig Vertrauen. Inständig wünschte sich Neil, daß der Kapitän der *Maracaibo* sich auf der Brücke einfand und das Kommando übernahm.

»Backbord fünf.«

»Backbord fünf.«

Aber der Kapitän zeigte sich nie auf der Brücke – und auch sonst nirgendwo an Bord. Wie der nichtstoffliche Gott, dem Neil während der selbstgewählten Einsamkeit auf der Van-Horne-Insel dann doch nicht begegnet war, blieb er fern und unnahbar. Gelegentlich bezweifelte er, daß die *Maracaibo* überhaupt einen Schiffer hatte.

An den ersten drei Tagen war Neils Selbstbestrafung erfolgreich verlaufen. Die Sonne hatte angemessen fürchterliche Hitze vom Himmel herabgeglüht, er litt Hunger in verdienter Stärke, sein Durst war angebracht entsetzlich gewesen (nur alle vier Stunden hatte er sich ein Becherchen Tau einverleibt). Er kauerte wie ein irrer, ausgestoßener, spirituell ambitionierter Geier auf dem versteinerten Feigenbaum und warb um die Beachtung des Universums. »Du bist Moses erschienen!« hatte er in den Nebel geheult, bis seine Zunge so ausgedörrt war, daß sich jedes Wort wie ein Wetzstein anfühlte. »Du bist Hiob erschienen! Nun erscheine auch mir!«

Als er aufs Meer hinausblickte, hatte Neil zu seiner Entgeisterung einen schwerbeladenen Golf-Tanker gesehen, der in derselben Bucht, aus der kurz zuvor die *Valparaíso* ausgelaufen war, vor Anker lag. Eine Stunde später war am Fuß des Baums ein Falstaff-Typ mit schlechtem Teint aufgekreuzt, umwoben von den ewigen Nebelschwaden der Insel.

»Wer sind denn *Sie*?« hatte sich der Fremde mit wohlklingendem italienischen Akzent erkundigt. Ockerfarbener Sand pappte an seiner Soutane, machte den Glanz der schimmernd roten Seide stumpf.

»Vollmatrose Weisinger von der Handelsmarine der Vereinigten Staaten«, hatte Neil in der festen Überzeugung gemurmelt, gleich in Ohnmacht zu sinken.

»Ich bin Kardinal Tullio di Luca vom Vatikan. Sie dürfen mich mit ›Eminenz‹ anreden. Gehören Sie zur *Karpag Valparaíso*?«

»Nicht mehr.« Neil erlitt einen Schwindelanfall. Er sorgte sich, er könnte vom Baum stürzen. »Ich bin hier gestrandet, Eminenz. Als ich die *Valparaíso* das letzte Mal gesehen habe, hat sie Kurs aufs Polarmeer genommen.«

»Komisch. Ihrem Kapitän ist die Anweisung zugegangen, zu dieser Insel zurückzukehren. Anscheinend folgt er seinem eigenen Stern.«

»Offensichtlich.«

»Hat van Horne Sie hier ausgesetzt?«

»Ich bin aus freien Stücken auf der Insel geblieben.«

»So?«

»Um Gott zu finden«, erklärte Neil. Die Krater in

Kardinal di Lucas Gesicht erinnerten an ein Ausmalbild für Kinder, auf dem Punkte durch Striche verbunden werden mußten. Welches Sternbild mochte sich zeigen, wenn man Linien von einer zur anderen Pockennarbe zog? Ophiuchus, vermutete Neil: Schlangenträger. »Den Gott jenseits Gottes. Den Gott der Vieruhrwache. *En Sof*.«

»Sie sind der Meinung, Gott wäre in einem Baum zu finden?«

»Moses ist ihm in einem Dornbusch begegnet, Eminenz.«

»Möchten Sie eine Heuer, Vollmatrose Weisinger?«

»Ich möchte Gott schauen.«

»Schön, ja, aber sind Sie an einer Heuer interessiert? Die *Maracaibo* mußte auslaufen, bevor wir Zeit zum Zusammenstellen einer optimalen Besatzung hatten. Ich kann Ihnen einen Steuermannsposten anbieten.«

Hunger zerfraß Neils Magen. Seine Gurgel schrie nach Wasser. Er hielt es für möglich, daß es nur noch wenige Stunden dieser Leiden erforderte, um das Geäst mit *En Sof* zu entflammen.

Allerdings...

»Die Besatzung der *Maracaibo* glaubt«, sagte di Luca, »van Hornes Schleppgut wäre eine Filmrequisite, und der Heilige Stuhl hätte die Absicht, die Fertigstellung des Films zu verhindern. Schließen Sie sich uns an, Mr. Weisinger. Anderthalbfache Heuer für Überstunden.«

Der Herr, so hatte Neils Schlußfolgerung gelautet, wirkte durch vielerlei, nicht nur durch brennende Dornbüsche und versteinerte Bäume. YHWH entsandte Engel, schrieb Warnungen an Wände, gab den Häuptern der Propheten Träume ein. Vielleicht schickte er ab und zu sogar die Katholische Kirche vor. Indem er Tullio di Lucas Weg auf diese Insel gelenkt hatte – das war Neil mit einer Aufwallung der Freude klar geworden –, gedachte der Gott der Vieruhrwache ihm höchstwahrscheinlich mitzuteilen, daß er sein Leben weiterführen sollte...

»Steuerbord zehn.«

»Steuerbord zehn«, wiederholte Neil.

»Recht so.«

»Recht so.«

Mit einem Quietschen öffnete sich hinter Neil die Tür. Ein stechender Geruch, dessen Quellen der holzigen Qualm eines Zigarillos und menschlicher Schweiß waren, wehte zur Brücke herein.

»Wie ist der Kurs, Katsakos?« Eine tiefe, barsche Männerstimme.

Der Zweite Offizier nahm Haltung an. »Null-eins-vier, Sir.«

Neil wandte sich um. Dank der breiten Schultern, dem kerzengeraden Rücken und des löwenmähnigen Kopfs, der unter der Kapuze des grell-lila Parkas hervorschaute, wirkte der Schiffer der *Maracaibo* aristokratisch, ja sogar majestätisch. Obwohl sein Gesicht das Alter nicht verleugnen konnte, sah er erstaunlich gut aus: Unter einer hohen Stirn saßen dunkelbraune Augen, zwischen ausgeprägten Wangenknochen hatte er eine Adlernase.

»Geschwindigkeit?«

»Fünfzehn Knoten, Sir«, antwortete Katsakos.

»Erhöhen Sie auf siebzehn Knoten.«

»Halten Sie das für unbedenklich, Kapitän van Horne?«

»Wenn *ich* auf der Brücke stehe, ist es unbedenklich.«

»Er hat Sie ›van Horne‹ genannt«, plapperte Neil unwillkürlich, während Katsakos die Hebel betätigte.

»Selbstverständlich.« Der Schiffer der *Maracaibo* paffte am Zigarillo. »Mein Name ist Christoph van Horne.«

»Der Kapitän, bei dem ich zuletzt gefahren bin, hieß auch van Horne, Anthony van Horne.«

»Ich weiß«, gab der Alte zur Antwort. »Di Luca hat mich informiert. Mein Sohn ist ein guter Seemann, aber ihm fehlt... Wie soll ich's nennen? Ihm fehlt's eben 'n bißchen an Grips.«

»Anthony van Horne...?« überlegte der Zweite Offizier laut. »War er nicht Kapitän der *Valparaíso*, als dem Tanker die Ladung in den Golf von Mexiko geleckt ist?«

»Soweit ich gehört habe, war's hauptsächlich die Schuld der Karpag«, sagte Neil. »Zu kleine, überlastete Besatzung...«

»Nehmen Sie ihn nicht in Schutz. Wissen Sie, was er jetzt befördert? Eine elende Kintopp-Requisite. So was...« Der Kapitän drückte den Zigarillo auf dem Zwölfmeilenradar aus. »Sagen Sie, Mr. Weisinger, sind Sie eine Teerjacke, auf die ich mich verlassen kann?«

»Ich glaube, ja.«

»Und sind Sie je in 'm Sturm am Steuer gestanden?«

»Erst am vierten Juli habe ich die *Valparaíso* mitten durch den Hurrikan Beatrice gesteuert.«

»Mitten hindurch?«

»Ihr Sohn wollte binnen zwölf Tagen von der Raritan-Bucht in den Golf von Guinea gelangen.«

»Was für eine Bekloppheit«, meinte der Kapitän. Ein gewisser Vaterstolz minderte jedoch, hatte Neil das Gefühl, seine Empörung. »Haben Sie's innerhalb dieser Zeitspanne geschafft?«

»Wir haben unterwegs gestoppt, um eine Schiffbrüchige zu bergen.«

»Aber Sie *hätten* die Frist eingehalten?«

»Da bin ich mir weitgehend sicher.«

»In bloß zwölf Tagen?«

»Jawohl, Sir.«

Christoph van Horne lächelte, so daß sich das gesamte, faltige Fleisch seines stattlichen Gesichts verzog. »Hören Sie zu, Vollmatrose Weisinger, wenn wir die *Valparaíso* endlich einholen, sind Sie der Mann, den ich am Steuerrad haben will.« Er senkte die Stimme zu einem Flüstern. »Ich müßte mich gewaltig irren, sollten wir nicht 'n paar gewagte Manöver durchführen müssen.«

Am 16. September, als die *Valparaíso* den 71. Breitengrad überquerte, merkte Cassie Fowler – um 19 Uhr 15 –, daß sie sich verliebt hatte. Sie machte die Entdeckung in einem Moment der Ruhe, während sie und Anthony am Schanzkleid standen und zuschauten, wie sich der Bug des Tankers, vergleichbar mit der Schneide einer Axt, durch die Fluten zwischen zwei kolossalen Eisbergen schob. Hätte sie die Feststellung in der Hitze ihrer sexuellen Betätigung getroffen (und dazu war in letzter Zeit reichlich Gelegenheit gewesen, praktisch betrieben sie eine Orgie im Zeitlupentempo, deren Ort sich fand, wo gerade die Lust sie befiel: von Anthonys Kabine über die Vordeck-Stauräume bis hin zu dem beispiellosen Garten, den Sam Follingsbee unter Deck angelegt hatte), wäre sie von ihr als haltlose endogene Täuschung abgetan worden, etwas ähnliches wie das Phänomen, das Sterbende dazu verleitete, Sauerstoffmangel mit dem Glanz des Himmels zu verwechseln. Doch dieses Gefühl hatte gewissermaßen Hand und Fuß. Sie erlebte den Ernstfall. Was für ein Durcheinander es verursachte, verflixt noch mal, gerade den Mann zu lieben, der den Auftrag erhalten hatte, das seit dem Brief des Apostels Paulus an die Epheser übelste frauenfeindliche Überbleibsel der Patriarchenreligion für die Nachwelt zu konservieren.

»Heutzutage ist die Arktis eine bekannte Größe«,

sagte Anthony. »Aber man kann sich gar nicht vorstellen, wieviel Leid und Menschenleben es gekostet hat, diesen Teil der Erdkugel zu kartografieren.«

Zwar drängte schon Cassies Neugier sie dazu, ihm ihre Leidenschaft unverzüglich einzugestehen – Ob er lachte? In Panik geriet? Es ihm die Sprache verschlug? –, ihre politischen Überzeugungen mahnten sie jedoch zum Abwarten. Falls sie richtig gerechnet hatte, mußte heute morgen Olivers Angriff auf die Fracht stattfinden. Es wäre Dummheit, zu diesem Zeitpunkt, indem sie Anthony romantische Bekenntnisse entlockte, einen inneren Zwiespalt zu riskieren. Wenn seine eventuellen Liebesbeteuerungen glaubwürdig genug ausfielen, verlor sie vielleicht sogar die Nerven; eilte sie im schlimmsten Fall ans Funkgerät der *Valparaíso* und nahm mit der *Enterprise* Verbindung auf, um Oliver zum Abblasen des Angriffs zu überreden.

»Im vergangenen Jahrhundert hat die Mehrzahl der Geographen, die sowieso alle Stubenhocker waren, noch geglaubt, es gäbe am Nordpol 'n offenes, eisfreies Meer.«

»Woher hatten sie denn *die* Idee?« fragte Cassie.

»Im Atlantik fließt der Golfstrom, ja? Und auf der anderen Seite der Erde haben die Japaner den Kuroshio, die große Schwarze Flut. Diese Geographen bildeten sich ein, diese beiden Strömungen reichten bis in den hohen Norden, schmölzen die Eisberge und Eisschollen und vereinten sich dort zu einem ausgedehnten, warmen Meer.«

»Es gibt doch nichts so Unheilvolles wie Wunschdenken.«

»Ja, aber immerhin war's 'n *schöner* Wunsch. Ich meine, welcher Kapitän könnte sich mit einer solchen Vorstellung nicht anfreunden? Man steuert das Schiff durch die Bering-Straße, findet im Eis ein unbekanntes Schlupfloch, überquert die Oberseite der Welt...«

Statikgeknister lenkte Anthonys Aufmerksamkeit auf das an den Werkzeuggürtel gehakte Walkie-talkie.

»Kapitän bitte auf die Brücke!« schrie Marbles Rafferty. »Wir brauchen Sie hier oben, Sir.«

Anthony packte den Sprechfunkapparat, drückte die SENDE-Taste. »Was'n los?«

»Flugzeuge, Sir.«

»Flugzeuge?«

»Flugzeuge, Kapitän, und zwar solche, die im Zweiten Weltkrieg geflogen wurden.«

»Was soll denn der Quatsch?!«

»Kommen Sie rauf, Sir!«

Flugzeuge, dachte Cassie, folgte Anthony aus dem Bug-Ausguck auf den vereisten Laufsteg. Wie herrlich, Oliver hatte die Aktion wirklich auf die Beine gestellt! Wenn alles reibungslos ablief, lauerte das neue Mittelalter, noch ehe der Tag verging, nicht mehr an Rande der Menschheitsgeschichte, drohte es sich kein zweites Mal durchzusetzen.

»Flugzeuge«, brummte Anthony, während er in die Aufzugkabine hastete. »Gegenwärtig kann ich keine *Scheißflugzeuge* in meinem Leben gebrauchen.«

»Vielleicht kommen sie mit nützlicherem Auftrag, als du glaubst«, meinte Cassie. Während sie nach Deck 7 hinauffuhren, kam ihr ein eigenwilliger Gedanke. Mochte es möglich sein, ihn auf ihre Seite zu ziehen? Könnte es gelingen, wenn sie ihre gescheitesten Argumente aufbot, ihn zu der Einsicht zu bewegen, daß es wichtiger war, den Leichnam aus der Weltgeschichte zu entfernen, anstatt ihn in ein Grab zu legen? »Und vielleicht ist *deine* Aufgabe in Wahrheit keineswegs so positiv zu bewerten.«

Sie verließen den Lift, eilten durchs Steuerhaus – am Steuerrad stand An-mei Jong – in die Steuerbord-

Brückennock, wo der stets mürrische Marbles Rafferty durchs Fernglas nach achtern spähte und dumpfe Laute der Bestürzung ausstieß.

Cassie blickte in den Süden. Drei getrennte Ketten von Torpedofliegern kreisten über den Eisbergen, flogen überm eisbedeckten Hals des *Corpus Dei* hin und her, während in mehreren Kilometern Höhe über dem Meer ein Pulk lautstarker Sturzkampfbomber zusätzlich eine Attacke auf den gefrorenen Nabel der Leiche vorbereiteten. Wundervolle Schwingungen der Begeisterung durchrieselten Cassie, als hallten Schlachtgesänge durch ihren Körper, entzückten sie um der Sache willen und ebenso aufgrund ihrer Bedeutung: Trotz ihrer Liebe zu Anthony und der verschiedenerlei immanenten moralischen und psychologischen Ungereimtheiten der Aktion gegen den *Corpus Dei* gab sie nicht klein bei.

Rafferty hielt das Fernglas an Anthony van Hornes Brust. »Sehen Sie, was ich meine?« jammerte der Erste Offizier und zeigte südwärts, während der Kapitän das Bushnell-Fernglas an die Augen hob und am Rändelrad scharfstellte. »Die Maschinen dort überm Bauch sind alte SBD-Zwo-*Dauntless*-Sturzkampfbomber, glaube ich, und am Hals schwirren TBD-Eins-*Devastator*-Torpedoflieger umher. Beide Maschinen ... Ich schwöre es, Kapitän! Beide Typen sind Ende der dreißiger Jahre gebaut worden. Das ist ja wie in *Der letzte Countdown*, nur umgekehrt.«

»Recht so, Sir?« rief An-mei Jong aus dem Steuerhaus ins Freie.

»Nein, drehen!« schnauzte Anthony. Ihm lief das Gesicht rot an, sein Blick ruckte nach allen Seiten. »Hart Backbord! Ausweichmanöver einleiten!«

»Du *kannst* der Sache nicht ausweichen«, sagte Cassie.

»Rafferty, ans Manöverpult! Stütz!«

»Aye, Sir!«

Der Erste Offizier beeilte sich ins Steuerhaus. Anthony packte Cassies Unterarm, drückte so gewaltsam zu, daß sie den Druck sogar durchs Gänsedaunenfutter des Parkas spürte. »Was soll das heißen, ich kann nicht ausweichen?« fragte er.

»Du tust mir weh.«

»Ist dir bekannt, woher die Flugzeuge kommen?«

»Klar.«

»Und woher?«

»Laß meinen Arm los«, beharrte Cassie. Er tat es. »Sie gehören Pembroke und Flumes Zweiter-Weltkrieg-Militärdrama-Gruppe.«

»Pembroke und wer? Was?«

»Sie handeln im Auftrag.«

»In wessen Auftrag?«

»Meiner Freunde.«

»*Deiner* Freunde? Redest du von Oliver?«

»Du mußt die Angelegenheit richtig verstehen, Anthony. Ob tot oder lebendig, diese Gestalt da ist eine Gefahr für die Menschheit. Sollte die Allgemeinheit je von ihr erfahren, ist es mit dem Verstand aus und mit der Gleichheit der Frau vorbei. Es genügt nicht, die Leiche zu bestatten, sie muß im Grönländischen Becken versenkt und der Verwesung überlassen werden. Sag mir, daß du's verstehst.«

Hochaufgerichtet stand er vor ihr, bleckte die zusammengebissenen Zähne. »Verstehen? So was soll ich *verstehen*?«

»Ich bin der Ansicht, das ist nicht zuviel verlangt.«

»Wie konntest du mich derart bescheißen?«

»Das Patriarchat bescheißt mein Geschlecht seit viertausend Jahren.«

»Wie konntest du, Cassie? Wie *konntest* du nur?«

Sie blickte ihm fest in die Augen. »Eine Frau muß tun«, entgegnete sie, »was sie tun muß.«

Einen Moment lang verharrte Cassies Geliebter, starr vor Wut, noch auf der Brückennock.

Schachmatt, dachte sie.

Dann fuhr er zum Steuerhaus herum. »Ausweichmanöver!« schrie er zu Jong hinein. »Hart Backbord!«

»Den Befehl haben Sie schon gegeben, Sir.«

In enger V-Formation schwenkten fünf *Devastator*-Maschinen aus Westen ein und flogen schnurstracks auf den Hals des *Corpus Dei* zu, klinkten rund 300 m vor dem Ziel die Torpedos aus. Geschmeidig und flink sausten die Torpedos durchs Wasser, ihre Antriebsschrauben versprudelten weißlichen Schaum. Eines nach dem anderen trafen die Geschosse Fleisch und detonierten, so daß Fontänen kochendheißer Lymphdrüsen und Geysire zerfetzen Gewebes emporsprühten. Cassie lachte, stieß ein langgezogenes Jauchzen aus. Endlich kapierte sie es. *Das* war es, warum Männer soviel Aufwand veranstalteten, um im Leben Feuer und Wirrnis zu organisieren – die mitreißende Raserei der Zerstörung, der hochgradig kurzweilige Unterhaltungswert des Vernichtens, das Besoffenwerden durch den Krieg, das Schmieröl der Geschichte. Wahrscheinlich existierten auf der Erde viele Arten ähnlich erregenden Zeitvertreibs, auch weniger gewalttätige, aber man sehe sich nur an, was für ein wunderbares Schauspiel sich bot, was für eine ungeheure Dramatik sich da entfaltete!

Schließlich drehte der Tanker, schnitt einen weiten Bogen aus Gischt durch die Norwegische See, und notgedrungen folgte der *Corpus Dei*.

»Alles herhören«, rief Anthony ins Mikrofon der Sprechanlage. »Alles herhören! Zwei Staffeln feindlicher Flugzeuge bombardieren unser Schleppgut. Die *Valparaíso* schwebt in keiner Gefahr. Wir nehmen ein Ausweichmanöver vor. Ich wiederhole: Die *Valparaíso* ist nicht in Gefahr.«

Cassie gab ein geringschätziges Prusten von sich. Von ihr aus sollte er von einem ›Ausweichmanöver‹ faseln, aber mit läppischen neun Knoten Geschwindigkeit glich das Schiff einer lahmen Ente.

»Ich habe dich aus dem Meer gezogen!« Anthony fuchtelte mit dem Fernglas vor Cassies Gesicht, als wäre ihm danach, es ihr auf die Nase zu dreschen. »Mit meinen Meskal-Würmern habe ich dich gefüttert!«

Cassie wußte nicht, über wen sie sich mehr ärgerte, über Anthony oder sich selbst. Wie naiv von ihr, wie umwerfend einfältig, zu glauben, er könnte sich ihrer Einstellung anschließen. »Verflixt noch mal, ich wußte doch, daß du das Wesentliche übersiehst, ich *wußte* es…« Sie entwand ihm das Fernglas und richtete es auf ein Wasserflugzeug, das hoch über der Stirn des *Corpus Dei* seine Kreise zog. Flüchtig hatte sie in der Phantasie Oliver vor Augen – den trotz fliehenden Kinns doch unheimlich liebenswerten Oliver, wie er steuerbords am Fenster saß und einem Achterbahnfahrer ähnelte, der sich gleich übergeben mußte. »Also wirklich, Anthony, du nimmst den Angriff viel zu persönlich. Reg dich ab. Du hast darauf überhaupt keinen Einfluß mehr.«

»Nichts liegt außerhalb meiner Einflußmöglichkeit!« grollte er.

Um 9 Uhr 35 schlug eine Kette von sechs Sturzkampfbombern zu, die Motoren heulten, während die Maschinen über die Tragflächen kippten und herabrasten, ihre Bombenladung auf die Magengegend des Leichnams abluden und Cassie dabei an Blaufußtölpel erinnerten, die über St. Paul's Rocks abkoteten. Bei jedem Volltreffer schoß eine unregelmäßige Säule aus geschmolzenem Eis und verdampfter Haut himmelwärts.

»Was geht denn da vor?« wünschte Pater Thomas zu

erfahren, der soeben in Begleitung der gleichermaßen ratlosen Dolores Haycox völlig perplex die Brückennock betrat.

»Die Schlacht von Midway«, antwortete Cassie.

»Ach du lieber Gott«, murmelte Haycox.

»Auf Veranlassung des Vatikans?« fragte Pater Thomas.

»*Sie* haben hier nichts zu suchen!« maulte Anthony ihn an.

»Ich habe Sie davor gewarnt«, erwiderte der Priester, »sich mit Rom anzulegen.«

»Scheren Sie sich fort!«

»Diesmal steckt die Kirche nicht dahinter«, setzte Cassie den Geistlichen in Kenntnis.

»Und wer sonst?« fragte Pater Thomas.

»Die Aufklärung.«

»Fort mit Ihnen, sage ich!« tobte Anthony, wankte auf die Dritte Offizierin zu. »Öhrchen soll her, und zwar augenblicklich!«

»Ach du lieber Gott«, jammerte Haycox noch einmal und rannte ins Steuerhaus.

Die beiden nächsten Schläge erfolgten zur gleichen Zeit, eine Kette Torpedoflugzeuge erweiterte systematisch die Halswunde des *Corpus Dei*, während eine zweites Kette Flieger, Sturzkampfbomber, hartnäckig die Bauchverletzung vertiefte.

»Ich muß gestehen, mit einem besonders ausgefeilten Gespür für Politik habe ich mich nie gebrüstet«, bekannte Pater Thomas.

»Mit Politik hängt's gar nicht zusammen«, schnaubte Anthony. »Dieses Debakel haben wir feministischer Paranoia zu verdanken.« Noch einmal ergriff er Cassies Unterarm. »Ist dir klar, daß der Leichnam uns, wenn dein kleiner Freund Erfolg hat, mit sich hinabzieht?«

»Keine Sorge, die Schleppketten werden auch noch bombardiert. Bitte nimm deine Wichsgriffel von mir.«

Lianne Bliss, auf dem Gesicht ein breites, krauses Lächeln, kam auf die Brückennock. »Zu Befehl, Sir?«

»Diese Flugzeuge wollen unser Schleppgut versenken«, heulte Anthony.

»Ich seh's, Sir.«

»Funken Sie den Kommandeur an.«

»Aye-aye, Sir.«

»Hallo, Lianne«, sagte Cassie.

»Morgen, Liebchen.«

»Scheiße, haben *Sie* etwa auch dabei mitgemischt, Öhrchen?« erkundigte sich Anthony.

Lianne zog den Kopf ein. »Ich muß zugeben, ich bringe dem Vorgehen der Flugzeuge eine gewisse Sympathie entgegen, Sir«, gestand sie, ohne seine Frage direkt zu beantworten. »Der Leichnam verkörpert eine Bedrohung für die Frauen der ganzen Welt.«

»Beachte doch mal das Vorteilhafte«, empfahl Cassie dem Schiffer. »Normalerweise mußt du sechzig Dollar berappen, wenn du 'ne Militärdrama-Veranstaltung Pembrokes und Flumes anschauen möchtest.«

»Rufen Sie den Kommandeur an, Öhrchen!«

Oliver fand gar keinen Spaß an der Schlacht von Midway. Sie verlief lautstark, konfus und eindeutig lebensgefährlich. »Müssen wir *so nah ran*?« wandte er sich über Bordfunk an Oberleutnant Reid. Gerade dröhnte die dritte Welle der *Devastator*-Torpedoflieger aufs Ziel zu, die fünf Maschinen überquerten das Deckhaus des in sinnlosem Ausweichen begriffenen Supertankers und verschossen ihre Torpedos stracks auf Gottes Hals. Jede Explosion brachte Erdbeere 11 ins Schlingern, das Flugboot wackelte und schlackerte wie eine von Schrot durchsiebte Gans. »Warum schauen wir uns die Sache nicht« – Olivers Zeigefinger zitterte, als er in die Höhe wies – »von weiter oben an? Vielleicht von dort über dem großen Eisberg.«

»Hören Sie nicht auf ihn, Leutnant«, sagte Pembroke, der eine Schüssel Makkaroni-Nudelsalat spachtelte.

»Sie müssen erst noch in die richtige Stimmung kommen, Mr. Shostak«, meinte Flume und schob sich ein gefülltes Ei in den Mund.

»Das ist ja vielleicht 'n Riesengolem, was?« staunte Pembroke.

»Ich wette«, spekulierte Flume, »man könnte 'n Pershing-Panzer durch die Harnröhre fahren, ohne die Kotflügel zu verbeulen.«

»Mein Gott«, empörte sich Pembroke, »was für ein heimtückisches asiatisches Lächeln ...!«

Während die letzte *Devastator* abdrehte, schnatterte fröhliches Stimmengewirr aus dem Funkempfänger des Flugboots; fünf durch höchste Erfüllung ihrer kreativen Neigungen berauschte Militärdrama-Aktivisten sangen sich ein Loblied der Selbstverwirklichung.

»Für diese Leistung kippen wir uns einen hinter die Binde, Kameraden.«

»Mann, war das ein prächtiger Feuerzauber.«

»Einfach Klasse, wie wir dem was übergebraten haben.«

»Hei-cha-cha-cha!«

»Das Bier geht auf mich, Jungs.«

Inzwischen suchte die dritte Kette *Dauntless*-Sturzkampfbomber die Ausgangsposition für ihr Bombardement, stieg zügig in eine Höhe von 900 Metern. Trotz der Benommenheit, die ihm die Furcht verursachte, merkte Oliver, daß der Luftangriff gut verlief. Besonders beeindruckte ihn die beinahe vergessene Kunst des Sturzflugbombens, die geschickte, schonungslose Weise, wie die *Dauntless*-Piloten ihre Flugzeuge in bemannte Geschosse verwandelten, sich aus den Wolken in die Tiefe schwangen, kopfüber der Leibesmitte des *Corpus Dei* entgegenrasten und die Maschine erst im

Moment des Bombenabwurfs hochrissen, um den Aufprall zu vermeiden – eine wirklich prachtvolle Darbietung, die fast die 17 Millionen Dollar wert war, die sie Oliver kostete.

Die Kette *Dauntless*-Sturzkampfbomber sauste aufs Ziel herab, belegte den Nabel des *Corpus Dei* mit Sprengbomben. Auf Gottes Bauch wütete ein orangeroter Tornado, spie Qualm und Flammen.

»Einfach schön!« schnaufte Pembroke.

»Wir haben's geschafft, Sidney«, quiekte Flume. »Das ist unser Meisterstück.«

»Das können wir nicht mehr überbieten, nicht mal mit 'ner D-Day-Inszenierung.«

»Es *haut* mich *um*!«

Plötzlich drang in Erdbeere 11 eine dunkle Frauenstimme aus dem Funkempfänger. »*Valparaíso* ruft Fliegerkommandeur. Fliegerkommandeur, bitte melden!«

Sofort meldete sich der Kommandeur der Marineflieger-Torpedobomberstaffel 6. »Hier spricht Major Lindsey, Marinefliegerkorps der Kriegsmarine der Vereinigten Staaten von Amerika«, sagte er in einem Ton, der gleicherweise Neugierde und Feindseligkeit bezeugte. »Ich höre, *Valparaíso*.«

»Kapitän van Horne möchte mit Ihnen sprechen.«

Die Stimme, die anschließend aus dem Funkempfänger ertönte, war dermaßen mit Wut geladen, daß Oliver sich ohne weiteres vorstellen konnte, im Funkgerät platzten die Röhren, Glassplitter stoben durch die Pilotenkanzel.

»Dürfte ich wohl mal erfahren, was Sie hier treiben, Lindsey?«

»Ich erfülle meine patriotische Pflicht. Ende.«

»Einen Scheiß tun Sie!«

»Was Sie tun, ist Scheiße. Ende.«

»Sie haben keinerlei Recht, meine Fracht zu vernichten!«

»Und Sie haben kein Recht, die amerikanische Wirtschaft zu untergraben. Auf Ihr gutes Englisch falle ich doch nicht rein! Warum können die Japsen eigentlich nie, nie, nie fair sein?! Ende.«

»Japsen? Wovon reden Sie eigentlich?«

»Sie wissen genau, was ich meine«, erwiderte Lindsey. »Amerika gebührt auf der Welt der erste Platz. Ende und Aus.«

»Halt, bleiben Sie dran, Sie dämlicher Luftakrobat!«

Während die beiden Staffeln abdrehten und westwärts nach Point Luck umkehrten, kreiste Erdbeere 11 über dem Leichnam, flog von der Nase bis zu den Knien einen langsam-gemächlichen Kreis. Der Bauchnabel, beobachtete Oliver, war jetzt wesentlich größer, bildete einen Trichter von gut und gerne 200 m Durchmesser, in dem die Fluten der Norwegischen See sich sammelten wie Badewasser im Abfluß. Auch im Hals klaffte ein enormer Krater, eine Grube aus geborstenem Eis und zersprengtem Fleisch. Das einzige Problem war – wenigstens nach Olivers zugegebenerweise laienhaftem Urteil –, daß Gott nicht sank.

»Den Nabel haben unsere Marineflieger ja richtig tüchtig zerbombt«, stellte Pembroke fest.

»Mariniert«, sagte Flume in knochentrockenem Tonfall.

»He, der Witz gefällt mir, Albert.«

»Weshalb sieht man so wenig Blut?« fragte Oliver.

»Keine Ahnung«, gestand Pembroke, verputzte den Rest des Makkaroni-Nudelsalats.

»Ist es gefroren?«

»Die Bomben hätten's getaut.«

»Und wo *ist* es?«

»Wahrscheinlich hat der Golem gar kein Blut«, vermutete Flume. »Blut ist 'n kompliziertes Zeug. Ich denke mir, nicht mal Mitsubishi kann welches fabrizieren.«

Aus dem Funkempfänger erklangen, während das PBY-Flugboot die linke Brust des *Corpus Dei* überquerte, erneut Stimmen. »Geheimer Eichkater an Mutter Gans«, rief Lindsey. »Geheimer Eichkater an Mutter Gans.«

»Hier Mutter Gans«, meldete sich auf der *Enterprise* der Konteradmiral-Spruance-Darsteller.

»Vor zehn Minuten haben wir die letzten Eier gelegt. Ende.«

»Und Marineflieger-Staffel Sechs?«

»Das gleiche. Wir fliegen zurück zur Wiederbeladung. Ende.«

»Wie ist die Lage?«

»Sir, vielleicht hören die Japsen mit.«

»Kein Geleitschutz, stimmt's?« entgegnete der Spruance-Darsteller. »Keine Bofors-Flak.«

»Ziele A und B sind schwer getroffen worden, Sir«, gab Lindsey durch. »Sehr schwer. Ende.«

»War Akagi am Sinken, als Sie abgedreht haben?«

»Nein, Sir.«

»Dann gehen wir zu Ersatzplan Neunundzwanzig-Siebenundsechzig über«, antwortete Spruance.

»Ersatzplan Neunundzwanzig-Siebenundsechzig«, wiederholte Lindsey. »Glänzender Einfall, Sir.«

»Die zweite Angriffswelle befindet sich zur Zeit am Start, McClusky fliegt mit der *Dauntless*-Staffel und hat das Kommando. Nach neun Uhr fünfundvierzig können wir Sie jederzeit in Empfang nehmen. Ende.«

»Ende, Mutter Gans. Ende und Aus.«

»Erklären Sie mir *jetzt*«, fragte Oliver, »woraus Ersatzplan Neunundzwanzig-Siebenundsechzig besteht?«

»Er sieht eine alternative Strategie für den Notfall vor«, sagte Pembroke.

»*Welche* Strategie?«

»Die knallhärteste Strategie, die man sich überhaupt denken kann«, antwortete Flume.

Um 11 Uhr 20 erschien am westlichen Horizont die zweite Angriffswelle – drei Ketten Torpedoflieger näherten sich knapp überm Meeresspiegel, und gleichzeitig flogen mehrere Kilometer höher drei Ketten Sturzkampfbomber an.

»Oberstleutnant McClusky, Marineflieger-Geschwader Sechs, an Kapitän van Horne, *Valparaíso*«, zirpte die Stimme des Schauspielers schwach aus dem Funkgerät des PBY-Flugboots. »Hören Sie mich, van Horne? Ende.«

»Hier van Horne, Sie Arschloch.«

»Eine Frage, Kapitän. Ist *Valparaíso* mit der vorschriftsmäßigen Anzahl von Rettungsbooten ausgestattet?«

»Was geht das Sie an?«

»Das heißt *ja*, wenn ich Sie recht verstehe. Ende.«

»Lassen Sie bloß mein Schleppgut in Ruhe!«

»Kapitän, nehmen Sie bitte zur Kenntnis, daß wir um elf Uhr fünfzig Reserveplan Neunundzwanzig-Siebenundsechzig zur Durchführung bringen, und das bedeutet, daß eine Kette *Devastator*-Marineflieger die *Valparaíso* mit Torpedos des Typs römisch acht angreift. Ich wiederhole: Um 11 Uhr 50 wird Ihr Schiff von einer Kette...«

Oliver taumelte vom Platz des Bordmechanikers hoch und schwankte geduckt in die Richtung der MG-Stände. »McClusky kündigt an, daß er die *Valparaíso* angreifen will!«

»Ich weiß«, sagte Pembroke und grinste.

»Das entspricht genau Reserveplan Neunundzwanzig-Siebenundsechzig«, erklärte Flume, zwinkerte Oliver zu.

»Er darf die *Valparaíso* auf keinen Fall angreifen«, stöhnte Oliver.

»*Valparaíso*, nicht ›die‹ *Valparaíso*.«

»Das kann er doch unmöglich machen!«

»Pssst«, zischte Pembroke.

»Sie haben dreißig Minuten Zeit, um das Schiff zu verlassen«, knisterte McCluskys Stimme aus dem Funkempfänger. »Wir empfehlen Ihnen dringend, Ihre Offiziere und die Besatzung aus dem Wasser fernzuhalten, dessen Temperatur bei ungefähr minus zehn Grad liegt. Der außer Dienst stehende Flugzeugträger *Enterprise* wird Sie innerhalb von zwei Stunden bergen. Ende.«

»Verfluchter Scheißer«, polterte van Horne, »ich gebe doch nicht mein Schiff auf!«

»Wie Sie wünschen, Kapitän. Ende.«

»Stecken Sie sich Ihre Torpedos in den Arsch, McClusky!«

Pembroke aß ein Radieschen. »Reserveplan Neunundzwanzig-Siebenundsechzig ist unser letzter Trumpf«, bekannte er, »also ist seine Anwendung angesichts der Umstände unumgänglich.«

»Wenn der Tanker sinkt«, erläuterte Flume, während er an einem Hähnchenschenkel nagte, »reißt er den Golem mit hinab, auf alle Fälle tief genug, um zu bewirken, daß Wasser in die Wunden fließt.«

»Und dann füllen sich endlich Lungen und Magen.«

»Und damit...«

»Schwuppdiwupp – unser Auftrag ist erledigt.«

Oliver packte Flume an den Schultern, schüttelte den Militärdrama-Veranstalter, als müßte er ihn aus festem Schlaf wecken. »Meine Freundin ist auf der *Valparaíso*!«

»Na klar«, spöttelte Pembroke.

»Nehmen Sie augenblicklich Ihre Hände weg«, verlangte Flume.

»Das ist mein Ernst!« schrie Oliver, ließ von Flume ab, wippte erregt auf den Fußballen. »Fragen Sie van Horne! Erkundigen Sie sich bei ihm, ob er jemanden namens Cassie Fowler an Bord hat!«

»He, Mann, nun bleiben Sie mal ganz locker.«

Mit einem gußeisernen Fred-Astaire-Flaschenöffner kappte Flume den Kronkorken einer Flasche Rheingold. »Niemand nimmt Schaden. Wir lassen den Japsen *reichlich* Zeit, um sich in Sicherheit zu bringen. Möchten Sie 'n Bier? Ein Büchsenfleisch-Zwiebel-Sandwich?«

»Der Kapitän hat sich doch deutlich ausgedrückt. Er geht nicht von Bord.«

»Für mich steht fest, daß er's sich anders überlegt, wenn er erst mal ein, zwei Treffer einstecken mußte«, versicherte Pembroke. »Ein so großes Schiff wie *Valparaíso* braucht Stunden, um abzusaufen, *Stunden*!«

»Sie sind ja vollkommen verrückt. Sie haben nicht alle Tassen im Schrank!«

»Also bitte, es gibt doch gar keinen Grund, um auf *uns* sauer zu sein«, sagte Flume.

»Wir führen nur Ihren Auftrag aus«, hielt sein Geschäftspartner Oliver entgegen.

»Rufen Sie Admiral Spruance an, er soll die Aktion beenden!«

»Wir brechen einen Angriff *niemals* ab«, erwiderte Flume, unterstrich die Ablehnung mit einem Hin- und Herbewegen des Zeigefingers. »Trinken Sie 'n gediegenes, kühles Rheingold, ja? Dann wird Ihnen wohler.« Der Militärdrama-Veranstalter griff sich das Bordfunk-Mikrofon. »Oberleutnant Reid, ich glaube, es muß für alle Fälle dagegen vorgebeugt werden, daß Mr. Shostak Ihre Funkanlage benutzt.«

»Hören Sie zu«, ächzte Oliver. »Ich habe Ihnen was Unwahres erzählt. Das ist kein Japsen-Golem da unten.«

»So?« brummelte Pembroke.

»Es ist Gott der Allmächtige.«

»Na freilich«, spottete Flume mit falschem Lächeln.

»Gott in Person, ich schwöre es Ihnen. Sie wollen doch nicht *Gott* an den Kragen, oder?«

Flume süffelte sein Bier. »Pfui, Mr. Shostak, das ist ein total unchristlicher Scherz.«

Um Punkt 11 Uhr 50, wie McClusky es angekündet hatte, umkreiste eine Kette Torpedoflieger den Tanker, flog das Ziel an, ohne daß irgendwer sich um Olivers Gezeter kümmerte, warf die Torpodes des Typs XIII ab und schwirrte übers Deckhaus, fetzte bei der Gelegenheit die Fahne des Vatikans in Streifen. Wie Haie, die Blut witterten, liefen die fünf Torpedos dicht am Heck der *Valparaíso* über die Schleppketten hinweg und am Schiff vorbei. Eine Minute später prallten sie gegen einen Eisberg und detonierten, so daß ein Hagel aus Eistrümmern durch die Luft prasselte.

»Ha!« schrie van Hornes Stimme aus dem Funkempfänger des Amphibienflugzeugs. »Daneben! Ihr Armleuchter trefft nicht mal 'm Pusterohr 'n Scheunentor.«

»Mist, Mann, ich hätte gedacht«, meckerte Pembroke, »daß unsere Jungs besser ausgebildet sind.«

»Sie sind diese niedrigen Temperaturen nicht gewöhnt«, erklärte Flume.

Mit einem erleichterten Seufzen blickte Oliver übers Meer aus – und spähte durchs Fernglas an der *Valparaíso* samt ihrer Fracht vorbei. Von Süden kam ein sehr großes Schiff, das von Raketen und Bordartillerie strotzte, auf den Schauplatz der Auseinandersetzung gedampft.

»He, Mr. Shostak, was ist denn *das* da?« erkundigte sich Flume.

»Fragen Sie nicht mich«, antwortete der Vorsitzender der Philosophischen Liga für moderne Aufklärung e. V. und streifte sich den Kopfhörer über.

»Sie haben erklärt, es gäbe keinen Geleitschutz«, quengelte Pembroke. »Das haben Sie unmißverständlich gesagt.«

»Ich weiß nicht im entferntesten, was das Schiff hier macht.«

»Es sieht aus wie ein Golf-Tanker, Mr. Flume«, quäkte Reids Stimme durch den Bordfunk.

»Jawohl, genau das ist es«, bestätigte Eaton. »Ein elender Golf-Tanker.«

»Ist es nicht typisch, daß die neunziger Jahre« – Reid legte Erdbeere 11 in die Kurve, steuerte das Wasserflugzeug quer zu den Schleppketten nach Westen – »sich gerade dann einmischen, wenn man nichts Böses denkt?«

»Daneben!« brüllte Anthony noch einmal, stapfte im Steuerhaus auf und ab, die Faust im Handschuh fest ums Mikrofon der Funkanlage geklammert, das Kabel schleifte ihm nach wie eine Nabelschnur. »Daneben, ihr Klosettfliegen! Ihr könnt ja keinen Elefanten mit 'ner Fliegenklatsche treffen. Ihr würdet mit 'ner Wasserbombe das Rote Meer verfehlen!«

Allerdings glaubte er selbst nicht, was er behauptete. Ihm war völlig klar, er verdankte es lediglich einem glücklichen Zufall, daß die erste Kette *Devastator*-Flugzeuge alle fünf Torpedos abgeworfen hatte, ohne einen Treffer zu erzielen. Schon kreiste im Westen eine zweite Kette heran, um eine weitere Attacke zu fliegen.

»Kapitän, sollen wir der Besatzung Befehl geben«, fragte Marbles Rafferty, »die Schwimmwesten anzulegen?«

»Mir jedenfalls kommt es ratsam vor«, sagte Ockham.

»Verziehen Sie sich sofort von der Brücke, Sie Kuttenbrunzer!« schnauzte Anthony den Geistlichen an.

Wiederholte Male drosch Rafferty sich die Faust in den anderen Handteller. »Die Schwimmwesten, Sir. Die Schwimmwesten ...«

»Die Schwimmwesten«, plapperte Lianne Bliss ihm nach.

»Nein«, knirschte Anthony, knallte das Mikrofon auf

den Marisat-Computer. »Denken Sie an die Matagorda-Bucht. Der Rumpf hatte ein fünfzig Meter langes Leck, und *trotzdem* ist das Schiff nicht untergegangen. Ein paar veraltete Torpedos können wir ohne weiteres verkraften, da bin ich mir ganz sicher.«

»Es sind noch *zehn* Torpedos, die sie haben«, warnte Rafferty.

»Dann stecken wir alle zehn weg.«

»Anthony, du mußt mir glauben«, forderte Cassie. »Ich wäre nie auf die Idee gekommen, daß sie über dein Schiff herfallen.«

»Bekanntlich ist der Krieg die Hölle, meine Teure.«

»Es tut mir ehrlich leid.«

»Glaub ich gern. Mir auch.«

Er empfand es als bemerkenswert, daß er es trotz allem nicht über sich brachte, sie zu hassen. Gewiß, sie hatte einen ungeheuerlichen Betrug verübt, einen Verrat, der sich nur mit dem schändlichen Geschehen der Stunde vergleichen ließ, als Markus Antonius bei Actium seiner Flotte mitten in der Schlacht den Rücken zukehrte, um Kleopatras Rockzipfel nachzujagen. Dennoch zollte er Cassies Verschwörung – auf abwegiger, unbegreiflicher Ebene – seine Bewunderung. Ihre Unverfrorenheit geilte ihn auf. Es gab nichts, stellte er fest, das sexuell so stark erregte wie eine würdige Gegenspielerin.

Steuerbords flog die Tür der Brückennock auf, und Dolores Haycox, ein Walkie-talkie in der Hand, stürmte herein. »Der Bug-Ausguck hat ein Schiff gesichtet, Sir, einen tiefgehenden Supertanker, Kurs drei-zwo-neun.«

Anthony stieß ein Knurren aus. Ein Supertanker. Verfluchte Scheiße. Ungeachtet der Bluttransfusion sowie des schnellen, geschickten Manövrierens durch die Eisberge war es ihm nicht gelungen, die *Karpag Maracaibo* abzuhängen. Er nahm das Brücken-Dienstfernglas, richtete es durch die beschlagene Steuerhaus-Frontscheibe, drehte es scharf. Er schnappte nach Luft. Die *Maracaibo* war kein gewöhnlicher Supertanker, sondern offensichtlich ein Golf-Tanker, zwar schwer beladen mit Formaldehyd, aber näherte sich rasch. Das Schiff zeichnete sich mit der stacheligen Silhouette gegen den Osten ab, dampfte an einem Eisberg vorüber, der die Umrisse eines gigantischen Backenzahns hatte, und hielt direkt auf Gottes linkes Ohr zu.

»Was ist denn das?« fragte Ockham. »Ein Kriegsschiff?«

»Nicht ganz«, antwortete Anthony, senkte das Fernglas. »Ihre Schweinepriesterkollegen in Rom meinen's offenbar ernst mit der Absicht, mir die Fracht wegzunehmen.« Er wandte sich an den Ersten Offizier. »Rafferty, wenn wir das Schleppgut abkoppeln, haben die Torpedoflieger für Feindseligkeiten gegen uns keinen Vorwand mehr, sehe ich das richtig?«

»Vollständig, Sir.«

»Dann schlage ich vor, wir funken die *Maracaibo* an und bitten sie, uns die Schleppketten entzweizuballern.«

Rafferty lächelte, ein so seltenes Vorkommnis, daß Anthony daraus den Schluß zog, eine vernünftige Entscheidung getroffen zu haben. »Schlimmstenfalls lehnt der Schiffer ab«, überlegte der Erste Offizier. »Im günstigsten Fall...«

»Ach, er ist damit einverstanden, davon bin ich überzeugt«, mischte sich Ockham ein. »Egal welche Zwecke Rom letzten Endes anstrebt, man hat dort bestimmt kein Interesse an der Versenkung Ihres Schiffs.«

»Öhrchen, nehmen Sie mit der *Maracaibo* Funkverbindung auf«, befahl Anthony, drückte Lianna Bliss das Mikrofon in die Hand. »Lassen Sie den Kapitän an den Apparat holen.«

»Man darf doch nicht einfach Ihr Schiff bombardieren«, sagte Bliss. »So was gehört sich ja wohl nicht.«

Es überraschte Anthony nicht, daß die *Maracaibo* – kaum dreißig Sekunden nachdem Bliss in die Funkbude verschwunden war – ins Geschehen eingriff, eine Sea-Dart-Lenkrakete auf die zweite Kette *Devastator*-Maschinen abfeuerte. Wenn Cassies Aussage mit der Wahrheit übereinstimmte, waren die Kräfte, die hinter der Zweiter-Weltkrieg-Militärdrama-Gruppe standen, und die Kreise, die den Golf-Tanker gechartert hatten, in die Machenschaften der jeweils anderen Seite nicht eingeweiht – und dennoch begegneten sie sich, wie unwahrscheinlich es auch anmutete, hier in der Norwegischen See, gerieten um ein und dasselbe unwahrscheinliche Objekt in Konflikt.

»He, das können die da drüben auf der *Maracaibo* doch nicht machen!« schrie Cassie. »Auf die Tour bringen sie womöglich jemanden um.«

»Sieht ganz so aus«, bemerkte Anthony tonlos.

»Das ist Mord!«

Im gleichen Moment, als die *Devastator*-Torpedoflieger wirr den Rückzug antraten, die Kette sich in fünf einzelne Flugzeuge auflöste, schaltete Bliss ihren Funkverkehr zur Brücke durch.

»Zerstreut euch, Jungs!« gellte die Stimme des Staffelkapitäns. »Zerstreuen! Zerstreuen!«

»Heilige Mutter Gottes, Hauptmann, das Ding peilt Ihr Heck an«, rief ein Pilot.

»Arsch und Notverband!«

»Springen Sie ab, Hauptmann!«

Anthony hob die Hand und salutierte in die Richtung des Golf-Tankers.

»Teilen Sie der *Maracaibo* mit, daß das bloß 'ne Militärdrama-Veranstaltung ist!« keifte Cassie. »Es soll und darf niemandem was zustoßen.«

Das vorderste Torpedoflugzeug sauste, während

Anthony es durchs Fernglas beobachtete, geradewegs übers Wetterdeck der *Valparaíso* hinweg, hartnäckig verfolgt von der beinahe halbintelligenten Sea Dart.

»Warum braucht die Scheißrakete so lang?« fragte Anthony.

»Sie hat 'n Infarotsuchkopf, der auf moderne Düsentriebwerke geeicht ist«, erläuterte Rafferty. »Es dauert wohl 'n Weilchen, bis sie sich auf 'n altmodischen Auspuff von 'nem Sternmotor umstellt.«

Mit einem sonderbaren Gefühlsgemisch nackten Entsetzens und ununterdrückbarer Faszination sah Anthony die Rakete das Ziel einholen. Eine Explosion erhellte den stahlgrauen Himmel, zerbarst den Rumpf der Maschine und riß die zweiköpfige Besatzung in Stücke, tausend brennende Trümmerteile flimmerten vor Anthonys Augen wie ein Migräneanfall.

»Sie haben Staffelkapitän Waldron erwischt!« heulte die Stimme eines Piloten aus dem Brückenlautsprecher. »Hauptmann Waldron und seinen Bordfunker.«

»Du lieber Himmel!«

»Genau wie neunzehnhundertzweiundvierzig.«

»Miese Halunken!«

»Dreckige Japsenschweine!«

Lianne Bliss stürzte zur Funkbude heraus. »Die *Maracaibo* gibt keine Antwort«, meldete sie.

»Versuchen Sie's weiter.«

»Sie läßt uns abblitzen, Sir.«

»Sie sollen's weiter versuchen, hab ich gesagt!«

Bliss kehrte in die Funkbude zurück, und unterdessen verschoß die *Maracaibo* noch zwei Raketen, eine gertenschlanke französische Crotale und eine zierliche italienische Aspide, die der dritten Kette *Devastator*-Torpedobomber entgegenrasten. Sekunden später donnerte die zinnoberrote Explosion der Crotale, überstrahlte die Mitternachtssonne und vernichtete die Führungsmaschine; unmittelbar danach leuchtete und detonierte grellrot die Aspide, hüllte das getroffene Flugzeug in Flammen. Über der Norwegischen See blähten sich vier weiße Fallschirme, wiegten die Benutzer sachte dem Tod durch Unterkühlung entgegen.

»Heiliger Klabautermann, die Besatzungen sind ausgestiegen«, konstatierte Rafferty.

»Gott steh ihnen bei«, seufzte Pater Ockham.

»Nein, *wir* stehen ihnen bei«, rief Anthony, langte nach dem Sprechanlagenmikrofon und verband sich mit dem Bootsmann. »Mungo, hier van Horne.«

»Hier Mungo.«

»Draußen sind vier Mann im Wasser, Richtung zwoneun-fünf. Lassen Sie 'n Rettungsboot zu Wasser, fischen Sie sie raus und sorgen Sie dafür, daß sie sofort heiß duschen, und halten Sie sich zur Bergung weiterer in Bereitschaft.«

»Aye, Kapitän.«

Von der Steuerbord-Brückennock eilte ein zweites Mal Dolores Haycox herein. »Steuerbord-Beobachter melden sich nähernde Torpedo-Blasenspur, Sir, Kurs zwo-eins-null.«

Anthony setzte das Fernglas an die Augen. Torpedo-Blasenspur. Allerdings. Während die Rakete Staffelkapitän Hauptmann Waldron zur Strecke gebracht hatte, war es einem seiner Kameraden offenbar noch gelungen, den Aal zu wassern.

»Hart Steuerbord!«

»Hart Steuerbord!« wiederholte An-mei Jong, drehte das Steuerrad um vierzig Grad.

Da geschah es. Bevor der Tanker auf die Steuerkorrektur reagieren konnte, hallte ein gräßliches, scharfes Knirschen zur Brücke herauf, das klanglich gedehnte Geknarze von Metall, das Metall zerstörte, gefolgt von einem dunkel-dumpfen, unheilvollen Wumsen. Das gesamte Steuerhaus erbebte.

»Verzögerungszünder«, stellte Rafferty fest. »Der

Aal hat vor der Explosion die Rumpfplatten durchschlagen.«

»Ist das gut oder schlecht?« fragte Ockham.

»Schlecht. Ganz schlecht. Auf diese Weise richtet das Mistding doppelt soviel Schaden an, ähnlich wie 'n Dumdum-Geschoß.«

Das Sprechanlagenmikrofon in der Faust, kippte Anthony einen Schalter. »Alles herhören! Soeben sind wir an der Steuerbordseite von einem Torpedo des Typs römisch acht getroffen worden. Ich wiederhole: Torpedotreffer an der Steuerbordseite. Keine Panik, Leute, denkt daran, daß der Innenrumpf der *Valparaíso* in vierundzwanzig wasserdichte Ladungstanks unterteilt ist. Es besteht also keine Sinkgefahr. Bereithalten zur Anbordnahme der durch Mr. Mungo zu bergenden Überlebenden!«

»Die *Maracaibo* antwortet uns noch immer nicht«, rief Bliss aus der Funkbude herüber.

»Bleiben Sie dran!«

»Was nun?« fragte Rafferty.

»Nun schaue ich nach, ob ich recht habe.«

Kaum hatte Anthony die Aufzugkabine betreten und sich nach unten in Bewegung gesetzt, bohrte sich ein zweiter Typ-VIII-Torpedo in die *Valparaíso* und explodierte. Die Druckwelle der Detonation schleuderte den Lift auf die Höhe von Deck 7 zurück. Anthony fiel auf die Knie. Die Aufzugkabine sackte durch, doch die Stahltrossen bremsten den Sturz, so wie Elastikkordel einen Bungee-Springer vor den Konsequenzen des Sprungs bewahrten.

Gerade als der Kapitän ins Freie rannte, fand ein dritter Torpedo sein Ziel, ein ehernes Dröhnen hallte durch den Rumpf der *Valparaíso*. Anthony sprintete über den Laufsteg. Die beiden verantwortlichen *Devastator*-Maschinen röhrten quer übers Wetterdeck, flüchteten vom Tatort ihres Verbrechens. Ein beißender Geruch durchwehte die Luft, ein Mischmasch aus dem Odeur erhitzten Stahls, entflammten Gummis und einer Andeutung des Dufts schmorenden Fleischs. Eilends trampelte der Kapitän mittschiffs die Treppe hinunter, sprang ans Steuerbordschanzkleid und blickte über Bord.

Déjà vu. »Nein!« Alles ging von vorn los, die ganze unvorstellbare Leckage. »Nein! Nein!« Die *Valparaíso* war leckgeschossen, Blut entströmte dem Schiff, der Ballast floß in die Norwegische See. Blut, dickes Blut, Liter um Liter dampfenden Bluts brodelte aus dem durchlöcherten Rumpf ins Wasser, erinnerte an die erste über Ägypten verhängte Plage, färbte die Fluten rot. »Nein! Nein!«

Wild starrte Anthony in den Westen. Knapp über einen Viertelkilometer entfernt ruderten Mungo und seine Begleiter im Rettungsboot auf die abgesprungenen Piloten zu: vier entgeisterte Militärdrama-Aktivisten, die inmitten der zusammengesunkenen Baldachine und verworrenen Leinen ihrer Fallschirme Wasser traten.

Anthony zerrte das Walkie-talkie vom Gürtel. »Van Horne ruft Rafferty!« blaffte er. »Melden, Rafferty!«

Noch einmal schaute er hinab. Offensichtlich hatte ein Torpedo Follingsbees Obst- und Gemüsepflanzung verwüstet, denn übergroße Broccoli-Stengel, dreißig Kilo schwere Apfelsinen und Möhren mit den Abmessungen von Surfbrettern schwammen im Ostgrönland-Strom, das ganze nahrhafte Gemengsel trieb in dem dunkelroten Schwallen wie Croutons auf Zwiebelsuppe.

»Mutter Gottes, noch zwei Treffer, ja?« ächzte Raffertys Stimme aus dem Walkie-talkie. »Wie sieht's unten aus?«

»Alles voller Blut.«

»Sinken wir?«

»Kein Gedanke«, entgegnete Anthony entschieden. Die Auskunft entsprach seiner tatsächlichen Überzeugung, glich jedoch gleichzeitig einer Beschwörung. »Rufen Sie O'Connor an und vergewissern Sie sich, daß die Kessel intakt sind! Und die Besatzung soll die Schwimmwesten anlegen.«

»Aye-aye!«

Der Kapitän wandte sich nach Norden. Am Himmel schillerte ein gespenstisch-bläuliches Nordlicht. Dicht unter den Wellen lief ein vierter Torpedo auf das Schiff, geradewegs auf den Bug zu.

»Halt!« brüllte Anthony dem widerwärtig verhängnisvollen Aal entgegen. »Halt! Zieh Leine!«

Der Torpedo durchschlug den Rumpf, und als ein weiterer Ladungstank aufplatzte, sich der heilige Inhalt ins Meer ergoß, keimte in Anthonys Hirn ein beunruhigender Gedanke.

»Halt! Nein! Nicht!«

Mußte er, falls die *Valparaíso* doch sank, mit ihr untergehen?

»Schießen Sie die Lumpen ab!« wetterte Christoph van Horne ins Sprechanlagenmikrofon. »Holen Sie sie vom Himmel!« befahl er dem Ersten Offizier, einem drahtigen Korsen mit Namen Orso Peche, der gegenwärtig mittschiffs im Raketenkontrollbunker saß. Der Schiffer der *Maracaibo* wirbelte zu Neil Weisinger herum. »Null-sechs-null Steuerbord! Das Gesocks will meinen Sohn abmurksen!«

Noch nie hatte Neil einen Schiffskapitän – oder irgendeinen anderen Menschen – im Zustand derart vulkanischer Wut erlebt. »Null-sechs-null Steuerbord«, rief er zur Bestätigung des Befehls, stemmte sich ins Steuerrad.

Man konnte die Aufregung des Kapitäns verstehen. Von der ganzen Einheit, die sich Marineflieger-Torpedobomberstaffel 6 nannte, waren nur noch drei bewaffnete Flugzeuge einsatzfähig, aber sollte lediglich *eines* von ihnen der schon beschädigten *Valparaíso* seinen Aal verpassen, mußte sie unzweifelhaft sinken.

»Voraus volle Fahrt!«

»Voraus volle Fahrt«, wiederholte Mick Katsakos am Manöverpult. »Was ist das rote Zeug da?«

»Ballast«, klärte Neil ihn auf.

»Hätte ich bloß meine Kamera dabei...«

Eine elegante, kleine Aspide fegte von der Startrampe empor, schoß auf ihr Ziel zu und sprengte es, kaum daß die Besatzung ausgestiegen war, in zahllose Bruchstücke auseinander.

»Ein weiteres Flugzeug abgeschossen, noch zwei Maschinen im Einsatz«, meldete Peche über die Sprechanlage.

»Das *ist* ja vielleicht 'n riesiger Zombie«, meinte Katsakos. »Hui-jui-jui-hm-hmm...«

»So was gibt's kein zweites Mal«, sagte Neil.

Plötzlich stand ein vierter Mann auf der Brücke. Er trug einen wasserfesten Priesterrock und zitterte vor Zorn, der allerdings im Vergleich zum nachgerade tollwütigen Grimm des Kapitäns eher banal wirkte. Kardinal Tullio di Luca watschelte zum Manöverpult.

»Kapitän, Sie müssen das Beschießen der Flugzeuge unterlassen. Stellen Sie den Beschuß sofort ein!«

»Diese Leute wollen meinen Sohn umbringen!«

»*Wußte* ich's doch, daß wir den falschen Mann angeworben haben!«

Zum zehntenmal, seit die *Maracaibo* den 71. Breitengrad erreicht hatte, kam der ruppige, alte Spaniole namens Gonzalo Cornejo aus der Funkbude gehuscht und machte Meldung, daß die Funkoffizierin der *Valparaíso* eine Verbindung erbat.

»Sie geht mir... Wie sagt man? Inzwischen geht sie mir echt auf den Sack.«

»Sie möchten der Quasselstrippe gerne Bescheid stoßen, was?« fragte der Kapitän.

»Jawohl, Sir.«

»Übermitteln Sie der *Valparaíso*, daß Kapitän Christoph van Horne mit Arschkriechern der Kintoppindustrie nicht verhandelt. Kapiert, Cornejo? Mit solchen Kotzbrocken rede ich nicht!« Als Cornejo sich voller sichtlicher Begeisterung anschickte, in die Funkbude umzukehren und die Anweisung auszuführen, gab der Kapitän ihm einen zweiten Befehl. »Und schalten Sie den Funkverkehr der Flieger auf die Brücke, ja?« Anschließend wandte er sich an Neil. »Backbord zehn«, raunzte er.

»Backbord zehn«, rief Neil, während er überlegte, was das wohl für ein Mensch sein könnte, der für seinen Sohn kaltblütig tötete, sich gleichzeitig jedoch weigerte, am Funkgerät ein einziges Wort mit ihm zu wechseln.

»Kapitän, wenn Sie der Versuchung, mit Ihren Raketen herumzuspielen, nicht widerstehen können, müssen wir eben umdrehen«, sagte di Luca, dessen Gesicht zusehends rot anlief. »Haben Sie verstanden? Ich erteile Ihnen Weisung zum Abdrehen.«

»Sie meinen, wir sollen kneifen? Kommt ja gar nicht in die Tüte, Eminenz.«

»Der Wunsch des Kardinals hat *durchaus* eine *gewisse* Berechtigung«, wagte Katsakos anzumerken. »Vielleicht ist Ihnen aufgefallen, Sir, daß diese Idioten dort über dem Bauch noch sechs bewaffnete Sturzkampfbomber in der Luft haben.«

Der Erste Offizier hatte noch nicht zu Ende gesprochen, da drang die aufgeregte Stimme eines *Devastator*-Piloten aus dem Brückenlautsprecher. »Leutnant Sharp an Oberstleutnant McClusky. Bitte kommen, Oberstleutnant!«

»Hier McClusky«, antwortete der Kommandeur des

Marineflieger-Geschwaders 6 aus der Höhe über Gottes Nabel.

»Sir, haben Sie 'n paar Eier übrig?«

»Soviel wie wir mitgenommen haben. Wir sind kurz vorm Werfen. Ende.«

»Hier ist ein Golf-Tanker aufgekreuzt«, sagte Sharp. »Besteht 'ne Aussicht, daß Sie uns unterstützen können?«

»Ein Golf-Tanker? Puh! Laut Spruance sollte doch kein Geleitschutz vorhanden sein. Ende.«

»Vermutlich hat er geschwindelt.«

»Ich weiß nicht, Sharp ... Was so modernes wie 'n Golf-Tanker hatten wir noch nie im Drehbuch. Ende.«

»Der Kahn schießt uns zusammen! Nur Beeson und ich sind noch in der Luft.«

»Himmel, Arsch und Zwirn ...! Na gut, ich sehe zu, was sich machen läßt.«

Katsakos' mittelmeerländisch goldbraune Haut nahm eine grünliche Farbtönung an. »Sir, darf ich daran erinnern, daß wir mit vollen Ladungstanks fahren? Wenn nur *eine* von McCluskys Bomben das Deck durchschlägt, verpuffen wir in einer Qualmwolke, die kaum kleiner als der Atompilz von Hiroshima werden dürfte.«

Ein Kribbeln äußersten Nervenkitzels befiel Neil, ein Gefühl, wie er es, seit er an Bord der *Valparaíso* gasvergiftet worden war, nicht mehr empfunden hatte. Die Sturzkampfbomber näherten sich mit tödlicher Fracht.

»Ich hätte in Jersey City bleiben sollen«, raunte er di Luca zu. »Es wäre klüger gewesen, auf 'n anderes Schiff zu warten.«

»Wir können doch jederzeit zurückfahren und uns davon überzeugen, ob die *Enterprise* Ihren Sohn und seine Besatzung aus den Rettungsbooten geborgen hat«, sagte Katsakos. »Aber so wie die Lage im Moment ist...«

»Anthony van Horne besteigt kein lumpiges Rettungsboot«, behauptete der Kapitän. »Er geht mit seinem Schiff unter.«

»So etwas ist heute nicht mehr üblich.«

»Bei uns van Hornes sehr wohl.«

Neil spähte durchs Brücken-Fernglas und sah McCluskys *Dauntless*-Pulk vom Bauch des *Corpus Dei* abdrehen und in gleichmäßiger Steiggeschwindigkeit eine größere Höhe erklimmen, offenbar mit der Absicht, einen Bogen zu fliegen und die *Maracaibo* von achtern anzugreifen.

»Mr. Peche«, sagte der Kapitän ins Sprechanlagenmikrofon, »nehmen Sie die anfliegenden Sturzkampfbomber mit Crotale-Raketen unter Feuer.« Er packte einen Zipfel der Matrosenjacke des Zweiten Offiziers, drehte am Stoff, als hätte er einen Hebel in der Faust. »Wer an Bord kann ein Phalanx-Flakgeschütz bedienen?«

»Niemand, Sir«, gab Katsakos zur Antwort.

»Sie auch nicht?«

»Nein, Sir.«

»Und Peche?«

»Nein, Kapitän.«

»Dann tu ich's selber.«

»Ich *bestehe* darauf«, tobte Kardinal di Luca, »daß wir umkehren!«

»Mr. Katsakos, ich betraue Sie mit der Schiffsführung«, sagte der Kapitän, strebte schon zum Ausgang. »Ändern Sie den Kurs nach den Erfordernissen der Situation, solang ich freies Schußfeld auf die Schleppketten behalte. Die *Valparaíso* wird nur bombardiert, weil ihr Sinken diesen Lulatsch mit in die Tiefe ziehen würde.«

Neil lenkte den Blick in den Süden. Über Gottes Nase hinweg sausten zwei Crotale den noch mitten im Flugmanöver befindlichen Sturzkampfbombern entgegen. Eine Sekunde, nachdem die Piloten und Funker abgesprungen waren, explodierten beide Raketen gleichzeitig, vernichteten die Maschine des Staffelkapitäns und die nachfolgende *Dauntless*. Der erste Kampfbomber stürzte, eine schwarze Rauchwolke hinter sich herziehend, aufs Kinn des *Corpus Dei*, zerschmetterte die Eiskruste und entzündete den Bart. Die andere Maschine, die ihre Tragflächen verloren hatte, verwandelte sich in eine Feuerkugel, trudelte durch die Luft und schlug wie ein Meteor in Gottes linkes Auge.

Neil richtete das Fernglas auf das Gesicht des *Corpus Dei*. Schmale Flammen lohten hochauf aus den Spitzen des Oberlippenbarts. Der Vollmatrose schwenkte das Fernglas. Auf dem Vordeck kauerte Christoph van Hornes hünenhafte Gestalt jetzt hinter dem Phalanx-Flakgeschütz der Steuerbordseite, sein Parka flatterte im arktischen Wind.

»Recht so«, rief Katsakos vom Manöverpult herüber.

»Recht so«, wiederholte Neil.

Während das aus der *Valparaíso* geströmte Blut den Bug der *Maracaibo* umfloß, schwenkte Kapitän van Horne das Flakgeschütz und zielte. Plötzlich umwehte eine Rauchwolke die Mündung. Vierzig Meter hinterm Heck der *Valparaíso* sprühte in der Mitte zwischen den Schleppketten eine Fontäne Meerwasser in die Höhe.

»Zehn Steuerbord«, befahl Katsakos halblaut.

»Zehn Steuerbord.«

Van Horn schoß ein zweites Mal. Diesmal traf er. Ein Kettenglied zerbarst durch die Geschoßgarbe in einen Hagel silbriger Metallsplitter. Die Kette ging entzwei, der an Gottes Schädel befestigte Strang sank in den Ozean, wogegen der andere, kürzere Teil durch den Ruck der Trennung emporgeschleudert wurde und wuchtig gegen den Rumpf des Tankers klirrte.

»Hat sauber gesessen, Kapitän«, johlte der Zweite Offizier aufgeregt. »Recht so.«

»Recht so«, sagte Neil.

»Sturzkampfbomber auf zwölf Uhr!« schrie Katsakos.

Eine dritte Garbe ratterte aus dem Lauf des Steuerbord-Phalanx-Flakgeschützes, zersägte ein Glied der zweiten Kette und separierte die *Valparaíso* endgültig von ihrer Fracht. Ob Christoph van Horne das Resultat seiner Zielkünste noch sah, blieb allerdings unklar, weil im selben Augenblick, als die Kette sprang, die Bombe einer *Dauntless* knapp zwölf Meter neben dem Kapitän aufs Deck herabpfiff und detonierte. Auf einer Feuersäule wirbelten Flakgeschütz, Lukendeckel, Eisbrocken und Trümmer des Schanzkleids himmelwärts. Binnen Sekunden brannte das ganze Vordeck, schwarzer Qualm wallte übers aufgerissene Schiff wie Gewitterwolken, aus denen es Tinte regnen sollte.

»Nein!« kreischte Katsakos.

»Heiliger Klabautermann«, ächzte Neil.

»Ich habe ihm *gesagt*«, stammelte di Luca, »er soll umdrehen...!«

Mit tadelloser Promptheit gingen die automatischen Feuerlöschanlagen der *Maracaibo* in Betrieb. Das schrille Quäken des Alarms hallte über die Norwegische See, ein Dutzend robotischer Schläuche entrollte sich aus dem Schanzkleid, als ob sich Muränen aus ihren Verstecken hervorschlängelten. Aus den Düsen spritzten Schwälle weißen Schaums.

»O du lieber Himmel!« schrie Katsakos, während die Flammen flackerten und erloschen. »O Gott...!« heulte er. Die Schaumberge zerflossen wie bei Ebbe weichende Wasser, gaben den Blick auf zerschmolzene und verbogene Rohre sowie die hingestreckte Gestalt Christoph van Hornes frei. »Gütiger Gott, es hat den Kapitän getroffen!«

Als die *Maracaibo* den Kampf gegen das Marineflieger-Geschwader 6 aufnahm, dessen Torpedoflugzeuge und Sturzkampfbomber mit mörderischen Lenkraketen dezimierte, machte sich Oliver recht schnell mehr Sorgen um sich selbst als um Cassie. Peinlich war dieser Umschwung ihm keineswegs. Schließlich war es Cassandra, die sogenanntes Heldentum als lediglich ein winziges Schrittchen von der Verblendung des Theismus entfernt einstufte, und zudem schwebte er momentan eindeutig in ernsterer Gefahr als sie, weil die Möglichkeit bestand, daß die *Maracaibo* Erdbeere 11 gleichfalls als feindliches Flugzeug betrachtete und dementsprechend ebenso beschoß.

Zwar hatte der Golf-Tanker gerade einen Volltreffer durch eine 250-kg-Sprengbombe abbekommen, doch statt daß sich die Ölladung oder den Treibstoff des Tankers entzündete, war nur das Vordeck in Brand geraten – ein begrenztes Feuer aufgeflammt, das die automatischen Löschvorrichtungen bald mit Schaum erstickten –, und gleich darauf wandte die *Maracaibo* sich wacker der Bekämpfung der beiden *Devastator*-Torpedoflieger und drei *Dauntless*-Sturzkampfbomber zu, die mit noch voller Bewaffnung in den Lüften kreisten.

»Ich halt's nicht mehr aus!« brüllte Oliver.

»Sie haben Bammel, was?« fragte Flume, der jedoch wirkte, als hätte er selbst Muffensausen.

»Das kann man wohl sagen ...!«

»Sie brauchen sich nicht zu schämen, wenn Sie in die Hose scheißen«, tröstete Pembroke den Vorsitzenden der Philosophischen Liga für moderne Aufklärung e.V., hinterließ allerdings einen ähnlich beunruhigten Eindruck. »Im Zweiten Weltkrieg hat fast ein Viertel aller Infanteristen im Gefecht die Kontrolle über den Schließmuskel verloren.«

»Wenigstens haben's so viele zugegeben«, ergänzte Flume seinen Kompagnon, wickelte sich aus Nervosität das Kabel des Kopfhörers ums Handgelenk. »Der wirkliche Prozentanteil war wahrscheinlich wesentlich höher.«

Seit beide Schleppketten gekappt worden waren, krängte die *Valparaíso* beträchtlich zur Steuerbordseite. Rings um ihren Rumpf sammelte sich ein Blutsee. Aber selbst wenn sie sank, überlegte Oliver, hatten Cassie und die Besatzung genügend Zeit zur Verfügung, um sich in die Rettungsboote zu flüchten; eröffnete die *Maracaibo* das Feuer auf Erdbeere 11, bedeutete der Beschuß hingegen voraussichtlich das unabwendbare Ende für das Flugboot und sämtliche Personen, die sich an Bord aufhielten.

»Sieht aus, als hätte van Horne Blut als Ballast aufgenommen«, ertönte Reids Stimme aus dem Bordfunk. »Eine sinnvolle Methode, um die Fracht zu erleichtern. Was meinen Sie, Mr. Flume?«

Flume gab keine Antwort. Sein Geschäftspartner blieb ebenfalls stumm. Während die *Maracaibo* sich der Überbleibsel des Marineflieger-Geschwaders 6 erwehrte, hockten die zwei Militärdrama-Veranstalter wie erstarrt in den MG-Ständen und lauschten auf den Funkverkehr, einem Horror-Hörspiel, das ihre geliebte Rundfunkserie *Gangsterjäger* weit in den Schatten stellte.

»Rakete auf sechs Uhr!«
»Mayday! Mayday!«
»Alle Mann abspringen!«
»Zu Hilfe!«
»Spring!«
»Scheiße!«
»Mami! Mami!«
»Davon steht nichts in meinem Vertrag ...!«

Oliver war nach Beten zumute, nur erwies es sich als ausgeschlossen, dafür die erforderliche Kraft zu sammeln, wenn sich die angegammelten, hartgefrorenen, entstellten Überreste des Gottes, an den er ohnedies gar nicht glaubte, dermaßen übergroß vor seinen Augen erstreckten.

»Albert...?«

»Ja, Sidney?«

»Albert, die Sache macht mir keinen Spaß mehr.«

»Ich weiß, was du meinst.«

»Albert, ich möchte nach Hause.«

»Oberleutnant Reid«, sagte Flume ins Bordfunkmikrofon, »steigen Sie bitte auf dreitausend Meter und nehmen Sie Kurs auf Point Luck.«

»Also treten wir... den Rückzug an?«

»Ja, den Rückzug.«

»Sind Sie früher auch schon mal aus 'ner Veranstaltung ausgebüchst?« wollte Reid wissen.

»Quatschen Sie nicht, Reid, drehen Sie ab!«

»Zu Befehl, Sir«, antwortete der Pilot und kippte den Steuerknüppel.

»Albert?«

»Ja, Sidney?«

»Zwei unserer Mitwirkenden sind tot.«

»Die meisten sind abgesprungen.«

»Zwei sind tot.«

»Ich weiß.«

»Hauptmann Waldron ist tot«, sagte Pembroke. »Und sein Funker, Unterleutnant Collins.«

»Carny Otis, stimmt's?« vergewisserte sich Flume. »Ich habe ihn mal im Helen-Hayes-Theater gesehen. Als Jago.«

»Albert, ich glaube, wir haben Scheiße gebaut.«

»Achtung, Marineflieger-Torpedobomberstaffel Sechs«, erscholl die Stimme des Ray-Spruance-Darstellers aus der Funkanlage. »Achtung, Marineflieger-Kampfbomberstaffel Sechs! Aufgepaßt, Männer, ganz egal, wie man's dreht und wendet, wir werden nicht dafür bezahlt, uns mit 'm Golf-Tanker anzulegen. Brechen Sie den Angriff ab und kehren Sie zu Mutter Gans heim. Ich wiederhole: Angriff abbrechen und *Enterprise* anfliegen! Wir werfen um fünfzehn Uhr dreißig Anker.«

Wie aus dem Nichts erschien seitlich des Amphibienflugzeugs ein angeschossener Sturzkampfbomber, Flammen loderten in Schwaden aus den Tragflächen. Die Maschine taumelte so nahe heran, daß Oliver das Gesicht des Piloten hätte erkennen können, wäre es nicht bis auf die Knochen verbrannt gewesen.

»Das ist Leutnant Gay!« schrie Pembroke. »Leutnant Gay ist getroffen worden!«

»Guter Gott, nein!« blökte Flume.

Die steuerlose *Dauntless* schlingerte geradewegs aufs Heck des Wasserflugzeugs zu, verstob Funken und glühende Trümmerteile. Pembroke krakeelte wie ein Irrer, vollführte ein wirres Gefuchtel von Abwehrgebärden, eine rasante Abnehmespiel-Pantomime. Genau als Erdbeere 11 die befohlene Flughöhe von 3000 m erreichte, kollidierte der Sturzkampfbomber mit dem Fernaufklärer, brach dem PBY-Flugboot das Leitwerk und das rechte Höhenruder ab, zerlöcherte den Rumpf und verschwappte brennenden Treibstoff in den Mittelgang zwischen den MG-Ständen. Jedes dieser unheilvollen Ereignisse geschah derart schnell, daß sie alle zusammen nicht länger als Olivers Schreckensschrei dauerten. Dichte Flammen brausten durch den Achterrumpf der Maschine und schlugen in den linken MG-Stand. Innerhalb von Sekunden brannten Albert Flumes Baumwollhose, Fliegerschal und Schutzweste.

»Aaaaaaah!«

»Albert!«

»Löscht mich!«

»Löscht ihn!«

»Gott, so löscht mich doch!«

»Hier!« Der Charles-Eaton-Darsteller warf Oliver einen glänzendroten Metallkegel in den Schoß.

»Was ist das?« Oliver konnte nicht unterscheiden, ob ihm vor Entsetzen Tränen aus den Augen rannen oder infolge des pechschwarzen Rauchs, der um den Platz des Bordmechanikers heraufquoll. »Was denn? Was soll das sein?«

»Lesen Sie die Gebrauchsanweisung!«

»O Himmel!« schrillte Flumes Stimme. »O Gott im Himmel!«

»Ich glaube, unser Leitwerk ist abgebrochen«, rief Reid über den Bordfunk.

Oliver wischte sich die Augen. SENKRECHT HALTEN, las er; und tat es. GRIFF ZIEHEN. Griff? Welchen Griff? Verzweifelt betastete er den Feuerlöscher – O Gott, den Griff, den *Griff*! – und hatte tatsächlich auf einmal etwas in der Hand, das sich wie ein Griff anfühlte.

»Löscht mich!«

»Löschen Sie ihn doch endlich! Ach du Schande, Albert, alter Spezi ...!«

AUS DREI METERN ABSTAND UNTEN AUFS FEUER RICHTEN. Oliver packte den Schlauch und hielt ihn in Flumes Richtung.

»Das ganze Heck ist davongesegelt!«

»Ihr sollt mich löschen!«

AUSLÖSER DRÜCKEN UND DÜSE SCHWENKEN. Aus der Mündung des Schlauchs rieselten dicke, gräuliche Pulverwolken, übelriechende Chemikalien bedeckten den Militärdrama-Veranstalter von Kopf bis Fuß, brachten die Flammen unverzüglich zum Erlöschen.

»O je, das wird weh tun«, stöhnte Flume, während das PBY-Flugboot wild schaukelnd dem Meeresspiegel entgegenstürzte. »Das wird echt weh tun ...«

»Das Leitwerk ist weg!«

»*Sie schwor mir Treue noch und noch* ... Aaah, es geht schon los mit dem Schmerz!«

Oliver streifte den Kopfhörer ab, zwängte sich an Flume vorbei, der zappelte, noch schwelte und qualmte, in den Mittelgang und versuchte dort den Brand zu löschen.

»Warum läßt Gott so etwas zu?« fragte Pembroke niemanden Bestimmtes.

»*Mein Beutel kriegte bald ein Loch!*« schrie Flume, wand sich vor Qual. »O Gott, es schmerzt! Meine Güte, wie es schmerzt!«

Alle Anwesenden gaben sich Mühe, zu ihm diplomatisch zu sein.

Alle vermieden sie tunlichst Äußerungen zur Lage des Brandverletzten.

Letzten Endes jedoch ließ Albert Flumes Situation sich auf Dauer nicht so recht leugnen, und unmittelbar bevor Erdbeere 11 bäuchlings in die Norwegische See klatschte, in rund ein Dutzend Stücke zerbrach, wandte sich Pembroke noch einmal mit leiser, trauriger Stimme an seinen besten Freund. »Albert, alter Spezi«, sagte er, »leider hast du keine Arme mehr.«

VATER

Durch Wunder einer Größenordnung, wie es in alten Zeiten Jehova persönlich zu verdanken gewesen sein mochte, blieb die *Valparaíso* noch den vollen Nachmittag lang über Wasser, so daß die Offiziere, die Crew und sämtliche aus der See geborgenen Militärdrama-Teilnehmer geordnet von Bord gehen konnten. Man hatte sogar Zeit, um gewisse wichtige Gegenstände mitzunehmen: Seemannstruhen, Musikinstrumente, *Corpus-Dei*-Filets, ein paar Töpfe Göttlichen Wunderschmands, etwas Supergemüse aus Follingsbees Garten sowie die Kopie von *Die Zehn Gebote*. Doch natürlich war die *Valparaíso* zum Sinken verurteilt. Darüber war Anthony sich im klaren. Ein Kapitän sah so etwas ohne die Spur eines Zweifels. Keine noch so einfallsreichen Reparaturarbeiten und keine noch so heldenmütige Pumptätigkeit würden das Schiff retten. Aber was für einen Kampf sie liefert, dachte er, die zähe alte Dame, sie läßt sich von der blutgetränkten Norwegischen See keine drei Meter pro Stunde abringen. Um die Mittagszeit lag das Wetterdeck unterm Meeresspiegel, die Aufbauten jedoch ragten noch aus der See, als stünde da ein Hotel auf Pfählen im Ozean.

Um 14 Uhr 20 legte Anthony mit der Schlußgruppe

ab und setzte über die gerötete See zur *Karpag Maracaibo* über: einem kleinen Grüppchen mit einem Seesack pro Person und in grimmiger Stimmung, das Cassie, Rafferty, O'Connor, Pater Ockham und Schwester Miriam umfaßte. Niemand sprach ein Wort. Cassie wich Anthonys Blick aus. Sie hatte, wußte er, über vieles nachzugrübeln, etliche Gründe zu düsterer Laune: das Scheitern ihres Plans, die Bruchlandung des Flugzeugs, in dem ihr Freund mitgeflogen war, auf dem Meer, den Tod John Waldrons und zweier anderer Söldner. Wäre Anthonys Gemüt nicht von so tiefer Benommenheit und Niedergeschlagenheit erfüllt gewesen, hätte er sie sicherlich bedauert.

Er ging mit dem Motorboot *Juan Fernández* an dem Landungssteg aus vulkanisiertem Gummi längsseits, der am Rumpf der *Maracaibo* vertäut lag, und wartete, bis alle anderen ausgestiegen waren; dann tuckerte er noch einmal los.

»Wohin fahren Sie?« rief ihm Rafferty nach.

»Ich habe meinen Sextanten vergessen.«

»Herrgott, Anthony, ich kaufe dir in New York 'n neuen Sextanten.«

»Meine Schwester hat ihn mir geschenkt«, informierte Anthony die Gruppe, die auf dem Landungssteg zurückblieb.

Um 14 Uhr 45 hatte er das Wrack wieder erreicht, manövrierte das Motorboot an ein unteres Fenster der Aufbauten. Mit dem Patentanker des Boots zerschlug er die Scheibe und kletterte übers Fenstersims ins Schiff. Der Lift war infolge Kurzschluß außer Betrieb, also mußte er die Treppe benutzen. Auf Deck 7 betrat er den Kartenraum, sperrte die Tür ab und fügte sich ins Warten.

Gottes Gehirn tot.

Sein Leichnam dem Meer überlassen.

Und die *Valparaíso* sank.

Als Kapitän hatte er gar keine Wahl. Ihm war die Ausführung des Auftrags mißlungen. Er hatte seine zweite Chance verbockt.

Anthony betrachtete den Resopal-Kartentisch. Ihn quälte der Anblick des Durcheinanders der Seekarten. Sulawesi erinnerte ihn an Cassies Zwerchfell. Pago-Pago hatte Ähnlichkeit mit ihren Brüsten. Er hob den Blick vom Fußboden. An der Vorderwand: das Mittelmeer. Rückwärtige Wand: Indischer Ozean. Backbordseite: Südpazifik. Steuerbordwand: Nordatlantik. Er gab ja so vieles auf, alle diese herrlichen Seegebiete und Küstenstreifen, die meisten zwar durch die herrschende Spezies längst verdreckt und verschandelt, aber im Innersten nach wie vor schmerzlich schön. Niemand sollte behaupten, Anthony van Horne wüßte nicht, auf was er verzichtete.

Er bekam seine Migräne. Am Rande des Flimmerskotoms stieg ein ölverschmutzter Silberreiher aus der Karte der Matagorda-Bucht auf und schlug mit den verklebten Schwingen. Sekunden später wand sich ein von texanischem Rohöl glänzender Grindwal aus denselben verseuchten Gewässern, zappelte auf dem Boden, starb. Wie das Ende wohl aussah? fragte sich Anthony. Ergoß sich das Meer in den Kartenraum und ertränkte ihn? Oder war die Tür ausreichend wasserdicht, so daß er das Hinabsinken auf den Grund des Grönländischen Beckens überstand, um erst zu sterben, wenn der Wasserdruck die Schiffsaufbauten zerstörten, sie zerquetschte wie ein Ei unterm Stiefel?

Ein lautes Klopfen. Noch viermal: *Bang-bumm-bang-bumm.* Anthony scherte sich nicht darum. Doch der Störenfried zeigte sich halsstarrig.

»Ja?«

»Hier ist Thomas. Schließen Sie auf.«

»Hauen Sie ab!«

»Selbstmord ist eine Todsünde, Kapitän.«

»In wessen Augen? Gottes Augen? Daraus ist vor vierzehn Tagen Gallert geworden.«

Wenigstens einer der Admirale, die bei Midway zu den Verlierern zählten, entsann sich Anthony, hatte auch diese ehrenhafte Konsequenz gezogen. Jetzt hätte er zu gern Einzelheiten gewußt. Hatte der arme, unterlegene Japaner sich ans Steuerrad gekettet? Es sich in letzter Minute anders überlegt, aber war trotzdem untergegangen, weil niemand mehr zugegen gewesen war, um die Ketten zu lösen?

Nun erklang draußen eine andere Stimme. »Anthony, mach die Tür auf. Es hat sich etwas Unglaubliches ergeben.«

»Cassie, verschwinde! Du bist auf 'm sinkenden Schiff.«

»Ich habe mit dem Zweiten Offizier der *Maracaibo* gesprochen, und er sagt, der Schiffer heißt Christoph van Horne.«

Heißer denn je durchglühte die Migräne Anthonys Schädel. »Fort mit dir!«

»Christoph van Horne«, wiederholte Cassie den Namen. »Dein Vater.«

»Mein Vater lungert in Spanien rum.«

»Dein Vater ist keinen Kilometer entfernt. Schließ die Tür auf.«

Tief in Anthonys Brust entstand ein dunkles Lachen. Er hier? Sein teurer, alter Vater? Ja natürlich, *wen sonst* hätte der Vatikan auswählen sollen, um die *Valparaíso* zu verfolgen und ihr die Fracht zu entreißen. Er überlegte, wie man ihn wohl aus dem Ruhestand gelockt hatte. Höchstwahrscheinlich mit Geld. (Kolumbus war auch ein Gierschlund gewesen.) Oder hatte den Alten die Aussicht, seinen Sohn abermals demütigen zu können, zum Einwilligen verführt?

»Er möchte dich sprechen, sagt Katsakos.« Cassies Stimme klang, als wäre sie den Tränen nah.

»Er will mir die Fracht abjagen.«

»Um irgendwem irgend etwas abzujagen, ist er gar nicht in der Verfassung«, widersprach Ockham. »Als die *Maracaibo* von der Bombe getroffen wurde, befand er sich auf Deck.«

»Er ist verletzt.«

»Den Angaben zufolge ziemlich schwer.«

»*Erwartet* er, daß ich zu ihm komme?«

»Er nimmt an, daß Sie mit dem Schiff untergehen«, antwortete der Geistliche. »Bei den van Hornes sei es üblich, mit dem Schiff unterzugehen, hat er Katsakos erzählt.«

»Dann darf ich ihn nicht enttäuschen.«

»Anscheinend kennt er Sie recht gut.«

»Er kennt mich überhaupt kein bißchen. Kehren Sie mit Cassie auf die *Maracaibo* zurück.«

»Er hat versucht«, rief Cassie, »die *Valparaíso* zu retten.«

»Das kann ich nicht glauben«, sagte Anthony.

»Nun mach schon die Tür auf. Was meinst du denn, weshalb er die Schleppketten zerschossen hat?«

»Um mir die Fracht abzunehmen.«

»Nein, um den Torpedierung zu stoppen. Was glaubst du, warum die Flugzeuge von ihm beschossen worden sind?«

»Damit sie die Fracht nicht versenken.«

»Um zu verhindern, daß sie *dich* versenken. Frag Kastsakos. Schließ endlich auf!«

Anthonys Blick hastete auf der Steuerbordwand. Er malte sich aus, wie Gott den Urkontinent zurechtgeknetet, Südamerika von Afrika getrennt hatte; er stellte sich vor, wie das neue Meer, der Atlantik, in die Bresche strömte wie Fruchtwasser aus einer geplatzten Fruchtblase. Sagte Cassie die Wahrheit? Hatte die Midway-Taktik seines Alten wirklich den Zweck gehabt, die *Valparaíso* zu schützen?

»Ich habe Gott verloren.«

»Nur vorübergehend«, versicherte Ockham. »Sie werden Ihre Aufgabe noch erfüllen.«

»Dein Vater liebt dich«, behauptete Cassie. »Und ich, nebenbei erwähnt, liebe dich auch. Öffne die Tür.«

»Die *Valparaíso* sinkt«, sagte Anthony.

»Dann müssen Sie den *Corpus Dei* eben mit der *Maracaibo* schleppen, oder?« meinte Pater Ockham.

»Die *Maracaibo* ist nicht mein Schiff.«

»Daran brauchen Sie sich nicht zu stören.«

Anthony sperrte die Tür auf. Und da stand sie, die Augen feucht und hohlen Blicks, zog einen Flunsch, hatte auf der Stirn Reif, als trüge sie ein Diamantenstirnband. Herrgott, was für ein unvergleichliches Paar sie abgaben: zwei Menschen mit ausgeprägt starkem Willen, die sich, obwohl aus gegensätzlichen Beweggründen, mit sieben Millionen Tonnen Aas herumschlugen.

»Du liebst mich, Cassie?«

»Wider bessere Einsicht.«

Anthony nahm die Spiegelbrille aus der Tasche des Parkas, setzte sie auf die Nase und wandte sich an Ockham, konfrontierte den Priester mit einem zweifachen Abbild seines Kapitäns. »Sind Sie tatsächlich der Ansicht, wir können Gott wieder ins Schlepp nehmen?«

»Seit ich Sie kenne, habe ich schon öfters Pferde kotzen sehen«, entgegnete der Geistliche.

»Na schön, aber erst muß ich noch in meine Kabine und ein paar Sachen holen. Mein Popeye-Notizbuch...«

Ockham zeigte erhebliche Nervosität. »Kapitän, die *Valparaíso* steht kurz vor dem Auseinanderbrechen.«

»Den Messingsextanten«, sagte Anthony. »Eine Flasche Burgunder.«

»Aber du mußt dich beeilen.«
»Die Engelsfeder.«

»Natürlich erkenne ich die Ähnlichkeit«, erklärte der aufgeregte junge Mann, dem ein frostkaltes Stethoskop um den Hals hing; an die Brust drückte er ein Alu-Klemmbrett. »Die hohe Stirn, das kräftige Kinn... Sie sind eindeutig Ihres Vaters Sohn.«

»Und meiner Mutter.« Anthony kletterte an einer Batterie leergeschossener Crotale-Raketenabschußanlagen vorbei und betrat den dwarsschiffs verlaufenden Laufsteg der *Maracaibo*.

»Ich bin Giuseppe Carminati«, stellte der Arzt sich vor. Zu seiner Kluft gehörten eine Schirmmütze mit aufs Band gesticktem roten Kreuz und eine Art von Dienstmantel mit Goldknöpfen und Epauletten, so daß er aussah, als wäre er geradewegs einem Musical Andrew Lloyd Webbers über Traumschiffärzte entsprungen. »Ihr Vater ist noch am Leben, darf aber nicht bewegt werden. Unser Steuerer kümmert sich am Ballasttank Nummer Drei um ihn. Übrigens ist Ihnen der Mann bekannt, glaube ich. Wir haben ihn im Golf von Cádiz von einer Insel geholt.«

»Neil Weisinger?« fragte Ockham mit höchster Neugier.

Carminati legte die im Handschuh warmgehaltene Faust um die eiskalte Öffnung des Stethoskops und drehte sich dem Pater zu. »Genau, Weisinger.« Der Arzt lächelte mit dem linken Mundwinkel. »Erinnern Sie sich vielleicht an mich?«

»Sind wir uns schon begegnet?«

»Vor drei Monaten im Mediensaal des Vatikans. Ich habe als Gabriels Arzt fungiert.« Carminati schlang die Arme um den Oberkörper. »Es wäre mir lieber, jetzt in Rom zu sein und das Herz des Heiligen Vaters abzuhören. In solcher Kälte komme ich schlecht zurecht.«

»Haben Sie viele Verletzte zu behandeln?«

»Im Vergleich zur originalen Schlacht von Midway nicht. Einundzwanzig Fälle akuter Unterkühlung, überwiegend kompliziert durch Abschürfungen und Knochenbrüche, außerdem einen zivilen Beobachter, der schwere Verbrennungen erlitten hat, als sein PBY-Amphibienflugzeug abgestürzt ist.«

»Oliver Shostak?« erkundigte sich Cassie in beklommen-furchtsamem Ton.

Carminati guckte auf der Liste des Klemmbretts nach. »Albert Flume«, lautete seine Auskunft. »Shostak hat offenbar nur eine Schulterverrenkung. Kennen Sie ihn?«

»Ein alter Jugendfreund. Eine ausgerenkte Schulter hat er, sonst nichts?«

»Außerdem nur harmlose Schnitte, kleine Brandwunden und ohne weiteres behandelbare Hypothermie.«

»Und da behaupten manche Leute«, brummelte Anthony, »es gäbe keinen Gott.«

»Rechnen Sie mit Abgängen?« fragte Ockham.

»Nein, aber es hat Tote gegeben. Der Schauspieler, der die Rolle Hauptmann John Waldron hatte, ein Mann namens« – Carminati schaute wieder ins Verzeichnis – »Brad Keating, ist regelrecht ausradiert worden, als eine Rakete sein Topedoflugzeug getroffen hat, und das gleiche gilt für seinen Funker und Bordschützen, einen gewissen Carny Otis, der Unterleutnant Collins spielte. Und vor vierzig Minuten haben wir einen Leichnam aus dem Meer gefischt: David Pasquali, der Leutnant Gay spielte. Verhielte es sich nicht so, Kapitän, daß Ihr Vater in Kürze stirbt, sähe er einer Anklage wegen mehrfachen Mords entgegen.«

»Stirbt?« Anthony stützte sich auf eine Raketenabschußanlage. Gütiger Gott, nein, der alte Lump *durfte* jetzt nicht den Löffel abgeben, auf keinen Fall, bevor er seinem Sohn verzieh.

»Verzeihen Sie meine Unverblümtheit«, bat Carminati. »Ich habe einen schweren Vormittag hinter mir. Aber ich kann Ihnen versichern, daß er keine Schmerzen leidet. Die *Maracaibo* hat mehr Morphium als Öl an Bord.«

»Anthony ... es tut mir schrecklich leid«, sagte Cassie. »Diese Leute, die Oliver angeworben hat, sind anscheinend nicht ganz richtig im Kopf. Nie im Leben hätte ich's für möglich gehalten, daß ...« Die Worte erstickten ihr in der Kehle.

Der Kapitän kehrte sich zum Bug, warf den Rucksack über die Schulter und schritt den Mittelaufstieg der *Maracaibo* entlang, überquerte ein Gewirr aus Ventilen und Rohren, das sich nach allen Seiten wie entblößte Eingeweide ausbreitete. Sobald er das Vordeck erreichte, suchte er sich einen Weg durch die von der Sprengbombe angerichtete Verwüstung – zerbeulte Luken, geborstenes Schanzkleid, Reste eines zerschmolzenen Phalanx-Flakgeschützes – und klomm die Leiter zum Ballasttank Nummer 3 hinab.

Seit das Butanglas in die Soße geflossen war, hatte sich Anthony oft gefragt, wie ihm wohl zumute sein mochte, wenn sein Alter schließlich aus der Welt schied. Würde er sich beim Anblick des Sterbenden ins Fäustchen lachen? Bei der Beerdigung Ballons steigen lassen? Aufs Grab spucken? Doch er hätte sich keine Sorge um sein Benehmen zu machen brauchen. Im gleichen Moment, als er Christoph van Hornes zermalmte, eingeklemmte Gestalt sah, durchflutete ihn spontanes Mitgefühl.

Allem Anschein nach hatte die Druckwelle der Explosion seinen Vater hinter der Phalanx-Flak fortgeschleudert und vom Vordeck neben den Zugang zum Ballasttank geworfen. Da lag er nun mit zerfetzten Parka, die

Lider geschlossen, den Körper verklemmt hinter einer weggesprengten Hoffritz-Ventilvorrichtung, dessen drei Meter lange Stange sich voll durch die Butterworth-Tankreinigungsanlage gebohrt hatte, und das große, runde Kurbelrad, das im Durchmesser einen LKW-Reifen übertraf, drückte ihm unerbittlich auf die Brust, lehnte ihn in einer grausamen Parodie aufs Sitzen an den Steuerbord-Ladebaumpfosten. Glut hatte ihm beide Seiten des Gesichts bis auf die schön geschwungenen Wangenknochen verbrannt. Sein schaurig verdrehtes linkes Bein hätte einer abgelegten Puppe gehören können, einer Marionette, deren Besitz aus Gründen gestorben war, die nur die Engel kannten.

Auf der Butterworthanlage stand Neil Weisinger, dem die Zähne klapperten, während er aus einem kältegeschützten, weil isolierten Fünfliterbehälter Frischwasser in eine walzenförmigen, weiße Thermoskanne umfüllte, die bedruckt war mit Werbung für den Film *Indiana Jones und der letzte Kreuzzug*. »Guten Tag, Sir«, grüßte der Vollmatrose und salutierte. »Unter Deck sind schon ausgebildete Schweißer an der Arbeit, um die Stange zu durchtrennen.«

»Sie sind zweifacher Deserteur, Weisinger.« Anthony streifte den Rucksack ab.

»Ganz stimmt das nicht, Sir«, erwiderte der Vollmatrose, klappte den Deckel auf die Thermoskanne, aus der ein zerkauter Strohhalm ragte. »Ich bin nicht aus dem Bordknast geflohen, sondern von Joe Spicer entführt worden.«

»Wenn hier 'n Deserteur ist«, murmelte Christoph van Horne, »muß er gekielholt werden...«

Anthony öffnete den Reißverschluß des Rucksacks, entnahm die Flasche Burgunder und gab Weisinger durch einen Wink zu verstehen, daß er ihm die Thermoskanne reichen sollte.

»Gekielholt und erschossen...«

Anthony goß das Wasser aus und füllte die Thermoskanne bis zum Rand mit Burgunder, wiederholte in kleinem Maßstab das Ablassen des Wassers aus den Ballasttanks der *Valparaíso* und das Einfüllen des Bluts. Er kniete nieder, hielt sich mit einer Hand am Ventil fest, legte die anderen Hand seinem Vater auf die Schulter. »Hallo, Vater«, sagte er leise.

»Junge?« Ruckartig öffnete der Alte die Augen. »Bist du's? Du bist gekommen?«

»Ja, ich bin's. Ich hoffe, du hast keine Schmerzen.«

»Lieber hätte ich welche.«

»So?«

»Ich kannte da mal 'n Kerl, 'n Jantje auf der *Amoco Cádiz*, der war tödlich an Knochenkrebs erkrankt. Weißt du, was er zu mir gemeint hat? ›Wenn sie einem Morphium spritzen, als gäb's kein Morgen, dann hat man auch keins.‹« Ein seltsam engelhaftes Lächeln verzog Christoph van Hornes Gesicht. »Richte Tiffany aus, daß ich sie liebe. Hast du verstanden? Daß der alte Froggy sie liebt.«

»Ich sag's ihr.«

»Du hältst sie für'n Flittchen, stimmt's?«

»Nein, nein.« Wie der Befehlshaber eines Erschießungskommandos, der dem Delinquenten eine letzte Zigarette gewährte, steckte Anthony seinem Vater den zerfransten Strohhalm zwischen die Lippen. »Trink 'n Schluck Wein.«

Der Alte sog. »Guter Tropfen.«

»Der beste Wein, den's gibt.«

»Du hast keinen Bart mehr, hä?«

»Nicht mehr, nein.«

»Du bist nicht mit deinem Schiff untergegangen.« Christoph van Hornes Ton bezeugte mehr Neugier, als daß er einen Vorwurf zum Ausdruck brachte.

»Ich habe die Frau gefunden, die ich heiraten möchte. Sie würde dir gefallen.«

»Diesen Luftpiraten hab ich tüchtig gezeigt, was 'ne Harke ist, wie?«

»Sie ist 'n Kraftpaket wie Mutter und hat Susans Schwung.«

»Ich hab sie vom Himmel gefegt.«

Anthony zog ihm den Strohhalm aus dem Mund. »Du sollst noch was wissen. Diese unkartografierte Insel im Golf von Cádiz habe ich nach dir benannt. Sie heißt Van-Horne-Insel.«

»Ich habe die *Dauntless* zum Teufel geschickt. Laß mich noch was Wein trinken, ja?«

»Van-Horne-Insel«, wiederholte Anthony, schob ihm den Strohhalm wieder zwischen die Lippen. »Du hast endlich dein Privatparadies. Hast du kapiert?«

»Zu sterben ist wirklich Scheiße. Ehrlich, ich kann dem nix abgewinnen. Wäre wenigstens Tiffany da...«

Anthony holte Rafaels Feder aus dem Rucksack und hielt sie dem Alten vor die Augen; die Spitze zitterte im Wind. »Hör zu, Vater. Weißt du, was das für eine Feder ist?«

»Eine Feder.«

»Was für eine?«

»Ist doch schnuppe. Von 'm Albatros.«

»Sie stammt von einem Engel, Vater.«

»Sieht aus wie von 'm Albatros.«

»Ich habe meinen Auftrag von einem *Engel* erhalten. Einem Engel mit Flügeln, Heiligenschein, allem Drumherum. Das Schleppgut, das ich am Schiff hängen hatte, war keine Filmrequisite, sondern Gottes Leiche.«

»Nein, *ich* bin die Leiche, schon so gut wie 'ne Leiche, völlig hin bin ich. Du hast die Brücke verlassen. Tiffany ist 'ne echte Wuchtbrumme, wie? Was sie wohl an mir findet... Die Hälfte der Zeit macht mein Vordersteven gar nicht mehr mit.«

»Ich erledige meine Aufgabe. Ich schaffe unseren Schöpfer in sein Grab.«

»So richtig verstehe ich nicht, was du da redest, mein Junge. Es ist komisch, derartig eingeklemmt zu sein und nichts zu spüren. Engel? Schöpfer? Was soll das?«

»Ich bin bereit, alles gut sein zu lassen, was du mir angetan hast, die Schweinerei am Erntedankfest, die Sache mit der *Constitution*, alles.« Anthony zog die Handschuhe aus, streckte seinem Vater die bloßen Hände entgegen. »Du brauchst nur zu sagen, du bist stolz, weil man mich mit dem Auftrag betraut hat. Sag mir, du bist stolz und der Überzeugung, daß ich ihn ausführe und daß ich an die Havarie nicht mehr denken soll.«

»*Constitution?*«

Anthony streifte die Handschuhe wieder über, weil sich unter seinen Fingernägeln Eis bildete. »Schau mich an. Sag zu mir: ›Denk nicht mehr an die Havarie.‹«

»Was ist denn das für 'ne dämliche Sterbestunde, die ich hier erlebe?« Als ob aus einem unterirdischen Reservoir Rohöl heraufsickerte, füllte Blut den Mund des Alten, vermischte sich mit dem Wein; seine Worte gurgelten durch die Flüssigkeit. »Genügt's nicht, daß ich die Schleppketten zerschossen hab? Reicht's nicht?« Tränen kamen ihm, rannen über die nackten, weißen Wangenknochen. »Ich weiß nicht, was du willst, Junge. *Constitution?* Engel? Genügen dir die zerschossenen Ketten nicht?« Auf dem Kinn gefroren die Tränen. Heftig schüttelte es Christoph van Horne; ungefühlte Schmerzen durchbebten seinen Körper. »Übernimm sie, Anthony.« Er packte den Rand des Ventil-Kurbelrads und versuchte es zu drehen, als befände er sich wieder im Jahre 1954, wäre er noch Pumpenmann und auf dem Wetterdeck der *Texaco Star* tätig. »Übernimm du das Schiff.«

Die schiere Aussichtslosigkeit der Situation, die

morbide Komik des Ganzen, rang Anthony ein spöttisches Lächeln ab, ein Schmunzeln, wie man es zuvor beim Schöpfer gesehen hatte. Zum erstenmal überhaupt bot sein Vater ihm etwas an, das er ihm anschließend bestimmt nicht entzog, weil er es nicht mehr konnte... Nur hatte das Angebot einen kleinen Haken.

»Du hast keine Berechtigung zum Abtreten des Schiffs«, stellte Anthony fest.

»Sieht der Jantje Abendrot, hat des Nachts er keine Not...« Der Alte schloß die Lider. »Wird er Morgenrot gewahr, wittert er nahbei Gefahr...«

»Sag mir, daß die Matagorda-Bucht vergeben ist. Daß die Silberreiher mir verzeihen. Sag's.«

»Anker, Kreuz und flammend Herz... erzählen von des Sailors Schmerz... Sieht der Jantje Abendrot... hat des Nachts er keine Not... keine Not... keine Not...«

Und dann sah Anthony mit einem Gefühl abgrundtiefer, unbeschreiblicher Genugtuung seinen Vater einatmen, lächeln, Blut spucken und sterben.

»Möge er in Frieden ruhen«, wünschte Weisinger. Anthony richtete sich auf, die Feder in der Hand. »Allzu gut habe ich ihn nicht gekannt«, fügte der Vollmatrose hinzu, »aber er war ein großartiger Mann, soviel ist mir klargeworden. Sie hätten mal dabei sein sollen, als die Flieger die *Valparaíso* angegriffen haben. ›Diese Leute wollen meinen Sohn umbringen!‹ hat er immerzu geschrien.«

»Nein, er war kein großartiger Mensch.« Anthony steckte Rafaels Feder in die oberste Tasche des Parkas, genoß die Empfindung schwacher Wärme, die sie in die Herzgegend ausstrahlte. »Ein ausgezeichneter Seemann war er, aber kein großartiger Mensch.«

»Die Welt braucht beides, glaube ich.«

»Ja, die Welt braucht beides.«

Während Oliver Shostak sich über den Rand der Retemperierungswanne aus rostfreiem Stahl ins 45° warme Wasser senkte, dachte er unwillkürlich, nahezu zwangsläufig, an eine andere, frühere Ikone der weltlichen Aufklärung, Jean-Paul Marat, der jeden Tag im Badezuber gesessen, seine Hautkrankheit erduldet und vom Untergang der Aristokratie geträumt hatte. In Olivers Schulter pochte es, ebenso hatte er Beschwerden der Rippen, doch das ärgste Weh litt seine Seele. Ähnlich wie Marats Revolution hatte auch Olivers Aktion ein unerfreulich mißratenes Ende genommen. Im Moment verspürte er nur einen vorrangigen Wunsch, der sowohl die Hoffnung, er könnte endlich zu schlottern aufhören, wie auch die Begierde nach einem Wiedersehen mit Cassie übertraf, nämlich die Sehnsucht, lieber tot zu sein.

»Für Sie gilt eine überaus günstige Prognose«, erklärte ihm jedoch Dr. Carminati, ging neben der Wanne in die Hocke. »Aber halten Sie sich ruhig, ja? Wenn Sie sich zuviel bewegen, fließt das Blut in Ihre Extremitäten, kühlt ab und senkt wieder Ihre Körpertemperatur, und *dadurch* wäre eine letale kardiale Arrhythmie zu befürchten.«

»Letale kardiale Arrhythmie«, wiederholte Oliver dumpf. Seine Zähne ratterten wie Kastagnetten. Eine sehr erstrebenswerte Aussicht.

»Ihr Kilokaloriendefizit beträgt zur Zeit wahrscheinlich um die tausend, aber ich sage voraus, daß es kein Stündchen mehr dauert, bis wir Ihre Körperinnentemperatur normalisiert haben. Danach fliegt ein isländischer Luftrettungshubschrauber Sie zur stationären Beobachtung in die Reykjaviker Klinik.«

»War das wirklich *Gottes* Leichnam, was die *Valparaíso* im Schlepptau hatte?«

»Ich glaube, ja.«

»*Gottes* Leiche?«

»Ja.«

»Kaum zu fassen.«

»Vor drei Monaten ist in meinen Armen der Erzengel Gabriel gestorben«, sagte der junge Arzt und schickte sich zu gehen an. »Seitdem halte ich praktisch alles für möglich.«

An beiden Seiten der Wanne quoll Dampf empor, trübte die Sicht auf die Unterkühlungsopfer, die rechts und links von Oliver in Wannen aufgereiht lagen. Auf der *Maracaibo* gab es eine so effiziente Krankenversorgung, daß man sie nach der Beförderung auf den Golf-Tanker allesamt unverzüglich behandelt hatte: Schultern waren wiedereingerenkt, Rippen verbunden, Knochenbrüche eingegipst, Verbrennungen eingesalbt, Wunden desinfiziert, Lungen mit feuchter Warmluft aus einem erhitzbaren Beatmungsgerät beatmet worden. Keine egal wie wirksame Behandlung jedoch konnte die Gestalt mit dem weggebrannten Gesicht, die kurz nach dem Anbordgebrachtwerden auf einer Bahre vorbeigefahren wurde, zum Leben wiedererwecken. Oliver erinnerte sich daran, daß er und der Tote in der Taverne Zum Nordlicht mehrmals ins Gespräch gekommen waren, wußte allerdings beim besten Willen nicht mehr, um was die Unterhaltung sich gedreht hatte. Für Oliver blieb er bloß ein anonymer, überbezahlter Militärdrama-Aktivist, der gegenwärtig die letzte Rolle spielte, nämlich die Leiche Leutnant George Gays.

Nach zwanzig Minuten war es Oliver merklich wärmer, an seiner trostlosen Stimmung dagegen änderte sich nichts. Im Dampf erschienen die Umrisse einer Frau. Charlotte Corday kam, phantasierte er, um Marat zu erstechen. Oliver hatte Jacques-Louis Davids Gemälde stets bewundert. Aber statt eines Dolchs hatte sie nur ein Digitalthermometer in der Hand.

»Hallo, Oliver. Wie schön, dich wiederzusehen.«

»Cassandra?«

»Ich soll deine Temperatur messen«, antwortete sie, trat aus den Dunstschwaden.

»Hör zu, Liebling, ich habe alles versucht. Wirklich alles, *alles*.«

Cassie beugte sich über die Wanne und schmatzte ihm ein flüchtiges, neutrales Küßchen auf die Wange. »Das ist mir klar«, entgegnete sie im Tonfall herablassender Dankbarkeit. Sie hatte ein verhärmtes Gesicht, ihr Auftreten bezeugte Bedrückung und Einschüchterung, und ohne Zweifel hinterließ er bei ihr einen gleichartigen Eindruck des Niedergeschlagenseins. Und dennoch hatte er sie, wie sie da neben ihm stand und am Thermometer die kleine, grüne Taste betätigte, noch nie als schöner empfunden.

»Ich habe alles versucht«, beteuerte Oliver noch einmal. »Du mußt mich richtig verstehen ... Ich hätte nicht im Traum daran gedacht, daß Spruance es darauf anlegt, den Tanker zu torpedieren.«

»Ich will ganz offen sein«, gab Cassie zur Antwort, schob ihm das Thermometer in den Mundwinkel. »Ich bin sofort der Meinung gewesen, daß du die falschen Leute angeworben hast.« Diese Bemerkung kränkte Oliver, traf ihn so tief, daß er beinahe das Thermometer zerbiß. (Du meine Güte, was verlangte sie denn in so kurzer Zeit, daß er die 7. US-Flotte auf den Tanker hetzte?) Er hörte in den Ohren ein leises Klingeln, als ginge in einem Mäuseloch ein Wecker los. Cassie zog ihm das Thermometer aus dem Mund und las die Messung ab. »Dreiunddreißig Komma zwei Grad. Ziemlich gut. Du kannst jetzt aufstehen.«

»Ich habe alles versucht. Ehrlich.«

»Du brauchst's nicht ständig zu wiederholen.«

»Wo ist Gott?«

»Fortgetrieben«, teilte Cassie ihm mit, legte Oliver einen weißen Frottee-Bademantel und ein mit dem Karpag-Stegosaurus verziertes Badetuch zurecht. »Nach Osten, glaube ich. Höchstwahrscheinlich ist er unsinkbar. Wir müssen uns aussprechen, Oliver. Wir treffen uns im Imbißrestaurant.«

»Ich liebe dich, Cassandra.«

»Ich weiß«, sagte sie mit ruhiger Stimme – in unheilvollem Ton –, wandte sich ab und verschwand im Wallen der Dampfwolken.

Während Oliver aus der Retemperierungswanne stieg, befielen ihn Benommenheit und ein Gefühl unsäglicher Trauer. Ihm war zumute wie einem Gestrandeten, der im Zeitalter der Vernunft festsaß, während auf dem Meer, fast schon am Horizont, Cassandra in eine Zukunft der Nachaufklärung und des Posttheismus fuhr, sich mit jedem Moment, der verstrich, immer weiter von ihm entfernte.

Er trocknete sich ab, schlang den Bademantel um und humpelte durch die Reihen ausgelaugter Militärdrama-Aktivisten, von denen die Hälfte in Retemperierungswannen, die andere Hälfte im Bett lag. Über McCluskys linke Wange verliefen die Stiche einer unregelmäßigen Wundnaht. Ein wahrer Turban aus Verbandszeug krönte Leutnant Beesons Kopf. Verbrennungen bedeckten Lance Sharps Brustkasten wie abstrakt-expressionistische Tätowierungen. Oliver bedauerte die Männer wegen ihrer gebrochenen Knochen und Fleischwunden, gleichzeitig jedoch fühlte er sich von ihnen hintergangen. Sie hätten viel größere Löcher in Gottes Leichnam bomben sollen. Das wäre ihre gottverdammte Pflicht und Schuldigkeit gewesen.

Erst angesichts des jämmerlichen Anblicks Albert Flumes begriff Oliver so deutlich wie noch nie, was es für einen Menschen bedeutete, die Arme zu verlieren. Mit verlorenen Beinen verhielt es sich anders. Kapitän Ahab, Long John Silver – da gab es eine ganze Galerie romantischer Helden. Aber ein Mann ohne Arme sah einfach blöd aus.

An Flumes Bett stand Pembroke, dem ein Stoffverband auf dem rechten Auge klebte; sein Gesicht hatte etliche Prellungen erlitten. »Das ist alles *Ihre* Schuld«, warf er Oliver vor, zeigte auf seinen verstümmelten Geschäftspartner.

Die Arroganz des Militärdrama-Veranstalters frappierte Oliver. »*Meine* Schuld?!«

Beim Klang seiner Stimme zuckte Flume zusammen und stierte hinauf zur Decke. Dicke Lagen von Leinenverbänden umhüllten die Armstümpfe, verliehen den stark verkürzten Gliedern das Aussehen von mit Klebestreifen umwickelten Baseball-Handschuhen.

»Sie haben uns eingeredet«, beschwerte sich Pembroke, »es sei kein Geleitschutz vorhanden.«

»Suchen Sie einen Sündenbock, Pembroke?« fragte Oliver, bezähmte den Drang, den Mann anzuschreien. »Dann nehmen Sie Ihren Kumpel Spruance. Spruance mit seinem Reserveplan Neunundzwanzig-siebenundsechzig. Oder den Deppen McClusky da, er hätte sofort zum Rückzug blasen müssen, als die *Maracaibo* aufkreuzte. Oder ziehen Sie *sich selbst* in Betracht.«

»*Maracaibo*, nicht ›die‹ *Maracaibo*.«

»Die Leute hier an Bord tuscheln über Schadenersatz- und Mordanklagen, über Auslieferungsersuchen«, schnauzte Oliver. »Ich glaube, wir stecken tief in der Scheiße. Wir *alle*.«

»Machen Sie sich nicht lächerlich. Es hat nach der Schlacht von Midway keine *Klagen* gegeben.« Pembroke zückte einen Plastikkamm aus dem Bademantel und glättete seinem Freund das dichte, blonde Haar. »Herrje, wär's mir doch nur möglich, dir irgendwie zu helfen, Albert. Ich wollte, ich könnte dafür sorgen, daß jetzt Frances Langford reinkommt und dich etwas aufmuntert.«

»Was soll bloß aus mir *werden*?« röchelte Flume.

»Also, du erhältst in jeder Hinsicht ausschließlich die beste ärztliche Behandlung, alter Junge. Du bekommst wunderbare Armprothesen, genau solche, wie Harold Russell welche hatte.«

»Harold Russell?« fragte Oliver.

»Der zweifach Armamputierte, der zum Film ging«, lautete Pembrokes Auskunft. »Haben Sie *Die besten Jahre unseres Lebens* gesehen?«

»Nee.«

»Toller Streifen. Russell bekam 'n Oscar.«

»Die Rechnungen begleiche ich«, versprach Oliver, tippte behutsam gegen Flumes linken Armstumpf. »Egal was diese ›wunderbaren Armprothesen‹ kosten, ich bezahle die Rechnungen.«

»Ich will keine ›wunderbaren Armprothesen‹«, maulte Flume halblaut. »Und Russell mußte seinen Oscar später verscherbeln.«

»Stimmt«, seufzte Pembroke.

»Ich will echte Arme.«

»He, alter Spezi, denk mal dran, was für 'ne *teuflisch* heiße Schlacht um Guadalcanal wir demnächst veranstalten.«

»Ich mag keine Schlacht um Guadacanal mehr sehen.«

»Nicht?« vergewisserte sich Pembroke.

»Keine Schlacht um Guadacanal, keine Ardennenschlacht, nicht mal 'n D-Day.«

»Ach so. Naja, irgendwo kann ich's verstehen.«

»Ich will Arme.«

»Klar doch.«

»Dauernd versuche ich die Hände zu bewegen.«

»Natürlich.«

»Aber es geht nicht.«

»Ich weiß, Albert.«

»Ich möchte auf dem Klavier spielen.«

»Sicher.«
»In der Nase bohren.«
»Freilich.«

Zeit zum Gehen, sagte sich der Vorsitzende der Philosophischen Liga für moderne Aufklärung e. V., während Albert Flume sein Bedürfnis zum Ausdruck brachte, mit den Fingern zu schnippen und Däumchen zu drehen. Zeit zum Treffen mit Cassandra, dachte sich Oliver, während der armlose Militärdrama-Veranstalter das Verlangen äußerte, eine Armbanduhr anzuziehen, Briefe zu schreiben, mit einem Jo-Jo zu spielen, für Dynamo Hudson die Fahne zu schwingen und zu wichsen. Zeit zum Weiterführen des Lebens, von dem Oliver ahnte, daß es erdrückend öde und absolut langweilig werden würde.

Eine volle Bettschüssel, merkte Thomas Ockham nach und nach, war eine hoffnungslos beschissene Sache. Keine noch so phantasievolle Beschönigung konnte daran etwas ändern. Jedesmal wenn er eine durchs Krankenrevier der *Maracaibo* trug, versuchte er sich einzureden, sie sei ein Meßkelch, ein Ziborium oder gar der Heilige Gral; doch sobald er den Abort betrat, hatte er wieder ein Blechgefäß voller Kot in den Händen. Infolge dessen fühlte sich der Geistliche nachgerade überschwenglich erleichtert, als Tullio di Luca eine Krisensitzung anberaumte, um das weitere Schicksal des *Corpus Dei* zu diskutieren, ließ gerne von dem unschönen Liebesdienst ab und strebte zum Lift.

Die Offiziere und Offizierinnen der *Valparaíso* – van Horne, Rafferty, Haycox, O'Connor und Bliss – hatten sich schon in der Offiziersmesse versammelt, als Thomas eintraf, saßen in einer Reihe auf der anderen Seite des Tischs. Rafferty zündete sich eine Marlboro an, O'Connor steckte sich ein Hustenbonbon in den Mund.

Konzentrische dunkle Kreise umringten die Augen des Kapitäns, als wären sie ins Wasser geworfene Kieselsteine. Allmählich fand sich auch die Schiffsführung der *Maracaibo* ein, allen voran di Luca, danach Erster Offizier Orso Peche, Erster Maschinist Vince Mangione, Funkoffizier Gonzalo Cornejo und Dr. Guiseppe Carminati, der Arzt des Vatikans; einer wirkte mißmutiger und heimwehkranker als der andere. Mick Katsakos stand unterdessen auf der Brücke, mutmaßte Thomas, und hielt den Golf-Tanker in sicherem Abstand von der sinkenden *Valparaíso*.

»Während meiner leider nur kurzen Bekanntschaft mit Ihrem Vater habe ich seine Seemannstugenden und seinen Mut zu bewundern gelernt«, salbaderte di Luca, nahm am Kopfende des Tischs Platz. »Ihre Trauer muß überwältigend sein.«

»Bis jetzt noch nicht«, brummte van Horne. »Ich halte Sie auf dem laufenden.«

Vor Unbehagen über die Direktheit des Kapitäns zog Thomas die Schultern hoch. Er setzte sich neben Lianne Bliss und warf durchs benachbarte Bullauge einen Blick ins Freie. Wie eine Insel lugten nach wie vor Aufbauten der *Valparaíso* aus der unruhigen Norwegischen See, als wäre sie der Rasputin unter den Supertankern: Kugeln, Gift, Keule, und noch immer klammerte er sich ans Leben.

Weshalb war Gott gestorben?

Warum?

»Der Vatikan macht Ihnen einen Vorschlag«, sagte di Luca zu van Horne. »Wir wissen nicht genau, wieso Sie in der vergangenen Woche abfällig geworden sind, aber der Heilige Vater ist ein herzensguter Mann und verzeiht Ihnen die Insubordination, wenn Sie das Kommando über die *Maracaibo* antreten und künftig tun, was Rom wünscht.«

»Die Entwicklung ist Ihnen voraus, Eminenz«, antwortete der Kapitän. »Mir ist das Kommando schon von meinem Vater anvertraut worden, kurz bevor er starb.«

»Dazu hatte er gar kein Recht.«

»Ich kann Ihnen nicht zusichern, Roms Anweisungen zu befolgen, solange sie mir nicht genannt werden.«

»Erster Schritt: Sie übernehmen das Kommando. Im Interesse einer effektiven Arbeit haben diese Männer« – di Lucas Arm wies auf die Offiziere der *Maracaibo* – »sich damit einverstanden erklärt, sich Ihren Offizieren unterzuordnen. Zweiter Schritt: Sie steuern das Filmrequisit an. Mr. Peche, haben Sie es noch auf dem Radarschirm?«

»Aye.«

»Dritter Schritt: Sie ölen es von vorn bis hinten ein.«

»Einölen?« fragte van Horne.

»Mit arabischem Rohöl«, konkretisierte di Luca das Ansinnen. »Vierter Schritt: Sie setzen das Requisit in Brand. Fünfter Schritt: Sie bringen uns nach Palermo zurück.«

»In Brand?« heulte Rafferty.

»Das darf doch wohl nicht wahr sein«, stöhnte O'Connor.

»Kommt gar nicht in Frage«, fauchte Haycox.

»Aha, *nun* reden wir Tacheles«, rief Bliss, deutete mit ihrem Kristallumhänger auf van Horne. »Haben Sie's gehört, Sir? Sie sollen ihn *verbrennen*.«

»Sie haben angegeben, daß Formaldehyd geladen ist, kein Rohöl«, erklärte Thomas vorwurfsvoll zum Kardinal.

Andeutungsweise grinste di Luca. »Wir haben«, gestand er, »Öl an Bord.«

»Jetzt haben Sie klare Befehle erhalten, Kapitän«, sagte Bliss. »Also befolgen Sie sie.«

»Sie wissen ganz genau, daß der Leichnam bei

Kvitöi bestattet werden soll«, erinnerte Thomas den Kardinal. »Sie haben Gabriels Wunsch selbst gehört.«

Di Luca legte die Hände auf die Brust und strich den wasserfesten Priesterrock glatt. »Professor Ockham, muß ich wirklich die Peinlichkeit begehen, Sie auf die ja wohl offenkundige Tatsache aufmerksam zu machen, daß in dieser Angelegenheit nicht mehr Sie der Verbindungsmann zu Rom sind, sondern ich es bin?«

Unvermittelt spürte Thomas das eigene Blut; es schien sich zu erhitzen. »Bitte unterschätzen Sie mich nicht, Eminenz. Erwarten Sie nicht, daß ein Jesuit wie ich die Hörner einzieht und sich plattbügeln läßt.«

Indem er sich zu van Horne hinüberlehnte, packte di Luca einen Glasaschenbecher und hielt ihn in der Hand, als böte Jesus dem Pöbel zum Werfen den ersten Stein an. »Das Problem ist, Kapitän, daß Kvitöi in keiner Weise Schutz gegen Störungen garantiert. Nur die Kremation kann dagegen vorbeugen, daß der Leichnam in zukünftigen Jahren aus dem Grab geholt und entweiht wird.«

»Was ist denn daran so aufregend«, fragte Peche, »wenn jemand 'n Filmrequisit ›entweiht‹?«

»Offenbar haben sich die Engel für Kvitöi als passenden Begräbnisort entschieden«, erwiderte Thomas. »Ich kann das gleiche von mir sagen.«

»Bitte halten Sie den Mund«, verlangte di Luca.

»Engel?« wunderte sich Mangione.

»Ich halte *nicht* den Mund«, widersprach Thomas.

Plötzlich versetzte di Luca dem Aschenbecher einen Stoß, so daß er sich wie eine in verrücktes Rotieren geratene Kompaßnadel drehte. »Professor Ockham, war es nicht so, daß es, nachdem der Tod unseres Schöpfers an Bord der *Valparaíso* allgemein bekannt wurde, zu ernsten sittlichen Ausfallserscheinungen gekommen ist?«

»*Wessen* Tod?« fragte Peche.

»Ja, aber durch das Fleisch ist es uns gelungen, diese Phase zu überwinden«, sagte van Horne.

»Fleisch?« wiederholte di Luca.

»Sobald wir der Besatzung als Verpflegung mit Käse überbackene Hacksteaks verfügbar gemacht haben, ist die Moral schnell wiederhergestellt worden.«

»Hacksteaks?«

»Sie brauchen sich darüber nicht den Kopf zu zerbrechen«, meinte Rafferty.

»Laut Pater Ockhams Fax vom achtundzwanzigsten Juli gab es Diebstähle, Vergewaltigungsversuche, Vandalismus und eventuell einen Mord.« Der Kardinal brachte den Aschenbecher zum Stehen. »Und nun malen Sie sich eine solche Anarchie einmal überall auf dem Planeten aus, Professor, dann können Sie ein unüberschaubares Chaos voraussehen.«

»Man kann es auch anders betrachten«, wandte van Horne ein. »Berücksichtigen Sie doch mal, daß unsere Fahrt zum Golf von Cádiz ein beispiellos eindrucksvolles Erlebnis war, wir hatten den Leichnam ständig im Blickfeld, rund um die Uhr konnten wir ihn riechen, andauernd mußten wir ihn vor Raubtieren schützen. Es ist doch nur natürlich, daß wir bald unter einer Art von Bann standen. Die Welt insgesamt wird nie ein so enges Verhältnis zu Gott kennen.«

»Gott?« staunte Mangione entgeistert.

»Der Leichnam muß beseitigt werden«, beharrte di Luca.

Thomas knallte die Handfläche auf die Tischplatte. »Ach, nun hören Sie aber mal auf, Kardinal! Wir wollen doch ehrlich miteinander sein, ja? Ihnen war das Projekt von Anfang an zuwider. Hätte OMNIPATER nicht auf ein paar intakte Neuronen getippt, wären Sie sofort für eine Kremation gewesen. Aber jetzt ist das Hirn unrettbar zerstört, und das heißt, Ihre und die Karriere des ganzen übrigen Klerus geht den Bach runter, sollte die Wahrheit je an die Öffentlichkeit gelangen. Dazu kann ich nur sagen: Schade, meine Herren, aber schlucken Sie die bittere Pille. Der Stuhl Petri ist nie als Besitztitel gedacht gewesen.«

»Pater Thomas«, knurrte di Luca, »ich wünsche, daß Sie die Sitzung unverzüglich verlassen.«

»Rutschen Sie mir den Buckel runter«, entgegnete der Geistliche. »Aus dem Blickwinkel der Kirche mag der Leichnam ja ein Ärgernis sein. Für mich und Kapitän van Horne allerdings verkörpert er eine geheiligte Verpflichtung.«

»Hinaus!«

»Nein.«

Unvermutet verstummte der Kardinal, pochte erbittert mit dem Aschenbecher auf dem Tisch herum und erzeugte ein gleichmäßiges *Dong-dong-dong*.

»Das ist gar kein Filmrequisit, oder?« fragte Peche.

»Überhaupt nicht«, antwortete O'Connor.

»Guter Gott...«

»Ganz genau«, sagte Haycox.

Van Horne schenkte di Luca ein breites, feindseliges Lächeln. »Erstens: Wir dampfen zu unserem Schleppgut. Zweitens: Wir vertäuen den *Corpus Dei* am Heck. Drittens: Wir nehmen den Schlepptransport wieder auf.« Er heftete den Blick auf Peche. »Vorausgesetzt natürlich, niemand hat Einwände...«

Unversehens erfüllte Thomas Freude. Wie wundervoll war es doch, zur Abwechslung einmal auf einer Seite mit van Horne zu kämpfen.

»Mir ist ganz wirr im Kopf«, bekannte Peche, »aber mein Gefühl sagt mir, eine Verbrennung wäre unverzeihlich.«

»Wenn's tatsächlich ist, was Sie behaupten...«, stimmte ihm Cornejo halblaut zu, »wenn's sich wirklich, also wirklich *so* verhält...«

»Wer sind wir denn im Vergleich zu Engeln?« führte Mangione an.

Der Kapitän griff in die Hemdtasche, holte Rafaels Engelsfeder hervor und wies damit auf den Ersten Offizier. »Rafferty, stellen Sie die Funkbude unter bewaffnete Bewachung. Jeder Versuch Monsignore di Lucas, sie zu betreten, ist zu unterbinden. Und da wir gerade bei Sicherheitsvorkehrungen sind, es dürfte auch ratsam sein, Öhrchen und ihre Verbündete Dr. Fowler unter Aufsicht zu stellen.«

»Aye, Sir«, sagte Rafferty.

Bliss klammerte die Hand um ihren Kristallanhänger und rümpfte die Nase.

»Ich gehe wohl zurecht davon aus«, erwiderte di Luca, »Ihnen ist ohne weiteres gänzlich einsichtig, daß Sie allesamt von diesem Moment an in außerordentlich ernstem Konflikt mit dem Vatikan stehen. Rom erhält von mir regelmäßig Nachricht. Wenn ich mich nicht mehr melde, wird Ihnen ein anderer Golf-Tanker nachgeschickt. Oder zwei, drei ... Eine ganze Armada.«

»Dann wird's uns wenigstens nicht langweilig«, spaßte van Horne.

»Sie leisten sich einen tragischen Fehler, Kapitän. Schlimmer als in der Matagorda-Bucht.«

»Den habe ich überlebt. Ich überstehe auch meinen nächsten Fehler.« Van Horne deutete mit der Feder auf Dr. Carminati. »Wann werden die Verletzten ausgeflogen?«

»Wir erwarten die Hubschrauber in zwanzig Minuten. Das Ausfliegen dürfte innerhalb einer Stunde beendet sein. Ihnen ist hoffentlich klar, daß ich mich Ihrer empörenden Meuterei nicht anschließe.«

»*Meuterei* ist genau das richtige Wort«, sagte di Luca.

Statt auf den Arzt zeigte van Horne mit der Feder als nächstes auf den Kardinal. »Wenn ich mich gegen den Vatikan auflehne, Eminenz, dann rebelliert der Vatikan gegen den Himmel.« Der Kapitän schloß die Augen. »Ich überlassen Ihnen die Entscheidung, was die schwerere Sünde ist.«

Das halbe Dutzend Automaten im Imbißrestaurant der *Maracaibo* enthielt ein breites Angebot grotesker Produkte: Puffreis Yokohama, Oma-Lisa-Kirschtörtchen, Casanova-Schnitten. Jeder dieser Artikel untermauerte Olivers insgeheim wachsende Überzeugung, daß die westliche Zivilisation mit oder ohne *Corpus Dei* am Rande des Zusammenbruchs stand. Cassie saß in einem körpergerecht geformten Plastikstuhl an einem kleinen Resopal-Tisch im kalten Leuchten des KALT-GETRÄNKE-Automaten bei einem Bonaqa, ein Anblick, der Oliver an Degas Meisterwerk *Das Glas Absinth* erinnerte. Rechts von ihr strahlte das Leuchtschild BACK-WAREN. Links glomm das Leuchtschild SÜSSIGKEITEN. Er ging zum KALTGETRÄNKE-Automaten, zog sich Kaffee in einem unerklärlicherweise mit Spielkarten verzierten Pappbecher und gesellte sich zu Cassie.

»Ich glaube, der Militärdrama-Verein geht bankrott«, sagte er. »Die Schlacht von Midway hat ihn überfordert.«

»So leicht stirbt die Vergangenheit nicht.«

»Sicher nicht. Wahrscheinlich hast du recht. Du bist immer eine tiefsinnigere Denkerin als ich gewesen.«

Mangels eines Löffels rührte Oliver den brühheißen Kaffee mit dem Daumen um, kostete den dadurch verursachten Schmerz aus. »He, Cassandra, wir haben ja zusammen Wahnsinnssachen erlebt, stimmt's? Erinnerst du dich noch an Denver?« In mancher Hinsicht war die dortige Aktion der Philosophischen Liga für moderne Aufklärung e.V. – ein besonders spektakulärer Protest gegen die gigantomanische Sperrholz-Zehn-Gebote-Tafel, die die sogenannte Gemeinde des Himmlischen Brüderordens vor dem Landesregierungsgebäude auf dem Rasen errichtet gehabt hatte – mit dem Höhepunkt ihrer Beziehung einhergegangen. Im Park auf der anderen Straßenseite hatten er und Cassie ein gleich großes Schild aufgebaut und unter der Überschrift WAS GOTT WIRKLICH SAGTE der Öffentlichkeit einen Dekalog *nouvelle* präsentiert (zwischen wilden sexuellen Spielen, die der Erprobung des neuen Kondoms Shostak-Supremat dienten, war er zwei Tage vorher in ihrer Wohnung gemeinsam formuliert worden). »Ich wette, wenn wir uns 'n bißchen anstrengen, fallen unsere wahren Zehn Gebote uns noch alle ein. Eines hieß: ›Du sollst dir kein Schnitzbild machen, außer du bist Katholik und stehst auf so was.‹«

»Ich möchte jetzt nicht über Denver plaudern«, sagte Cassie.

»›Du sollst nicht begehren deines Nächsten Knecht oder Magd und nicht fragen, wieso er eigentlich Dienerschaft hat.‹«

»Oliver, ich liebe Anthony van Horne.«

Mit einem Mal kehrte Olivers Unterkühlung wieder, kroch in seinem Leib von Organ zu Organ, verwandelte sie ihn Gefrierfleisch. »Scheiße.« Sie war doch Charlotte Corday, erstach, ermordete ihn. »Van Horne? Um Himmels willen, van Horne ist unser *Gegner*.« Er schloß die Lider, schluckte schwer. »Hast du ... mit ihm gevögelt?«

»Ja.«

»Mehr als einmal?«

»Ja.«

»Mit welcher Kondommarke?«

»Darauf kann es nur falsche Antworten geben.«

Oliver leckte am verbrühten Daumen. »Hat er dich gebeten, ihn zu heiraten?«

»Nein.«

»Gut.«

»Ich habe vor«, sagte Cassie, »*ihn* zu fragen.«

»Was findest du bloß an so einem Mann?! Er ist kein Rationalist, keiner von uns.«

Mit einer Gebärde, die Oliver gleichzeitig als höchst angenehm und grausam gönnerhaft empfand, streichelte Cassie ihm den Unterarm. »Es tut mir leid. Es tut mir ehrlich, ehrlich leid ...«

»Weißt du, was ich glaube? Ich bin der Ansicht, dich hat bloß das Mystische des Meeres verführt. Also hör mal, wenn du dir so ein Leben wünschst, na gut, schön, von mir aus, dann kaufe ich dir ein Schiff. Möchtest du eine Schaluppe, Cassandra? Einen Kabinenkreuzer? Wir fahren nach Tahiti, legen uns an den Strand, malen Bilder von den Eingeborenen, treiben's genau wie Gauguin.«

»Oliver, es ist aus mit uns.«

»Ach wo.«

»Doch.«

Im Laufe der folgenden Minute sprach keiner von beiden ein Wort; nur das gelegentliche mechanische Gebrumm eines Automaten störte das Schweigen. Oliver konzentrierte sich auf DROGERIEARTIKEL, verspürte Bedarf an verschiedenerlei Teilen des Inhalts: dem Aspirin zur Linderung des Kopfwehs, dem Alka-Seltzer zur Beruhigung seines Magens, den Wilkinson-Rasierklingen zum Aufschneiden der Handgelenke, den Shostak-Supersensitiv-Kondomen zur Befriedigung seines rasend heftigen Wunschs, ein letztes Mal mit Cassie zu vögeln.

»›Du sollst nicht töten‹«, sagte er. »Weißt du eigentlich noch, was wir aus ›Du sollst nicht töten‹ gemacht haben?«

»Nein.«

»Ich auch nicht.«

»Oliver ...«

»Es fällt mir einfach nicht ein.« Tiefes Stahlgewummer dröhnte in der Luft. Die Hubschrauber aus Island, schlußfolgerte Oliver, flogen die Helikopterdecks der *Maracaibo* an. »Kannst du dich *bestimmt nicht* entsinnen?«

»Ich glaube, ich... ich... Mir ist nicht ganz klar, was ich sagen soll. Blasphemie törnt mich nicht mehr so an wie früher.«

»Flieg mit mir nach Reykjavik, ja? Heute abend nimmst du 'ne Maschine nach Halifax und morgen früh 'n Anschlußflug nach New York. Mit etwas Glück stehst du am Mittwoch wieder im Unterricht.«

»Du greifst nach Strohhalmen, Oliver.«

»Komm mit.«

»Ich kann nicht.«

»Du kannst.«

»Nein.«

Oliver schnippte mit den Fingern. »›Du sollst nicht töten‹«, zitierte er, während er mit den Tränen rang, »›außer Kommunisten, die du ungestraft töten darfst.‹«

16. September
Wahrscheinlich bist du darüber froh, daß ich dich gerettet habe, Popeye. Offen gesagt, mich freut es auch, noch da zu sein. Im Verlauf der Zeit sind viele Kapitäne mit ihren Schiffen untergegangen, und ich beneide keinen von ihnen.

Rafferty hat Sorge, das Objekt im Zwölfmeilenradar könnte eventuell nur ein Eisberg sein, aber ich traue mir zu, die Konturen des *Corpus Dei* jederzeit wiederzuerkennen. Falls die Schleppketten noch vorhanden sind, erachte ich es als am sinnvollsten, die Enden ums Deckhaus der *Maracaibo* zu schlingen und die Abschlußkettenglieder zu verhaken. Sollte das Gewicht zu hoch sein, wird das Deckhaus natürlich abgerissen und geht über Bord, und wir rauschen alle übers Heck ins Meer.

Manche Leute haben es leichter, sie brauchen bloß Öl zu befördern, um sich ihre Brötchen zu verdienen.

Um 20 Uhr 15 hat der letzte Hubschrauber abgehoben und ist mit Pembroke, Flume, Oliver Shostak und den zwei falschen Fliegeroffizieren, die das PBY-Flugboot gesteuert haben, nach Reykjavik abgeschwirrt. Ursprünglich war es meine Absicht, mich dem guten, alten Oliver vorzustellen, ehe er die Fliege macht, und ihm die Zähne in den Hals zu dreschen, ich habe mich dann aber zu der Auffassung durchgerungen, daß es hinreichende Rache ist, ihm die Freundin auszuspannen. Ich verstehe noch immer nicht so richtig, was er und Cassie gegen unsere Fracht haben. Nach einer Ansicht sollte jedes Geschöpf seinem Schöpfer dankbar sein. Allerdings zählen meine privaten philosophischen Meinungen gegenwärtig sowieso nicht. Es ist nicht meine Aufgabe, Loblieder auf Gott zu singen, sondern ihn schlicht und einfach zu bestatten.

Ich lasse der *Valparaíso* noch eine Frist bis zum Morgen. Wenn sie bis dahin nicht versunken ist, feuere ich eine Aspide-Rakete ab und erlöse sie aus dem Todeskampf. Ich fühle mich ernsthaft in Versuchung, Spruances Flugzeugträger aufzuspüren und ihn *auch* zu versenken. Aber ich widerstehe der Verlockung, Popeye. Es wäre falsch, sich dermaßen nachtragend zu verhalten. »Befindet man sich erst einmal unter dem geistigen Einfluß des *Corpus Dei*«, hat Pater Thomas mir dargelegt, »muß man ewig auf der Hut sein, unausgesetzt im eigenen Gemüt nach dem moralischen Gesetz forschen.«

Unter der Mitternachtssonne gewann Verzweiflung die Intensität sexueller Betätigung, Schlaflosigkeit die Stärke künstlerischen Auslebens. In der Arktis empfindet ein schlafloser Seemann den Wind als schärfer, die salzige Luft als herber, den Schrei eines Tölpels als durchdringender. Während Anthony van Horne den Mittellaufsteg der *Karpag Maracaibo* überquerte – überall hingen Eiszapfen, auf allen Seiten schwammen Eisberge vorüber –, war ihm zumute, als wäre er zum Helden einer wildbewegten skandinavischen Sage geworden. Halb rechnete er damit, die Midgardschlange mit gebleckten Zähnen und feurigen Augen durch die rosig aufgehellte See kreuzen, um die dem Untergang geweihte *Valparaíso* kreisen, auf Ragnarök warten zu sehen.

Wie das zur Enthüllung vorbereitete Denkmal eines Bürgerkriegsgenerals lag die Leiche seines Vaters in einem Segeltuchseesack auf dem Vordeck.

»Wenn man bedenkt, wieviel TNT und Testosteron heute morgen hier benutzt und freigesetzt worden sind«, bemerkte Cassie, indem sie den Kopf des Leichnams mit der Stiefelspitze anstieß, »ist es erstaunlich, daß nur vier Menschen ums Leben gekommen sind.« Matt lächelte sie Anthony zu. »Wie geht's dir?«

»Ich bin müde«, antwortete er, nahm das Fernglas vom Hals. »Und mir ist kalt.«

»Bei mir ist's genauso.«

»Wir sind uns aus dem Weg gegangen.«

»Ja, stimmt«, räumte Cassie ein. »Ob ich mein schlechtes Gewissen je loswerde?«

»Da fragst du den falschen Mann.«

»Dieser beschissene Golf-Tanker... Also wirklich, wer hätte denn die Idee gehabt, daß ein *Golf-Tanker* ankommt?«

In der rundlichen Dicke ihrer daunengefütterten Parkas und trotz der ungraziösen Pelzstiefel schmiegten sie sich aneinander, ganz wie zwei verpaarte Grizzlys, die sich nach langem Winterschlaf wiedergefunden hatten.

»Ich hoffe, dein Kummer ist nicht unerträglich«, meinte Cassie, hob im Seehundfellfäustling die Hand und zeigte auf den Seesack.

»Es erinnert mich an den Steckschuß, den mir mal in Guayaquil ein Pirat verpaßt hat«, sagte Anthony. »Der Schmerz kam nur langsam. Momentan warte ich noch darauf, daß ich etwas fühle.«

»Trauer?«

»Irgend etwas eben. Vor seinem Tod hatten wir noch ein paar gemeinsame Minuten.«

»Habt ihr über die Matagorda-Bucht gesprochen?«

»Er war mit Morphium abgefüllt ... Es hatte keinen Zweck. Aber selbst wenn er mich verstanden hätte, wäre es ihm unmöglich gewesen, mir zu helfen. Mein Auftrag ist ja unerledigt. Das Grab ist noch leer.«

»Lianne hat mir erzählt, der Vatikan will den Leichnam verbrannt haben.«

»Hat sie auch erzählt, daß wir die Fahrt morgen fortsetzen?«

»Nach Kvitöi?«

»Jawohl.«

»Ich säh's lieber, du würdest dir's anders überlegen«, bekannte Cassie in ruhigem Ton. Ein Ausdruck eigentümlich attraktiven, weil sonderbar sinnlichen Zorns verzog ihre Miene. »Die Engel sind tot. Dein Vater ist tot. Gott ist tot. Es ist niemand mehr da, dem du etwas beweisen müßtest.«

»Ich bin noch da.«

»Scheiße...«

»Cassie, Liebste, wenn die Katholische Kirche und die Philosophische Liga für moderne Aufklärung auf einmal dasselbe Ziel verfolgen, gibt eine so merkwürdige Entwicklung nicht auch dir zu denken?«

»Damit kann ich leben. Verbrenn den Spasti, mein Schatz. Die Frauen der Welt werden dir dafür dankbar sein.«

»Ich habe Rafael ein Versprechen gegeben.«

»Soweit ich gehört habe«, wandte Cassie ein, »schickt Rom weitere Golf-Tanker, wenn du nicht nach dem Willen des Vatikans verfährst. Sicherlich möchtest du doch kein zweites Mal torpediert werden, oder?«

»Nein, Cassie, selbstverständlich nicht.« Anthony kehrte sich dem Wrack zu, hob das Fernglas an die Augen und stellte es scharf. »Natürlich könnte ich dem Papst einfach ein Fax mit der Behauptung schicken, der *Corpus Dei* sei in Brand gesetzt worden.«

»Ja, könntest du ...«

»Aber ich tu's nicht«, erklärte Anthony mit Nachdruck. »Auf dieser Reise sind genug Lug und Trug vorgefallen.« Schwarze Wogen rollten übers Wetterdeck der *Valparaíso*, drängten Treibeisbrocken gegen die Aufbauten. »Cassie, ich schlage dir 'nen Kompromiß vor. Falls uns zwischen hier und Svalbard eine Vatikan-Flotte abfängt, liefere ich ihr die Fracht ohne Gegenwehr aus.«

»Ohne Schlachtgetümmel?«

»Kampflos.«

Cassie bewegte den Mund, zwang die vor Kälte starren Muskeln zum Lächeln. »Das glaub ich erst, wenn's soweit ist.«

Mit dunklem Gurgeln und unirdischem Stöhnen geriet die *Valparaíso* ins Kreiseln, drehte sich von Nord nach Ost, von Süd nach West, immerzu rundherum, der Bug sank steil ins Meer, wühlte den Ostgrönland-Strom zu einem schaumigen Strudel auf, während sich das zehn Tonnen schwere Ruder, die wie Windmühlen bemessenen Ferris-Schiffsschrauben und der mammuthafte Kiel sich in die Luft emporschwangen. Deckspassage um Deckspassage, Fenster- um Fensterreihe ging das Schiff unter, Kabinen, Kombüse, Offiziersmesse, Steuerhaus, Schornstein, Masten, Vatikanflagge, alles verschwand im Mahlstrom wie im Maul eines zu unvorstellbarer Größe mutierten Barschs, die Bullaugen schimmerten hell noch unterm Wasserspiegel.

»Adieu, altes Mädchen.« Zum Abschied grüßte Anthony mit der Hand an der Mütze und ließ gehörig Salut schießen. »Du wirst mir fehlen«, rief er über die mit Eis nahezu verstopfte See. Tölpel kreischten, der Wind heulte, mit einem Schmatzen schlossen sich die nassen Kiefer der Fluten. »Du warst von allen die Beste«, beteuerte der Kapitän, während das Schiff die letzte Fahrt antrat, zwar langsam, aber unaufhaltsam von der gischtigen Oberfläche der Norwegischen See in die Tintenschwärze des Grönländischen Beckens hinabglitt, fünftausend Faden tief.

KIND

Das Gesicht des *Corpus Dei* schwelte noch, als die *Maracaibo* ihn erreichte, Rauch quoll in dichten, schwärzlichen Fahnen von den Backen empor und wehte nordwestwärts zur Jan-Mayen-Insel. Tausende von Bartstoppeln bedeckten das verkohlte, hautlose Fleisch der eingefallenen Wangen, rings um die vereisten Lippen mit dem erstarrten Lächeln, verliefen wie die Skeletten ähnlichen Stümpfe eines Waldbrands bis hinauf zu den Ohren. Gott war, sah Anthony, so bartlos wie er geworden.

Obwohl es an Offizieren und Besatzung Überschuß gab, brauchte die *Maracaibo* den ganzen Tag, um die abgetrennten Ketten aus dem Meer zu bergen, sie ums Deckhaus zu winden und zusammenzuhaken. »Voraus langsame Fahrt«, befahl Anthony. Die Ketten strafften sich, schabten lautstark ums Deckhaus, doch die Befestigung hielt, der *Corpus Dei* gelangte in Bewegung. Um 18 Uhr 30 erteilte der Kapitän den Befehl »Voraus volle Fahrt!«, trank seit dem Auslaufen in New York seine vierhundertsechsundzwanzigste Tasse Kaffee und ließ Kurs auf den Nordpol nehmen.

Die *Karpag Maracaibo* war Anthony nicht sympathisch. Mit Mühe und Not konnte er ihr 5 Knoten abringen; er bezweifelte, daß sie, selbst wenn das Gewicht des geladenen Öls gefehlt hätte, mehr als 6 Knoten gelaufen wäre. Der Tanker hatte keine Seele. Die Erzengel hatten gewußt, was sie taten, als sie sich für die *Valparaíso* entschieden.

Am selben Abend, als die Schlepptätigkeit von neuem aufgenommen wurde, zog Cassie in Anthonys Kabine, dank der auf 28° gebrachten Warmluft, die Crock O'Connor pflichtgetreu aus dem Maschinenraum nach oben leitete, ein auf erotische Weise quasitropisches Ambiente.

»Ich würde gern etwas wissen«, gestand Cassie, während sie Anthonys nackte Gestalt zur Koje führte. »Wenn unser Plan mit der Midway-Reinszenierung geklappt hätte und Gott versunken wäre, hättest du mir verziehen?«

»Das ist 'ne unfaire Frage.«

»Stimmt.« Sie stülpte ihm ein bedrucktes Supersensitiv-Kondom über, das Standarte-Design, auf dem Markt – noch vor dem Klapperschlangen-Motiv – der Renner des führenden Kondomherstellers Shostak. »Und wie lautet die Antwort?«

»Wahrscheinlich hätte ich dir niemals verziehen«, sagte Anthony, weidete sich am Anblick des Schweißrinnsals, das zwischen ihren Brüsten wie ein Bach durch eine Schlucht floß. »Mir ist klar, daß das nicht die Antwort ist, die du gerne hören möchtest, aber ...«

»Es ist die Antwort«, unterbrach ihn Cassie, »die ich erwartet habe.«

»Nun muß *ich* dir eine Frage stellen.« Anthony zupfte mit dem Mund an ihrem Ohrläppchen, schleckte daran mit der Zunge. »Mal angenommen, es ergäbe sich 'ne zweite Gelegenheit, um die Fracht zu vernichten. Würdest du sie nutzen?«

»Darauf kannst du dich verlassen.«

»Du brauchst nicht sofort zu antworten.«

Cassie lachte und strich das Kondom glatt. »Wundert dich das?«

»Eigentlich nicht...« Anthony seufzte. Er wälzte sich auf Cassie und umfaßte ihre Brüste, als wäre er Jehova, der die Anden formte. »Du bist eine Frau mit Prinzipien, Cassie. Genau das schätze ich an dir so sehr.«

Am folgenden Morgen, während Cassie dabei half, Eis vom Mittellaufsteg abzuhacken, Anthony in der Koje lag und im Popeye-Notizbuch den Untergang der *Valparaíso* schilderte, Seite um Seite mit zorniger Klage füllte, tönte plötzlich ein Klopfen durch die Kabine. Anthony sprang von der Matratze auf und öffnete die Tür. Crock O'Connor trat ein; ihn begleitete der spindeldürre Wicht Vince Mangione, der einen Messingvogelkäfig hereinschleppte, ihn auf gleicher Höhe zu seinem Gesicht trug, als ob er in mondloser Nacht mit einer Sturmlaterne umhertappte.

In dem Käfig saß auf einer Schaukelstange ein Papagei, lauste sich in der Absicht, Milben zu knacken, mit kurzen Schnabelstößen unter den Flügeln. Der Vogel drehte den knallroten Kopf und richtete den Blick auf Anthony. Seine Äuglein glichen kleinen, eingeölten Ohrringen. Zunächst dachte Anthony, es 'hätte irgendeine Auferstehung stattgefunden, denn die Ähnlichkeit zwischen diesem Ara und Dolly, dem Haustier seiner Kindheit, war geradezu unheimlich; erst bei genauerem Hinsehen gewahrte er, daß dieser Vogel nicht Dollys Erkennungszeichen aufwies, den eigenartigen Stundenglasumriß auf dem Schnabel und die winzige, unregelmäßige Narbe an der rechten Klaue.

»Ihr Vater hat ihn kurz vorm Auslaufen in Palermo gekauft«, erklärte Mangione, stellte den Käfig auf die Koje.

»Im Maschinenraum war er wegen der dampfigen Luft bestens aufgehoben«, sagte O'Connor. »Aber in

Ihrer Kabine ist er bestimmt genauso gut untergebracht.«

»Schaffen Sie ihn hinaus«, entgegnete Anthony.

»Was?«

»Ich will nichts haben, das meinem Vater gehört hat.«

»Sie mißverstehen uns«, antwortete Mangione. »Er hat mir gesagt, daß der Vogel ein Geschenk ist.«

»Ein Geschenk?«

Trotz der Demütigung am Erntedankfest, der eingeglasten *Constitution*, der böswilligen Vernachlässigung – ungeachtet aller Anlässe zum Groll – fühlte sich Anthony nun gerührt. Endlich erhielt er ein Zeichen des Wiedergutmachungswillens seines Vaters, einen Ausgleich für das Geschenk, das er dem Sohn vor vierzig Jahren fortgenommen hatte.

»Wir wissen nicht«, teilte O'Connor ihm mit, »ob Ihr Vater ihm schon 'n Namen gegeben hat.«

»Wie rufen denn *Sie* ihn?«

»Seeräuber-Jenny.«

»Lassen Sie ihn hier«, sagte Anthony, erwiderte Seeräuber-Jennys starren Blick. Plötzlich wurde ihm mulmig zumute. Er schloß nicht aus, daß der Papagei gleich etwas Sarkastisches oder eine Gemeinheit von sich gab, vielleicht *Der Käpten is vonne Brücke gegangen* oder *Anthony macht Havarie*.

Als O'Connor sich zum Gehen wandte, krächzte Seeräuber-Jenny, äußerte jedoch kein verständliches Wort. »Mir ist langweilig«, bekannte der Maschinist, zögerte auf der Schwelle. Er drehte sich nach Anthony um und schnitt eine mürrische Miene, furchte dabei die Verbrühung auf seiner Stirn. »Sämtliche Kessel auf diesem Kahn werden von Computern überwacht. Ich habe praktisch *nichts* zu tun.«

»Tja, die *Valparaíso* war 'ne störrische Braut, schwierig zu steuern.«

»Ich weiß. Ich wünschte, wir hätten sie noch.«

»Ich auch, O'Connor. Mir wäre sie auch viel lieber. Vielen Dank für den Vogel.«

Am 21. September erschien am Horizont eine neue Abart von Eismassen, trieb mit der Ostgrönland-Strömung nach Süden: Gletscherbruchstücke von solchen Ausmaßen, daß die Eisberge im Gebiet der Jan-Mayen-Insel dagegen Maulwurfshügeln glichen. Nach Angaben des Marisat-Computers war die *Maracaibo* keinen Tag mehr vom Bestimmungsort entfernt, aber die Aussicht aufs baldige Ende der Fahrt bereitete Anthony kein Vergnügen. Acht Menschen waren umgekommen; die *Valparaíso* ruhte auf dem Grund des Grönland-Beckens; Gottes Gehirn war Matsch; und sein Vater konnte keine Erlösungsworte mehr sprechen. Zudem bestand die Gefahr, daß inzwischen eine Armada des Vatikans in der Gruft vor Anker lag und auf die Gelegenheit wartete, ihn des Schleppguts zu berauben.

»Froggy liebt Tiffany.«

Anthony massierte Cassie gerade den Rücken, drückte die Handteller auf ihr reizvolles Fleisch, die wie Bremsschwellen aneinandergereihten Wirbel, und im ersten Augenblick glaubte er, sie hätte den leisen, heiseren Ausruf ausgestoßen.

»Was?«

»Froggy liebt Tiffany«, wiederholte der rote Ara. »Froggy liebt Tiffany.«

Da war es also wieder soweit; erneut spielte das Universum Anthony einen abscheulichen Streich. *Froggy liebt Tiffany.*

Anthony bezähmte ein irres Kichern. »Das ist ja ein wahres Meisterstück, meinst du nicht auch?«

»Meisterstück?« fragte Cassie. »Wovon redest du?«

»Ein beispiellos abgefeimtes Meisterwerk der Bosheit. Jetzt ist der alte Schuft tot und nimmt mir *trotzdem* noch immer die Geschenke weg, die er mir selber gemacht hat.«

»Ach, nun hör aber mal auf, dein Vater wollte damit doch keine Gehässigkeit gegen *dich* begehen. Mangione war nicht klar, daß der Papagei für Tiffany sein sollte, sonst nichts. Dahinter steckt keine Bösartigkeit.«

»Glaubst du?«

»Herr im Himmel, ja.«

»Ich muß gestehen, ich bin sogar ziemlich beeindruckt«, gab Anthony zu, hatte vor Augen, wie sein Alter stunden-, stundenlang im Maschinenraum gesessen und dem Papagei diese fünf Silben ins Gedächtnis getrichtert haben mußte. »Du mußt dir mal vorstellen, wie oft er es vorgesagt hat. Immer, immer wieder ...«

»Vielleicht hat er's 'n Matrosen machen lassen.«

»Nein, mein Vater hat's selbst erledigt, da bin ich mir sicher. Er hat diese Frau geliebt. Meine Güte, immer, immer, immer wieder ...«

»Froggy liebt Tiffany«, krächzte Seeräuber-Jenny.

»Cassie liebt Anthony«, sagte Cassandra Fowler.

»Anthony liebt Cassie«, antwortete Anthony van Horne.

22. September
Wir sind an der Herbst-Tagundnachtgleiche. Heute im Jahre 1789, so kann man in meinem Handelsmarine-Taschenkalender nachlesen, »fuhren Fletcher Christian und seine Mannschaft« – fünf Monate nach der Meuterei auf der HMS *Bounty* – »von Tahiti aus zum letztenmal auf die Suche nach einer unbewohnten Insel, auf der sich ihnen die Möglichkeit zum Ansiedeln bot.«

Mr. Christian hätte es schlußendlich wahrhaftig wesentlich schlechter treffen können, er entdeckte ja die Pitcairn-Insel. Zum Beispiel, wenn es ihn nach Kvitöi verschlagen hätte, den mit Sicherheit trostlosesten, ödesten und kältesten Ort, der sich südlich vom Klohäuschen des Weihnachtsmanns finden läßt.

Um 9 Uhr 20 sind wir in Sichtweite der Koordinaten gelangt, die Raphael mir in den Manhattaner *Cloisters* genannt hat – 80°6'N, 34°3'O – , und tatsächlich, da ragte sie aus dem Meer, die Titanengruft. Der Eisriese, der am Sockel einen Durchmesser von beinahe 30 km und eine Höhe von ca. 8000 m aufweist (und damit, wie Dolores Haycox erwähnte, annähernd so hoch wie der Mount Everest ist), steht zwischen der menschen- und leblosen Insel und dem, was auf den Karten als ›unbefahrbares Polareis‹ bezeichnet wird. Während wir auf den Koloß zuhielten, uns mit einer Geschwindigkeit von 5 Knoten zwischen den kleineren Eisbergen hindurchschlängelten, versammelte sich die Besatzung spontan fast vollständig auf dem Wetterdeck. Ungefähr die Hälfte der Seeleute bekreuzigte sich, die Mehrzahl fiel sogar auf die Knie. Der Schatten des Berggrabs fiel aufs Wasser wie ein Ölteppich, verdunkelte unsere Fahrtrichtung. Unmittelbar darüber umgab ein schimmernder Goldring die Sonne, ein Phänomen, das Ockham dazu bewog, sich hinter die Sprechanlage zu klemmen und zu erläutern, daß wir ›einen Nebensonnenkreis, durch in der Luft schwebende Eiskristalle gekrümmte Lichtstrahlen‹ sahen. Danach sind auch die ›kleinen Halos‹ sichtbar geworden, glasgrünliche Glanzlichter beiderseits des Leuchtrings, wo die Eispartikel ›wie Millionen winzigkleiner Spiegel‹ wirkten.

Die Teerjacken haben in dieser Situation jedoch gar keinen Wert auf die wissenschaftlich-physikalischen Erläuterungen des Paters gelegt, und ich hatte daran, muß ich sagen, ebenfalls kein Interesse. An diesem Morgen, Popeye, hatte die Sonne für uns einen Heiligenschein.

Stundenlang kreuzten wir an der Westseite des Bergriesen, erkundeten und erforschten die Steilwände aus Eis, suchten den Zugang, und um 11 Uhr 05 haben wir dann tatsächlich ein trapezförmiges Portal gesichtet. Wir haben backbords um 15° beigedreht, auf 3 Knoten Geschwindigkeit verlangsamt und sind hineingedampft. Die Engel verstanden etwas von Mathematik, Popeye, ihre Berechnungen sind auf den Punkt genau gewesen. Unser Schleppgut paßte mit einem Abstand von kaum 5 m an jeder Hand und kaum mehr an lichter Höhe überm Brustkorb durch das Portal.

Drinnen sind wir mit der *Maracaibo* tiefer ins Innere des Bergs vorgedrungen. Auf dem spiraligen Kurs schweiften die Lichtkegel unserer Suchscheinwerfer fortwährend hin und her. 20 Seemeilen weit folgten wir dem Verlauf des von senkrecht-glatten Wänden gesäumten, unablässig gewundenen Stollen. Es schien, als führen wir durch die Windungen eines gigantischen Schneckengehäuses. Dann war es endlich soweit: Wir fuhren in die am Mittelpunkt gelegene Gruft, deren silbrige Wände sich in einer Deckenhöhe, die die Reichweite der Scheinwerfer übertraf, zu einem Kuppelgewölbe vereinten.

Uns hat keine vatikanische Armada aufgelauert. Natürlich ist es möglich, daß Rom uns doch noch in die Quere kommt; vielleicht sammeln sich draußen die Schiffe des Vatikans, während ich diese Zeilen schreibe, sperren die Ausfahrt. Aber im Moment ist es uns gewährt, unsere Aufgabe ungestört zu erfüllen.

Schließlich erblickten wir voraus ein meilenlanges Eisplateau, gegen das dunkle Wellen schwappten. Seine Fläche erstreckte sich in fast der gleichen Höhe wie unser Schanzkleid, und als ich die aus Eis geformten Belegpoller glitzern sah, war mir auf Anhieb klar, daß die Engel für uns einen Kai vorbereitet hatten.

Um 14 Uhr 50 schickte ich ein halbes Dutzend Matrosen mit dem Motorboot hinüber. Ohne Schwierigkeiten haben sie die Vertäuleinen aufgefangen und festgemacht. Allerdings ist es trotzdem eine heikle Sache gewesen, die *Maracaibo* an das eisige Ufer zu bugsieren: Trügerische Schatten, irreführende Echos und eine Menge Treibeisbrocken erschwerten die Arbeit. Aber um 15 Uhr 35 hatten wir die störrische Maid verzurrt und – erstmals seit dem Auslaufen in Palermo – beide Motoren abgestellt.

Anschließend habe ich eine unverzügliche Seebestattung angeordnet. Cassie, Ockham und ich sind über den Laufsteg zum Vordeck gelatscht, haben uns aus dem nächstbesten Rettungsboot einen Anker besorgt, den Seesack mit Wurfhaken aufgehoben und meinen armen Alten ans Steuerbord-Schanzkleid befördert.

»Mir ist nicht recht geläufig, wie niederländische Presbyterianer dabei vorgehen«, hat Ockham gesagt und aus dem Parka eine King-James-Bibel gezückt, die autorisierte englische Bibelfassung. »Aber ich weiß, daß sie gerne diese Übersetzung verwenden.«

Ich habe die Zugschnur geöffnet und den deformierten, bleichen Leichnam meines Vaters herausgeholt. Er war steinhart gefroren. »Ein Özipapa«, mußte ich unbedingt murmeln, so daß Cassie mir einen Blick zuwarf, in dem ich Anstoßnahme, aber auch Belustigung lesen konnte.

Pater Ockham hat den Ersten Korintherbrief aufgeschlagen und einen Text verlesen, den ich schon aus tausend Hollywood-Begräbnisszenen im Gedächtnis habe.

»»Seht, ein Geheimnis sage ich euch: Wir werden zwar nicht alle entschlafen, aber alle werden wir verwandelt werden, plötzlich, in einem Augenblick, beim letzten Schall der Posaune, denn erschallen wird die Posaune, und die Toten werden als Unverwesliche auferweckt ...‹«

Cassie und ich wickelten den Anker des Rettungsboots um Vaters Taille und stemmten den steifgefrorenen Leichnam auf die Reling. Der Anker hat wie ein Geschlechtsteil zwischen den Beinen gehangen. Ein Schubs, und er ist hinabgefallen, in die schwarzen Fluten geklatscht. Trotz des Ankergewichts schwamm er noch fast eine Minute lang an der Oberfläche, trieb auf Gottes Stirn zu.

»Adieu, alter Seebär«, habe ich gesagt, dabei aber daran gedacht, wieviel schöner es wäre, jetzt im Warmen zu sitzen und einen Becher von Follingsbees Kaffee zu trinken.

»›Wenn aber dieses Verwesliche Unverweslichkeit angezogen und dieses Sterbliche Unsterblichkeit angezogen hat, dann wird zutreffen das Wort, das geschrieben steht: Verschlungen ist der Tod im Siege!‹« hat Ockham als Singsang vorgetragen, während Vater versunken ist, Beine voran, als nächstes Oberkörper, Kopf und Frisur. »›Tod, wo ist dein Stachel?‹« hat der Pater gerufen, mich aber die Frage beschäftigt, ob wohl noch Donuts in der Kombüse der *Maracaibo* wären. »›Hölle, wo ist dein Sieg?‹«

Und zum Glück war es so.

Ach ja, Popeye, es geht doch nichts über richtig klebrige Donuts mit dicker Zuckerglasur.

Die durch Handschuhe gewärmten Fäuste an der Reling, schloß sich Neil Weisinger der tiefernsten Kolonne an, die den kurzen Weg über die Laufplanke nahm. Vorsichtig betrat er das rutschige Eis des Piers, setzte achtsam einen Fuß vor den anderen. Um 17 Uhr 15 standen alle, Offiziere ebenso wie Besatzung, auf dem Kai, scharrten im harschen Licht mit den Füßen, der Atem strömte ihnen als Wolken, die Sprechblasen glichen, aus dem Mund.

Sobald Neil sah, wie die Engel die Gruft ausgestattet hatten, durchfuhr ihn eine lebhafte, nahezu unheimliche Erinnerung; er mußte sofort an den Grillnachmittag denken, auf dem er vor zwei Jahren am Tag der Arbeit bei seinem Nachbarn Dwight Gorka gewesen war, einem freudlosen Beisammensein, das seinen Tiefpunkt erreichte, als ein Paketpost-Lieferwagen Dwights Kater Moppel überfuhr. Dwight hatte unverzüglich auf den Kummer seiner im Vorschulalter befindlichen Tochter reagiert, aus Sperrholzlatten einen Sarg zusammengenagelt, ein Loch in die harte Teanecker Erde gebuddelt und das bedauernswerte Tier zur letzten Ruhe gebettet. Bevor ihr Vater die Grube zuschaufelte, hatte die kleine Emily dem Grab alles beigegeben, was Moppel auf dem Weg in den Katzenhimmel brauchte: die Wasserschüssel (gefüllt), eine Dose Whiskas mit Thunfisch (geöffnet) und – das war natürlich am wichtigsten gewesen – sein Lieblingsspielzeug, eine bunte Bill-Clinton-Gummibüste samt Quietschfunktion (am Hosenlatz), mit der er stets viele glückliche Stunden lang nach Katzenart im Haus umhergetollt hatte.

In der Nordseite der Gruft gab es sechs riesenhafte Nischen, die jede ein von Gott selbst wohl als besonders gelungen bewertetes Produkt seiner Schöpfung enthielt. Der Lichtkegel des Bugscheinwerfers fiel auf den kolossalen Kadaver eines Blauwals mit gleichermaßen majestätischer wie schnittiger Silhouette. Mittschiffs erhellten die Schiffslichter die nachgerade himmelhohen Umrisse eines Mammutbaums, die runzeligen Überbleibsel eines afrikanischen Elefantenbullen, schimmerten auf einem ausgestopften Merlin, beleuchteten eine Familie mumifizierter Grizzlys und schließlich ein gefrorenes Flußpferd (möglicherweise, überlegte Neil, ein Abkömmling der Exemplare, die sein Vater von Afrika nach Frankreich transportiert hatte). Auf dem Kai stand eine ganz aus Eis zusammengefügte, etwa sechs Meter hohe Vitrine. Neil hob den

Arm, wischte mit dem Ärmel Reif und Eisklümpchen von den durchsichtigen Türen und lugte hinein. In den Fächern lagerten in dicht an dicht aufgestellten Flaschen Exponate aus dem Musterbuch der göttlichen Schöpfungsplanung: Chrysippusfalter, Jadestück, Torf mit Rispengras in voller Blüte, Orchidee, Gottesanbeterin, Hummer, Menschengehirn, Königskobra; Heimchen, Sperling, Feuersteinsplitter...

Unwillkürlich raunte das Klage-Kaddisch über Neils Lippen. »*Jitgadal vejitkadasch schemei raba bealma divera chireutei*...« Der Ruhm Gottes, dessen Wille die Welt schuf, sei gepriesen, gelobt sei sein heiliger Name...

Cassie Fowler schlenderte zu Neil und wies mit dem Daumen auf die Andenkensammlung. »Gottes ausgeklügeltste Knüller.«

»Sie sind nicht besonders religiös, oder?«

»Er mag ja unser Schöpfer gewesen sein«, antwortete Fowler, »aber irgendwie war er auch ein gefährlicher Irrer.«

»Er mag vielleicht etwas ähnliches wie ein gefährlicher Irrer gewesen sein«, entgegnete Neil, »aber er war auch unser Schöpfer.«

Als Neil den Altar gewahrte – eine lange, niedrige Eistafel unter dem Blauwal –, verspürte er das überwältigend starke Bedürfnis, ihn zu benutzen. Und er stand mit diesem Wunsch nicht allein. In feierlicher Stimmung kehrten Offiziere und Besatzung über die Laufplanke auf den Tanker zurück und gingen im Verlauf der folgenden zwanzig Minuten mit Opfergaben wieder von Bord. Nacheinander traten die Mitglieder der Decksbesatzung vor den Altar, und bald hatten sich auf der Platte allerlei Darbringungen angehäuft: eine Yamaha-Stahlgitarre, eine Bahnangestellten-Taschenuhr am Goldkettchen, ein Sony-Walkman, ein Taschenrechner von Texas Instruments, ein Päckchen Qualitätskondome (die teure Marke Shostak-Supremat), eine silberne Whiskey-Taschenflasche, ein fünfsaitiges Banjo, einen Trinkbecher mit aufgedrucktem Mr. Spock, drei Flaschen Wicküler, eine Gürtelschnalle in Form eines Klippers.

Eine beunruhigende Wahrheit dämmerte Neil, während er beobachtete, wie James Schreiender Falke seine 35-mm-Nikon-Kamera opferte. Irgendwann in den kommenden Jahren mochte es geschehen, daß Neil, wenn er seinem Gott der Vieruhrwache voller Zuneigung treu blieb, einen Hang zur Selbstgefälligkeit entwickelte. Indem er der kleinen Schwester Joe Spicers des Langen ein Abendkleid für den Schulabschlußball spendierte oder Leo Zooks Vater eine Hüftoperation bezahlte, konnte er möglicherweise inneren Frieden finden. Und in dem Moment, wenn es soweit war, im Augenblick der Beschwichtigung seines schlechten Gewissens, würde ihm klar sein, daß er zuwenig tat.

Anthony van Horne stapfte zum Altar und stellte darauf – allerdings mit einem zittrigen Zaudern – ein Replikat des Bowditch-Sextanten ab, das sicherlich fünfhundert Dollar gekostet hatte. Sam Follingsbee brachte einen Kasten aus poliertem Walnußholz dar, in dem Ginsu-Messer aus rostfreiem Stahl verwahrt lagen. Als nächster kam Pater Thomas an die Reihe, dessen Opfer einen mit Edelsteinen besetzten Meßkelch und ein silbernes Ziborium umfaßten, und nach ihm Schwester Miriam, die einen Rosenkranz aus goldenen Perlen aus dem Parka klaubte und auf den Stapel der Abschiedsgeschenke drapierte. Marbles Rafferty fügte ein Minolta-Fernglas mit starker Vergrößerung hinzu, Crock O'Connor eine Garnitur Knipex-Rohrzangen, Lianne Bliss ihren Kristallanhänger.

»Ich habe nachgedacht«, sagte Cassie Fowler.

Neil langte in die Wollhose und holte seine Gabe heraus. »*Veimeru: amein*«, sagte er leise. Und laßt uns sprechen: Amen. »So, Miss Fowler?«

»Sie haben recht. Egal was sonst passiert ist, wir stehen in seiner Schuld. Ich wollte, ich hätte auch ein Opfergeschenk. Leider hatte ich, als ich geborgen wurde, nichts als einen Elvis-Presley-Gedächtnisbierkrug und ein Dolly-Buster-Badetuch dabei.«

Neil schob die Ben-Gurion-Medaille seines Opas auf den Altar. »Warum schenken Sie ihm«, fragte er, »nicht einfach Ihre Dankbarkeit?«

In Gottes Privatgruft, fiel Cassie Fowler binnen kurzem auf, existierte keine Zeit. Keine Gezeiten kündeten die Dämmerung an, keinerlei Sterne das Abenddunkel; keine Vögel sangen zum Tagesanbruch. Nur durch einen Blick auf die Brückenuhr konnte sie erkennen, daß es Mittag war, achtzehn Stunden nachdem sie mitangesehen hatte, wie Neil Weisinger seine Bronzemedaille geopfert hatte.

Sie verließ das Steuerhaus und stieß zu dem Grüppchen Trauernder auf der Steuerbord-Brückennock, bemerkte bei dieser Gelegenheit, daß alle anderen dem Anlaß angemessenere Kleidung als sie trugen. Anthony sah in der weißen Paradeuniform außerordentlich stattlich aus. Pater Thomas hatte über einen schwarzen Frack eine Soutane aus roter Seide gestreift. Kardinal di Luca hatte eine prunkvolle Pelzstola um die Schultern der leuchtend-lilafarbenen Albe geschlungen. In ihrem schäbigen, orangeroten Parka (geliehen von Lianne Bliss) sowie mit den verschlissenen, grünen Fäustlingen (überlassen von An-mei Jong) und den abgeschabten, ledernen Cowboystiefeln (von James Schreiender Falke) fühlte Cassie sich ziemlich unehrerbietig. Sie scheute sich nicht, über die Fracht zu lästern – schließlich war dieser Tote der Gott des Westlichen Patriarchats –, aber es behagte ihr nicht, das Klischee zu bestätigen, Rationalisten hätten kein Gespür fürs Weihevolle.

Pater Thomas hob das Sprechanlagenmikrofon an die aufgesprungenen Lippen und wandte sich an die Versammelten, von denen die Hälfte auf dem Wetterdeck, die andere Hälfte auf dem Kai standen. »Guten Tag, Freunde, Friede sei mit Ihnen.« *Sei mit Ihnen, sei mit Ihnen*, wiederholten Echos aus der Weite der immens ausgedehnten Gruft. »Nachdem unser Schöpfer von uns gegangen ist, wollen wir seinen Geist ihm selbst empfehlen und seine sterbliche Hülle an ihre letzte Ruhestätte betten. Asche zu Asche, Staub zu Staub ...«

Anthony ergriff das Steuerhaus-Walkie-talkie, drückte die EIN-Taste und rief in würdigem Tonfall den Pumpenraum an. »Mr. Horrocks, bitte nehmen Sie die Schläuche in Betrieb.«

Auch jetzt arbeiteten die Feuerlöscheinrichtungen der *Maracaibo* mit der gleichen spektakulären Effizienz, die man während der Reinszenierung der Schlacht von Midway hatte erleben können. Am Achterdeck fuhren ein Dutzend Schläuche aus und versprühten Liter über Liter dicken, weißen Schaums. Es handelte sich um bis in die klitzekleinste Blase geweihten Schaum, wußte Cassie, denn Pater Thomas und Monsignore di Luca hatten den ganzen Vormittag damit zugebracht, im Akkord die Feuerlöschfüllung zu segnen. Die geläuterte Ersatzflüssigkeit der Letzten Ölung spritzte in hohem Bogen durch die Luft und auf Gottes linke Schulter, fror im Augenblick des Aufklatschens sofort fest.

»Allmächtiger Gott, wir beten dafür, daß du hier in Frieden ruhen mögest, bis du dich selbst zur Herrlichkeit des Jüngsten Tags erweckst«, rief Pater Ockham. Cassie bewunderte die jesuitische Schläue, mit der es dem Geistlichen gelang, den altbackenen Ritus der konkreten Situation anzupassen, schlitzohrig ein ausgewogenes Gleichgewicht zwischen der traditionellen christlichen Auferstehungsverheißung und der rauhen Faktizität des verstümmelten *Corpus Dei* herzustellen.

»Dann wirst du dich von Angesicht zu Angesicht sehen und deine ganze Macht und Majestät erkennen...«

Sobald Cassie ihr Stichwort hörte, trat sie vor, hielt Pater Thomas' Jerusalemer Bibel unter den Arm geklemmt.

»Cassie Fowler, unsere gerettete Schiffbrüchige, hat darum ersucht, ein Abschiedswort sprechen zu dürfen«, teilte der Priester den Seeleuten mit. »Ich weiß nicht, was sie zu sagen beabsichtigt« – ein Blick der Ermahnung in Cassies Richtung – »aber bin mir sicher, daß sie es sich gründlich überlegt hat.«

Als Cassie das Mikrofon packte, galt ihre Sorge einer eventuellen Blamage. Vor einer Klasse Tarrytowner College-Schüler etwas über Nahrungsketten und ökologische Nischen zu erzählen, war eine Angelegenheit, vor einer Horde abgebrühter, rührselig-trübsinniger Handelsflottenseeleute den Kosmos zu kritisieren eine völlig andere Sache. »In der ganzen Bibel«, sagte sie zur Einleitung, »ist es sicherlich die Heimsuchung Hiobs, die es mir am ehesten ermöglicht zu artikulieren, wie Rationalisten meiner Art zu der an diesen Ort beförderten Fracht stehen.« Sie atmete einen Mundvoll eiskalter Luft ein und schaute auf den Kai hinab. Lianne Bliss, die unter dem Blauwal stand, lächelte zum Zeichen der Ermutigung. Dolores Haycox, die am Mammutbaum lehnte, zwinkerte ihr zur Aufmunterung zu. »Vielleicht erinnern Sie sich: Hiob wollte den *Grund* für die erlittenen, schrecklichen Verluste erfahren, des Verlust seines Wohlstands, seiner Familie, der Gesundheit, und daraufhin sprach Gott aus einem ›Wettersturm‹ zu ihm und ließ ihn mit der Belehrung abblitzen, auf Gerechtigkeit für den Einzelnen käme es gar nicht an.« Cassie stützte den Rücken der Bibel auf die Reling und klappte das Buch fast in der Mitte auf. »›Wo warst du, als ich die Erde gründete?‹ hielt Gott ihm eine rhetorische Frage entgegen. ›Worauf sind ihre Sockel eingesenkt? Und wer verschloß das Meer mit Türen, als schäumend es aus dem Mutterschoß hervorquoll...?‹« Sie hob den rechten Fäustling und deutete auf das gefrorene Flußpferd. »›Sieh doch das Nilpferd‹«, zitierte sie Gott ein weiteres Mal. »›Sieh seine Stärke in seinen Lenden, seine Kraft in den Muskeln des Leibes! Seinen Schweif läßt es hängen wie eine Zeder, die Sehnen seiner Schenkel sind straff verflochten. Seine Knochen sind wie eherne Röhren und seine Gebeine wie Eisenbarren...‹« Indem sie sich um neunzig Grad drehte, wandte sich Cassie direkt an den *Corpus Dei*. »Was soll ich dazu sagen, Gott? Ich bin Rationalistin. Ich bezweifle, daß die Protzigkeit des Flußpferds irgendeine Entschädigung für die Leiden der Menschen sein kann. Ich weiß kaum, wo ich anfangen könnte, um sie zu schildern. Mit dem Erdbeben von Lissabon? Der Pest in London? Bösartigen Melanomen?« Sie stöhnte in einer Mischung aus Resignation und Mißmut. »Und trotzdem bist du während all dessen du geblieben. Ist es nicht so? Du hast die Funktion des Schöpfers erfüllt und erstaunlich gute Arbeit geleistet, als die Erde von dir ›gegründet‹ und ›ihre Sockel eingesenkt‹ worden sind. Du warst wahrlich kein feiner Kerl, Gott, aber ein begabter Tüftler, und dafür statte sogar ich dir meinen Dank ab. Danke, Gott.«

Pater Ockham erhielt das Mikrofon und die Jerusalemer Bibel zurück und vollzog den Rest der abgewandelten Liturgie. »Bevor wir unserer Wege gehen, laßt uns von unserem Schöpfer Abschied nehmen. Möge unser Lebewohl ihm ein Pfand unserer Liebe sein. Möge es unsere Trauer lindern und unsere Hoffnung bestärken. Nun sprecht mit mir die Worte, die Christus auf dem Berg in Judäa gelehrt hat: ›Vater unser, der du bist im Himmel, geheiligt werde dein Name, dein Reich komme...‹«

Während Offiziere und Besatzung der *Maracaibo* beteten, betrachtete Cassie den *Corpus Dei* und sein verewigtes Lächeln, sann über die vielfältigen Mißgeschicke nach, die ihn getroffen hatten. Auf seiner letzten Reise war es Gott reichlich übel ergangen. Nahezu ein Sechstel der rechten Brust hatte er für Filets hergeben müssen. Durch Sprengbomben hinterlassene Trichter zerkraterten den Bauch. Im Hals klafften von Torpedos gerissene Wunden. Das Kinn sah aus, als wäre er mit dem Flammenwerfer rasiert worden. Zwischen Kopf und Füßen wechselten sich von Raubtieren zugefügte Bisse mit Erfrierungen und großen, fauligen Stellen fortgeschrittener Verwesung ab. Sollte zufällig ein Marsianer die Totenfeier beobachten, läge ihm wahrscheinlich die Schlußfolgerung, daß diese Trauergemeinde hier ihre bis dato bedeutendste Gottheit bestattete, gänzlich fern.

»... die Macht und die Herrlichkeit. Amen.«

Lou Chickering trat aus den Reihen der Versammelten und schritt über den Kai; in seinen Augen glitzerten Tränen. Cassie entsann sich der vielen Male, daß sie aus dem Maschinenleitstand seine einschmeichelnde Baritonstimme heraufklingen, einen Monolog rezitieren oder eine Arie schmettern gehört hatte. Am Rande des von Eiswällen umschlossenen Kais neigte der glänzend aussehende Seemann den Kopf in den Nacken und sang.

> »*Der Glaube ist ein trutzig Schiff,*
> *drin fährt sich's gut gradaus,*
> *und ob die See auch nach uns griff,*
> *und drohten Klippen auch und Riff,*
> *wir fahren doch nach Haus ...*«

In diesem Moment fielen alle Anwesenden in das Lied ein, über hundert Stimmen verschmolzen zu einem Donnerhall, der aus den Höhen des riesigen Eisgewölbes widertönte.

> »O Segelsang, o Wimpelspiel
> in wilder Sturmesnacht!
> Gilt eines nur noch: unser Ziel!
> Wie mancher schon im Wetter fiel,
> weil er an andres dacht...«

»Also gut, Professor Ockham, von mir aus geht's nach Ihrer Nase«, sagte di Luca, strich seine Stola glatt. »Es hat wohl so sein sollen, wie?«
»Ich glaube, ja.«

> »Ob grau der Tag und Wolke zieht,
> scharf drängt der Bug ins Meer.
> Nur Mut, was immer auch geschieht,
> wir fahren ja auf Gottes Güt,
> und wenn's im Ärgsten wär...«

»Heute abend setze ich ein Fax auf.« Der Kardinal lehnte sich auf die Steuerhausreling. »Ich schreibe, der Leichnam sei verbrannt worden, wie's die Kardinalsversammlung wünschte, und schicke das Fax nach Rom... Falls van Horne es erlaubt.«
»Sparen Sie sich den Aufwand«, riet Pater Thomas. »Genau diese Nachricht haben Sie dem Heiligen Vater schon vor drei Stunden geschickt.«
»*Was?*«
»Ich halte von funktionaler Ethik so wenig wie Sie, di Luca, aber wir leben in schweren Zeiten. Ihre Unterschrift ist leicht zu fälschen. Sie haben eine sorgfältige, saubere Schrift. Offenbar ist Ihnen von den Nonnen ausgezeichneter Unterricht erteilt worden.«

> »Und legen wir am Ufer an
> und ziehn das Schiff aufs Land...«

Cassie blieb sich darin unsicher, was an diesem Wortwechsel sie mehr echauffierte: Pater Thomas' Abstieg in die Niedrigkeit oder die Erkenntnis, daß die Erledigung der Aufgabe, an der Oliver so kläglich gescheitert war, auch von Rom nicht mehr zu erwarten stand.

»... *dann singen wir, wer singen kann,*
ein frohes Lied dem Steuermann ...«

Der Kardinal schnitt eine reichlich grimmig-böse Miene, aber sagte kein Sterbenswörtchen.

»... *Christ, der am Ruder stand.*«

Thomas Ockham küßte seine Bibel. Cassie schloß die Lider, ließ das Spirituelle des Augenblicks ihr aufgewühltes Gemüt durchströmen und besänftigen; und als das letzte Echo der Schlußsilbe verstummte, wußte sie, daß kein Wesen, ob normal oder höher, jemals eine klangvollere Verabschiedung in die finstere, eisige Pforte des Nichts erhalten hatte.

Die *Maracaibo* dampfte nach Südosten, durchschnitt mit flotten 16 Knoten Geschwindigkeit die Wogen des Polarmeers in Richtung auf die Küste Rußlands. Für Thomas Ockham blieb die Stimmung an Bord des Tankers schwierig zu deuten. Natürlich freute es die Seeleute, daß sie die Heimkehr antraten, doch neben ihrer Erleichterung spürte der Pater anhaltende Melancholie und Kümmernis, die sich dem gewöhnlichen Verständnis verschlossen. An dem Abend, als das Schiff Kvitöi verließ, fanden sich ungefähr ein Dutzend dienstfreie Mitglieder der Decksbesatzung im Pausenraum zu einer Art von eschatologischem Potpourri zusammen, und bald hallten Lieder wie ›Wir leben nicht allein vom Brot‹, ›Gott hat den Sieg errungen‹, ›Allezeit sing Halleluja‹, ›Lobet den Herren‹, ›Morgenglanz der Ewigkeit‹ und ›Es lebte einst in Indien ein alter Kakadu‹ durch sämtliche Aufbauten des Tankers. Am nächsten Tag um 12 Uhr feierte Thomas wie üblich die Messe, und zum erstenmal nahmen daran satte neunzig Prozent aller anwesenden Christen teil.

Wie sich erwies, gab es vor Murmansk zu Muringzwecken ein Außenreede-Pontondock, einen Liege- und Umladeplatz, der es Tankern gestattete, die Ladung direkt in übers Schelf verlegte Rohrleitungen zu pumpen, ohne in den Hafen einlaufen zu müssen. Van Horne regelte die Transaktion per Funk, und vier Stunden nach dem Anklitschen der Schläuche hatte die *Maracaibo* ihre Tanks entleert. Zwar konnten die Russen überhaupt nicht begreifen, aus welchem Anlaß die Katholische Kirche ihnen rund dreißig Millionen Liter arabischen Rohöls schenkte, verkniffen es sich jedoch spontan, dem geschenkten Gaul ins Maul zu schauen. Schließlich kam der nächste Winter bestimmt.

Am Morgen des 25. Septembers, während sich die *Maracaibo* den Hebriden näherte, empfand Thomas den unwiderstehlichen Drang zu tiefschürfendem Nachdenken. Er wußte, was er zu tun hatte. Schon zu Beginn der Reise war ihm ersichtlich geworden, daß der Mittellaufsteg eines Supertankers fürs Meditieren die ideale Umgebung verkörperte, das Zustandekommen innerer Stille ebenso vorteilhaft begünstigte wie der Kreuzgang eines Klosters. Kaum war er den langen, langen Laufsteg einmal gemächlich auf- und abspaziert, schon hatte er neue, umwerfende Einsichten in mehrere größere Rätsel der Gegenwart gewonnen: Antworten auf die Fragen, wieso die bekannten Einheitstheorie-Gleichungen nicht die Gravitation miteinbeziehen konnten, weshalb im Universum mehr Materie als Antimaterie vorhanden war, warum Gott den Tod gefunden hatte. Ein zweiter solcher Spaziergang, und er sah selbstkritisch tausend Gründe, um diese Lösungen ausnahmslos zu verwerfen.

Hochaufgepeitschte Wellen umbrandeten die *Maracaibo*. Während er nach achtern schlenderte, stellte Thomas sich vor, er wäre Moses, der die Israeliten trockenen Fußes durchs Rote Meer führt, vorüber an schlüpfrigen Felsen und verdutzten Fischen, auf jeder Seite ein Kliff geteilten Wassers. Allerdings gelang es ihm partout jetzt nicht, sich wie Moses zu fühlen. Ihm war absolut nicht wie einem Propheten zumute. Vielmehr hatte er das Empfinden, der Dorftrottel des Universums zu sein, ein Mensch, der kaum ein Kreuzworträtsel zu lösen verstand, geschweige denn eine taugliche Einheitstheorie zu konzipieren oder das geheimnisvolle Ableben des Schöpfers aufzuklären.

Ging es auf einen kosmischen Mordanschlag zurück?

Ein unausdenkliches übernatürliches Virus?

Ein gebrochenes Herz?

Thomas lenkte den Blick nach Backbord und erspähte ein Schiff.

Das Wrack trug den Namen *Regina Maris* und war ein altmodischer Frachter mit Deckhäusern mittschiffs und achtern; es dümpelte mit abgeschalteten Maschinen im Wasser und trieb ziellos durch Schottlands Nebel wie eine Gespensterfregatte, erinnerte an die Sage vom Fliegenden Holländer. Um Punkt 14 Uhr betrat Thomas, hinter sich Marbles Rafferty, das Fallreep. Kalte Dunstschleier umwehten sie, verwandelten ihren Atem in Dampf und verursachten ihnen Gänsehaut.

Als er aufs Hauptdeck gelangte, sah er, wer mit der *Regina Maris* auf so glücklose Fahrt gegangen war, nämlich die Verwaisten des Himmels selbst. Offensichtlich hatte die Besatzung aus Cherubim bestanden. Überall lagen ihre aufgedunsenen, fahlgrauen Leichen verteilt, Dutzende rundlicher Mini-Engel verwesten auf dem Vordeck, faulten an den Lüfterköpfen, moderten auf dem Quarterdeck. Winzige Federn gaukelten wie Schneeflocken im Nodseewind.

»Kapitän, wir haben hier was unerhört Unheimliches entdeckt«, sagte Rafferty ins Walkie-talkie. »An Bord befinden sich um die vierzig tote Kinder mit Flügeln auf 'm Rücken.«

Aus dem Apparat knisterte van Hornes Stimme. »Kinder? Du liebe Güte...«

»Lassen Sie mich mit ihm reden«, bat Thomas, streckte die Hand nach dem Walkie-talkie aus. »Keine Kinder, Anthony, es sind Cherubim.«

»Cherubim?«

»Hm-hm.«

»Sind keine Überlebenden da?«

»Ich glaube nicht. Es ist erstaunlich, daß sie's so weit in den Norden geschafft haben.«

»Denken Sie das gleiche wie ich?« fragte van Horne.

»Wo Cherubim sind«, antwortete Thomas, »können Engel nicht weit sein.«

In ihrem rostzerfressenen, desolaten Zustand konnte man von der *Regina Maris* kaum behaupten, sie wäre in besserem Zustand als die dahingeraffte Besatzung. Sie wirkte, als hätte Gott persönlich sich ihrer bemächtigt, sie aufgesaugt, wäre sie durch seine Eckzähne zerschrammt, seinen Speichel verätzt und anschließend in die See zurückgespien worden. Thomas suchte mittschiffs das Deckhaus auf, angelockt von einem durchdringend-fruchtigen, so starken Odeur, daß es den Gestank der toten Cherubim überlagerte. Seine Halsschlagadern pochten. In seinen Ohren hörte er das Blut wummern. Er folgte dem Geruch durch einen feuchten

Korridor, einen Aufgang empor und in eine düstere Kabine.

Am hinteren Schott hing Robert Camins meisterhaftes Gemälde *Verkündigung*, entweder eine hervorragende Kopie oder das Original aus den Manhattaner *Cloisters*, entscheiden konnte der Geistliche es nicht. Von der Koje strahlte schwache Helligkeit aus. Thomas näherte sich der Koje mit dem gleichen respektvollen Schritt wie vor drei Monaten im Vatikan, als er Papst Innozenz XIV. gegenübertreten durfte.

»Wer ist da?« erkundigte sich der Engel, stützte sich auf den Ellbogen. Ein schwarzer erloschener Heiligenschein baumelte ihm um den Hals, ähnelte einem weggeworfenen Keilriemen, wie sie sich massenweise auf der Van-Horne-Insel finden ließen.

»Thomas Ockham vom Jesuitenorden.«

»Von Ihnen habe ich schon gehört.« Die Kreatur schob die Bettdecke beiseite und entblößte ihre sieche Gestalt. Obwohl ihre Haut rissig und körnig geworden war, zeichnete sie sich auf eigenartige Weise noch immer durch eine gewisse Feinheit aus, etwa wie für einen geweihten Zweck geschaffenes Schmirgelpapier: zum Glätten des Kreuzes, zum Abschleifen der Arche. Auf den knochigen Knien hatte der Engel eine kleine Harfe liegen. Die von Haufen ausgefallener Federn umgebenen Schwingen waren mittlerweile nackt wie bei einer Fledermaus. »Nennen Sie mich Michael.«

»Soll mir eine Ehre sein, Michael.« Thomas drückte die Sendetaste. »Anthony?«

»Ja?«

»Wir haben recht behalten. An Bord ist ein Engel.«

»Der letzte Engel«, krächzte Michael. Seine Stimme klang brüchig und knochentrocken, als wären die Stimmbänder ebenso eingerostet wie das Schiff.

»Kann ich irgend etwas für Sie tun?« fragte Thomas,

steckte das Walkie-talkie in die Seitentasche des Parkas. »Haben Sie Durst?«

»Durst ... O ja. Dort auf dem Sekretär ... bitte ...«

Thomas schaute sich in der Kabine um und erblickte eine Glasflasche mit vier Kammern, die die Form eines menschlichen Herzens hatte und Wasser enthielt.

»Ist es zu spät?« Der Engel nahm die Harfe von den Knien. »Habe ich die Bestattung versäumt?«

»Sie haben sie verpaßt, ja.« Als Thomas die Flasche an die welken Lippen setzte, sah er, der Engel war blind. Hart und milchig ruhten die Augen in seinem Kopf wie Perlen einer todkranken Auster. »Tut mir leid.«

»Aber er ist jetzt in Sicherheit?«

»Rundum.«

»Und es ist nicht zuviel Verwesung eingetreten?«

»Nein, mäßig.«

»Lächelt er noch?«

»Er lächelt.«

Michael senkte die Rechte auf die Harfe und klampfte die berühmte Zithermelodie aus dem Film *Der dritte Mann*. »Wo-wo sind wir?«

»Bei den Hebriden.«

»In der Nähe von Kvitöi?«

»Kvitöi ist zweitausend Seemeilen entfernt«, gab der Geistliche zu.

»Also kann ich nicht einmal noch sein Grab besuchen.«

»Auch das ist leider wahr.« Der Engel glühte dermaßen vor Fieber, daß Thomas die Hitze auf den Wangen spürte. »Eine prachtvolle Ruhestätte haben Sie ihm geschaffen.«

»Ja, nicht wahr? Sie mit seinen Meisterwerken auszuschmücken, war meine Idee. Wal, Orchidee. Sperling, Kobra ... Über der Frage, was alles dazugehört, haben wir uns schwer den Kopf zermartert. Adabiel hat sich nachdrücklich für Erfindungen der Menschheit starkgemacht... Mit dem Argument, sie seien Nebenprodukte seiner Schöpfung. Rad, Pflug, Videorecorder, Cembalo, Fußball... Wir waren alle große Fans von Galatasarai Istanbul. Aber schließlich hat Zaphiel angeführt, dann mußte auch eine Dreihundertsechsundfünfziger Magnum dabei sein, und da haben wir lieber auf menschliche Erfindungen verzichtet.«

Die schummrige Kabine eines wracken Frachters mitten auf der kahlen Nordsee: schwerlich der naheliegendste Ort für eine Offenbarung, und doch hatte der Jesuit Professor Thomas Wickliff Ockham genau in diesem Augenblick das Gefühl der Erleuchtung, des blitzartigen Erkennens einer Wahrheit, das seine Sterblichenseele erhellte.

»Etwa möchte ich gern wissen«, sagte er. »Hat Gott Sie eigentlich mit dem Bau der Kvitöier Gruft *beauftragt*? Hat er Sie zusammengerufen und gesagt: ›Bestattet mich in der Arktis?‹«

Michael erlitt einen heftigen Hustenanfall, besprengte Campins *Verkündigung* mit Bluttröpfchen. »Wir haben über den Rand des Himmels hinabgeschaut... seinen Leichnam vor der Küste von Gabun treiben sehen. Da haben wir uns gesagt: Es muß etwas geschehen.«

»Ich möchte unmißverständliche Klarheit. Er hat Sie mit keiner Beisetzung betraut?«

»Wir hatten den Eindruck«, lautete die Antwort des Erzengels, »daß es sich anstandshalber so gehört.«

»Aber er hat Ihnen dazu keinen Auftrag erteilt?«

»Nein.«

»Also könnte er, als er seine Leiche zur Erde geschickt hat, etwas ganz anderes als eine Bestattung im Sinn gehabt haben?«

»Möglich.«

Möglich. Wahrscheinlich. Bestimmt. »Wünschen Sie die Letzte Ölung?« fragte Thomas. »Salböl ist keines vorhanden, aber die *Maracaibo* hat eine Tonne geweihten Feuerlöschschaums an Bord.«

Michael schloß die blinden Augen. »Da fällt mir ein alter Witz ein. ›Wie stellt man Weihwasser her?‹ Kennen Sie den, Pater?«

»Nein, nicht.«

»›Man läßt den Schweiß der Sünder, die in der Hölle schmoren, durch 'n Britta-Filter laufen.‹ Letzte Ölung? Nein danke. Die Sakramente haben keine Bewandtnis mehr. Kaum noch irgend etwas hat eine Bedeutung. Mir ist es sogar egal, wie Galatasarai Istanbul am Samstag gespielt hat. Wer hat denn gewonnen?«

Thomas erfuhr nie, ob Michael die tröstliche Auskunft noch zur Kenntnis nehmen konnte, denn im gleichen Moment, als der Priester antwortete – »Ja, Lokomotive Moskau ist geschlagen worden.« –, verflüssigten sich die Augen des Erzengels, seine Hände zerschmolzen, sein Oberkörper zerbröselte wie der Turm von Babel unter der Einwirkung des grausamen Zorn Gottes.

Mit aus Ungläubigkeit und Ehrfurcht gemischtem Gefühl starrte Thomas die Koje an, betrachtete Michaels aschige Überreste. Endlich zog er das Walkietalkie aus der Jackentasche. »Hören Sie mich, Anthony?«

»Was ist los?« fragte van Horne.

»Er ist gestorben.«

»Wundert mich nicht.«

Der Geistliche strich mit dem Finger durch die weiche, graue Substanz auf dem Bettzeug. »Kapitän, ich glaube, ich weiß des Rätsels Lösung.«

»Ist Ihnen hinsichtlich der Einheitstheorie 'n Licht aufgegangen?«

»Ich weiß, warum Gott tot ist. Nicht nur das, ich bin

mir auch darüber im klaren, was wir als nächstes unternehmen sollten.«

»Woran ist er gestorben?«

»Der Fall ist kompliziert. Hören Sie, wir sollten das Abendessen heute in kleinem Kreis veranstalten. Ich denke an bloß fünf Personen: Sie, Miriam, di Luca, Ihre Freundin und meine Wenigkeit.«

»Es ist ziemlich einerlei, auf welche Hypothese Sie verfallen sind, ich bezweifle, daß meine Liebste damit einverstanden ist.«

»Eben deshalb möchte ich sie anwesend sehen. Wenn ich Cassie Fowler dazu überreden kann, den *Corpus Dei* zu exhumieren, dann gelingt's mir auch bei jedem anderen.«

»Zu exhumieren?«

Thomas Ockham füllte den Staub des Himmelswesens mitsamt den heiligen Federn ins Bettlaken und verknüpfte die Zipfel mit einem verschlungenen Knoten.

»Antworten Sie mir, Thomas. Was meinen Sie damit, ›exhumieren‹?«

Aus nur ihm bekannten Beweggründen ließ Sam Follingsbee an diesem Abend die Finger von den herkömmlichen Nahrungsmittelvorräten der *Maracaibo* und verbrauchte statt dessen den Rest des von der gesunkenen *Valparaíso* geretteten *Corpus-Dei*-Fleischs zur sorgsam originalgetreuen Zubereitung einer chinesischen Speisenauswahl. Sobald Thomas das Dankgebet gesprochen hatte, machten er und die übrigen Teilnehmer des Essens sich an den Verzehr. Alle aßen langsam, sogar regelrecht andächtig, selbst die gewohnheitsmäßig ketzerische Cassie Fowler. Auch di Luca betrug sich so andachtsvoll, als ob er die Herkunft der Mahlzeit irgendwie ahnte.

»Ich möchte eine Theorie darlegen«, eröffnete Thomas den Anwesenden, nachdem er einen Happen Mu gu gai pan (fabriziert aus *Corpus Dei*) geschluckt hatte.

»Er hat das große Rätsel gelöst«, bemerkte van Horne, kaute falsche Entenfleischwürfel.

»Als erstes möchte ich eine Frage stellen«, sagte Thomas. »Wie heißt das verbreitetste Synonym für Gott?«

»Liebe«, meinte Schwester Miriam.

»Weiter.«

»Himmlischer Richter«, behauptete di Luca.

»Und außerdem?«

»Schöpfer«, nannte Fowler.

»Nahe dran.«

»Vater«, sagte van Horne.

Thomas verspeiste ein Stückchen Fleisch nach Art der Sichuaner Küche. »Vater, genau. Und was ist Ihres Erachtens letzten Endes die Pflicht jedes Vaters?«

»Seinen Kinder Achtung zu zeigen«, äußerte van Horne.

»Sie bedingungslos zu lieben«, lautete Miriams Auffassung.

»Ihnen feste sittliche Grundlagen zu vermitteln«, tönte di Luca.

»Er hat ihnen Ernährung, Kleidung und 'n Dach überm Kopf zu geben«, zählte Fowler auf.

»Ich bitte um Entschuldigung, aber ich bin der Ansicht, daß keine dieser Antworten richtig ist«, gestand Thomas. »Ein Vater hat letzten Endes die Pflicht, mit dem Vatersein aufzuhören. Drücke ich mich verständlich aus? Irgendwann muß er beiseitetreten, es seinen Töchtern und Söhnen erlauben, selbst das Leben Erwachsener zu führen. Und ich bin der Überzeugung, genau das hat Gott getan. Ihm war klar geworden, daß unser andauernder Glaube an ihn uns Schranken auferlegte, unsere Fortentwicklung hemmte, man könnte sagen, auf kindlichem Niveau hielt.«

»Ach, *dieses* alte Gerede«, höhnte di Luca. »Ich muß

gestehen, es macht mich traurig, daß mir so etwas von dem Mann aufgetischt wird, der *Die Mechanik der Gnade* geschrieben hat.«

»Ich habe das Gefühl«, wandte Miriam ein, »Thomas will auf etwas Bestimmtes hinaus.«

»Glaub ich gern«, hämte di Luca.

»Kann sein, daß ein Vater die Pflicht hat, dem Nachwuchs den Weg freizugeben«, argumentierte van Horne, »aber er ist nicht dazu verpflichtet, tot umzufallen.«

»Doch, wenn er war, was er nun einmal war, sehr wohl«, erwiderte Thomas. »Denken Sie mal drüber nach. Wäre Gott nach dem Tod im Himmel geblieben, hätte niemand auf Erden etwas von seinem Entschluß erfahren, aus dem Leben zu scheiden. Aber indem er Fleisch annahm und zur Erde kam...«

»Verzeihung«, fiel ihm di Luca ins Wort, »aber wenigstens eine Person an diesem Tisch ist der Meinung, daß genau das schon vor ungefähr zweitausend Jahre passiert ist, nämlich ich.«

»Ich glaube das gleiche«, beteuerte Thomas. »Nur verhält es sich so, daß die Weltgeschichte nicht stehenbleibt, Eminenz. Wir dürfen nicht in der Vergangenheit leben.«

Fowler schlürfte Oolong-Tee. »Worauf möchten Sie denn nun hinaus, Pater? Wollen Sie die Behauptung aufstellen, daß er Selbstmord begangen hat?«

»Ja.«

»Na wie zombig...!«

»Obwohl er wissen mußte«, fragte van Horne, »daß dann die Engel aus Empathie gleichfalls sterben?«

»So groß ist eben seine Liebe zur Welt gewesen«, mutmaßte Thomas. »Er hat seine Existenz willentlich beendet und uns gleichzeitig für sie einen unstrittigen Beweis erbracht.«

»Und wo ist sein Abschiedsbrief?« fragte Fowler.

»Vielleicht hat er keinen abgefaßt. Oder er steht in übersinnlicher Weise auf seinem Leichnam geschrieben.« Thomas häufte aus *Corpus Dei* gepreßte Kalamari mit Braune-Bohnen-Soße auf seine Gabel. »Ich weiß nicht, wie andere es empfinden, aber ich bin von der Selbstlosigkeit unseres Schöpfers tief gerührt.«

»Und *ich* habe den Verdacht, daß Sie beträchtlich auf dem Holzweg sind«, hielt di Luca ihm verkniffenen Blicks entgegen. »Würden Sie uns wohl gütigst einmal erläutern, wie Sie sich zu dieser abwegigen Schlußfolgerung versteigen konnten?«

»Durch jesuitische Sophistik«, gab Thomas voller Selbstironie zur Antwort, »kombiniert mit einer entscheidenden Information, die ich heute nachmittag vom Erzengel Michael erhalten habe.«

»Welcher Information?«

»Daß Gott gar keine Bestattung wünschte. Die Erzengel haben die Beisetzung ausschließlich aus eigenem Antrieb veranlaßt. Sie haben vom Himmel heruntergeguckt, den Toten gesehen und ihm mit letzter Kraft die Gruft gebaut.«

»Das sind ziemlich unzureichende Postulate für eine so hochtrabende Hypothese«, warf di Luca ihm vor.

Van Horne biß in Hünan-Huhn-Ersatz. »Als Sie mich von der *Regina Maris* anfunkten, haben Sie gesagt, Sie wüßten genau, was wir als nächstes zu tun hätten.«

»Unsere Verpflichtung liegt klar auf der Hand – das heißt, jedenfalls für mich«, sagte Thomas. »Nach dem Essen müssen wir die *Maracaibo* wenden und zur Svalbard-Inselgruppe umkehren. Wir laufen noch einmal in die Gruft ein, nehmen den *Corpus Dei* wieder ins Schlepp und gehen damit auf Welttournee.«

»Auf *was*?« entfuhr es di Luca.

»Welttournee.«

»Nur über meine Leiche«, verhieß Fowler.

»Haben Sie den Verstand verloren?« fragte der Kardinal.

»Wir besuchen mit ihm jeden großen Hafen des Westens«, konkretisierte Thomas seinen Vorschlag, indem er vom Stuhl aufstand. »Sollte die *Maracaibo* auf Dauer zu wenig leistungsfähig für diese Fracht sein, ziehen wir unterwegs andere Tanker zur Hilfe heran. Zweifellos wird uns die Nachricht vorauseilen. Auf CNN ist Verlaß. Gewiß, klar, anfangs wird die Öffentlichkeit mit Leugnen, Trauer, Entsetzen reagieren, allem was wir nach Einweihung der Seeleute schon auf der *Valparaíso* beobachten konnten, und sicher wird der *Corpus Dei* auf die Menschen seinen Bann ausüben, ja, so daß ein massenhaftes Aufflackern ähnlich chaotischer Verhaltensweisen wie auf der Van-Horne-Insel zu befürchten sein dürfte, obwohl sie in erster Linie, wie der Kapitän inzwischen bei anderer Gelegenheit der Eminenz verdeutlicht hat, die Folge einer längeren, engen Bekanntschaft mit dem Leichnam waren... Auf alle Fälle, innerhalb kurzer Zeit wird der kategorische Imperativ die Oberhand gewinnen und danach Euphorie ausbrechen. Ist das nicht leicht vorhersehbar? Kann man sich nicht mühelos bildlich vorstellen, wie die Menschenmengen sich exaltiert durch die Straßen Lissabons, Marseilles', Athens, Neapels und New Yorks wälzen, um einen Blick auf den toten Gott zu erhaschen? Das Menschengeschlecht hat auf diese Stunde gewartet. Mag sein, niemand hat's gewußt, aber es ist wahr. Musikkapellen werden spielen, Fahnen wehen, Buden Würstchen, Popcorn, *Corpus-Dei*-T-Shirts, Wimpel, Gott-ist-tot-Autoaufkleber und alle möglichen kitschigen Souvenirs verkaufen. ›Wir sind frei!‹ werden alle jubilieren. ›Ab heute sind wir erwachsene Männer, von heute an sind wir erwachsene Frauen! Das Universum gehört uns.‹«

Beherrscht setzte Thomas sich wieder auf den Stuhl

und belegte stumm einen locker-flockigen Pfannkuchen mit Pseudo-Mu-shu-Fleisch.

Fowler prustete.

Van Horne stieß einen Seufzer aus.

»Ich muß sagen, Professor«, ergriff di Luca das Wort, »das ist höchstwahrscheinlich der alleridiotischste Einfall, der mir in meinem ganzen Leben zu Ohren gekommen ist.«

Obgleich Thomas ohnehin keinerlei Respekt vor di Luca hatte, kränkte ihn die Ablehnung des Kardinals; schmerzte ihn mindestens ebenso wie damals die Schelte, die man in der *Stadt Gottes* über *Die Mechanik der Gnade* veröffentlicht hatte.

Ist meine Argumentation mangelhaft? fragte sich Thomas.

»Ich lege größten Wert darauf, dazu den Standpunkt aller Anwesenden zu erfahren. Ich habe mir nämlich geschworen, den Plan nur auszuführen, wenn an diesem Tisch eine Mehrheit ihn befürwortet.«

»*Meinen* Standpunkt können Sie hören«, erklärte Fowler unverzüglich. »Sollte die Menschheit als Ganzes je einsehen müssen, daß Gott der Allmächtige nicht mal noch 'n Pups lassen kann, ist den Leuten keineswegs nach Jubeln und Aufwärtsstreben zumute. Statt dessen wird's so sein, daß sie sich am liebsten in Löcher verkriechen und sterben würden.«

»Glänzend gesprochen, Dr. Fowler«, stimmte di Luca ihr zu.

»Und *darüber hinaus* bin ich der Ansicht – die ich übrigens die ganze Zeit lang nicht verschwiegen habe –, sie werden danach, wenn sie die Nase wieder an die Luft zu heben wagen, eine derart engstirnige und frauenfeindliche Theokratie errichten, daß sich das mittelalterliche Spanien vergleichsweise wie die Reeperbahn ausnimmt.«

Thomas biß eine fritierte Omelettrolle entzwei und

wies mit dem Stumpf auf Schwester Miriam. »Das sind zwei Stimmen dagegen und meine Stimme dafür.«

Die Nonne tupfte sich mit einer weißen Leinenserviette den Mund ab. »Herrgott, Tom, es war eine dermaßen umständliche, mühselige Schinderei, ihn ins Grab zu betten, da ist die Zumutung, alles rückgängig zu machen, wirklich beinahe zuviel verlangt...« Sie schlang die Serviette straff um die Hand, als verbände sie verletzte Finger. »Aber je ausgiebiger ich nachdenke, um so mehr neige ich zu der Einsicht, daß es wohl tatsächlich unserer Verantwortung obliegt, der restlichen Menschheit die Existenz des *Corpus Dei* zur Kenntnis zu geben. Es ist doch das, was er wollte, nicht wahr?«

»Das macht zwei Stimmen dafür, zwei dagegen«, faßte Thomas zusammen. »Nun kommt's auf Sie an, Kapitän.«

»Wenn du mit Ja stimmst«, warnte Cassie Fowler ihn, »rede ich kein Wort mehr mit dir.«

Für eine volle Minute sprach van Horne kein einziges Wort. Stumm saß er vor seinen Eiernudeln, strich versonnen mit der Gabel durch die hellgelben Stränge, als ob er sie kämmte. Thomas bildete sich ein, er könnte das Hirn des Kapitäns arbeiten sehen, das Pulsen und Blinken der fünf Milliarden Neuronen.

»Ich glaube...«

»Ja?«

»...darüber muß ich erst noch mal schlafen.«

30. September
Nacht. Sternenloser Himmel. Wind der Stärke 6 von Osten.

Die Engel haben uns also belogen. Nein, *gelogen* haben sie streng genommen nicht. Sie sind lediglich vom Weg der Wahrheit abgeirrt, haben zugelassen, daß die Trauer ihnen den Blick für Gottes Willen nahm.

Und wenn Rafael in bezug auf die Unverzichtbarkeit der Bestattung übertrieben hat, dann hat er vielleicht auch in manch anderer Hinsicht zu sehr auf die Pauke gehauen – zum Beispiel mit der Behauptung, nur mein Vater könnte mir Verzeihung gewähren.

Wenn Engel flunkern, Popeye, wem soll man dann noch trauen?

Wir dampfen um die Hebriden, und auch meine Gedanken bewegen sich fortwährend im Kreis. Ich kann beide Seiten verstehen, und genau das macht mich schier verrückt. Ich würde dem Pater die Welttournee nicht wegen persönlicher Vorteile für mich zugestehen. »Exhumiere ihn«, sagt jedoch Cassie zu mir, »und du siehst mich nie wieder.«

Und dennoch überlege ich, ob Ockham und Schwester Miriam vielleicht nicht doch recht haben.

Ich frage mich, ob wir dem Menschengeschlecht nicht die Wahrheit schuldig sind.

Mich beschäftigt die Frage, ob eine schlechte Neuigkeit dieses Kalibers nicht das Beste wäre, was dem *Homo sapiens sapiens* je zustoßen könnte.

In den ersten vier Jahren lebten sie wie ein Bauernpaar in dem engen Landhäuschen, das Cassie in Irvington gemietet hatte, doch sobald der Reichtum über sie hereinschwappte, beschlossen sie, es sich gutgehen zu lassen, und zogen in die Stadt. Trotz des plötzlichen Wohlstands blieb Cassie in ihrem Beruf, konfrontierte die gottesfürchtigen Schüler des Städtischen Colleges Tarrytown beharrlich mit Erläuterungen der natürlichen Auslese und sonstigen aufrüttelnden Theorien. Anthony betätigte sich als Hausmann und kümmerte sich um den kleinen Stevie. Ursprünglich hatten sie ihr gemeinsames Dasein mit etwas Umsicht zu führen beabsichtigt. Das Geld hätte ja schneller ausgehen können, als sie dachten.

Als Eltern in Manhattan zu wohnen, erwies sich als ernüchternde und leicht absurde Herausforderung. Polizeisirenen störten jedes Nickerchen. Die Luftverschmutzung verschlimmerte jeden Schnupfen. Um dafür zu sorgen, daß Stevie nachmittags heil von der Montessori-Schule nach Hause gelangte, mußten Cassie und Anthony einen koreanischen Kampfsportlehrer als Begleitwächter anstellen. Die geräumige, im 4. Stock gelegene Eigentumswohnung, die sie an der Upper East Side erwarben, schloß die Dachnutzung mit ein, und wenn Stevie eingeschlafen war, kuschelten sie sich in ihren Strandsesseln aneinander, betrachteten den trüben Himmel und malten sich aus, sie lägen auf dem Vordeck der versunkenen *Valparaíso*.

Ihr finanzieller Aufstieg hatte einen geradezu unwahrscheinlichen Ursprung. Kurz nach dem Eintreffen in Manhattan kam Anthony auf den Einfall, seine privaten Tagebuchaufzeichnungen Pater Thomas zu zeigen, der damit wiederum Joanne Margolis aufsuchte, die exzentrische Literaturagentin, die sonst die kosmologischen Texte des Priesters an den Verleger brachte. Margolis beurteilte Anthonys Notizen als »das schönste surrealistische Seeabenteuer, das je geschrieben wurde«, reichte es einem Redakteur des Navigator-Verlags für Maritime Literatur ein und erfeilschte einen bescheidenen Vorschuß von dreitausend Dollar. Niemand hätte jemals erwartet, daß ein so seltsames Buch bald auf der Bestsellerliste der *New York Times* stehen könnte; binnen sechs Monaten nach Erscheinen jedoch errang *Die Heilige Schrift nach Popeye* wie dank eines Wunders den Spitzenplatz.

Anfangs befürchteten Anthony und Cassie, sie müßten den Großteil der Tantiemen für Anwaltshonorare und Gerichtskosten aufwenden; aber es stellte sich heraus, daß weder der Bundesstaatsanwalt der USA noch die Regierung Norwegens sich zur Strafverfolgung eines Vorfalls berufen fühlten, den sie weniger als kriminelle Handlung einstuften, sondern eher als ein auf scheußliche Weise entgleistes Rollenspiel. Allerdings gerieten die Familien der drei umgekommenen Militärdrama-Aktivisten über diese Untätigkeit in Wut (Carny Otis' Witwe flog sogar nach Oslo, um die Mühlen der Justiz in Bewegung zu bringen), und an ihrer Erbitterung änderte sich nichts, bis sich der Staatssekretär des Vatikans einschaltete, Kardinal Eugenio Orselli. Da er es gewesen war, der den allzu hitzigen Kapitän Christoph van Horne in Roms Dienste genommen hatte, erachtete er es als seine moralische Pflicht, die Hinterbliebenen zu entschädigen. Jeder nahe Verwandte der Toten erhielt eine steuerfreie Abfindung von dreieinhalb Millionen Dollar zugeschanzt. Im Sommer 2000 verursachte die ganze, mißliebige Affäre der Midway-Reinszenierung der Familie Van-Horne-Fowler keine Sorgen mehr.

Anthony sah noch immer keine Klarheit in der Frage, ob seine Entscheidung, den *Corpus Dei* in der Gruft zu belassen, als mutig gelten durfte oder er sich einen Feigling schimpfen mußte. Wenigstens einmal pro Woche trafen er und Pater Thomas sich im Fort Tyron-Park zu einem Picknick mit Brie-Baguettbrötchen und Weißwein, und anschließend spazierten sie durch *The Cloisters*, grübelten über ihre Pflichten gegenüber dem *Homo sapiens sapiens* nach. Eines Tages glaubte Anthony, er sähe einen Engel in lichtem Gewand durch die Fuentidueña-Kapelle schweben, aber es war lediglich eine bildschöne Studentin der Columbia University in langem, weißem Kleid, die sich um einen Job als Fremdenführerin bewarb.

Die Abmachung, die sie mit di Luca und Orselli eingegangen waren, konnte als mustergültiges Beispiel der Symmetrie herhalten. Anthony und Ockham versprachen, nie zu enthüllen, daß *Die Heilige Schrift nach*

Popeye auf Tatsachen beruhte, und Rom sagte zu, auf Versuche zur Einäscherung des *Corpus Dei* zu verzichten. Zwar empfanden sowohl der Kapitän wie auch der Geistliche die Vorstellung, mit Gottes Leichnam auf Welttournee zu fahren, als überaus verführerisch, doch tendierten sie mit der Zeit beide immer stärker zu der Einschätzung, daß das Ergebnis durchaus etwas Traurigeres und Blutigeres als die Schöne Neue Welt sein könnte, die Ockham an dem Tag vor Augen gehabt hatte, als er das Wrack der *Regina Maris* besichtigte. Ferner war die abschreckende Verstiegenheit einer solchen Anmaßung zu berücksichtigen. Nach Anthonys Empfinden hatte niemand das Recht, den Menschen die Illusion Gottes zu nehmen, nicht einmal Gott selbst, der es anscheinend hatte versuchen wollen.

Die Geburtstagsfeier, die Anthony und Cassie veranstalteten, als Stevie sechs Jahre wurde, diente einem doppelten Zweck. Man beging den Geburtstag des Jungen und lud zu diesem Anlaß sieben weitere ehemalige Teilnehmer der letzten Fahrt des Supertankers *Valparaíso* ein. Natürlich brachten sie Geschenke mit: einen Stoffwal, ein Puzzle, einen Spielzeug-Colt im Halfter, eine elektrische Eisenbahn, einen Baseball-Handschuh, einen Hafenschlepper aus Holz, einen Fisher-Price-Baukasten. Sam Follingsbee buk Stevies Lieblingskuchen, Heidelbeer-Sahnetorte.

Während der Mond aufging, rückten die Gäste nach und nach mit Bekenntnissen heraus, sie gestanden, daß ein insgeheimes, mittlerweile tief eingefleischtes Bangen sie verfolgte, das Wissen um den Dahingeschiedenen, der bei den Svalbard-Inseln, verborgen vor aller Welt, eingeschreint lag, könnte sie irgendwann den Verstand kosten. Marbles Rafferty gab zu, daß Freitod in seinen Phantasien weit häufiger eine Rolle als vor der Großfahrt in die Arktis spielte. Crock O'Connor gestand freimütig ein, von dem Drang gepeinigt zu werden, Fernsehpfarrer Domaine Folgesoffsky anzurufen und öffentlich der Welt zu offenbaren, daß ihre Gebete an durchstoßenen Trommelfellen scheiterten. Dennoch meisterten sie nach wie vor ihr Leben, konnten sogar als recht erfolgreiche Bürger des Jahres Anno Postdomini Sieben bezeichnet werden.

Rafferty war jetzt Kapitän der *Exxon Bangor*. O'Connor hatte sich aus der Seefahrt zurückgezogen und bemühte sich gegenwärtig bei Tag und Nacht um die Erfindung der holografischen Tätowierung. Follingsbee hatte in Bayonne ein Lokal eröffnet, Le Krakentang, ein stimmungsvolles Uferrestaurant, auf dessen Speisekarte kurioserweise keinerlei Meeresfrüchte standen. Lou Chickering spielte in der Fernsehserie *Mein Herz und deine Seele* einen immergeilen Gehirnchirurgen und war gerade in der Zeitschrift *In Flagranti* zum Herzensbrecher der Woche ausgerufen worden. Lianne Bliss arbeitete als technische Leiterin eines radikalfeministischen Rundfunksenders in Queens. Pater Ockham und Schwester Miriam hatten kürzlich zusammen das Buch *Einer von vielen* geschrieben, eine umfassende Geschichte sämtlicher ach so wechselhaften Gottesvorstellungen der Menschheit, angefangen beim entschiedenen Monotheismus Pharao Echnatons bis hin zu Teilhard de Chardins kosmischem Christus. Das Tischgebet sprach Neil Weisinger, der inzwischen in einer aufblühenden Gemeinde Brooklyner Reformjuden als Rabbi fungierte.

Nach der Feier suchten Vater und Sohn das Dach auf, während die Erwachsenen ein zweites Mal Kuchen verputzten, unterdessen die Muscheln und Vogelnester bestaunten, die Cassie auf der Hochzeitsreise zu den Galápagosinseln gesammelt hatte. Frischer Wind wehte, der Nachthimmel war wundervoll klar. Es schien, als hätte die Insel Segel gehißt und jagte unter dem wolkenlosen Firmament dahin.

»Wer hat die gemacht?« fragte Stevie, zeigte auf die Sterne.

Ein alter Knabe am Nordpol, lag Anthony als Auskunft auf der Zunge, doch er sah ein, daß so eine Antwort den Jungen nur verwirren müßte. »Gott.«

»Wer ist Gott?«

»Das weiß keiner.«

»Wann hat er sie gemacht?«

»Vor langer Zeit.«

»Ist er noch da?«

Der Kapitän füllte die Lungen mit rauchig-rauher Manhattaner Luft. »Natürlich ist er noch da.«

»Gut.«

Gemeinsam spähten sie ihre Lieblingssterne aus: Sirius, Prokyon, Beteigeuze, Rigel, Aldebaran. Stevie van Horne war Sohn eines Seemanns. Er kannte die Milchstraße so genau wie den eigenen Handrücken. Während dem Kind die Lider absanken, wiederholte Anthony im Singsang die diversen Namen, mit denen man den besten Freund des Seefahrers benannt hatte: »Nordstern, Leitstern, Polarstern, Polaris...«, sang sie immer wieder. »Nordstern, Leitstern, Polarstern, Polaris...« Durch diese Methode brachte er seinen Sohn an den Rand des Schlummers.

»Das war ein schöner Geburtstag, Stevie«, sagte Anthony zu dem schläfrigen Kind, während er es die Stiege hinabtrug. »Ich hab dich lieb«, fügte er hinzu, als er die Bettdecke über den Jungen breitete.

»Vati mag Stevie«, krächzte Seeräuber-Jenny. »Froggy liebt Tiffany. Vati mag Stevie.«

Wie sich herausgestellt hatte, wollte Tiffany den Vogel nicht haben. Sie hatte nichts für Tiere übrig, und zudem war ihr klar, daß Seeräuber-Jenny weniger eine gefühlvolle Erinnerung an ihren aus dem Leben gerissenen Gatten als eine unerbittliche Mahnung an seinen Tod abgäbe. Über zwanzig Stunden des Vorsprechens hatte Anthony investiert, um den Ara den neuen Satz zu lehren, aber es war die Mühe wert gewesen. Nach seiner Auffassung müßten alle Kinder der Welt beim Einschlafen die Stimme eines wohlwollenden, gefiederten Geschöpfs – eines Papageien, eines Beos, eines Engels – ihnen etwas ins Ohr flüstern hören.

Für eine Weile stand er an Stevies Bett und betrachtete das Kind. Der Junge hatte die Nase der Mutter, das Kinn des Vaters und von der Großmutter väterlicherseits den Mund. Mondschein strömte ins Zimmer, tauchte ein Plastikmodell des Raumschiffs *Enterprise* in helles Licht. Aus dem Vogelkäfig drang das uhrwerkartig gleichmäßige *Tock-tock,* das entstand, wenn Seeräuber-Jenny am Spiegelchen pickte.

Gelegentlich sah Anthony – heute nicht, aber manchmal – auf dem Vogel eine pechschwarze Schicht ätzenden texanischen Rohöls, es über Rücken und Flügel fließen, auf den Käfigboden rinnen und *Tropf-tropf-tropf* auf den Teppich triefen.

Wenn er das erlebte, behalf sich Anthony stets auf eine Weise. Er preßte Rafaels Feder auf die Brust und atmete tief durch, bis das Öl aus seiner Sicht verschwand.

»Froggy liebt Tiffany. Vati mag Stevie.«

Anthony liebt Cassie, dachte Anthony.

Der Kapitän knipste im Kinderzimmer die Beleuchtung aus, zog das blaue Seidentuch über Seeräuber-Jennys Käfig und entfernte sich in den halbdunklen Flur. Seine Seele vernahm den Lockruf der See. Der Mond versetzte sein Blut ins Wallen. Komm, raunte der Atlantik. Nordstern, Leitstern, Polarstern...

Wie lange mochte er es noch an Land aushalten? Bis zu Cassies nächstem arbeitsfreien Jahr? Bis Stevie alt genug war, um sich ans Steuerrad zu stellen? Nein, er mußte früher wieder zur See fahren. Anthony konnte alles haarklein voraussehen.

Spätestens in einem Jahr nahm er das Telefon und veranlaßte alles Erforderliche. Fracht, Crew, Schiff; kein Supertanker, lieber etwas Romantisches – ein Massengutschiff oder einen Frachter. Einen Monat später sprang die ganze Familie in aller Herrgottsfrühe aus den Federn und fuhr nach Bayonne, gönnte sich in Follingsbees Restaurant auf der Canal Street ein Superluxus-Frühstück: Rühreier mit krossen Speckstreifen und Ketchup, saftige Stücke Honigmelonen, mit Philadephia-Kräuterkäse bestrichene Croissants. Anthony und Stevie – mit vollem Bauch und wachen Sinnen – gaben Cassie Abschiedküsse. Dann gingen sie an Bord. Heizten die Kessel an. Arbeiteten den Kurs zum Zielhafen aus. Und zu guter Letzt dampften sie, geradeso wie einst die schlauen Handelsfahrer, deren Blut sie in den Adern hatten, mit der Morgenflut der Sonne entgegen: der Kapitän und sein Moses. Recht so!

Die Zukunft in Gefahr

Iain Banks
Die Spur der toten Sonne
Roman
559 Seiten. Gebunden
ISBN 3-453-12901-1

Vor zweieinhalb Jahrtausenden tauchte in einem entlegenen
Sektor des Raums eine riesige schwarze Kugel auf, die eine uralte
Sonne umkreiste. Messungen ergaben, daß dieses Gestirn über
tausend Milliarden Jahre alt sein mußte, also mindestens
fünfzigmal älter war als unser bekanntes Universum.
Ein fulminanter Roman, der bis an die Grenzen des sprachlich
Ausdrückbaren vorstößt.

HEYNE

William Gibson

Kultautor und Großmeister des »Cyberpunk«

Cyberspace
06/4468

Biochips
06/4529 und 01/9584

Mona Lisa Overdrive
06/4681 und 01/9943

Neuromancer
01/8449

William Gibson
Bruce Sterling
Die Differenz-Maschine
06/4860

01/9584

Heyne-Taschenbücher